クリスマス・ブックス

チャールズ・ディケンズ作

田辺洋子訳

凡例

本訳書『クリスマス・ブックス』はエヴリマン・ディケンズ版Charles Dickens, *The Christmas Books* ed. Sally Ledger（1999）を原典とする。

ディケンズは一八四三年十二月にチャプマン&ホール社より『クリスマス・キャロル』を出版した。以降、クリスマスに因む中編『鐘の精』（一八四四）、『炉端のこおろぎ』（一八四五）、『人生の戦い』（一八四六）、『憑かれた男』（一八四八）をブラッドベリー&エヴァンズ社より発表し、一八五二年、五篇を一括し、廉価版ディケンズ全集に『クリスマス・ブックス』と題して収めた。

巻末にエヴリマン版序説を抄訳する。訳注は同版、並びにマイケル・スレーター他編『ディケンズ・インデクス』（オクスフォード大学出版、一九八八）等を参照。本文中にアステリスク＊で示し、巻末にまとめるが、比較的短いものは割注とする。

挿絵はJ・リーチ、D・マクリース、R・ドイル、J・テニエル他による。

目次

目次

クリスマス・ブックス

廉価版初版序文

小生が小生のささやかな『クリスマス・ブックス』を当該廉価版に加えることにしたのは、再三にわたって表明されていた願い出に応ずと共に、『ブックス』が概ね然ても手近な形式にすんなり馴染むやもしれぬと思ってのことであった。

これらクリスマスの物語は出版当初、紙幅が限られていたため、構成にはいささか手こずり、機構において独特なものをほぼ必然的に生む結果となった。小生は、固より首尾好く行くとは思っていなかっただけに、かようの制約の下に人物を造型する上で詳細を入念に描出しようとは試みなかった。小生の趣旨は時節の上機嫌が正当化してくれようある種気紛れな宮廷仮面劇において、クリスマス教国にあっては断じて時節外れにだけはなるまい情愛濃やかにして寛容な想念を幾許かなり喚び覚ますことにあった。幸い、趣旨を悉く全うし損ねた訳ではないものと信じたい。

ロンドン

一八五二年九月

チャールズ・ディケンズ版序文

これらクリスマスの物語は出版当初、紙幅が限られていたため、構成にはいささか手こずり、機構において独特なものをほぼ必然的に生む結果となった。小生は、固よりかようの制約の下に人物を造型する上で詳細を入念に描出しようとは試み得なかった。小生の趣旨は時節の上機嫌が正当化してくれようある種気紛れな宮廷仮面劇において、キリスト教国にあっては断じて時節外れにだけはなるまい情愛濃やかにして寛容な想念を幾許かなり喚び覚ますことにあった。

クリスマス・キャロル

は散文にては
クリスマスの怪談
なるが故

序

小生は当該約しき亡霊の書において、故に読者諸兄が御自身相手に、互い相手に、時節相手に、小生相手に、よもや不機嫌にだけはなるまいとある「観念」の亡霊を喚び覚ますことに腐心した。願はくはくだんの霊の諸兄の我が家に愉快に取り憑き、何人《なんぴと》も其を鎮めようとはなさらぬことを。

諸兄の律儀な馴染み

C・D

一八四三年十二月

第一連　マーリの亡霊

まずもって、マーリはあの世だ。その点についてはいささかの疑いもない。彼の埋葬の登記には牧師と、教会書記と、葬儀屋と、喪主の署名がある。スクルージも署名した。してスクルージの署名と来れば、御当人、何に名を署す気になろうと王立取引所にてはモノを言う。

老いぼれマーリは扉釘《ドア・ネイル》ほどにもあの世《デッド》だ。

御留意あれかし！　小生はただし、小生自身の知識とし、扉釘《ドア・ネイル》に何か格別あの世《デッド》めいた所があると知っているとうそぶくつもりはない。小生個人としてはむしろ、棺桶釘《コフィン・ネイル》をこそくだんの生業において就中あの世《デッド》めいた金物の端くれと見なす所ではあったろう。が当該直喩には先人の叡智が込められている。よって小生が如き不浄の手がそいつを掻き乱してはなるまい。さなくば祖国は万事休そう。故に、改めて念押しがてら繰り返すのを御容赦賜りたい、マーリは扉釘《ドア・ネイル》ほどにもあの世《デッド》だと。

スクルージは彼があの世《デッド》だと知っていたと？　無論、知っていた。如何で然にあらざろう？　スクルージと彼とはいつからとはなし、相方同士だった。スクルージは彼の唯一の遺言執行人にして、唯一の遺産管理人にして、唯一の遺産譲受人にして、唯一の残余遺産受遺者にして、唯一の友人にして、唯一の会葬者であった。してスクルージですら、くだんの痛ましき出来事によりて正しく葬儀当日、とびきりの事務屋たりて、そいつを粛々と執り行なふにすこぶる阿漕に売った買ったとやれぬほど打ち拉がれてはいなかった。

マーリの葬儀を口にした勢い今一度、振り出しに立ち返らせて頂けば、マーリがあの世《デッド》だということにはいささかの疑いもない。この点がまずもって明確に諒解されていなければならぬ。さなくばこれから小生が審らかにしようとする物語から何ら尋常ならざることは出来すまい。劇が始まる前にハムレットの父親は早、幽明境を異にしているとことん確信していなければ、父王が夜の夜中に御自身の城壁を東風に吹かれながら漫ろ歩くことには、他の如何なる中年の殿方であれ、文字通りせがれの意気地のない胆を潰してやるべく日が暮れてから、そよそよと風の戦ぐ――そう、例えばセント・ポール大聖堂の境内のような――場所にやぶから棒に姿を見せるに劣らず、何ら特筆すべき点はなかろう。

スクルージはついぞ老いぼれマーリの名を塗り潰さなかった。そいつは、そら、何年経ってもなお、事務所の扉の上にデカデカやられていた。「スクルージ＆マーリ」。商会は「スクルージ＆マーリ」で通っていた。稼業に疎い新参者は時にスクルージをスクルージと呼ぶこともあれば、時にマーリと呼ぶこともあったが、彼はそのいずれにも応えていた。彼にとってはてんで一つ事だったから。

　おお！　だが一旦砥石に手をかけるとならば天下の握り屋であった、スクルージは！　ギュウギュウ絞り、グイグイ捩《よじ》くり、むんずと捕らまえ、ガリガリ掻き集め、グイと引っつかむ、欲の皮の突っ張った老いぼれ咎人《とがにん》の！　如何なる鋼といえどもついぞ大らかな火を打ち出したためしのなき燧石といい対硬く鋭く、牡蠣といい対密かで、無口で、孤独だった。内なる冷ややかさのせいで、老いぼれた目鼻立ちはガチガチ凍てつき、尖った鼻はツンと抓《つま》まれ、頬は皺クチャに萎び、足取りはギクシャク強張り——目は真っ紅に血走り、薄い唇は寒々と蒼ざめ——かくてくだんの冷気はギシギシ、御当人の耳障りな声で狡っこく口を利いた。真っ白な霜が頭にも、眉にも、筋張った顎にも降りていた。年がら年中、御自身の低い体温をあちこち連れ回り、よって夏の真っ盛りにも事務所をひんやり凍らせ、クリスマスにとてそいつを一度たり温《ぬく》めるでなかった。

　グルリの暑さ寒さはスクルージにはイタくもカユくも何ともなかった。如何なる温もりも彼をポカポカ温めること、如何なる冬の天候も彼をブルブル震えさすこと、能はなかった。世に吹く如何なる風といえども彼ほど棘々しくは、世に舞う如何なる雪といえども彼ほどホゾが固くは、世に飛礫を打つ如何なる雨といえども彼ほど血も涙もなくはなかった。荒天にも一体どこで彼をとっちめたものかさっぱりだった。如何ほどこっぴどい雨であれ、雪であれ、霰であれ、霙であれ、ほんの一点がらみでしか彼の上手《うわて》たること鼻にかけられなかった。連中、しょっちゅう気前好く「降って来た」*が、スクルージにもそいつだけはいっかなお手上げだったから。

　誰一人として通りでかく、にこやかな面持ちで彼を呼び止める者はなかった。「やあ、スクルージさん、御機嫌好う？　いつ家《うち》に遊びに来て下さるんです？」如何なる物乞いといえども彼にビタ一文恵んでくれとは泣きつかず、如何なる子供といえども彼に今何時かとはたずねず、如何なる男や女といえども彼の終生一度として、どこそこへの道を問うたためしはなかった、よりによってスクルージに。盲《めしい》の男の犬共ですら彼にはハナが利いたと思しく、彼がこっちへやって来るのを目にしようものなら、御主人様をグイグイ、門口の中や袋小路の奥へと引っ立て、そこでかく言わんばかりに尻尾を振ったものである。「小意地の悪げな目がくっついているくらいならいっそからきしない方が増しですよ、目の見えない御主人様！」

だが、スクルージが何を気にしたろう！　これぞ願ったり叶ったり。人の込み合った人生の小径をジリジリ肘で掻き分けながら斜《はす》に縫い、人間らしい共感という共感をどいたどいたと追っ払うことこそスクルージにとっては、賢しらな連中曰くの「大好物《ナッツ》」であった。

昔々――一年三百六十五日の全ての善き日のよりによってクリスマス前夜のこと――老いぼれスクルージは会計事務所に忙しなげに座っていた。ひんやりとした、侘しい、身を切るような日和で、彼には表の袋小路で人々がゼエゼエ行きつ戻りつしては、せめてもの寒さ凌ぎに、胸を手でゴンゴン叩いたり、石畳の敷石の上で地団太踏んでいるのが聞こえた。シティーのあちこちの時計は未だ三時を打ったばかりというに、辺りは早とっぷりと暮れ――それを言うなら夜が明けてこの方これっぱかし明るくなったためしはなかったが――御近所の事務所の窓辺ではロウソクがゆらゆら、影も形もある褐色の外気の上にポツンポツンと落ちた真っ紅な染みさながら揺らめいていた。霧は割れ目という割れ目から、鍵穴という鍵穴から、どっと雪崩れ込み、戸外ではそれは濛々と立ち籠めているものだから、袋小路は猫の額ほどしかないにもかかわらず、向かいの家屋敷はほんのお化けにすぎなかった。ススけた雲がずっしり垂れ籠め、そこいら中の代物を茫と霞ますのを目の当たりにすらば、人はてっきり「自然の女神」がつい目と鼻の先に住まい、滅多無性にモクモク醸しているものと勘繰っていたやもしれぬ。

スクルージの会計事務所の扉は、その向こうの陰気臭い小さな独房、と言おうかある種水槽《みずおけ》にてせっせと手紙の写しを取っている事務員に目を光らせておけるよう、開け放たれていた。スクルージにはめっぽういじけた炉火しかなかったが、事務員の炉火はそれは遙かにいじけているものだから、ものの石炭一つこっきりかと見紛うばかりであった。が事務員にそいつを焼べ直すは土台叶はぬ相談だった。というのもスクルージは炭斗《すみとり》を御自身の部屋に置き、事務員がショベルを手に入って来ると必ずや、早晩お互い袂を分かたねばなるまいと皮肉ったからだ。よって事務員は長襟巻《カムファタ》きを巻き、ロウソクで御尊体を暖《あった》めようとした。との悪あがきにおいて、固よりさして絵空事の才に長けている方《ほう》ではなかっただけに、所詮ポシャるが落ちではあったが。

「クリスマスお目出度う、伯父さん！　いついつまでもお元気で！」と陽気な声が叫んだ。そいつはスクルージの甥の声で、御当人、それはぬっといきなり目の前に現われたものだから、スクルージはまさか甥が近づいて来ているなど思いも寄らなかった。

「ばあっ！」とスクルージは言った。「このタワケめが！」

それはカッカと、霧と霜を突いてセカセカ歩いて来たせいで体中温《ぬく》もっていたものだから、このスクルージの甥は、ポカポカ火照り上がり、男前の面《つら》は真っ紅に上気し、目はキラキラ輝き、息はつられてハアハア烟を立てていた。

「クリスマスがタワケだなんて、伯父さん！」とスクルージの甥は言った。「まさか本気じゃないでしょうが？」

「本気も本気もええ所だわい」とスクルージは言った。「クリスマスお目出度うだと！　一体お前、目出度うがるどんな筋合いがある？　一体お前、目出度うがるどんな謂れがある？　いい加減フトコロが寂しいクセをしおって」

「だったら、ほら」と甥はほがらかに返した。「一体伯父さんはむっつり塞ぎ込むどんな筋合いがあるってんです？　一体伯父さんは苦虫を噛みつぶすどんな謂れがあるってんです？　いい加減フトコロが温《ぬく》くてらっしゃるクセをして」

スクルージは咄嗟に切り返すまだしも気の利いたシッペに事欠くばっかりに、またもや「ばあっ！」と言い、すかさずダメ押しに「このタワケめが」と追い撃ちをかけた。

「そうツムジを曲げないで下さいよ、伯父さん！」と甥は言った。

「ほかにどうしようがある」と伯父は返した。「こんなド阿呆者だらけの世の中に暮らしておきながら？　クリスマスお目出度うだと！　クリスマスお目出度うなんぞクソ食らえ！　クリスマスがお前にとって何だというのじゃ、もしや金もないのに勘定を払わねばならん時でのうて、一つ歳を食っておきながら一時間もフトコロが温《ぬく》うなっておらんと思い知らされねばならん時でのうて、帳簿の〆を出してみれば十二か月丸ごとの初っ端から仕舞いまでそいつにつらつらやられたツケというツケが真っ向からお前の分《ぶ》の悪いようにひけらかされておる時でのうて？　もしやわしの勝手が利くというなら」とスクルージはカンカンに頭から湯気を立てながら言った。「『クリスマスお目出度う』なんぞほざきながらそこいらほっつき回る痴れ者という痴れ者を端《はし》からそやつ自身のプディングごとグラグラ釜茹《かまう》でにして、心の臓にブスリとセイヨウヒイラギの杭を押っ立てたなり埋《うづ》めてやるがの。ああ、いっそのクサレに！」

「伯父さん！」と甥はたしなめがちに声を上げた。

「甥よ！」と伯父は突っけんどんに返した。「お前はお前なりのやり口でクリスマスを祝うがええ。わしはわしなりのやり口でそいつを祝わしてもらおうて」

「そいつを祝わしてですって！」とスクルージの甥はオウム返しに声を上げた。「でも伯父さんはそいつを祝ってらっしゃらないじゃありませんか」

「ならば、そいつを打っちゃらかさして」とスクルージは言った。「せいぜいそやつのゴ利益に与ることじゃ！　これまでもたんと与って来たようにの！」

「世の中にはきっと、お蔭でフトコロは温《ぬく》くならなくてもたんとゴ利益に与れるものはいくらでもあるんじゃないでしょうか」と甥は返した。「クリスマスがそのいい例で。けどぼくは確かにいつもそいつが巡り来る度、クリスマスってのはその聖なる名前と由来に払って然るべき敬意はさておくとしても——とはもしもクリスマスに纏わる何であれそんな敬意をさておけるものなら——とびきりゴキゲンな刻《とき》だと思って来ました——親身で、大らかで、情深くて、愉快な刻《とき》だと——長たらしい一年の暦の内でぼくの知る限り唯一、男も女もまるで示し合わせたように、その閉ざされた心を存分解き放ち、身の上の低い人々のこともてんで外《ほか》の旅路に着いている縁もゆかりもない連中ではなく、事実、同じ墓所へ向かう旅の道連れなものと思っているかのように見える刻《とき》だと。だからこそ、伯父さん、ぼくはお蔭でポケットに金貨一枚、銀貨一枚、転がり込んで来たためしはなくても、これまでたんとそいつのゴ利益に与って来たし、これからも与るだろうって気がしてならないんです。だからですよ、『そいつに神の御加護のありますよう！』って言ってやるのは」

水槽《みずおけ》の事務員がここにて思わずパチパチ手を打った。がすかさず我ながらの粗相に気づき、ガリガリ火を掻き、勢いフッと、最後の儚い火の粉をこれきり掻っ消した。

「おぬしもう一つでもパチとやってみろ」とスクルージは言った。「クリスマスの寿ぎにとっととクビにしてくれようて！　それにしてもお前のようペラペラとまくし立ておることよの、えっ」と彼はクルリと甥の方へ向き直りざま畳みかけた。「何でまた国会に打って出なんだ」

「そう怒らないで下さいよ、伯父さん。さあ！　明日は家《うち》へ来て一緒に食事をして下さいますね」

スクルージは言った。お前なんぞいっそ地——然り、彼は事実、然に毒づいた。彼は呪いのどん詰まりまでそっくり言い切り、お前なんぞいっそくだんの地の果てへ堕ちてしまえとまで言った。

「けどどうしてです？」とスクルージの甥は声を上げた。

「どうしてです？」

「ならば、お前はどうして連れ添うた？」とスクルージはたずねた。

「そりゃ恋に落ちたからじゃありませんか」

「恋に落ちたからじゃと！」とスクルージは唸り上げた。まるでこれぞこの世で唯一、クリスマスお目出度うよりなお輪をかけて馬鹿げた代物ででもあるかのように。「とっとと失せぬか！」

「いえ、伯父さん、ですが伯父さんはぼくが連れ添わない時分から一度だって会いに来て下さったためしはないじゃありませんか。どうして今頃になってそのせいになさるんです、来て下さらないってのを？」

「とっとと失せぬか」とスクルージは言った。

「ぼくは伯父さんに何一つせびってる訳でも、何一つねだってる訳でもありません。だったらお互いどうして仲良くやってけないんです？」

「とっとと失せぬか」とスクルージは言った。

「伯父さんのホゾがそんなに固いとは、全くもって残念でなりません。ぼく達はこれまで、ぼくが一枚カんでるってことじゃ、ケンカ一つしたためしはないはずです。けどぼくはずっとクリスマスに敬意を表して、伯父さんと仲良くしようとして来ましたし、とことんぼくなりのクリスマスの上機嫌で押し通させて頂きますから。ってことでクリスマスお目出度う、伯父さん！」

「そして良いお年を！」

「とっとと失せぬか！」とスクルージは言った。

彼の甥は、にもかかわらず、腹立たしげな捨て台詞一つ残すでなく、部屋から出て行った。してつと、事務員に時節の挨拶を賜るべく表っ側の扉で足を止め、さらば事務員は、なるほど寒くはあったが、スクルージよりはよっぽど暖《あった》かった。何せそいつに心より礼を返したから。

「あいつも一つ穴のムジナとの」とスクルージは、壁に耳あり、ブツクサつぶやいた。「あの事務員めが、一週十五シリングぽっきりで、貧乏子だくさんを地で行っておきながら、クリスマスお目出度うなんぞ吐かしおるとは。この調子ではわしもそろそろ『瘋癲院』行きじゃて」

当該瘋癲殿は、スクルージの甥を見送る上で、他の二人の人物を請じ入れていた。二人は見るからに人好きのする、恰幅のいい殿方で、今や脱帽したなり、スクルージの事務所に立った。して帳簿と書類を手に、深々と彼に頭を下げた。

「確か、『スクルージ&マーリ商会』であられると」と殿方の一人が名簿に当たりながら言った。「ただ今お目通り賜っているのはスクルージ殿でしょうか、それともマーリ殿でしょうか?」

「マーリ殿は亡くなってかれこれ七年になっての」とスクルージは答えた。「七年前のぴったし今晩、亡くなったわ」

「さぞや故人の篤志は御存命の共同経営者によりて余す所なく成り代わられておいでのことと」と殿方は信任状を差し出しながら言った。

なるほど、仰せの通り。というのも御両人、ツーとカーの気心の知れ合った仲だったから。「篤志」なる不吉な文言を耳に、スクルージはグイと苦虫を噛みつぶし、かぶりを振り、信任状を突っ返した。

「一年のこの祝祭の時節ともなれば、スクルージ殿」と殿方はペンを手に取りながら言った。「常にも増して、目下大いなる苦境にある赤貧の者達に某かささやかながら糧食を支給するのが望ましかろうかと。幾千もの人間がしごくありきたりの必需品に事欠き、幾十万もの人間がしごくありきたりの慰み物に事欠いております、貴殿」

「獄《ひとや》はないのかの?」とスクルージはたずねた。

「獄《ひとや》は数知れずございます」と殿方はまたもやペンを置きながら言った。

「して救貧院は?」とスクルージは畳みかけた。「あやつらまだしゃかりきになっておると?」

「如何にも。とは申せ」と殿方は返した。「否とお答え致せればよろしいものを」

「ならば踏み車も救貧法もしこたま羽振りを利かせておると?」とスクルージは言った。

「いずれも実に忙しなく、貴殿」

「おお！　わしゃてっきり、仰《のっ》けに申されたことからして、何かあやつらの使い勝手のええ行く手に待ったをかけるようなことでも持ち上がったかと思うたが」とスクルージは言った。「ならば何より」

「生憎かようの施設では幾多の人々にキリスト教的な心なり体なりの慰めはほとんどもたらされぬのではあるまいかと危惧致し」と殿方は返した。「我々二、三名の者が目下、貧者に某か飲食物や暖を取る手立てを買い与える基金を募ろうとしている所であります。我々がこの折を選んだのは外でもない、これぞ『欠乏』が骨身に染みて感じられ、『豊潤』が愉悦に浸る折だからであります。如何ほどにお付け致しましょう?」

「零《ゼロ》じゃ！」とスクルージは返した。

「匿名をお望みと?」

「いや、わしは放っておいてもらいたいだけでの」とスクルージは言った。「お宅らが何をお望みかと問われるもので、お二方、そやつがわしの返答じゃ。わしはわし自身、クリスマスに浮かれるつもりはないし、物臭な奴らを浮かれさすほどフトコロも温《ぬく》うはないわ。わしはさっきから言うておる両の施設をやりくりさすのに叩《はた》くだけのものは叩《はた》いておっての――というだけでたくさんじゃ。んで食うに困る奴らはとっととあすこへ行くがよかろう」

「あそこへ行けない者もたくさんいれば、いっそ死んだ方が増しと思っている者もたくさんおります」

「いっそ死んだ方が増しと思うておるなら」とスクルージは言った。「とっととこの世から足を洗うて、過剰人口とやらを減らすがええ。ばかしか――すまんが――そいつはわしにはさっぱりじゃ」

「まあ、そうおっしゃらずに」と殿方は宣った。

「いや、わしの知ったことではない」とスクルージは返した。「人間、手前の用件を呑み込んでおるだけでたくさんじゃ、ほかの奴らの用件に鼻を突っ込まんだとての。わしはわしの用件だけで年がら年中手一杯じゃ。では御機嫌よろしゅう、お二方！」

これ以上自分達の言い分を押し通そうとしたとて詮なかろうと見て取るや、殿方御両人は引き取った。スクルージはそれにしてもおぬし、なかなかやるではないかと独り悦に入ること頻りにして、常にも増してこちとら相手におどけた気分にてまたもやせっせと仕事に根を詰めにかかった。

その間《ま》も霧と闇はそれはいよよ濃くなったものだから、人々はゆらゆら揺らめく松明を手にあちこち駆けずり回っては、馬車の馬の鼻先に立ち、道案内の役を買って出ていた。いつもならばそいつの嗄れ声の老いぼれた鐘が壁に穿たれたゴチック風の窓からひょいとスクルージを狡っこそうに見下ろしている教会の神さびた塔はいつしか影も形もなくなり、雲間《くもま》で時と四半時を告げる段にはビリビリ、まるでそいつの歯と来てはそんな上の方の凍てついた頭の中にてガチガチ鳴ってでもいるかのようにいじけた震動を残して行った。冷気はいよよ、いよよ体の芯まで染み始めた。袋小路の角の目抜き通りでは、人足が数名、ガス管を修繕している真っ最中《さなか》にして、篝籠《かがりかご》の中で大きな火を焚いていた。と来ればグルリには襤褸の男や小僧がワンサと群がり、メラメラと燃え盛る炎の前でうっとりかんと手を温《ぬく》めてはシバシバ目を瞬《しばた》いていた。消火栓は独りぽつねんと取り残されているとあって、ちょろちょろ溢れたこぼれ水はむっつり凝り固まったが最後、世捨て人めいた氷に凍てついた。セイヨウヒイラギの小枝が真っ紅な漿果《ベリー》ごとウィンドーのランプの熱でパチパチ爆《は》ぜている店々の明るさは、通りすがりの蒼ざめた顔また顔を赤々と火照り上がらせた。家禽商や万屋の商いは傑作千万な軽口に――売った買ったの値切るの何のといった野暮なお定まりの名分がかかずらっていると信じるなどほとんどお手上げの豪華絢爛たる山車行列に――コロリと姿を変えた。厳めしい公邸の砦に陣取った市長閣下は五十人に垂んとす調理人や執事に世の市長閣下の所帯が祝って然るべきようクリスマスを祝う可しとの命《めい》を下し、閣下がこないだの月曜に通りでへべれけになった勢い血腥いモンチャクを起こした廉で罰金五シリングを取り立てたチビの仕立て屋ですら、こちとらの屋根裏で明日のプディングをグルグル掻き混ぜ、片や痩せこけた女房は乳呑み児を抱えたなり牛肉を調達すべくいそいそ繰り出した。

　霧はいよいよ濛々と立ち籠め、冷気はいよいよ骨身に応えた。身に染むように、身を刺すように、身を切るように、寒かった。仮に善なる聖ダンスタン*がお馴染みの武器に訴える代わり、ほんのかようの悪天でもってちびと悪魔の鼻をつまんでやっていたなら、さらばそやつめ蓋しハンパじゃなし、腹の底から吠え哮っていたろうが。とある、餓《かつ》えた冷気にガリガリ、モグモグ、ちょうど骨が犬に齧られる要領で齧られたちんちくりんの幼気な鼻の主《ぬし》がひょいと、退屈凌ぎの御愛嬌、降誕祭祝歌《クリスマス・キャロル》を御披露賜るべくスクルージの鍵穴にて身を屈《こご》めた。が仰《のっ》けにかく、聞こえたか聞こえぬか――

「神のみ恵みのあらんかな、愉快な殿方！
　何一つ気の塞《ふた》がること勿れ！」

スクルージがそれは力まかせにむんずと物差しを引っつかんだものだから、歌い手はアタフタ尻に帆かけた。鍵穴には後は勝手に霧と、遙かにしっくり来よう霜と睦むが好かろうとばかり。

　とうとう会計事務所を締める刻限がやって来た。不承不承、スクルージは床几から下り、かくて暗黙の内にくだんの事実を水槽《みずおけ》のお待ちかねの事務員に認めた。さらば事務員はすかさずこちとらのロウソクをプツンと抓《つ》み消すや、帽子を被った。

「どうせ、明日は丸一日欲しいとの?」とスクルージは言った。

「もしも差し支えなければ」

「えっと差し支えるわ」とスクルージは言った。「じゃし話が違おう。もしやわしがそのせえで半クラウン差し引いたら、おぬしさぞや踏んだり蹴ったりの目に会うておると思おうが」

事務員はかすかに微笑んだ。

「というに」とスクルージは言った。「このわしが踏んだり蹴ったりの目に会うておるとは思うまい、仕事もせんのに一日分の給金を叩《はた》かねばならんでも」

事務員は物申した。ほんの一年に一度のことでは。

「他人様の巾着を十二月二十五日が巡って来る度切るにはえろうお粗末な言い抜けじゃて！」とスクルージは大外套のボタンをぴっちり顎まで留めながら言った。「がどうせおぬし丸ごと休みを取る気との。その分、明くる朝はとっととここへ来ることじゃ」

事務員は、はい、かしこまりましたと返し、スクルージは唸り声もろとも表へ出た。事務所は瞬く間に閉《た》て切られ、事務員は白い長襟巻き《カムファタ》の長い両の端をダラリと腰の下まで垂らしたなり（何せ大外套などという気の利いた代物は持ち併さなかったから）、クリスマス前夜に敬意を表し、コーンヒルの滑り坂をツルツル二十度ばかし、小僧の列の殿について下《くだ》り、そこでキャムデン・タウンの我が家目指し一目散に駆け出した。いざ、鬼ごっこをして遊ぼうと。

スクルージはいつもの陰気臭い旅籠で陰気臭い夕飯《ゆうめし》を認《したた》め、新聞という新聞を端《はし》から読み、夕べの残りを銀行通帳で紛らし果すと、床《とこ》に就くべく家路に着いた。彼はその昔今は亡き共同経営者が塒にしていた部屋に住んでいた。そいつはとある中庭の先の仏頂面の一構えの建物の中の鬱々たる続きの間《ま》で、くだんの屋敷と来てはそれはとんとそこに御座る筋合いがなさげなものだから、人は誰しもそやつめ、ガキの時分に外《ほか》の屋敷共と隠れんぼをしている際に駆け込んだはいいが、それきりコロリと、出口を忘れてしまったものと想像を逞しゅうせずばおれなかった。屋敷は今ややたら老いぼれ、やたら殺風景だった。何せ外《ほか》の部屋はそっくり事務所として貸しに出されているとあって、スクルージしか住まっていなかったからだ。中庭はそれは暗いものだから、そいつの石ころという石ころとお馴染みのスクルージですら、両手で手探りせねばならぬほどだった。霧と霜がそれは濛々と屋敷の真っ黒な古めかしい門口のグルリに垂れ籠めているものだから、まるで「荒天」の守り神が出入口にデンと陣取ったなり、鬱悒《いぶせ》き物思いに耽ってでもいるかのようだった。

さて、今に揺るがぬ事実たることに、扉のノッカーにはめっぽうどデカいという点をさておけば、何ら特段変わった所はなかった。これまた今に揺るがぬ事実たることに、スクルージはくだんの場所に住みついてこの方、朝な夕な、そいつを目にしていた。してはたまた今に揺るがぬ事実たることに、スクルージはロンドン・シティーに住まう、果ては市自治体から、市参事会員から、同業組合員もコミにて――とは大胆極まりなき準えではあるが――如何なる男にも増して所謂空想《ファンシー》なるものを持ち併せていなかった。かてて加えて銘記さるべきことに、スクルージはくだんの昼下がり、幽明境を異にして七年になる相方のことを最後に口にして以来、ちらともマーリには思いを馳せていなかった。とならば、どなたであれ、もしや叶うものなら、御説明頂けまいか、如何でスクルージは扉の錠に鍵を突っ込んだその拍子、ノッカーの中にドロンと、藪から棒もいい所――ノッカーならぬマーリの顔を目の当たりにせしものか。

　マーリの顔を。そいつは中庭のその他一切合切同様曖昧模糊たる影に包まれているのではなく、グルリに薄暗がりの地下室の腐ったロブスターよろしく陰気臭い光を放っていた。面《つら》は怒っても荒くれてもいなかったが、マーリがいつもジロリとやっていたままにスクルージをジロリとやった。お化けじみた額にお化けじみた眼鏡を載っけたなり。髪の毛はまるで呼気か熱風にでもよるかのように妙ちきりんな具合にツンツン押っ立ち、目は、大きく瞠ってはいたものの、微動だにしなかった。そいつと、その鉛色のせいで、面《つら》は身の毛もよだつようだった。がその凄まじさは面《つら》そのものの表情の端くれというよりむしろ、面《つら》そっちのけの、面《つら》の手にはとんと負えぬそれのようだった。

　スクルージが当該物の怪にじっと目を凝らす間《ま》にも、そいつはまたもやドロンと、ノッカーに戻った。

　彼は度胆を抜かれなかった、とか彼の血は物心ついてこの方ついぞ身に覚えたためしのなき恐るべき感懐に見舞われなかった、と言えば嘘になろう。がスクルージは思わず離していた鍵に手をかけると、御逸品をしぶとく回し、中へ入り、ロウソクに火を灯した。

　彼はなるほど扉を締める前にしばしためらいがちに足を止めた。してなるほどまずは扉の後ろをしげしげ眺めた。さながらマーリの弁髪が玄関広間の方へ突き出ているのを目の当たりにギョッと胆を潰すものと半ば当てにしてでもいるかのように。が扉の背にはノッカーを留めている螺子釘と螺子を措いて何一つなかった。よって彼は「ぷうーっ、ぷうーっ！」と独りごつ側《そば》からバタンと戸を閉《た》てた。

　音は屋敷中、雷《いかづち》さながら轟き渡った。階上の部屋という部屋は、階下の葡萄酒商の地下倉庫の樽という樽は、そいつ自身の別箇の谺の轟きを持ち併せてでもいるかのようだった。スクルージはたかが谺ごときに胆を冷やすような男ではなかった。よってしっかと扉に錠を下ろし、玄関広間を過り、階段を昇って行った。しかもゆっくり。道々ロウソクの芯を抓《つま》みながら。

　世に漠然と、六頭立て馬車で古き善き階段を駆け登る、と言おうか若き悪しき国会制定法を突っ切る*と言う。が小生はかく言おう、くだんの階段ならば霊柩馬車とて、引き皮の横木を壁に、扉を欄干に向けたなり*横方《よこざま》、それもお易い御用で、駆け登らせていたやもしれぬ。くだんの離れ業をやってのけるにたっぷり横幅も隙間もあった。或いはそれ故ではなかろうか、スクルージがふと、目の前の暗がりの中を霊柩馬車が馬そっちのけでガラガラ登って行くのが見えたような気がしたのは。通りのガス灯を半ダースから狩り出そうとて、くだんの入口をやたら煌々とだけは照らせなかったろう。さらばそいつはスクルージの糸心蠟燭一本こっきりではさぞや暗かったのではあるまいか。

　などということには一向お構いなしで、スクルージは昇って行った。闇は安くつく。よってスクルージは闇が大好きだった。が重たい扉を締める前に、何一つ異常はないか確かめるべく部屋から部屋を見て回った。然なる石橋を叩いて渡りたいと思うほどには且々くだんの面《つら》が瞼に焼きついていたから。

　居間から、寝室から、物置部屋から。どいつもどこと言って変わった所はない。テーブルの下に誰一人、ソファーの下に誰一人、いるでなし。火格子の中では小さな火が燃え、スプーンと鉢はお待ちかねで、小さな粥のソースパンは（スクルージは鼻カゼを引いていたから）やかん載せの上だ。ベッドの下に誰一人、押入れの中に誰一人、壁に卦体な見てくれで吊る下がっている化粧着の中に誰一人、いるでなし。物置部屋もいつも通りだ。おんぼろ炉囲いに、古靴に、魚籠《びく》が二つに、三脚の洗面台に、火掻き棒にと。

　すっかり得心が行くと、彼は戸を閉《た》て、錠を下ろして閉じ籠もった――二重に錠を下ろして、とは常の習いではなかったが。かくて万が一にも不意討ちを食らう心配がなくなると、クラヴァットを外し、部屋着と室内履きに着替えた上からナイトキャップを被り、粥をするべくやおら腰を下ろした。

　そいつは蓋し、めっぽういじけた炉火だった。そんな身を切るような晩にはないも同然の。よって彼はそんなものの片手一杯の燃料からわずかなり暖を取ろうと思えば、ひたと寄り添うようにして座り、その上に屈み込まねばならなかった。暖炉は遙か昔、どこぞのオランダ商人《あきんど》によって造られた古めかしいそいつで、グルリにはそっくり、聖書の逸話を絵解きした風変わりなオランダ・タイルが嵌め込まれていた。

カインとアベル（『創世記』四）もいれば、ファラオの娘（『創世記』二）もいれば、シバの女王（『列王記第一』一〇：一‐一三）もいれば、羽根蒲団よろしき雲に乗って空から舞い下りて来る天使めいた使者もいれば、アブラハム（『創世記』一一：二七‐二五：一〇）もいれば、ベルシャザル（『ダニエル書』五：五）もいれば、舟型バター入れで沖へ漕ぎ出している十二使徒もいれば、彼の想念を惹く幾百もの絵姿があった。というにあの世へ行って早七年になるマーリのくだんの面《つら》が古《いにしへ》の預言者の杖よろしくドロンと立ち現われたかと思いきや、＊図柄をそっくり呑み込んだ。たとい滑《すべ》らかなタイルが一枚一枚、仰《のっ》けはぬっぺらぼんにして、彼の想念のバラけた端くれからその表に某か絵を模《かたど》る力を秘めていたとて、タイルというタイルには老いぼれマーリの頭の雛型が浮かび上がっていたろう。

「へんっ、このタワケめが！」とスクルージは独りごちた。して部屋をスタスタ過った。

一再ならず行きつ戻りつしていたと思うと、彼はまたもや腰を下ろした。して頭を椅子の中で仰け反らせた勢い、たまたまとある鈴《りん》に目が留まった。部屋の中に吊る下がり、今やコロリと忘れ去られた何らかの用で建物のいっとう上の階の一室とつながっている、お役御免の鈴《りん》に。して腰を抜かしそうなほどびっくり仰天した上から奇しく、曰く言い難き怖気を奮い上げてのことであった、じっと目を凝らしている間《ま》にもこの鈴《りん》が揺れ始めるのを目の当たりにしたのは。鈴《りん》は初っ端はそれはそっと揺れているものだから、ほとんど音らしい音も立てなかった。がほどなくリンリン、けたたましく鳴り始め、さらば屋敷中の鈴《りん》という鈴《りん》がつられて仲良くリンリン、けたたましく鳴り始めた。

こいつはものの三十秒か一分そこいらしか続かなかったやもしれぬ。が丸一時間は続いたやに思われた。が鈴《りん》は取っかかったに劣らず一斉に鳴り止んだ。とその途端ジャランジャラン、遙か階下《した》の方で音がした。まるでどいつか葡萄酒商の地下倉庫の樽の上で重い鎖を引こずってでもいるかのように。スクルージはそこではったと、何でもお化け屋敷に取り憑いた幽霊というのはジャランジャラン鎖を引こずるものと相場は決まっているらしいと洩れ聞いたためしがあるのを思い起こした。

バッターンと、地下倉庫の扉が大きく開け放たれ、それからくだんの音が階下《した》の床板の上で遙かに大きく響いているのが聞こえ、それからガシャリガシャリ階段を昇り、それから真っ直ぐ自分の扉の方へ向かって来るのが聞こえた。

「へんっ、どのみちタワケめが！」とスクルージはつぶやいた。「担がれてたまるか」

彼の顔からは、とは言え、すっかり血の気が引いた、そいつがひたと止まりもせぬまま、重い扉をぶち抜き、ズンズン部屋の中の彼の目の前までお越しになるに及び。そいつが入って来るや否や、今はの際の炎はパッと、まるでかく声を上げてでもいるかのように躍り上がった。「やっ、奴じゃないか。マーリの亡霊だ！」と思いきや、またもやシュンと窄《すぼ》んだ。

同じ面《つら》だ、正真正銘、同じ。弁髪を垂らし、お定まりのチョッキと、タイツとブーツの出立ちのマーリだ。ブーツの飾り房は弁髪や、上着の裾や、頭の髪の毛そっくりにツンツン押っ立ってはいるが。彼の引こずっている鎖は腰のグルリでしっかと留められ、ゾロンと、まるで尻尾みたように御尊体の周りに巻きついていた。して御逸品（というのもスクルージはしげしげ食い入るように目を凝らしたから）金庫や、鍵や、南京錠や、元帳や、証文や、鋼で鍛えられた重い財布でこさえられていた。マーリの胴体は透明だった。よってスクルージには、彼にじっと目を凝らし、チョッキの向こうまで見透かせば、上着の背《せな》の二つのボタンが見て取れた。

スクルージはしょっちゅう、マーリにはハラワタが、と言おうかナサケゴコロがこれっぽっちないという噂は耳にしていた。が今の今まで鵜呑みにしたためしはなかった。

いや、今ですら鵜呑みにしてはいなかった。なるほど、何度も何度も亡霊をズドンと向こうまで見透かし、そいつが目の前に立っているのを目の当たりにしようと——そいつの死んだようにひんやりとした目にゾクリと背筋を寒気が走るのを覚えようと——くだんの頭巾にそれまではこれきり気づいていなかったとは言え、今や頭から顎にかけてグルリと、幾重にも畳んだ上から結わえられたカーチーフの正に肌理までしげしげやろうと——彼はそれでもなお、眉にツバしてかかり、己《おの》が五感と組み打った。

「やい、この！」とスクルージは、相変わらずぶっきらぼうにして突っけんどんに食ってかかった。「わしに何用じゃ？」

「しこたま用じゃ！」——ん、確かに、マーリの声だ。

「きさま何者じゃ？」

「それを言うなら何者だったでは」

「ならば何者じゃった？」とスクルージは声を荒らげながら言った。「きさましちめんどくさい奴じゃの、かすみ《シェイド》にしては」彼は今にも「かすれ《シェイド》まで」と言いかけていた。が、もっと打ってつけたろうとこいつにすげ替えた。

「この世ではわしはおぬしの相方の、シェイコブ・マーリだった」

第一連

「きさま——きさま腰は下ろせるか？」とスクルージは怪訝げに相手を見やりながらたずねた。

「下ろせる」

「ならばとっとと下ろさんか」

スクルージが然に吹っかけたのは、果たしてかほどに透き通った亡霊なるものいざ蓋を開けてみれば、椅子に掛けられるものや否や半信半疑だった上、万が一にも然にあらずというなら、そやつめ、さぞや厄介な申し開きをせねばなるまいという気がしたからだ。が亡霊は、てんでお手の物とばかり、暖炉の反対側に腰を下ろした。

「おぬしわしに眉にツバしてかかっておろう」と亡霊は宣った。

「ああ」とスクルージは返した。

「わしは現《うつつ》と信じるにおぬしの五感以上に何がお入りじゃ？」

「さあの」とスクルージは言った。

「何でまたおぬし自身の五感まで勘繰る？」

「そりゃ」とスクルージは言った。「ほんのちょっとのことであやつらイカれるもので。ちびっと胃がモタれただけであいつらペテン師に化けおるもので。きさまひょっとして、いっかなコナれてくれん牛肉の欠片か、洋ガラシの染みか、チーズの屑か、煮えくさしのジャガイモの端くれやもしらん。きさまどのみち土饅ジュウというより肉ジュウめいておろうが！」

スクルージは固より与太を飛ばす習いにはなかったし、折しも胸中、およそおどけ返るどころの騒ぎではなかった。種を明かせば、ただ自らの気を逸らし、怖気を封じ込める手立てとし、賢しらに振舞おうとしたまでのことである。というのも幽霊の声は正しく骨の髄まで染みるようだったから。

一瞬たり押し黙ったきりくだんの微動だにせぬどんより眼を睨め据えて座っていた日には、とスクルージにはピンと来た、イッカンの終わりだろう。ばかりか、幽霊がそいつ自身の地獄めいた大気を引っ連れていることには何やらめっぽう由々しき所があった。スクルージは肌で感じることは叶はなかったが、これぞ一目瞭然。というのも亡霊は身動ぎ一つせぬまま座っていたものの、髪や、裾や、飾り房は依然、竈からの熱気に煽られてでもいるかのように上へ上へと峙っていたからだ。

「きさまこの爪楊枝が見えるか？」とスクルージは上述の謂れ故にまたもやすかさず攻撃に転じながら、してたとい束の間にせよお化けのひたと据えられたきりの目を自分から逸らしたいばっかりに、言った。

「ああ」と亡霊は返した。

「そうは言うても見ておらんではないか」とスクルージは言った。

「だが、わしには見えるのさ」と亡霊は言った。「それでもの」

「はむ!」とスクルージは返した。「ほんのこいつを鵜呑みにしてみろ、わしはあの世へ行くまでどいつもこいつもこの手ででっち上げた有象無象の悪鬼に祟られるが落ちじゃろうて。へんっ、じゃから、このタワケめが! げに、このタワケめが!」

との悪態を耳にするや、お化けがおどろおどろしき叫び声を上げ、それは陰気臭くも身の毛のよだつようなジャラつきもろとも鎖を揺すぶり上げたものだから、スクルージは気を失ってぶっ倒れてては大変と、思わず椅子にギュッとしがみついた。が彼の恐怖の如何ほど遥かに凄まじかったろう、物の怪が頭のグルリの包帯を、まるで屋内で結わえているには暑うてかなわんとでも言わぬばかりにかなぐり捨てるや、下顎がパックリ、胸元まで落っこちたとあらば!

スクルージは両膝を突き、顔の前でひしと両手を組み合わせた。

「後生じゃ!」と彼は言った。「そら恐ろしい化け物よ、何でまたわしに祟る?」

「根っから世智辛い奴め!」と亡霊は答えた。「おぬしわしを現《うつつ》と信じるか?」

「ああ、信じるわい」とスクルージは言った。「信じねばなるまいて。じゃが何でまた魑魅《すだま》共はこの世に迷い出て、よりによってわしの所へやって来ねばならん?」

「人間誰しも」と亡霊は返した。「そやつの内なる霊魂が同胞《はらから》の直中に歩み出で、広く遍く旅をせねばならぬ。してもしやくだんの霊魂は生前、繰り出さねば、死後、そうする羽目になろう。そやつは世界中を流離い——おお、哀しいかな!——今となっては分かち合えぬというに、或いはこの地の表《おもて》にて分かち合い、幸せへと転じていたやもしれぬものを目の当たりにするが運命《さだめ》とは!」

またもや幽霊は叫び声を上げ、鎖をジャラジャラ揺すぶっては、透けた手を揉みしだいた。

「きさま枷をかけられておるな」とスクルージはワナワナ身を震わせながら言った。「教えてくれ、何でじゃ」

「わしはこの世で自ら鍛えた鎖に雁字搦めになっておるまでのことだ」と亡霊は答えた。「わしはこいつを輪っか輪っか、一尺一尺、この手で鍛えた。して好き好んで腰に巻き、好き好んでズルズル引こずっておるにすぎん。おぬしこの見てくれに覚えはないか？」

　スクルージはいよよ、いよよ、ワナワナ身を震わせた。

「それともおぬし」と亡霊は畳みかけた。「おぬし自身、如何ほどずっしり重うて長たらしい強かな蜷局《とぐろ》を引きずっているか知りたいか？　七年前のクリスマス前夜にはぴったしこいつと変わらん重うて長たらしかったが。あれからというものしこたまそいつ宛精を出しておるからには、今では途轍もない鎖に仕上がっておるわ！」

　スクルージは思わずちらと、床の上のグルリへ目をやった。てっきりおよそ五十から六十尋に垂んとす鉄の太綱《ふとづな》に取り囲まれているものと思い込み。かようの代物の影も形もなかったが。

「ジェイコブ」と彼は拝み入らんばかりに言った。「老いぼれジェイコブ・マーリ、わしにもっと教えてくれ。慰めの言葉をかけてくれ、ジェイコブ！」

「わしにはそんな気の利いたものはない」と亡霊は返した。「そいつはどこか他処からやって来て、エビニーザ・スクルージ、どいつか外《ほか》の手合いの連中に、どいつか外《ほか》の遣いの者によってもたらされるもので。ばかりかわしには教えてやりたいことすら教えてやれん。後もうほんの少ししか許されておらんからには。わしには休むことも、留まることも、どこかをフラつくことも叶わぬ。わしの霊魂は一度たり我々の会計事務所のその先へは歩み出なかった――いいか、よく聞け！――生前わしの霊魂は一度たり我々の両替え屋の窖のせせこましい縄張りのその先へはフラフラさ迷い出なかった。お蔭で目の前にはうんざりするような長旅がお待ちかねという訳だ！」

　スクルージはいつも物思いに耽り出すと決まってズッポリ、膝丈ブリーチズの両のポケットに手を突っ込むのが癖だった。亡霊が口にした文言につらつら思いを馳せながら、彼は今や目を上げも跪いている姿勢を崩しもせぬまま、例の調子でズッポリ、ポケットに手を突っ込んだ。

「きさまさぞやのん気にそいつにかかずらっておるのだろうて、ジェイコブ」とスクルージはしおしお、恭しげではあったものの、事務屋っぽい物腰で宣った。

「のん気に！」と幽霊はオウム返しに声を上げた。

「七年前にあの世へ行って」とスクルージはとっくり惟みた。「それからずっと旅をしておるというなら！」

「あれからというもの」と亡霊は言った。「これきり安らえも、これきりくつろげもせぬまま。ひっきりなし疚しさばかりに苛まれて」

「きさま速うに旅をしておるのか？」とスクルージはたず

ねた。

「風の翼に乗って」と亡霊は返した。

「七年も旅をすればさぞかしあちこち駆けずり回っておるのやもしらんな」とスクルージは言った。

亡霊は、然なる文言を耳にするや否やまたもや凄まじき叫び声を上げ、夜の黙《しじま》にそれはガシャリガシャリ、悍しく鎖をジャラつかせたものだから、たとい夜巡りが御当人を安眠妨害の廉で訴え出ていたとてしごくごもっともではあったろう。

「おお！　囚われ、括られ、二重に枷をかけられ」と物の怪は声を上げた。「幾星霜にもわたる不死の者達によりてこの地球のために為された間断なき営みはそいつの感受し得る善が十全に開花せぬ内に永久《とこしへ》へと移ろわねばならぬということも知らぬとは。何にせよ、その者のちっぽけな縄張りで自ら進んで身を粉にする如何なるキリスト教的精神といえども、己《おの》が死すべき命はその有益性の大いなる手立てにとりては可惜短すぎるだろうと思い知らされようということも知らぬとは。如何に果てなき悔悛といえども無駄に潰えたとある人生の機を償うこと能はぬということも知らぬとは！　がそれでいてこのわしがそうだった！　おお！　このわしがそうだった！」

「じゃがきさまいつもめっぽう腕の立つ仕事人だったではないか、ジェイコブ」とスクルージは、今や一件を我と我が身に当てはめ始めていたから、ためらいがちにカマをかけた。

「仕事！」と亡霊はまたもや手を揉みしだきながら声を上げた。「同胞《はらから》がわしの仕事だった。人々の安寧がわしの仕事だった。慈愛と、憐憫と、寛容と、博愛が全てわしの仕事だった。商いの取引きなどわしの仕事という広大な大海原のほんの一雫にすぎなかった！」

亡霊はさながら御逸品こそ己《おの》が詮なき悲嘆全ての所以ででもあるかのように鎖を腕一杯伸ばして突き上げ、またもやずっしり床に振り下ろした。

「巡る一歳《ひととせ》のこの時節ともなれば」と幽霊は言った。「わしはとりわけ辛い思いをする。どうしてごった返した人間同士の人込みの直中を目を地べたに伏せたまま縫い、ついぞかの、三賢人を約しき苫屋へと導き賜うた（『マタイ』二：一－一二）ありがたき星へともたげようとしなかったのか？　その輝きがこのわしだって誘《いざな》っていたろう約しき苫屋は全くなかったというのか！」

スクルージは幽霊がこんな調子でまくし立てるのを耳に大いに慌てふためき、やたらワナワナ身震いし始めた。

「わしの言うことを聞け！」と亡霊は声を上げた。「後いくらもこうしてはおられぬ」

「ああ、聞こう」とスクルージは言った。「じゃが、どうかわしにこっぴどう当たらんでくれ！　ゴテゴテ、持って回ったゴ託を並べんでくれ！　後生じゃから！」

「一体またどうしておぬしの目に見えるような形《なり》で目の前に立ち現われたか、バラす訳には行かん。これまでも幾々日とのう影も形もないまま、おぬしの傍に座って来てはおるが」

　とは惟みるだに背筋が寒くなるようではないか。スクルージはワナワナ身を震わせ、額の汗を拭った。

「そいつはわしの悔い改めのお易い御用どころではない端くれだ」と亡霊は続けた。「わしが今晩ここにこうして姿を見せたのは、おぬしにはまだわしの運命を免れる見込みと望みがあると告げるためだった。このわしが自ら手に入れてやった見込みと望みが、エビニーザ」

「きさまいつだってわしにはめっぽう馴染み思いじゃったものな」とスクルージは言った。「恩に着るぞ！」

「おぬしにはこれから」と亡霊は仕切り直した。「三様の精霊が取り憑こう」

　スクルージの面《つら》はゾロンと、先刻亡霊のそいつがやってのけたにほとんど劣らず伸びた。

「そ、そいつがきさまの言うておる見込みと望みとやらか、ジェイコブ？」と彼はしどろもどろたずねた。

「ああ」

「わ、わしは――どちらかと言えば、御免蒙りたいが」とスクルージは言った。

「精霊が訪わねば」と亡霊は言った。「おぬしにわしの辿っておる道を避ける望みはない。第一の精霊は明日、鐘が一時を打つと同時に来よう」

「いっそお三方一緒に来ては頂けまいかの、でとっとと片をつけては、ジェイコブ？」とスクルージはそれとなく水を向けた。

「第二の精霊は明くる晩、同じ刻限に来よう。第三の精霊はその明くる晩、十二時の最後の一打ちがビリビリと震えるのを止めたら来よう。わしにもう二度と会えるとは思うな。よいか、身のためと思うて、せいぜいわしらの間でやり交わされたヤツを胆に銘じておくことじゃ！」

　とのクギを差し果すや、幽霊はテーブルから頬被《ほおかむ》りを引ったくり、元通り頭のグルリに結わえた。スクルージにそれと分かったのは、上顎と下顎がガシャリと噛み合わさる段に歯がしこたま大きな音を立てたからだ。彼がおずおずまたもや目を上げてみれば、この世ならざる客《まろうど》は鎖を一方の腕の上からグルリからに巻きつけ、すっくと背筋を伸ばしたなり彼に面と向かって立っていた。

　物の怪は彼から後退り、一歩一歩、歩く毎に窓がちびりちびり、自づと上がり、かくてお化けがそこまで来た時には、窓は大きく開け放たれていた。

　幽霊はスクルージに近寄るよう手招きし、彼は仰せに従った。互いに二歩と離れていない所まで来ると、マーリの亡霊はこれきり近づくなとばかり、片手を突き上げた。スクルージはひたと立ち止まった。

　唯々諾々と、というよりむしろ胆を潰した上から怖気を奮い上げ。というのも手がかざされた途端、夜気に漂う入り乱れた声が――悲嘆と悔悛の支離滅裂な呻き声が――得も言はれぬほど悲しく疚しげな噎び泣きが――聞こえて来たからだ。お化けは、しばし聞き耳を立てていたと思うと、憂はしい挽歌の仲間に加わり、侘しく暗い夜闇へと漂い出た。

　スクルージは窓辺まで後を追った。興味津々、矢も楯もたまらず。して闇夜を覗き込んだ。

　辺りは一面、ここかしこセカセカ忙しなげに漂っては道すがら呻き声を洩らしている亡霊で溢れ返っていた。どいつもこいつもマーリの亡霊そっくりに鎖で雁字搦めになり、中にはわずかながら（ひょっとして悪事を働いたお役人やもしれぬが）お互い括り合わされている者もあった。が誰一人として自由な者はなかった。生前、スクルージに個人的に馴染みのあった者も少なからず紛れていた。とある白チョッキの、途轍もなくどデカい鉄金庫を踝に括りつけた老いぼれ幽霊など嫌というほど見覚えがあった。がそいつは下の方に見える、戸口の上り段に座ったなり赤子を抱えた惨めな女に手を貸してやれぬというので痛ましいほどポロポロ涙をこぼしていた。連中皆にあって悲惨なのは、人間の営みに、善かれと、手を差し延べたがっているというに金輪際お手上げだということだった。

　果たしてくだんの物の怪共が霧の中へと霞んだものか、それとも霧が連中を経帷子よろしくすっぽり包んだものか、彼にはいずれともつきかねた。が連中も連中のお化けじみた声も諸共いつしか消え失せ、夜は彼がトボトボ帰宅した時のままの面《つら》を下げた。

　スクルージは窓を締め、亡霊が入って来ていた扉を確かめた。扉には、彼が手づから下ろしたままに二重に錠が下り、閂桟には指一本触れられていなかった。彼は思わず「へんっ、このタワケめが！」と言いかけた。がここまで出かかった所ではったと思い留まった。して散々胆を潰したり怖気を

奮ったせいか、その日の疲れがどっと出たせいか、目には清《さや》かならざる霊界を垣間見たせいか、亡霊と退屈千万な言葉を延々交わしたせいか、夜も更け切っていたせいか、とまれ、えらく眠気を催していたものだから、着替えもせぬまま真っ直ぐ床に就き、やにわにぐっすり眠りこけた。

第二連　過去の精霊

スクルージが目を覚ました時、辺りはそれは真っ暗なものだから、ベッドから外をひょいと覗こうと、透き通った窓と寝室のくすんだ四つ壁の見分けもつかないほどだった。持ち前の白イタチじみた目をじっと闇に凝らそうとしたその矢先、いきなり界隈の教会の組み鐘《チャイム》が四半時を四つ打った。よって刻《とき》を告げるのに耳を澄ませた。

彼の腰を抜かしそうなほどびっくり仰天したことに、重々しい鐘は六から七へと、七から八へと、順々に十二まで打ち、そこでひたと止まった。十二時だと！　床に就いたのは確か二時過ぎだった。時計の奴め、どうかしておろう。さては氷柱が撥条《ぜんまい》の中に紛れ込みおったか。十二時だと！

彼は当該この世にまたとないほど不埒千万な時計の狂いを正してやるべく、復打《またうち》時計の撥条《ばね》に触れた。そいつの素早い小さな脈は十二を打った。して止まった。

「ああ、いくら何でも」とスクルージは独りごちた。「丸一日眠りこけて、お次の晩の真夜中まで寝惚けたはずもない。じゃし、いくら何でもお天道様がとんだことになって、こいつが真っ昼間の十二時のはずもない！」

　万が一そんなことになりでもしたらと惟みるだに度胆を抜かれ、彼はアタフタ、ベッドから這いずり出すと、手探りで窓辺へ向かった。がまずもって部屋着の袖で霜を拭い落とさねば何一つ見えなかった。と言おうかその期に及んでなお、ほとんど何一つ見えなかった。朧げながら分かったのはただ、依然濛々と霧が立ち籠め、身を切るように冷たいと、して人々が右往左往駆けずり回り、上を下への大騒ぎになっている――ということに、もしや夜が真っ昼間を追っ立て、この世を独り占めしていたならば、十中八九なっていたろうから――物音一つしないということくらいのものであった。とはやれやれ、一安心。何せ「本第一手形一覧より三日後エビニーザ・スクルージ殿又は指図人宛支払いのこと」等々は、もしや勘定すべき日がからきし御座らねば、ほんの合衆国の有価証券ごとき*に成り下がっていたろうから。

　スクルージはまたもや床に就き、一件をダシに熟々、熟々、熟々、智恵を絞りに、絞りに、絞った。が何ら埒は明かなかった。智恵を絞れば絞るほど、頭の中がこんぐらかり、智恵を絞るまいとすればするほど、智恵を絞った。マーリの幽霊がやたら祟って下さった。胸中、ああでもないこうでもないと思案に暮れた挙句、こいつは一から十まで夢に違いないと決めつける度、彼の心はまたもやパンッと、枷を解かれた強かな撥条《ばね》よろしく、元の位置に撥ね返り、またもや一からそっくり熟々やり直すべく同じ問題を提起した。「あれはげに夢だったのか、ではないのか？」

　スクルージはかくて組み鐘《チャイム》がもう三度ばかし四半時を打ち果すまで悶々と横たわっていた。がそこではったと、亡霊が鐘が一時を打ったら精霊がお越しになろうと告げていたのを思い出した。よってくだんの刻《とき》が過ぎるまでまんじりともせず横になっていようとホゾを固めた。こいつは、恐らく、眠りに就くのは天国に行くのといい対お手上げとあらば、固め得るいっとう賢しらなホゾではあったろう。

　くだんの四半時がそれは長たらしいものだから、彼は一再ならず、てっきりうっかりうつらうつら微睡み、鐘の音《ね》を聞きそくなったに違いないと思い込んだ。がとうとうそいつは彼の欹てた耳にいきなり響いた。

「ガーン、ゴン！」

「十五分過ぎと」とスクルージは数を数えながらつぶやいた。

「ガーン、ゴン！」

「三十分過ぎと！」とスクルージはつぶやいた。

「ガーン、ゴン！」

「後もう十五分と」とスクルージはつぶやいた。

「ガーン、ゴン！」

「いよいよ刻《とき》のお越しじゃが」とスクルージは鬼の首でも捕ったようにつぶやいた。「外《ほか》に何にも来はせんでは！」

　彼は未だ刻の鐘が鳴らぬ内に独りごちていた。してそいつは今や深く、鈍く、空ろな、憂はしき「一時」を告げた。と思いきやパッと部屋の中で明かりが躍り上がり、ベッドのカーテンが引かれた。

　ベッドのカーテンは、何と、とある手によって脇へ引かれた。足許のカーテンでも、背《せな》のカーテンでもなく、彼の顔が面と向いているそいつらが。ベッドのカーテンは脇へ引かれ、スクルージはむっくり半座りに起き上がってみれば、御逸品を引いたこの世ならざる客《まろうど》と真っ向から相対していた。ちょうど小生が今しも貴殿にひたと寄り添っているに劣らずひたと寄り添うようにして。小生は、因みに、こうしている今も貴殿の肘先に、魑魅《すだま》たりて、立っている訳だが。

　そいつは奇妙な人影だった——子供のような。がそれでいて子供というよりむしろ何か超自然的な媒介を通して眺められた老人に似ていた。というのもお蔭で視界から遠ざかり、子供の寸法に縮こまったかのように見えるにすぎなかったからだ。髪は、首の周りや背《せな》にほつれかかっていたが、老いぼれたせいでもあるかのように真白だった。がそれでいて顔には皺一つ寄っていないばかりか、肌にはとびきり嫋やかな紅みが差していた。腕はめっぽう長くて筋張り、手もまた然り——ギュッとやられればさぞや痛かろうように。脚は爪先に至るまでとびきり華奢に出来ていたが、腕や手同様、剥き出しだった。雪のように白いチュニックを纏い、腰のグルリには艶《つや》やかな帯を巻き、その光沢は目映いばかりだった。手には瑞々《みずみず》しく緑々《あおあお》としたセイヨウヒイラギを握っていたが、くだんの冬の象徴と妙にちぐはぐすることに、服の縁には夏の花があしらわれていた。がそいつがらみでいっとう奇妙奇天烈なのは、頭の天辺からパッと明るく澄んだ光線が一筋燃え上がっていることだった。そのお蔭もあって以上全てが手に取るように見えていた訳だが。して恐らくはそのせいもあって、より懶い折々には、今や小脇に抱えているどデカいロウソク消しを帽子代わりに使っていたと思しい。

　これとて、しかしながら、スクルージがいよいよしげしげ目を凝らしてみれば、そいつのいっとう奇妙奇天烈な無くて七クセではなかった。というのもちょうど帯が今やここでキラキラ、キラめいていたかと思えばお次にはあそこでキラキラ、キラめき、束の間明るかったものがお次の瞬間には暗くなっていたように、然に、人影そのものもその明瞭さにおいてどっちつかずなことに、今や片腕こっきりの代物になったかと思えば、今や片脚こっきりの代物になったかと思えば、今や二十本からの脚の代物になったかと思えば、今や頭の捥げた二本脚の代物になったかと思えば、今や胴体の捥げた頭こっきりの代物になり、これら消え失せつつある端くれの輪郭がこちとらの溶け去っている濃い闇の中にて影も形もなくなったからだ。ばかりか、正しくこの摩訶不思議な珍現象の折しも、人影はまたもや、相変わらずくっきり、はっきり、元通りの姿に戻ったものである。

「もしやお宅様が、到来のお告げのあった精霊様でしょうか?」とスクルージはたずねた。

「如何にも!」

声は柔らかく優しかった。まるで彼のすぐ側《そば》にひたと寄り添っている代わり、遙か彼方にでもいるかのように、やたら低くはあったが。

「お宅様はどなたで、何者であられましょう?」とスクルージはたずねた。

「わたしは過去のクリスマスの亡霊だ」

「遠い昔の?」とスクルージは、亡霊の小人《こびと》じみた背丈に目を留めてたずねた。

「いや。お前の過去の」

恐らくスクルージは誰にも、とはたとい誰かにたずねられていたとて、何故《なにゆえ》かは言えなかったろう。が無性に幽霊が帽子を被っている所を拝まして頂きたくなり、どうかズボリとやって頂けぬかと申し入れた。

「何だと!」と亡霊は声を上げた。「お前はそんなにもすぐ様、わたしが降り注いでいる光をその世智辛い手で揉み消そうというのか? お前はその情念がこの帽子を作った連中の端くれであるだけでは——お蔭でわたしが長の年月この帽子を額の上まで目深に被らねばならぬだけでは——足らんというのか!」

スクルージは平身低頭、固より精霊殿のお気を悪くさせようなどめっそうもなければ、生まれてこの方いつ何時《なんどき》であれ態っと精霊殿にグシャリと、拉《ひさ》げた帽子を「押っ被せよう」とした身に覚えもなき旨訴えた。それから思いきって、一体また何用でこんな所までわざわざお越しなされたものか問うた。

「お前の幸福のために!」と亡霊は言った。

スクルージは口では、それは全くもって忝うと返しながらも胸中、くだんの目的のためとあらば一晩ぐっすり眠りこけさせて頂く方がよっぽどか打ってつけだったろうと惟みずにはいられなかった。精霊には彼の胸中のつぶやきが聞こえていたに違いない。というのもすかさず言ったからだ。

「ならばお前の更生のために。よく聞け！」

精霊は然に口を利く間《ま》にも強かな手を突き出し、彼の腕をそっとつかんだ。

「立ち上がれ！　そしてわたしと一緒に来るがよい！」

たといスクルージが空模様と刻限はおよそ徒《かち》の用向きにはしっくり来まいと、ベッドは暖《あった》かい一方、寒暖計は遙か氷点下を指していると、自分はほんの室内履きと、部屋着と、ナイトキャップの出立ちにすぎぬと、折しもひどい鼻カゼを引いている所だと訴えようとて詮なかったろう。むんずと捕まえた手は、女のそれのように優しくはあったものの、抗うべくもなかった。彼はむっくり起き上がった。が精霊が窓辺へ向かっているのを目の当たりに、ひしと、拝み入らんばかりに外衣《ローブ》にすがりついた。

「わたくしはほんのしがない老いぼれ」とスクルージは物申した。「落っこちてしまいましょう」

「わたしの手でそこに」と精霊は彼の胸に手をあてがいながら言った。「ほんの一触れさえすれば、まだまだこの先掲げてやれよう！」

との文言が口にされる側《そば》から二人は壁を潜《くぐ》り抜け、左右に野原の広がる開けた田舎道に立った。シティーはそっくり、消え失せていた。跡形もなく。闇と霧も諸共掻っ消えていた。というのも今や地べたに雪の降り積もる、澄んだ、肌寒い、冬の一日《ひとひ》だったからだ。

「これはまた何と！」とスクルージは辺りを見回す間《ま》にもひしと両手を組み合わせながら言った。「ここはわたしの育った場所では。ガキの時分に過ごした場所では！」

精霊は彼を穏やかに見つめた。その優しい手の触れは、軽く束の間ではあったものの、依然、老人の触覚に残っているかのようだった。空中に揺蕩《たゆた》う数知れぬ芳香が鼻をくすぐったが、その一つ一つにとうに、とうに忘れ去られた数知れぬ想念や、希望や、愉悦や、煩悶が纏いついているとは！

「唇が震えているな」と亡霊は言った。「して頬の上で光っているそいつは何だ？」

スクルージはいつになく声を詰まらせながら、こいつはニキビですとか何とかつぶやき、亡霊にどうかどこへなりお連れ下さいと言った。

「この道は覚えているか？」と精霊はたずねた。

「覚えているかですって！」とスクルージはしゃにむに声を上げた。「目隠ししてでも歩けましょう」

「というに、かくも長の年月忘れていたとは妙な話もあったものだが！」と亡霊は宣った。「さあ、先へ行こう」

彼らの歩く道すがら、スクルージは門という門に、支柱という支柱に、木という木に、見覚えがあった。やがて小さな市場町が遙か彼方に、橋や、教会や、ウネくった川ごと、立ち現われた。毛むくじゃらのポニーが数頭、今や少年達を背《せな》に乗っけたなり彼らの方へ速歩《はやあし》でやって来るのが見え、少年達は農夫に駆られた田舎のギグ馬車や荷馬車の外《ほか》の少年達に声をかけていた。これら少年達は皆大はしゃぎで、互いに声をかけ合い、かくて広々とした野原中、それは陽気なさんざらめきが溢れ返ったものだから、パリパリと張り詰めた外気はそいつを耳に、つられてワッハと腹を抱え出す始末！

「こいつらはかつて存在した物の影にすぎぬ」と亡霊は言った。「我々のことはこれっぽっち気取ってはいない」

陽気な旅人達がやって来た。連中が近づくにつれ、スクルージには一人一人見覚えがあり、一人一人名を呼んだ。一体何故《なにゆえ》連中の姿を目の当たりに雀躍りせぬばかりに有頂天にならねばならぬ！ 一体何故《なにゆえ》連中の行き過ぎざま、冷ややかな目はキラリと潤み、心はウキウキ浮き立たねばならぬ！ 一体何故《なにゆえ》連中がそれぞれ我が家目指し、十字路や脇道で分かれる際、互いにクリスマスお目出度うと声をかけ合うのを耳に喜びで一杯にならねばならぬ！ 一体スクルージにとってクリスマスお目出度うが何だというのか？ クリスマスお目出度うなんぞクソ食らえ！ 一体そいつのお蔭でどんなゴ利益に与れたというのか？

「学校はモヌケの殻という訳ではない」と亡霊は言った。「友達にソッポを向かれた、独りぼっちの少年がまだあそこには残っている」

スクルージはええ、知っていますと答えた。してすすり泣いた。

彼らは馴染み深い小径伝《づて》本街道を後にし、ほどなく殺風景な赤レンガの邸宅に近づいた。屋根には風見鶏を頂く小さなキューポラが聳やぎ、中には鐘が吊る下がっていた。大きな屋敷だったが、零落れた一族のそいつだった。というのもだだっ広い家事室はほとんど使われていなかったし、壁は湿気て苔むし、窓は壊れ、門は朽ちていたからだ。家禽は廐の中でクワックワッと鳴いては尻を振り振り歩き回り、馬車納屋や差し掛け小屋には芝草が蔓延っていた。屋内とて、古《いにしへ》の威容の痕跡をこれきり留めてはいなかった。というのも侘しい玄関広間に一歩足を踏み入れ、仰山な部屋の開けっ広げの扉越しに中を覗き込めば、家具らしい家具もない所へもって、ひんやりとしてがらんどうだったからだ。大気には土っぽい臭いが、その場全体には冷えとした剥き出しの気配が、漂い、かくて辺り一面如何でかやたらロウソク明かりの下《もと》床を抜けたはいいが、さして食い物の御相伴には与れなかった連想ばかり纏いついた。

　二人は、亡霊とスクルージは、玄関広間を過り、屋敷の裏手の扉へと向かった。扉は彼らの目の前で開き、さらば長ずっこい、剥き出しの――幾列も並んだ飾りっ気のない樅の長椅子と机のせいでいよよ剥き出しの――陰気臭い部屋が露になった。机の一脚では独りぼっちの少年がいじけた炉火に身を寄すようにして本を読んでいた。スクルージは長椅子に腰を下ろすと、今は昔の哀れ、忘れ去られた己自身の姿を目の当たりに嗚咽に噎んだ。

　屋敷に響く密やかな谺一つ、羽目板の後ろのネズミのキーキー鳴いてはガタガタ駆けずり回る物音一つ、懶い裏庭の半解けの竪樋《たてどい》からポタリポタリ滴る雫一つ、一本こっきりのしょぼくれ返ったポプラの葉の落ちた大枝の直中なる溜め息一つ、空っぽの倉庫のなまくらにギギギと開いては閉じる扉の軋み一つ、然り、暖炉の中でパチパチ爆ぜる音一つ、スクルージの胸に染みるやそいつを和ませ、勢い、いよよ留め処なく涙を迸らさぬものはなかった。

　精霊はそっとスクルージの腕に手をかけ、本に読み耽っている、彼のより若き己自身を指差した。いきなり、外つ国の衣裳を纏った、目にするだにとびきり冴え冴えとして現《うつつ》めいた男が帯に斧を挿したなり、薪木を背負《しょ》ったロバの頭絡を引きながら窓の外に立った。

「やっ、アリ・ババじゃないか！」とスクルージは陶然と声を上げた。「大好きな、懐かしい、正直者のアリ・ババじゃ！　ああ、そうとも、そうとも、忘れもしない！　いつだったかクリスマスの時、あすこの独りぼっちの少年がここに独りぼっち取り残されていると、あいつはほんとに、ちょうどあんな具合に初めてお越しになったんだっけ！　だしヴァレンタインと」とスクルージは言った。「野育ちの弟オーソン*だって。そら、二人してあっちへ行ってる！　だしぐっすり眠りこけてる間《ま》にズボン下のまんまダマスカスの門に降ろされた何たらかんたらも、ってほら、見えるだろう！　だし魔神に真っ逆様に引っくり返された皇帝《サルタン》の馬丁も、そら、あすこで逆立ちしてるじゃないか！　ってなイイ気味だ。そら見たことか。そもそもあいつにお姫様と連れ添うどんな筋合いがあったってのさ*！」

　もしやスクルージがゲラゲラ腹を抱えているともオイオイ泣いているともつかぬとんでもなく妙ちきりんな声を上げながらくだんのネタがらみで形振り構わずひたぶるまくし立て

ているのを耳にし、頭に血を上らせた勢い面《おもて》を真っ紅に火照り上がらせているのを目にしたらば、シティーの商売仲間は蓋し、腰を抜かさぬばかりにびっくり仰天していたろう。

「だしオウムだって!」とスクルージは声を上げた。「緑の胴体と黄色い尻尾の、頭の天辺からはニョッキリ、レタスみたような代物を生やしたあいつだって。そら御覧! かわいそうなロビンソン・クルーソー、って奴は彼がまたもやグルリッと島を一巡りして我が家へ戻って来ると、そう呼んだのさ。『かわいそうなロビンソン・クルーソー、一体どこ行ってたのさ、ロビンソン・クルーソー?』あいつはてっきり夢を見ているものと思ったけど、そうじゃなかった。そいつは、ほら、オウムだったのさ。やっ、フライデーが、小さな入江目指し死にもの狂いで駆けてってる! やあ! おーい! やあーっ!」

と思いきや、いつもの気っ風はどこへやら、一足飛びにスクルージはかつての己自身に憐れを催し、またもや「かわいそうな奴め!」とつぶやくと、ポロポロ涙をこぼした。

「叶うことなら」とスクルージは一頻り袖口で涙を拭っていたと思うと、ポケットに片手を突っ込み、辺りをキョロキョロ見回しながら独りごちた。「が、今となっては後の祭りと」

「一体どうした?」と精霊はたずねた。

「いえ、何でも」とスクルージは言った。「何でも。ただ昨夜《ゆうべ》男の子がわたしの戸口でクリスマス・キャロルを歌っていました。あの子に何かやれば好かったと思って、というだけのことです」

亡霊は物思わしげに微笑み、手を振った。手を振る間《ま》にもこう言いながら。「お次のクリスマスを見てみよう!」

との文言諸共、スクルージのかつての己自身は大きくなり、部屋は気持ち仄暗く、薄汚くなった。羽目板は縮こまり、窓はヒビ割れ、天井からは漆喰の欠片が剥げ落ち、代わりに剥き出しの木舞《こまい》が露になった。が如何で一切合切然なり羽目と相成ったものか、スクルージには貴殿にチンプンカンプンなのといい対チンプンカンプンだった。彼に分かっているのはただ、そいつはどこからどこまで本当で、何もかも然に出来していたものと、自分はまたもやそら、そこに独りきり、外《ほか》の少年達がみんな愉快な休暇の間《あいだ》、我が家へ戻った後も居残っているということくらいのものだった。

彼は今や本を読む代わり、居ても立ってもいられぬげに部屋を行きつ戻りつしていた。スクルージは亡霊の方を見やり、しょんぼりかぶりを振りながらちらちらと、気づかわしげに扉の方へ目をやった。

扉はパッと開け放たれ、少年よりずっと幼い少女が矢のように駆け込んで来るなり少年の首にすがりつき、何度もキスをしながら「大好きな、大好きなお兄ちゃま」と言った。

「わたしお兄ちゃまをお家に連れて帰りにやって来たのよ、大好きなお兄ちゃま！」と少女は小さな手を打ち合わせ、コロコロ笑い転げるべく体をくの字に折りながら言った。「お兄ちゃまをお家に、お家に、お家に、連れて帰りに！」

「お家に、可愛いファン？」と少年は返した。

「ええ！」と少女は有頂天で声を上げた。「これきり、お家に。いついつまでも、お家に。お家はまるで天国みたいよ。父さんは昔よりずっと優しいものだから、お家はまるで天国みたいよ！　で、こないだの晩、寝る前にそれはそっと話しかけてくれたものだから、わたしも一度、思い切って聞いてみたの、お兄ちゃまはお家に戻ってもいいのって。そしたら、ああ、いいよって。でわたしをこうしてお兄ちゃまを迎えに馬車で送り出してくれたの。でお兄ちゃまはこれからは立派な男の人になるの！」と少女は大きく目を瞠りながら言った。「で、ここにはもう二度と戻って来なくていいの。でもその前に、わたしたちみんなでクリスマスの間中ずっと一緒に過ごして、この世でとびきり愉快な時を過ごさなくっちゃ」

「お前こそいっぱし大人びた口利いてくれるじゃないか、おちゃめなファン！」と少年は声を上げた。

少女は手を打ち合わせ、声を立てて笑い、少年の頭に触れようとした。があんまりおチビさんなものだから、またもやコロコロ笑い転げ、爪先立ちしてギュッと少年を抱き締めた。と思いきや、あどけなくもひたぶる少年を戸口の方へ引っ立て始め、少年もおよそ二の足を踏むどころではなかったから、少女の後について行った。

玄関広間なるおどろおどろしき声が叫んだ。「そら、スクルージ坊っちゃんの葛籠を持って下りんか！」して玄関広間に校長その人が姿を見せ、ジロリと、猛々しくも恩着せがましげにスクルージ坊っちゃんを睨め据え、御当人の手をギュッと握り締めることにて坊っちゃんを生きた空もなく竦み上がらせた。校長はそれから彼と妹を未だかつてお目にかかったためしのないほど正真正銘古井戸じみた、骨身に染みるほど冷え冷えとしたいっとうの茶の間へと請じ入れ、そこにては壁に吊る下がった一枚ならざる地図も窓辺の天球儀と地球儀も寒さの余り蠟といい対血の気の失せた面《つら》を下げていた。ここにて校長はやたら水っぽいワインのディキャンターと、やたら生焼けのケーキの塊を取り出し、幼気な兄妹にくだんの馳走を薬よろしく処方すると、同時に御者にも「某か」一杯振舞おうと、骨と皮に痩せさらぼふた召使いを遣いにやった。さらばこの方返して曰く、だんなにゃかたじけねえこったが、もしかこねえだのと同しヤツならゴ免蒙りやすぜ。スクルージ坊っちゃんの葛籠がこの時までには幌付き四輪《シェイズ》の天辺に括りつけられていたので、兄妹は校長にやたらいそいそさよならを告げ、馬車に乗り込むが早いか陽気にガラガラ庭の車寄せを駆け抜けた。驀地な車輪は片や、常磐木《ときわぎ》の深緑の葉から真白な霜や雪を水飛沫《みずしぶき》さながら蹴散らかしてはいたが。

「いつも風がそよとでも吹けば萎びてしまいそうなほど華奢な奴だった」と亡霊は言った。「が心根の大らかな！」

「ああ、心根の大らかな」とスクルージは声を上げた。「仰せの通りでございます。よもや、でないなどとは、精霊様。めっそうもない！」

「嫁いだ後《のち》に身罷り」と亡霊は言った。「確か、子供が数名いたはずだが」

「独り子が」とスクルージは返した。

「如何にも」と亡霊は言った。「お前の甥が！」

スクルージは何やら胸中、居たたまらぬげだった。してポツリと返した。「ええ」

彼らはほんの折しも学舎を後にしたばかりというに、今やとある街の繁華な目抜き通りに佇み、そこにては朧な通行人が行き交い、朧な荷馬車や馬車が我勝ちに道を急ぎ、どこからどこまで現《うつつ》の街のごった返しや賑いで溢れ返っていた。あちこちの店の飾りつけからして、またもやクリスマスの時節たること一目瞭然。とは言え、日もとっぷりと暮れ、街路には火が灯っていた。

亡霊はとある問屋の戸口で足を止め、スクルージにこいつに見覚えはあるかとたずねた。

「見覚えはあるかですって！」とスクルージは言った。「わたしはここに丁稚奉公してはいなかったでしょうか！」

二人は中に入って行った。ウェルシュ・ウィッグ*の御老体が、もしやもう二インチばかしのっぽならば定めてゴツンと天井に頭をぶつけていたろうほど背の高い机の向こうに座っているのを目の当たりに、スクルージはとんでもなくカッカと頭に血を上らせて声を上げた。

「やあ、フェジウィグ親方だ！　何てこった、フェジウィグ親方がまたこの世とは！」

フェジウィグ親方はペンを置き、つと時計を見上げ、さらば針は七時を指していた。親方はシコシコ揉み手をし、だだっ広いチョッキの皺をシャキッと伸ばし、ピンは慈愛の部位*からキリは靴に至るまで、ゆっさゆさ、御尊体中で腹を抱えたと思いきや、心地好い、脂ぎった、朗たる、でっぷり肥えた、ほがらかな声で呼び立てた。

「やいほい、そら！　エビニーザ！　ディック！」

今やいっぱし若者に成長した、かつてのスクルージ自身がキビキビ、相方丁稚共々駆け込んで来た。

「こりゃ、ディック・ウィルキンズでは！」とスクルージは亡霊に言った。「いやはや、全くもって。ほら、あいつです。わたしにめっぽう懐いていたものです、ディックの奴は。かわいそうなディックの奴は！　何と、何と！」

「やいほい、そら、お前達！」とフェジウィグは言った。「今晩はもうこれきり仕事は止しだ。クリスマス・イヴだぞ、ディック。クリスマスだぞ、エビニーザ！　とっとと鎧戸を閉《た》てんか」とフェジウィグ親方はパンと両手を打ち合わせざま声を上げた。「ジャック・ロビンソンとも言えない間《ま》にな！」

これら二人の若造が如何にそいつに捩り鉢巻きでかかったことか、まずはお信じ頂けまい！　二人は鎧戸ごと表へ突撃をかけ――一、二、三――そいつら押っ立て――四、五、六――閂鎖《さ》して栓捻じ込んで――七、八、九――十二まで行かぬとうの先からハアハア、競争馬よろしく駆け戻った。

「やあそら！」とフェジウィグ親方はピョンと、目にも留まらぬ早業ですばしっこくのっぽの机から飛び下りながら声を上げた。「邪魔物を端《はし》から片づけろ、お前達、でここをだだっ広くしてやるんだ！　やあそら、ディック！　ちゅっちゅっ、エビニーザ！」

邪魔物を端《はし》から片づけろだって！　一体何を、フェジウィグ親方に傍で見守って頂いていながら片づけないということのあったろう、と言おうか片づけられないということの。そいつにはあっという間にケリがついた。家財という家財はそっくり、まるでこれきり公務からお役御免にされでもしたかのように追っ立てられ、床はサッサと塵を掃いた上からパラパラ水を撒かれ、ランプの芯は手当たり次第に抓まれ、石炭が炉に山と積まれ、かくて問屋は貴殿がおよそ冬の晩にお目にかかりたいと望み得る限りにおいてとびきり小ぢんまりとした、暖かい、カラリと乾いた、明るい舞踊室と相成った。

いざ、バイオリン弾きが楽譜ごとお越しになった。して、のっぽの机にツカツカ向かい、御逸品をズブの奏楽席《オーケストラ》に仕立て上げ、五十は下らぬ腹痛よろしくギコギコ音合わせをした。いざ、フェジウィグのお上さんがお越しになった、これ一つの花も実もあるどデカい笑みたりて。いざ、フェジウィグの三姉妹がお越しになった、にこやかにして愛嬌たっぷりに。いざ、そのハートを三姉妹が焦がして差し上げている六人のホの字の若者がお越しになった。いざ、店で雇われている若造や娘が一人残らずお越しになった。いざ、小間使いが従兄のパン屋共々お越しになった。いざ、お三どんが兄さんの格別な馴染みたる牛乳配達夫もろともお越しになった。いざ、どうやら御主人からロクすっぽ腹の足しを頂いていないげなお向かいの小僧がお越しになった。これまたどうやら女主人に両の耳を引っぱられたと思しき、隣の隣の小さな女中の蔭に身を潜めようと躍起になりながら。いざ、連中、どいつもこいつも、次から次へと、お越しになった。中には照れ臭そうな者もあれば、ふてぶてしげな者もあれば、艶《あで》やかな者もあれば、ぎごちなげな者もあれば、ズンズン押す者もあれば、グイグイ引く者もあったが。いざ、連中、どいつもこいつも、とにもかくにも、いずれにせよ、お越しになった。していざ、皆して一時《いちどき》に二十の組になってステップを踏みにかかった、手に手を取って半ばグルリと弧を描き、またもや向こうっ側から引き返し、ど真ん中を突っ切るやまたもや突っ切り返し、仲良し同士の組み合わせの色取り取りの睦まじさにてクルクル、クルクル回り、元の仰《のっ》けのカップルはいつも決まってお門違いな場所にドロンと現われ、お次の仰《のっ》けのカップルはそこに辿り着くやまたもやおっ始め、とうとう仰《のっ》けのカップルだらけで、お二人さんに手を貸すどん尻のそいつが一組こっきりいなくなるとは！　との顛末と相成るや、フェジウィグ親方はダンスに待ったをかけるべくパンパン手を叩きながら腹の底からガナり上げた。「でかしたぞ！」さらばやにわにバイオリン弾きはわざわざそのため仕度されているポーターの壺に火照った御尊顔を突っ込んだ。が一息入れるを潔しとせず、ガバとお目見得するや、すかさずまたもや、未だ踊り手の一人たり御座らぬというに、おっ始めた。さながら、もう一方のバイオリン弾きはヘトヘトにくたびれ果てた挙句、鎧戸にてえっちらおっちら御帰館遊ばし、この方、奴を完膚無きまでぶちのめさん、さなくば死をとホゾを固めた真っ新《さら》の御仁ででもあるかのように。

　まだまだどっさりダンスがあり、罰金遊びがあり、またぞろどっさりダンスがあり、ケーキがあり、ニーガスがあり、大きな冷製炙り肉《ロースト》の塊があり、大きな冷製茹《ボイルド》で肉の塊があり、ミンス・パイがあり、ビールがしこたまあった。が何と言ってもその宵のとびきりゴキゲンな落ちは炙り肉《ロースト》と茹《ボイルド》で肉の後についた。というのもバイオリン弾きが（こやつめ、いいかい、とんでもない曲者なもので！　貴殿や小生などおよそ入れ知恵するは叶はぬほど重々こちとらの要件を心得ている手合いなもので！）いきなり「サー・ロジャー・ド・カヴ*アリ」をおっ始めたから。さらばフェジウィグ親方はお上さ

John Leech

んとダンスを舞うべくしゃしゃり出た。しかも仰《のっ》けのカップルたりて。めっぽう手強い離れ業を手一杯抱え、二十と三、四組に垂んとすパートナーを――端《はな》から手玉に取るなどお手上げの――歩くなどこれっぽっち念頭になき、火が降ろうと槍が降ろうと踊ろうとする連中を――付き従えたなり。

とは言え、たとい連中がその二層倍いたとて――ああ、四層倍いたとて――フェジウィグ親方はてんで引けを取ってはいなかったろう。してそれを言うならお上さんだって。ことお上さんはと言えば、お上さんはその文言のありとあらゆる意味合いにおいて親方の連れ合い《パートナー》たるにドンピシャだった。もしやそれで褒めちぎったことにならぬなら、どうか小生にまだ上を行く褒め言葉を教え賜え、さらばありがたく拝借しようでは。正しくピカリと、フェジウィグ親方の両の腓からは閃光が放たれるかのようだった。御両人はダンスの端々で月さながらキラめいた。貴殿はいつ何時であれ、お次は御両人の身に何が降り懸かろうかこれきり判じ得なかったろう。してフェジウィグ親方とお上さんがダンスをそっくり舞い果すや――進んで下がって、両手をパートナーに、お互い深々お辞儀して、栓抜きみたようにクルクル回って、「針に糸通し」て、そら、元に戻って――フェジウィグ親方は空《くう》で両足を「交差《カット》」した――が、それは物の見事に「交差《カット》」したものだからまるで両の大御脚もて目交《ウインク》せしたかと見紛うばかり。してまたもやヨロともせずに着地を決めた。

時計が十一時を打つと、当該気のおけぬ舞踏会はお開きとなった。フェジウィグ親方とお上さんはそれぞれ戸口の両側の持ち場に就くと、誰も彼もと一人一人、出て行きしなに握手を交わしながら、誰も彼もにクリスマスお目出度うと声をかけた。丁稚御両人を措いてみんな帰ってしまうと、夫妻は二人にも同じようにクリスマスお目出度うと言い、かくて陽気なさんざらめきはいつしか消え失せ、二人の若造は寝床へと置き去りにされた。そいつら裏手の店の勘定台の下にあったから。

この間《かん》終始、スクルージは気の狂れた男さながら振舞った。彼の心と魂はその光景の中にあり、かつての己自身と共にあった。彼は一から十まで証を立て、一から十まで思い起こし、一から十まで愉しみ、またとないほど妙ちきりんな具合に千々に心を掻き乱した。今や、かつての己自身とディックの明るい面《おもて》が自分達から背けられて初めて、彼は亡霊のことを思い出し、亡霊が自分にじっと――頭の天辺の光がめっぽう冴え冴えと揺らめいている片や――目を凝らしているのに気がついた。

「ほんの訳ない話だ」と亡霊は言った。「あいつら愚か者達をあんなにも感謝で一杯にするなど」

「ほんの訳ない話！」とスクルージはオウム返しに声を上げた。

精霊はフェジウィグ親方を心の底から褒めそやすに思いの丈をぶちまけている二人の丁稚の話に耳を傾けるよう手真似で示し、スクルージが仰せに従い果すと、言った。

「ああ！　ではないとでも？　あの男はお前達の泡沫《うたかた》の金をものの二、三ポンド、恐らくは三か四ポンド叩《はた》いたにすぎぬ。そいつはかほどの褒め言葉を頂戴するだけのことがあるか？」

「要はそうではありません」とスクルージは亡霊の文言に熱り立った勢い、我知らず後年の、ではなくかつての己自身さながら口を利きながら言った。「要はそうではありません、精霊様。わたし達を幸福にするのも不幸にするのも親方の腕一つです。わたし達の務めを軽くするのも重くするのも——愉しみにするのも骨折りにするのも——親方の腕一つです。たとい親方の腕は言葉や面差しの中にあるとしても——あんまり些細で取るに足りないものだから足して〆を出すなど土台叶はない代物の中にあるとしても、だからどうだというのでしょう？　親方の与えて下さる幸せはいくら金銀宝を山と積まれても追っつかないほど計り知れません」

彼は精霊がちらとこちらを見やるのを感じ、思わず口ごもった。

「どうした？」と亡霊はたずねた。

「いえ、別に」とスクルージは返した。

「何か、ほら、あるのだろう？」と亡霊はしぶとくたずねた。

「いえ」とスクルージは返した。「いえ。ただ、こうしている今の今、わたしの事務員に一言二言かけてやれぬものかと。というだけのことです」

然なる願いを彼が口にしている間《ま》にもかつての己自身はランプの火を細め、スクルージと亡霊はまたもや開けた外気の中に肩を並べて立った。

「わたしの時間は尽きかけている」と精霊は宣った。「さあ、急ごう！」

当該文言はスクルージにかけられた訳でも、彼の目にし得る何人《なんぴと》にかけられた訳でもなかった。がやにわに効験あらたかなることに、またもやスクルージは己自身の姿を目の当たりにした。今や成人し、若さの盛りを迎えた。面《おもて》に後年の険しく強張った皺は刻まれていなかった。が、そいつは早、心労と貪欲の徴《しるし》を纏い始めていた。目には汲々たる、餓《かつ》えた、落ち着かぬ動きが窺われ、既に深々と根づいている熱情と、いずれくだんの生い茂りつつある木の影が投ぜられるであろう場所を明かしていた。

彼は独りではなく、喪装の麗しい娘の傍に座っていた。娘の目には涙が溜まり、過去のクリスマスの亡霊から降り注がれる光を受けてキラキラ輝いた。

「たいしたことではないわ」と娘はポツリと洩らした。「あなたにとっては、ちっともたいしたことでは。別の偶像がわたしに取って代わったの。もしもその偶像に、わたしがこれまでずっと努めて来たように、この先あなたを励ましたり労ったりして上げられるものなら、わたしにはこれきり嘆き悲しむ筋合いなんてないわ」

「一体どんな偶像が君に取って代わったっていうのさ？」と彼は突っ返した。

「黄金の偶像が*」

「こいつは世間の依怙贔屓なしの仕打ちもあったもんだ！」と彼は言った。「貧乏ほどそいつがこっぴどく当たるものはない。ってのに富を追い求めるほどそいつが大っぴらに情容赦なくコキ下ろすものもないと来る！」

「あなたは世間の目を気にしすぎだわ」と娘は優しく答えた。「あなたのほかの望みはそっくり世間の心ない咎め立ての手の届かない高みにまで登り詰めようという望みに呑み込まれてしまったのよ。わたしはあなたのより気高い志が一つまた一つと、やがて『欲得』という主情が心を虜にしてしまうまで剥がれ落ちて行くのをこの目で見守って来たわ。じゃなくって？」

「だったらどうだっていうのさ？」と彼は突っ返した。「たとえぼくがそんなにずっと賢くなったからって、それがどうしたっていうのさ？ ぼくは君に対してはこれっぽっち変わってやしないぜ」

娘はかぶりを振った。

「じゃあ変わったとでも？」

「わたし達の契りはもう過去のものよ。契りが交わされた時、わたし達は二人共貧しくて、貧しくてもへっちゃらだった。いつの日か、二人して辛抱強く身を粉にして働いてたら暮らしも楽になるだろうって思っていたわ。あなたは確かに変わってしまってよ。契りが交わされた時は、ちっともそんなじゃなかったもの」

「ほんのガキだっただけさ」と彼は焦れったそうに言った。

「自分の胸に手を当ててみれば昔は今みたいじゃなかったって分かるはずよ」と娘は返した。「わたしは昔のまんま。わたし達の心が一つだった時に幸せを約束してくれていたものも、わたし達の心が離れ離れになった今では、惨めなだけよ。って何としょっちゅう、何と身に染みて、思って来たことか、は言わずにおきましょう。ともかくずっとそう思って来たからには、あなたを自由の身にして上げられるというだけでたくさん」

「いつぼくが自由の身にしてくれなんて言った？」

「言葉では。いえ。一度も」

「だったら、何で？」

「変わってしまった心根で。打って変わった気構えで。人生のまるきり違う雰囲気で。その大いなる目的としてのまるきり違う『希望』で。あなたの目にともかくわたしの愛が何か価値、っていうか値打ちのあるものに映っていた何もかもで。もしもこの契りがお互いの間で交わされていなかったら」と娘は彼に穏やかながら一心に目を凝らしながら言った。「さあ、教えて頂だいな、あなたはこうしてる今、わたしを探し出して、わたしの愛を勝ち取ろうとするかしら？　ああ、じゃないはずよ！」

彼はつい我知らず、当該仮定の図星たること認めざるを得ぬかのようだった。が、やっとの思いで言った。「って君が思ってるだけだろう」

「叶うことなら、じゃないって喜んで思うでしょうに」と娘は答えた。「神様も御存じの通り！　このわたしは一旦こんな『真実』を学んでしまったら、それがどんなに強かで抗い難いことか分かってるつもりよ。でもたといあなたが今日にでも、明日にでも、昨日にでも、自由の身になったとしても、このわたしですらあなたが持参金のない娘を選ぶだろうって信じられて——よりによってその娘に心を開く上で全てを『欲得』の天秤にかけるあなたが？　それとも、たといほんの束の間にせよ、そんな天秤にかけるよう囁きかけるあなたの唯一の則《のり》に背いてまで今のその娘を選んだとしても、きっと後々悔やむに決まってるって分からないとでも？　いいえ、分かっているわ。だからあなたを自由にして上げる。心から喜んで。かつて愛しかったあの人への愛のために」

彼は口を利こうとした。が頭《こうべ》を背けたまま、娘は仕切り直した。

「もしかしたら——って、もう今となっては過ぎてしまったことが忘れられないせいでついそんな気がするものだから——あなた、こんなことになってしまったからというので辛い思いをするかもしれないわね。でもあっと、あっという間に、こんな思い出なんて、目が醒めてもっけの幸いの、何の得にもならない夢ってことで、喜んでお払い箱にしてしまうでしょうよ。どうかあなた自身の選んだ人生において幸せになって頂だいな！」

娘は彼の下《もと》を去り、彼らは別れた。

「精霊様！」とスクルージは言った。「これきり御勘弁を！　どうか家《うち》へ連れ戻して下さい。どうしてこんなにわたしを苦しめてお喜びになるのでしょう？」

「もう一つ、これを見よ！」と亡霊は声を上げた。

「いえ、これきり！」とスクルージは拝み入った。「これきり。もうたくさんです。どうかこれきり御勘弁を！」

だが仮借なき亡霊は彼を両腕で羽交い締めにすると、力づくで、お次に何が持ち上がるか目の当たりにさせた。

彼らは別の光景と場所にいた。さして広くも豪勢でもないながら、見るからに居心地の好さそうな部屋に。冬の炉端には器量好しの若い娘が座っていたが、あんまりつい今しがた失せた娘にそっくりなものだから、スクルージはてっきり同じ娘なものと思い込んだ。がやがて今や眉目麗しき主婦たる彼女が愛娘の向かいに座っているのが目に入った。この部屋のざわめきと来ては正しく耳を聾さぬばかりであった。というのもオロオロうろたえたスクルージにはおよそ数えきれないほどどっさり子供がいる所へもって連中、かの詩に詠《うた》まれし名にし負う牛の群れ（ワーズワース『三月に寄す賦《うた》』）とはアベコベに、四十人がまるで一人のように身を処す代わり、一人一人がまるで四十人のように身を処していたからだ。よって辺りはてんやわんやの大騒ぎ。が誰一人気にする者はないようだった。どころか、母と娘はコロコロ笑い転げ、めっぽう愉快がっていた。して後者は、ほどなく戯れの仲間に加わり始めるや、幼気な山賊共によりて情容赦もへったくれもなくふんだくられる羽目と相成った。小生の、もしや連中の仲間に加われるものなら一体何を明け渡さなかったろう！　とは言え、かほどに荒っぽい手には、いや、いや！　断じて出られはしなかったろうし、世界中の金銀宝と引き替えにしても、かの三つ編みを拉《ひさ》いだ上から引こずり下ろしはしなかったろうし、こととびきり愛らしい小さな靴の片割れに関せば、たといこの命を救うためだろうと、いやはや！　捥ぎ取りはしなかったろう。ばかりか娘の胴回りの寸法を連中が事実やってのけた如く、戯れに採ることにかけては、それにしてもあの恐いもの知らずの小童共よ、小生にはいっかなお手上げだったろう。と言おうか懲らしめに片腕がクネリとそいつに絡みついたが最後、金輪際真っ直ぐに伸びてはくれぬものと観念していたろう。がそれでいて、正直、もしや娘の唇に触れられるものなら——ただそいつら開いてもらいたいばっかりに質問を吹っかけられるものなら——これきり頬を紅らめさせぬまま伏し目がちな睫をじっと見つめられるものなら——そのものの一インチですらかけがえのなき形見たらん巻き毛をゆるやかにほつれかからせられるものなら——小生の一体何を惜しんだろう。詰まる所、幼子のとびきり勝手気ままな放埒を我が物とし、がそれでいてその価値を重々心得られるほどにはいっぱし大の男たれるものなら、蓋し、小生の一体何を惜しんだろう。

が今やコンと玄関扉にノックのくれられる音が聞こえ、それはどっとばかり皆が駆け寄ったものだから、娘はにこやかに微笑み、ドレスを揉みクシャにされたなり、真っ紅に火照り上がった叫《おら》びがましき一味の真っ直中にてズンズン、扉の方へと押しやられた。クリスマスのオモチャやプレゼントをどっさり抱えた人足をお供に帰宅した父親を恰も好し、出迎えられるよう。さらば歓声を上げる者あらば、我勝ちにもぐれつく者あらば、丸腰の赤帽に滅多無性に襲いかかる者あり！　かと思えば椅子を梯子代わりにやっこさんに攀じ登り、ざまポケットに手を捻じ込む者あらば、褐色紙包みをふんだくる者あらば、ギュッとクラヴァットにしがみつく者あらば、ひしと首に抱きつく者あらば、背《せな》をゲンコでガンガン叩く者あらば、懐っこさの思い余って両の大御脚を蹴飛ばす者あり！　して何と包みという包みの中身がひけらかされる度大きな驚きと悦びの喚声が上がったことか！　して何と身の毛もよだつことに、赤ちゃんがお人形さんのフライパンを口に突っ込んでいる所を現行犯で取っつかまえられた由触れ回られ、さらば勢い、ひょっとして木製の大皿に膠でくっつけられた絵空事の七面鳥をペロリと平らげてしまったのではないかとの下種の何とやらが働かされたことか！　がこれぞ疑心暗鬼と判明するに及び何と皆がほっと胸を撫で下ろしたことか！　何たる愉悦と、感謝と、恍惚よ！　そいつら一緒くたもいい所。ちびりちびり、おチビさん達もおチビさん達の興奮も茶の間から、して階段を一時《いちどき》に一段一段、屋敷の天辺へと、消え失せたというだけでたくさん。そこにて皆は床に就き、そのなりひっそり鳴りを潜めた。

して今やスクルージは屋敷の主《あるじ》が娘に懐っこくもたれかかられたなり、彼女と母親共々彼自身の炉端に腰を下ろすや、いよよ一心に見守った。して劣らず艶やかで先行き明るげなそんなまた別の娘が、自分のことを父さんと呼び、己《おの》が人生の寂漠たる冬における春季《はるどき》でいてくれたやもしれぬと思えば視界は蓋し、めっぽう霞んだ。

「ベル」と夫はにこやかな笑みを浮かべて妻の方へ向き直りながら言った。「今日の昼下がり、君の昔馴染みを見かけたよ」

「あら、どなた？」

「当ててごらん！」

「どうして当てられて？　あら、わたくしに分からないとでも？」と妻はすかさず、夫が声を立てて笑う側《そば》から声を立てて笑いながら言い添えた。「スクルージさんね」

「ああ、スクルージさんだとも。あの人の事務所の窓を通りすがったらまだ閉《た》て切られてなくて、中にはロウソクが灯っていたものだから、つい覗いてしまったのさ。何でも相方は臨終だそうだ。それもあってあそこに独りきり座っていたんだろうが。きっと、このだだっ広い世の中でほんの独りぼっち」

「精霊様！」とスクルージは途切れがちな声で言った。「どうかここから連れ去って下さい」

「こいつらはかつてあったものの影法師だと言ったはずだ」と亡霊は言った。「あいつらがそっくりありのままだからと言って、わたしを責めるのは止せ！」

「おお、どうか連れ去って下さい！」とスクルージは声を上げた。「もう耐えられません」

彼は亡霊に食ってかかり、相手が彼に見せて来た顔という顔の端くれを何やら奇しきやり口で面《おもて》に浮かべたなり自分にじっと目を凝らしているのを目の当たりに、やにわに組み打った。

「わたしを放っといてくれ！　連れ戻してくれ！　二度と祟らないでくれ！」

相手と取っ組み合う内――などという文言で亡霊がそいつ自身の側《がわ》にては何ら目に清《さや》かなる抵抗もなきまま、敵が如何に滅多無性に打ちかかろうとビクともせぬものを表《ひょう》せるとすらば――スクルージは亡霊の明かりが煌々として高々と燃えているのに気づき、朧げながらそいつを亡霊の己自身に利かせている睨みと結びつけるに及び、むんずとロウソク消しを引っつかみざまズボリと、頭に押っ被せた。

精霊は御逸品の下《もと》にぺしゃんと拉《ひさ》げ、かくてロウソク消しにすっぽり包まれた。というに、スクルージは如何ほど渾身の力を振り絞って抑えつけようと、いっかな光を揉み消すこと能はず、光はロウソク消しの下《もと》からどっと、留め処なく床に迸り出た。

彼は我ながらヘトヘトに疲れ果て、抗い難いまでの眠気に襲われているのに、のみならず、彼自身の寝室にいるのにも、気づいた。そこでギュッと別れ際にロウソク消しにつかみかかる側《そば》から手が緩み、ヨロヨロ、且々ベッドに辿り着くか着かぬか、深き眠りに落ちた。

第三連　現在の精霊

途轍もなき高軒の真っ最中《さなか》にハッと目を覚まし、むっくり、まだしも理路整然と思いを巡らせられるよう、ベッドの中で起き上がると、スクルージは鐘が今にも一時を打たんとしている旨告げられる要はさらになかった。彼には外でもない、ジェイコブ・マーリの媒《なかだち》を介して自分の下《もと》へ遣わされる第二の使者と会談を持つべく、かっきりの頃合に意識を取り戻したものと察せられた。が、果たしてどのカーテンを当該お次の物の怪殿は引こうか首を捻り出すに及び、体の芯まで冷え切っているのに気づき、手づからどいつもこいつも引き開け、またもや横になると、ベッドのグルリに注意おさおさ怠りなく目を光らせた。というのもそいつがドロンとお出ましになった途端、精霊に誰何《すいか》し、今度こそ不意を衝かれてオロオロ、オタつくのだけは真っ平御免だったからだ。

御自身「手」の一つや二つは心得、概ね機を見るに敏なりと自負している、のん気で気ままな手合いの殿方というものは、広汎なヤマの手持ちをひけらかすにピンは銭投げからキリは人殺しに至るまで、何であれお手のものだとうそぶこう。くだんのピンとキリの間には、無論、よりどりみどり、手当たり次第のネタが転がっている訳だが。敢えてスクルージの肩を持って然まで向こう見ずな太鼓判を捺そうというのではないが、小生は彼は有象無象の奇妙奇天烈な魑魅魍魎の輩には心の準備が出来ていたと、赤子と犀の間の何がドロンと立ち現われようとさして度胆を抜かれはしなかったろうとまでは何らためろうことなく請け合わせて頂きたい。

さて、ほとんどありとあらゆるものに覚悟が出来ていただけに、彼は何一つドロンと立ち現われぬことにはからきし覚悟が出来ていなかった。よって、鐘が一時を告げ、されど如何なる物の怪もお越しにならぬとあって、ワナワナ総毛立ち始めた。五分、十分、十五分が経ってもなお、何一つお出ましにならなかった。この間《ま》もずっと彼はベッドの上に、目映いばかりの真っ紅な明かりの正に核にして芯たりて横たわっていた。というのも明かりは時計が一時を告げると同時にどっとばかりベッドの上へ迸り出ていたからだ。して御逸品、ほんの明かりにすぎぬとあって、一ダースに垂んとす亡霊が立ち現われるよりなおイタダけなかった。何せ明かりが何を意味するものか、と言おうか何を企んでいるものか、さっぱりだったし、時にはひょっとして自分は折しも、先方の得体をこれきり存じ上げるというせめてもの慰めもなきまま「自然発火」の興味津々たる症例と化しているのではあるまいかと気が気でなくなることもあったからだ。とうとう、しかしながら、彼はふと——貴殿や小生ならばまずもって思い至っていたろう如く。というのも苦境にあって、果たして如何なる手が打たれねばならぬか気取り、ばかりか十中八九そいつを打っていたろうのは御逸品に喘いでいない人間だとは概ね相場が決まっているからだ——とうとう、故に、彼はふと、当該物の怪じみた明かりの源にして謎はひょっとして隣の部屋にあるのではなかろうかと惟み始めた。というのも、なおその元を辿ってみれば、どうやらそちらから迸っているようだったから。かくてストンと腑に落ちるに及び、彼はそっと起き上がり、ズッコリズッコリ、室内履きのまま扉に近づいた。

スクルージの手が錠にかかったかかからぬか、耳馴れぬ声が彼の名を呼び、入って来るよう告げた。彼は仰せに従った。

それは彼自身の部屋だった。という点に疑いの余地はない。が驚くべき変化《へんげ》を遂げていた。壁と天井からそれはびっしり瑞々しい緑葉《あおば》が垂れ下がっているものだから、これ一つの木立といった態だった。そのここかしこから、明るく艶《つや》やかな漿果《ベリー》がキラキラ瞬いていた。セイヨウヒイラギや、ヤドリギや、ツタのパリパリとした葉はさながらその数だけの小さな鏡がそこに鏤められてでもいるかのように光を投げ返し、かのなまくらな化石よろしき暖炉がスクルージの時代にも、マーリの時代にも、過ぎ去りし幾々度《たび》の冬の時節にも、ついぞ存じ上げたためしのなきほど大きな炎がゴーゴー、勢い好く煙突を駆け昇った。床の上に山と積まれ、ある種玉座を成しているのは七面鳥に、鵞鳥に、猟鳥に、家禽に、塩漬け豚に、大きな骨付き肉の塊に、丸焼き用の仔豚に、長いソーセージの輪っかに、ミンス・パイに、プラム・プディングに、幾樽分もの牡蠣に、真っ紅に爆《は》ぜた栗に、桜色に頬を染めた林檎に、瑞々しいオレンジに、芳しき梨に、どデカい十二日節前夜祭祝い菓子に、こちとらの馥郁たる湯烟が部屋に濛々と立ち籠めている煮え滾ったポンチの深鉢といった面々。当該寝椅子にゆったりくつろいで座っているのは目にするだに燦爛たる愉快な巨人で、「豊饒の角《つの》」に似ていなくもない形《なり》をした、メラメラと燃え盛る松明を携え、そいつを高々と、なお高々と、スクルージがひょいと扉の向こうから顔を覗かすや彼に光を降り注ぐべくかざした。

「さあ、入れ！」と亡霊は声を上げた。「さあ、入れ！そして、わたしのことをもっと知るが好い、おぬし！」

スクルージはおずおず中へ入って行き、当該精霊の御前にて項垂れた。彼にかつての依故地なスクルージの面影はなく、なるほど精霊の目は優しく、澄んではいたものの、そいつらと目を合わすのは願い下げだった。

「わたしは現在のクリスマスの亡霊だ」と精霊は言った。「わたしをよく見るが好い！」

スクルージは恭しく目を上げた。精霊はほんの一枚、真っ白な毛皮で縁取りされた飾りっ気のない緑の外衣《ローブ》、と言おうか外套《マント》を羽織っているきりだった。この衣はそれはゆるやかに肢体に纏われているものだから、精霊の広々とした胸はまるで如何なる手管にても守られたり隠されたりするを潔しとせぬかのように大きくはだけていた。外衣《ローブ》のたっぷりとした襞の下に見え隠れする足もまた剥き出しで、頭の上にはほんの、ここかしこキラめく氷柱の鏤められたセイヨウヒイラギの花冠を被っているきりだった。暗褐色の巻き毛は長く、伸びやかだった。然り、穏やかな面《おもて》や、キラキラ瞬く目や、開けっ広げの手や、陽気な声や、ゆったりとした仕種や、愉快な風情に劣らず伸びやかだった。腰には古めかしい鞘を挿していたが、中に剣《つるぎ》の影も形もなく、神さびた鞘も錆でボロボロに朽ちていた。

「これまでわたしのような代物にはついぞお目にかかっためしがないと！」と精霊は声を上げた。

「はい、ついぞ」とスクルージは答えた。

「これまでついぞわたしの一族のより若々しい仲間と共に繰り出したためしがないと――とはつまり（このわたし自身めっぽう若いもので）ここ最近生まれたわたしの兄達と？」と幽霊は畳みかけた。

「恐らく」とスクルージは言った。「ええ、生憎。お宅様にはたくさん兄上がお見えなのでしょうか、精霊様？」

「千八百は下らぬ！」と亡霊は答えた。

「それはまた食わしてやるには仰山な御一家では！」とスクルージは思わずつぶやいた。

現在のクリスマスの亡霊は腰を上げた。

「精霊様」とスクルージは恭しく言った。「わたくしをどこへなりお気に召すままお連れ下さい。わたくしは昨夜《ゆうべ》は嫌々繰り出しましたが、その教えが今や少しずつ効き始めているようです。今晩も、もしや何かお教え頂くことがあれば、どうかその御利益に与らせて下さい」

「わたしの外衣《ローブ》に触れるが好い！」

スクルージは仰せに従い、外衣《ローブ》にひしとしがみついた。

セイヨウヒイラギも、ヤドリギも、真っ紅な漿果《ベリー》も、ツタも、七面鳥も、鵞鳥も、猟鳥も、家禽も、塩漬け豚も、肉も、仔豚も、ソーセージも、牡蠣も、パイも、プディングも、果物も、ポンチも、何もかも立ち所に消え失せた。のみならず部屋も、暖炉も、赤々とした火照りも、夜の刻限も諸共。と思いきや、二人はクリスマスの朝《あした》の街路に佇み、そこにて人々は（身を切るように寒かったから）荒っぽい、ながらも小気味の好い、耳障りならざる手合いの調べを奏でるに、我が家の前の石畳や、屋根の天辺から雪を掻き、わけてもそいつがドサリと下の道路に落ちざまパッと小さな擬いの吹雪たりて砕け散るのを目の当たりに、少年達は狂ったようにはしゃぎまくった。

家々の正面はやたら黒々と見え、窓は輪をかけて黒々と見えた。屋根に降り積もった滑《すべ》らかで真っ白な雪や、地べたに降り積もった然まで清《きよ》らならざる雪を背にしているとあって。くだんの最後の置き土産は荷車や荷馬車のずっしりとした車輪によりて深々とした轍に鋤き返され、御逸品、目抜き通りが枝分かれしている辺りでは幾百度《たび》となく互いに交わっては交わり返し、ぶ厚く黄色い泥や氷の張った水溜まりの中にてはおいそれと跡づけられぬ入り組んだ水路と化していた。空には一面叢雲が垂れ籠め、とびきり寸詰まりな通りですら半ば溶け半ば凍てついた薄汚い霧で息の根を止められていた。というのも霧のよりずっしりとした粒子がまるで大英帝国中の煙突という煙突が示し合わせて、パッと燃えついたが最後、やたらモクモク、心行くまで煙を吐き出してでもいるかのようにススけた粉微塵の驟雨たりて舞い下りていたからだ。空模様にも街にも何一つさして愉快なものはなかった。がそれでいて辺り一面、とびきり澄んだ夏のそよ風ととびきり明るい夏の太陽がグルで撒き散らかそうとしたとてお手上げだったやもしれぬ愉快な風情が漂っていた。

　というのも屋敷の屋根で雪掻きをしている連中は陽気で、喜びに満ち溢れ、欄干から互いに声をかけたり、時におどけた雪玉をぶつけ合ったりしては——その数あまたに上る文言になる与太より遙かに罪なき飛び道具《ミサイル》たる——もしや命中すればカンラカラ心から腹を抱え、たとい命中せずともいい対カンラカラ心から腹を抱えていたからだ。家禽商の店は依然半ば開いたままにして、果物商の店はその華々しさにおいて目映いばかりであった。そら、どデカい、ほてっ腹の、丸いクリの籠が、陽気な老紳士のチョッキそっくりの形《なり》をしていたが、戸口にぐったり寄っかかり、その卒中性の山盛り加減においてゴロリと通りへでんぐり返っているでは。そら、赤味がかった、小麦色の面《つら》の、幅広の帯を締めたスペイン玉ね*ぎが、その生育のでっぷりとした肥え太りようにおいてスペイン托鉢僧よろしく照り輝き、通りすがりにちらと、天井から吊る下がったヤドリギに澄まし顔して目をやっている*少女宛、狡っこくも気紛れにこちとらの棚から秋波を送っているでは。そら、ナシとリンゴが花も恥じらうピラミッドたりて高々と鈴生りになっているでは。そら、房生りのブドウが、専ら道行く人々がロハで口から涎を垂らせるようとの店主の情け心の下《もと》、これ見よがしな掛け鉤からブラブラ垂れ下がっているでは。そら、セイヨウハシバミの山が、苔むしたのから褐色のから、その芳《かんば》しさにおいて森の中なる太古の散歩や、萎びた落ち葉の間を踝まで深々と埋《うづ》もれてズルズル、心地好く足を引こずりながら歩いた記憶を喚び覚ましているでは。そら、ずんぐりむっくりの浅黒いノーフォーク・ビフィ*ンが、オレンジとレモンの黄色を際立たせ、その果汁たっぷりの御尊体の大いなるキュッと引き締まりようにおいて、どうかとっとと紙袋に入れて家《うち》に持ち帰り、ディナーの後で召し上がれとせっついているでは。これら選りすぐりの果物に紛れて深鉢にてひけらかされている正に金・銀魚にしてからが、なるほどなまくらにして血の巡りの悪い種の端くれなれど、何か事が持ち上がっているのを気取ってでもいるか、その一匹に至るまで、あんぐり口を開けたなり、こちとらのちっぽけな世界をゆるりと、その気もなさげに頭に血を上らせながらグルグル、グルグル、泳ぎ回っている。

　万屋よ！　おお、万屋よ！　恐らくは鎧戸が一、二枚取り外されたきり、ほとんど閉《た》て切られてはいるものの、くだんの隙間より何たる光景の垣間見られることよ！　そいつはただ独り、天秤が勘定台の上に落ちざま陽気な音を立てているからでも、縒り糸と巻軸が然に小気味好く袂を分かっているからでも、キャニスタが奇術の早業よろしくカラコロ転げ回っているからでも、紅茶とコーヒーの絢い交ぜの香りが然ても鼻をくすぐっているからですらなければ、干しブドウが然てもどっさり、すこぶるつきにして、アーモンドが然ても真っ白にして、シナモンの小枝が然ても長く、真っ直ぐにして、他の香辛料が然ても甘美にして、砂糖絡《がら》めの果物が如何に冷ややかな傍観者とてクラクラ目眩いを起こし、挙句癇癪玉を破裂ささずばおれぬほど溶かし砂糖で固めた上から斑《ぶち》だらけにされているからですらない。ばかりかイチヂクがしっとりとして果肉たっぷりだからでも、フレンチ・プラムがやたらゴテゴテ飾り立てられた箱からその控え目な甘酸っぱさにおいてほんのり頬を染めているからでも、何もかもが口にするに美味にして己《おの》がクリスマスの晴れ着でめかし込んでいるからでもない。のみならず、客が皆その日のワクワク胸躍るような先行きにおいてあんまりセカつき、あんまりひたぶるなものだから、お互い同士戸口でぶつかり合っては柳枝籠を夥しくペシャンコに拉《ひさ》がせたり、せっかくの買い物を勘定台に置き忘れ、アタフタ取りに駆け戻ったり、その他似たり寄ったりのドジを幾百となく、しかもとびきりの上機嫌で踏み、片や万屋の亭主と店員達と来てはあんまり気さくにして活きがいいものだから、背《せな》でエプロンを留めているピッカピカに磨き上げられたハートは皆にしげしげやって頂き、ついでにお望みとあらばクリスマスのコクマルガラスに突っついて（『オセロ』I、2）頂けるよう、外っ面に貼りつけた御自身方のハートだったやもしれぬからというので。

　されど、ほどなく尖塔が善き人々皆を教会や礼拝堂へと誘《いざな》い、いざ、連中は一張羅でめかし込んだ上からとびきり晴れやかな面《つら》を下げたなり、通りから通り伝《づて》ゾロゾロお越しになった。と思いきや、どっとばかり、数知れぬ脇道や、小径や、名も無き曲がり角から仰山な人々がパン屋の店目指し、こちとらのディナーを引っ提げて*繰り出す。これら貧しき浮かれ騒ぎ屋を目の当たりに、精霊は生半ならず興味をそそられているかのようだった。というのもスクルージを傍らに、パン屋の入り口に立ったなり、そいつらを抱えた連中が脇を通り過ぎざま被いを引っ剥がしてはパラパラ、松明から連中のディナーに芳香を振りかけていたからだ。してそいつのめっぽう変わった手合いの松明たる証拠、一、二度、互いに押し合い圧し合いしているディナーを提げた連中同士の間で売り言葉に買い言葉が飛び交い出すと、精霊は松明からパラパラ、水を二、三滴振りかけ、さらば連中コロリと、腹のムシの居所が好くなった。何せ連中の曰く、よりによってクリスマスの日にケンカするなんてさ、みっともないじゃないか！　ああ、そうともよ！　マジ、そうともよ！

やがて鐘は鳴り止み、パン屋は閉《た》て切られ、がそれでいてこれら全てのディナーと、御逸品が調理されている過程がそれぞれのパン屋の竈の上の湿気た雪解けの染みの形《なり》にて仄かに映し出されていた。というのもそこにて石畳はまるでそいつの石まで仲良く調理されてでもいるかのようにモクモク湯烟を立てていたからだ。

「お宅様が松明からパラパラ振りかけておいでのものの中には何か格別な風味があるのでしょうか？」とスクルージはたずねた。

「如何にも。わたし自身の風味が」

「それは今日のどんな手合いのディナーにもしっくり来るのでしょうか？」とスクルージはたずねた。

「懇ろに手をかけられたどんなディナーにも。わけても、約しきそれには」

「どうしてわけても約しきディナーにはなのでしょう？」とスクルージはたずねた。

「何故なら、そいつをわけても必要としているから」

「精霊様」とスクルージはしばし思いを巡らせていたと思うと言った。「一体またどうして、わたくし達のグルリの幾多の世界のありとあらゆる存在の中でもよりによってお宅様が、こうした人々の無垢な悦びの機会を封じ込めようとなさるのでしょう？」

「このわたしが！」と精霊は声を上げた。

「精霊様は人々から安息日毎にディナーを食べる手立てを奪おうとなさいます。しばしばその日こそ唯一、人々がともかくディナーを認《したた》めると言っても過言ではなかろうにもかかわらず」とスクルージは言った。「ではありませんか？」

「このわたしが！」と精霊は声を上げた。

「精霊様はこうした場所を安息日に閉《た》てようとなさっているでは？*」とスクルージは言った。「だったら同じことかと」

「このわたしが！」と精霊はいよよ荒らかに声を上げた。

「もしも間違っていたらお許し下さい。そういったことは精霊様の御名において、と言おうか少なくとも御一族の御名において、為されて来ました」とスクルージは言った。

「このお前達の地球には」と精霊は返した。「我々を知っていると申し立て、我々の名の下《もと》に激情や、倨傲や、悪意や、憎悪や、嫉妬や、偏狭や、利己の行為を行なう者がいる。連中、ついぞこの世に生を受けたためしがないかのように我々にも我々の知己縁者全てにも馴染みがないというに。ということをせいぜい胆に銘じ、連中の所業の責めを我々ではなく連中に負わすが好い」

スクルージは、はは、かしこまりましたと返し、二人は先と同様、影も形もなきまま、街の外れへとやって来た。精霊にあって著《しる》きことに（スクルージは早パン屋で気づいていたのだが）、その途轍もなき大きさにもかかわらず、如何なる場所にも易々収まり、低い屋根の下にても如何なる聳やかな大広間にてもやってのけられていたろう如く艶やかにして、さすが変幻自在の物の怪ならでは、佇んだものである。

して恐らくは善なる精霊をして真っ直ぐスクルージの事務員の家《うち》へと向かわせたのは、当該己《おの》が力をひけらかすことに見出す愉悦か、さなくば自らの親身で、寛大で、屈強な気っ風と貧者皆に寄す共感だったろう。というのもそこへと精霊は向かい、スクルージを外衣《ローブ》にしがみつかせたなり、引っ連れて行き、戸口の敷居の上にてはにこやかに微笑み、足を止めるやパラパラと松明の光を降り注ぐことにてボブ・クラチットの苦家を祝福したからだ。などということを考えてもみよ！　ボブは彼自身、週に十五「ボブ」*こっきりしか稼がず、土曜毎にほんの己《おの》が洗礼名の十五枚の複製しか頂戴しなかった。がそれでいて現在のクリスマスの精霊は彼の四部屋の我が家に祝福を垂れるとは！

さらばドロンと、クラチットの上さんたるクラチット夫人が立ち現われた。二度も引っくり返して縫い直したガウンでほんのお粗末にしかめかし込んでいないものの、六ペンスにしては買い得にしてそこそこ見場のいいリボンで賑々しき。上さんはこれまたリボンで賑々しき次女のベリンダ・クラチットの助太刀の下《もと》、クロスを広げ、片やピーター・クラチット坊っちゃんはフォークをズブリとじゃが芋のソースパンに押っ立て、どデカいシャツ・カラーの端っこを（とはこの日を祝し、跡取り息子殿に譲られたボブの私有財産たる）口の中に突っ込むや、御自身然にイカした形《なり》をしているのに気づいて有頂天になり、こちとらのリネンを上流贔屓の王立公園《パーク》にてひけらかさんものと希う。して今や二人のより幼気なクラチットが、男の子と女の子が、アタフタ駆け込みざま、パン屋の外でプンとガチョウの匂いがしたと、きっとぼくらのそいつに決まってるよと金切り声を上げ、セージと玉ネギの豪勢な絵空事を存分思い描くに及び、これら幼気なクラチット兄妹はテーブルのグルリを跳ね回っては、ピーター・クラチット坊っちゃんを口を極めて褒めそやし、片や坊っちゃんは（カラーのせいでほとんど息を詰まらせそうではありながら、固よりテングでないだけに）ぷうぷう火を熾し、かくてとうとうノロマなじゃが芋もグツグツ泡《あぶく》を吹き上げ、どうかとっとと外へ出して皮を剥いておくれよと、ソースパンの蓋宛、けたたましきノックをくれる。

「それにしても一体全体お前達の父さんってばどこで道草食ってるものやら？」とクラチットの上さんは言った。「だしお前達の弟のちっこいティム坊だって！　だしマーサも去年のクリスマスは三十分も遅れたりしなかったたってのに」

「ほら、やっとこマーサのお帰りよ、母さん！」と少女が、然に口を利く間《ま》にも姿を見せながら言った。

「ほら、やっとこマーサのお帰りだよ、母さん！」と幼気なクラチット兄妹が声を上げた。「バンザーイッ！　そりゃイカしたガチョウだったらさ、マーサ！」

「あんれまあ、お前ってば何て遅いったら！」とクラチットの上さんは娘に十度は下らぬキスをし、大きなお世話もいい所、しゃにむにショールとボネットを脱がせてやりながら言った。

「昨夜《ゆうべ》はそりゃどっさり仕上げなきゃならない縫い物があって」と少女は返した。「今朝は今朝で後片づけで手一杯だったんですもの、母さん！」

「やれやれ！　ともかく帰って来たんだから文句は言いっこなしだよ」とクラチットの上さんは言った。「さあ、さっさと暖炉の前に腰を下ろして、お前、あったまんなさいな、あんれまあ！」

「いや、いや！　父さんのお帰りだよ」と幼気なクラチット兄妹が、一時《いちどき》にどこにもかしこにもいたから、声を上げた。「さあ、隠れて、マーサ、隠れて！」

よってマーサは隠れ、いざ、親父の小男のボブがダラリと、房飾りをのけにしても優に三フィートはあろうかという長襟巻き《カムファタ》を御尊体の前に垂らし、ボサボサに糸の擦り切れた上下をせめてクリスマスの晴れ着めくよう繕った上からブラシをかけ、ちっこいティム坊を片方の肩に載っけたなり、入って来た。ちっこいティム坊の哀しきかな、小さな松葉杖を抱え、脚に鉄の枠を嵌めているとは！

「おや、マーサはどこだね？」とボブ・クラチットは辺りをキョロキョロ見回しながら声を上げた。

「それが帰って来ないんですよ」とクラチットの上さんは言った。

「帰って来ないだって！」とボブは、上機嫌だったのもどこへやら、いきなり浮かぬ面《つら》を下げて言った。何せ彼は教会からの道すがらずっとティムの純血種馬《サラブレッド》たりて、後ろ脚で突っ立ったなり驀地に我が家まで駆け戻っていたからだ。「クリスマスだってのに帰って来ないだって！」

マーサは、たといほんの冗談半分にせよ父親ががっかりするのを見るに忍びず、よって押入れの扉の蔭から時ならず飛び出すや彼の両腕に飛び込み、片や幼気なクラチット兄妹はちっこいティム坊をセカセカ急き立て、洗濯場へとかっさらった。銅釜の中でちんちん、プディングが蒸《ふか》し上がっているのを聞かせてやろうと。

「で小さなティムはお行儀好くしてましたかしら?」とクラチットの上さんは、あなたってば何て担がれ易いんでしょと御亭主をからかい、ボブが愛娘を心行くまで抱き締め果すや、たずねた。

「ああ、金《きん》みたようにいい子にしてたさ」とボブは返した。「いや、金《きん》よかもっと。どういう訳かあいつはずっと独りきり座ってる内あれこれ考え事をする癖がついて、生まれてこの方耳にしたこともないほど突飛なことを考えてるみたいだ。それが証拠、二人して帰りながら、みんな教会でぼくのこと見てくれたらいいな、だってぼくはびっこで、みんなクリスマスの日にどなたがびっこの乞食を歩けるように、めくらの男を目が見えるようにして下さったか（『ヨハネ』五：一-一〇『マルコ』八：二二-六）思い出せばありがたい気がするかもしれないからなんて言い出すじゃないか」

ボブの声はかく、二人に話して聞かす間《ま》にも小刻みに震え、ちっこいティム坊は日に日に元気で丈夫になってるようだと言った際にはいよよ小刻みに震えた。

小さな小気味好い松葉杖がコツコツと床に聞こえ、もう一言とて口にされぬ間《ま》にちっこいティム坊が兄さん姉さんの護衛の下《もと》、暖炉の前の床几へと取って返し、片やボブは、袖口をたくし上げるや――哀れな奴よ、まるでそいつら今よりもっとみすぼらしくして頂けるとでもいうかのように――水差しの中で何やらジンとレモンもて熱々の飲み物をこさえ、グルグル、グルグル掻き混ぜ、後はシュンシュン煮え滾れよとばかりやかん載せの上にかけた。してピーター坊っちゃんと神出鬼没の幼気なクラチット兄妹はガチョウをもらいに駆け出し、ほどなくそいつを手に一列縦隊を組んだなり意気揚々と練り戻って来た。

さらばそれは上を下への大騒ぎと相成ったものだから、貴殿はひょっとしてガチョウ殿、世にも稀なる珍鳥かと――そいつに比ぶればコクチョウなどしごくありきたりの代物たる鳥類界の珍現象かと――勘繰っていたやもしれぬ。して蓋し御逸品、くだんの家《うち》にてはそいつも同然だった訳だが。クラチットの上さんは（予め小さなソースパンにてお待ちかねの）肉汁をブスブス煮え滾らせ、ピーター坊っちゃんはじゃが芋を捩り鉢巻きにてひたぶる擂り潰し、ベリンダ嬢ちゃんはアップル・ソースをこってり甘く仕上げ、マーサは熱々の皿の塵を叩《はた》き、ボブはちっこいティム坊をテーブルのちっこい隅の自分の傍らに連れて行き、幼気なクラチット兄妹はみんなのために、して御自身方のも忘れず、椅子を据え、持ち場にて見張りに立つやグイと、スプーンを口に捻じ込んだ。順番もお越しにならぬとうの先からとっととガチョウを装ってよと金切り声を上げては大変と。とうとう皿が並べられ、食前の祈りが捧げられた。それから、クラチットの上さんがブスリと胸に突き立てるお膳立てに肉切り包丁をゆっくりズイと端から端まで眺め渡すと皆、息を殺して固唾を呑んだ。がいざ上さんがブスリと押っ立て、どっとばかり待ちに待った詰め物が迸り出るや、一斉に悦びのつぶやきがテーブル中に沸き起こり、ちっこいティム坊ですら、幼気なクラチット兄妹にハッパをかけられた勢い、ナイフの柄でゴンゴン、テーブルを叩き、か細いながらも声を上げた。バンザーイッ！

未だかつてこんなガチョウにお目にかかったためしはなかった。ボブ曰く、まさか天地が引っくり返ってもこんなガチョウに火が入れられるなんてさ。何と柔らかくて香りの好いこと、何と大きさの割にお安いこと、と皆は口々に賛嘆の声を上げた。アップル・ソースとマッシュ・ポテトの華を添えれば、一家皆にとってはあり余るほどの馳走だった。蓋し、クラチットの上さんの（皿に残った芥子粒もどきのちんちくりんの骨を眺めながら）うっとりかんと宣った如く、とうとうそっくりとは食べきれなかったじゃないの！　がそれでいて誰も彼もがたらふく食い上げ、わけてもいっとう幼気なクラチットの面々などどっぷり眉までセージと玉ネギに浸かっているでは！　が今や、皿がベリンダ嬢によりて取っ替えられると、クラチットの上さんは独りきり——あんまりハラハラ、ドキドキなものだから立ち会いは真っ平御免とあって——部屋から出て行った。いよいよプディングを取り出し、持って入るべく。

もしも生焼けだったら！　もしも引っくり返す段に崩れてしまったら！　もしも皆してガチョウがらみでワイワイ、ガヤガヤやっている隙に誰か裏庭の壁越しに忍び込み、こっそりクスねていたら——との疑心暗鬼を生ずに及び、幼気なクラチット兄妹は土気色に竦み上がる始末！　ありとあらゆる手合いのおどろおどろしき椿事が端《はし》から思い描かれた。

やあっ！　モクモク湯気が上がってるぞ！　プディングが

銅釜からお出ましになった証拠。まるで洗濯日みたような匂いじゃないか！　ってのは蒸《ふか》し布だ。まるで一杯飯屋と焼き菓子屋が隣合わせで、そこへもって洗濯女の家《うち》まで隣合わせになってるみたような匂いじゃないか！　ってのはプディングだ！　三十秒かそこいらで、クラチットの上さんが――真っ紅に頬を染めながらも誇らしげに微笑みながら――然にがっしり、しっかりしているからにはまるで斑《ふ》入りの大砲弾そっくりのプディングをメラメラ、半クウォータンのそのまた半分の炎を上げたブランデーで燃え上がらせた上から天辺にクリスマスのセイヨウヒイラギの飾りを突き差したなり、入って来た。

おお、素晴らしきプディングかな！　ボブ・クラチットは宣った、しかも穏やかに。こいつは連れ添ってからってもの母さんがこさえた中でもとびきりのプディングだぞ。クラチットの上さんは宣った。やっとこ大きな胸の閊《つか》えが取れたから白状しますけど、ほんとは小麦粉の量がちょっと気がかりだったんですよ。誰も彼もがプディングがらみで一家言あった。が誰一人として御逸品、ともかく仰山な一家にとっては小さきに過ぐプディングだなどと口にする者も惟みる者もなかった。仮にそんな真似をしようものなら全き背信もいいとこだったろう。如何なるクラチットといえども然にオクビに出すだに赤面していたろう。

とうとうディナーはそっくり平らげられ、クロスが取っ払われ、炉床が掃き清められ、炭《すみ》が焼べ直された。水差しの中の混合酒が味を利かれ、一点の非の打ち所もなき旨太鼓判を捺されると、リンゴとオレンジがテーブルに載っけられ、シヨベル一杯分のクリが火に掛けられた。さらばクラチット家の面々は一人残らず、ボブ・クラチット曰くの輪になって、とは実は半円だったが、炉のグルリを取り囲み、ボブの肘先には御一家のグラスが総出で並べられた。タンブラー二脚に、把手の捥げたカスタード・カップ一個たる。

面々は、しかしながら、水差しの中の熱々の呑み物を黄金の酒杯《ゴブレット》と一向遜色なかろう如くなみなみ注がれて下さり、ボブは美酒を喜色満面、注ぎ分け、片や火に掛けたクリはやたらブスブス吹いてはパチパチ爆《は》ぜていた。さらばいざ、ボブは乾杯の音頭を取った。

「みんな、クリスマスおめでとう。わたし達に神の御加護のありますよう！」

家族は皆徐よろしく繰り返した。

「わたし達みんなに神さまの御加護のありますよう！」とちっこいティム坊は皆の最後に言った。

ティムは父親のすぐ脇の小さな床几に座っていた。ボブは息子の萎びた小さな手をギュッと握り締めていた。さながら息子が愛おしくてならず、いつまでも傍らに引き留めておきたいものを、ひょっとして自分の下《もと》から連れ去られるのではなかろうかと危ぶんででもいるかのように。

「精霊様」とスクルージは、ついぞ身に覚えたためしのないほど身につまされて言った。「どうかお教え下さい、ちっこいティム坊は生き存えられるのでしょうか」

「わたしには約しき炉端に」と亡霊は答えた。「空っぽの席と、丹念に仕舞われた、主《ぬし》のない松葉杖が見える。もしもこれらの幻が『未来』の手によって変えられぬままなら、あの子は死ぬだろう」

「いえ、いえ」とスクルージは言った。「おお、いえ、心優しき精霊様！　どうかあの子はまだまだ神には召されぬだろうとおっしゃって下さい」

「もしもこれらの幻が『未来』の手によって変えられぬままなら、わたしの一族の外《ほか》の誰一人」と亡霊は返した。「あの子をここには見出すまい。だからどうしたというのだ？　もしももう直死ぬというなら、とっととそうして、過剰人口とやらを減らすが好かろう」

スクルージは己自身の文言が精霊によって引き合いに出されるのを耳に項垂れ、疚しさと悲しみに苛まれた。

「おぬし」と亡霊は言った。「もしやおぬし、心根において堅硬石《アダマント》ではなく、まっとうな人間《マン》ならば、果たして過剰とはどういうことか、そいつは何処にあるのか、自ら突き止めるまで今のその逆しまな空念仏は唱えぬことだ。おぬし、如何なる人間を生かし、如何なる人間を殺すか見極めをつけようという気か？　或いは、神の眼から見れば、おぬしこそこの貧しき男のせがれのような幾百万もの人間よりもっと役立たずでもっと生きるに足らぬやもしれぬ。おお、神よ！　葉の上の虫ケラが塵まみれの腹を空かした同胞《はらから》の間に生命《いのち》が多すぎるとうそぶくのを耳にしようとは！」

スクルージは亡霊の譴責に返す言葉もなく、ただワナワナと身を震わせながら床に目を伏せた。が、彼自身の名を耳にするや、ハッとそいつらを上げた。

「スクルージさんに乾杯！」とボブは言った。「みんなスクルージさんに乾杯しようじゃないか。何と言ってもあの方のお蔭でこんな御馳走が頂けるんだから！」

「ほんと、あの方のお蔭でこんな御馳走が！」とクラチットの上さんはパッと頬を紅らめながら声を上げた。「せめてあの方がここにいらっしゃったら。お召し上がりになるのに思いの丈をちょっこしぶちまけて、だったらさぞや食い気をお催しになるでしょうに」

「おい、お前」とボブはたしなめた。「子供達の前で！　だしクリスマスの日じゃないか」

「もちろんクリスマスの日でしょうとも」と上さんは言った。「スクルージさんみたようにイケ好かない、けちん坊の、血も涙もない、情知らずの人の健康を祝って乾杯するんですもの。だって、あなた知ってるはずよ、ロバート！　かわいそうに、誰があなたほど身に染みて知ってて！」

「おい、お前」というのがボブの穏やかな返答であった。「クリスマスの日じゃないか」

「だったらあなたと今日という日のために、あの方の健康を祝って乾杯させて頂きますとも」とクラチットの上さんは言った。「あの方御自身のためではなく。どうかあの方が長生きなさいますよう！　クリスマスおめでとう、そして良いお年を！　あの方、それはそれはおめでたくって、良い気分におなりでしょうよ！」

　子供達もお袋さんの右に倣って祝杯を挙げた。そいつは一家の為《す》る事為《な》す事の内、初めて心の籠もらぬ所業であった。ちっこいティム坊はいっとう最後に祝杯を挙げたが、てんでその気がなかった。スクルージは一家の「人食い鬼」だった。彼の名を口にしただけで一座には黒々とした蔭が垂れ籠め、丸々五分もの長きにわたりいっかな追っ払われては下さらなかった。

　が一旦そいつが晴れるや、彼らはほんの「イジ悪」スクルージがお払い箱にされたとほっと胸を撫で下ろすだに先の十層倍は下らぬ陽気になった。ボブ・クラチットは皆に如何にピーター坊っちゃんにとあるクチを見繕ってやる気でいるか審らかにした。そいつにありつけば週に五と六ペンスは下らぬ懐に入ることになろうが。幼気なクラチット兄妹はピーター兄きが事務屋になるやもしれぬと思っただけでもコロコロ、途轍もなく笑い転げ、ピーター坊っちゃん御自身は晴れてくだんの目も眩むような大枚を手にした暁には如何なる格別なヤマを贔屓にしてやろうか胸算用を弾いてでもいるかのように、カラーとカラーの間から思案顔してじっと炉火に目を凝らした。マーサは、婦人帽子屋の貧しき見習いお針子だったが、そこで皆にどんな手合いの仕事をこなさねばならぬか、ぶっ通しで何時間針を運ばねばならぬか、どんなに明日の朝はうんと朝寝坊する気でいるか――だって明日は家《うち》でのんびり過ごせるせっかくのお休みなんですもの――話して聞かせた。ばかりか如何に数日前、伯爵夫人と伯爵閣下を見かけたか、如何に閣下は「ほとんどピーターと同しくらいの背恰好でらっした」かも。との特ダネを耳に、ピーターはそれは高々両のカラーを引っぱり上げたものだから、貴殿はたといそこに居合わせていたとて、彼の頭を拝ませては頂けなかったろう。この間《ま》もずっとクリと水差しはグルグル、グルグル回され、やがて皆はちっこいティム坊に雪の中を流離う迷子の歌を聞かせてもらい、ティムは心悲しい小さな声をしていたから、そいつを蓋し、めっぽう上手に歌った。

以上全てには何一つ取り立てて言うべきほどのものはなかった。彼らはおよそ見てくれの好い一家ではなかったし、身形は約しく、靴は防水どころではなく、身に纏っているものは乏しく、ピーターはひょっとして、と言おうかまず間違いなく、質屋の内っ側を存じ上げていたろう。が彼らは幸せで、恩に篤く、互いに睦まじく、時節に満ち足りていた。して皆の影がうっすら霞み、別れ際にパラパラと精霊の松明の明るい火の粉を振りかけられたせいでいよよ幸せそうに見えた際、スクルージは一家に、がわけてもちっこいティム坊に、最後の最後まで目を凝らしていた。

この時までには辺りは暗くなりかけ、雪が沈々降り頻っていた。スクルージと精霊が通りから通りを縫えば、厨や、茶の間や、ありとあらゆる手合いの部屋でメラメラと燃え盛る炉火は目映いばかりであった。ここにて、炎がチラチラと揺らいだ勢い、小ぢんまりとしたディナーの仕度されている証拠、熱々の皿が炉火の前で芯まで焼いては焼き返され、深紅のカーテンが冷気と闇を締め出すべく今にも引かれんばかりになっているのが見て取れる。そこにて、屋敷の子供達は結婚した姉や、兄や、従兄姉や、伯父や、伯母を出迎え、誰よりも先にキスをしようと我勝ちに雪の中へ駆け出している。ここにて、またもや、集うた客《まろうど》の影法師が窓の鎧戸に映し出され、そこにて、皆してフードを被り、毛皮のブーツを履いた眉目麗しき一連みの少女達が、皆して一時《いちどき》にペチャクチャおしゃべりしながら、ツツッと軽やかな足取りでどこか近くの隣人の家《うち》へ駆けている。そこにて、少女達が――狡っこい小悪魔共よ、それくらい先刻御承知にて――真っ紅に頰を染めて駆け込むのを目の当たりにする独り身の男に災いあれかし！

とは言え、もしも気さくな集いへと向かう人々の数から判じていたらば、貴殿は或いは屋敷という屋敷は客を待ち、そいつの炭を煙突の半ばまで山と積む代わり、たといそこへ辿り着こうと連中を暖かく迎える者は家《うち》に誰一人いないものと思い込んでいたやもしれぬ。幸ひなるかな、何と亡霊の雀躍りせぬばかりに喜び勇んでいたことよ！　何と御自身のだだっ広い胸を目一杯はだけ、広々とした掌《たなごころ》を開き、惜しみなき手もてその明るく罪なき愉悦をそいつの届く限り何もかもに降り注ぎつつ漂い続けたことよ！　目の前を駆け続けながら仄暗い通りに点々と火を灯して回っている、どこぞで夕べを過ごすべくめかし込んだ街灯点灯夫にしてからが、精霊の行き過ぎざまカンラカラ腹を抱えるとは——クリスマスを措いて誰一人道連れがいるなど知らぬが仏なれど！

　して今や亡霊からは一言の前触れもなきまま、二人は侘しく人気《ひとけ》なき荒野に佇み、そこにてはこれぞ巨人の墓所*ででもあるかのように、物の怪じみた原石の巨塊が辺り一面散らばり、水は何処なり己《おの》が好む所に広がっていた、と言おうかもしや霜が囚人《めしうど》にしてさえいなければ広がっていたろう。して苔とハリエニシダと、蓬々に蔓延った芝草を措いて何一つ生えていなかった。西の下方では沈み行く太陽が一条、真っ紅な光線を残していたが、そいつは束の間ギラリと、むっつりとした目玉よろしく荒れ野を睨め据えたと思いきや、低く、低く、なお低く、苦虫を噛みつぶしつつ、ふっと、こよなく黒々とした夜の濃い闇にて掻っ消えた。

「ここはどこでしょう？」とスクルージはたずねた。

「地の腸《はらわた》でアクセク精を出す鉱夫の住まう場所だ」と精霊は返した。「が、彼らはわたしのことを知っている。そら、見るが好い！」

　明かりがポツリと、掘っ立て小屋の窓から洩れ、彼らはすかさずそちらへ向かった。泥と石の壁を突き抜けてみれば、陽気な一座が真っ紅に火照り上がった炉火のグルリを取り囲んでいる。老いた、老いた夫婦と、彼らの子と、その子らと、なおその先のもう一世代が、一人残らず晴着でめかし込んだなり。老人は、めったなことでは不毛の荒野をヒューヒュー吹き渡る風の荒び音《ね》の上までは行かぬ低い声で彼らにクリスマスの歌を聞かせていた——爺様がまだガキの時分にすらめっぽう古びた歌だったが——して時折彼らは皆して間の手代わりに声を揃えた。皆が一斉に声を張り上げると必ずや、老人はえらく潑溂として大声になり、皆が黙ると必ずや、老人の力はまたもや萎えた。

　精霊はここにてグズグズとためらう代わり、スクルージに外衣《ローブ》をつかむよう命じ、荒れ野の上空をズンズン掠め飛びながら一路——何処へ？　よもや大海原では？——然り、大海原へと、ひた向かった。スクルージの身の毛をよだたせたことに、ちらと振り向けば、後方に陸地の最後が、突兀たる岩山が、目に入り、耳は、自ら穿った恐るべき洞《ほら》の直中にて逆巻き雄叫び、哮り狂い、大地を情容赦なく抉ろうと躍起になっている怒濤で聾されぬばかりであった。

　岸から数リーグかそこら離れた、荒らかな年がら年中、波がぶち当たっては砕け散る、水底《みなそこ》の憂はしき岩礁の上にぽつんと、孤独な灯台が立っていた。袂には海草の大きな塊がもぐれつき、時化鳥《しけどり》が――さながら海神《わたつみ》から海草が生まる如く、突風から生まれたかと見紛うばかりだったが――グルリで、こちとらが掠め飛ぶ波よろしく浮いては沈んでいた。

　がここですら、灯台守の二人の男は火を掻き熾し、そいつはぶ厚い石壁の狭間《はざま》越しに由々しき大海原に一筋、明るい光線を降り注いでいた。共々掛けている粗造りのテーブルの上で節くれ立った手を重ね合わせながら、彼らは一つこっきりの缶になみなみ注いだグロッグで互いにクリスマスを祝し合い、内一人が――しかも、御尊顔中、老いぼれ船《せん》の船首像とどっこいどっこい風雨に晒された挙句、皺だの傷だのだらけの、より年配のやっこさんが――いきなり、それ自体「疾風」よろしき屈強な歌をぶち上げた。

　またもや亡霊は黒々とした怒濤逆巻く大海原の上を――ズンズン、ズンズン――飛び続け、とうとう、スクルージに告げた所によらば、如何なる陸《おか》からも遙か遠ざかるや、とある船の上に降り立った。二人は舵輪の舵操りや、舳先の見張りや、経線儀を手にした航海士や、各々の持ち場に就いた仄暗い、お化けじみた人影の傍らに立った。が、どいつもこいつもクリスマスの調べを口遊んだり、クリスマスの思いに浸ったり、郷愁の纏わらぬでもなき、いつぞやのクリスマスの日のことをひっそり、相方に話して聞かせたりした。して船上の誰も彼も、目を覚ましているのも眠っているのも、気のいいのも悪いのも、くだんの日には一年の如何なる日より相手のために優しき言葉を有し、幾許かなりそのお祭り気分にあやかり、遠く離れて気づかう者達を思い起こし、彼らもまた自分達をさぞや懐かしんでくれているものと心得ていた。

　スクルージの果たして度胆を抜かれなかったろうか、風の呻き声に耳を傾け、その深みの「死」ほどにも計り知れぬ神秘たる未知の深淵の上の孤独な闇を突き進むとは何と厳かなことよと惟みている間《ま》にも――かくて頭の中が一杯でいる間《ま》にも――カンラカラ、愉快げに腹を抱える声を耳にするとあらば。して、スクルージのいよよ度胆を抜かれなかったろうか、そいつが外ならぬ彼自身の甥の声だと分かり、気がついてみれば自ら明るく、パリパリと乾いた、目映いばかりの部屋に佇み、傍らでは精霊が笑みを浮かべ、今のその同じ甥っ子を宜な宜なとばかり、にこやかに見守っているとあらば！

「はっ、はっ！」とスクルージの甥は腹を抱えた。「はっ、はっ、はっ！」

　万が一にも貴殿が、千歳一遇、スクルージの甥よりなお愉快に腹を抱えられる男を御存じならば、小生に言えるのはただ、是非ともその方の御高誼に与らせて頂きたいということくらいのものだ。先方を紹介賜れば、喜んでお近づきにならせて頂こう。

世には、病気と悲しみの感染が存す片や、笑いと上機嫌ほど抗い難くも感染《うつ》り性のものもないとは、物事の公平にして、依怙贔屓なしの、気高き配剤ではなかろうか。スクルージの甥がかくて――とは即ち、ゆっさゆさ腹を抱え、頭をグルグル回し、御尊顔をとびきり途轍もない具合に捻《ねじ》っては歪《ゆが》めながら――カンラカラ腹を抱えると、甥の妻君たる、スクルージの義理の姪も、御亭主に負けじとばかりコロコロお腹の皮を捩らせた。して一堂に会した二人の馴染みの面々もいささかなり後れを取るものかは、カンラカラ高らかに腹を抱えた。

「はっ、はっ！　はっ、はっ、はっ、はっ！」

「伯父貴のおっしゃるにはクリスマスなんぞマジ、タワケだってさ！」とスクルージの甥は声を上げた。「おまけにてっきりそうなものと思い込んでらっしゃる！」

「何てますますイケ好かないってば、フレッド！」とスクルージの姪はお冠の態にて宣った。おお、かようの御婦人方に幸あれ。皆さん断じて事を生半には為さらぬ。必ずや捩り鉢巻きであられる。

妻君はめっぽう愛らしかった。とびきり愛らしかった。靨のある、びっくりしたような面差しの、すこぶる器量好しの。紅くふっくらとした小さな口は、生まれながらにしてキスをされるためにこそこさえられてでもいるかのようで――とは無論、事実然にある如く――顎のあちこちに散ったありとあらゆる手合いのイカした小さな点《ぼち》は、声を立てて笑う段には互いに一緒くたになり、目はキラキラと、未だかつて如何なる小さなヤツの頭《こうべ》にてもお目にかかったためしのないほど晴れやかに瞬いた。引っくるめれば所謂、ほら、思わせ振りな手合いの女であった。が、しかも一点の非の打ち所もなき。おお、どこからどこまで一点の非の打ち所もなき。

「それにしても妙ちきりんな爺サマだよな」とスクルージの甥は言った。「ってことさ、早い話が。だし、なるほどもっと人当たりが好くてもよさそうなものだ。けど、身から出たサビにどっさり祟られてるもんで、ぼくとしてはわざわざコキ下ろすまでもない」

「さぞかしお金をウナるほどお持ちなんでしょうね、フレッド」とスクルージの姪はそれとなくカマをかけた。「って少なくともあなた、いつもわたしには口癖みたいに言ってるじゃない」

「だからどうしたってのさ、君！」とスクルージの甥は言った。「あれこそ宝の持ち腐れってもんだ。いくら金持ってても、何一ついいことしないんだからさ。お蔭でノホホンと暮らそうって訳じゃなし。そいつでもってアメリカの懐を温かくしてやろうって――はっ、はっ、はっ！――頭の中で絵空事を膨らますゴ利益にすら与れないんだから」

「何て鼻持ちならない方ってば」とスクルージの姪は言った。さらばスクルージの姪の妹方も、外《ほか》の御婦人方も一人残らず相づちを打った。

「おや、ぼくなら鼻持ちナルけどな！」とスクルージの甥は言った。「ぼくとしては伯父貴がお気の毒でならないし、腹を立てようったって伯父貴相手じゃお手上げだろう。何せどこのどいつが伯父貴のツムジのヒネたむらっ気のトバッチリ食うってのさ。いつだって、御自身じゃないか。ほら、伯父貴はてっきりぼく達のことムシが好かないと思い込んで、どうしたって家《うち》へ来て一緒にディナーを食おうとはしない。挙句どういうことになるか？ 大したディナーに食いっぱぐれる訳じゃなし」

「あら、わたしから見ればたいそうおいしいディナーを食べそびれてらっしゃるって気がしてならないけれど」とスクルージの姪が口をさしはさんだ。誰も彼もが一斉に相づちを打ち、なるほど皆さん、折り紙付きの目利きであられたのではなかろうか。というのも今しもディナーを平らげたばかりにして、テーブルの上にデザートを載っけたなり、ランプ明かりの下、炉《もと》のグルリを取り囲んでいたからだ。

「はむ！ だったら何より」とスクルージの甥は言った。「何せ近頃のお若い主婦方のことはさして信用してないもんで。君はどう思うかい、トッパー？」

トッパーがスクルージの姪の妹の一人に目をつけているとは火を見るより明らか。というのも奴の返して曰く、所詮、チョンガーは一件に御託を並べるなどもっての外の惨めなツマ弾き者。さらばスクルージの姪の妹は――バラをあしらったそいつではなく、レースの飾り布《タッカー》の丸ぽちゃの妹は――ほんのり紅葉を散らした。

「さあ、どんどん先を続けて頂戴な、フレッド」とスクルージの姪は両手をパチパチ打ち合わせながら言った。「この人ってばいつも何か言いかけておいては後切れトンボにしてしまうんだから！ 何ておかしな人だったら！」

スクルージの甥はまたもや一頻り腹を抱え、固より気触れキンに祟られずにおくこと土台叶はぬ相談だったから――とは言え丸ぽちゃの妹は、悪あがきもいい所、ひたぶる香酢を嗅いではいたが――彼の手本は皆に倣われた。

「ぼくが言いたかったのはただ」とスクルージの甥は言った。「伯父貴はどういう訳かぼく達のことお気に召さなくて、一緒に浮かれ騒ごうとしないお蔭で、毒にだけはならない愉快な一時《ひととき》をスッちまってるんじゃないかってことさ。どう控え目に見ても、御自身のカビ臭い古ぼけた事務所であれ、埃っぽい続きの間《ま》であれ、御当人の頭の中にめっけられるよりはまだしも愉快な仲間をスッちまってるはずだぜ。ぼくは伯父貴がお気に召そうと召すまいと、毎年同じ声をかけてみるつもりだ。何せお気の毒でならないもんで。伯父貴はたといあの世へ行くまでクリスマス相手に悪態を吐こうと、あいつのこと少しは見直してやらずにゃいられないんじゃないかな――ああ、悔しかったら知らん顔してみなってのさ――もしもぼくが毎年毎年、すこぶるつきの上機嫌で押しかけては、やあ、スクルージ伯父さん、御機嫌如何ですってたずねたら？　お蔭でせめてあそこのお気の毒な事務員に五〇ポンドなり譲ってやろうって気紛れでも起こして下さるってなら、そいつは捨てたもんじゃない。だし昨日のこと、どうやら伯父貴をいささかオタつかせて差し上げたみたいだぜ」

　今や甥御殿がよもやスクルージをオタつかせて差し上げたなどと惟みるだにゲラゲラ腹を抱えるは彼らの番となった。がどこからどこまで気さくにして、ともかく腹を抱えられる限りは連中が何をダシに腹を抱えるかはさしてお構いなしだったから、フレッドはむしろ彼らの浮かれ気分の火に油を注ぎ、愉快にボトルを回した。

　お茶が済むと、皆は思いのままに歌ったり弾いたりした。というのも彼らは音楽好きの一家で、いざ合唱曲《グリー》や輪唱曲《キャッチ》に自慢のノドを震わすとなると、自ら何を為さんとしているか重々心得ていたから。わけてもトッパーは。何せ奴め、低声《バ》部《ス》にてあっぱれ至極に唸りまくってなお、額のどデカい静脈をもっこり膨れ上がらすでも、御尊顔を真っ紅に火照り上がらすでもなかったから。スクルージの姪はハープを見事に爪弾き、就中とある素朴な（ほんの他愛ない、ものの二分で口笛にて御披露賜れていたろう）ささやかな調べを――過去のクリスマスの亡霊によりて思い起こさせられていた如く、スクルージを寄宿学校から連れ帰った少女にはお馴染みの奴だったが――奏でた。当該旋律が響くや、亡霊の目の当たりにさせてくれていたものが端《はし》から胸中、蘇り、スクルージの心はいよよ、いよよ和み、ふと、もしや数年前にしょっちゅうこいつに耳を傾けられていたなら、ジェイコブ・マーリを草葉の蔭に埋《うず》めし墓掘り人足の踏鋤のお手を煩わすまでもなく、手づから自らの幸せのために人生の幾多の親切を鋤き返していたやもしれぬと惟みた。

　が一座の面々は夜通し音楽三昧に耽った訳ではない。しばらくすると彼らは罰金遊びに興じた。というのも時には童心に返るのも悪くはなかろうし、その大いなる始祖が御自身、幼子たりしクリスマスほど、童心に返るが善きこともなかろうから。いや、待てよ！　まずもって鬼ごっこがあった。もちろん、そいつが。して小生は奴のブーツに目玉がくっついていたなどこれっぽっち信じていないに劣らずトッパーがほんとに目が見えなかったとはこれっぽっち信じていない。小生の見る所、一件は奴とスクルージの甥の間では早話のついたネタで、おまけに現在のクリスマスの亡霊もツーツーだったのではあるまいか。奴がかの、レースの飾り布《タッカー》の丸ぽちゃの妹の後を追うやり口と来ては、これぞ人間性の担がれ易さに対す蹂躙でなくて何であろう。炉道具を端《はし》から倒し、椅子という椅子に蹴躓き、ピアノにぶつかり、カーテンの間で息を詰まらせそうになりながらも、彼女がどこへ行こうとそら、奴はついて行っているでは！　奴はいつだって丸ぽちゃの妹がどこにいるか御存じだった。外《ほか》のどいつもからきし捕《つか》まえようとはしなかった。たとい貴殿が態っと（連中の幾人《いくたり》かやっていた如く）奴にぶつかっていたとて、奴は貴殿を捕《と》らまえようとする素振りを見せておきながら――というだけでも貴殿の悟性に対す甚だしき侮辱に外なるまいが――やにわにスルリと丸ぽちゃの妹の方へ躙り去っていたろう。妹御はしょっちゅうそれってズルいわ、と声を上げていた。して蓋し、仰せの通りではあった。がとうとう彼女を取っ捕まえ、如何ほど彼女がカサコソと絹の裳裾を引きずり、彼の脇をヒラリハラリ駆け抜けようと、片隅に追い詰め、最早逃れようがなくなるに及び、さらば奴の所業たるや忌々しいことこの上もなかった。何せ彼女が誰か分からぬ風を装うとは、頭飾りに触れるのみならず、彼女がどいつか確かめるべく指に嵌まったとある指輪や、首に巻かれたとある鎖をギュッと握り締めねばならぬ風を装うとは、極悪非道にして不埒千万というものたろう！　無論そいつがらみで彼女は奴に思う所を述べたに違いない、晴れて別の鬼にお鉢が回り、お二人さん、カーテンの蔭にて然てもお互い喋々喃々仲睦まじげたりし折には。

　スクルージの姪は鬼ごっこの仲間には加わらなかったが、居心地の好い片隅で大きな椅子と足載せにすっくり収まり、そこにて亡霊とスクルージはひたと背後に寄り添った。とは言え罰金遊びには加わり、アルファベットの二十六文字を一字残らず使って物の見事に恋人への愛を謳い上げた。ことほど左様に、「いつ」「どこで」「どんなに」のゲームではピカ一で、スクルージの甥の心密かに脂下がったことに、妹達をとことん顔色なからしめた。しかも皆さん、いずれ劣らず目から鼻に抜けるような娘御方であられたものの、とはトッパーがおスミ付きを賜っていたろう如く。そこには老いも若きも〆て二十名ほどの仲間が集うていたやもしれぬ。が、彼らは皆戯れ、スクルージもまた然り。というのも折しも目の前で繰り広げられているものに興味津々手に汗握る余り、自分の声が彼らの耳の中ではカサとも聞こえぬのをコロリと忘れ、時には大声で当てずっぽうをガナり上げ、おまけに三度に一度どころではなし図星を突いていたからだ。何せ針孔《めど》の所で断じて糸は切れぬと太鼓判の第一級のホワイトチャペル製だって——とびきり鋭い針だって——スクルージほど鋭くはなかったから。御当人、てっきり鈍いものと思い込んではいたけれど。

亡霊はスクルージが然にはしゃいでいるのを見てすこぶる御機嫌で、彼をそれは好もしげに眺めているものだから、スクルージは少年のように、どうか客が皆立ち去ってしまうまでここに居させて下さいと拝み入った。がそいつは叶はぬ相談と、精霊は返した。

「ほら、新しいゲームが始まりそうです」とスクルージは言った。「もう三十分、精霊様、後もうほんの三十分!」

それは「イエス・アンド・ノー」と呼ばれるゲームで、そこにてスクルージの甥は何かあるものを思い浮かべねばならず、外《ほか》の連中はそいつが何か当てねばならなかった。彼はただ質問には、その時次第で、「イエス」か「ノー」しか答えられなかったが。矢継ぎ早に次から次へと威勢のいい問いが吹っかけられた甲斐あって、何か動物を思い浮かべているシッポをつかまれた——生身の動物を。めっぽうイケ好かぬ動物を。獰猛な動物を。時にはウーウー唸ったりブウブウ託ったりすることもあれば、時にはおしゃべりすることもある動物を。ロンドンに住み、あちこち通りを歩き回る動物を。見世物にされる訳でも、誰かに引っ立てられる訳でも、動物園の檻に閉じ込められる訳でも、これきり市場《いちば》でツブされる訳でもなく、ウマでも、ロバでも、メウシでも、オウシでも、トラでも、イヌでも、ブタでも、ネコでも、クマでもない動物を。新たに質問の吹っかけられる度、当該甥っ子はまたもやゲラゲラ腹を抱え、それはとんでもなく擽くなったものだから、ソファーからガバと腰を上げざま地団太踏まずばおれなくなった。終に丸ぽちゃの妹が、仲良くお腹の皮を捩らせながら声を上げた。

「分かったわ! 何だか言えてよ、フレッド! 何だか言えてよ!」

「だったら何さ?」とフレッドは声を上げた。

「答えはあなたの伯父さんのスクルーーーーージさんね!」

なるほど、仰せの通り。皆は諸手を挙げてシャッポを脱いだ。とは言え中にはかく物申す奴もいた。だったら「そいつはクマかい?」の答えは「イエス」だったんじゃないのかい、何せ「ノー」とやられたんじゃ、たといそっち向きイイ線行ってたって、スクルージさんじゃないものとサジを投げてたろうから。

「伯父貴は何のかの言ったって愉快なタネをどっさり蒔いて下さったんだ」とフレッドは言った。「健康を祝して杯を干さなきゃそれこそ恩知らずってものだろう。ちょうど手許に温ワインのグラスもあることだ。ってことで、みんな、『スクルージ伯父さんに乾杯!』」

「ああ! スクルージ伯父さんに乾杯!」と皆は一斉に声を上げた。

「あちらがクマであれ何であれ、ともかく爺サマにクリスマスお目出度う、そして良いお年を!」とスクルージの甥は言った。「ぼくからってことじゃてんで願い下げかもしれないけれど、それでもどうかありがたく頂だいして下さいますよう。ってことでスクルージ伯父さんに乾杯!」

スクルージ伯父さんはいつしかそれは陽気にして浮かれ返っていたものだから、もしや亡霊が暇《いとま》を与えていたなら、お返しに知らぬが仏の一座のために祝杯を挙げ、ついでに声にならぬスピーチにて一席、謝意を表してぶっていたろう。が場面はそっくり、甥によって最後の文言が口にされている間《ま》にもふっと掻っ消え、彼と精霊はまたもや旅路に着いていた。

様々な出来事を二人は目にし、遙か彼方まで二人は旅をし、幾多の家庭を二人は訪った。が必ずや幸せな落ちがついた。精霊が病んだ床《とこ》の傍らに立てば、そいつは陽気になった。外つ国に降り立てば、そいつは祖国のすぐ間際になった。艱難に喘いでいる者の傍に立てば、彼らはより大いなる希望において辛抱強くなった。貧困の傍に立てば、そいつは富んだ。救貧院で、病院で、牢獄で、驕れる者がそのささやかな泡沫《うたかた》の権勢において(『以尺報尺』II、2)扉に閂を鎖し、精霊に締め出しを食わしていない、悲惨のありとあらゆる隠れ処で、精霊は置き土産に祝福を垂れ、スクルージに己《おの》が教えを説いた。

それは、仮にわずか一夜《ひとよ》だとすれば、長き一夜《ひとよ》であった。がスクルージは眉にツバしてかかっていた。何故ならクリスマス休暇がそっくり、二人が共に過ごした時の経過に込められているかのようだったから。これまた奇しきことに、スクルージがその外見において何ら変化を蒙っていない一方、亡霊は老けて、めっきり老けていた。スクルージはこの様変わりに気づいてはいたものの、オクビにも出さなかった。がと

うとう子供達の十二日節前夜祭のパーティを後にし、二人してとある開けた場所に佇んだ際に精霊に目をやってみれば、頭が白くなっていた。

「精霊の方々の命はそんなに短いものなのでしょうか？」とスクルージはたずねた。

「この地球上でのわたしの命は実に短い」と亡霊は答えた。「そいつは今晩尽きる」

「今晩！」とスクルージは声を上げた。

「今晩、真夜中に。ほら、聞け！　その刻《とき》は見る間に近づいている」

あちこちの鐘が折しも十一時四十五分を告げていた。

「つかぬことをおたずねするようですが」とスクルージは精霊の外衣《ローブ》にしげしげ目を凝らしながら言った。「裳裾から、精霊様御自身のものではない、何やら奇妙なものが覗いているのが見えます。足か鉤爪でしょうか？」

「或いは、その上にこびりついた肉からすれば、鉤爪やもしれぬ」というのが精霊の憂はしき返答であった。「ここを見ろ」

外衣《ローブ》の襞から、精霊は二人の子供を引っぱり出した。いじけた、みすぼらしい、恐るべき、悍しい、惨めな子供を。二人は精霊の足許に蹲り、衣の外側にしがみついていた。

「おお、おぬし！　ここを見るが好い。下の、ここを見るが好い、ここを！」と亡霊は叫んだ。

二人は少年と少女だった。土気色の、痩せこけ、襤褸《ぼろ》を纏い、苦虫を噛みつぶした、狼もどきの。がそれでいて、その屈従において、這い蹲った。艶やかな若さがその目鼻立ちに満ち溢れ、そいつらをとびきり瑞々しき色合いで染めて然るべきだったろう所にて、老齢の手よろしき生気の失せた皺だらけの手がそいつらを抓《つま》み、捩《よじ》くり、ズタズタに引き裂いていた。天使が奉られていたやもしれぬ所には、悪魔が身を潜め、ジロリと、凄味を利かせて睨め据えていた。素晴らしき天地創造のありとあらゆる神秘を通じ、如何なる度合の変化や、堕落や、人間性の倒錯とて、この半ばも悍しく凄まじき怪物は生み出し得まい。

スクルージは身の毛をよだたせた勢いハッと後退った。こんな具合に二人を見せてもらった手前、彼は二人とも立派なお子様でとか何とか言おうとした。が文言は、然に途轍もなき嘘の片棒を担ぐくらいならいっそ自らの息の根を止めた。

「精霊様！　あちらは精霊様のお子達でしょうか？」としかスクルージには言えなかった。

「二人は『人間』の子だ」と精霊は二人を見下ろしながら言った。「して自分達の父親に異を唱え、わたしにしがみついている。この少年は『無知』だ。この少女は『欠乏』だ。二人共に、して二人の親等の全ての者に、くれぐれも気をつけよ。がわけても、この少年に。というのも少年の額には、銘の拭い去られぬ限り『破滅』なる文字が記されているのが見て取れるから。否と言ってみよ！」と精霊は片手を街の方へ突き出しながら声を上げた。「汝に面と向かって然に言う者を蔑すが好かろう！　己《おの》が派閥根性剥き出しの目論見のために其を認め、なお手に負えなくするが好かろう。して天罰を待つが！」

「あの子達には身を寄す場所や手立てはないのでしょうか？」とスクルージは声を上げた。

「獄《ひとや》はないのか？」と精霊はこれきり、スクルージ自身の文言もて彼に食ってかかりながらたずねた。「救貧院はないのか？」

鐘が十二時を打った。

スクルージは精霊はどこかとキョロキョロ辺りを見回した。が、影も形もなかった。最後の一打ちがビリビリと震え果すや、彼ははったと、老いぼれジェイコブ・マーリの預言を思い起こし、つと目を上げてみれば、垂れ布と頭巾を纏った由々しき亡霊が地べたを棚引く霧さながら、こちらへ向かって来るのが見えた。

第四連　未来の精霊

亡霊はゆっくり、厳かに、音もなく近づいた。亡霊が間際までやって来ると、スクルージは片膝を突いて跪いた。というのもこの精霊は自ら移ろうている正しく外気において、陰鬱と神秘を撒き散らしているかのようだったから。

精霊は真っ黒な帷子に身を包み、かくて頭も、顔も、姿形も隠れ、唯一、突き出された片手を措いて何一つ見えなかった。この手がなければ、その姿を夜闇から分かち、周囲の暗がりと区別するはおよそお易い御用どころではなかったろう。

スクルージは亡霊が傍らへ近づくと、そいつがのっぽで厳めしいのを――その謎めいた存在故に自分はどこからどこまで厳粛な怯えに見舞われているのを――気取った。ということくらいしか、彼には分からなかった。というのも精霊はウンともスンとも宣はらねば、身動ぎ一つしなかったからだ。

「わたくしは未だ来《きた》らぬクリスマスの亡霊の御前にいるの

でしょうか?」とスクルージはたずねた。

精霊は一言も返さなかったが、手で前方を指し示した。

「お宅様はわたくしに未だ出来していないけれども、いずれ出来するであろう出来事の影をお見せ下さるおつもりと」とスクルージは続けた。「ということでしょうか、精霊様?」

帷子の上っ側が束の間、恰も精霊が頭を倒しでもしたかのように襞の中で縮こまった。それきりしか、スクルージは返答を頂戴しなかったが。

この時までには物の怪じみた道連れにはすっかり馴染んでいたとは言え、スクルージは物言わぬ化け物にそれは生半ならず恐れをなしたものだから、膝がガクガク震え、我ながらいざ精霊の後を追おうとした時ですらほとんど立っていられぬほどだった。精霊は彼の状態に目を留め、落ち着きを取り戻す暇《いとま》を与えてでもいるかのように、しばし間《ま》を置いた。

がスクルージはお蔭でいよよ生きた空もなく怖気を奮い上げた。黒々とした経帷子の背後にては物の怪じみた目がじっとこちらに凝らされている一方、自分は、いくらしげしげ御逸品を瞠ろうとて、不気味な手とどデカい真っ黒な塊を措いて何一つ見えないと思い知らされるだにゾクリと、漠として曰く言い難き怯えが背筋を走った。

「未来の亡霊様!」と彼は声を上げた。「わたくしはこれまでお目にかかったどんな幽霊よりお宅様が恐ろしゅうございます。が、お宅様はわたくしの身のためを思ってこうしてわざわざお越し下さっているのは存じております上、わたくし自身、全くの別人に生まれ変わりたいと願っているからには、いつでもお供致し、それも心よりありがたくお供させて頂きとうございます。精霊様はわたくしに何一つ声をかけては下さらないのでしょうか?」

精霊はウンともスンとも返さなかった。手はひたすら彼らの前方を真っ直ぐ指していた。

「どこへなりお連れ下さい!」とスクルージは言った。「どこへなりお連れ下さい! 夜はどんどん更けています。わたくしにとってはたいそう貴重な時間だと存じています。さあ、どこへなりお連れ下さい、精霊様!」

物の怪は先刻彼の方へ近づいていたままに立ち去り始めた。スクルージは物の怪の帷子の影に紛れて付き従った。というのも帷子は体をフッと浮かし、とスクルージには思われたのだが、彼を連れ去ってくれたからだ。

彼らはほとんどシティーに入っている風にはなかった。というのもシティーの方がむしろ彼らのグルリにドロンと立ち現われ、独りでに彼らをすっぽり取り囲むかのようだったから。がとまれ、そいつのど真ん中にいた。王立取引所の、商《あき》人《んど》に紛れて。連中はセカセカ行きつ戻りつしたり、ポケットの散銭をジャラつかせたり、仲間内で四方山話に花を咲かせたり、懐中時計を引っぱり出したり、どデカい金の印形を物思わしげに弄《まさぐ》ったり何やかやしていた。とはスクルージのしょっちゅう連中がやっているのを目にしていたままに。

精霊はとある事務屋連中の小さな塊の傍でつと足を止めた。手が連中の方を指しているのに気づき、スクルージは彼らのおしゃべりに耳を傾けるべく近寄った。

「いや」と途轍もない顎をした、ほてっ腹の大男が言った。「俺はどのみち、さして知らんのさ。分かってるのはただ、奴は死んじまったってだけのことだ」

「そいつはいつのことだ?」と別の男がたずねた。

「確か、昨夜《ゆうべ》だ」

「ああ、奴め一体どうしちまったもんやら?」と第三の男が、めっぽう大きな嗅煙草入れからしこたま嗅煙草をつまみながらたずねた。「てっきり不死身なもんと思ってたがな」

「どいつが知るかってのさ」と仰《のっ》けの男が欠伸しいしい宣った。

「金はどうした?」と鼻の先っちょに振り子よろしきオデキを吊る下げた紅ら顔の御仁がたずねた——因みに御逸品、雄の七面鳥の肉垂《にくすい》みたようにブルブル震えたが。

「聞いてないな」と大きな顎のやっこさんがまたもや欠伸しいしい宣った。「どうせ組合にでもくれてやったんじゃないのかい。この俺にはビタ一文譲って下さらなかった。ってことしか存じ上げげんが」

との与太が飛ばされるや、皆は一斉に腹を抱えた。

「さぞやめっぽう安値《やすね》の弔いになろうじゃ」と同じやっこさんが口を利いた。「何せノコノコ出かけてく物好きはまずいなかろうから。一つどうだ、皆して連んで押しかけるってのは?」

「もしか昼メシでも出すってなら行かないこともないぜ」と鼻にオデキを吊る下げた御仁が宣った。「だが一枚カめってなら、食わして頂かなきゃな」

と来れば皆はまたもや一斉にゲラゲラ腹を抱えた。

「はむ、何のかの言ってみた所で、俺がきさまらの内じゃいっとうソロバン尽くじゃないかもな」と仰《のっ》けの男が言った。「何せ黒手袋は嵌めんし、昼メシも食わんもので。*けどほかにどいつか行こうってなら、付き合っても構わんぜ。こうしてみると、ひょっとして俺があいつのいっとう格別な馴染みだったかもな。何せいつもバッタリ出会しゃ立ち止まって口利くくらいの仲じゃああったもんで。んじゃあばよ!」

口を利いていた連中も耳を傾けていた連中もフラリと遠ざ

かり、他の仲間に加わった。スクルージは男達に見覚えがあった。よって、これはどういうことかと、精霊の方を見やった。

物の怪はスルスルとある通りへ入って行った。そいつの指はバッタリ鉢合わせになった二人の男を差した。スクルージは種明かしがここにあるやもしれぬと思い、またもや耳を傾けた。

彼はこの男達もよく知っていた。二人共事務屋で、めっぽう懐が温《ぬく》く、やたらハバを利かせていた。よってスクルージは、必ずや覚え目出度くあらんものと心していた。とはつまり、商いの観点から。厳密に商いの観点から。

「景気はどうだ？」と一方がたずねた。

「景気はどうだ？」と相手は返した。

「やれやれ！」と仰《のっ》けの男が言った。「あの我利我利亡者もとうとう年貢を納めたってな、えっ？」

「ああ、とかってな」と相手は返した。「それにしても冷えるな？」

「クリスマスだってならぴったしじゃないか。きさま氷滑りはやらんのだったな？」

「ああ。ああ。それほどの暇人《ひまじん》じゃない。んじゃ失敬！」としか、やり交わされなかった。というのが、二人の出会いにして、会話にして、別れであった。

スクルージはまずもって、精霊が一見かほどに取るに足らぬ会話に重きを置くとはと、思わず首を捻りかけた。が今のやり取りにも何か隠れた意味があるに違いないと思い直し、ならば一体そいつは何なものやらと思案に暮れ出した。くだんの立ち話が今は昔の相方、ジェイコブの死に纏わるもののはずはない。というのも奴が死んだのは「過去」であって、この亡霊の縄張りは「未来」だったから。ばかりか、会話がしっくり来そうな、我が身に直接関わりのある誰一人思い浮かべるのもお手上げだった。がどいつに当てはまろうと何か彼自身の改心のための密かな教えが込められていることつゆ疑わず、耳にする一言一句、目にする一から十まで、大切に記憶に留めようとホゾを固めた。わけても晴れてそいつがお出ましになった暁には彼自身の影に目を留めておこうと。というのも未来の己の振舞いが目下欠けている手がかりを与え、これらの謎の種明かしをお易い御用にしてくれようと当てにしていたからだ。

彼は正しくくだんの場所にて己はどこかとキョロキョロ辺りを見回した。が別の男が彼のお定まりの隅に立ち、時計は彼がそこに足を運ぶいつもの時刻を指しているというに、玄関《ポーチ》からどっと雪崩れ込む有象無象に紛れて彼自身の似姿は見当たらなかった。とは言え、さして驚かなかった。というのも既に胸中、そろそろ身の上を変えようかと惟みていたこともあり、己《おの》が新たに芽生えた決意がこの点において現《うつつ》となっているのを目の当たりにしているものと高を括ったからだ。

　彼の傍らで静かに、暗澹と、物の怪は片手を突き出したなり立っていた。胸中あれこれ思案に暮れているのからハッと我に返ってみれば、スクルージには何となく、手の捻り具合やそいつの彼自身との関連における位置からして、影も形もなき「目」がじっと自分に凝らされているような気がした。お蔭でゾクリと背筋に寒けが走り、体の芯まで冷えそうではあったが。

　二人は繁華な光景を後にし、街の如何わしき界隈へとやって来た。そこについぞ、スクルージは在処と悪しき風評だけは存じ上げていたものの、足を踏み入れたためしはなかった。道は泥濘《ぬかり》、せせこましく、店や家々は惨めったらしく、人々は半ば裸で、酔っ払い、踵が拉《ひさ》げ、むさ苦しかった。小径や拱道は、その数だけの溜枡《ためます》よろしく、こちとらの臭気と、汚物と、生命の鼻つまみ者をダラダラとふしだらに伸びる通りへと吐き出し、辺り一面、犯罪と汚濁と悲惨に塗《まみ》れていた。

　当該猥りがわしき悪の巣穴の奥処に、差し掛け屋根の下《もと》、入口の低い、しかめっ面の店があり、鉄や、襤褸や、瓶や、骨や、脂っこい臓物が買い取られていた。店の中の床の上には錆だらけの鍵や、釘や、鎖や、蝶番や、鑢や、秤や、錘や、ありとあらゆる手合いの屑鉄が山と積まれていた。嵩張った不様な襤褸屑や、腐った獣脂の塊や、幾墓所分もの骨の中にはほとんど何人《なんぴと》も探りを入れたがるまい秘密が育み隠されていた。自ら商っている売り種《ぐさ》の間に紛れ、古レンガでこさえた木炭の炉の脇に腰を下ろしているのは七十がらみの白髪まじりの破落戸で、男はカビ臭いカーテンよろしくダラリと紐に吊る下げた色取り取りの襤褸切れによって戸外の冷気から身を守り、プカプカ、のん気な隠遁の贅にどっぷり浸かったなり紫煙をくゆらせていた。

　スクルージと物の怪がこの男の御前に罷り入ったか入らぬか、重たい包みを引っ提げた女がスルリと店の中へ潜り込んだ。が女が潜り込むが早いか、似たりよったりの荷を抱えた別の女がお越しになり、これまた踵を接すようにして褪せた黒の上下の男がお越しになり、男は女二人がお互い同士気づいて胆を潰したに劣らず女二人を目の当たりに胆を潰した。パイプの老いぼれもしばしぽかんと、仲良く口を開けていたと思いきや、三人の客《まろうど》は一斉にどっとばかり腹を抱えた。

「任しとき、雑働きの女はちゃっかり一番乗りだってのさ！」と初っ端お越しになった女が声を上げた。「だし洗濯女はちゃっかり二番乗り、葬儀屋の男はちゃっかり三番乗りだってね。さあ、いいかい、ジョージじい、とんだ鉢合わせもあったもんじゃ。あたいら三人てんでその気もないのにこんなとこでバッタリ出会すなんてさ！」

「いや、おぬしらかほどにドンピシャの所で出会せはせなんだろうて」とジョー爺さんは口からパイプを引っこ抜きながら言った。「こっちの茶の間へ来んか。ほれ、お前さんそいつはとうの昔から勝手知ったるもの。じゃし後のお二人さんだって我が家も同し。店の扉を締めるまでちと待て。ああ！　何とギーギー軋みおることよ！　この店にもまず、こちとらの蝶番ほど錆だらけの金っ気はなかろうて。んま、それを言うならわしのそいつらほど老いぼれた骨の奴らもの。はっ、はっ！　みんな揃いも揃ってこちとらの生業にぴったしじゃ、わしらはみんな似た者同士。さあ、茶の間へ入った入った。さあ、茶の間へ入った入った」

茶の間とは何の、襤褸の衝立の奥の隙間の謂なり。老人はおんぼろ絨毯押さえで火を掻き起こし、燻《いぶ》ったランプの芯を（今は夜だったから）パイプの柄で抓み果すや、御逸品をまたもや口にくわえた。

爺さんが然なる手続きを踏んでいる片や、既に口を利いていた女が床に包みを放り出し、矢でも鉄砲でも持って来いとばかりドスンと床几に腰を下ろした。して膝の上で肘を組むや、グイと後のお二人さんをふてぶてしくも挑みかからんばかりに睨め据えた。

「だからどうだってのさ！　だからどうだってのさ、ディルバーの上さん？」と女は言った。「どいつだって手前の面倒見てやる筋合いはあるんじゃないのかい。だしあいつはいつもそうだったさ」

「マジ、ってこった！」と洗濯女は言った。「ほかのどいつよかさ」

「ああ、だったら、まるでおっかながってるみたいにあたいのことジロジロやんながら突っ立たないどくれ、あんた。どいつにバレるってのさ？　まさかあたいらお互い同士上っぱりの穴ほじくり合おうってんじゃないだろね、えっ？」

「ああ、まさか！」とディルバーの上さんと男は仲良く相づちを打った。「まさかもまさか」

「なら、ケッコー！」と女は声を上げた。「ってだけでたくさん。ほんのこれっぽっちのガラクタ、スッちまったからって一体どこのどいつがバカ見るってのさ？　まさかあの世の奴じゃなかろうけど、えっ？」

「ああ、まさか」とディルバーの上さんは声を立てて笑いながら間の手を入れた。

「もしかあのツムジのヒネた老いぼれけちんぼめ、あの世へ行った後もこいつら手離したくないってなら」と女は続けた。「何でもっと目の黒い内に血の通った真似しなかったのさ？　もしかだってならポックリ行っちまった時にもどいつか面倒見てくれる奴がいたろうに。あすこで独りぼっちゼエとコト切れたなり伸びてる代わりさ」

「よくぞおっしゃって下さいました」とディルバーの上さんは言った。「それこそ身から出たサビってもんだ」

「これくらいで済んだなもっけの幸いだってのさ」と女は返した。「もしかあたいがもっと増しなシロもんクスねられてたら、きっといいバチ当たりだったろうに。その包みを開けて、ジョーじじい、どんくらいにつきそうか言ってみとくれ。あっさりバラすんだよ。あたいは仰《のっ》けなのも、この人達に見られんのも屁のカッパだってのさ。あたいら当たりき、ここで鉢合わせになるよかとうの昔に、お互いチョロまかしてるってなゴ承知だったんだから。こいつがバチ当たりかい。さあ、とっとと包みを開けとくれ、ジョー」

されど女の馴染み方は、さすが勇み肌とあって、こいつには肯《がえ》んじ得なかった。かくて褪せた黒づくめの男は初っ端矢面に立つに、奴の分捕り品を引こずり出した。とは物の数ではなかったが。〆て印形一つ二つに、鉛筆入れに、対《つい》の袖ボタンに、安ピカのブローチにすぎなかったから。売り種《ぐさ》は一つずつジョー爺さんによりて丹念に吟味しては値踏みされ、爺さんは壁の上に、一つ一つ叩《はた》きたい分だけチョークで書きつけ、もうこれきりお出ましにならぬと見るや、そっくり足して〆を出した。

「そいつが、ほれ、お前さんの取り分じゃ」とジョーは言った。「わしはたといおかげで釜茹《かまう》での目に会おうと、もう六ペンスこっきり弾まんからの。お次はどいつじゃ？」

ディルバーの上さんがお次だった。シーツとタオルに、衣類少々に、古くさい銀の茶匙二本に、砂糖挟み一本に、ブーツ某。上さんの〆もことほど左様に壁の上にてデカデカやられた。

「わしはいつも女子《おなご》には弾みすぎての。というのがわしの泣き所で、というのがわしが身を滅ぼすやり口じゃて」とジョー爺さんは宣った。「そいつがお前さんの〆じゃ。もしかもう一ペニーでもせびって、スッタモンダしようというなら、わしはこうもサイフの紐を緩めてやったのにホゾを噛んで、半クラウンばかし割引かにゃなるまい」

「んでそろそろあたいの包みをほどいとくれ、ジョー」と仰《のっ》けの女が言った。

爺さんは御逸品をその分開き易いよう両膝を突き、仰山な瘤を解《ほど》き果すや、何やら黒っぽい、ずっしりとしたどデカい一絡げの反物を引こずり出した。

「やや、こいつは何じゃ?」とジョーは言った。「寝台のカーテンではないか!」

「ああ!」と女はカンラカラ腹を抱え、組んだ腕の上でくの字に体を折りながら返した。「寝台のカーテンだとも!」

「まさかお前、あやつがそこに伸びておりながら、こいつら輪っかから何からごと引こずり下ろしたというのではなかろうな?」とジョーは言った。

「ああ、そうともよ」と女は返した。「それがどうしたってのさ」

「お前、さすが転んでもタダでは起きまいて」とジョーは言った。「これなら一身上こさえること請け合いじゃ」

「あたいはマジ、あいつみたよな男のためにこの手を拱くなんて真っ平だね、ほんのそいつを伸ばしさえすりゃ何か頂戴できようかってのに、ジョー」と女は坦々と返した。「おや、そこの油を毛布に落っことさないどくれ」

「あやつの毛布か?」とジョーはたずねた。

「ほかのどいつのだってのさ?」と女は返した。「まさかこいつらなけりゃカゼ引いちまうとでも?」

「あやつめひょっとして何か感染《うつ》り性のもので死んだんじゃあるまいが? えっ?」とジョー爺さんははったと、弄っていた手を止め、目を上げながらたずねた。

「そいつは心配ゴ無用」と女は返した。「あたいは、もしかだとすりゃ、たかがそんな奴らのためにグルリいいつまでってことなしウロチョロするほどお付き合いさして頂きたかないもんで。ああ! あんた目がヒリつくまでそのシャツしげしげやろうったって穴一つこっきり、糸のほぐれたとこ一つこっきり、めっかるまいよ。そいつはあいつの一張羅で、おまけにすこぶるつきの上物と来る。もしかあたいがいなけりゃ、皆して反故にしちまってたろうけどさ」

「反故とはどういうことじゃ?」とジョー爺さんはたずねた。

「あいつらどうせ土饅頭にしてやんのにわざわざこいつを着せてたろうじゃ」と女は高笑いもろとも返した。「どいつか脳ミソの足んない奴もいたもんで、こいつをムクロに着せてやがった。けどあたいがも一度引っ剥がしてやったのさ。もしか白カナキンがそんな用にも足りないってなら、ほかのどんな用に足りるってのさ。ムクロにゃいい対お似合いだよ。そいつでめかして下げたよかもっと醜男面《ぶおとこづら》下げられる訳じゃなし」

スクルージは以上のやり取りに身の毛をよだたせて耳を傾けた。連中が老人のランプから頂戴するなけなしの明かりの下《もと》、分捕り品のグルリを取っ囲んで座っている片や、彼はたとい連中、死体そのものを売った買ったとやるどこぞの忌まわしき悪鬼だったとて敵わなかったろうほど吐き気催いの怖気を奮い上げて四人《よったり》にじっと目を凝らしていた。

「はっ、はっ！」と同じ女が、ジョー爺さんが金《かね》の入ったフランネルの袋を取り出し、床の上に連中それぞれの上がりを数え出すと声を立てて笑った。「ってこって、ほら、傑作な落ちがついたもんだ！　あいつは目の黒い内ゃどいつもこいつも苦虫噛みつぶして追っ払ってた。あの世へ行ってからあたいらにガッポリせしめさしてくれようってんでさ！　はっ、はっ、はっ！」

「精霊様！」とスクルージは頭の天辺から爪先までワナワナ身を震わせながら言った。「分かりました、分かりました。この不幸な男の身の上をわたくし自身、辿っていたやもしれぬと。わたくしの人生も目下は、そちらへ向かっていると。やっ、こいつは何だ！」

彼は総毛立って後退った。というのも場面はコロリと変わり、今やとある寝台に触れんばかりに立っていたからだ。剥き出しの、カーテンの引っ剥がされた寝台に。その上に、ズタズタのシーツ一枚に覆われて横たわっているのは、何か包《くる》み上げられた代物で、そいつは黙《もだ》しながらも、由々しき言語にて自らを触れ回っていた。

部屋はめっぽう暗かった。と言おうか、スクルージは果たして如何なる手合いの部屋か知りたくて矢も楯もたまらず、密かな衝動に駆られてざっと一渡り見回そうとて、およそ定かには見て取れぬほど暗かった。外気の中で立ち昇る蒼ざめた光が真っ直ぐ寝台に当たり、その上に、身ぐるみ剥がれ、誰一人見守る者も、泣く者も、気づかう者もなきまま、この男の骸《むくろ》は横たわっていた。

スクルージは物の怪の方をちらと見やった。そいつの揺るぎなき手は頭を指した。被いはそれはぞんざいに掛けられているものだから、ほんのそいつを持ち上げさえすれば、スクルージの側《がわ》にて指一本動かしさえすれば、顔は露になっていたろう。スクルージは今にもそうしかけた。何とお易い御用だろうという気がした。無性にそうしたかった。がヴェールを引っ剥がすは、傍らのお化けをお払い箱にするのといい対お手上げだった。

おお、冷たい、冷たい、頑な、恐るべき「死」よ、ここに汝《な》の祭壇を築き、汝《な》の意のままが如き恐怖で飾るが好い。何となららばこれぞ汝《な》の版図たるからには。されど愛され、慕われ、称えられし頭《こうべ》の髪一本たり、汝《な》の由々しき用に充つこと勿れ。造作一つ悍しく変えること勿れ。其は手が重く、放たれればがっくり落ちようからというのでも、心臓と脈が微動だにせぬからというのでもない。ただ手は蓋し大らかにして、惜しみなく、まっとうだったからというので、心臓は雄々しく、暖かく、優しかったからというので。脈は男のそれだったからというので。打ちかかれ、「死に神」よ、打ちかかれ！ して見よ、男の善行が傷口より迸り出づを――現し世に不死の生命の種を蒔くべく！

との文言を如何なる声もスクルージの耳許で囁いた訳ではなかった。がそれでいて彼には寝台に目を凝らす間《ま》にもそいつが聞こえた。彼はもしやこの男が今や蘇り得るなら、まずもって如何様な思いが脳裏を過ろうか惟みた。貪婪か、酷き仕打ちか、阿漕な煩悶か？ 連中のお蔭で蓋し、豪勢な死を遂げた訳だが！

骸は仄暗いがらんどうの屋敷に、男一人、女一人、子供一人、この方はあれやこれやでわたくしに親身になって下さいました、親身な声を一言かけて下さったお礼に、この方に親身に付き添わせて頂きとう存じますと言う者のなきまま、横たわっていた。猫が一匹、扉に爪を立て、炉石の下ではクマネズミがガリガリ齧っている音がする。一体あやつら死の部屋に何の用があり、何故然《なにゆえ》まで苛々焦れったげなのか、スクルージは敢えて惟みようとはしなかった。

「精霊様！」と彼は言った。「ここは恐ろしい場所です。ここを立ち去ろうと、わたくしは決してその教えを置き去りには致しません。さあ、行きましょう！」

依然として亡霊は微動だにせぬ指で頭を差していた。

「お宅様のおっしゃることはよく分かります」とスクルージは返した。「ですし、もしや叶うことならそう致しましょう。ですがわたくしには到底叶いません。精霊様、わたくしには到底叶いません」

またもや亡霊はじっと彼に目を凝らしているかのようだった。

「もしや街に誰か一人でも、この男が死んだせいで何らかの感情を掻き立てられている人物がいるとしたら」とスクルージは身悶えせぬばかりに言った。「どうか後生ですから、精霊様、その人物をお見せ下さい！」

物の怪はスクルージの前で黒々とした外衣《ローブ》を束の間、翼よろしく広げ、そいつを引きざま、とある部屋を真昼の日射しで顕現させた。そこには母親と子供達がいた。

母親は何者かを、しかも今か今かと、待っていた。というのも部屋を行きつ戻りつし、物音がする度ハッと身を竦め、窓から外を覗き、ちらと時計へ目をやり、針仕事を続けようと空しく、努め、他愛なく戯れている子供達の声すらほとんど耐えられぬほどだったから。

とうとう長らく待ち侘びていたノックの音が聞こえた。彼女はいそいそ戸口に向かい、夫を迎えた——男の面《おもて》は、若いながらも心労にやつれ、阻喪していた。が、そこには今や曰く言い難き表情が浮かんでいた——男自ら内心忸怩たるものあり、懸命に抑えようとしているある種神妙な悦びの色が。

男は自分のために炉端に大切に取って置かれていたディナーにやおら腰を下ろし、妻がかすかに（長き沈黙が流れて初めて）、どんな具合でしたとたずねると、何と答えたものか途方に暮れているようだった。

「吉《よ》い報せですの？」と妻はたずねた。「それとも凶《わる》い報せですの？」——とは夫に助け舟を出すべく。

「凶《わる》い報せだ」

「わたくし達すっかり身上がなくなってしまいましたの？」

「いや。まだ望みがないではない、キャロライン」

「もしもあの方が不憫に思って下さるようなら」と妻はびっくりしたように言った。「でしょうとも！　もしもそんな奇跡が起こるとすれば、この世に何一つ望みがないものはありませんわ」

「あの方は不憫に思おうにも思えなくなってしまわれたよ」と夫は言った。「亡くなったんだから」

妻は、仮にその面《おもて》が真実を物語っているとすらば、穏やかで辛抱強い奴だった。がその報せを耳にするや胸中、感謝を捧げ、ひしと手を組み合わせたなり然に口にもした。次の瞬間には神に許しを乞い、悔いてはいた。が仰《のっ》けのが、心底偽らざる情動であった。

「昨夜《ゆうべ》あの方に会って一週間の猶予を請おうとした時、例の生酔いの女が言ったことはどうやら本当だったようだ。あの時はてっきり門前払いを食わすほんの言い抜けなものとばかり思っていたが。あの方はあの時、めっぽう加減が悪いだけでなく、死にかけていらしたのさ」

「わたくし達の借金はどなたの手に移されるのでしょう？」

「さあ。だがその時までには金は工面できそうだし、たとえ無理でも、あの方の後釜にそんなにも情容赦のない債権者がお越しになるとしたら、それこそ運の尽きというものだろう。せめて今晩はともかく気を楽にして床に就けようでは、キャロライン！」

然り。如何にそいつを抑えようとて、彼らの気は楽になった。子供達の面《おもて》は、自らのほとんど呑み込めぬことを聞くべく息を潜め、グルリに寄り集まってみれば、なお、晴れやかに輝き、そいつはこの男が死んだお蔭でなお幸せな屋敷と相成った！　亡霊がスクルージに垣間見させ得る、この出来事によりて惹き起こされた唯一の情動は、歓びのそれであった。

「どうかわたくしに何かとある死に纏わる優しさをお見せ下さい」とスクルージは言った。「さもなければ、つい今しがた御一緒に後にしたあの薄暗い部屋は、精霊様、いついつまでも瞼に焼きついて離れないでしょう」

亡霊はスクルージを連れて彼の歩きつけた通りから通りを縫い、道すがら、スクルージは果たして自分の姿はどこかとここかしこ目をやった。がどこにも見当たらなかった。二人は、哀れ、ボブ・クラチットの屋敷へと、既に訪うたことのある苫屋へと、入ってみれば、母親と子供達が暖炉のグルリに腰を下ろしていた。

辺りはシンと静まり返っていた。死んだようにシンと。騒々しいクラチット家のチビ助達は片隅で彫像さながらひっそり息を潜めて座ったなり、本を前に据えたピーター兄きをじっと上目遣いに見やっていた。母親と二人の娘はせっせと針を運んでいた。がなるほど辺りはシンと、死んだように静まり返っていた！

「『して彼《か》の方は幼子を引き寄せ、彼らの直中に立たせ賜ふた（『マタイ』一八：二）』」

一体どこでスクルージはくだんの文言を耳にしたのか？　よもや夢に見たはずはない。少年が恐らく、彼と精霊が敷居を跨ぐ際、そいつらを声にして読み上げていたに違いない。ならば何故《なにゆえ》その先を続けぬのか？

母親はテーブルの上に縫い物を置き、片手を面《おもて》にあてがった。

「色のせいだろうかね、目がヒリヒリするのは」と彼女は言った。

色？　ああ、哀れ、ちっこいティム坊よ！

「でももう大丈夫」とクラチットの上さんは言った。「お蔭でロウソク明かりの下《もと》じゃどうしても霞んじまってね。こんな目をせっかく家《うち》に戻ったってのに父さんに見せちゃ大変。父さんそろそろ帰って来てもいい頃だけど」

「もうとっくの昔にね」とピーターがパタンと本を閉じながら答えた。「けど何だか父さん、ここ二、三晩ってもの前よか歩くのがちょっとノロくなったみたいだ、母さん」

辺りはまたもやシンと、死んだように静まり返った。とうとう彼女は、しかもしっかりとした陽気な声で――ただ一度、途切れはしたが――言った。

「父さんほんとスタスタ――ちっこいティム坊を肩車して歩いてたわね」

「ああ、だったとも」とピーターは声を上げた。「いつもいつも」

「ああ、だったとも」と別の奴が声を上げた。然り、誰しもそいつを覚えていた。

「でも坊やは肩車するのにそりゃ軽くって」と母親はせっせと針を運びながら仕切り直した。「父さんあの子のことそりゃ可愛がってたものだから、てんでへっちゃらだった。てんでへっちゃらだった。で、ほら、父さんのお帰りだよ！」

彼女はいそいそ御亭主を迎えに駆け出し、長襟巻《カムファタ》きの小男のボブが――さぞやそいつがお入り用だったろうじゃ、*哀れな奴よ――入って来た。彼の紅茶はやかん載せの上にて早、お待ちかねにして、彼らは皆、我勝ちにいっとうどっさりそいつを注ごうとした。それから幼気なクラチット兄妹はボブの膝頭に載っかり、それぞれ左右から彼の面《おもて》に小さな頬をすり寄せた。まるでかく言わぬばかりに。「どうか気に病まないで、父さん。どうかしょんぼりしないで！」

ボブは彼ら相手にめっぽう浮かれ、一家の誰も彼もに陽気に話しかけた。してテーブルの上の縫い物に目をやると、上さんと娘達の何とマメで手際のいいことよと褒めちぎり、こいつら日曜にならぬとうの先に仕上がってようとも言った。

「日曜に！　でしたらあなた、今日はあすこへ行ってらしたんですね、ロバート？」と上さんは言った。

「ああ、お前」とボブは返した。「できればお前も一緒に連れてきたかったんだが。何と緑々《あおあお》とした場所かその目で見れば、さぞやほっとしていたろうから。けどその内しょっちゅう目にできようさ。今日もあいつに約束して来たよ、いつも日曜には必ずやって来るからなって。おお、わたしの小さな、小さなあいつよ！」とボブは声を上げた。「おお、わたしの小さなあいつよ！」

彼はいきなり泣き崩れた。致し方なく。もしや致し方あったなら、彼と我が子は恐らく、あるがままよりなお離れ離れになっていたろう。

彼は部屋から出て行き、上階の部屋まで昇って行ったが、そこには赤々と明かりが灯され、クリスマスの飾りつけがしてあった。坊やの傍らには椅子が一脚据えられ、誰かがつい今しがたまでそこにいた名残が留められていた。哀れボブは、椅子に腰を下ろし、少々思いを巡らせ、気を鎮め果すと、小さな面《おもて》にキスをした。彼は起きてしまったことと自ら折り合いをつけると、またもやそこそこ幸せな気分で階下《した》へ降りた。

彼らは炉端に集まり、あれこれおしゃべりに花を咲かせた。娘達と母親は依然針を運びながら。ボブは皆にスクルージさんの甥御が何ととびきりお優しいことか話して聞かせた。というのもあちらはほとんど一度こっきりしか顔を合わせたためしがないというのに、今日のことバッタリ通りで出会すと、彼が少々――「いいかい、ほら、ほんの少々だぞ」とボブは言った――しょげているのを目にするや、何か悲しいことでもあったのかとたずねて下さったからだ。「そこで」とボブは言った。「何せあちらと来ては生まれてこの方耳にしたためしのないほど感じのいい話しっぷりの殿方なもので、ついそっくり打ち明けてしまったのさ。『それはお気の毒に、クラチットさん』ってあの方だ。『で、さぞや気のいい奥さんも悲しんでおいでのことでしょう』ところで一体またどうして、あちらはそいつを御存じなものやら」

「って何を、あなた?」

「ああ、お前がとびきり気のいい上さんだってことをさ」とボブは返した。

「ってことならみんな知ってるぜ!」とピーターが言った。

「こいつめ、よくぞ言ってくれるじゃないか!」とボブは声を上げた。「ああ、だろうとも。『さぞや気のいい奥さんも』ってあの方だ。『悲しんでおいでのことでしょう。もしもわたしに何かお役に立てることがあれば』って名刺を渡しながらな。『そこが住所です。どうか遠慮なくお越し下さい』さてっと、こいつがどこからどこまでゴキゲンだったのは」とボブは声を上げた。「あちらがわたし達のために何か力になって下さるかもしれないからってんじゃなし、そりゃ親身に声をかけて下さったからだ。実の所、まるでわたし達のちっこいティム坊を御存じで、わたし達と一緒に悲しんで下さってるみたいだったさ」

「何とお優しい方だこと!」とクラチットの上さんは言った。

「もしも現にあの方にお会いして、口利いてたら」とボブは返した。「もっとそう身に染みて思ってたろうな。だからわたしとしてはちっとも驚くまいよ――いいか、よくお聞き!――たといあちらがピーターにもっといいクチを見繕って下さろうと」

「おや、今のを聞いたかい、ピーター」とクラチットの上さんは言った。

「で、そしたら」と娘の一人が声を上げた。「ピーターはきっとどなたかとお付き合いして、独り立ちするんだわ」

「おとといおいでってのさ」とピーターはニタニタ歯を剥

きながら突っ返した。

「ってことに」とボブは言った。「いつかその内ならんとも限るまい。まだまだそれまでにはうんとこ間《ま》はあろうが、お前。けどどんな具合にいつ、お互い離れ離れになろうと、わたし達の誰一人、かわいそうなちっこいティム坊のことをまさか忘れたりはすまいじゃ——えっ——っていうかこの、わたし達の間で初っ端持ち上がった訣れのことを？」

「ええ、まさか、父さん！」と皆は一斉に声を上げた。

「だし」とボブは言った。「だし、愛しいお前達、どんなにあの子は、そりゃ小さな小さな坊やでも、辛抱強くておとなしかったか思い出せば、わたしらそうそうお互い同士ケンカして、そんな真似してかわいそうなちっこいティム坊のことを忘れちまったりは」

「ええ、決して、父さん！」と皆はまたもや一斉に声を上げた。

「なら何よりだ」と小男のボブは言った。「なら何よりだ！」

クラチットの上さんは彼にキスをし、二人の娘は彼にキスをし、幼気なクラチット兄妹は彼にキスをし、ピーターと彼はギュッと握手を交わした。ちっこいティム坊の御霊よ、汝《な》のあどけなき真髄は神より来《きた》る！


「精霊様」とスクルージは言った。「どうやらわたくし達の別れもそろそろ間近いようです。どうしてかは分かりませんが、そうだということは分かります。どうかお教え下さい、先ほど一緒に縡切れて横たわっているのを目にしたあの男は何者でしょう？」

未だ来《きた》らぬクリスマスの亡霊は先と同様——とは言え異なる頃合に、と彼には思われた。実の所、これら後半の幻影においては、いずれも「未来」の出来事だという点をさておけば何ら順序はないようだったから——事務屋連中の足繁く通う場所へと、スクルージを連れて行った。が彼自身の姿は見せてくれなかった。実の所、精霊はおよそグズグズするどころか、今しも申し出られた要望がらみではズンズン、真っ直ぐ進み続け、とうとうスクルージはどうかしばしお待ちをと声をかけねばならぬほどだった。

「この袋小路は」とスクルージは言った。「わたくし達は今やセカセカ素通りしようとしていますが、わたくしの仕事場があり、長の年月あった場所です。ほら、屋敷が見えます。どうかわたくしが近い将来どんな風になっているか見せて下さい！」

精霊はひたと止まったが、手はあらぬ方《かた》を指していた。

「屋敷は向こうです」とスクルージは声を上げた。「どうしてあっちの方をお指しになるのです?」

仮借なき指は微動だにしなかった。

スクルージはセカセカ自分の事務所の窓に駆け寄り、中を覗き込んだ。そいつは今なお事務所だったが、彼の事務所ではなかった。家具も同じではなく、椅子に掛けている人影は彼自身ではなかった。物の怪は先と同様、指差した。

スクルージはまたもや亡霊の下《もと》へ戻り、果たして何故《なにゆえ》、何処《いずこ》へ来たのか訝しみながらも付き従い、とこうする内二人はとある鉄門に辿り着いた。彼は中へ入る前に足を止め、キョロキョロ辺りを見回した。

教会墓地だった。ここにて、ならば、彼が今やその名を知らねばならぬ惨めな男は草葉の蔭に眠っているというのか。なるほど打ってつけの場所ではあるが。グルリを家屋敷に封じ込められ、植物の「生」ではなく「死」の増殖たる芝草や雑草が蔓延り、たらふく埋め込まれているせいで噎せ返り、慊《あきた》る食い気で肥え太った。なるほど打ってつけの場所では!

精霊は墓に紛れて立ち、足許のとある墓を指した。スクルージはワナワナ身を震わせながら墓に近づいた。物の怪はこれまでとつゆ変わらなかったが、彼は何やらその厳かな姿形に新たな意味が見て取れるような気がした。

「お宅様がお示しのあの石にもっと近づく前に」とスクルージは言った。「一つ、質問にお答え下さい。これらは『で、あろう』ものの影なのでしょうか、それともただ、『かもしれぬ』ものの影なのでしょうか?」

依然として亡霊は自ら傍に佇んでいる足許の墓を指すきりだった。

「人間の針路というものは何らかの結末を予示し、その結末へと、もしや我々が飽くまで突き進めば、向かわねばなりません」とスクルージは言った。「ですがもしや我々が針路から逸れれば、結末も変わるのではないでしょうか。さあ、どうかお宅様がわたくしにお見せ下さるものに関してもそうだとおっしゃって下さい!」

精霊は相変わらず微動だにしなかった。

スクルージは道すがらワナワナ身を震わせながらも精霊の方へ近寄り、指の行方を追えば何と、打ち捨てられた墓石の上に刻まれているのは彼自身の名、エビニーザ・スクルージではないか。

「ではあの寝台に横たわっていたのはこのわたくしだと?」と彼はガックリ両膝を突きながら声を上げた。

指は墓から彼の方を指し、またもや墓を指した。

「いえ、精霊様! おお、いえ、いえ!」

指は依然としてそこにあった。

EBENEZER
SCROOGE

「精霊様！」と彼は外衣《ローブ》にひしとしがみつきながら声を上げた。「どうかわたくしの言うことをお聞き下さい！　わたくしはもう昔のわたくしではありません。このお宅様との交わりがなければなっていたに違いなかろう男には断じてなりません。もしもわたくしに手の施しようがないとすれば、どうしてこんなものをお見せになったのです？」

初めて、手は小刻みに震えているようだった。

「心優しき精霊様」と彼は精霊の前の地べたに平伏しながら続けた。「お宅様の性《さが》がわたくしのために執り成し、わたくしに憐れを催して下さっています。どうか、わたくしはまだ悔い改めることによって、お宅様がお見せになったかようの幻を変えられるやもしれぬとおっしゃって下さい！」

親身な手は小刻みに震えた。

「わたくしはこれからは心の中でクリスマスを称え、一年を通してクリスマスを祝おうと努めます。これからは『過去』と、『現在』と、『未来』において生きて行きましょう。これら三者三様の『精霊』はわたくしの内にて切磋琢磨してくれましょう。わたくしは精霊様方に賜った教えを決して締め出したりは致しません。おお、どうかわたくしにはまだこの石の銘を拭い去れるやもしれぬとおっしゃって下さい！」

悶々と拝み入った勢い、スクルージは幽霊の手をむんずと捕らまえた。手は振りほどこうとしたが、スクルージは生半ならず強かに拝み入り、そいつをギュッと引き留めた。精霊は、なお強かだったから、彼をはねのけた。

これきり、どうか己《おの》が運命を逆転し賜えと祈りを捧げる上で両手を突き上げている間《ま》にも、スクルージには物の怪の頭巾と帷子が変わって行くのが見て取れた。そいつは萎び、くずおれ、シュンと、寝台の支柱に縮こまった。

第五連　とどの詰まり

然り！　して寝台の支柱は彼自身のそれであった。寝台は彼自身のそれにして、部屋は彼自身のそれであった。何よりかよりゴキゲンにして幸せなのは、眼前の「刻《とき》」は償いをすべく彼自身のそれであった！

「これからは『過去』と、『現在』と、『未来』に生きよう！」とスクルージはベッドから這いずり出しながら繰り返した。「これら三者三様の精霊様にはわたしの内にて切磋琢磨して頂こう。おお、ジェイコブ・マーリよ！　天と、クリスマスの時節のありがたきかな！　そう、跪いて言わしてもらうぞ、老いぼれマーリ、そう跪いて言わしてもらうぞ！」

彼は善意の思い余ってそれは千々に心乱し、それは真っ紅に火照り上がっていたものだから、途切れがちな声はほとんど彼のお呼びに応えてくれぬほどだった。彼は精霊と組み打つ上で激しくすすり泣いていた。よって顔は涙でぐしょ濡れだった。

「こいつら引こずり下ろされておらんでは」とスクルージは寝台のカーテンの片方を両腕にひしと抱き締めながら声を上げた。「こいつら輪っかから何からごと、引こずり下ろされておらんでは。ここにちゃんとあるでは――わたしだってここにちゃんといるでは――だったろう物事の幻はまだ追っ払えるやもしれん。いや、追っ払えよう。もちろん、追っ払えよう！」

彼の手はこの間《ま》もひっきりなしに洋服を忙しくなく弄《まさぐ》っていた。連中を内を外へ引っくり返し、逆様に袖を通し、ビリビリ引き裂き、どこぞへ置き違《たが》え、ありとあらゆる手合いの戯けた真似のグルにしながら。

「はてさて一体どうしたものやら！」とスクルージは一時《いちどき》に腹を抱えてはポロポロ涙をこぼし、御尊体を長靴下もて全きラオコーン*に仕立て上げながら声を上げた。「わたしは羽根みたように軽くて、天使みたように幸せで、小学坊主みたようにゴキゲンで、酔っ払いみたようにクラクラ目が回っておるわ。みんな、クリスマスお目出度う！　どいつもこいつも、良いお年を！　やあ、そら！　わーい！　やあ！」

彼はピョンピョン浮かれて居間に駆け込み、今やすっかり息を切らしたなり、そこに立っていた。

「そら、粥の入っていたソース・パンだ！」とスクルージはまたもや駆け出し、暖炉のグルリを一巡りしながら声を上げた。「そら、ジェイコブ・マーリの入って来た扉だ！　そら、現在のクリスマスの亡霊の座っていた隅っこだ！　そら、行き場のない魑魅《すだま》共を目の当たりにした窓だ！　何もかも結構、何もかも真実、何もかも現に起こったことだ。はっはっはっ！」

蓋し、然に長の年月御無沙汰していた男にしては、そいつは途轍もなき笑いであった。すこぶるイカした笑いであった。輝しき笑いの連綿たる家系の正しく父祖たる！

「はてさて今日は何日なものやら！」とスクルージは言った。「はてさてどのくらい長らく精霊方にお付き合い願っていたものやら。何もかもさっぱりじゃ。まるで生まれたばかりの赤子みたようじゃ。構うものか。それがどうした。むしろ赤子でもっけの幸い。やあ！　わーい！　やあ、そら！」

彼ははったと、有頂天で浮かれ返っていたものを、折しも教会が生まれてこの方耳にしたためしのないほど高らかな鐘の音《ね》を響かせた勢い息を呑んだ。リン‐ゴン‐ガン。ディン‐ドン‐ベル。ベル‐ドン‐ディン。ガン‐ゴン‐リン！　おお、素晴らしきかな、素晴らしきかな！

窓辺に駆け寄ると、彼は窓を開け、頭を突き出した。霧一つ、靄一つない。澄んだ、明るい、愉快な、清《すが》しい、ひんやりとした朝《あした》だ。滾った血潮に、合わせてステップを踏めよとばかり、ピーヒャラ笛の音《ね》の聞こえて来そうなほど、ひんやりとした。黄金色《こがねいろ》の日射し。抜けるように青い空。甘く爽やかなそよ風。陽気な鐘の音《ね》。おお、素晴らしきかな！　素晴らしきかな！

「今日は何日じゃ？」とスクルージは下方の、恐らくは退屈凌ぎにフラリと紛れ込んでいた、晴れ着の小僧を呼び止めながら声を上げた。

「ええっ？」と小僧は腰を抜かさぬばかりにびっくり仰天して素っ頓狂な声を上げた。

「今日は何日じゃ、坊主？」とスクルージは言った。

「今日は！」と小僧は返した。「あんれ、ク、ク、クリスマスの日に決まってるじゃないか」

「ほう、クリスマスの日との！」とスクルージは独りごちた。「だったらそいつをスッてしまった訳ではないと。精霊様方は何から何までものの一晩の内にやってのけて下されたと。さすが精霊様方、何だってお好み次第のことがやってのけられるとの。当たり前、お好み次第のことが。当たり前、お好み次第のことが。おーい、坊主！」

「おーい！」と少年は返した。

「お次のお次の通りの角っこのトリ屋を知っておるか？」

とスクルージはたずねた。

「当たりき、だろうじゃ」と小僧は返した。

「ほほう、なかなか賢い坊主じゃ！」とスクルージは言った。「すこぶるつきの坊主じゃ！　あいつらもうあすこに吊る下がっておった褒美もんの七面鳥を売ってしもうたか知っておるか？——ほれ、小さな褒美もんの七面鳥ではのうて、どデカい方を？」

「あんれ、オイラと同しくらいどデカい奴のこっかい？」と少年は返した。

「これはまた何と愉快な坊主ではないか！」とスクルージは言った。「坊主と話をしておるとこっちまで浮かれて来そうじゃ。ああ、小粋なあんさん！」

「ヤツならまだあすこにブラ下がってるよ」と小僧は返した。

「ほお？」とスクルージは言った。「ならばあいつを買いに一っ走りして来てくれ」

「ウソつけえ！」と小僧は素っ頓狂な声を上げた。

「いや、いや」とスクルージは言った。「わしゃ大真面目じゃ。あいつを買いに一っ走りして、連中にここへ担いで来るよう言うてくれ、ならばどこへ届ければ好いか教えるからとの。男を連れて戻るがええ、ならば駄賃に一シリングやろう。五分と経たぬ内に男を連れて戻るがええ、ならば駄賃に半クラウンやろう！」

小僧は鉄砲弾よろしくすっ飛んで行った。もしやその半ばも目にも留まらぬ早業でぶっ放せる奴がいたとすらば、そいつは定めて射撃の名手だったに違いない。

「あいつをボブ・クラチットの家《うち》に届けてやろうて！」とスクルージはシコシコ揉み手をし、腹の皮を捩らせながらつぶやいた。「あいつめ、よもやどいつが送りつけたか思いも寄るまい。あれならちっこいティム坊の図体の二層倍はあろう。あいつをボブの家《うち》に送りつけるとならば、ジョー・ミラー＊だって叩いたためしのないほどの軽口になろうでは！」

彼が住所を認《したた》めた手はおよそブレのない手どころではなかった。がどうにかこうにか晴れて認《したた》め果すと、いっトリ屋の男がお越しになってもいいよう玄関扉を開けるべく階下《した》へ降りた。男のお越しを待ってそこに立ってみれば、勢いノッカーが目に留まった。

「あの世へ行くまでこいつを大切にしてやろう！」とスクルージは御逸品をポンポン、片手で軽く叩きながら声を上げた。「これまではほとんど目もくれてやらなんだが。何とまた正直げなツラを下げておることよ！　これぞとびきりのノッカーではないか！——おや、七面鳥のお越しだわい。やあ！　わーい！　景気はどうじゃ！　クリスマスお目出度う！」

　これぞげに、七面鳥で御座った。よもやこちとらの大御脚で立てはしなかったろうが、こやつめ。何せそうでもした日にはものの一分かそこいらでポキリと、封蠟棒よろしく折っていたろうから。

「ああ、そいつをキャムデン・タウンまで担いで行くなど土台叶はぬ相談」とスクルージは言った。「辻の一頭立て《キャブ》を拾わねばの」

　と言いながらスクルージの何とクックとほくそ笑み、辻の一頭立て《キャブ》のお代を払いながら何とクックとほくそ笑み、小僧に駄賃を弾みながら何とクックとほくそ笑んだことか、そいつらよりなお上を行くものがあったとすらば、またもや息も絶え絶えに椅子に腰を下ろし、涙がポロポロ頬を伝うまでクックとほくそ笑んだそのほくそ笑みようくらいのものだったろう。

　たかがヒゲ剃り如きとておよそ一筋縄では行かぬ。何せ手がやたらガクガク震え続けたから。してヒゲ剃りなるもの、たとい剃刀を当てている間《ま》にダンスのステップを踏まずとも、生半ならず注意がいる。がよしんば鼻の先っちょを剃り落としていたとて、スクルージは上にペタンと絆創膏を貼り、それで何の不服もなかったろう。

　彼はどこからどこまで「一張羅」でめかし込み、やっとこ通りへお出ましになった。人々はこの時までには彼が現在のクリスマスの亡霊と共に目にしたままにどっと繰り出していた。して両手を後ろで組んだなり歩きながら、スクルージは誰も彼もを晴れやかな笑みを浮かべて眺めやった。要するに、彼はつられてついこっちまで嬉しくなりそうなツラを下げていたものだから、気さくな連中が三、四人声をかけて来た。「やあ、お早うございます！　クリスマスおめでとう！」してスクルージは後にしょっちゅう言っていた如く、それまで耳にしたありとあらゆる陽気な音の内、かほどに耳許で陽気に響いた音はなかった。

　さして遠くまで行かぬ内、こちらへ向かって来るのが目に入ったのは誰あろう、昨日彼の会計事務所へ入って来るなり、「確か、スクルージ＆マーリ殿であられると？」とたずねた恰幅の好い殿方ではないか。互いに顔を合わせば果たしてこの御老体が自分のことを如何様に思おうか惟みるだにスクルージの胸はズキリと疼いた。が如何なる径が真っ直ぐ前方に伸びているか知らぬでなし、そいつをためろうことなく進んだ。

「おやおや、御主人」とスクルージはセカセカ近寄り、御老体の両手をギュッと握り締めながら言った。「御機嫌麗しゅう？　昨日はさぞやトントン拍子に行かれたことと。御親切、忝い限りですな。クリスマスお目出度うございます、御主人！」

「スクルージ殿と？」

「如何にも」とスクルージは言った。「というのがわたしの名で、生憎そいつはお宅の耳にはあまり心地好うは響かぬやもしれませんな。どうかお目こぼしを。して是非とも」——ここにてスクルージは御老体の耳許で何やら囁いた。

「これはこれは！」と御老体は腰を抜かさぬばかりに声を上げた。「親愛なるスクルージ殿、げに正気であられましょうか？」

「もしや差し支えなければ」とスクルージは言った。「ビタ一文渋るつもりはありませんぞ。それは仰山な滞りも含まれておることです。どうか我がままを聞いて頂けましょうかの？」

「親愛なる貴殿」と相手はギュッとスクルージの手を握り締めながら言った。「何とお礼申したものやら、かほどに惜しみなく——」

「いや、どうかもう何もおっしゃらずに」とスクルージは突っ返した。「家《うち》まで御足労願いたいものですな。ほれ、家《うち》まで御足労願えますかの？」

「是非とも！」してその気満々たることお見逸れすべくもなかった。

「それは忝う」とスクルージは言った。「恩に着ますぞ。何とお礼申したものやら。では御機嫌好う！」

彼は教会へ行き、通りをあちこち歩き回り、人々が忙しなげに行き交うのを眺め、子供達の頭をポンポン軽く叩いてやり、物乞いにあれこれ吹っかけ、家々の厨を見下ろし、窓を見上げ、何もかもが喜びをもたらしてくれることに気づいた。彼はついぞたかが散歩ごときが——それを言うなら何事であれ——かほどに幸せな気分にしてくれようとは夢にも思ったためしがなかった。昼下がりになって漸う甥の屋敷へと足を向けた。

彼は戸口の前を十度は下らぬ行き過ぎてなお、上り段を登り、ノックをくれる踏んぎりがつかなかった。が、いざ突撃をかけるや、コンとノックをくれた。

「御主人はおいででしょうかの、嬢さんや？」とスクルージは小間使いの娘にたずねた。はむ、器量好しの娘ではないか！　えろう。

「はい、お客様」

「どこにお見えかの、嬢さんや？」とスクルージはたずねた。

「奥様と御一緒に、お客様、食堂にお見えでございます。よろしければ階上《うえ》へ御案内させて頂きましょう」

「せっかくじゃが、あちらはわしのことは御存じでの」とスクルージは早、食堂の錠に手をかけたなり言った。「こっから直《じか》に入らしてもらおうて、嬢さん」

彼はそっと錠を回し、スルリと、扉の蔭から斜《はす》に御尊顔を突っ込んだ。二人はテーブルに（馳走がふんだんに並べられていたが）じっと目を凝らしていた。というのも近頃のお若い主婦方というものはいつだってかようの点にかけてはハラハラ気を揉み、万事疎漏なく行っているか確かめたがるものだから。

「フレッド！」とスクルージは声をかけた。

いやはや、何と嫁さんの生きた空もなくギョッと胆を潰したことか！　スクルージは当座、嫁さんが片隅で足載せ台ごと座っているのをコロリと忘れていた。さなくば断じてそんな真似はしていなかったろうに。

「やっ！」とフレッドは声を上げた。「一体どなたです？」

「わしじゃよ。お前の伯父貴のスクルージじゃ。一つ一緒にディナーでも食わしてもらおうかと思うての。入ってもえか、フレッド？」

入ってもいいかだって！　フレッドが彼の腕を振りちぎらなくてもっけの幸い。スクルージはものの五分でとことんくつろぎ返った。この世に何一つかほどに心暖まるものはなかったろう。姪は亡霊と見たまんまだった。していざお越しになってみればトッパーもまた然り。していざお越しになってみれば丸ぽちゃの妹もまた然り。していざお越しになってみればどいつもこいつもまた然り。素晴らしき一座に、素晴らしきゲームに、素晴らしき満場一致に、素晴らしき幸ひよ！

だが彼は明くる朝早々《はやばや》事務所にやって来た。おお、めっぽう早々《はやばや》。ほんの仰《の》けにお越しになり、ボブ・クラチットが遅刻するところを取っ捕まえてやれるものなら！　というのが正しくツボにしてミソであった。

して、彼はげに、取っ捕まえてやった。ああ、げに取っ捕まえて！　時計が九時を打った。がボブの影も形もない。十五分過ぎた。がボブの影も形もない。奴は優に十八分三十秒も遅刻した。スクルージはボブが水槽《みずおけ》に入って来るのが見えるよう、自分の部屋の扉を大きく開け放ったなり座っていた。

ボブの帽子は、御当人が扉を開けぬとうの先から吹っ飛んでいた。して長襟巻《カムファタ》きも仲良く。彼は瞬く間に床几に載っかり、ひたぶるペンを走らせにかかった。まるで九時に追っつこうと躍起になってでもいるかのように。

「おいこら！」とスクルージは装える限りにおいてなるたけいつもの声音で唸り上げた。「今頃になってノコノコやって来るとはどういう了見じゃ？」

「大変申し訳ありません」とボブは言った。「確かに遅刻してしまいました」

「ほお、げにの？」とスクルージは繰り返した。「ああ。如何にもの。済まんが、ちとこっちへ来んか」

「ほんの一年に一度のことです」とボブは水槽《みずおけ》から姿を見せながら訴えた。「もう二度と繰り返しませんので。昨日はつい羽目を外してしまいました」

「さてっと、ええか、おぬし」とスクルージは言った。「わしはもうこの手のことにはこれきり辛抱ならんでの。という訳で」と彼はピョンと床几から飛び下りるやグイと、ボブのチョッキをお蔭でこの方ヨロヨロまたもや水槽《みずおけ》へ逆戻りしかねぬほど力まかせに小突きながら続けた。「という訳で、おぬしの給金を上げてやろうでは！」

ボブはワナワナ身を震わせ、気持ち物差しに近づいた。してしばし、御逸品もてスクルージを張り倒しざま押さえつけ、袋小路の連中にとっとと手を貸して狂人用拘束服を持って来るよう声を上げようかと惟みた。

「クリスマスお目出度う、ボブ！」とスクルージは彼の背《せな》をポンポン叩きながら、正真正銘、真顔で言った。「この長の年月祝うてやったよりうんとこ、ボブや、気のいい奴よ、クリスマスお目出度う。わしはお前の給金を上げて、少しでもお前の苦労だらけの一家の力にならせて頂こうて。でお前のあれやこれやの事情がらみではこの昼下がりのことクリスマスの熱々のビショップ*の深鉢を汲み交わしながら膝を突き合わそうではないか、ボブよ！　さあ、どんどん炭を焼べて、も一つｉにポチを打たん間《ま》にとっとと炭斗《すみとり》をもう一籠買うて来んかい、ボブ・クラチット！」

スクルージは言《げん》を違《たが》えぬどころではなかった。約束を一から十まで果たした上、まだまだどっさりやってのけ、ちっこいティム坊にとっては——彼は死ななかったから——養い親になった。してついぞこの古き善きシティーが、と言おうか古き善き世界中の、他の如何なる古き善きシティーも、町も、自治区も存じ上げたためしのないほど善き友に、善き主人に、善き男になった。中には彼がコロリと別人のように変わったのを見てせせら笑う者もいた。が好きに笑わせ、ほとんど意に介さなかった。というのもこの地の表《おもて》で、善かれと、出来した何一つ、まずもって幾人《いくたり》かが存分腹を抱えなかったものはないということくらい百も承知だったから。ばか

りかその手の輩はどのみち目が見えまいとは知らぬでなし、もっと醜い形《なり》でくだんの病気を患うくらいならいっそニタニタ、ニタつく上で目を萎《しぼ》ます方がまだ増しという気がした。彼自身の心は高らかに笑っていた。さらば何の不足のあったろう。

彼はそれきり精霊《スピリッツ》とは交わらず、終生、「絶対禁酒主義」を守り通した。*　していつも彼がらみで言われていたのは、もしやどいつか生身の男がくだんの智恵を持ち併せているとするらば、彼こそはクリスマスの祝い方を知っているということだった。我々がらみでも、して我々皆がらみでも蓋し、然に言われんことを！　という訳で、ちっこいティム坊の宣った如く、我々皆に、一人残らず、神の御加護のありますよう！

D. Maclise, R.A. del   F.P. Becker, sc.

鐘　の　精

旧年を撞き出し

新年を撞き入れる

釣鐘達の悪戯小鬼物語《ゴブリン・ストーリー》

FIRST QUARTER.

第一点鐘

よほどの物好きでもない限り――して物語の語り手と物語の読み手は能う限りとっとと互いの諒解に達すに如くはなかろうから、お心得違いのなきよう、小生は次なる所見を若者にも幼子にも限定せず、ありとあらゆる身の上の人々に――小さきも大きも、若きも老いきも、未だ人生の登り坂にあるも早人生の下り坂にあるも――敷衍させて頂きたい――故に、よほどの物好きでもない限り、教会で眠りたがる者はまずいまい。小生の言っているのは、ただし、暖かな日和の説教時《どき》ではなく（くだんの折ならば一件は事実、一、二度やりこなされていようから）、夜分、独りきりでのことである。昼の日中にかようの御託を並べれば、無論、その数あまたに上る連中が目を丸くしよう。が事は「夜」に限ってのことである。そいつは夜分、論じられねばならぬ。さらば小生はわざわざそのため白羽の矢の立った如何なる陣風催いの冬の晩であれ、その他大勢の中より選りすぐられた如何なる論敵相手にせよ、己《おの》が言い分の真正たることあっぱれ至極に証してみせよう。論敵殿には古めかしい教会墓地の、古めかしい教会扉の前にて独りきり小生と落ち合い、予め、もしやそれで得心が行くというなら、夜明けまでギッチリ錠ごと閉じ込めるおスミ付きを与えて頂くこととし。

　というのも夜風にはその手の建物の周囲をグルグル、グルグルさ迷っては通りすがりに呻き声を洩らし、こちらの目には清《さや》かならざる手もて窓という窓や扉という扉を端《はし》からガタガタ試して回り、どこぞにスルリと潜り込む割れ目はないものか探し回る憂はしき無くて七クセがあるからだ。して一旦中に潜り込んだら潜り込んだで、御逸品が何であれ、お目当ての代物の見つからぬ者よろしく、またもや外へ出してくれとばかり噎び泣いては遠吠えを上げ、側廊を抜き足差し足、忍び歩き、柱のグルリをスルリ、スルリ、音もなく歩き回り、野太いオルガンを唆すだけでは飽き足らず、屋根まで舞い上がりざま、棰《たるき》を掻っ裂こうと躍起になる。かと思えば下方の甃《いしだたみ》に狂ったように我が身を打ちつけ、ブツブツ、不平を鳴らしながら地下の納骨堂へと姿を消す。が、ほどなく、こっそり這い上がり、壁から壁を伝いながら、どうやら死者に捧げられし銘をヒソヒソ、声を潜めて読んでいるとも思しい。内、某かの前ではいきなり、まるで腹を抱えてでもいるかのように甲高い声を立て、また某かの前ではまるで嘆き悲しんでもいるかのように呻吟を洩らしては嗚咽に噎ぶ。グズグズと祭壇の内にてためらう段には幽霊じみた音も立てる。何せそこにては然ても麗しく滑《すべ》らかに見えながらも然ても傷つき毀《こぼ》たれしモーセの「証の石板」に挑みかからんばかりに犯されし悪事と殺人や、崇め奉られし邪神をそいつなり狂おしきやり口で詠唱してでもいるかのようだから。うっ！　神よ、炉端に小ぢんまりと掛けている我らを護り給え！　奴には由々しき声がある、かの、教会にて歌う真夜中の風には！

　されど、遙か尖塔の高みにては！　そこにて邪な突風はヒューヒュー吹き荒んでは哮り狂う！　遙か尖塔の高みにては、そこにてそいつは我が物顔で数知れぬ聳やいだ迫持や狭間を出ては入り、目眩い催いの階段のグルリで我が身を捻《ひね》っては捩《よじ》くり、呻き声を上げている風見鶏をクルクル回し、正しく塔そのものまでガタガタ、ブルブル、戦慄かす！　遙か尖塔の高みにては、そこにて鐘楼があり、鉄の欄干は錆でボロボロに朽ち果て、移ろう天候によりて竦み上がった鉛板や銅板は不馴れな足に踏みつけられた挙句、ヒビ割れ波打ち、鳥は古びたオークの接ぎ目や梁の隅にいじけた巣を押し込め、塵は老いぼれ白髪頭になり、長らくノホホンと暮らしているせいでぐうたら、でっぷり肥え太った斑模様のクモは鐘の震動でブーラリ、ブーラリ、前へ後ろへなまくらに揺れ、断じて自ら紡いだ空中楼閣にギュッとしがみついた手を緩めようとも、すは一大事と船乗りよろしく駆け登ろうとも、床に落っこちざま二十本からのはしこい脚をわずか一つの命を救うためにせよせっせと動かそうともせぬ！　街の明かりやざわめきの遙か上方にして、そいつに影を投ず飛雲の遙か下方なる、とある古教会*の尖塔の高みは、夜分には荒らかにして侘しき場所であり、とある古教会の尖塔の高みには、これから審らかにさせて頂く鐘の精が住まっていた。

　連中は、誓って、老いぼれた鐘の精だった。今を遡ること幾百歳《いくひゃくとせ》、これら釣鐘は主教方の手づから洗礼を施された。それは今を遡ること幾百歳《いくひゃくとせ》なものだから、連中の洗礼式の登記簿は人間の記憶よりとうの、とうの昔に失われ、よって誰一人として連中の名を知る者はなかった。連中にもいっぱし教父と教母があり、これら釣鐘にも（因みに小生自身はと言えば、同じ責めを負うなら男子《ボーイ》よりむしろ釣鐘《ベル》の教父にならせて頂きたいものだが）、のみならず無論、銀のマグだって持っていたはずだ。が「時の翁」は連中の名親を薙ぎ倒し、ヘンリー八世は連中のマグを溶かし、かくて連中、今や名も無くマグも無きまま、教会の塔に吊る下がっているという次第。

　とは言え、声も無きまま、という訳ではない。どころか。連中、澄んだ、大きな、強かな、朗々たる声をしていたのだ、これら釣鐘の奴らは。して風に乗れば広く遍く、聞こえたやもしれぬ。のみならず、風の勝手に任すにはやたら負けじ魂の組み鐘だったのだ、連中。何せ、そいつがツムジ曲がりのムラッ気を起こそうものなら、雄々しく抗い、欹てた耳宛とことん律儀に陽気な調べを注《そそ》ぎ込もうとしたからだ。して時化催いの晩には、どこぞの病んだ我が子に付き添う貧しい母親や、夫が航海に出ている独りぼっちの妻の耳に留まりたいばっかりに、時には虚仮威し屋の北西風を、然り、トウビィ・ヴェックの言によらば「コテンパン」にぶちのめしたこともあるそうな——というのも皆は彼のことをトロッティ・ヴェックと呼び習わしていたものの、実の名はトウビィで、世の何人《なんぴと》といえども御芳名を格別な国会制定法でもでっち上げぬ限り外の名に（トバイアスはさておき）すげ替えること能うまいから。何せ御当人、釣鐘の奴らが往時、洗礼を施されたに劣らず往時、掟に則り洗礼を施されていたによって——なるほど然まで粛々と、と言おうか大っぴらに祝われて、ではなかったにせよ。

　小生自身はと言えば、小生はトウビィ・ヴェックの信念に与している旨白状しよう。というのも彼がドンピシャのそいつを抱く機会にだけは事欠かなかったろうこと信じて疑わぬから。よってトウビィ・ヴェックが何と宣はろうと、小生は同上を宣い、飽くまでトウビィ・ヴェックの側《がわ》に「立たせて」頂く。なるほど彼は蓋し、日がな一日（しかも何とも難儀なことに）教会扉のすぐ外っ面に「立って」はいたものの。種を明かせば、彼はお上のおスミ付き赤帽《ティケット・ポーター》だったのだ、トウビィ・ヴェックは。してそこにてお呼びがかかるのを待っていたにすぎぬ。

　して冬時《ふゆどき》にお呼びがかかるのを待つにはやたら吹きっさらしの、鳥肌催いの、真っ青に鼻の悴む、真っ紅に目の血走る、カッチンコに爪先の凍てつく、ガチガチ歯の鳴る場所であった、そいつは。とはトウビィ・ヴェックの身に染みて御存じの如く。風は——わけても東風は——専らトウビィに突撃をかけるべく地の果てより、特急にて、繰り出してでもいたかのように街角の向こうから突っかかって来た。して時には存外とっとと奴に出会したと思しい証拠、街角をヒューッと一目散に回って来たはいいが、トウビィを素通りするや、またもやいきなりクルリと、まるでかく叫んででもいるかのように踵を回らせたものである。「おっとっと、奴はここじゃないか！」すかさず、彼のちんちくりんの白エプロンは腕白坊主の上っ張りよろしく頭の上までめくれ上がり、いじけたちんちくりんのステッキは手の中で詮なくも足掻いてはのたうち回る様が見受けられ、大御脚は途轍もなき揺さぶりをかけられ、トウビィ自身はてんで斜《はす》に傾いだなり、今やこっちを今やあっちを向きながら、それは滅多無性にゲンコを食らっては、横っ面を張り飛ばされては、揉みクシャにされては、嬲られては、小突かれては、両足をすくわれるものだから、御尊体ごとごっそり、時に一群れのカエルかカタツムリか似たり寄ったりのめっぽう掻っさらわれ易き有象無象が宙に舞う如く宙に舞い上がったが最後、またもやハラハラ、土着の民の度胆を抜くに、どこぞの、お上のおスミ付き赤帽《ティケット・ポーター》の未だ知られざる人里離れた僻陬の地に降らぬとは、世界の七不思議のわずか一歩手前の珍現象としか思われなかったものである。

　とは言え、風のビュービュー吹き荒ぶ日は、いくらこっぴどい目に会おうと、畢竟、トウビィにとってはある種祝日だった。とは身も蓋もない話。彼は風に弄ばれている限り、外《ほか》の折ほど六ペンスのお呼びを長らく待ち受けている気がしなかった。くだんの吠え哮り屋と組み打たねばならぬと思えば、たとい腹が空いてしょぼくれそうになろうと、お蔭で気が散り、気合いからカツから入った。ガチガチに凍てついた霜や、沈々降り頻る雪も「慶事」であった。してどういう訳やら御利益に与れた――如何なる点においてかは、ただし、曰く言い難かったろうが、な、トウビィよ！　かくて風と霜と雪と、恐らくはしこたま強かな霰の飛礫が、トウビィ・ヴェックの「旗日」であった。

　ジメついた日和がいっとうイタダけなかった。ひんやり、じっとり、ベトついた湿気は彼を湿気た大外套よろしくすっぽり包《くる》んだ――唯一、トウビィの持ち衣裳たる、と言おうかお払い箱に出来さえすれば如何ほど心地好かったか知れぬ手合いの大外套よろしく。ジメついた日は、雨がゆっくり、ザアザア、依怙地に降って来るとあって、通りの喉が、彼自身のそいつ同様、霧で息を詰まらせているとあって、湯烟を立てた雨傘がここかしこ行き交っては、ごった返した歩道で互いにぶつかり合う段にはクルクル、クルクル、その数だけの小独楽さながら回ってはパラパラ、ほとほと願い下げの小さな渦巻きじみた雫を撥ね散らかすとあって、溝はゴーゴー流れ、桶口《ひぐち》は満タンにしてゴボゴボ喧しいとあって、教会の出っ張った石や棚からはポタリ、ポタリ、ポタリ、トウビィ宛、雨垂れが滴っていたと思うとあっという間に彼の立っているほんの一握りのワラしべをただの泥に変えてしまうとあって――然り、そいつらいっとう難儀な試煉の日であった。

かようの折には、実の所、貴殿はトウビィがゲンナリ、しょぼくれた面《つら》を下げたなり、教会の壁の隅の御自身の雨除けよりーーそいつめ、それは惨めったらしい立ちん坊壕《ごう》なものだから、夏時ともなれば日の燦々と降り注ぐ石畳の上についぞもののそこそこ大振りな散歩用ステッキほどの厚みの影しか投じて下さったためしはないがーー気づかわしげに外を覗いている所に出会すやもしれぬ。が、一分かそこいらすれば、血の巡りでも好くして体を温《ぬく》めてやろうとお出ましになり、十度ばかしそこいらちょこちょこ小走りに行きつ戻りつしていたと思うと、かようの折ですらパッと晴れやかになり、まだしも晴れ晴れと御自身の壁龕《ニッチ》に戻ったものである。

皆は彼のことをその足取りからしてトロッティと呼んだ。とは、たとい「速さ」に見るべきものはなかろうと「速歩《はやあし》」の謂にて。恐らく、もっと速く歩けていたろう。だろうじゃないか。がやっこさんから御当人の「ちょこちょこ歩き」をふんだくってみろ、さらばコテンと床に臥せったが最後、とっととあの世へ身罷っていたろう。お蔭で泥濘《ぬか》った日和には泥ハネだらけになった。散々難儀な目に会った。よっぽどか楽々歩けていたろう。がだからこそ、そいつに然てもしぶとくしがみついていたとも言える。小さな、弱々しい、痩せぎすの老いぼれではあったが、こと誠意にかけては正しく大力《ヘラ》無双男《クレス》であった、このトウビィという奴。金を稼ぐのが三度のメシより好きだった。稼ぎに足る男だと得心しては独り悦に入っていたーートウビィはめっぽう懐が寂しかったから、せっかくの「悦」をみすみすスッてしまうほどの余裕はなかった。一シリングか十八ペニーの言伝なり小包みなり手にすらば、奴のいつだって滾っている血潮はいよよ滾った。ちょこちょこ小走りに歩きながら、彼はよく目の前を行く韋駄天の郵便配達夫に、そこのけそこのけとばかり、声をかけたものである。物事の自然の成り行き上、否応なく男に追いつきざま轢き倒すこと必定と心底敬虔に信じて疑わず。ばかりか、およそ人間の提げ得る何であれ担いで行けるものとーーさしてしょっちゅう実地に試さることのなきままーー高を括っていた。

かくて、ジメついた日に体を温《ぬく》めるべく御自身の奥まりより這いずり出す時ですら、トウビィはちょこちょこ小走りに歩いた。穴だらけの靴もて、泥の中にウネクネと捩《よじ》くれた一筋の泥濘《ぬか》った足跡《あしあと》を残し、親指にだけ個人の仕切りのあてがわれ、残りの面々には大部屋、と言おうか酒場《タップ》しか御座らぬ、灰色の疏毛の糸の擦り切れた手袋もて身を切るような冷気からほんのお粗末にしか守られていない悴んだ両手にハアハア息を吹きかけては互いにゴシゴシこすり合わせながら、

トウビィは、膝を折り、ステッキを小脇に抱えたなり、相変わらずちょこちょこ小走りに歩いた。組み鐘がガランガラン響き渡るや鐘楼を見上げるべく通りへ繰り出す段にも、トウビィは相変わらずちょこちょこ小走りに歩いた。

彼は当該上述の遠出を日に一再ならずやりこなした。というのも組み鐘は彼にとっては馴染みも同然だったから。して連中の声が聞こえると、他人事ならずちらと、連中のネグラを見上げては、果たしてあいつらどんな具合に揺すぶられているものやら、どんな撞木が撞いているものやらと興味津々首を捻った。恐らく、彼がこれら釣鐘のことがそれだけ気がかりでならなかったのは、連中と自らの間に少なからず似通った点があるからでもあったろう。連中はそこに、如何に雨風が滅多無性に吹きつけようと、ありとあらゆる日和の下《もと》、吊る下がっていた――くだんの屋敷という屋敷のほんの外っ面しか拝まして頂けず、窓ガラスに当たってキラキラ、キラめいては輝いたり、煙突の天辺からモクモク立ち昇ったりしている、赤々と燃え盛る炎に一歩たり近づけるでなく、表玄関や地下のお勝手口の手摺越しにどデカい料理人にひっきりなし手渡されている馳走のこれっぽかし御相伴に与れもせぬまま。幾多の窓辺で顔が現われては失せた。時には愛らしい顔や、若々しい顔や、愛想好しの顔が。時にはてんでアベコべなのが。とは言えトウビィは（通りに手持ち無沙汰に突っ立ったなり間々、こうした些細な一件がらみで思いを巡らせてはみたものの）果たして連中、どこからやって来て、どこへ行くものか、或いは唇が動いた際には一年三百六十五日の内、優しい言葉の一言なり彼がらみで囁かれているものか、組み鐘の奴らが存じ上げぬといい対、存じ上げなかった。

トウビィは所謂詭弁家ではなかった――彼にもせめてそれくらいは呑み込めていた――して小生は彼が釣鐘の奴らにすんなり馴染み、連中との仰《のっ》けの目の粗い面識を何やらより目の詰んだ、より濃やかな織地に編み上げ始めた際、こうした勘案事項を一つ一つ復習《さら》った、と言おうか想念においてしゃちこばった閲兵式、ないし一大野外演習日を執り行なふたなどと言う気はさらにない。ただ小生の言いたいのは、して事実言っているのは、恰もトウビィの御尊体の機能が、例えば消化器が、こちとらの巧妙な絡繰もて、して彼の全く与り知らぬ、ちらとでも存じ上げようものなら生半ならず度胆を抜かれていたろうその数あまたに上る営みによりて、所定の目的を達していた如く、かくて彼の心的能力は、御当人の内々裡の関知もしくは同意もなきまま、くだんの輪っかや撥条《ばね》を一切合切、その他大勢もろとも狩り出した挙句、晴れて釣鐘への愛着をこねくり出すに至ったというまでのことだ。

小生はたとい「愛着」ではなく「愛情」という文言を使っていたとて、前言を翻してはいなかったろう。なるほどそれとて彼の千々に入れ乱れた感情をほとんど言い得てはいまいと。というのもほんの純な男だけに、彼は連中に奇しくも厳かな気っ風を纏わせていたからだ。連中、しょっちゅう音は聞こえどついぞ姿が見えぬだけにそれは謎めいているものだから——それは遙か高みにして、それは懸け離れ、かくも野太く強かな旋律でそれは満ち満ちているものだから、彼はある種畏怖の念をもって連中を眺め、時に塔の仄暗い迫持造りの窓を見上げようものならふと、今にも釣鐘ならざる、がそれでいて然ても年がら年中組み鐘の中にて響いているのを耳にして来たものたる何かにこちらへおいでよと手招きされそうな気がすることもあった。にもかかわらず、トウビィは組み鐘は祟られているとのとある根も葉もなき風評は、これぞ連中がどこぞの魔物とかかずらっている可能性を仄めかす言いがかりとしてムカムカ、ムカッ腹を立てて追っ払った。詰まる所、連中やたらしょっちゅう耳に留まり、やたらしょっちゅう脳裏を過っていたにもかかわらず、いつだって彼の覚え目出度く、彼はやたらしょっちゅう、あんぐり口を開けたなり、連中の吊る下がっている尖塔をしげしげ見上げることにてそれは生半ならず首の筋を違《たが》えたものだから、そいつを元に戻してやるべく、後程、おまけに一、二度ちょこちょこ小走りに行きつ戻りつせずばおれなかった。

正しくかくてちょこちょこ小走りに行きつ戻りつしていた折のことである、今しも撞かれ果した正午の最後の眠たげな音が旋律豊かな化け物じみたハチよろしくブンブン——断じて忙しないハチではなく——尖塔中に懶い羽音もどきを立てたのは！

「もう昼メシ時《どき》と、えっ！」とトウビィは教会の前をちょこちょこ小走りに行きつ戻りつしながらつぶやいた。「あーっ！」

トウビィの鼻はめっぽう紅く、瞼はめっぽう紅く、彼はめっぽうシバシバ、目を瞬《しばた》かせ、肩はめっぽう耳に近く、大御脚はめっぽう強張り、ひっくるめれば御当人、紛うことなく冷気の遙か霜っぽい側《がわ》にあった。

「もう昼メシ時《どき》と、えっ！」とトウビィは右手の手袋を幼子の拳闘用グラブよろしく用い、ゴンゴン、おぬしよくも冷えやがってと胸板にパンチをお見舞いしながら繰り返した。「あーーーっ！」

と途轍もなき溜め息を吐いたと思いきや、彼は一、二分、黙りこくったなりちょこちょこ小走りに行きつ戻りつした。

「この世にまずなかろうな」とトウビィはまたもやキビキ

ビ、繰り出しながら言った——が、ここにてはったとちょこちょこ歩きの足を止めるや、いたく身につまされながらもいささか胆を冷やしたげな面《つら》を下げたなり、鼻を下から上へズイと、丹念にさすった。御逸品（さしたる鼻でないだけに）さほどの距離でもなかったから、ほどなくケリはついたが。

「てっきり失せちまったものと思ったがな」とトウビィはまたもやちょこちょこ小走りに駆け出しながら独りごちた。「けど、大丈夫と。たといこいつめ失せちまったとしても、文句の言えた義理じゃないが。底冷えのする日和には全くもって踏んだり蹴ったりの目に会うってのに、楽しみにして待つネタ一つこっきりないってなら。何せわしはクンとも嗅煙草をやらんもので。いっとういい目を見る時だって、かわいそうなヤツめ、えらくしんどい思いをせにゃならん。何せいざそいつをくすぐってやるようないい匂いを一嗅ぎ二嗅ぎしてやれるとしたって（ってのもそうやたらしょっちゅうじゃないが）、そいつは大方パン屋から我が家へお持ち帰りのどなたか他人様の昼メシと相場は決まっているものな」

ここまで智恵を絞った所で、彼ははったともう一方の、宙ぶらりんになっていたネタを思い起こした。

「この世にまずなかろうな」とトウビィは独りごちた。「昼メシ時《どき》ほどキチンキチンとまめにお越しになるものも、昼メシそのものほどキチンキチンとまめにお越しにならないものも。となりゃ月とスッポン。ってのに気づくのにうんとこかかったが。はてさて今のそのゴ託を『新聞』なり『国会』なりに買って下さるほど酔狂な殿方が、そら、おいでなものやら！」

トウビィはほんの軽口を叩いていたにすぎぬ。というのも我ながら何と下らぬことをとばかり、しかつべらしげにかぶりを振ったからだ。

「ああ！　いやはや！」とトウビィは声を上げた。「『新聞』は今のまんまだってゴ託だらけで、それを言うなら『国会』だって。こいつは、そら、先週の新聞だが」とポケットからめっぽう薄汚い御逸品を取り出し、腕一杯に伸ばして突き出しながら。「やっぱしゴ託だらけと来る！　やっぱしゴ託だらけと！　わしはどこのどいつにも負けないくらい特ダネを仕込むのは好きだが」とトウビィは新聞を気持ちもっと小さく畳み、またもやポケットに捻じ込みながらゆっくり独りごちた。「近頃じゃ新聞を読むと何やらササクレ立って来る。っていうか鳥肌が立ちそうだ。はてさて、わたしら貧乏人の行く末はどうなるものやら。神サマ、どうかわたしらがつい目と鼻の先まで来ている新年には何かもうちっとはまっとうなシロモノになりますよう！」

「ああ、父さん、父さん！」とほがらかな声が、すぐ側《そば》で言った。

がトウビィは、そいつが耳に入らなかったから、相変わらずちょこちょこ小走りに行きつ戻りつしていた。行きつ戻りつする間《ま》にも思案に暮れ、ブツブツ独りごちながら。

「何だかわたしらまっとうな方へ行けそうにも、まっとうなことがやれそうにも、まっとうにして頂けそうにもないじゃないか」とトウビィは言った「このわしと来ては、若い時分にさしてガクを仕込んで頂かんかったもので、わたしらそもそもこの地の表《おもて》に何か筋合いがあるものやらどうやらさっぱりだ。時には——ちょっこし——筋合いがあるに決まってようって気がすることもあれば、時にはいやいや、お邪魔ムシに決まってようって気がすることもある。時にはあんまし頭の中がこんぐらかって、わたしらの中にはともかくいいとこがあるものやら、それともわたしら生まれついての性ワルなものやら、さっぱり分からんようになってしまうことだってある、わたしら何やらおっかないシロモノみたようじゃ。散々他人様に迷惑をかけておるようじゃ。いつだってグチをこぼされたり危なっかしがられておるからには。何かかんかで新聞はわたしらのことで持ち切りだ。新年が聞いてあきれるでは！」とトウビィは憂はしげに言った。「わしは大方の時はほかの奴とどっこいどっこい、仰山な奴らよりうんとこ、あっぱれ至極に辛抱してみせられよう。何せ獅子といい対強かで、どいつもこいつもそうは問屋が卸してくれまいから。けどげに、わたしら新年にとんとお呼びでないとしたら——ひょっとしてわたしらげにお邪魔ムシだとしたら——」

「ああ、父さん、父さん！」とほがらかな声がまたもや言った。

トウビィは今度はそいつが聞こえた。ハッと身を竦め、ひたと立ち止まり、まるでつい目と鼻の先までお越しの新年の正しくど真ん中に種明かしを求めてでもいるかのように遙か彼方に凝らしていた目を現《うつつ》に戻してみれば、何と愛娘と真っ向から相対し、娘の目をひたと覗き込んでいるではないか。

蓋し、明るい目であった、そいつら。散々覗き込まれてなお、深みの計り知れぬ目であった。御両人をひたと見つめる目にキラリと、と言おうか主《ぬし》の意のままに、ではなく、「天」が生ぜしめたかの光との近しさを申し立つ、澄んだ、穏やかな、嘘のない、辛抱強き輝きもて光を投げ返す、黒々とした目であった。美しく律儀な、「希望」で輝く目であった。然ても若々しく瑞々しき「希望」で——自ら見つめて来た二十年に及ぶ辛苦と貧困にもかかわらず、然ても快活にして、屈強にして、晴れやかな「希望」で——輝いているものだから、トロッティ・ヴェックにとりては正しく声となり、かく囁きかけた。「わたし達、ここに筋合いがあるんじゃないかしら——ほんのちょっとは！」

　トロッティはくだんの目とは持ちつ持たれつの唇にキスをすると、バラ色に染まった頰を両手でギュッと挟んだ。

「おや、お前《ペット》」とトロッティは言った。「一体どうした？　まさか今日は来ないと思ってたが、メグ」

「わたしだってまさか、父さん」と少女は然に口を利く間《ま》にもコクリコクリ頷き、にこやかに微笑みながら声を上げた。「でもほら、ここにこうしてお見えよ！　それも独りじゃなし、独りじゃなし！」

「ああ、けどお前」とトロッティは娘が手に提げている、布を被せた籠をしげしげ見やりながら宣った。「まさかそこにゃ——」

「クンとやってみて頂だいな、愛しい父さん」とメグは言った。「ほんのクンと！」

　トロッティはやにわに被いをつまみそうになった。さらば娘は陽気に手をさしはさんだ。

「いえ、いえ、いえ」とメグは幼子さながらはしゃいで言った。「それはまだも少しお預け。ほんのちょっとだけ隅っこをつまんで上げるわね。ほんのちっさな、ちっこい、隅っこを、ほら」とメグはとびきりそっと言行一致でかかり、まるで手籠の内なる何者かに洩れ聞かれては大変とばかり、やたら声を潜めて口を利きながら言った。「ほら。さあ。何でしょう？」

　トウビィは、手籠の端で能う限りちびと一嗅ぎやったかやらぬか、うっとりかんと声を上げた。

「やっ、こいつは熱々じゃあ！」

「ええ、舌を焼きそうなほど熱々よ！」とメグは声を上げた。「はっ、はっ、はっ！　火傷しそうなほど熱々よ！」

「はっ、はっ、はっ、はっ！」とトウビィはある種足蹴を御披露賜りながら腹を抱えた。「火傷しそうなほど熱々だってな！」

「でも何でしょう、父さん？」とメグは言った。「さあ。まだ当ててくれてないじゃない。だし当ててくれなきゃなんないわ。父さんが何だか当ててくれるまで、取り出せっこありゃしない。そんなに慌てないで！　ちょっと待って！　隅っこをもうちょっとだけつまんで上げる。さあ、当てて頂だいな！」

　メグは親父さんにやたらとっとと図星を突かれはすまいかと、生きた空もなく怖気を奮うに、手籠を親父さんの方へ差し出しながらも後込みし、愛らしい両肩を竦め、まるで然なる手続きによりてトウビィの唇からドンピシャの文言を締め出せでもするかのように片方の耳に手で栓をし、その間《ま》も終始、そっと笑い声を立てていた。

片やトウビィは、両の膝に手をあてがいながら手籠に鼻を屈《こご》め、蓋の所で長々と息を吸い込んだ。くだんの過程においてニタリと、皺だらけの御尊顔の上に浮かんだ笑みはさながら催笑性ガスを吸い込んででもいるかのように満面広がってはいたが。

「ああ！　こいつはたまらん」とトウビィは言った。「ひょっとして――ひょっとして、ポロニー*じゃあるまいが？」

「いえ、いえ、いえ！」とメグは大喜びで声を上げた。「てんでポロニーなんかじゃなくってよ！」

「ああ」とトウビィはも一度クンと一嗅ぎやってから言った。「そう言や――そう言や、ポロニーよかまろやかだぞ。けどこいつはたまらん。何だかジワリジワリ、いい匂いになってくみたいで。トロッター*にしちゃツンと来る。よな？」

メグは有頂天になった。どんなに外れようったって、トロッターほどは外れられっこなかったろうから――ポロニーをさておけば。

「レバーかな？」とトウビィは思案顔して言った。「いや。こいつにゃレバーにはお手上げのヤワなとこがある。ペティトゥ*かな？　いや。ペティトゥにしちゃピンボケすぎてない。オンドリの頭みたようにギスついてもない。だし当たりまえ、ソーセージでもない。ああ、と来れば、そら。さてはチタリング*だな！」

「いいえ、じゃなくってよ！」とメグは雀躍りせぬばかりに声を上げた。「いいえ、じゃなくってよ！」

「ああ、わしゃ一体全体何を考えてるものやら！」とトウビィはいきなりすっくと、能う限り垂直に近い姿勢を取り戻しながら言った。「この調子じゃ自分の名前だって忘れちまおう。こいつはトライプ*だ！」

蓋し、トライプで御座った。してメグは大はしゃぎで宣った。きっと父さんもう三十秒もしたら、こいつはこれまでグツグツ火を入れられたためしのないほどとびきりのトライプだって言ってくれること受け合いよ。

「ってことでわたし」とメグはセカセカ、有頂天で手籠にかかずらいながら言った。「すぐにクロスを敷いて上げるから、父さん。だってトライプを深鉢に入れて、深鉢をハンカチに包《くる》んで持って来たんですもの。でもしも一度こっきり鼻高々になって、ハンカチをクロスって呼びたくても、そんなことしちゃダメっていう掟はないはずよ、じゃなくって、父さん？」

「ああ、父さんの存じ上げる限りはな、お前」とトウビィは言った。「けど連中いつだって何かかんか新しい掟をこさえてよう」

「だしこないだわたしが父さんに読んで上げた新聞の記事によると、父さん、判事様は何ておっしゃってたかしら、ほら。わたし達貧乏人は掟のこと一から十まで知ってるはずだなんて。はっはっ！　何て勘違いもいいとこだったら！　あらまあ、何てわたし達のこと目から鼻に抜けるようだって思ってらっしゃるったら！」

「ああ、お前」とトロッティは言った。「で皆さんそいつらげに一から十まで知ってるってなら、わたしらの内どんな奴だってめっぽう気に入って下さろうじゃ。そいつはこちとらが頂だいする仕事でブクブク肥え太って、ああ、今のその男は、御近所のお偉いさんにめっぽうウケが好くなろうじゃ。さぞかしな！」

「その方、どなたであれ、もしもこんないい匂いがするってなら、御自身のお昼御飯をそりゃモリモリお召し上がりになるはずよ」とメグは陽気に言った。「さあ、グズグズしないで。だっておまけにアツアツのおジャガが一個に、瓶に汲んでもらったばかりのビール半パイントだってあるんですもの。どこで食べて、父さん？　支柱、それとも戸口の上り段？　あらあら、何て豪勢だこと、わたし達ってば。二つもよりどりみどりだなんて！」

「今日は上り段にしようかな、お前《ペット》」とトロッティは言った。「カラリとした日和には上り段。ジメついた日和には支柱。どんな時だって上り段の方がずっと勝手がいいにはいい、何せ腰を下ろせるもんで。けどジットリしてたらリューマチ催いじゃあるな」

「だったら、ほら」とメグは一時《いっとき》セカセカ立ち回っていたと思うと、パンパン両手を打ち合わせながら言った。「ほら、すっかり仕度が整ってよ！　で何てゴキゲンな眺めだったら！　さあ、こっちへ来て、父さん。さあ、こっちへ！」

手籠の中身がバレてからというもの、トロッティは上の空の態にて娘をしげしげやりながら突っ立ち――ばかりか口を利いてもいた。とは、娘はなるほどトライプとてそっちのけなる、想念と視線の対象ではあるものの、折しもあるがままの娘を目にしている訳でも惟みている訳でもなく、眼前に何やら娘の先行きの架空の大ざっぱな素描、と言おうか芝居を据えている証拠。今やハッと、娘の陽気なお呼びがかかったせいで我に返るや、彼は今にも鬱々とかぶりを振りかけていたのをブルリと吹っ切り、ちょこちょこ小走りに娘の傍に駆け寄った。して腰を下ろそうと身を屈めたその拍子《ここ》、ガランガラン組み鐘が響き渡った。

「アーメン!」とトロッティは帽子を脱ぎ、連中の方を見上げながら言った。

「釣鐘にアーメンですって、父さん?」とメグは声を上げた。

「あいつら、ほら、まるで食前のお祈りみたように割って入ったろ、お前」とトロッティはやおら腰を据えながら言った。「もしも叶うもんなら、あいつらさぞかし気の利いた奴を唱えてくれようじゃ。そりゃどっさり父さんに親身な声をかけてくれるからにゃ」

「釣鐘が、父さん?」とメグは父親の前に深鉢とナイフ・フォークを並べながら声を立てて笑った。「あらま!」

「ってな気がするのさ、お前《ペット》」とトロッティはガツガツ、猛烈な勢いで食らいつきながら言った。「だったら何の違いのあろうかい? もしかあいつらの声が聞こえるってなら、あいつらが現に口を利こうと利くまいと構うまい? ああ、何てこったい、お前」とトウビィはフォークで塔を指し、昼メシの効験いとあらたかなるかな、いよよカツを入れて頂きながら言った。「何としょっちゅう父さん、あいつら釣鐘がこんな風に言うのを耳にして来たことか。『トウビィ・ヴェック、トウビィ・ヴェック、元気を出しなよ、トウビィ! トウビィ・ヴェック、トウビィ・ヴェック、元気を出しなよ、トウビィ!』何度ってことなし? いやいや、どころか!」

「まあ、そんなの聞いたこともない!」とメグは声を上げた。

彼女は、とは言え、聞いたことがなかったろうか——耳ダコもので。何せそいつはトウビィの十八番のネタだったから。

「とんとシケてるってなら」とトロッティは言った。「だからその、ほとほとシケ返ってるってなら、ほとんどどん底だってなら、だったらそいつはこんな風に聞こえるのさ。『トウビィ・ヴェック、トウビィ・ヴェック、もうじきお呼びがかかるさ、トウビィ! トウビィ・ヴェック、トウビィ・ヴェック、もうじきお呼びがかかるさ、トウビィ』ってな具合にな」

「でお呼びが——とうとうかかるって訳ね、父さん」とメグはほがらかな声を気持ち悲しそうに曇らせながら言った。

「いつだってな」と知らぬが仏のトウビィは答えた。「きっときっとな」

などとおしゃべりに花を咲かせている間《ま》も、トロッティは息も継がずに目の前の芳しき馳走にひたぶるむしゃぶりつき、切っては食い、切っては呑み、切っては噛み、ヒラリハラリ、トライプから熱々のじゃが芋へ、熱々のじゃが芋からまたもやトライプへと、アブらっぽくもアクなき健啖を揮った。が今やたまたま――ひょっとしてどなたか赤帽宛、戸口か窓辺から手招きしてはいまいかと――通りをキョロキョロ見回した勢い、彼の目はまたもや取って返す上でメグに出会した。娘は、腕組みしたなり彼の向かいに腰を下ろし、ほんのさも幸せそうな笑みを浮かべて父親の食いっぷりを見守るのにかまけっぱなしではあったが。

「おやおや、神サマお許しを！」とトロッティはナイフ・フォークをハラリと落としざま言った。「なあ、お前《ダヴ》！　メグや！　どうして父さん何ていう人デナシか言ってくれなかったのさ？」

「父さんが？」

「ああ、ここにこうして腰を下ろしたなり」とトロッティはさも疚しげに説明しながら言った。「ガツガツ、ムシャムシャ、腹一杯詰め込んどきながら、お前は、ほら、そこにそうして腹ペコのまんま、どころか一口だって食おうとしないなんて、さぞかし――」

「でもわたしもうちゃんと、父さん」と娘は声を立てて笑いながら口をさしはさんだ。「お腹ふくらして来ててよ。もうとっくにお昼済ませてしまったんですもの」

「んなバカな」とトロッティは言った。「一日《いちんち》に昼メシが二つだだと！　いくら何でも！　だったらいっそ元旦が二つ一緒にお越しになったとか、父さん生まれてこの方ずっと金色の頭で、一度こっきりすげ替えたためしがないって言う方がまだ増しってもんだ」

「それでも、父さん、わたしほんとにお昼済ませて来たんだってば」とメグはいよよ親父さんに躙り寄りながら言った。「で、もしもそのまま食べてくれるんだったら、どこでどんな風にか教えて上げる。だし父さんのお昼だってどうしてお越しになることになったたか。だし――だし、ほかにもまだまだ」

トウビィは相変わらず怪訝げだった。が娘は父親の顔を澄んだ目で覗き込むと、片方の肩に手をかけながら、さあ、お肉が冷めない内に召し上がれとばかり、手を振った。よってトロッティはまたもやナイフ・フォークを引っつかみ、馳走に根を詰めにかかった。が、先より遙かにゆっくり、して御自身にこっから先得心が行かぬかのように、かぶりを振り振り。

「わたしお昼は、父さん」とメグはしばしためらっていたと思うと、言った。「お昼は――リチャードと一緒に食べたの。あの人のお昼は早くて、でわたしに会いに来た時、お昼を提げてたもんで、わたし達――わたし達、一緒に食べたの、父さん」

トロッティはちびとビールをすすり、舌鼓を打った。それから言った。「ほお！」――というのも娘が待っていたから。

「でリチャードが言うには、父さん――」とメグは仕切り直した。そこでひたと口ごもった。

「だからリチャードは何て言うんだね、メグや？」とトウビィは水を向けた。

「リチャードが言うには、父さん――」とまたもや口ごもり。

「リチャードはそいつを言うのにえらく手間取るんだな」とトウビィは言った。

「リチャードが、だったら、言うには、父さん」とメグはとうとう目を上げ、小刻みに声を震わせながらもそこそこはっきり口を利きながら続けた。「もうじきまた一年が暮れようとしてるけど、わたし達今よりもっと暮らしが楽になる見込みなんてこれっぽっちないってなら毎年毎年待って何の甲斐があるんだろうって？　あの人が言うには、わたし達今は貧乏してて、父さん、この先いつまで経ってもやっぱり貧乏だろうけど、今は若くて、でもあっという間に歳だけは食っちまうだろうって。あの人が言うには、わたし達、ってわたし達と同じ身の上の人達っていうのは、行く末がはっきり見通せるまで待ってたら、道はほんとにせせこましいそいつになって――誰もが行く道に――『お墓』に――なってしまうだろうって、父さん」

トロッティ・ヴェックより胆っ玉の太い男だったとて、そいつに異を唱えようと思えば、定めて持ち前の胆っ玉をしこたま狩り出さねばならなかったろう。トロッティは黙りを決め込んだ。

「で何て辛いったら、父さん、年取って、死んで行って、ほんとはわたし達お互い励ましたり助け合えてたかもしれないって思わなきゃならないなんて！　何て辛いったら、死ぬまでお互い愛し合ってる、っていうのにお互い離れ離れに、相手がアクセク身を粉にして、どんどん変わってって、年取って白髪頭になってくの見て悲しまなきゃならないなんて。たとい何とか辛抱して、あの人のこと忘れられたとしても（っていうのはてんでお手上げでしょうけど）、おお、愛しい父さん、何て辛いったら、今わたしの心が一杯みたいなほど一杯な心をしてながら、いつの間にかゆっくり一雫一雫、そんな心も干上がってしまうなんて――女としての一生のほんの一瞬の幸せな思い出ですら後にグズグズとためらって、わたしを慰めて、もっとまっとうにしてくれもしないまま！」

トロッティは身動ぎ一つせず座っていた。メグは涙を拭い、まだしも晴れやかに言った。とは即ち、ここで声を立てて笑い、あそこですすり泣き、はたまたここでは一時《いちどき》に声を立てて笑ってはすすり泣きながら。

「だからリチャードが言うには、父さん、あの人の仕事が昨日のこと、この先しばらく目処がついて、でわたしはあの人のこと愛してて、この丸三年ってもの愛して来てるからには——ああ！　もしもあの人、だって知ってたらもっと前から！——元旦に結婚してくれないかって。一年中で、ってあの人が言うには、いっとう素晴らしくていっとう幸せな日に——きっと幸運を引っ連れて来てくれるに決まってる日に。それはそれは急だけど、父さん——じゃなくって？——わたしだったらいいとこのお嬢さんみたいに譲って頂かなきゃならない財産も、仕立てて頂かなきゃならない花嫁衣装もないでしょ、ほら、父さん？　であの人、そんなにどっさり、それもあの人なりのやり口で——それはしっかり、懸命に、最初から仕舞いまでそれは親身で優しく言ってくれたものだから、わたしじゃあ父さんの所へ行って話してみるわって言ったの、父さん。で今朝のことわたしのあの縫い物のお代を頂いて（って何て思いも寄らなかったったら！）父さんはこの一週間ってものろくすっぽおいしいもの食べてなくて、わたしは今日っていう日を父さんにとってもわたしにとって愛しくて幸せな日なのと変わらないくらい祝日みたいにする何かとびきりのものがなきゃいけないって気がしたものだから、父さん、ちょっと奮発して、御馳走を提げて来たの、父さんをびっくりさせようっていうので」

「で、ほら、御覧、父さんが何てせっかくのそいつを上り段の上にひんやり放ったらかしにしちまってることか」と別の声が言った。

そいつは、噂をすれば何とやら、くだんのリチャードその人の声であった。というのも彼はこっそり二人に近づくや、父と娘の前に立ち、面《おもて》を御当人の玄翁が日々カーンカン打っている鉄といい対真っ紅に火照り上がらせたなり二人を見下ろしていたからだ。男前の、いかつい、腕っぷしの強そうな若造であった、彼は。目は竈の炎からの赤熱の滴りさながらキラキラ輝き、黒々とした髪は日に焼けたこめかみの辺りにクルクル、見事にほつれかかり、笑みは——蓋し、御当人が如何ほど心濃やかに口を利いて下さったか、メグより賜ったおスミ付きにダメから太鼓判から捺して下さるそいつであった。

「ほら、御覧、父さんが何てせっかくのそいつを上り段の上にひんやり放ったらかしにしちまってることか！」とリチャードは言った。「メグは父さんが何をお好きか知らないんだな、さては。メグはさ！」

トロッティは、てんでキビキビ、ひたぶる、やにわにリチャードに手を差し延べ、今にもセカセカ、やあ、君か云々言いかけた。がバタンと、屋敷の玄関扉がやぶから棒に開き、従僕がすんでにトライプに片足突っ込みそうになった。

「おい、ここをどかんか！　きさまらいつだってうちの屋敷の上り段に腰を下ろさにゃ気が済まんというのだからな、えっ！　近所のどいつの胆もギョッとつぶさにゃおれんというのだからな、えっ！　さああ、とっとと失せんか、とっとと！」

厳密に言えば、最後の剣突はお門違いではあった。何せ彼らは早、とっとと尻に帆かけていたからだ。

「一体何事だ、一体何事だ！」と、わざわざそのため扉の開けられた殿方が屋敷の中からかの軽《かる》-重《おも》い手合いの足取りにてお出ましになりながら宣った――「常歩《なみあし》」と「緩速歩《ゆるはやあし》」のかの曰く言い難き折衷たる――人生の滑《すべ》らかな下り坂なる殿方が、キュッキュと軋むブーツと、時計鎖と、洗い立てのリンネルの出立ちにて御自身の屋敷からお出ましになってなお、何ら沽券には関わらずして、さもどこか他処に肝要にして金の張る要件がお待ちかねででもあるかのような勿体をつけられよう足取りにて。「一体何事だ！　一体何事だ！」

「きさまいつだって、その曲がった膝にかけて」と従僕はトロッティ・ヴェックに大層な剣幕で食ってかかった。「うちの屋敷の上り段を明け渡すよう、ペコペコ頭を下げては、へいへい拝み入られてばかしいるではないか。何でそいつら放っとかん？　何が何でも放っとけんというのか？」

「そら！　もうよい、もうよい！」と殿方が言った。「おい、そこの！　赤帽！」とトロッティ・ヴェック宛、グイと頭を振ってみせながら。「こっちへ来い。そいつは何だ？　お前の昼飯か？」

「はい、旦那様」とトロッティは御逸品を後ろの片隅に置いたまま言った。

「そこへ放ったらかすでない」と殿方は声を上げた。「こっちへ持って来い、こっちへ持って来い。だから！　こいつがお前の昼飯との？」

「はい、旦那様」とトロッティは最後の甘味な取っておき《ティビット》に残していたトライプの端切れにじっと、涎を垂らさんばかりに目を凝らしたなり繰り返した――因みに御逸品を、殿方は今やクルクル、クルクル、フォークの先っちょにて弄んでいた。

　もう二人ほど殿方が、屋敷の主《あるじ》と一緒に繰り出していた。一人はみすぼらしい形《なり》の、しょぼくれた面《つら》を下げた、陰気臭い中年男で、くだんの習い故にどデカく、犬の耳折れになった、みすぼらしい霜降りズボンのポケットにひっきりなし両手をズッポリ突っ込み、総じて、さして念入りにブラシをかけられている風にもジャブジャブ雪がれている風にもなかった。もう一方は、金ピカ釦の青い上着と白いクラヴァットの出立ちの、大柄な、皺一つない、懐の温げな御仁で、何やらギュッと、御尊体の生半ならぬ量の血が頭に押し込められてでもいるかのように茹でダコもどきに火照り上がっていた。してそのせいでもあったろう、心臓の辺りが見るからにやたら冷え冷えとしていたのは。

　トウビィの肉をフォークの先っちょでクルクル、クルクル弄んでいる殿方は仰《のっ》けの殿方にファイラー*なる名で呼びかけ、二人して近寄って来た。ファイラー氏はド近眼だったので、トウビィの昼メシの成れの果てにひたと近づかねば果たして御逸品何なものやら見分けがつかず、かくてトウビィの心臓はあわや口から飛び出しそうになった。ただしこの方、そいつを食おうとはしなかったが。

「これは一種の動物性食品で、市参事会員殿」とファイラーは御逸品を鉛筆入れもてつんつん突っつきながら言った。「我が国の労働者階層には一般にトライプなる名で親しまれております」

　市参事会員はカンラカラ腹を抱え、パチリとウインクした。何せおどけた奴だったのだ、キュート市参事会員*は。おお、おまけに狡っこい！　めっぽう賢しらな。一から十までツーツーの。断じて手玉にだけは取られぬ。下々の輩の思惑など端《はな》からお見通しの！　連中お手のものだったから、キュートの奴。いや、ごもっとも！

「が、トライプを食すのは何者ぞ？」とファイラー氏は辺りをキョロキョロ見回しながら言った。「トライプは例外なく、およそ我が国の市場《しじょう》の生み出し得る最も非経済的にして最も無駄な消耗品であります。一ポンドのトライプにおける損失は、茹《う》でる上で、一ポンドの他の如何なる動物性物質における損失より五分の一の八分の七上回るということが実験の結果明らかとなっております。トライプは、然るべく諒解されれば、温室栽培のパイナップルより高価であります。毎年ロンドン市内及びその周辺の一〇九教区内だけでも屠殺される動物の数を考慮に入れ、くだんの動物の死体が、食肉用に適正に屠《ほふ》られた場合、産出するであろうトライプの量を低く見積もったとしても、小生の見る所、くだんのトライプの総量は、もしや茹《う》でられれば、人員五百名の駐屯部隊に各々三十一日有す五か月間に加えて二月《にがつ》の長きにわたり糧食を供すに足りましょう。何たる浪費、何たる浪費！」

トロッティは呆然と立ち尽くし、脚はガクガク、御尊体の下にて震えた。彼はその手で人員五百名の駐屯部隊を餓《かつ》えさせて来たかのような気がした。

「トライプを食すのは何者ぞ？」とファイラー氏はカッカと熱り立って食ってかかった。「トライプを食すのは何者ぞ？」

トロッティはしおしお頭を下げた。

「ほお、おぬしか、えっ？」とファイラー氏は言った。「ならばよく聞け。おぬしは、よいか、寡婦や孤児の口からトライプをふんだくっておるようなものだ」

「め、めっそうもない、旦那様」とトロッティは蚊の鳴くような声で返した。「さようの真似をするくらいならいっそ飢え死にした方がまだ増しでございます！」

「前述のトライプの総量を、市参事会員殿」とファイラー氏は言った。「現行の寡婦と孤児の概数で割ると、結果は一人頭一ペニーウェイト（一・五五五g）と出ようかと。さらばあの者には一グレイン（〇・〇六四八g）とて残っておりません。よってあの者は歴たる盗人《ぬすびと》であります」

トロッティはそれは生半ならず泡を食ったものだから、市参事会員が御自身トライプを平らげるのを目の当たりにしようと一向お構いなしだった。ともかくそいつをお払い箱に出来るとはもっけの幸いと、胸を撫で下ろした。

「して貴殿は何とおっしゃる？」と市参事会員は青い上着の紅ら顔の御仁におどけた調子でたずねた。「馴染みのファイラーの話は耳になされたかと。貴殿は何とおっしゃる？」

「果たして何と申せばよいと？」と御仁は返した。「果たして何と申せばよいと？　一体何人《なんぴと》がかようの男に」とはトロッティの謂なり。「親身になれましょうかの、当今のように零落れ果てた時代にあって？　この男を御覧下され。何たる悍しき代物よ！　古き善き時代よ、古き素晴らしき時代よ、古き大いなる時代よ！　当時は恐いもの知らずの小百姓やその手の代物に打ってつけの時代ではありました。当時は、実の所、ありとあらゆる手合いの代物に打ってつけの時代では。現今では何一つ御座らぬでは。ああ！」と紅ら顔の御仁は溜め息を吐いた。「古き善き時代よ、古き善き時代よ！」

御仁は果たして御自身如何なる格別な時代のことをおっしゃっているものやら審らかにせねば、果たして当今なるものにそやつが御当人をこの世にオギャアと生まれ出づらす上でさして目ざましき手柄を挙げなかったとの私心なき意識から

当今に異を唱えているのか否かも口にしなかった。

「古き善き時代よ、古き善き時代よ」と御仁は繰り返した。「当時の何たる時代だったことか。あれぞ唯一の時代では。他の如何なる時代のことを口にしようと、現今人々が如何様たるか論じようと、詮なかりましょう。よもや現今を『時代』とは呼ばれますまいが、えっ？　少なくとも小生は断じて。試しにストラットの風俗を繙き*、『赤帽』が古き善き大英帝国の如何なる御世においてであれ如何様たりしか御覧になっては」

「赤帽なるもの、如何ほど恵まれた状況にあろうと、背《せな》にシャツ一枚、片足に長靴下一本、纏ってはおりませんでしたし、英国広しといえどもそやつが口に入れる青物一つありませんでした」とファイラー氏が言った。「何なら統計表で証してみせましょうが」

されど依然として紅ら顔の御仁は古き善き時代を、古き素晴らしき時代を、古き大いなる時代を、口を極めて褒めそやした。他の何人《なんびと》が何と言おうと、彼は依然としてくだんの時代に纏わるお定まりの言い回しの内にてクルクル、クルクル回り続けた。さながら哀れ、リスがクルクル、クルクル、こちとらの回転仕掛けの籠の中にて回り続ける要領で。こと、くだんの絡繰とそのツボがらみではそやつめ、恐らくは当該紅ら顔の御仁が御自身の今は亡き至福千年期《ミレニアム》がらみで持ち併せていたに少なくともつゆ劣らず明瞭な認識を持ち併せてはいようが。

恐らく、哀れ、トロッティがくだんのめっぽう曖昧模糊たる「古き時代」に寄す信頼はそっくりとは打ち砕かれていなかったはずだ。というのも折しも彼の頭の中は少なからず曖昧模糊としていたから。彼にも一つだけ、しかしながら、如何に途方に暮れていようと、はっきりしていることがあった。即ち、これら三人の殿方が如何ほど詳細においては見解を異にしようと、彼のくだんの朝《あした》の、して他の幾多の朝《あした》の、懸念は決して杞憂ではなかったとの。「いや、いや。わたしらまっとうな方へ行けそうにもまっとうなことをやれそうにもない」とトロッティはヤケのヤン八で惟みた。「わたしらにはいいとこなんてこれっぽっちない。わたしら生まれついての性ワルだ！」

とは言え、トロッティは内に親父たるの心を有し、そいつは当該神慮にもかかわらず如何でか胸中、忍び込んでいた。よってメグが束の間の愉悦の恥じらいの最中《さなか》にあってこれら賢しらな御仁方によりて八卦を見られるに忍びなかった。「どうか神サマ、娘をお助けを」と哀れ、トロッティは惟みた。「どうせそいつなら嫌というほどとっとと思い知らされようでは」

彼は、故に、若き鍛冶屋宛、さっさと娘を連れ去るよう気づかわしげに合図を送った。が若者は少し離れた所でそれは一心にメグにそっと話しかけていたものだから、ほんの当該クギ差しにはキュート市参事会員と同時に気づいたにすぎぬ。さて、市参事会員は未だ思いの丈をそっくりとはぶちまけていない所へもって、この方哲学者でもあった――ただし、実践的な！　おお、めっぽう実践的な――して聴き手の如何なる端くれとて割愛するはお手上げだったから、声を上げた。「待て！」

「さて、二人共知っての通り」と市参事会員は習い性となりし独り善がりな笑みを満面に湛え、馴染み御両人に話しかけながら言った。「私は腹蔵のない男にして実践的な男で、いざ事に当たるとならば腹蔵なく実践的なやり口でそいつに当たる。というのが私のやり口だ。もしもほんの連中の手の内を読み、連中に連中自身の物腰で話しかけられさえすれば、この手の輩を扱うのに何ら謎も難儀もない。さて、そこの赤帽！　罷り間違ってもこの私にであれ外のどいつにであれ、よいか、いつもたらふく、しかもとびきりの馳走を食うておる訳ではないなどと吐かすでない。というのもこっちはとうにお見通しなもので。私はおぬしのトライプの味を事実利いてみたからには、ほれ、おいそれと『ハメ』られてたまるか。おぬし『ハメ』るとはどういうことかもちろん知っていようが、えっ？　これぞ打ってつけの文言と、えっ？　はっ、はっ、はっ！　いやはや」と市参事会員はまたもやクルリと馴染み方の方へ向き直りながら言った。「もしや連中の手の内さえ呑み込めば、世にこの手の輩を扱うほどお易い御用もまずなかろうでは」

こと下々の輩を相手にするとあらば名うての男であった、キュート市参事会員は！　断じて連中相手に青筋一本立てぬ！　何とも気さくな、愛嬌好しの、おどけた、抜け目ない殿方たる！

「巷では、おぬし」と市参事会員は続けた。「何やら『貧困』がらみでタワコトが散々ほざかれておるようだが――ほれ、『キンけつ』がらみで。というのが確か打ってつけの文言と、えっ？　はっ！　はっ！　はっ！――そやつなんぞ封じ込めてやる。巷では何やら『飢餓』がらみでやたら空念仏が流行《はや》っておるようだが、そやつなんぞ封じ込めてやる。というまでのことだ！　いやはや」と市参事会員はまたもやクルリと馴染み御両人の方へ向き直りながら言った。「もしやツボさえ押さえておれば、この手の輩の間で広まっておる何であれ封じ込めてやれようでは」

トロッティはメグの手を取り、腕に通した。とは言え自ら何をしているかさっぱり分かっていないようではあった。

「おぬしの娘と、えっ？」と市参事会員はメグの顎の下を馴れ馴れしげに軽く叩いてやりながらたずねた。

いつだって労働者階層に愛嬌たっぷりなのだ、キュート市参事会員は！　連中、何をお気に召すか百も承知で！　テングの所などこれっぽっちなく！

「娘の母親はどこだ？」とくだんの奇特な殿方はたずねた。

「亡くなりました」とトウビィは言った。「母親はリンネルの洗濯物の仕上げをやっておりましたが、娘が生まれた時に神に召されました」

「よもやあっちでリンネルを仕上げるためではなかろうが」と市参事会員はおどけて宣った。

トウビィは今はあの世の上さんを昔ながらの生業と切り離して考えられていたやもしれぬし、いなかったやもしれぬ。が疑問符。仮にキュート市参事会員夫人があの世へ身罷っていたなら、果たしてキュート市参事会員殿は今は亡き令室が彼《か》の地にてそっくり返っておいでの、と言おうか勿体振っておいでの様を思い描いていたろうか？

「君は、で、こちらの娘御を口説いておる所と、えっ？」とキュートは若き鍛冶屋にカマをかけた。

「へえ」とリチャードはすかさず返した。くだんの問いに業を煮やして。「で、元旦に祝言を挙げるつもりで」

「とは一体どういう了見だ！」とファイラーが棘々しく声を上げた。「祝言を挙げるだと！」

「ああ、へえ、その気で、旦那さん」とリチャードは言った。「何せ、ほら、ちょっと急いてるもんで、ひょっとして仰《のっ》けに封じ込められちゃかなわないってんで」

「ああ！」とファイラーは呻吟を洩らしざま声を上げた。「そいつをこそ、げに、封じ込められることですな、市参事会員殿、さらばまんざらでもなかろうかと。祝言を挙げるだと！　祝言を挙げるだと！　こうした連中の何と政治経済学の第一原則に疎いことよ、連中の何と先見の明のないことよ、連中の何と逆しまなことよ、これでは、いやはや、いっそ——ほれ、あの二人を御覧になってては！」

で？　なるほどお二人さん、御覧になるだけのことはあったろう。して祝言を挙げるほど二人して先行き楽しみにして待つに打ってつけにして幸先好さげな所業もまたなさそうだった。

「たとい人間、メトセラ*ほど長生きをして」とファイラー氏は言った。「かようの連中のために生涯アクセク身を粉にし、事実を数字の上に、事実を数字の上に、事実を数字の上に山と、して明々白々と、積み上げようと、連中にそもそも祝言を挙げる権利も筋合いもないと説いて聞かすは、そもそもこの世に産み落とされる権利も筋合いもとんとないと説いて聞かすに劣らず土台叶はぬ相談とは。してこれぞ連中端《はな》から持ち併さぬと我々重々知っているというに。してとうの昔に数学的確定事項にまで還元し果しているというに！」

　キュート市参事会員は悦に入ること頻りにして、ひたと、まるで馴染み御両人にかく言わんばかりに鼻の横っ面に右の人差し指をあてがった。「ほれ、小生を御覧じろ！　実践的な男《おのこ》に御留意あれかし！」——してメグを呼び寄せた。

「こっちへ来んか、そこの娘御！」とキュート市参事会員は言った。

　彼女の恋人の若き血潮はこの二、三分の内に、ムラムラと滾っていただけに御当人、およそメグをすんなり行かせたいどころではなかった。己自身に抑えを利かすと、しかしながら、大きく一歩、メグが近づく側《そば》から前へ踏み出し、彼女の傍らに立った。トロッティは相変わらず娘の手を腕に通していたが、夢現で眠っている者さながら狂おしく顔から顔へ目をやった。

「さて、嬢さんに一言二言気の利いた智恵を授けて進ぜようでは、嬢さん」と市参事会員は持ち前の人好きのする気さくな物腰で言った。「智恵を授けて進ぜるのが、ほれ、私の役所《やくどころ》。というのも私は判事なもので。嬢さんは私が判事ということは知っていると？」

　メグはおずおず返した。「はい」だが誰だってキュート市参事会員が判事だということくらい存じ上げていたんじゃ！　おお、いやはや、いつだってそれはスゴ腕の判事なもので！　一体どこのどいつがキュートほど大衆の目の内なる輝かしき微塵（『マタイ』七：三）だったろう！

「嬢さんは、何でも、近々祝言を挙げることになっておると」と市参事会員は続けた。「女子《おなご》なるものにあって何とつきづきしゅうのう、嗜みのないことか！　がそれはさておき。連れ添えば、亭主と諍いを起こし、悲嘆に暮れた女房になろう。ではないと、今は思うておるやもしれぬ。が必ずや。というのも私がそう言うておるからには。さて、ここでしかとクギを差しておけば、私は悲嘆に暮れた女房は封じ込めるホゾを固めておってな。という訳で、くれぐれも私の前に引っ立てられぬことだ。嬢さんはいずれ子供を——男児を——授かろう。そうした男児というものはもちろん、見る間にグレて、靴も長靴下も履かぬまま通りのあちこちで狼藉を働こう。よろしいかな、嬢さんや！　私は連中に一人残らず、即決、有罪を申し渡そう。というのも靴も長靴下も履かぬ男児は封じ込めるハラを固めておるもので。恐らく亭主は若死にして（とはまず間違いのう）、嬢さんは赤子と二人きり取り残されよう。さらば屋敷から追っ立てられ、路頭に迷おう。さて、くれぐれも私の側《そば》をさ迷わぬことだ、嬢さん、というのも私は路頭に迷うた母親は端《はし》から封じ込めるハラを括っておるもので。ありとあらゆる手合いと類《たぐい》の若き母親を私は封じ込めることにしておってな。私相手の言い抜けによもや病気を訴えようなど思わぬがよい。或いは私相手の言い抜けによもや赤子を訴えようなど。というのもありとあらゆる病める者も幼気な子も（『祈禱書』連禱）（嬢さんは教会の礼拝《らいはい》は知っていよう。が生憎、知らぬやもしらぬ）私は封じ込める意を決しておるもので。してたとい前後の見境もなく、恩知らずにも、不敬極まりなくも、逆しまにも、身を投げるか首を括ろうと試みようとて、私はいささかも不憫には思うまい。というのもありとあらゆる自殺を封じ込めるホゾを固めておるもので！　もしや何か一つなり」と市参事会員は例の調子で得々たる笑みを浮かべて宣った。「外《ほか》のものよりなおホゾを固めておると言えるものがあるとすれば、それは自殺を封じ込めることだろうて。という訳で、その手は食わん。というのだったな、確か、えっ？　はっ、はっ！　さて、これでお互いとことん分かり合えたではないか」

　トウビィはメグが死んだように蒼ざめ、ハラリと恋人の手を離すのを目の当たりに、果たして心を痛めたものか浮かれたものか分からなかった。

「して君はと言えば、おい、この血の巡りのトロい奴め」と市参事会員はクルリと、いよよ陽気にして洒落っ気たっぷりに若き鍛冶屋の方へ向き直りざま言った「一体またどうして連れ添おうなどという了見を起こした？　一体またどうして連れ添いたいなどと思い出した、この愚か者め？　もしも私が君ほどイカした、活きのいい、いかつい若造だったら、この身をたかが女のエプロンの紐ごときに留めるほど腑抜けとは、我ながら穴があったら入りたかろうが！　ああ、女房は君が中年男にならんとうの先に皺くちゃ婆になろうて！　そうでもした日にはとんだザマではないか、お引きずりのだらしない女房と仰山な金切り声のガキにどこへ行こうとゾロゾロ、喚き散らしながらついて回られねばならんとは！」

　おお、さすが下々の輩を如何様におちょくれば好いか百も承知であった、キュート市参事会員は！

「そら！　とっとと失せんか」と市参事会員は言った。「してせいぜい後でホゾを噛むがよかろう。よりによって元旦に祝言を挙げるほどバカな真似はせんことだ。後悔先に立たず。お次の元旦がやって来んとうの先からの。君ほどそこいら中の娘が後ろ姿をうっとり見蕩れて下さろうイカした若造とならばなおのこと。そら！　とっとと失せんか、とっとと！」

彼らはとっとと失せた。腕を腕に、手を手に、取ってでもなければ、明るい眼差しを交わしながらでもなく。娘は涙に掻き暮れ、若造はむっつり、しょぼくれた面持ちで。果たしてこいつら、つい今しがた老いぼれトウビィのそいつをハッと、意気地が失せていたのから躍り上がらせて下さっていたハートだったろうか？　いや、いや。市参事会員は見事（彼の頭《こうべ》に祝福あれかし！）そいつらを封じ込め果していた。

「おぬし、せっかくここにいるんだ」と市参事会員はトウビィに言った。「手紙を一通届けさしてやろう。まさかノロノロはせんだろうが？　いくら老いぼれておっても」

トウビィは、ポカンと、メグの後ろ姿を全くもって間の抜けた風情で見送っていたものの、しどろもどろ、いえ、ノロノロするどころかめっぽうスタスタ、ピンシャンしてますと返した。

「きさま歳はいくつだ?」と市参事会員はたずねた。

「六十を越えました、旦那様」とトウビィは返した。

「おお！　この者は平均寿命を遙かに上回っておるでは、ほれ」とファイラー氏が、まるで少々のことでは堪忍袋の緒も切れまいが、こいつはげにいささか度を越してはいまいかとでも言わぬばかりに割って入りながら声を上げた。

「何やら自分でも出しゃばり過ぎているような気は致します、旦那様」とトウビィは言った。「今朝も何やら――何やら、そんな気が致しておりました。おお、いやはや！」

市参事会員は、いきなり待ったをかけるに、ポケットから手紙を彼に渡した。トウビィはおまけに一シリング頂戴する所ではあったろう。がファイラー氏がくだんの場合、さる特定数の人間から一人頭九と半ペンスふんだくることになろう旨紛うことなく証してみせたによって、ほんの六ペンスしか頂かなかった。してそれだけ頂けば万々歳という気がした。

それから市参事会員は両腕をそれぞれ馴染みに預け、すこぶるつきの上機嫌で立ち去った。と思いきや、いきなりセカセカ、まるで忘れ物でもしたかのように独りきり駆け戻って来た。

「赤帽！」と市参事会員は言った。

「へえ！」とトウビィは返した。

「せいぜいあのおぬしの娘の面倒を見てやることだ。えろう器量好しなもので」

「どうやらあいつの器量もどなたかからクスねられておる

のやもしらん」とトウビィは手の中の六ペンスをしげしげ見やり、ふと、トライプのことを思い出しながら惟みた。「たといあいつが五百人のええとこの嬢さん方からちょびっとずつバラみたような色艶をクスねておったとしてもちっとも不思議じゃなかろう。あな恐ろしや！」

「娘はえろう器量好しなもので」と市参事会員は繰り返した。「お蔭でどうせロクなことにはなるまい。そら、よいか、こいつを忘れるでない。せいぜい娘の面倒を見てやることだ！」とのありがたきクギ差しもろとも、またもやセカセカ立ち去った。

「どっからどこまでイタダけん。どっからどこまでイタダけん！」とトウビィは両手をギュッと握り締めながらつぶやいた。「生まれついての性ワル。この世にこれっぽっち筋合いなんてないのさ！」

などと独りごちている側《そば》から、組み鐘の音がどっとばかり、頭の上から降って来た。朗々と、大きく、高らかに――がこれきりハッパめいた所のなく。ああ、一雫たり。

「調べの奴までコロリと変わってしまった」と老いぼれ赤帽は耳を欹てながら声を上げた。「あんなにどっさりあった気紛れの一言だって紛れておらんでは。いやいや、一体どうして紛れておらねばならん？　このわしと来ては新年にも今年にもこれっぽっち筋合いがないってなら。ああ、いっそあの世へ行けるものなら！」

がそれでいて釣鐘は色取り取りの転調を響き渡らせた勢い、正しくそよ風までもクルクル旋回させた。封じ込めろ、封じ込めろ！　古き善き時代、古き善き時代！　事実と数字、事実と数字！　封じ込めろ、封じ込めろ！　もしも連中、何か口にしていたとすれば、こいつを口にしていた。挙句トウビィの目がクラクラ回るまで。

彼はこんぐらかった頭をギュッと両手に挟んだ。バラバラにバラけてはかなわぬとばかり。とは、恰も好し。というのもそいつらの片割れの中の手紙に気づき、くだんの手立てにてこちとらの用をはったと思い起こし、すは、撥条《ぜんまい》仕掛けさながら、いつものちょこちょこ歩きに歩を速め、ちょこちょこ小走りに駆け出したからだ。

THE SECOND QUARTER.
G.DALZIEL.Sc

第二点鐘

トウビィがキュート市参事会員から受け取った手紙は街の偉大なる地区の偉大なる人物に宛てられていた。街のどこより偉大なる地区の。そいつはなるほど、街のどこより偉大なる地区だったに違いない。というのもそこの住人の間では広く遍く「世間」なる名で通っていたからだ。

くだんの手紙は蓋し、トウビィの手の中にては他の如何なる手紙よりずっしり感じられた。とは言え、市参事会員が御逸品に途轍もなくどデカい紋章と果てなき封蠟もて緘をしていたからではなく、上書きに大立て者の名が綴られ、勢い、夥しき量の金銀宝が連想されたから。

「わたしらとは何と似ても似つかぬことよ！」とトウビィは宛名にちらと目をやりながら、単純極まりなくも大真面目に惟みた。「市内とそのグルリの一〇九区で活きのいいウミガメをそいつら買えるだけ懐の暖《あった》かな上つ方の数で割ってみろ。だったら御自身のをさておき一体どいつの取り分を頂戴なさってるってのさ！　ことトライプをどいつの口からにせよふんだくるってことじゃ――さぞや天から見下されようが！」

我知らずかようにやんごとなき御仁に払って然るべき臣従の礼を致しつつ、トウビィは手紙と指の間に白エプロンの端を突っ込んだ。

「あちらのお子達は」とトロッティは言った。してジンワリ涙が目に浮かんだ。「あちらの嬢さん方は――立派な殿方が嬢さん方の心を射留め、連れ添われるのやもしらん。嬢さん方は幸せな奥さんに、で母さんに、なられるのだろうて。器量好しにかけてはうちの可愛いメ――」

彼は最後まで名前を言い切れなかった。仕舞いの一文字が喉の中でグッと、アルファベット二十六文字のどデカさにまで膨れ上がった。

「なに、構うものか」とトロッティは惟みた。「言わぬが花。ってだけでわしにはたくさんもいいとこでは」と惟みればせめてもの慰めか、彼はちょこちょこ小走りに歩き続けた。

凍てつくような霜の置いた日であった、それは。外気は清しく、ひんやりとして、澄んでいた。冬の日輪は温《ぬく》めるには力無かったが、自ら溶かしてやるはお手上げの氷を燦然と見下ろし、氷上に輝かしき栄光を降り注いでいた。外の折ならば、トロッティは冬の日輪から貧者の教えを学び取っていてもよかったろう。が今や、そいつは土台叶はぬ相談だった。

年の瀬のことであった、それは。辛抱強き旧年はそいつを誇る者達の譴責や虐待を凌ぎ通し、飽くまで己《おの》が務めを律儀に果たして来た。春、夏、秋、冬。神に定められた日課をアクセクこなし、今や息を引き取るべく、疲れた頭《こうべ》を横たえていた。己自身は、希望や、高邁な衝動や、溌溂たる幸福から締め出しを食いながらも、他者へ幾多の愉悦をもたらす溌溂たる遣い走りたりて、そいつはその凋落にあってなお己《おの》が苦役の日々と辛抱強き刻々を思い起こせよと、して安らかに息を引き取らせ給えと訴えていた。トロッティは去り行く年に貧者の寓喩《アレゴリ》を読み取っていてもよかったろう。が今や、そいつは土台叶はぬ相談だった。

して独り彼ばかりか？　それとも似たり寄ったりの訴えはとあるイギリスの労働者の頭《こうべ》に七十年の歳月によりて一時《いちどき》に成され、しかも空しく成されて来たというのか！

通りという通りはごった返し、店という店は華やかに飾り立てられていた。新年は、全世界にとりての幼気な跡取り息子よろしく、歓迎や、贈り物や、祝賀もて待ち受けられていた。どこにもかしこにも新年のための本やオモチャが、新年のためのキラびやかな小間物が、新年のための晴れ着が、新年のための運勢表が、そいつの気を紛らすべく新たな考案品が、あった。新年の命は暦や手帳の形《なり》にて切り売りされ、そいつの月や、星や、潮の訪れは予め一瞬刻みで触れ回られ、昼夜におけるそいつの四季の営みはファイラー氏が男や女において総数の〆を出し得るに劣らず一分のブレもなく算出されていた。

新年、新年。どちらを向こうと新年！　旧年は早、あの世なものと見なされ、そいつの動産はどこぞの溺死した船乗りの船上なるそいつよろしく捨て値で叩《はた》かれていた。そいつの型は昨年の型にして、そいつの息が絶えぬとうの先から二束三文で売り飛ばされていた。そいつの宝ですら未だ生まれ来ぬ後釜の財宝の側《そば》では塵芥も同然とは！

トロッティは、胸中惟みるに、新年にも旧年にも何らお呼びでなかった。

「封じ込めろ、封じ込めろ！　事実と数字、事実と数字！古き善き時代、古き善き時代！　封じ込めろ、封じ込めろ！」――彼のちょこちょこ歩きはくだんの拍子に合わせたが最後、他の如何なるものにもいっかなしっくり来ようとはしなかった。

が、くだんの拍子とて、なるほど憂はしくはあったものの、やがて、御当人を旅路の果てへと連れ来た。国会議員サー・ジョウゼフ・バウリの邸宅へと。

　扉は門番《ポーター》によりて開けられた。何たる門番《ポーター》だことよ！　トウビィとは正しく月とスッポンの。てんで別クチの。とは言え、先方の御身分はお誂え向き《ティケット》だった。トウビィのそいつは、どころではなかったが*。

　当該門番《ポーター》はいざ口を利こうと思えば生半ならずゼエゼエ喘がねばならなかった。まずもって一件を篤と惟みずしてついうっかり椅子からお出ましになったがために。して晴れて声をめっけ出すや——との手続きを踏むにはえらく手間取った。何せ御逸品、遙か彼方にして、ずっしり肉の塊の下に隠れていたから——でっぷり肥え太った囁き声にて宣った。

「何者からだ？」

　トウビィは是々然々と答えた。

「自分で持って入れ」と門番《ポーター》は玄関広間から通ず、長い廊下のどん詰まりの部屋を指差しながら言った。「一年の今日という日は何もかも真っ直ぐ罷り入ることになっておる。これきり早すぎはせなんだが。何せこうしている今も馬車が玄関先でお待ちかねで、御夫妻はわざわざそのため、ものの二、三時間街へお越しになっただけなもので」

　トウビィは念には念を入れ（この時までにはすっかり乾いていた）靴を拭うと、御教示賜った方へ向かった。道すがら、畏れ多くも豪勢なお屋敷とは言え、まるで一家揃って田舎においでもあるかのようにシンと静まり返った上からすっくり包《くる》み上げられているのに目を留めぬでもなく。部屋の扉をノックすると、中から入るよう声がかかり、仰せに従ってみれば、そこは広々とした書斎で、一面状差しや書類の散らかったテーブルにはボネット姿の厳めしい御婦人が座り、御婦人の口述をこちらはさして厳めしからざる黒づくめの殿方が書き取り、片やまたもう一人、より年配にして遙かに厳めしい殿方が——御当人の帽子とステッキはテーブルの上だったが——片手を胸許に突っ込んだなり行きつ戻りつしながら、時折さも御満悦げに暖炉の上にかかった御自身の肖像画を——等身大の、嫌と言うほど等身大の——打ち眺めていた。

「これは何だ？」とくだんの殿方がたずねた。「フィッシュ殿、済まんが見てやってくれんか？」

　フィッシュ氏は、失礼をばと断りを入れ、トウビィから手紙を受け取るや、平身低頭、そいつを手渡した。

「キュート市参事会員からであります、サー・ジョウゼフ」

「というだけのことか？　外には何も託かっておらんと、

赤帽《ポーター》?」とサー・ジョウゼフはたずねた。

トウビィは「はい」と返した。

「ではおぬし何者からであれ我輩宛の――我輩名をバウリと、サー・ジョウゼフ・バウリと、申すが――如何なる手合いの勘定書も請求も託っておらぬと、えっ?」とサー・ジョウゼフは言った。「もしや託っておるようなら、渡し給え。フィッシュ殿の傍らに小切手帳もあることだ。何一つ新年に繰り越させてなるものか。この屋敷にては如何なる手合いの勘定といえども旧年の締め括りには片をつけることになっておる。という訳で、たとい存在の絆を死が――その――」

「断とうと」とフィッシュ氏が水を向けた。

「分かとうと、君」とサー・ジョウゼフはやたら突っけんどんに返した。「――我輩の諸事は折しも万端整えられていたものと判明しよう」

「愛しいサー・ジョウゼフ!」と奥方が、殿方より遙かに年下だったが、声を上げた。「何てことざましょ!」

「我がバウリ令夫人よ」とサー・ジョウゼフは、恰も御自身の御託なる大いなる深みに嵌まり込んででもいるかのように折々しどろもどろ蹴躓きながら返した。「一年のこの時節ともなれば我々は――その――我々自身のことを惟みねばならん。我々は我々の――我々の勘定を調べねばならん。我々は人間の取引きにおけるかほどに由々しき時節が巡り来る度、男《おのこ》とそいつの――そいつの銀行家――との間には極めて深刻な案件が持ち上がらざるを得ぬものと看取せねばならん」

サー・ジョウゼフはくだんの御託をまるで御自身口の端にかけていることの道義を余す所なく看取し、トロッティにすらかようの一家言の御利益に与る機を与えてやりたいとの仏心を起こしてでもいるかのように並べた。して恐らくは当該腹づもりを眼前に据えていたからであろう、依然として手紙の封を切るのをはぐらかし、トロッティに今しばらくその場で待つよう告げたのは。

「君は、だから、フィッシュ殿にその旨伝えるよう言っていたのだったな、我が令夫人――」とサー・ジョウゼフは宣った。

「フィッシュ様は、確か、もうさようにお伝え下すってるはずですわ」と奥方はちらと手紙に目をやりながら返した。「ですが、誓って、サー・ジョウゼフ、詰まる所、手離せそうにありません。だってそれはあんまりお高いんですもの」

「何がそんなにお高いのかね?」とサー・ジョウゼフはたずねた。

「例の寄附が、あなた。五ポンドの浄財に対してほんの二票しか頂けないなんて。ほんと、どうかしてませんこと！」

「我がバウリ令夫人よ」とサー・ジョウゼフは返した。「お前ともあろう者が。果たして感情の贅は投票数に比例するものかね、それとも然るべく律せられた精神にとっては、候補者数、並びに遊説が連中をして至らしむ健全な精神状態に比例するものかね？　五十人の間で自由に出来る二票を有することにはこの上なく純粋な手合いの興奮が伴わないだろうか？」

「わたくしには、正直、伴いませんわ」と奥方は返した。「そもそもうんざりですもの。おまけに知り合いに恩を着せられる訳でなし。ですがあなたは、ほら、『貧しき者の友』でらっしゃいますもの、サー・ジョウゼフ。別の考えをお持ちでしょうとも」

「わたしはなるほど『貧しき者の友』だとも*」とサー・ジョウゼフはちらと、その場に居合わす貧しき者殿に目をやりながら宣った。「さようの者として、わたしは蔑されるやもしれん。かようの者として、わたしは事実蔑されて来た。が他の如何なる肩書きも求めぬ」

「これはこれは、何とまた気高い心根の殿方であられることよ！」とトロッティは惟みた。

「わたしは例えば、これなるキュートには与さぬ」とサー・ジョウゼフは手紙を突き出しながら言った。「ファイラー党派には与さぬ。如何なる党派にも与さぬ。我が友たる『貧しき者』はくだんの手合いの如何なるものにもかかずらう要はないし、くだんの手合いの如何なるものも『貧しき者』にかかずらう要はない。我が教区の我が友たる『貧しき者』こそがわたしのかかずらうべき要件だ。如何なる者も者共も我が友とわたしの間に割って入る筋合いはない。というのがわたしの拠って立つべき地歩であり、わたしは我が友に対しては――その――父親のような立場にある。よってこう言おう。『やあ君、君には父親のように接しよう』」

トウビィはいたく神妙に耳を傾け、何がなし気が楽になり始めた。

「君が人生で唯一、いいかね、君」とサー・ジョウゼフは上の空でトウビィを見やりながら続けた。「君が人生で唯一かかずらう筋合いがあるのは我輩だ。君は難儀な思いをしてまで何事にせよ考える要はない。我輩が君の代わりに考えてやるもので。我輩は何が君の身のためか重々心得ておるもので。我輩は君の永遠の父親なもので。というのが全知全能の神慮だ！　さて、君の創造の意図は――罷り間違っても鯨飲馬食し、愉悦を野獣さながら、食物と結びつけることにあるのではなく」トウビィはトライプのことを惟みるだに疚しさに駆られた。『労働の威厳』を身に染みて感じることにある。陽気な朝の外気へと真っ直ぐ背筋を伸ばして歩み出で――そこにて立ち止まるが好い。約しく、節度をもって暮らし、他者を敬い、自制に徹し、爪に火を灯すが如く子供を養い、地代は時計が時を打つに劣らず規則正しく収め、取引きにおいては時間厳守を宗とするが好い（これなるが恰好の手本で。君は我が腹心の秘書、フィッシュ殿がいつ何時であれ金庫を前にしている所を目にしよう）。さらば大船に乗ったような気でい給え、我が輩は君の『友にして父』になってやろう」

「これはまた結構なお子達ですこと、サー・ジョウゼフ！」と奥方はブルリと身を震わせざま宣った。「リューマチに、瘧《おこり》に、痀瘻《くる》病に、喘息に、ってほんと身の毛もよだつようですわ！」

「我が令夫人」とサー・ジョウゼフは粛々と返した。「だからこそではないかね、わたしが『貧しき者の友にして父』なのは。だからこそではないかね『貧しき者』がわたしの手づから励ましを受け取るであろうのは。四半季日が巡り来る度、その者はフィッシュ殿と連絡を取るよう差し向けられよう。元旦が巡り来る度、わたし自身と馴染みの連中はその者の健康を祝して盃を干そう。年に一度、わたし自身と馴染みの連中は衷心よりその者に訴えかけよう。生涯一度、その者は或いは公衆の面前で、上つ方の御前で――『友』より『端銭』を受け取りさえするやもしれぬ。してたとい、かようの激励と『労働の威厳』によりても最早鼓舞されることなく、その者が己《おの》が心地好き墓へと沈もうと、されど、奥方よ」――ここにてサー・ジョウゼフは高らかに鼻を擤んだ――「わたしは――その者の子供達にも――同じ条件で――『友にして父』たろうでは」

トウビィはいたく感じ入った。

「おお！　あなたにはさぞやありがた味の分かるお子達がおいででしょうとも、サー・ジョウゼフ！」と令室は声を上げた。

「我が令夫人よ」とサー・ジョウゼフはやたら勿体らしく言った。「忘恩があの階層の罪とは周知の事実。わたしがそれ以外の如何なる報いを期待していようか」

「ああ！　生まれついての性ワル」とトウビィは惟みた。「何一つわたしらの情け心を動かすものがないとは」

「男《おのこ》として為せることを、このわたしは為そうでは」とサー・ジョウゼフは続けた。「わたしは『貧しき者の友にして父』としての本務を全うし、その者の精神を陶冶するに、事ある毎にくだんの階層の必要としている唯一最大の道徳的教えを垂れようでは。とは即ち、このわたし自身への全き『依存』という。連中――その――己自身にかかずらう筋合いは何らないもので。たとい邪で腹黒い者共が連中に好からぬ智恵を授け、連中シビレを切らして不平タラタラになり、反抗的な挙動と腹黒き忘恩の罪を犯そうと――というのが悲しき落ちではあろうが――わたしは、それでもなお連中の『友にして父』だ。というのが『天命』にして、物事の道理であるからには」

との大いなる所感もろとも、彼は市参事会員の手紙の封を切り、ざっと目を通した。

「実に丁重にして慇懃なことよ！」とサー・ジョウゼフは声を上げた。「我が令夫人、市参事会員は忝くも我々の互いの友である銀行家のディードルズの屋敷でわたしに拝眉した『こよなき栄誉』に触れ――何とも殊勝な男では――果たしてウィル・ファーンを封じ込めるとすらば意に染むや否や問うてくれておるとは」

「意に染むも何も！」とバウリ令室は返した。「あの者共の中でもいっとう手に負えない男ですもの！　確か、あの男はこれまでずっと盗みを働いて来たのではなかったかと？」

「ああ、いや」とサー・ジョウゼフは手紙に当たりながら言った。「必ずしもそういう訳では。それも同然ではあるが。必ずしもそういう訳では。あの男はどうやら、職を探しに（身の上をまだしもまっとうにしようと――というのが奴のでっち上げだが）、上京したものの、夜分差し掛け小屋で眠っている所を取り抑えられ、即刻監禁され、翌朝市参事会員の前へしょっぴかれた。市参事会員の（実につきづきしくも）宣ふには、この手の所業は固より封じ込めるホゾを固めているからには、もしやウィル・ファーンを封じ込めて意に染むようなら、喜んで奴から手をつけたいとのことだ」

「是非ともあの者を見せしめにして頂きたいものでございます」と奥方は返した。「昨年の冬のこと、わたくし村の男や少年達を集めて波形切り《ピンキング》や鳩目開け《アイレット・ホーリング》を素敵な夕べの手間仕事として紹介致し、手を動かしながらあの者共が口遊めるよう、こんな歌詞に新たな和声組織*に則り調べをつけて頂いた折――

おお、我らが仕事を愛でんかな
郷士と親族に神の加護を乞い
我らが日々の糧で生き
常に己《おの》が分を弁えんかな

外ならぬこのファーンという男が――今でも瞼に浮かぶよう

ですが——例のあの者の帽子に手をかけながら、かように申すではありませんか。『申し訳ねえが、奥方さんよ、あしゃゴ立派な嬢さんたあマジ毛色が違うんじゃあ？』ということくらい、もちろん、覚悟していましたとも。一体どなたがあの階層の者共から横柄と忘恩はさておき何を当てに致せまして！　ですが、今はそのお話ではありませんわね。サー・ジョウゼフ！　あの者を見せしめにして下さいまし！」

「あへむ！」とサー・ジョウゼフは咳払いをした。「フィッシュ殿、では早速だが——」

フィッシュ氏はすかさずペンを執り、サー・ジョウゼフの口述を書き取った。

「親展。拝復。この度はウィリアム・ファーンなる男の一件に関し丁重な芳牘を賜り誠に忝く。あの者については、遺憾ながら、何一つ好意的なことが申せず。小生、終始、自らをあの者の『友にして父』の観点より眺めて参ったものを、小生の計画に対す忘恩と絶えざる反抗の報いしか（生憎、常の習いなれど）受けておらず。あの者は不穏な叛徒の端くれにして、あの者の人物証明は探りを入れるに耐えまいかと。如何なる手を尽くそうとあの者を然るべく幸せにすること能はず。以上の状況の下、率直に申し、あの者が再び貴兄の前に出頭すらば（明日、お話によると取調べ未了を受け、その旨約束しており、その程度までは信用して差し支えなかろうかと）、あの者を浮浪者として短期拘留するが社会奉仕となる上、とある——かの、概して、心得違いの階層の者共自身を念頭に置いてのみならず、毀誉褒貶にかかわらず（『コリント第二』六：八）『貧しき者の友にして父』たる者のためにも——見せしめが大いに肝要な国家においては健やかな見せしめとなろうかと。して小生」云々。

「何やら」とサー・ジョウゼフは当該返信に名を署し果し、フィッシュ氏が封をしている片や宣った。「これぞげに『天命』のようではないか。年の瀬に我輩はウィリアム・ファーン相手にとて勘定の締めを出し、貸借を清算しておるとは！」

トロッティは、とうの昔にぶり返し、めっぽうしょぼくれていたが、ここにて手紙を受け取るべく、ゲンナリ浮かぬ面《つら》を下げたなり、前へ進み出た。

「御高配忝う、くれぐれもよろしくと伝えてくれ」とサー・ジョウゼフは言った。「いや、待て！」

「いや、待て！」とフィッシュ氏が繰り返した。

「おぬしも、恐らく」とサー・ジョウゼフは覡《かんなぎ》然と宣った。「我輩が目下我々の迎えるに至った厳かな時節と、我々に課されておる、己《おの》が諸事に片をつけ、何事にも覚悟を定める本務に関し、つい表明することとなった所見を耳にしたはずだ。して我輩が社会における己《おの》がより優れた立場の背後に身を隠すどころか、フィッシュ殿は――あれなる殿方は――肘先に小切手帳を置き、実の所ここには、我輩が真新しき頁をめくり、眼前なる新紀元に真っ新《さら》の勘定もて乗り出せるよう伺候してくれているということに気づいているはずだ。さて、おぬし、おぬしはそのおぬしの胸に手をあてがい、自らもまた『新年』に諸々の覚悟を定めていると言えるかね？」

「生憎、旦那様」とトロッティはしおしお相手を見やりながらしどろもどろ返した。「わたしは――その――少々、世の中に滞りがあるようでございます」

「世の中に滞りがある！」とサー・ジョウゼフ・バウリは聞こえよがしなまでにきっぱり繰り返した。

「憚りながら、旦那様」とトロッティはためらいがちに言った。「チキンストーカーの上さんに十シリングかそこいら借りを作っておるもので」

「チキンストーカーの上さんに！」とサー・ジョウゼフは先と同じ物言いにて繰り返した。

「というのは、旦那様」とトウビィは説明した。「万屋のことでございます。それと――その、少しばかり家賃がらみでも。ほんのわずかではありますが、旦那様。本当ならば、もちろん、ツケを作ってはならなかったのでありましょうが、全くもって二進も三進も行かなかったもんで！」

サー・ジョウゼフは奥方をちらと、フィッシュ氏をちらと、トロッティをちらとやった。次から次へと、二度も順繰りに。それから一時《いちどき》に両手で愕然たる仕種をしてみせた。さながら一件にそっくりサジを投げでもしたかのように。

「一体人間どうして、たといこの先見の明のない、片意地な輩に紛れていようと、老いぼれにもなって、白髪頭にもなって、己《おの》が事情がかようの状況にあってなお新年の顔をまともに覗き込めるものやら。一体人間どうして夜分床に就き、またもや翌朝床を抜け――そら！」と彼はクルリとトウビィに背《せな》を向けながら言った。「とっとと返事を持って行け。とっとと返事を持って行け！」

「さようでなければ如何ほどよかりましょう、旦那様」とトロッティは申し開きにこれ努めて、言った。「ですがわたしらめっぽう難儀をしておりまして」

サー・ジョウゼフは相変わらず「とっとと返事を持って行け、とっとと返事を持って行け！」と繰り返し、フィッシュ氏は同上を口にするのみならず、立ち退きのダメ押しに遣い走り宛扉の方へ手を振ってみせた。よってトロッティも如何せん、深々とお辞儀をし、屋敷を後にする外なかった。して通りへ出ると、哀れ、グイと、擦り切れた古帽子を目深に引っ被った。どこにせよ、新年を捕らまえようのなき悲しさを隠すべく。

彼は帰りの通りすがら、古びた教会までやって来ようと、鐘楼を見上げるべく帽子を浮かしすらしなかった。そこにてつと、習い性となり、足を止めた。して今や薄暗くなりかけているからには、遙か頭上で尖塔がくすんだ外気に、朧に茫と聳やいでいるとは百も承知だった。のみならず、組み鐘が間もなくガランガラン鳴り出し、かようの刻限ともなれば、彼の空想には雲間なる声のように響くとは百も。が彼はただ市参事会員宛の手紙を届け、連中がおっ始めぬ内にそこいらからお暇すべくいよよセカセカ足早に駆け出したにすぎぬ。というのも連中が「友にして父、友にして父」なる文言を先刻撞き鳴らしていた折り返し句にくっつけるのが聞こえはすまいかとビクビク怖気を奮ったから。

トウビィは、それ故、なるたけとっとと遣いを果たし、我が家目指しちょこちょこ小走りに歩き出した。が固よりくだんのちょこちょこ歩きが、せいぜい通りではぎごちない所へもって、帽子が、およそそいつをまだしも増しにして下さるどころの騒ぎではなかっただけに、ほどなくちょこちょこ、ガツンと何者かにぶつかり、そのなりヨロヨロ、車道へヨロけ出た。

「おやおや、これは申し訳ないことを！」とトロッティはアタフタ帽子を浮かし、御逸品やらズタズタに裂けた裏打ちやらで、御自身の頭をある種ハチの巣に突っ込みながら言った。「どこかおケガは？」

こと何者かにケガを負わすか否かにかけては、トウビィはさして絵に画いたような大力無双男《サムソン》でないだけに、むしろ彼の方こそ遙かにイタい目に会いそうだった。して事実、羽子よろしく車道に撥ね飛ばされていた。御自身屈強たること、しかしながら、それは鼻にかけていたものだから、相手の身をこそ心底案じ、またもやたずねた。

「どこかおケガは？」

彼のぶつかった男は——白髪まじりの、ザラっぽい顎をした、浅黒い、筋張った、田舎者風情の男だったが——束の間、てっきり相手はおどけているものと思い込んでいるかのようにトロッティをグイと睨め据えた。が彼の誠意に得心が行くや、返して曰く。

「いや、じっつあん。どこも」

「お子さんも？」とトロッティはたずねた。

「ああ、チビも」と男は返した。「かたじけねえこって」

然に口を利きながら、男はちらと、腕の中でぐっすり眠りこけている小さな少女に目をやり、首のグルリに巻いたお粗末なハンケチの長い端を少女の顔にそっとかけてやると、ゆっくり歩き出した。

　男が「かたじけねえこって」と言った口調はトロッティの胸にジンと染みた。男はそれはヘトヘトにくたびれ果てた上からヒリついた足を引こずり、それは長旅の塵にまみれ、それは寄る辺なげにして他処者然と辺りをキョロキョロ見回しているものだから、ともかく何者に対してであれ、如何ほど些細なことでにせよ、ありがたがれるとはせめてもの慰めであった。トウビィは男がトボトボ、娘の腕を首にしがみつかせたなり、ぐったりくたびれ果てて立ち去る後ろ姿をじっと見送りながら立ち尽くした。

　ズタズタに擦り切れた靴と――今や正しく靴とは名ばかりのそいつの成れの果てと――目の粗い革のゲートルと、しごくありきたりの野良着と、幅広の縁《へり》の垂れた帽子の人影をじっと、トウビィはグルリの通りなどそっちのけで、見守って立ち尽くした。して首にしがみついた少女の腕を。

　暗がりに紛れる前に旅人はつと足を止め、クルリと向き直ったその拍子、トロッティが相変わらずそこに立ち尽くしているのを目の当たりに、果たして引き返したものか、そのまま歩き続けたものか、踏んぎりがつかずいるかのようだった。まずもって引き返し、お次に歩き出していたと思うと、男は引き返し、トロッティは男を迎えようと中途まで駆け寄った。

「多分御存じでやしょうし」と男はかすかな笑みを浮かべて言った。「もしか御存じなら教えて下さんねえはざねえ。だし、ほかのどいつよかじっつあんに教えてもらいてえもんだ――市参事会員のキュートのだんなはどこにお住まいで?」

「つい目と鼻の先だ」とトウビィは返した。「あちらのお屋敷なら喜んで案内させて頂こうじゃ」

「おれは明日よそでだんなのとけえ行くことになってた」と男はトウビィと肩を並べて歩きながら言った。「けど胡散臭い目で見られんなかなわねえし、この身の証い立てて、好きにてめえのパンくらい稼がせて頂きてえもんだ――ってなどこでだかあさっぱりだが。ってこって、今晩だんなの屋敷へ行っても構やすめえ」

「ま、まさか」とトウビィはハッと身を竦めざま声を上げた。「お前さんファーンってえんじゃ!」

「えっ!」と相手はびっくりして彼の方に向き直りざま声を上げた。

「ファーンじゃ!　ウィル・ファーンじゃ!」とトロッテ

ィは言った。

「ってえのがおれの名だが」と相手は返した。

「ああ、なら」とトロッティは男の腕をギュッとつかみ、辺りをキョロキョロ気づかわしげに見回しながら声を上げた。「後生だから、旦那のとこへは行くんじゃない！　旦那のとこへは行くんじゃない。旦那は天地が引っくり返りでもしない限り、お前さんを封じ込めよう。さあ、ここの横丁へ入っとくんな、すったらどういうことだか教えてやっから。とにかく旦那のとこへは行くんじゃない」

彼の新たな知己はまるで相手をキ印と思い込んででもいるかのような面《つら》を下げた。が、にもかかわらず、おとなしく後について横丁へ折れた。すっぽり人目につかない所まで来ると、トロッティは自分の聞きカジったままを、して彼が如何なる人相書きを頂戴しているものかその辺りの事情をそっくり垂れ込んでやった。

　トロッティの物語の当の主人公は、語り手がびっくり仰天するほど淡々と耳を傾けていた。して一度たり打ち消しも口をさしはさみもしなかった。時折コクリコクリ、異を唱えて、というよりむしろ何がなし、語り古された耳ダコものの昔語りに相づちを打ってでもいるかのように頷き、一、二度帽子を阿弥陀にずらしては、雀斑《そばかす》だらけの手で額をさすった。そこにては因みに、男の鋤き返して来た畦という畦が自らの似姿を小振りにして刻みつけているようではあった。が男はせいぜいそれきりしかしなかった。

「今なあ大方はズボシで」と男は言った。「じっつあん、んりゃあっちこっちで粒を殻から篩えねえ訳じゃねえ、けどうるせえこた言いっこなしだ。そいつがどうした？　おれはツキのねえことに、だんなの腹づもりにぶつかって来た。どうしようもなしな。明日にでもまた同しことやっちまおう。んで人相書きはと言や、あちらのお偉いさん方ってな探りい入れちゃあ探り入れちゃあ、ほじくり立てちゃあほじくり立てちゃあ、そいつうポチ一つ、シミ一つ、なくして下さろうって魂胆だ。味気ねえおタメごかしの一言装って下さんねえ間《ま》によ！――やれやれ！　あちらもせえぜえおれ達といい対《てえ》お易い御用でゴ立派な面目つぶしちまわねえこった。さもなきゃ生きてくのがほんにしんどくなって、アクセクやんのがアホらしくなっちまおう。このおれはと言や、じっつあん、おれはこの手で」――とそいつを目の前にかざしながら――「てめえの身上じゃねえもんはこれっぽっちクスねた覚えもなけりゃあ、いくらキツいからったって、上がりが少ないからったって野良からそいつう引っ込めた覚えもねえ。んじゃねえなんざぬかしやがるってなら、ヤツにこいつうぶった斬らすがいい！　けど野良の方がおれをまっとうな人間らしくやってかしてくれねえってなら、あんましツメに火い灯すみてえに暮らしてるもんで家《うち》の外でも中でも腹ペコで仕方ねえってなら、この目で働きもんの暮らしってなそっくりそんな具合におっ始まって、そんな具合にダラダラ行って、そんな具合にケリがつくとこ拝まして頂くってなら、すったらお偉いさん方に正面切って言わして頂こうじゃ。『おれの側《そば》へ寄るんじゃねえ！　おれの掘っ立て小屋あ放っといとくれ。おれの戸口ってなだんな方がわざわざ暗くして下さんなくたっていい加減暗いんだ。どうかおれがノコノコ、誕生日だの、御大層なぶち上げだの、何やかやおっ始まるからってんでケバい見世物に手え貸すのに広場えやって来るなんざ当てにしねえどくれ。どうかおれ抜きでだんな方の芝居や気散じに好き放題ウツツう抜かして、とことん楽しみなすっちゃ。おれ達ゃお互いこれっぱかしかかずらう筋合いはねえ。おれは放っといてもらうに越したこたねえんで！』」

腕に抱いていた少女がいつの間にやら目を開け、キョロキョロ、びっくりしたように辺りを見回しているのに気づくと、男はやにわに己に抑えを利かし、耳許で二言三言他愛ない片言まじりのおしゃべりを囁き、傍の地べたに少女を立たせた。それから、少女が自分の埃まみれの片脚にしがみついている片や、長いほつれ毛の端くれをクルクル、クルクル、ガサついた人差し指に絡ませながら、トロッティに言った。

「おれは根っからツムジ曲がりじゃねえはずだし、そんなに不平タラタラな方でもねえ。あちらのどなたにだってウラミツラミい持っちゃいねえ。たんだ何もかも御存じの神サマがお造りんなった人間の端くれらしく生きてえだけのこった。おれは、ってのに、そんな真似は出来っこねえし――してもねえ――ってならおれと、そんな真似がお出来で、現になすってる方々との間にゃ深い溝がコッポリ口い開けてようじゃ。おれみたようなもんはそこいら中ゴロゴロ、掃いて捨てるほどいるぜ。いっそ一人二人じゃなし百人からげで、いやさ千人からげで、数えた方がまだ増しってもんだ」

トロッティはなるほどこれぞ「真実」なりと心得、お見逸れなきようかぶりを振った。

「おれはそんなこんなでてんでイタダけねえ評判を頂だいして」とファーンは言った。「どうせこれよかまっとうなそいつは頂だいすめえ。ササクレ立つなあ御法度で、おれはマジササクレ立ってる。たあ言っても、神サマも御存じだ、陽気にやってけるもんならどんなにいいかしれやしねえ。やれやれ！　今のその市参事会員のだんながブタ箱にぶち込んで、このおれにこっぴでえ灸据えられるもんやら。けどおれのために口利いてくれる馴染み一人いなけりゃ、かもしんねえな。だし、ほれ——！」と、地べたの少女を指差しながら。

「なかなかのべっぴんさんでは」とトロッテイは言った。

「ああ、ってこったぜ！」と相手は少女の面《おもて》を両手で自分のそいつの方へしゃくり上げ、じっと目を凝らしたなり声を潜めて返した。「って、何度思ったかしんねえ。って、暖炉がやたらひんやりして、食器だんすがやたらがらんどうの時に思って来たもんだ。って、こねえだの晩、二人してグルの盗人《ぬすっと》みたように取っ捕まった時も、思ったもんだ。けどあいつら——ちんめえ顔をそうしょっちゅうイジめちゃなるめえ、えっ、リリアン？　そいつあちっとムゲえってもんだぜ！」

男がそれは低く声を潜め、それは険しくも奇しき風情で娘を見やったものだから、トウビィは、男の思考の脈絡を逸らそうと、女房は生きているのかとたずねた。

「おれにゃあ女房はいねえ」と男はかぶりを振りながら返した。「こいつは兄きの娘で。孤児《みなしご》で。そうは見えないかもしんねえが、九つになる。けど今はヘトヘトにくたびれてるもんでよ。あいつら——おれ達の住んでるとっから二十八マイルばかし離れた『救貧院《ユニオン》』じゃ——こいつを四つ壁の中で面倒見てくれてたろうが（ちょうどおやじをもうこれきり働けなくなったら面倒見てくれてたみてえに。おやじはさしてあいつらに長えこと手え焼かさなかったが）、おれが代わりに引き取って、それからってものずっと一緒に暮らしてんのさ。こいつのお袋にゃあいつぞやここのロンドンの都に馴染みがいた。おれ達ゃ馴染みと、ついでに仕事のクチをめっけようとしてるとこだ。たあ言ってもこかあやたらだだっ広えが。構やしねえ。そんだけ二人してあちこち好きにウロつけるってもんだ、なっ、リリー！」

かくてにっこり、泣かれるよりなおトウビィの身につまされずばおかぬ笑みを浮かべて少女の目を見つめ返しながら、男は彼の手をギュッと握り締めた。

「おれはじっつあんの名も知んねえが」と男は言った。「つい思いの丈えぶちまけちまった。何せ妙にありがたかったもんで。それも当たりめえ。んじゃお智恵えありがたく頂だいして、せいぜい寄りつかねえどくぜ、今のその——」

「判事のとこには」とトウビィは水を向けた。

「ああ！」と男は言った。「って名で通ってるとすりゃやな。今のその判事のとこにゃ。んで夜が明けたら一か八かどっか都の近くでもっといいツキに出会せるか試してみようじゃ。んじゃお休みなすって。よいお年を！」

「いや、待たんか！」とトロッティは男が手を緩める側《そば》から、むんずと男の手を引っつかまえながら声を上げた。「待たんか！　もしもお互いこんな風に別れたんじゃよいお年を迎えるどころじゃない。もしもお前さんら二人が夜露を凌ぐ屋根一つないまんま、当て処なくさすらってくのを目にするようなら、よいお年を迎えるどころじゃない。わしと一緒に家《うち》へ来んか！　所詮、貧しい界隈に住む貧しい男だ。がお前さんらに一夜の宿くらい見繕ってやって、何の不自由もなかろう。わしと一緒に家《うち》へ来んか！　さあ！　嬢ちゃんはわしが抱いてやろう！」とトロッティは少女を抱き上げながら声を上げた。「なかなかのべっぴんさんじゃ！　わしならこの二十層倍の荷を担いだってビクともすまい。もしも追っつけんようなら言うてくれ。わしはえろうすっ飛ばすもんで。いつだってえろうすっ飛ばしておったもんで！」トロッティはかく、くたびれ果てた道連れの大股の一歩に対しおよそ五、六歩ちょこちょこ小走りに歩き、背負《しょ》い込んだお荷物の下《もと》、つられてワナワナ痩せ細った大御脚を震わせながら、宣った。

「ああ、嬢ちゃんの何と軽いことよ」とトロッティは足取りのみならず物言いにおいてもちょこちょこ小走りに駆け続けながら――何せ礼を言われるに忍びず、片時たり間を置くなど真っ平だったから――言った。「羽根みたように軽いでは。孔雀の羽根よか軽いでは――うんとうんと軽いでは。えっさっさ、ほいさっさ！　ここの仰《のっ》けの角を右に曲がって、ウィル叔父貴、ポンプをかわして、横丁を左へズドンと突っ切って、すったら旅籠の真ん前だ。えっさっさ、ほいさっさ！　そこを過って、ウィル叔父貴、角の腎臓パイ売りに気をつけな！　えっさっさ、ほいさっさ！　ここの廏路地を抜けたら、ウィル叔父貴、黒い扉の前で止まっとくれ。板切れの上に『T・ヴェック。公認赤帽《ティケット・ポーター》』ってデカデカやられてる。えっさっさ、ほいさっさ、んでげに、ただいま、可愛いメグや、どうだびっくりしたろう！」

との文言もろとも、トロッティは、息も絶え絶えだったが、少女を床のど真ん中の娘の前に下ろした。幼気な客《まろうど》は一度こっきりメグに目をやると、くだんの面《おもて》に何一つ疑いを抱かず、そこに目の当たりにせし何もかもに全幅の信頼を寄せ、彼女の腕の中に飛び込んだ。

「えっさっさ、ほいさっさ！」とトロッティは部屋の中をグルグル回り、耳に清《さや》かなるかなゼエゼエ噎せ返りながら声を上げた。「ほれ、ウィル叔父貴、ほれ暖炉では！　どうしてとっとと暖炉に当たらん？　おお、えっさっさ、ほいさっさ！　メグや、可愛いお前、やかんはどこだ？　えっさっさ、ほいめっけたぞ、んであっという間に沸こうじゃ！」

トロッティは狂ったように駆けずり回る最中《さなか》にもどこいらで事実、やかんを引っつかんでいた。して今やそいつを火にかけた。片やメグは、少女を暖かい炉隅に座らすと、少女の前の床に跪き、靴を脱がせ、ぐしょ濡れの足を布で拭ってやった。ああ、おまけにトロッティをダシにコロコロ声を立てて笑った――それは陽気に、それは愉快に。よってトロッティはいっそ娘に跪いているがまま神の加護を乞うていたろう。というのも皆して駆け込んだ際、娘が涙ながらに炉隅にかけているのを目にしていたからだ。

「まあ、父さんってば！」とメグは言った。「今晩は、ほんと、どうかしててよ。だってなら釣鐘が何てお言いかしら。まあ、かわいそうに。小さなあんよってば何て冷たいんでしょ！」

「おお、もううんとあったまったわ！」と少女は声を上げた。「もうすっかりあったまったわ！」

「いえ、いえ、いえ」とメグは言った。「わたし達まだ半分もたっぷりさすってないことよ。わたし達、何て忙しいんでしょ。何て忙しいんでしょ！　あんよが済んだら、濡れた髪をとかして、髪が済んだら、かわいそうな蒼いお顔を真水でジャブジャブ紅みが差すまで洗って、お顔が済んだら、そりゃ愉快に、キビキビ、ゴキゲンにならなくっちゃ――！」

少女は、いきなり泣きじゃくり出すや、ひしとメグの首にすがりつき、彼女の美しい頬を小さな手で撫でながら言った。「おお、メグ！　おお、大好きなメグ！」

たといトウビィが神の加護を乞うていたとて、それ以上のことは為せなかったろう。どこのどいつにそれ以上のことが為せたろう！

「まあ、父さんってば！」とメグはしばし口ごもっていたと思うと声を上げた。

「えっさっさ、ほいさっさ、お前！」とトロッティは返した。

「何てことでしょ！」とメグは声を上げた。「父さんってばほんとどうかしててよ！　可愛いこの子のボネットをやかんに載っけて、蓋を扉の蔭に引っかけてるだなんて！」

「まさかそこまでする気はさらさらなかったんだが、お前」とトロッティはすかさず御自身のドジに御叱正賜りながら言った。「なあ、メグや？」

メグは親父さんの方へちらとやってみれば、彼が態っと彼らの男性客《まろうど》の椅子の背に立ち、そこにてあれやこれや奇妙奇天烈な身振り手振りもろとも、稼いだばかりの六ペンスをかざしているのが見て取れた。

「こっちへ昇って来しなに、お前」とトロッティは言った。「階段のどこぞに紅茶が半オンスほど転がってたのを見かけてな。だし、ベーコンだってちょっこしあったはずだ。どこだったかかっきし思い出せないもんで、一つこれから行って、そいつらめっけて来るとしよう」

当該摩訶不思議な手練手管を弄しながら、トウビィはチキンストーカーの上さんの店でくだんの馳走を現ナマにて調達すべく駆け出し、ほどなく、仰《のっ》けは暗がりの中でそいつらめっけられなかった風を装いながら戻って来た。

「けど、ほら、とうとうあったぞ」とトロッティは茶道具を並べながら言った。「ドンピシャな！　きっと紅茶とベーコンの切り身じゃないかとは思ったが。やっぱしな。メグや、ほら、お前《ペット》、もしもお茶を淹れてくれるようなら、その間《ま》に父さん、下手っぴいでもベーコン焼いて、そしたらあっという間に仕度が整おう。それにしても妙な話もあったもんだが」とトロッティは炙りフォークの助太刀の下《もと》、せっせと割烹の腕を揮いながら言った。「ああ、それにしても、で馴染みのみんなはとっくに御存じだが、このわしと来てはベーコンの切り身にも紅茶にもとんと食い気を催さん。ほかの連中が旨そうに食ったり呑んだりするのを見るのは好きだが」とトロッティはくだんの事実を客《まろうど》の胆に重々銘ずべくやたら大きな声で口を利きながら言った。「どうもそいつら、いざこっちの腹に入れるとなると性に合わん」

とは言いながらもトロッティはジュウジュウ音を立てているベーコンの香りをクンと——ああ！——さもお気に召しているげに——嗅ぎ、グラグラに煮え滾った湯を急須に注ぐ段にはくだんの小ぢんまりとした坩堝の底をえらく御執心の態で覗き込み、芳しき蒸気には勝手にクルクル鼻の周りで渦を巻き、頭から顔からを濛々たる湯烟で花冠さながらすっぽり包むがままにさせた。とは言え彼は、にもかかわらず、仰《のっ》けの仰《のっ》けにほんの形ばかり一口味を利いたのをさておけば、呑みも食いもしなかった。御逸品を舌鼓でも打たんばかりに口にしてはいたものの、どうも今一つイタダけんなと宣いながら。

然り。トロッティの要件はウィル・ファーンとリリアンが呑み食いする所を眺めることにあり、メグの要件もまた然り。して未だかつてシティー正餐や宮廷宴会の席の如何なる傍観者とて他者様が馳走を召し上がるのを——たとい君主であれ教皇であれ——拝ませて頂くに、くだんの父娘がその夜客《まろうど》御両人を見守るに悦に入ったほど悦に入れはしなかったろう。メグはトロッティ宛にっこり微笑み、トロッティはメグ宛声を立てて笑った。メグはかぶりを振り振り何て父さんイカしてるってばとばかり、トロッティ宛拍手を送る真似をしてみせ、トロッティはメグ宛黙り狂言にて何時、何処で、如何様に目下の客方《まろうど》をめっける羽目と相成りしかチンプンカンプンの逸話を審らかにしてみせた。して御両人、蓋し、幸せであった。めっぽう幸せであった。

「とは言っても」とトロッティはメグの顔にじっと目を凝らしながらしょんぼり、惟みた。「どうやら二人の仲は御破算と！」

「さてっといいかい」とトロッティはお茶の後で言った。「さてはおチビさんは、嬢ちゃんは、メグと一緒に寝る気だな、ほら」

「優しいメグと！」と少女はメグをギュッと抱き締めながら声を上げた。「メグと」

「そうとも、そうとも」とトロッティは言った。「んでもしか嬢ちゃんがメグのおやじにキスしたとしてもわしゃちっとも驚かんだろうが、えっ？ このわしがメグのおやじだが」

何とトロッティの大喜びしたことか、少女がおずおず御当人に近づきざま、チュッとキスをし果すや、すかさずメグ宛取って返したとあらば。

「おやおや、嬢ちゃんはお釈迦様みたようにお利口じゃあ」とトロッティは言った。「えっさっさ、ほい――いや、じゃなくって――我ながら何を言い出すもんやら――わしは――わしは何を言いかけておったんだっけな、メグや、なあ？」

メグはちらと、彼らの客《まろうど》の方を見やった。客《まろうど》はメグの椅子に寄っかかり、顔を背けたまま、彼女の膝に半ば隠れた少女の頭を撫でてやっていた。

「なある！」とトウビィは言った。「なある！ わしは今晩という今晩は自分でも何と取り留めのないことばかし口走っておるものやら。脳ミソの奴め、どうやらぼおっとウツツを抜かしておるらしい。ウィル・ファーン、お前さんはわしと一緒に来るがいい。死ぬほどくたびれておって、ロクすっぽ寝てもおらんせいでヘトヘトだろうて。さあ、わしと一緒に来るがいい」

男は相変わらず少女の巻き毛を弄び、相変わらずメグの椅子に寄っかかり、相変わらず顔を背けていた。男は一言も口を利かなかったが、節コブだらけの指を少女の金髪の中で握っては広げているその仕種は、口ほどにもモノを言って下さっていた。

「ああ、そうとも、そうとも」とトロッティは、娘の面《おもて》にまざまざと浮かんでいるものに我知らず応えながら言った。「嬢ちゃんを連れてってやらんか、メグや。嬢ちゃんを床に就かせてやらんか。そら！　さてっと、ウィル、こっからお前さんの寝床に案内して進ぜよう。とは言うてもさしたるそいつではないが。ほんの藁置場《ロフト》なもので。だが藁置場《ロフト》があるというのは、わしゃいつも言うておるんだが、廏路地に暮らしちょる大きな取り柄の一つだろうて。でこの馬車納屋と廏にもっと増しな借り手がつくまで、わたしらここにロハ同然で暮らしておるという訳さ。あすこの上には、近所の奴のプンといい香りの干し草がどっさり積んであって、そいつは手と、んでメグが、設えてやれる限り、小ざっぱりしておろう。さあ、元気を出さんか！　しょぼくれるんじゃない。いつだって、新《さら》の年には新《さら》の心意気でかからねばの！」

少女の金髪から離された手は、小刻みに震えがちにトロッティの手の中に落ちていた。かくてトロッティはのべつ幕なしペチャクチャやりながら男を男自身、幼子ででもあるかのように優しく、すんなり連れ出した。

メグより先に引き返すと、彼はしばし、娘の小さな閨の――隣の部屋の――戸口でつと聞き耳を立てた。少女は横になる前に素朴な祈りをつぶやき、メグの名を「心から、心から」――というのが、少女の文言だったから――唱え果すと、トロッティには少女が言葉を切り、彼自身の名を教えて欲しいと言うのが聞こえた。

一時《いっとき》経たねば、愚かな小さな老いぼれは火を掻き熾すべく気を鎮め、暖かな炉に椅子を引き寄せられぬ始末だった。が漸う椅子を引き寄せ、ロウソクの芯を切り果すと、ポケットから新聞を取り出し、目を通し始めた。初っ端はぞんざいに、して欄を上へ下へ飛ばし読みしながら。が、ほどなくひたぶる、身につまされて。

というのもこの同じ恐るべき新聞は、トロッティの思考をそいつらが終日《ひねもす》辿っていた、してその日の出来事が然ても冴々と際立たせ、決定づけていた径路へと再び向かわせたからだ。二人の流離い人相手に情にほだされ、彼は当座、別の思考の脈絡を、より幸せなそいつを、辿っていた。がまたもや独りきり取り残され、人々の犯罪や暴力の記事を目にするに及び、先の径路へと逆戻りした。

当該心境にて、彼はとある（してこれまでついぞ目にしたためしのなかった訳ではない）記事に――自らの命のみならず幼子の命にまでも自棄的な手をかけた女*の記事に――行き当たった。くだんの罪は、メグへの愛で一杯に膨れ上がった彼の魂にはそれは恐ろしく、それは身の毛もよだつようなものだから、彼は思わず新聞をハラリと落とし、愕然と、椅子の中で仰け反った！

「何と血も涙もない、酷たらしいことか！」とトウビィは声を上げた。「何と血も涙もない、酷たらしいことか！　根っから性ワルの、生まれついての性ワルの、この世に何の筋合いもない連中でもなければ、どこのどいつにこんなそら恐ろしい罪が犯せよう。わしの今日耳にしたことはそっくり、あんまりにもズボシではないか。あんまりにも仰せの通りで、あんまりにも急からダメから押されておるでは。わたしらげに生まれついての性ワルだわい！」

組み鐘がそれはやぶから棒にくだんの文言を引き取り——それは大きく、澄んだ、朗々たる調子で響き渡り出したものだから——彼はまるで椅子に掛けたなり釣鐘に打ちかかられでもしたかのようだった。

して連中の口にしている、あいつは何だ？

「トウビィ・ヴェック、トウビィ・ヴェック、君を待っているのさトウビィ！　トウビィ・ヴェック、トウビィ・ヴェック、君を待っているのさトウビィ！　ぼく達に会いにおいで、ぼく達に会いにおいで、奴をぼく達のとこまで引っ立てな、奴をぼく達のとこまで引っ立てな、奴に取り憑いて追っ立てな、奴に取り憑いて追っ立てな、奴の眠りを掻き乱せ、奴の眠りを掻き乱せ！　トウビィ・ヴェック、トウビィ・ヴェック、扉は開けっ広げだトウビィ、トウビィ・ヴェック、トウビィ・ヴェック、扉は開けっ広げだトウビィ——」と思いきや、またもやせっかちな旋律に荒らかに戻り、正しく壁のレンガと漆喰においてまで響き渡った。

トウビィは耳を欹てた。気のせいさ、気のせいさ！　さては昼下がりのこと、あいつらから駆け去ったのが疚しいからだな！　いや、いや。てんでそんなんじゃない。またもや、またもや、がそれでいて十度となくまたもや。「奴に取り憑いて追っ立てな、奴に取り憑いて追っ立てな、奴をぼく達のとこまで引っ立てな、奴をぼく達のとこまで引っ立てな！」とは、まるで街中の耳を聾さぬばかりに！

「メグや」とトロッティはそっと、娘の扉にノックをくれながら言った。「何か聞こえるか？」

「釣鐘が聞こえるわ、父さん。ほんと今晩はやけに大きな音がするったら」

「あの子は寝ちょるか？」とトウビィはひょいと中を覗き込む言い抜けに、たずねた。

「そりゃスヤスヤ、幸せそうに！　でもまだ独りきり放っとけないの、父さん。ほら、見て頂だいな、何てわたしの手をギュッと握り締めてるったら！」

「メグや」とトロッティは囁いた。「釣鐘の奴らを聞いてみな！」

彼女はその間《ま》もずっと彼の方へ面《おもて》を向けたなり、聞き耳を立てた。が顔色一つ変えなかった。娘にはどうせあいつらの言ってることは呑み込めまい。

トロッティは引き取り、またもや炉端に腰を下ろし、今一度、独りきり耳を欹てた。してここにしばらくじっとしていた。

が、どいつに辛抱しきれよう。あいつら何てひたぶるやりやがる。

「もしか鐘楼の扉がほんとに開いてたとしても」とトウビィはそそくさと白エプロンを傍へやりながらも、帽子のことはちらとも思い浮かべぬまま、つぶやいた。「どうしてわしが尖塔まで登ってって、この耳で確かめちゃならんって法がある？　もしも締まっていたならそれほど得心の行くこともなかろうじゃ。ってだけでたくさんだ」

スルリと、音もなく通りへ這いずり出しながらも、彼は扉の閉て切られた上から錠が下りていることつゆ疑わなかった。というのも勝手知ったるもの、めったに開いている所にお目にかかったためしがないとあって、〆て三度は指を折れなかったから。扉は教会の外っ側の、円柱の蔭の仄暗い奥まりの中にある、低い迫持造りの入口で、それはどデカい鉄の蝶番とそれは途轍もない錠がくっついているものだから、御本尊より蝶番と錠の方がハバを利かせていた。

が彼の驚きたるや如何ばかりだったろう、剥き出しの頭のまま教会までやって来るや、御逸品、むんずと取っつかまえられるやもしれぬとビクビク怖気を奮いながら、よってそいつをまたもや引っ込めようかどうしようかとワナワナ身を震わせぬでもなくひょいと、当該仄暗い奥まりに手を突っ込んでみれば、今のその扉が——外に開くそいつだったが——事実半開きになっていたとすらば！

彼は、仰《のっ》けに胆をつぶした勢い、引き返そう、と言おうかカンテラなり道連れなり引っ連れて来ようと惟みた。がすかさず向うっ気が助太刀に乗り出し、独りきり登って行くホゾを固めた。

「何をオタつくことがある？」とトロッティはつぶやいた。「たかが教会じゃないか！　おまけに鐘撞きの連中があっちにいて、扉を閉《た》てるのをコロリと忘れちまったのやもしらん」

という訳で、彼は中へ入った。道々、盲《めしい》の男よろしく手探りしながら。というのも辺りはめっぽう暗かったからだ。ばかりかシンと死んだように静まり返っていた。というのも組み鐘はてんで黙りこくっていたからだ。

通りからの土埃がくだんの奥処に吹き溜まり、そこにてこんもり積もっていたせいで、足にそれはフンワリ、ヴェルヴ

C. GRAY.
C. STANFIELD.R.A.

エットのように感じられるものだから、その点にすら何やらゾクリと総毛立つような所があった。おまけにせせこましい階段はそれはひたと扉にくっついているものだから、仰《のっ》けの仰《のっ》けに蹴躓き、足で蹴り上げざまずっしりはね返らすことにてバタンと、御自身宛閉《た》て切った挙句、二度と開けられなくなった。

　と来れば、しかしながら、も一つおまけに先へ行く筋合いにダメが押されたようなもの。よってトロッティは手探りしながら登り続けた。上へ、上へ、上へ、グルグル、グルグル。して上へ、上へ、上へ。ズンズン、ズンズン、ズンズン、上へ！

　そいつはくだんの手探り仕事には実に鼻持ちならぬ階段で、それは低くてせせこましいものだから、彼の探りを入れている手は必ずや何かに触れ、御逸品、しょっちゅうそれは男かお化けじみた人影が真っ直ぐ突っ立ち、シッポをつかまれぬままどうぞお通りをとばかり脇へどいているげなものだから、彼はツルリとした壁を御尊顔はどこかと上の方へさすり上げ、大御足はどこかと下の方へさすり降ろし、ながらも頭の天辺から爪先までゾクゾク寒けを走らせていたものだ。二、三度、扉か壁龕《ニッチ》がぬっぺらぼんの面《つら》にぬっと現われ、さらば教会丸ごと分もあろうかというほどだだっ広い穴ぼこじみているものだから、まるで崖っぷちに立ったなり、今にも真っ逆様に転げ落ちるかと怖気を奮った。がやれやれ、またもや壁に手が触れた。

　がそれでいて上へ、上へ、上へ。グルグル、グルグル。上へ、上へ、上へ。ズンズン、ズンズン、ズンズン、上へ！

　とうとう、むっと息詰まるような懶い雰囲気が爽やかになり――ほどなくえらく吹きっさらしじみて来た。してほどなくそれはビュービュー、生半ならず風が吹きつけて来るものだから、しっかと踏んばるのもままならぬほどだった。が漸う塔の中の、胸の高さまである迫持造りの窓に辿り着き、しっかとしがみつきながら、家々の屋根や、モクモク煙の立ち昇る煙突や、明かりの茫と霞んだ染みや滲みが（メグが親父はどこかと首を捻り、恐らくは名を呼んでいる辺りへかけて）そっくり、パン種よろしき霧と闇に一緒くたに捏ね上げられているのを眺め下ろした。

　ここは鐘撞きの連中のやって来る鐘楼だった。彼はオークの屋根の隙間から垂れているボサボサに解《ほぐ》れたロープの一本をむんずと捕らまえていた。初っ端、もしや御逸品、髪の毛ではあるまいかと胆を冷やした。それから、野太い釣鐘の目を覚ましでもしたらと惟みるだに総毛立った。釣鐘の連中それ自体はもっと上だ。よってもっと上へと、トロッティは見込まれたように、と言おうか己にかけられた呪《まじな》いにとことん呪《まじな》われ果す上で、手探りして行った。今や梯子伝《づて》、四苦八苦。というのもそいつはめっぽう急で、足場の覚束無いこと夥しかったからだ。

上へ、上へ、上へ。攀じ登っては這いずり登り。上へ、上へ、上へ。ズンズン、ズンズン、ズンズン、上へ！

とうとう、床越しに昇り、且々そいつの梁の上に頭を突き出したなりつと足を止めてみれば、釣鐘の直中にやって来ていた。薄暗がりで連中の形《なり》を見極めるのはほとんどお手上げだった。がそこに吊る下がっているのは間違いない。ぼんやり、黒々と、黙りこくったなり。

当該石と金属の聳やかな塒へと登り詰めるや、やにわに彼はずっしり恐怖と孤独の感懐に見舞われた。してクラクラ目が眩み、聞き耳を立て、それから狂おしく声を上げた。「やあっ！」

やあっ！　と憂はしく、長々と谺が返って来た。

クラクラ目が回り、オロオロうろたえ、ゼエゼエ息を切らし、ビクビク怖気を奮い、トウビィはぽかんと辺りを見回し、バッタリ、気を失った。

THIRD QUARTER.
B
W. J. LINTON. Sc

第三点鐘

思考の大海原が仰《のっ》けに凪からうねり上がった勢い死者を明け渡すとあらば、叢雲は黒々と垂れ籠め、深き海神《わたつみ》は逆巻く。奇怪にして荒らかな物の怪共は時ならぬ、やりくさしの蘇りにおいて息を吹き返し、色取り取りの事物の一つならざる端くれや形《なり》がたまさかくっついては一緒くたになり、何時、如何で、如何なる摩訶不思議な段階を経て、各々が互いから分かたれ、ありとあらゆる感覚と悟性の対象がいつもながらの姿形を取り戻し、またもや生き始めるのか、は何人《なんぴと》にも——誰しも日々、この手の「大いなる神秘」の玉手箱であるにもかかわらず——言えまい。

かくて、何時、如何で漆黒の尖塔の闇が輝かしき光彩に変わり、何時、如何で人気《ひとけ》なき鐘楼にワンサと無数の人影が取り憑き、何時、如何で彼が眠っている、と言おうか気を失っている間中一本調子に「奴に取り憑いて追っ立てな」と繰り返していたくぐもったつぶやきがトロッティの目覚めつつある耳許で「奴の眠りを掻き乱せ」と叫ぶ声になったものか、何時、如何でかようの者共が事実存し、他の幾多の事実存さぬ連中と連れ立っているとのなまくらな入り乱れた思いを巡らすのを止めたものか、審らかにする日付も手立てもない。が、目を覚まし、つい今しがたまで伸びていた床板の上でしっかと踏んばるや、彼はかくの如き悪戯小鬼《ゴブリン・サイト》絵巻を目の当たりにした。

彼は呪《まじな》われた足が自らを連れ来た鐘楼が釣鐘の小人《こびと》じみた物の怪や、お化けや、小妖精で溢れ返っているのを目の当たりにした。彼は連中が釣鐘から留め処なく跳ねたり、飛んだり、落ちたり、迸ったりするのを目の当たりにした。彼は連中がグルリの床にいるのを、頭上の空《くう》にいるのを、下方のロープ伝《づて》彼から攀じ登っているのを、巨大な鉄を着せた梁から彼を見下ろしているのを、壁の割れ目や狭間越しに彼を覗き込んでいるのを、彼からズンズン、ズンズン、さながらさざ波がいきなりボチャンと、直中に落っこちたどデカい石に席を譲る如く、大きくなる一方の輪っかになって遠ざかって行くのを、目の当たりにした。彼は連中がありとあらゆる様《さま》とありとあらゆる形《なり》をしているのを目の当たりにした。連中が醜いのを、美しいのを、片端なのを、すこぶるつきの姿形をしているのを目の当たりにした。連中が若々しいのを目の当たりにし、連中が老いぼれているのを目の当たりにし、連中が親身なのを目の当たりにし、連中がイジ悪なのを目の当たりにし、連中が陽気なのを目の当たりにし、連中が陰険なのを目の当たりにし、連中が踊っているのを目の当たりにし、連中が歌っているのを耳にした。彼は連中が髪を引き毟るのを目の当たりにし、連中が泣き喚くのを耳にした。彼は連中が辺り一面ごった返すのを目の当たりにした。彼は連中がひっきりなし来ては去るのを目の当たりにした。彼は連中が馬乗りになって下りて来るのを、連中が天高く舞い上がるのを、遥か彼方へスイスイ遠ざかるのを、すぐ間際にちょんと乗っかっているのを、どいつもこいつも忙しなく、どいつもこいつもセカセカ立ち回っているのを目の当たりにした。石も、レンガも、スレートも、瓦も、彼にとっては連中にとってと同様透明になった。彼は連中が屋敷の中で、眠っている人々のベッドの傍に忙しなく付き添っているのを目の当たりにした。連中が夢の中で人々を慰めているのを目の当たりにした。連中が節コブだらけの鞭で人々を引っぱたくのを目の当たりにした。連中が人々の耳許で金切り声を上げるのを目の当たりにした。連中が人々の枕の上でこよなく優しい調べを奏でるのを目の当たりにした。連中が幾人《いくたり》かを鳥の囀りと花の香りで励ますのを目の当たりにした。連中がまた別の幾《いく》人《たり》かの不穏な休らいに手に提げた魔法の鏡からキラリと、由々しき面《つら》を投げかけているのを目の当たりにした。

彼はこれら物の怪共が眠っている人々のみならず目を覚ましている人々の間にも紛れ、互いにてんでちぐはぐな仕事に精を出し、まるきりアベコベな質《たち》を纏って、と言おうか帯びているのを目の当たりにした。彼はとある小鬼が速く飛べるよう数知れぬ翼を留めているのを、また別の小鬼が速く飛べぬよう鎖や錘をずっしり背負《しょ》い込んでいるのを、目の当たりにした。彼はある連中が時計の針を進ませているのを、またある連中が時計の針を遅らせているのを、はたまたある連中が時計そのものをそっくり止めようと躍起になっているのを、目の当たりにした。彼は連中がここでは結婚式に、あそこでは葬式に、この部屋では選挙に、あの部屋では舞踏会に、成り代わっているのを目の当たりにした。彼は連中がどこでもかしこでも、疲れ知らずに倦まず弛まず動き回っているのを目の当たりにした。

目眩く入れ替わり立ち替わりするこの世ならざる物の怪の群れに、この間《ま》もずっと鳴り響いている釣鐘の轟きに劣らずオロオロうろたえた勢い、トロッティは突っ支い代わりに木造りの円柱にしがみつき、血の気の失せた面《つら》を下げたなりここかしこ、物も言えぬほどびっくり仰天してキョロキョロ見回した。

　彼が辺りをキョロキョロ見回す側《そば》から、組み鐘がひたと鳴り止んだ。さらばやにわに何たる様変わりよ！　連中、一匹残らず気を失うとは！　姿形は崩れ、スイスイ翻っていたのもどこへやら、飛ぼうと躍起になりながらも、ハラハラと舞い落ちる側《そば》から息絶え、空《くう》に溶け去った。さりとて後釜に座る奴の一匹とているでなし。とあるはぐれ者など親玉釣鐘の表《おもて》からめっぽうキビキビ飛び下り、しっかと両足で降り立ったはいいが、クルリと向き直れもせぬ内に絆切れ、消え失せた。鐘楼の中で跳ね回っていた後れ馳せの連中の内数匹はそこに居残ったまましばしクルクル、クルクル旋回していた。が、クルクル回るごとにいよよ霞み、減り、弱り、ほどなく仲間の右に倣った。殿《しんがり》は一匹の小さな傴僂《せむし》で、とある谺催いの片隅に潜り込み、そこにてクルクル、クルクル渦を巻き、長らく独りぼっち揺蕩い、それはしぶとく生き存えていたものだから、とうとう終に姿を消す前に脚一本に、足一本に、すら縮こまった。が挙句フッと掻っ消え、さらば鐘楼はシンと静まり返った。

　さらば、してそこで初めて、トロッティは釣鐘という釣鐘の中に釣鐘の嵩と丈の、顎鬚を生やした人影を——摩訶不思議にも人影と釣鐘それ自体を——目の当たりにした。彼が床に釘づけになって立ち尽くしている片や、暗澹として彼を見守っている、巨大な、しかつべらしいそいつを。

　謎めいた由々しき人影よ！　何に寄っかかるでなく、ただ垂れ布と頭巾を被った頭を朧な屋根と一緒くたにしたなり、鐘楼の夜気に宙ぶらりんに浮かんだ——身動ぎ一つせぬ、ぼんやりとした。ぼんやりとして黒々とした。とは言え彼は連中が何やら連中自身に具わる明かりで——そこに外《ほか》に明かりらしきものは何一つなかったから——一匹一匹こちとらの包《くる》まれた手を悪戯小鬼《ゴブリン》めいた口にあてがっているのを目の当たりにした。

　トロッティは床の穴からやみくもに飛び下りることすら叶はなかった。というのも金縛りに会ったように身動ぎ一つ出来なかったから。さなくばいっそそうしていたろう——如何にも、尖塔の天辺から真っ逆様に身を投げていたろう。連中がたとい瞳が抉り出されようとて不寝《ねず》の番をしながらじっと見守っていたろう目で自分をじっと見守っているのを目の当たりにするくらいなら。

　またもや、またもや、人気《ひとけ》なき場所と、そこでハバを利かせている荒らかにして恐るべき夜に対す畏怖と怖気が幽霊の手さながら彼に触れた。何と救いという救いから遠ざかってしまったことよ、何と自分と人々の住まう大地との間には長く、暗い、魑魅魍魎に祟られた道がウネクネと横たわっていることよ、何と自分はそんな上方の、昼の日中に鳥が舞うのを目にしたとて目眩いを起こしそうなほど遙か、遙か、遙か、高みにいることよ、何とかようの刻限ともなれば無事、我が家でくつろぎ、寝台で休らっているはずの善良な人々皆から遮断されていることよ、といった思いは一切合切、思惟、というよりむしろ肉体的な感覚としてひんやり身に染みた。片や彼の目と思考と恐怖は注意おさおさ怠りなき人影にじっと凝らされていた。連中、こちとらの眼差しと姿形と床の上の空《くう》を摩訶不思議にも揺蕩っているに劣らず、己をすっぽり経帷子さながら包んだ上から取り巻いている深き闇と蔭のせいでおよそこの世の如何なる人影とも似ても似つかなかったが、にもかかわらず、そこにて釣鐘を支えるべく据えられた頑丈なオークの枠や、横木や、桟や梁といい対くっきり見て取れた。こいつらが連中を正しく森なす伐り倒された材木よろしく取り囲み、その縺れや絡まりや深みより、恰も連中の物の怪じみた用のために立ち枯らされた枯木の大枝の間からさながら、くだんの人影共はまんじりともせぬまま暗澹と不寝《ねず》の番に就いていた。

ヒューッと一陣の風が——おお、何と冷たく甲高いことよ！——鐘楼越しに呻吟を洩らしつつ吹きつけて来た。そいつが鳴りを潜めるや、親玉釣鐘が、と言おうか親玉釣鐘の悪《ゴ》戯小鬼《ブリン》が口を利いた。

「これなる客《まろうど》は何者だ！」と親玉釣鐘は宣った。声は低く、深く、トロッティは何がなし他の人影の中でも声が同様に鳴り響くような気がした。

「てっきり自分の名が組み鐘によって呼ばれたような気が致したもので」とトロッティは拝み入らんばかりに手を突き上げながら言った。「自分でもなぜここにいるのか、どうやって登って来たのかさっぱりです。ここ何年も組み鐘に耳を傾けて参りました。しょっちゅう励まされて参りました」

「してあいつらに感謝をして来たか？」と親玉釣鐘はたずねた。

「幾度も幾度も！」とトロッティは返した。

「如何様に？」

「わたしはしがない貧乏人で」とトロッティはしどろもどろ返した。「言葉でしか礼は言えませんでした」

「して必ずや？」と親玉釣鐘の悪戯小鬼《ゴブリン》はたずねた。「一度として我々を言葉の上で蔑した覚えはないというのか？」

「はい！」とトロッティは懸命に声を上げた。

「一度として言葉の上で、我々に不埒な、まやかしの、逆しまな仕打ちをした覚えはないというのか？」と親玉釣鐘の悪戯小鬼《ゴブリン》は畳みかけた。

トロッティは今にも「一度として！」と答えそうになった。が口ごもり、オロオロうろたえた。

「『時』の声は」と物の怪は言った。「人間に呼びかける。進めよ！『時』は人類の進歩と向上のためにある。人間のより大いなる価値と、より大いなる幸福と、より善き生活のために。その知識と視野の内なる、して『時』と『人類』が始まった時期にそこへ据えられたかの目標へと向かう前進のために。幾星霜もの暗黒と、邪悪と、暴力が来ては去り——幾百万もの数知れぬ者が苦しみ、生き、死んで行った——眼前の道を指し示すべく。何人《なんぴと》といえども人類を引き返させようとしたり、その針路において立ち止まらせようとしたりする者は巨大な絡繰に待ったをかける者であり、さらばくだんの絡繰は容喙屋の息の根を一撃の下《もと》に止め、束の間歯止めのかかった分だけいよよ猛々しく、いよよ荒らかになろう！」

「わたしはついぞさようの真似を致した覚えはありません、釣鐘様」とトロッティは言った。「たといそんな真似を致したとしても、ついうっかり致したにすぎません。よもや、二度とは致しません」

「何人《なんぴと》といえども『時』やその僕《しもべ》の口に」と親玉釣鐘の悪《ゴ》戯小鬼《ブリン》は言った。「それなりの試煉と失敗を掻い潜り、盲にすら見えるやもしれぬその深き爪痕を残している日々への哀悼の叫びを——かようの過去への悔悛に如何なる耳とて傾けられるというに、如何ほど現在が彼らの助けを必要としているか人類に示すことにてそいつの役にしか立たぬ叫びを——押しつける者は——かようの真似をする者は、不当な仕打ちをしている。してお前は我々、組み鐘にくだんの不当な仕打ちをして来た」

トロッティの仰《のっ》けの過剰なまでの怯えは失せていた。が前述の如く、彼は釣鐘に対し優しい、感謝に満ちた感懐を抱いて来た。よって自らが連中の心証を然ても甚しく害した者として糾弾されるのを耳にするや、彼の心は後ろめたさと悲しみに衝き動かされた。

「もしも御存じならば」とトロッティは両手をひしと、懸命に握り締めながら言った——「それとも恐らくは事実、御存じでしょうが——もしや何と幾度となく皆さんはわたしに付き合い、何と幾度となくわたしが落ち込んでいる時に励まして下さって来たことか、何と初っ端あいつのお袋が死に、娘とわたし二人こっきりこの世に取り残された時、皆さんがうちの小さな娘のメグのほんにオモチャだったことか（あいつの手にしたほとんど一つこっきりのそいつだったことか）御存じならば、ほんのせっかちな一言くらいお目こぼし下さるのでは！」

「何人《なんぴと》といえども我々、組み鐘の中に、幾多の悲しみに打ち拉がれた者達の希望や、愉悦や、苦悩や、悲嘆に対す無視、と言おうか仮借なき眼差しを証す一調べなり耳にする者は――我々が人間の情熱や情愛をさながら人類が其を糧に痩せさらばえるやもしれぬ惨めな食物の量を計るように計る教義に応ずのを耳にする者は、我々に不当な仕打ちをしている。してくだんの不当な仕打ちを、お前は我々にして来た！」と親玉釣鐘は言った。

「はい、確かに！」とトロッティは言った。「おお、どうかお許し下さい！」

「何人《なんぴと》といえども我々がこの地の表《おもて》の血の巡りの悪い害虫共の文言を――本来ならば当今のかようのウジ虫共が這い躋えも思い描けもせぬほどの高みに掲げられるよう造られた打ち拉がれ零落れ果てた性《さが》を『封じ込め』ようとする者の文言を――谺するのを耳にする者は」と親玉釣鐘の悪戯小鬼《ゴブリン》は畳みかけた。「かようの真似をする者は我々に不当な仕打ちをしている。してお前は我々に不当な仕打ちをして来た！」

「その気はさらさらありませんでした」とトロッティは言った。「ただ学がないばっかりに。その気はさらさらありませんでした！」

「最後に、して就中」と親玉釣鐘は続けた。「何人《なんぴと》といえども同胞《はらから》の内、零落れた醜怪な者に背を向け、連中を卑しき民として見捨て、連中が善より堕ちた――堕ちながらにしてくだんの失われた土塊のズタズタに擦り切れた成れの果てを握り締め、下方の深淵にて傷つき息絶える期に及んでなおそいつらにしがみつきながら堕ちた――柵のない絶壁を憐憫の目で跡づけ辿らぬ者は、『天』と人類に、時と永遠に、不当な仕打ちをしている。してお前はくだんの不当な仕打ちをして来た！」

「どうか御容赦下さい」とトロッティはやにわに跪きながら声を上げた。「後生ですから！」

「よく聞け！」と亡霊は言った。

「よく聞け！」と仲間の亡霊共が一斉に声を上げた。

「よく聞け！」と澄んだ、子供っぽい声が――トロッティには何がなし聞き覚えがあったが――言った。

オルガンが下方の堂内でかすかに鳴り響いた。徐々に膨れ上がりつつ、旋律は屋根まで立ち昇り、内陣と身廊一杯に広がった。していよよ、いよよ広がりながら、上へ、上へと――上へ、上へと――ズンズン、ズンズン、ズンズン、上へと――立ち昇り、頑丈なオークの杭や、空ろな釣鐘や、鉄を着せた扉や、堅牢な石の階段の内なる千々に乱れた心を目覚ませ、挙句鐘楼の壁が抱え込み切れなくなるや、天穹へと舞い上がった。

宜なるかな、一介の老いぼれの胸は然ても広大にして力強き音を抱え込み切れなかった。調べはくだんの脆き獄《ひとや》よりどっと、涙となって迸り出で、トロッティは両手で顔を覆った。

「よく聞け!」と亡霊は言った。

「よく聞け!」と仲間の亡霊共が一斉に言った。

「よく聞け!」と子供の声が言った。

綯い交ぜになった声の厳かな旋律が鐘楼へと立ち昇った。そいつはめっぽう低く憂はしい調べだった――挽歌だった。して耳を傾ける間《ま》にもトロッティには歌い手の中に我が子の声が紛れているのが聞こえた。

「あいつは死んだんだ!」と老人は声を上げた。「メグは死んだんだ! あいつの魂がわたしを呼んでいる。そいつの声が聞こえる!」

「お前の娘の魂は死者を悼み、死者に紛れている――青春の死した希望に、死した空想に、死した想像に紛れている」と親玉釣鐘は返した。「が今なお生きている。娘の人生から血の通った真実を学べ。お前の胸にいっとう近しき者から悪人は何と悪しく生まれついているか学べ。如何に麗しき茎からですら蕾という蕾が、葉という葉が、一片一片《ひとひらひとひら》毟り取られるのを目の当たりにし、思い知るが好い、そいつは何と剥き出しにして惨めになるやもしれぬか。娘の後を追え! 絶望へと!」

朧な人影は各々右腕を突き出し、下方を指した。

「鐘の精がお前の道連れだ」と物の怪は言った。「さあ、行け! そいつはお前の後ろに立っている!」

トロッティがクルリと向き直ってみれば、そこにいるのは何と――あの少女ではないか! ウィル・ファーンが通りで抱いていた、してメグがつい今しがた、寝顔を見守っていた、あの少女ではないか!

「わたしはわたし自身、今晩あの子を抱いていました」とトロッティは言った。「この腕の中に!」

「この老いぼれに奴がわたし自身と呼んでいるものを見せてやれ」と黒々とした物の怪は一斉に言った。

鐘楼はコッポリ、彼の足許で口を開けた。見下ろせば、彼自身の姿が外っ側の、どん底に――毀たれ、身動ぎ一つせぬまま――横たわっていた。

「最早この世の男でないとは!」とトロッティは声を上げた。「死んでしまったとは!」

「死んでしまった!」と物の怪は一斉に言った。

「こ、これはまた何と！　で新年は――」

「失せた」と物の怪共は言った。

「何ですって！」と彼はワナワナ身を震わせながら声を上げた。「わたしは道に迷って、暗がりの中をこの鐘楼の外っ側へ出て、落っこちてしまったとは――一年前に？」

「九年前に！」と物の怪共は返した。

　連中は然に返しながら、突き出していた手を引っ込め、人影が立っていた所には、そら、釣鐘が吊る下がっているきりだった。

　して釣鐘は、またもや連中の時がやって来るに及び、鳴り響いた。して今一度、数知れぬ小鬼達がパッと立ち現われ、今一度、先と同様、てんでバラバラに精を出し、今一度、組み鐘が鳴り止むと同時に霞み、シュンと跡形もなく消え失せた。

「こいつら一体何者だね？」と彼は案内手《あないて》にたずねた。「もしもわたしは気が狂れていないとすれば、こいつら一体何者だね！」

「釣鐘の精よ。空《くう》に漂う釣鐘の音《ね》よ」と少女は返した。「あの子達は人間の望みや考えが、人間の大切に仕舞って来た思い出が、与えるがままの形や営みを纏うの」

「でお前さんは」とトロッティは狂おしくたずねた。「お前さんは何者だね？」

「シッ、シッ！」と少女は返した。「ほら、御覧なさいな！」

　貧しくみすぼらしい部屋の中で、彼がしょっちゅう、しょっちゅう娘の前にて目にしていたと同じ手合いの刺繍に精を出しながら、メグが、彼自身の愛娘が、視界に立ち現われた。彼は敢えて娘の面《おもて》に口づけしようとも、娘をひしと、猫っ可愛がりの胸に抱き寄せようともしなかった。そんな愛撫は、最早自分には叶はぬものと知っていたから。が震えがちな息を殺し、ただ娘を見ようと――ほんの目の当たりにしようと――留め処なき涙を拭った。

　ああ！　見る影もない。見る影もない。澄んだ目の光の、何と霞んでいることよ。頬の紅みの、何と褪せていることよ。さすがに、これまでにつゆ劣らず美しかった。が希望は、希望は、希望は、おお、声さながら彼に話しかけてくれていた瑞々しき希望はどこだ！

　娘は刺繍から話し相手の方へ目を上げた。娘の目を追った勢い、老人は思わずハッとたじろいだ。

　一人前の娘になってはいるものの、一目で誰だか分かった。長い絹のような髪に、正しく同じ巻き毛を見て取った。唇の周りには依然、少女の表情が揺蕩っている。見よ！　今や訝しげにメグの方へ向けられた目には、彼が少女を我が家に連れ帰った際にくだんの面立ちを具に見て取った正しくあの眼差しが輝いているでは！

さらば傍らのこいつは何者だ！

恐々顔を覗き込めば、彼には何かが漲っているのが見て取れた。名状し難く、曖昧模糊たる高邁な何かが。かくてそいつはほとんどくだんの少女の面影にすぎぬかのようだった――とは向こうの人影がそうやもしれぬ如く――がそれでいて同じであった。同じであった。して同じ服を着ていた。

聞けよ！　二人は話をしている！

「メグ」とリリアンはためらいがちに言った。「何てしょっちゅう刺繍から頭をもたげてはあたしの方を見るったら！」

「あら、わたしの目つきはあなたがおっかながるほど変わってしまってて？」とメグはたずねた。

「いいえ、愛しいメグ！　でもあなただってことには自分でもにっこりしてるわ！　だったらどうしてあたしを見てにっこりしてくれないの、メグ？」

「あら、にっこりしてるわ。じゃなくって？」とメグは彼女ににこやかに微笑みかけながら答えた。

「今はそうだけど」とリリアンは言った。「いつもって訳じゃないわ。てっきりあたしが忙しくって自分のこと見てないと思ってる時には、メグってばそれは心配で気が気じゃなさそうなものだから、あたしいっそ目を上げたくないくらい。こんな苦労づくめの大変な暮らしにはほとんどにっこりする筋合いなんてないかもしれない。けどメグは昔はあんなに陽気だったはずよ」

「今は、じゃないかしら？」とメグは何やらびっくりしたようにロを利き、リリアンを抱き締めるべく腰を上げながらたずねた。「このわたしはそれでなくてもつまんないわたし達の暮らしをあなたにとってもっとつまんなくしてるっていうの、リリアン？」

「メグはいつだってそんな暮らしを暮らしらしくしてくれるたった一つこっきりのものよ。時にはあたしにそんな風にでも生きたいって気にさせてくれるたった一つこっきりのものだってこともあるわ、メグ。そりゃアクセク、そりゃアクセク、働いてばかりだったら！　そりゃ幾時間も、そりゃ幾日も、そりゃ長い長い幾晩も、夢なんてこれきりないまま、しょんぼり、いつまでってことなし、働いてばかりだったら――だからってどっさりお金を溜めるためでも、豪勢に、っていうか派手に暮らすためでも、どんなに約しくてもお腹一杯食べるためでもなくって、ただほんのパン代こっきり稼いで、ぎりぎり掻き集めるために――お蔭でやっとアクセク身を粉にして、もっと欲しいって思って、何て辛いんだろうって気持ちだけは自分達の中にしっかり生き存えさせてやろうっていうので！　おお、メグ、メグ！」とリリアンは声を上げ、口を利く間《ま》にも苦痛に喘いでいる者さながらメグの腰に腕を回した。「どうしてこの酷い地球はクルクル回りながら、そんな暮らしをまともに見てられるんでしょう？」

「リリー！」とメグは彼女を慰め、涙でぐしょ濡れの面《おもて》から髪を掻き上げてやりながら言った。「まあ、リリー！　あなたが！　そんなに可愛くてそんなに若いあなたが！」

「おお、メグ！」と彼女はメグを腕一杯に突き離し、拝み入らんばかりに顔を覗き込みながら口をさしはさんだ。「だからいっとういけないんじゃなくって、だからいっとういけないんじゃなくって！　どうかあたしを老いぼれにして頂だいな、メグ！　あたしをヨボヨボにして、皺だらけにして、このまんまじゃあたしを誘き寄せてばっかりの恐ろしい考えなんて追っぱらって頂だいな！」

トロッテイはクルリと、案内手《あないて》を見やるべく振り返った。が少女の精霊は跡形もなく、失せていた。

トロッテイ自身も最早同じ場所にはいなかった。というのもサー・ジョウゼフ・バウリが、「貧しき者の友にして父」が、バウリ令夫人の生誕の日を祝し、バウリ大広間にて大いなる祝宴を張っていたからだ。してバウリ令夫人は外ならぬ元旦のお生まれだったから（地元の新聞は一件を天地創造における バウリ令夫人の宿命的な数字として神慮が一なる数を格別指差し賜ふた事例と見なしていた訳だが）、当該祝宴が張られているのは正しく元旦であった。

バウリ大広間は客人で溢れ返っていた。紅ら顔の御仁もそこにいた、ファイラー氏もそこにいた、大立て者、キュート市参事会員もそこにいた――キュート市参事会員は大立て者にはこよなき共感を抱いていたから、サー・ジョウゼフ・バウリとは例の懇ろな手紙を笠に着て生半ならず親交を深めていた――と言おうか実の所、爾来すっかり一家の友人の御身分に収まっていた――してその数あまたに上る客がそこにはいた。トロッテイの幽霊もそこにいた。哀れ、物の怪よ、あちこち侘しくさ迷い、案内手《あないて》はどこかとキョロキョロ辺りを見回しながら。

大いなる広間にては大いなる正餐が催されることになっていた。してその席にてはサー・ジョウゼフ・バウリが「貧しき者の友にして父」たる名にし負う役所《やくどころ》にて大いなる一席をぶつことにも。まずもって某かのプラム・プディングが別の大広間にて氏の「友にして子供達」によりて認《したた》められることにも。して所定の合図の下《もと》「友にして子供達」はどっと、「友にして父親達」の間に雪崩れ込むや、そこなる雄々しき目の一つとてジンワリ、感涙の滲まぬもののなきまま、一堂に会すことにも。

されどこいつは序の口。まだまだ序の口。准男爵にして国会議員たるサー・ジョウゼフ・バウリが借地人相手に九柱戯の——正真正銘、九柱戯の——手合わせを願うことにもなっていた！

「と来れば勢い」とキュート市参事会員は言った。「懐かしのハル王を、いかついハル王を、無骨なハル王を*思い出さざるを得んでは。ああ。あの傑作な人物を！」

「実に傑作な」とファイラー氏がすげなく言った。「女性と連れ添った挙句、殺害するとは。因みに、平均的な妻君の数より遙かに多くの」

「坊やはまさか美しい令嬢方と連れ添っておきながら、殺したりはしないだろうけど、えっ？」とキュート市参事会員は齢《よはい》十二に垂んとすバウリの跡取り息子殿にたずねた。「可愛い坊やだ！　我々でこの小さな殿方を」と市参事会員は坊っちゃんの両肩をむんずと捕らまえ、能う限り物思わしげな面《つら》を下げながら、言った。「あっという間に国会へ送り込んで進ぜようでは。我々は投票における坊やの成功や、下院における演説や、政府からの交渉や、ありとあらゆる類《たぐい》の華々しき手柄の噂を耳にしようでは。ああ！　我々は必ずや市議会において坊やに纏わるささやかな演説をぶたせて頂こうでは、正しく瞬く間《ま》もない内に！」

「おお、靴と長靴下の何たる違いよ！」とトロッティは胸中つぶやいた。が彼の心はむしろ案内手《あないて》の少女に慕はしく焦がれた。或いは哀れ、メグの子供達だったやもしれぬくだんの同じ靴も長靴下もなき、どうせ極道の道に走るが落ちと（市参事会員によりて）予め烙印を捺された少年達への愛にかけて。

「リチャード」とトロッティは一座の間でウロウロ、あちこちさ迷いながら呻き声を洩らした。「あいつはどこだ？　リチャードの姿が見えんでは！　リチャードはどこだ？」たといこの世たろうと、まさかそんな所にいようはずもなかろうに！　とは言え、トロッティは悲嘆と孤独の余り、戸惑うこと頻りにして依然、雅やかな一座の間でウロウロさ迷い、案内手《あないて》の姿を探しながら声を上げていた。「リチャードはどこだ？　リチャードを見せておくれ！」

彼はかくてウロウロ、ウロつき回っていた。するといきなりフィッシュ氏が——かの腹心の秘書が——アタフタ取り乱している所に出会した。

「いやはや、いやはや！」とフィッシュ氏は声を上げた。「キュート市参事会員はどこだ？　どなたか市参事会員をお見かけになりませんでしたか？」

市参事会員をお見かけにだと？　おお、何と！　一体どこのどいつが市参事会員をお見かけせずにいられよう？　市参事会員と来てはそれは思いやり深く、それは愛嬌たっぷりにして、それは御当人にお目通り賜ふ庶民のいたくごもっともな願いを生半ならず胆に銘じているものだから、万が一珠にキズがあるとすらば、それはこの方、ひっきりなし「展覧中」なりということくらいのものだったろう。して大立て者が何処に御座ろうと、そら、必ずや、傑人同気相求むとはこのことか、キュートが御座るでは。

一つならざる声が彼はサー・ジョウゼフの取り巻きの中だと叫んだ。フィッシュ氏は四苦八苦、道を掻き分け、御当人を見つけ、こっそり間際の窓辺へ引っ立てた。トロッティも首を突っ込んだ。自ら進んで、ではなく。何やら足の方が独りでにそちらへ向かうかのようだった。

「親愛なるキュート市参事会員殿」とフィッシュ氏は言った。「もう少しこちらへ。またとないほど恐るべき状況が出来致しました。つい今しがた報告を受けたばかりです。明日までサー・ジョウゼフのお耳には入れぬに越したことはなかろうかと。先生はサー・ジョウゼフのことはよく御存じなだけに、御卓見をお聞かせ下さいましょう。またとないほど由々しく嘆かわしい事件が！」

「フィッシュ！」と市参事会員は返した。「フィッシュ！　いやはや、一体何事だ？　まさか謀叛の輩が暴れ出したのでもあるまいが！　よもや――よもや治安判事相手に妨害が目論まれておる訳でも？」

「銀行家のディードルズが」と秘書はゼエゼエ喘いだ。「ディードルズ・ブラザーズが――今日もここにお見えのはずでしたが――金細工師組合の重役の――」

「まさか差し押さえられたのでは！」と市参事会員は声を上げた。「よもや！」

「拳銃で自害なされました」

「これはまた何と！」

「御自身の会計事務所で、二連拳銃を口にあてがい」とフィッシュ氏は言った。「頭をぶち抜いて。動機は全くありません。誰しも羨むような暮らし向きでした！」

「誰しも羨むような！」と市参事会員は声を上げた。「大資産家の。こよなく人格高潔な名士のお一方だったというに。自害なされたとは、フィッシュ殿！　自らの手で！」

「正しく今朝」とフィッシュ氏は返した。

「おお、脳よ、脳よ！」と敬虔なる市参事会員は両手を突き上げながら叫んだ。「おお、神経よ、神経よ。『人間』という名の絡繰の神秘よ！　おお、何と些細なことでそいつの箍の外れるものか。何と我々の哀れな生き物たることよ！　或いはディナーやもしれん、フィッシュ殿。或いは御子息の所業やもしれん。何でも聞く所によると、放蕩に明け暮れ、常日頃から何ら許可もなきまま父上宛に小切手を振り出しているとのことだったから！　実に人格高潔な方だったというに。ついぞ存じ上げたためしのないほど人格高潔な名士のお一方だったというに。何と嘆かわしい事例たることよ、フィッシュ殿。国家的惨事では！　これからは必ずや黒づくめの正式喪装で通すとしよう。実に人格高潔な方だったというに！　だが天には神が坐す。我々は飽くまで甘受せねば、フィッシュ殿。我々は飽くまで甘受せねば！」

何だと、市参事会員！「封じ込めよ」の一言とてないとは？　思い起こせよ、判事、貴殿の高邁な道徳的誇りと傲りを。さあ、市参事会員！　くだんの天秤の釣り合いを取ってみよ。この、空っぽの皿に放り込んでみよ、食うや食わずと、餓《かつ》えた悲惨によりて乾涸び、我が子が蓋し聖なる母イヴにおいては権限を有す訴えに頑になった、どこぞの貧しき女における「自然の女神」の泉を。両者を秤にかけてみよ、汝、その日が来《きた》らば審判へと向かうダニエル*よ！　苦悶に喘ぐ幾千もの連中の――汝の演ず悍しき茶番の（その目の節穴でだけはない）観衆の――眼前で両者を秤にかけてみよ。それとも仮に汝が五感よりフラフラとさ迷い――或いは、でないとも限るまいから――汝のくだんの喉に両手をかけ、仲間共に（とはもしや汝に一人なりその名に値する者がいるとすらば）何と連中が気の狂れた頭と打ち拉がれた心に向かって己《おの》が実しやかな邪悪を嗄れ声でまくし立てていることか警告しているとすらば。さらば、どうしたというのか？

との文言がトロッティの胸にどっと、彼の内なる他の何らかの声によって口にされてでもいたかのように込み上げた。キュート市参事会員はフィッシュ氏に明日になったら憂はしき惨事をサー・ジョウゼフの耳に入れるのに立ち会おうと請け合った。それから、互いに別れる前に、フィッシュ氏の手を痛恨の極みとばかり堅く握り締めながら、言った。「こよなく人格高潔な方だったというに！」して言い添えた、何故《なにゆえ》かようの災禍がこの世に起こり得るものかほとんど（彼にすら）解《げ》せぬと。

「これではほとんど――とはもしやもっと物の道理に通じてでもおらねば――」とキュート市参事会員は言った。「時に物事には理法を覆す質《たち》の運行が働き、社会機構の全般的秩序に悪しき影響を及ぼすものと思いかねぬほどだ。ディードルズ・ブラザーズが、よもや！」

九柱戯の手合わせはすこぶるトントン拍子に行き、サー・ジョウゼフは物の見事に木柱《ピン》をあちこち薙ぎ倒し、バウリ坊っちゃんもより短い距離にて打席に立ち、皆は口々に、今や准男爵と准男爵の御曹子が九柱戯に打ち興ずとあらば祖国はまたもや、能う限りとっとと息を吹き返しつつあると言った。

然るべき頃合に、宴が供された。トロッティは我知らず他の客と共に大広間へと向かった。というのも我ながら何か自らの自由意志より強い衝動によってそちらへ導かれているような気がしたから。目映いばかりの光景であった。御婦人方はとびきり艶《あで》やかで、客は浮かれて、陽気で、上機嫌だった。下手《しもて》の扉が開け放たれるや、どっとばかり田舎風の出立ちの人々が雪崩れ込み、壮観の美しさは絶頂に達した。がトロッティはいよよ、いよよ、つぶやくきりだった。「リチャードはどこだ？　あいつに娘を助けて慰めてもらわねば！リチャードの姿が見えんでは！」

一つならざる演説がぶたれ、バウリ令夫人の健康を祝して盃が干され、サー・ジョウゼフ・バウリが礼を返し、大いなる一席ぶつに、色取り取りの証によりて我こそは生まれついての「友にして父」なり等々とまくし立て、己《おの》が「友にして子供達」、並びに「労働の威厳」を祝して盃を干そうではと音頭を取り果したか果さぬか、いきなり大広間のどん詰まりがかすかにザワつき、勢いトロッティの気を惹いた。一時《いっとき》混乱と、騒音と、抵抗が持ち上がっていたと思うと、男が一人、他の連中を掻き分け、独りきり前へ歩み出た。

リチャードではなかった。否。とは言えトロッティが幾度となく思い浮かべては探していた男が。より明かりの乏しい場所でならば、彼はくだんのくたびれ果てた男が――然ても老いぼれ、白いものが増え、腰が曲がっているとあって――何者か見極めかねていたやもしれぬ。がゴツゴツと節くれ立った頭にランプの目映いばかりの光が当たっているからには、男が一歩前へ踏み出した途端、ウィル・ファーンだと分かった。

「こいつは何者だ！」とサー・ジョウゼフはガバと腰を上げざま叫んだ。「どいつがこの者を通した？　こいつは牢から出たばかりの咎人ではないか！　フィッシュ殿、そら、済まんがどうか――」

「いや、ちょいとお待ちを！」とウィル・ファーンは言った。「ちょいとお待ちを！　奥方さん、奥方さんは新年と一緒に今日お生まれになった。おれにちょっとだけ口を利かしとくんなせえ」

奥方は彼のために何やら執り成した。サー・ジョウゼフはまたもや、生まれながらにして勿体らしくも腰を下ろした。襤褸の客《まろうど》は——というのも実に惨めったらしい形《なり》をしていたから——一座をざっと見渡し、恭しく頭を下げることにて臣従の礼を致した。

「やんごとねえだんな方」と彼は言った。「たった今だんな方は『労働者』とやらのために乾杯しなすった。このおれを御覧なすって！」

「牢から出たばかりの」とフィッシュ氏が言った。

「牢から出たばっかの」とウィルは言った。「初めてでもなけりゃ、二度目でもなけりゃ、三度目でもなけりゃ、四度目でもねえ」

ここにてファイラー氏がブツブツ気難しげに、四度は平均以上にして、その者は須く己《おの》が所業を恥ずべしと宣っているのが聞こえた。

「やんごとねえだんな方」とウィル・ファーンは繰り返した。「このおれを御覧なすって！　おれはどん底のどん底だ。どんなに踏んだり蹴ったりの痛い目に会おうったってビクともしなくなっちまった。いくらだんな方が手え貸そうったってお手上げだ——何せだんな方の親身な言葉や親身な力添えのゴ利益にこのおれだって与れてたかもしんねえ時は」——彼はゴンと胸板に片手で打ちかかりながらかぶりを振った。「去年のマメかクローバーの香りと一緒に風にさらわれちまったからにゃ。どうかおれにこいつらのために一言口利かしとくんな」と大広間に集うた労働者を指差しながら。「んでせっかくこうして一緒くたになってるってなら、これきりズブの『真実』が正面切ってスッパ抜かれるのを聞いとくんなせえ」

「ここにいる誰一人として」と持て成し役は言った。「この男に自分達に成り代わって口を利いてもらいたい者はいまいが」

「ああ、だろうじゃねえか、サー・ジョウゼフのだんな。まざな。だからこそ、多分、おれの言うこた図星なんじゃ。多分、だからこそそいつは太鼓判なんじゃ。やんごとねえだんな方、おれはいつからってことなしこの土地で暮らしてる。むこうの拉《ひさ》げた柵から掘っ立て小屋が見えるかもしんねえ。おれは何度ってことなし、御婦人方がそいつを画帳に画《け》えてなさるとこ目にして来た。何でも、絵にすりゃ見てくれがいいとかってんで。けど絵の中にゃあ雨風はねえ。ってこってそいつはネグラにするよか絵のネタに持って来いなんじゃ。はむ！　おれはあすこで暮らしてた。どんくれえしんど

C.GRAY.

い思いいして——どんくれえどえれえしんどい思いいして暮らしてたか、は言わずにおこう。一年のどの日だって、毎日《めえにち》だって御自身、いざとなりゃ見極めはおつけになれよう」

男はトロッティが通りで出会した晩に口を利いていたままに口を利いた。声はより低く、より嗄れ、時折小刻みに震えた。がそいつを断じて腹立たしげに荒らげもしなければ、めったなことでは自ら口にしている約しき事実の確乎として厳然たる高み以上には上ずらせなかった。

「そんな土地で人並みに——そこそこ人並みに——デカくなるってな、やんごとねえだんな方、だんな方が思っておいでのほどお易い御用じゃねえ。おれがケダモノじゃなしいっぱし人間サマらしくデカくなったってなまんざら捨てたもんじゃない——ってなあの頃のおれも。今のおれはってえと、おれの肩持って言ってやれることもしてやれることもこれっぱかしねえ。とうに手の施しようがなくなっちまってるもんで」

「むしろこの男が紛れ込んでいたとはもっけの幸い」とサー・ジョウゼフは穏やかに辺りを見回しながら宣った。「男に待ったをかけるでない。これぞ正しく『天命』。あの者は戒めだ。生身の戒めだ。さぞや、して必ずや、我が『友』のいいクスリになろう」

「おれはズルズルやって来た」とファーンはしばし口ごもっていたと思うと言った。「どうにかこうにか。おれもほかのどいつもどんな風にかはさっぱりだ。けどあんましんどいもんで、そいつうへっちゃら受け流す、ってえかおれってなありのまんまのおれじゃねえってネコかぶんなお手上げだった。さてっと、だんな方——お裁きの場に出てなさるお宅らだんな方——だんな方は不平タラタラの面《つら》あ下げた男を見ると、互えに言いなする。『あの男は胡散臭い。どうも怪しげな所がある』ってな。『あのウィル・ファーンという男には。あやつにはくれぐれも目を光らすがよい！』おれはそいつはあんましまっとうじゃねえたあ、だんな方、言わねえ、けどそうなもんはそうなんで。んでその時い境に、何をウィル・ファーンがやらかそうと、放っとこうと——どのみち——奴はお蔭でこっぴでえ灸据えられるって訳だ」

キュート市参事会員は両のチョッキのポケットにグイと親指を捻じ込み、椅子にドンと背《せな》を預けるや、にこやかに微笑みながら間近なるシャンデリア宛かく言わんばかりに目配せしてみせた。「もちろん！　だから言ったろう。お定まりのタワ言では！　いやはや、我々はこの手の代物には通じておってな——やつがれと人間の性《さが》とは」

「さてっと、だんな方」とウィル・ファーンは両手を突き出し、痩せこけた面《おもて》を束の間カッと火照り上がらせながら言った。「だんな方の掟ってもんがおれ達が挙句二進も三進も行かなくなったら、どんなぐええにおれ達をワナに嵌めて狩り立てるようにこせえてあるか見とくんなせえ。おれはよそで暮らそうとする。すったら流れ乞食だ。ヤツを牢にぶち込め！　おれはこけえ戻って来る。んでだんな方の森で木の実を拾いに行ってボキリと——一体どこのどいつがやんねえ？——ヤオい枝を一、二本折る。ヤツを牢にぶち込め！　だんな方の番人の端くれが真っ昼間におれがてめえのネコの額ほどの庭の傍で銃を手にしてるとこおめっける。ヤツを牢にぶち込め！　おれはまたシャバに出りゃ当たりき今のその男にかみつく。ヤツを牢にぶち込め！　おれは粗朶《そだ》を切る。ヤツを牢にぶち込め！　腐ったリンゴかカブラを食う。ヤツを牢にぶち込め！　そいつは二十メエル離れたとこだ。帰《けえ》りしなにおれは道々物乞いする。ヤツを牢にぶち込め！　とうとう、お巡りや番人は——どいつだって——おれをどこだろうと、何してようとめっける。ヤツを牢にぶち込め。何せヤツは宿無しで、札つきの前科者のからにゃ。ってこってブタ箱がヤツの頂でえする一つこっきりのネグラだたあ」

市参事会員はかく言わんばかりに賢しらげに頷いた。「しかも実にゴ大層なネグラではないか！」

「おれはこいつをおれの言い分に肩持ってくれようってんで言ってるとでも？」とファーンは声を上げた。「どこのどいつにおれの自由を取り戻せるってんで？　どこのどいつにおれのメンツを取り戻せるってんで？　どこのどいつにおれの生娘の姪っこを取り戻せるってんで？　だだっ広えお国中の閣下あ集めても、奥方あ集めても、ってよ。けどだんな方あ、だんな方あ、おれみたようなほかの連中相手にすんのに、まっとうな端から始めてみなすっちゃ。おれ達に、後生だから、揺り籠に寝かされてる時にもっと増しな家《うち》を見繕ってくんなせえ。飢えを凌ぐのにアクセク汗水垂らしてる時にもっと増しな食いもん見繕ってくんなせえ。道を外しそうになった時にまっとうな方へ連れ戻すのにもっとお手柔らかな掟を見繕ってくんなせえ。どっちい向こうとデンと目の前に牢ばっか、牢ばっか、牢ばっか据える代わり。すったら『労働者』とやらに着せてやんのに、そいつが二本足のありたけいそいそ、ありがたく頂だいしねえ恩は一つこっきりないはずだ。何せ奴はネは辛抱強くて、おっとりしてて、その気からにゃ。けどまざ奴に奴のまっとうな性根を据えてやんなきゃよ。ってのもおれみたような零落れ果てたゴロツキだろうと、今ここに突っ立ってる連中の端くれだろうと、奴の性根ってなこうしてる今の今のこと、だんな方からはぐれちま

ってるもんで。そいつを取り戻してやるこった、やんごとねえだんな方、そいつを取り戻してやるこった！　そいつを取り戻してやるこった、奴の聖書でさえ奴のグレちまった心ん中でコロリと変わって、時にゃありがてえはずのお言葉がちょうどこのおれの目ん中で――ってな牢にぶちこまれてる時の――読めてたみてえに、読めるみてえな時が来ねえ内に。『汝《な》の向かう所へ、吾は行けまい。汝《な》の休らう所で、吾は休らうまい。汝《な》の民は吾の民ならず。汝《な》の神は吾の神ならず！』＊

いきなり大広間がザワザワとどよめいた。トロッティは仰《のっ》けにてっきり、数名の者が男を叩き出すべく腰を上げ、然に辺りの様子がガラリと変わったのはそのせいだと思い込んだ。がお次の瞬間には部屋も一座もそっくり掻っ消え、娘がまたもや目の前に座ったなり、せっせと針を運んでいた。がいつぞやよりなお貧相なみすぼらしい屋根裏部屋で。傍にリリアンの影も形もなきまま。

リリアンがせっせと針を運んでいた刺繍の枠は棚の上に片づけられ、覆いが被せられていた。彼女が座っていた椅子は壁にもたせられていた。とある物語が、こうした些細な事柄に、メグの悲しみにやつれた面《おもて》に、審らかにされていた。おお！　一体どこのどいつに其を読み損ない得よう！

メグは刺繍に一心に目を凝らしていたが、とうとう余りに暗いせいで糸が見えなくなった。して日がとっぷり暮れると、いじけたロウソクに火を灯し、せっせと針を運び続けた。が依然として彼女のグルリに老いぼれた親父の姿は見えなかった――娘をじっと見下ろし――娘を愛し――何と心の底から愛し！――優しい声で娘に昔のことや、釣鐘のことを話して聞かす。とは言え彼は、哀れトロッティよ、とは言え彼は、娘には一切聞こえないということは百も承知だった。

夜も更けた頃、コンと扉をノックする音が聞こえた。メグは扉を開けた。男が敷居に立っていた。背《せな》を丸め、むっつり塞ぎ込み、へべれけの無精者が。不節制と悪徳でげっそりやつれ果て、ボサボサの頭と剃刀の当てられていない鬚は蓬々に伸びていた。がそれでいて、若造の時分には恰幅のいい、男前の奴たりし面影が幾許か留められていた。

男は彼女の許しを得るまで戸口でグズグズとためらい、メグは開け放たれた扉から一、二歩後退ると、黙りこくったなり侘しげに男を見つめた。トロッティの願いは終に叶えられた。男はリチャードだった。

「入っていいか、マーガレット？」

「ええ！　お入りなさいな、お入りなさいな！」

トロッティに男が口を利く前にリチャードだと分かっても

っけの幸い。というのも胸中いささかなり疑念が残っていたなら、がさつで耳障りな声を耳にした途端、男はリチャードではなく誰かほかの奴なものと得心していたろうから。

部屋にはほんの二脚しか椅子がなかった。メグは男に自分の椅子を譲り、少し離れた所に立ち、相手が何を言い出すものか待ち受けた。

男は、しかしながら、どんよりとした魯鈍な笑みを浮かべたなり、ぼんやり床を睨め据えながら座っていた。然に救いようのない堕落を、然に浅ましき絶望を、然に惨めな零落を、目の当たりに、彼女は思わず両手に顔を埋《うず》め、そいつを背けた。相手にお蔭で如何ほど心を痛めているか見られぬよう。

彼女の衣擦れの音で、と言おうか何かそんな取るに足らぬ音のせいでハッと我に返るや、男は頭をもたげ、入って来てからというものいささかの間《ま》もなかったかのように口を利き始めた。

「まだ働いてるのか、マーガレット？　遅くまで精の出ることだな」

「たいがいこんなよ」

「で早くから？」

「で早くから」

「って、あいつも言ってたな。お前はちっともくたびれないって。っていうかちっともくたびれたって弱音は吐かないって。お前ら二人が一緒に暮らしてた時分、一度だって。あんまり働きすぎて、ってのにロクすっぽ食ってないせいで気を失った時だって。けどそいつは、こないだここへ来た時に言ったか」

「ええ」と彼女は答えた。「でお願いしたはずよ、もうこれきり何も言わないでって。そしたらあなた、もうこれきり言わないって、リチャード、神かけて約束してくれたんじゃなくって」

「神かけてな」と彼はタラタラ涎でも垂らさんばかりに声を立てて笑い、空ろに目を瞠ったなり繰り返した。「神かけてな。そう言や。神かけてな！」しばし沈黙が流れ、そっくり先と同様、言わばハッと目を覚ますや、彼はいきなりしゃにむに言った。

「俺にどうしようがあるってんだ、マーガレット？　俺はどうすりゃいいってんだ？　あいつはまた俺のとこへ来てるってのに！」

「また！」とメグはひしと両手を組み合わせながら声を上げた。「おお、あの子はそんなにしょっちゅうわたしのこと思い出すっていうの？　あの子はまた来てるですって？」

「二十度は下らんまたな」とリチャードは言った。「マーガレット、あいつは俺に取り憑いてやがる。通りで後ろからやって来ると、そいつを俺の手の中に突っ込みやがる。玄翁揮ってると（はっ、はっ！　そいつはしょっちゅうじゃないが）、灰の上に足音が聞こえて、クルリと向き直りもしない内にあいつの声が耳許で囁いてやがる。『リチャード、どうか振り向かないで。後生だから、これをあの人に渡して頂だいな！』あいつはそいつを俺のネグラまで持って来る。便りに突っ込んで送りつける。コツンと窓を叩いて、敷居の上に置いて行く。この俺は一体どうすりゃいいのさ？　こいつを見てみな！」

彼は手にした小さな財布を突き出し、チリンチリン、中の金を鳴らしてみせた。

「どうか引っ込めて」とメグは言った。「どうか引っ込めて！　今度あの子が来たら、言ってやって頂だいな、リチャード、あの子のこと心から愛してるって。夜休む時はいつだって神様の御加護がありますようって、あの子のためにお祈りしてるって。独りぼっち仕事をしてても、頭の中はいつもあの子のことで一杯だって。あの子は夜も昼もわたしと一緒だって。たとい明日死んでも、あの子のこと最後の息でお祈りするでしょうって。でも、それだけはまともに見られないって！」

彼はゆっくり手を引っ込め、財布をもろともグシャリと握り締めながら、ある種寝ぼけたなり物思わしげに言った。

「俺だってそう言ったさ。俺だってそう言ったさ、口に出来る限りきっぱりな。俺はあれからってもの十度は下んねえ、この贈り物を持ってって、あいつの戸口に置いて来た。けどとうとうあいつがやって来て、目の前に、面と向かって立ちやがったら、どうしようがあったってんで？」

「あの子に会ったですって！」とメグは声を上げた。「あの子に会ったですって！　おお、リリアン、わたしの可愛いお友達！　おお、リリアン、リリアン！」

「俺はあいつに会った」と彼は返事をしているというよりむしろ、例の調子で自らの思考の脈絡をひたすらゆっくり辿りながら続けた。「そこにあいつは立ってた。ワナワナ震えながらよ！　『あの人はどんな風、リチャード？　あたしのこと何か言ってて？　あれから痩せた？　テーブルのあたしのいつも座ってたとこは――あたしのいつも座ってたとこには何があるの？　であたしにいつも一緒にやってた刺繍を教えてくれた枠は――もう焼べてしまったかしら、リチャード？』って、そこにあいつはいた。んであいつがそう言ってるのが聞こえた」

メグはすすり泣くのをこらえ、ポロポロ留め処なく涙をこぼしながらも、彼の上に屈み込むようにして耳を傾けた。一言とて聞き洩らすまいと。

両腕をダラリと膝にもたせ、さながら自ら口にしている文言は、そいつをつなぎ合わせて解読するのが務めたる、何やら半ばしか読み解けぬ符号で床に書きつけられてでもいるかのように、椅子の中で前のめりになりながら、彼は続けた。

「『リチャード、あたしはそりゃ救いようのないほど身を持ち崩してしまったわ。でこれを送り返されたらどんなに辛い思いをして来たか分かるはずよ、いくらこの手であなたの所へ持って来るのはまだ辛抱出来るからって。でもあなたあの人を、あたしの思い出の中でさえ、心から愛してたんじゃなくって。よその人があなた達二人の間に割って入って、怯えや、焼きモチや、疑いや、見栄のせいで、あなたはあの人の下《もと》を去ってしまった。けどあなたほんとに、あたしの思い出の中でさえ、あの人のこと愛してたんじゃなくって！』そう言やな」と彼はしばし、自らの話の腰を折りながら言った。「そう言やな！　けどそいつは今はどうだって構やしねえ。『おおリチャード、もしもほんとにあの人のこと愛してたなら――もしも今じゃそっくり過ぎ去ってしまったもののことこれっぽっちでも覚えてるなら、どうかそれをも一度あの人のとこに持ってって頂だいな。どうかも一度！　であの人にどんなにあたしがあの人自身の頭がもたせられてたかもしれないあなたの肩に、このあたしの頭をもたせて、それは懸命にお願いしたか伝えて、リチャード。であなたあたしの顔を覗き込んでみれば、あの人がその昔褒めてくれてた器量はすっかり失せて、すっかり失せて、でその代わりあの人が目にしたら泣いてしまうような哀れな、蒼い、こけた頬しかなかったって。どうか何もかも打ち明けて、それをも一度持ってって頂だいな。そしたら今度は嫌とは言わないはずよ。そんなこと出来っこないはずよ！』」

かくて彼は物思いに耽り、最後の文言を繰り返しながら座っていた。がやがてまたもやハッと目を覚ますと、腰を上げた。

「やっぱりそいつは受け取れないってな、マーガレット？」

彼女はかぶりを振り、自分の下《もと》を立ち去るよう手を振った。

「んじゃお休み、マーガレット」

「お休みなさい！」

男はクルリと、メグの方を見やるべく向き直った。彼女の悲しみに、して恐らくは彼女の声の中で震えている自らに対す憐憫に心を打たれて。そいつは素早い、咄嗟の仕種であった。して当座、かつての物腰の閃光がパッと、男の肢体の内にて燃え上がった。と思いきや、訪れたままに立ち去っていた。この、揉み消されし炎の明滅ですら男を自らの堕落のより鋭き意識へ煌々と駆り立てている風にはなかった。

如何なる心持ちにあろうと、如何なる悲嘆に暮れていようと、如何なる精神の、或いは肉体の苦悶に喘いでいようと、メグの仕事はやりこなされねばならなかった。彼女は刺繍に腰を下ろし、根を詰めた。夜になり、真夜中になった。が依然せっせと針を運んでいた。

夜気はめっぽう冷たかったので、彼女は貧相な火を熾していた。して時折、炭を焼べ直すべく腰を上げた。かくて火挟みを動かしていると、組み鐘が十二時半を告げた。そいつが鳴り止むや、そっと扉をノックする音が聞こえた。こんな時ならぬ刻限に一体何者かと訝しむ間《ま》もなく、扉は開いた。

おお若さと美よ、汝《な》の幸せたるべきではあろうが、これを見よ。おお若さと美よ、汝《な》の手の届く全ては祝福を垂れては垂れられ、汝《な》の慈悲深き造物主の意を全うしつつも、これを見よ！

彼女は中に入って来た人影を目の当たりに、その名を叫び、声を上げた。「リリアン！」

人影は駆け寄りざま、やにわに服にしがみつきながら、彼女の前に跪いた。

「立って、さあ！　立って！　リリアン！　愛しい愛しいリリアン！」

「もうこれきり、メグ。もうこれきり！　ここで！　ここで！　あなたのすぐ側《そば》で、あなたにすがりついて、愛しい吐息を顔に感じながら！」

「可愛いリリアン！　愛しいリリアン！　わたしの心の愛娘──どんな母親の愛もこれほど優しくはなれないはずよ──さあ、あなたの頭をわたしの胸にもたせて！」

「もうこれきり、メグ。もうこれきり！　あたしが初めてあなたの顔を覗き込んだ時、あなたあたしの前に跪いてくれたわね。あなたの前で跪いたまま、どうかあたしを死なせて。どうかここで死なせて！」

「とうとう帰って来てくれたのね。わたしの宝物！　これからはわたし達一緒に暮らして、一緒に働いて、一緒に夢見て、一緒に死にましょう！」

「ああ！　唇にキスして、メグ。腕を腰に回して、あたしを胸に抱き寄せて、優しく見つめて。でも立たせようとしないで。ここで死なせて。この世の見収めに、跪いたままあなたの愛しい顔を見せて！」

おお若さと美よ、汝《な》の幸せたるべきではあろうが、これを見よ！　おお若さと美よ、汝《な》の慈悲深き造物主の意を全うしつつも、これを見よ！

「あたしを許して、メグ！　愛しい、愛しいメグ！　あたしを許して！　分かってるわ、許してくれてるって、見えるわ、許してくれてるって、でも言って頂だいな、許してるって、メグ！」

　メグはリリアンの頬に唇を押し当てたまま、そう言った。して腕を――彼女にも今や分かった如く――張り裂けた胸に絡めたまま。

「あなたに彼《か》の方の御加護がありますよう、愛しい愛しいメグ。も一度キスして頂だいな！　彼《か》の方は自らの足の傍らに彼女を座らせ、髪で足を拭わせ賜ふた*というわ。おおメグ、何と慈悲深く、憐れみ深いことかしら！」

　彼女が息を引き取る間《ま》にも、少女の精霊が、無垢にして輝かしきまま、戻り、そっと老人に手を触れ、立ち去るよう麾《さしまね》いた。

FOURTH QUARTER.
S
LINTON Sc.

第四点鐘

何がなし新たに釣鐘の内なる化け物じみた人影を思い起こし、何がなし組み鐘が鳴り響いたような漠たる印象を受け、何がなし物の怪共がワンサと繰り出しては繰り出すのを、挙句連中に纏わる記憶が連中の無数のごった返しの内に失せるまで目の当たりにしていたのを目眩い催いに気取り、何がなし如何様に自らに伝えられたか定かならねどそそくさと、なお幾年も経過したものと得心し、かくてトロッティは、少女の精霊に付き添われたなり、同じ死すべき定めの一座を見守りながら立っていた。

　でっぷり肥えた一座を、バラ色の頬の一座を、心地好さげな一座を。一座は二人こっきりだったが、十人分ほども真っ紅だった。二人は間に小さな低いテーブルを挟んだなり、赤々と燃え盛る暖炉の前に腰かけ、もしや熱々の紅茶とマフィンの芳香がくだんの部屋にてはその他多勢の部屋より長らくグズグズとためらうというのでなければ、テーブルはつい今しがたお役御免になったばかりであった。とは言え受け皿付きカップは一客残らずきれいに洗われ、角《すみ》戸棚の然るべき場所に収まり、真鍮製の炙りフォークはお定まりの奥まりに吊る下がり、こちとらの物臭な四本指を手袋の寸法でも採ってもらいたがっているかのように広げているとあって、その場にはほんの日向ぼっこをしているメス猫たりてゴロゴロと喉を鳴らしてはヒゲを洗い、姫の後ろ見方《パトロン》の脂ぎった《グリーズィ》、とまでは行かずとも愛嬌好し《グレイス》の面《おもて》にて輝いているそれを措いて、何らつい今しがた食事が済んだ目に清《さや》かなる名残は留められていなかった。

　当該小ぢんまりとした（明らかに夫婦《めおと》の）御両人は互いの間で仲良く炉火を分かち合い、火照った火の粉が火格子の中へ落ちるのを見守りながら座っていた。今やコクリコクリ船を漕ぎながらいつしかうたた寝していたかと思えば、今やまたもやハッと、何やら一際どデカい熱い欠片がガラガラ、まるで火までもろともお越しになりかねぬ勢いで崩れ落ちるや、目を覚ましながら。

　そいつは、しかしながら、いきなり掻っ消える心配だけはなさそうだった。というのも小さな部屋の中や、扉の窓ガラスの上や、そいつに半ば引かれたカーテンの上のみならず、奥の小さな店の中にても輝いていたからだ。仰山な在庫で正しく鮨詰めにして息の根を止められんばかりの小さな店の中にても。如何なる鮫《さめ》の御逸品にも劣らず何でもござれにしてギュウギュウ詰めの胃の腑の、絵に画いたような大食らいの小さな店の。チーズに、バターに、薪に、石鹸に、ピクルスに、マッチに、ベーコンに、テーブル・ビールに、木製独楽に、砂糖菓子に、小僧の凧に、小鳥の粒餌に、冷製ハムに、樺《かんば》の箒に、炉の磨き石に、塩に、酢に、靴墨に、燻製ニシンに、文具に、ラードに、マッシュルーム・ケチャップに、コルセット紐に、パンの塊に、羽子に、卵に、石板鉛筆に——何もかもが当該餓《かつ》えた小さな店の網に吸い寄せられる魚にして、ありとあらゆる売り種がそいつの網に引っかかっていた。如何ほど他の手合いのちゃちな商い種がそこに犇めき合っているものか、は神のみぞ知る。が幾玉もの絡げ紐や、幾索ものタマネギや、幾ポンドものロウソクや、キャベツの網や、ブラシが、世にも稀なる果物よろしく、天井から鈴生りにブラ下がり、片や色取り取りの奇妙奇天烈な小缶が芬々たる香気を放っているとあって、表戸の上なる銘の真正たること証して余りあった。というのも御逸品、当該小さな店の主《あるじ》は紅茶、コーヒー、タバコ、コショウ、嗅煙草の官許商人なりと広く遍く宣ふていたからだ。

ちらと、これら商い種の内、炎の輝きと、店そのものでほんのぼんやり、まるでそいつの充満症《プレソラ》がずっしり肺腑に伸しかかってでもいるかのように揺らめいている二つのスス《ママ》けたランプの然まで陽気ならざる明かりの下《もと》、目に清《さや》かなる手合いの連中に目をやり、それからちらと、茶の間の炉端の両の御尊顔の一方に目をやりさえすれば、トロッティにはいかつい老婦人が誰あろうチキンストーカーの上さんたること一目瞭然だった。あの、万屋を切り盛りしているのを存じ上げていた時分ですらいつも肥え太りがちにして、帳面に彼宛小さな貸しをつけていた上さんたること。

上さんの連れ合いの目鼻立ちに、彼は然まで見覚えはなかった。大きな幅広の顎には指一本易々隠してやれそうなほどデカい皺が寄っている。びっくり眼は柔らかな面《つら》の言いなりな脂身にズンズン、ズンズンのめずり込んでいるからというのでこちとら相手にケンツクを食らわしてでもいるかのようだ。鼻はかの、世に「鼻カタル」として知らる、そいつの機能の健やかならざる所業に祟られている。喉は太く短く、胸は四苦八苦喘いでいる。とあらば、似たり寄ったりの手合いの他の麗しき美点と相俟って、記憶にしっかと刻印を留めて然るべきだったろう。がトロッティは当初、御逸品方を彼の知る何者にも割り振れなかった。がそれでいて、何やら見覚えがないでもなかった。とうとうはったと、万屋稼業のみならず、奇妙奇天烈な拗《ねじ》けた人生なる生業におけるチキンストーカーの上さんの連れ合いは外ならぬサー・ジョウゼフ・バウリの元門番なりと思い当たった。今を遡ること幾歳《いくとせ》、トロッティの記憶の中でチキンストーカーの上さんと御自身を結びつけるに、彼が自らくだんの御婦人への借財を白状し、よって然ても由々しき顰蹙を不運な頭《こうべ》に買いし邸宅に通し賜ふた中風病みの間抜けなりと。

トロッティは既に目の当たりにした数々の様変わりの後ではかようの様変わりにはほとんど興味をそそられなかった。が時に連想とはめっぽう強かなるもの。という訳でつい我知らず、貸方の客のツケが概ねチョークで記されている談話室《パーラー》の扉の裏をひょいと覗いた。彼自身の名は影も形もなかった。名前が某かあるにはあったが、馴染みがなく、数も昔より遙かに疎らだ。との事実より、さては門番殿、即金なる取引きの唱導者にして、生業に手を染めるに及びチキンストーカー債務不履行者に注意おさおさ怠りなく目を光らせていたものと目星をつけた。

トロッティは、然にしょぼくれ、立ち枯れし我が子の若さと前途を然に心より悼んでいたものだから、チキンストーカーの上さんの元帳に何ら居場所がないことすら悲しく感じられた。

「外はどんなだ、アン？」とサー・ジョウゼフ・バウリの元門番は暖炉の前にて両の大御脚を長々と伸ばし、御両人を寸詰まりの腕の届く限りあちこちさすりながら、かく言い添えんばかりにたずねた。「もしや荒れ模様なら、ほれ、わしはここだし、もしもじゃなかろうと、出る気はさらさらないからな」

「霙まじりの風がビュービュー吹き荒れてる所へもって」と妻君は返した。「今にも雪が降りそうですよ。どんより曇って。だし何て身を切るようだったら」

「マフィンを食っておいてよかった」と元門番は良心を手懐け果した男然たる物言いで言った。「何せマフィンに打ってつけの晩のからには。おまけにクランペットにも。ばかりかサリー・ランにも*」

元門番はくだんの馳走を次から次へと、さながら御自身の善行を物思わしげに数え上げてでもいるかのように口にした。と思いきや、でっぷり肥え太った大御脚を先と同様さすりさすり、未だこんがり炙りようの足らぬ箇所に火を当ててやるべく御両人を膝の所でグイと捩《よじ》くりざまクックと、まるで何者かに擽られでもしたかのように声を立てて笑った。

「ずい分御機嫌がよろしゅうございますのね、タグビィ」と妻君は宣った。

商会は、因みに、前チキンストーカー、現タグビィであった。

「いや」とタグビィは言った。「いや。さほどでも。少々浮かれておるだけさ。マフィンがあんましすこぶるつきだったもので！」

と言ったと思いきやこの方、顔が黒ずむまでクツクツ忍び笑いを洩らし、ともかく外の色になるのにそれはジタバタ、大ボネを折ったものだから、でっぷり肥えた両の大御脚は宙宛、とんでもなく妙ちきりんな突撃をかけた。して御両人、妻君が力まかせにゴンゴン背《せな》を叩き、どデカい酒瓶を揺すぶり上げる要領で御尊体を揺すぶり上げ果すまでともかく他人様のお目に触れさすに足るほどおとなしくなっては下さらなかった。

「あんれまあ、神サマ仏サマ、何てこってしょ、この人ってば！」とタグビィの上さんは生きた空もなく胆を消して素っ頓狂な声を上げた。「一体何してるってば？」

タグビィ氏は涙を拭い、いや何の、少々浮かれておるだけさとかすかに繰返すきりだった。

「だったらどうか、後生ですから、もう二度と浮かれないで下さいましな」とタグビィの上さんは言った。「もしも散々足掻いて踠いてあたしを死ぬほどびっくりさせたいってんでなけりゃ！」

タグビィ氏は、ああ、分かった、二度とせんよと返した。が彼の人生は丸ごとこれ一つの果たし合いにして、もしや御当人の息がどんどん、どんどん短くなる一方にして、御尊顔がいよよどす黒く蒼ずむ点に鑑みてともかく見極めをつけて差し支えなければ御逸品、必ずや負軍《まけいくさ》の色濃くなっていた。

「だから外は霙まじりの風がビュービュー吹き荒れておる所へもって、今にも雪が降りそうで、どんより曇って、身を切るようだとの、えっ、お前？」とタグビィ氏は炉火にじっと目を凝らし、束の間の浮かれ気分の精華にして真髄に立ち返りながら言った。

「ほんとにひどい空模様だったら」と上さんはかぶりを振り振り返した。

「如何にも、如何にも！　年というものは」とタグビィ氏は言った。「ことその点にかけてはわたしらキリスト教徒のようなものだわい。往生際の悪い奴もいれば、往生際のいい奴もいる。こいつには後もういくらも残ってないもので、せいぜい抗っておるのだろうて。それだけ憎めん奴だが。おや、客のお越しでは、お前！」

扉がガタつくのに気づき、タグビィの上さんは早、腰を上げていた。

「あらま！」とくだんの御婦人はセカセカ小さな店の方へ出て行きながら言った。「一体何の用でしょ？　おうっ！　これはこれは、申し訳ございません。まさか先生とは存じませんで」

上さんがかく申し開きにこれ努めたのは、黒づくめの御仁で、御仁は袖口をたくし上げ、帽子を一方へゆったり傾げ、両手をズッポリ、ポケットに突っ込んだなり、テーブル・ビールの樽にドスンと跨り、コクリと、返答代わりに頷いた。

「階上《うえ》のこいつはマズい成り行きになりそうですな、奥さん」と御仁は言った。「男は助かりますまい」

「よもや、裏手の屋根裏が助からんのでは！」とタグビィが、話に首を突っ込むべくセカセカ店の方へお出ましになりながら声を上げた。

「裏手の屋根裏は、タグビィ殿」と御仁は言った。「見る間に階段を降りて、あっという間に地階の下でしょうな」

代わる代わるタグビィと夫人を見やりながら、御仁はコンコン、ビールの深さは如何ばかりやと拳で探りを入れ、そいつを突き止め果すや、空っぽの箇所で拍子を取った。

「裏手の屋根裏は、タグビィ殿」と御仁は言った。片やタグビィはしばらくポカンと、呆気に取られて物も言えずに立ち尽くしていたが。「あの世も同然です」

「ならば」とタグビィはクルリと妻君の方へ向き直りざま言った。「あやつはげにあの世へ行かん内に、ほれ、どこぞへ行かねば」

「いや、動かす訳には参るまいかと」と御仁はかぶりを振りながら言った。「私としては動かして好いと申し上げる責任は負いかねます。あのまま寝かしておくに越したことはなかろうかと。どうせそう長くないからには」

「このネタこっきりでしてな」とタグビィは、御逸品の上にてもろに拳の重さを量ることにてガツンと、バター秤を勘定台の上に叩きつけながら言った。「我々夫婦がこれまで食い違うたのは。さよう、女房とやつがれが。してそら見たことか！　あやつめ、とどの詰まりはここで死にかけておるとは。この地所で死にかけておるとは。我々の屋敷で死にかけておるとは！」

「で一体どこで死ねばよかったとおっしゃるんです、タグビィ？」と上さんが声を上げた。

「救貧院で」と御亭主は返した。「救貧院は一体何のためにある？」

「まさかそんなためでは」とタグビィの上さんはたいそうな剣幕で返した。「まさかそんなためでは！　あたしがあなたと連れ添ったのだってそんなためなんかじゃ。めっそうもない、タグビィ。そんなこと堪忍なりません。辛抱なりません。いっそ縁を切って二度とあなたの顔なんて見ない方が増しってもんです。あたしの孀の名があの扉の上に何年ってことなしかかってたみたいにかかってた時分――ってのもこの屋敷はチキンストーカーの上さんの店ってことでそこいら中知れ渡ってて、それもお蔭でただその正直な鼻が高々になって、とびきりの面子がますますこぶるつきになるだけのことだったもんで――だから、あたしの孀の名があの扉の上にかかってた時分、タグビィ、あたしの知ってるあの男は、そりゃ男前で、堅気で、男らしくて、しっかり者の若造だったんですよ。あたしの知ってるあの子はこの目がついぞ拝まして頂いたためしのないほど器量好しで、気立ての優しい娘だったんですよ。あたしの知ってるあの子の親父さんは（かわいそうに、寝ぼけてフラフラ歩いてる内、尖塔から落っこちて、死んじまいましたけど）、この世にまたとないほど純で、働き者で、根っから子供みたように罪のない人だったんですよ。それが、もしもあの人達にへっちゃら家《うち》から締め出し食わせるってなら、どうか天使の皆さんこのあたしこそ天国から締め出し食わして下さんしょ。ってなきっとそうして下さる通り！　でそんなあたしこそイイ気味だってんですよ！」

上さんのかつての面差しが、然なる様変わりの出来する前はふっくらとして、靨の愛らしいそいつだったが、然なる文言を口にする間《ま》にも御当人からキラキラ輝き出づるかのようだった。して上さんが涙を拭い、おいそれとは抗うこと能はぬとは一目瞭然の決然たる表情を浮かべてかぶりとハンカチをもろともタグビィ宛振ってみせるに及び、トロッティは思わずつぶやいた。「上さんに神の御加護のありますよう！　上さんに神の御加護のありますよう！」

それから彼は、ドキドキ胸を高鳴らせながら、お次はどんなことになるものやらと聞き耳を立てた。未だ、連中がメグのことを話題にしているという外、何一つ分からなかったから。

仮にタグビィが茶の間にて少々浮かれていたとすれば、彼は店の中にて少なからずしょぼくれることにてくだんの勘定をトントンどころではない御破算にした。というのもそこにて今や口答え一つしようともせぬままじっと上さんを睨め据えたなり突っ立っていたからだ。こっそり、ただし――上の空の発作に見舞われてか、それとも転ばぬ先の杖か――じっと上さんに目を据えている間《ま》にも銭箱より有り金そっくり御自身のポケットに移してはいた。

テーブル・ビールの樽に馬乗りになった御仁は、どうやら貧しき者達の診察に当たる公認の医師と思しく、見るからに、夫婦の間の些細なイヌも食わぬ何とやらには辟易気味で、当該事例においても一切口をさしはさむ気になれなかったこと請け合い。よってそっと口笛を吹き、樽口からビールの小さな雫をポタリポタリ床に滴らせながら、ほとぼりがすっかり冷めるまで座っていた。がさらばやおら頭をもたげ、前チキンストーカー、現タグビィ夫人に話しかけた。

「こんなことになった今ですら、あの女には妙に身につまされる所があるでは。一体またどうしてあんな男と連れ添うことになったと?」

「ああそれが」とタグビィの上さんは医師の間際の椅子に腰を下ろしながら言った。「聞くも涙話すも涙でしてね、先生。二人は、ほら、あの子とリチャードは、何年も前に付き合ってました。二人が若くて、器量好しと男前のお似合い同士だった時分、何もかも手筈が整って、二人は元旦に祝言を挙げることになってました。けど、どういう訳か、リチャードが殿方の皆さんのおっしゃることを真に受けて、そんな馬鹿な真似はしちゃならない、じきホゾをかむに決まってる、あの子は自分には見劣りする、ホネのある若造は結婚なんてする筋合いはないって思い込んじまいましてね。ばかりか殿方の皆さんはあの子の胆までつぶして、お蔭であの子はしょぼくれて、もしかしたらリチャードは自分を見捨てるんじゃないか、子供達は縊り台行きじゃないか、ともかく連れ添うってな罪深いことなんじゃないかって、あることないこと気に病み出したんですよ。で早い話が、二人はズルズル、ズルズル先へ延ばして、お互い同士に対する信頼は崩れて、契りもとうとう御破算になってしまいました。けど何てったっていけないのはリチャードです。あの子は、先生、喜んでリチャードと連れ添ってたでしょうから。あたしはあれからってものこの目で、リチャードがあの子の前をふんぞり返って知らんぷりして通り過ぎると、あの子の胸が何度ってことなし一杯になるとこ見てましたもの。でついぞ女が心底男のために嘆き悲しんだためしはないでしょうよ、リチャードが初っ端道を踏み外し始めた時、あの子があの男のために嘆き悲しんだほど」

「おお！　だからあの男は事実、道を踏み外したと、えっ?」と御仁はテーブル・ビールの通気孔の栓をコポッと抜き、穴越しに樽の中を覗き込もうと躍起になりながら言った。

「はむ、先生、リチャードは自分で自分のことが、ほら、ほんとに分かってたものやら。どうせ、お互いの仲がコジれてしまったせいで正気じゃなくなってたんじゃないでしょうか。だって殿方の皆さんの前で恥かかされて、おまけにそれをあの子がどう思うか気が気でなくなりでもしなけりゃ、あの男だってきっとどんな苦しい思いや辛い思いをしたってでも一度メグの契りとメグの手を勝ち取ろうとしてたでしょうから。ってあたしは今日の今日まで信じてるんですがね。あの男はそんなことはオクビにも出したためしはありません。ますますイタダけないことに！　あの男は酒と、怠け癖と、悪い仲間にすんなり馴染んでしまいました。みんなあの男にとっちゃ、ほんとなら手に入れてたかもしれない『我が家』よりそりゃうんとこありがたい頼みの綱じゃありませんか。ってことであの男は男前も、評判も、健康も、腕っぷしも、馴染みも、職も――何もかもスッちまったって訳ですよ！」

「いや、何もかもスッてしまった訳では、奥さん」と御仁は返した。「というのも女房を手に入れたからには。でそこの所を一つ聞かせてもらいたいものだ」

「今ちょうど、先生、お話ししようとしてたとこですよ。そんなこんなが何年も何年も続いて、あの男はどんどん、どんどん零落れて、あの子は、かわいそうに、命がすり切れるほどどっさり、惨めったらしいことに辛抱してました。とうとう、あの男はそれは身を持ち崩して、それは爪弾き者になってしまったもんで、誰一人雇おうとする者も目を留めようとする者もいなくなって、どこへ行こうと、門前払いを食ってばかしいました。屋敷から屋敷へ、戸口から戸口へ、クチを探して回って、これが百度目、とある、しょっちゅうしょっちゅうあの男を試しに使って来た（ってのもあの男は最後の最後まで腕のいい職人でしたから）だんなさんのとこへやって来ると、今のそのだんなさんは、あの男の身の上を知ってるもんで、こんな風におっしゃるんですよ。『この性懲りもない奴め。この世にはあれでもお前を立ち直らせられるやもしれぬ人間は一人しかいまい。わたしの所へはもうこれきりにしてくれ』なんぞと泣きついて来るな。あの女がその気になりでもせん限りな』大方そんなことを、苛々業を煮やした腹立ちまぎれに」

「ああ！」と医師は言った。「で？」

「で、先生、あの男はあの子の所へ行って、あの子の前に跪いて、現にそうだって、いつもそうだったって言って、どうか自分を救ってくれって泣きついたんですよ」

「で、あの女は？――どうかそう悲しまずに、奥さん」

「あの子は早速その晩ここに住まわしてもらえないかってあたしのとこへ来ましてね。『その昔わたしにとって愛しかったあの人は』ってあの子ですよ。『その昔あの人にとって愛しかったわたしと仲良く並んで、お墓の中に眠ってるわ。

でも今のそのこと思い出して、も一度やってみようって気がするの。もしかしたらあの人を救えるかもしれないもの。元旦に祝言を挙げるはずだった（お上さんも覚えておいでの）上っ調子な娘への愛にかけて。でその娘のリチャードへの愛にかけて』であの子の言うには、あの男はいつだったかリリアンの所から来たことがあって、リリアンはあの男のこと信用してて、どうしてもそのことが忘れられないんだって。という訳で二人は連れ添って、二人してここへやって来て、この目で二人を見た時、あたしは心の中でつぶやいたもんですよ。どうか若かった時分に二人の仲を引き裂いてしまったような八卦が、この場合は図星になったようにしょっちゅう図星になりませんように。さもなきゃあたしは、金銀宝を山と積まれたってそんな八卦だけは見たくないもんですよ」

御仁はひょいと樽から飛び下り、かく宣いながら背《せな》を伸ばした。

「どうせあの男は連れ添った途端、女房に手を上げ出したんだろうが？」

「いえ、そんなこたなかったはずですよ」とタグビィの上さんはかぶりを振り、涙を拭いながら言った。「あの男はしばらくはまっとうになってたんですが、何せ身についてしまったものってなあんまり今日や昨日のことじゃなししぶといもので、お払い箱にするのはお手上げで、あの男はすぐっとちょっこしぶり返して、見る間にどんどんぶり返し出したと思ったら、いきなり病気がそりゃ手に負えなくなっちまったんですよ。あの男はいつだってあの子のこと気づかってたんじゃないでしょうか。いえ、きっと気づかってたはずですよ。あたしはこの目であの男が発作にやられてオイオイ泣きじゃくってはブルブル体を震わせながらもあの子の手にキスしようとしてるとこ見てますし、この耳であの男があの子のこと『メグ』って呼んで、今日はお前の十九歳の誕生日だなんて言うとこ聞いてますもの。あすこにあの男は、今じゃこの何週間ってもの、この何か月ってもの横になっちゃいますが。亭主の看病やら赤ん坊の世話やらで、あの子は昔みたように針仕事が出来なくなって、で期日通りに仕上げられないもんで、たといやりこなせたとしても仕事にアブれちまいました。はてさて、どうやって一家が食いつないでるものか、あたしゃさっぱりですがね！」

「わしは知っておるぞ」とタグビィ氏がブツブツ、ちらと銭箱を、グルリと店の中を、して上さんを、見やりながらつぶやいた。「闘鶏みたようにうまいもんばかし食ろうて！」

いきなり屋敷の上階から叫び声が――悲嘆に暮れた絶叫が――聞こえて来たせいで、待ったがかかった。医師はそそくさと戸口へ向かった。

「御亭主」と医師はクルリと向き直りざま言った。「御亭主はあの男を他処へ移すかどうか云々する要はなさそうですな。どうやらそんな手間は省いて下さったもので」

そう言いながら、医師はタグビィの上さんにすかさず後を追われたなり階段を駆け登り、片やタグビィ氏はゼエゼエ、ブツブツ、ごゆるりと、二人の後からついて行った。不都合極まりなきほどどっさり散銭の詰まっていた銭箱の重みで常ならざるほど息が短くなっていたによって。トロッティは、少女を傍らに、フワリと、ほんの風さながら階段を昇って行った。

「娘の後を追え！　娘の後を追え！　娘の後を追え！」彼には階段を昇りながらも釣鐘の内なる物の怪じみた声がくだんの文言を繰り返すのが聞こえた。「お前の胸にいっとう近しき者から其を学べ！」

万事休す。万事休す。してこれが娘とは、彼女の父親の誇りにして悦びとは！　この、ベッドの傍らで泣き――とはもしやそいつがくだんの名に値するなら――幼子を胸に抱き寄せ、その上で項垂れている、やつれ果てた、惨めな女が。一体どこのどいつに言えたろう、幼子の何と痩せこけ、何と弱々しく、何といじけていることか！　一体どこのどいつに言えたろう、幼子の何と愛しいことか！

「おお、ありがたや！」とトロッティは握り締めた両手を突き上げながら声を上げた。「おお、神のありがたきかな！　何とあいつの我が子を愛おしんでいることよ！」

医師は、ただかようの光景を日々目の当たりにし、そいつらファイラー総計においては何ら取るに足らぬ数字と――この手の計算の〆を出す上での単なる一筆《スクラッチ》にすぎぬと――心得ているという点をさて措けば、かようの光景につれない訳でも無頓着な訳でもなかったが、最早脈を打たぬ胸に片手をあてがい、息遣いに聞き耳を立てて言った。「患者の苦しみは終わりました。今や神の御下《みもと》です！」タグビィの上さんは女房を優しく慰めようとした。タグビィ氏はここぞとばかり御託を並べようとした。

「さあ、さあ！」と彼はズッポリ、ポケットに両手を突っ込んだなり言った。「そんなにしょぼくれる奴があるか、ほら。そいつは食えん。しっかり頭をもたげねば。もしやこのわしが門番をしておった時分、そこいらのガキ共に一晩に六度も馬車のダブル・ノックの真似をしては尻に帆かけられた際にヘコんでおったら、今頃はどうなっていたろう！　だがわしは踏ん張り抜いて、断じてそいつを開けようとはせなんだ！」

またもやトロッティには声が「娘の後を追え！」と言うのが聞こえた。クルリと案内手《あないて》の方へ向き直ってみれば、精霊は彼から立ち昇り、空《くう》を遠ざかっていた。「娘の後を追え！」と精霊は言った。してフッと掻っ消えた。

彼は娘のグルリを揺蕩い、娘の足許に座り、かつての娘自身の面影一つないかと上目遣いに顔を覗き込み、娘のかつてのほがらかな声の調べ一つないかと聞き耳を立てた。彼は幼子のグルリをヒラついた。然に蒼ざめ、然に時ならず老け、然にそのしかつべらしさにおいて由々しく、然にその弱々しく、憂はしく、惨めな泣き声において痛ましき幼子の。彼はほとんどそいつを崇め奉らんばかりであった。彼はそいつに娘の唯一の命綱としてしがみついた。娘を辛抱へと繋ぎ留める最後の断ち切れざる絆として。彼は華奢な赤子に自らの父親たる希望と信頼を託し、赤子を両腕に抱いた娘が赤子に投げる眼差しという眼差しを見守り、幾々度となく声を上げた。「何とあいつの我が子を愛おしんでいることよ！　神のありがたきかな、何とあいつの我が子を愛おしんでいることよ！」

彼は上さんが夜分娘に付き添うのを、御当人の不平タラタラの亭主が床に就き、辺りがすっかり静まり返ると娘の所に戻るのを、娘を励まし、娘と共に涙をこぼし、娘の前にせめても腹の足しを置くのを目の当たりにした。彼は日が昇り、またもや暮れるのを――日が昇り、暮れるのを――時が過ぎ、喪の館の喪が明けるのを、部屋が娘自身と幼子に明け渡されるのを目の当たりにした。彼は幼子が呻いては泣くのを耳にした。彼は幼子が母親を煩わせ、くたびれ果てさせ、母親がへとへとになって微睡めば、意識へと連れ戻し、その小さき手もてしぶとく拷問にかけるのを目の当たりにした。が娘は幼子に律儀で、幼子相手に優しく、辛抱強かった。辛抱強いだと！　正しくその深奥なる心と魂の内にて幼子の心優しき母親にして、そいつの「存在」を幼子を身籠もりし折に劣らず自らの「存在」に堅く繋ぎ留めていなかったろうか。

この間《ま》もずっと、娘は餓《かつ》えに苦しんでいた。凄まじき、汲々たる餓《かつ》えに身も心も疲れ果てていた。赤子を腕に抱いたまま、ここかしこ仕事を求めてさ迷い、そのか細い面《おもて》を膝に抱き、自らの面《おもて》を見上げさせたなり、如何なる仕事であれ如何なる惨めな賃金にせよ、やりこなした。文字盤に数字のあるだけのファージングで一昼夜に及ぶ手間仕事を。娘が万が一我が子を叱っていたならば、万が一我が子を蔑ろにしていたならば、万が一我が子を束の間なり憎々しげに見つめていたならば、万が一、咄嗟に逆上した勢い、我が子をぶっていたならば！　否。トロッティのほっと胸を撫で下ろしたことに、娘はいつも我が子を愛おしんでいた。

　娘は誰にも自分の窮状を訴えぬまま、唯一の馴染みにたずねられぬよう昼間はあちこち外をさ迷った。というのも馴染みの手から如何なる助けを受けようと、心優しき女と亭主との間には新たに悶着が持ち上がり、自ら然ても幾多の恩義を蒙っている所で日々諍いや仲違いの種を播くのは新たな痛恨だったからだ。

　娘は我が子を依然、愛おしんでいた。いよよ、いよよ愛おしんでいた。がとある様変わりが、娘の愛の面《おもて》に訪れた。とある晩のこと。

　娘は眠っている我が子にそっと歌を歌って聞かせ、そいつを寝かしつけるべく行きつ戻りつしていた。すると扉がそっと開き、男が顔を覗かせた。

「これきり」と男は言った。

「ウィリアム・ファーン！」

「これきり」

　彼は追われている男さながら聞き耳を立て、声を潜めて口を利いた。

「マーガレット、おれもそろそろ年貢の納め時だ。けど悪運尽きる前に、どうしても一言アバヨって言っときたくってな。一言礼が言いたくってな」

「あなた何しでかしたっていうの？」と彼女は恐々相手を見やりながらたずねた。

　彼は彼女を見据えたが、一言も返さなかった。

　しばし黙りこくっていたと思うと、彼はさっと手を振ってみせた。まるで彼女の問いを脇へ打っちゃるかのように。まるで払いのけるかのように。して仕切り直した。

「もう今じゃ、マーガレット、とうの昔のこったが、あの晩のことはつい昨日のことみたいに瞼に焼きついてる。まさかあの時は」と彼は辺りを見回しながら言い添えた。「こんな風に出会すなんて思いも寄らなかったが。おめえさんのガキかい、マーガレット？　ちょいと抱かしとくれ。ガキいちょいとこの腕によ」

　彼は帽子を床に置くと、幼子を抱いた。して抱きながらワナワナ、頭の天辺から爪先まで身を震わせた。

「女の子かい？」

「ええ」

　彼は幼子の面《おもて》の前に手をかざした。

「ほれ、見てみな、この腑抜けがよ、マーガレット、こいつをまともに見る意気地もねえたあ！　もうちょいこのまま抱かしとくれ。別にイタい目に会わそうってんじゃねえ。もうとうの昔のこったが——こいつは何てえ名だ?」

「マーガレット」と彼女はすかさず返した。

「んりゃ何より」と彼は言った。「んりゃ何より!」

彼はまだしも楽に息を吐くかのようだった。してしばしためらっていたと思うと手を払いのけ、幼子の面《おもて》を覗き込んだ。がまたもや、やにわにそいつを覆った。

「マーガレット!」と彼は声を上げた。して彼女に子供を返した。「そいつはリリアンの子じゃねえか」

「リリアンの!」

「おれはリリアンのお袋が死んで、あいつを独りきり残してった時、この腕に同し顔を抱いた」

「リリアンのお母さんが死んで、あの子を独りきり残してった時!」と彼女は狂おしく繰り返した。

「おめえさん何て甲高い声で口利きやがる! 何でそんなにおれにじっと目え凝らしやがる? マーガレット?」

彼女は椅子にへたり込み、幼子をひしと抱き締め、その上に屈み込むようにして嗚咽に噎んだ。時に幼子の顔を気づかわしげに覗き込むべく胸から離し、それからまたもやひしと抱き締めることもあった。彼女が幼子にじっと目を凝らすかようの折々である——外ならぬその時である——何か荒らかにして恐るべきものが彼女の愛に入り雑じり始めたのは。外ならぬその時である、彼女の老いぼれた父親が怯え竦んだのは。

「娘の後を追え!」との文言が屋敷中に響き渡った。「お前の胸にいっとう近しき者から其を学べ!」

「マーガレット」とファーンは彼女の上に屈み込み、額にキスをしながら言った。「これきり、ありがとよ。んじゃお休み。達者でな! おれの手に手え突っ込んで、これきりおれのことは忘れようって、こいつがおれの見収めってことにしようって言っとくれ」

「あんた何しでかしたっていうの?」と彼女はまたもやたずねた。

「今晩火の手が上がるだろう*」と彼は彼女から遠ざかりながら言った。「この冬時にゃあ、暗い夜をメラメラ照らしてやろうってんで火の手が上がるだろう。東、西、南、北ってな。遠くの空が真っ赤に染まんのが見えたら、そいつらメラメラやってよう。遠くの空が真っ赤に染まんのが見えても、これきりおれのこた思い浮かべるんじゃねえ。ってえか、もしか思い浮かべるってなら、おれの胸ん内でどんな『地獄』が燃え盛ってたか思い出して、そいつの炎が雲にメラメラ映ってるもんと思っとくれ。んじゃお休み。達者でな!」

彼女は彼の名を呼んだ。が彼は早、姿を消していた。彼女は呆然と腰を下ろした。がやがて幼子がハッと、飢えと、寒さと、闇の意識へと連れ戻した。彼女は長き夜っぴてそいつを抱いたなり部屋を行きつ戻りつしながら、あやしたりなだめすかしたりした。して時折つぶやいた。「あの子のお母さんが死んで、あの子を独りきり残してった時のリリアンそっくり！」一体何故《なにゆえ》くだんの文言を繰り返す度必ずや、彼女の足取りは然に速く、彼女の目は然に狂おしく、彼女の愛は然に荒らかにして凄まじくなるのか？

「だがやっぱそいつは『愛』に変わりない」とトロッティは言った。「やっぱそいつは『愛』に変わりない。まさかあいつが赤ん坊を可愛がんの止しちまうってこたあるまい。かわいそうなメグよ！」

彼女は明くる朝、幼子に常にも増して丹念に服を着せると——ああ、かようにさもしき襤褸に何たる空しき手のかけ損ないよ！——今一度何か生活の糧を見出そうとした。それは大《おお》晦日《みそか》のことで、彼女は日が暮れるまで骨を折ったが、食べ物にはこれきりありつけなかった。全ては水の泡だった。

彼女は惨めな人込みに紛れた。連中、雪の中でグズグズと、どこぞの公共の慈悲を施すよう任ぜられた（法定の慈悲であって、その昔山上にて垂れられた（『マタイ』五・七）それではなく）小役人がお気に召すまま連中を呼び入れ、ネ掘りハ掘り質し、こいつには「これこれの場所へ行け」と、あいつには「来週出直せ」と言い、別の惨めな奴を、蹴球の玉と思し召してでもいるか、ここへかしこへ、手から手へ、屋敷から屋敷へ、挙句くたびれ果ててどうど倒れざま息絶えるか、ハッと立ち上がりざま盗みを働き、かくてその申し立ての一刻の猶予もならぬより由々しき手合いの咎人に成り下がるまで盥回しにして下さるまで、ためらっていた。ここにても彼女は何にもありつけなかった。

彼女は我が子を愛おしみ、胸に抱いていたいと願った。してそれだけで事足りた。

早、日もとっぷりと暮れていた。侘しく、暗く、身を切るような夜だった。我が子をひしと、寒くないよう抱き寄せながら、彼女が我が家と呼ぶ屋敷に辿り着いた時には早。彼女はそれは目が眩み、今にも気を失いかけていたものだから、戸口の間際に来て、中に入りかけるまで誰もそこに立っているのが見えなかった。がさらば、屋敷の主《あるじ》が入口をそっくり塞がんばかりにして——とはその恰幅をもってすれば易い御用にて——立ちはだかっているのに気がついた。

「おうっ！」と彼は声を潜めて言った。「ノコノコお帰りとの？」

彼女は子供を見やり、かぶりを振った。

「家賃も払わんでおいて、いい加減長うここに住んでおるとは思わんのか？　金もないのに、この店をやたら贔屓にしてくれておるとは思わんのか、えっ？」とタグビィ氏は言った。

彼女は同じ無言の訴えを繰り返した。

「いっそどこか他処で掛け合うてみてはどうだ」と彼は言った。「んでいっそこちとらに別のネグラを見繕うてやっては。さあ！　それくらい何とかやりくり出来ようが？」

彼女は低い声で言った。もう夜も更けています。また明日にでも。

「さてっと、わしにはお前がどういう魂胆かくらいお見通しでの」とタグビィは言った。「どういう了見かくらい。お前はことお前がらみではこの屋敷にイヌとサルがいるのを知っておって、そいつらを啀み合わせて喜んでおるのだろうて。わしは悶着は好かん。スッタモンダやりとうないばっかりに、ヤンワリ口を利いておるまでのことじゃ。がもしやお前が出て行かんというなら、大きな声で口を利いてやろうでは。とならばお前のせいでまたお望み通り、ケンカが持ち上がろう。じゃが誰が家《うち》へ入れてやるものか。罷り間違うてもの」

彼女は片手で髪を掻き上げ、唐突な物腰で空《そら》を、して黒々とした叢雲の垂れ籠める遙か彼方を、見やった。

「今日は大晦《おおつごもり》じゃ。わしはお前であろうと外のどいつであろうと、そやつの機嫌をとりたいばっかりにイザコザや、モンチャクや、ケンカを新年にまで持ち越すのは真っ平での」とタグビィは、全くもってちゃちな手合いの「友にして父」だったから、言った。「そんなロクでもないやり口をよくもヌケヌケと新年にまで持ち越しおって。もしや年がら年中しょげ返って、年がら年中亭主と女房の間にケンカの種を蒔くより外この世に何の筋合いもないというなら、あっさりそいつから足を洗うがよかろう。さあ、とっとと失せんか」

「娘の後を追え！　絶望へと！」

またもや老人には一つならざる声が聞こえた。上方を見上げれば、物の怪共がヒラヒラと空《くう》を揺蕩い、娘が暗い通りを遠ざかるままに指差すのが見えた。

「あいつは我が子を愛おしんでいる！」と彼は悶々と娘のために拝み入る上で声を上げた。「鐘の精よ！　あいつはまだ我が子を愛おしんでいる！」

「娘の後を追え！」亡霊共は雲さながら、彼女の通った跡をかすめ去った。

彼はもろとも娘の後を追った。ひたと寄り添っていた。顔を覗き込んだ。さらばあの、同じ荒らかにして恐るべき表情が娘の愛に入り雑じり、カッと目の中で燃え上がるのが見て取れた。彼には娘が「リリアンそっくり！　やがてリリアンのように変わってしまう定めとは！」とつぶやくのが聞こえた。して娘はいよよ足早に歩き出した。

おお、何か娘の目を覚ましてくれ！　どんな光景でも、音でも、香りでもいい、どうか火照り上がった脳に優しき思い出を喚び起こしてくれ！　過去のどんな嫋やかな姿でもいい、娘の前に立ち現われてくれ！

「わたしはあいつの父親だった！　わたしはあいつの父親だった！」と老人は頭上を飛び去る黒々とした物の怪共に両手を突き出しながら叫んだ。「あいつに、わたしに、情けをかけてくれ！　あいつは一体どこへ向かっているんだ？　あいつを連れ戻してくれ！　わたしはあいつの父親だった！」

されど物の怪共はただ、娘がセカセカ歩き続けるのを指し示し、かく言うきりだった。「絶望へと！　お前の胸にいっとう近しき者から其を学べ！」

数知れぬ声がそいつを谺した。大気はくだんの文言に吐かれる息で満ち満ちていた。彼はゼエゼエ息を吐《つ》く毎にくだんの文言を吸い込んででもいるかのようだった。そいつら、一面揺蕩い、およそ逃れようがなかった。がそれでいて娘はセカセカ歩き続けた。目に同じ光を湛え、同じ文言を口にしながら。「リリアンそっくり！　やがてリリアンのように変わってしまう定めとは！」

いきなり娘は立ち止った。

「さあ、あいつを連れ戻してくれ！」と老いぼれは白髪頭を掻き毟りながら声を上げた。「娘を！　メグを！　あいつを連れ戻してくれ！　大いなる『父』よ、どうか娘を連れ戻し給え！」

自らのみすぼらしいショールに彼女は赤子を暖かく包《くる》んでやった。火照った手で赤子の手足を撫で、顔をさすり、貧相な産着を掻き寄せてやった。自らの痩せ細った腕に、さながらこれきり二度と明け渡すまいとでもいうかのようにひしと抱き締めた。して乾涸びた唇でキスをした。最後の煩悶の内に。「愛」の終《つい》の長き苦悶の内に。

我が子のちっぽけな手を首にあてがい、服の内側のそこに、千々に乱れた心の間際に、押し当てながら、彼女は我が子の寝顔を掻き寄すや――ひしと、堅く――いざ、川へとひた向かった。

速やかにして朧な、逆巻く川へと。そこにては「冬の夜」が彼女より以前にそこに逃げ場を求めて来た幾多の者の最後の暗澹たる想念よろしく鬱々と塞ぎ込んだなり座っていた。そこにては堤に点々と散った明かりが「死」への道案内をすべくそこにてゆらゆらと燃えている松明よろしくむっつり、赤々と、どんより揺らめいていた。そこにては生者の如何なる棲処とて深く、計り知れぬ、憂はしき闇にその影を落としてはいなかった。

川へと！ 「永遠」のかの表玄関へと、娘の自棄的な足は、その奔流が大海原へと流れ去るに劣らず速やかに向かった。彼は娘がその黒々とした水面《みなも》へと下《くだ》りながら脇を行き過ぎる段に手をかけようとした。が常軌を逸した狂おしき人影は、荒らかにして恐るべき愛は、人間的な歯止めも待ったも悉く後方へ打っちゃらかした捨て鉢は、風さながら彼の脇を駆け去った。

彼は娘の後を追った。娘は川っ縁でしばし、これきり身を投げる前に足を止めた。彼は跪き、今や彼らの上をヒラついている釣鐘の中の人影に向かって金切り声を上げた。

「とうとう教えを授かりました！」と老人は叫んだ。「この胸にいっとう近しき者から！ おお、娘をお救い下さい、娘をお救い下さい！」

彼は娘の服に指を絡め――待ったをかけ果した！ 思わず然なる文言が口を突いて出る間《ま》にも、触覚が戻るのを気取り、娘を引き留めたものと得心した。

物の怪達はじっと彼を見下ろした。

「よく分かりました！」と老人は声を上げた。「おお、どうかこの期《ご》にこそわたしに情けをおかけ下さい、もしも、かように若くまっとうな娘への愛において、絶望に駆られた母親達の胸の内なる『自然の女神』を蔑したとすれば！ どうかわたしの不遜や、邪悪や、無知を憐れと思し召し、娘をお救い下さい」

彼は自分の手が緩むのを感じた。物の怪達は依然として押し黙っていた。

「娘に情けをおかけ下さい！」と彼は声を上げた。「かようの恐るべき罪も踏み誤った『愛』より生じた――我々失楽の者達の知る限りこよなく強く深き『愛』より生じた者として！ かようの種がかようの実を結ぶとあらば、娘の悲惨如何様であったに違いなきことかお考え下さい。『天』は娘を善へとお導き下さるはずでした。がもしやかようの人生が先立っていたとすれば、かようの真似を致さぬ我が子を思う母親はこの世に一人とていなかろうかと。おお、娘に情けをおかけ下さい。というのも娘はこの期《ご》に及んでなお愛し子に情けをかけるつもりで、自らの命を断ち、愛し子を救うためにこそ、自らの不滅の魂をも賭しているのですから！」

娘は彼の腕の中にあった。彼は今やひしと娘を抱き締めた。彼の腕力《かいなぢから》は巨人のそれのようだった。

「わたしには皆さんの直中に鐘の精の姿が見えます！」と老人は案内手《あないて》の少女を選り出し、連中の面差しが彼にもたらした霊感に駆られて口を利きながら声を上げた。「ようやく分かりました、我々の遺産は『時』によって我々のために大切に蓄えられているということが。ようやく分かりました、いつの日か『時』の大海原が逆巻き、それを前にしては我々を虐げたり苦しめたりする者は皆木の葉さながら押し流されるだろうということが。そいつの潮は、ほら、こうしている今も差しているでは！　ようやく分かりました、我々は信じ、希望を持たねばならないと——断じて我々自身を疑っても、互いの内なる善を疑ってもならないということが。わたしはその教えをこの胸にいっとう近しき者から学びました。その者を再びこの腕にひしと抱き締めています。おお、慈悲深く心優しき精霊様方、わたしは娘と共に皆様方の教えをこの胸に抱き締めております！　おお、慈悲深く心優しき精霊様方、何とお礼申したものやら！」

彼はもっとあれこれ感謝の言葉を並べ立てていたやもしれぬ。もしや釣鐘の奴らが、古ぼけた気さくな釣鐘の奴らが、彼自身の愛しき、ひたむきな、律儀な馴染みたる、組み鐘の奴らが、ガランガラン、かくも力一杯、かくも陽気に、かくもゴキゲンに、かくも愉快に、新年を迎えるに寿ぎの鐘の音《ね》を轟かせ始めたものだから、思わずピョンと立ち上がりざま、雁字搦めの目に会っていた呪《まじな》いを解いてでもいなければ。

「で何したっていいけど、父さん」とメグが言った。「お腹に合うかどうかお医者様にたずねもしないで二度とトライプ食べたりしないで頂だいな。だって、あんれまあ、父さん何てそりゃ妙ちきりんなことばかし言ってたったら！」

彼女は炉端の小さなテーブルでチクチク針を運びながら、祝言のために飾りっ気のないガウンにリボンをあしらっていた。して然に物静かながら幸せで、然にバラ色にして若々しく、然に麗しき前途に満ち満ちているものだから、彼はそいつめさながら我が家の「天使」ででもあるかのように大きな叫び声を上げた。と思いきや娘をひしと腕に抱き締めるべくすっ飛んでった。

が炉端に落ちていた新聞に大御足をひっかけ、何者かがさっと二人の間に駆け込んで来た。

「いえ！」とこの同じ何者かの声は叫んだ——実に大らかで愉快なそいつだったが！「いくら父さんだって。いくら父さんだって。メグに新年、初っ端キスをするのはこのぼくですよ。このぼくですよ！　何せこの一時間ってもの、釣鐘が鳴るのを聞いて、そいつを申し立てようと、家《うち》の外で待ってたんですから。メグ、ぼくの大切な花嫁、明けましておめでとう！　これからも末永く、幸せ一杯よろしく、ぼくの愛しい奥さん！」

してリチャードはメグの息を詰まらせんばかりにキスを浴びせた。

読者諸兄は生まれてこの方ついぞ、然なる顚末と相成った際のトロッティみたような代物を目にしたためしはなかったろう。諸兄が何処に住まい、如何様な代物を目にして来たか、は不問に付そう。諸兄は生まれてこの方ついぞ、ともかく彼の足許にも及ぶような代物を目にしたためしはなかったろう！　彼はドスンと椅子に腰を下ろすや、両膝を打ち、ポロポロ涙をこぼした。彼はドスンと椅子に腰を下ろすや、両膝を打ち、カンラカンラ腹を抱えた。彼はドスンと椅子に腰を下ろすや、両膝を打ち、一時《いちどき》にポロポロ涙をこぼしてはカンラカンラ腹を抱えた。と思いきやガバと椅子から腰を上げ、メグをひしと抱き締めた。ガバと椅子から腰を上げ、リチャードをひしと抱き締めた。カバと椅子から腰を上げ、一時《いちどき》にお二人さんをひしと抱き締めた。と思いきやひっきりなしメグに駆け寄っては、瑞々しい面《おもて》をギュッと両手に挟んでキスをし、そいつを見失っては大変と後ろ方遠《ざま》ざかり、またもや幻灯の人影よろしく駆け寄り、何をやらかそうと必ずや椅子にドスンと腰を下ろしながらも片時たりそいつの中でじっとしていようとはしなかった。何せ——身も蓋もない話——およそ正気の沙汰どころではなし浮かれ返っていたものだから。

「で明日、お前は祝言を挙げるんだったな、可愛《マイ・ペット》いお前！」とトロッティは声を上げた。「お前の正真正銘、幸せな祝言を！」

「今日ですよ！」とリチャードが親父さんの手をギュッと握り締めながら声を上げた。「今日ですよ。組み鐘が、ほら、新年を撞き入れてるじゃありませんか。ほら、聞いて下さい！」

蓋し、連中、ハンパじゃなしガランガランやっておるでは！　これはまた何と強かな奴らめ、蓋し撞きに撞いておるでは。さすがぶっちぎりの釣鐘らしく。旋律豊かな、野太い、あっぱれ至極な釣鐘らしく。そんじょそこらの地金なんぞで鋳られていない。そんじょそこらの鋳物師なんぞに鍛えられていない。連中にしたってこれまで一体いつ、かほどに高らかに鳴り響いたためしのあったろう！

「だが今日のこと、可愛《マイ・ペット》いお前！」とトロッティは言った。「お前とリチャードは今日のこと、何やら口げんかをしておったでは」

「だってあの人ってばそりゃ困り者なんですもの、父さん」とメグは言った。「じゃなくって、リチャード？　そりゃ石頭の、荒くれ者なんですもの！　あの人へっちゃらあの御立派な市参事会員様に思いの丈をぶちまけて、あの方をこそどこでってことなし封じ込めて差し上げてたでしょうよ。まるでへっちゃら――」

「――メグにキスするみたいに」とリチャードは助け船を出した。ばかりか言行一致でチュッとやりながら！

「ええ。どっちもどっちへっちゃら」とメグは言った。「でもわたしダメって言ったの、父さん。だってそんなことして何の甲斐があって！」

「なあ、リチャード！」とトロッティは声を上げた。「君は根っから胸のスクよないい奴だ。で、死ぬまで胸のスクよないい奴でいなきゃならんのさ！　けどお前、今晩父さんが家《うち》へ帰った時炉端で泣いていたろう！　何でまた炉端で泣いたりしてたんだね？」

「父さんと一緒に過ごした年月《としつき》のこと考えてたの、父さん。ってだけのことだわ。で、さぞかし父さんわたしがいなくなったら独りぼっち、寂しい思いをするんじゃないかしらって」

トロッティはまたもやかの途轍もなき椅子へと後退りかけていた。がいきなり少女が、物音で目を覚ましたと思しく、着替えもそこそこに駆け込んで来た。

「おや、嬢ちゃんでは！」とトロッティは少女を抱き上げながら叫んだ。「小さなリリアンでは！　はっはっはっ！　えっさっさ、ほいさっさ！　おお、も一つえっさっさ、ほいさっさ！　んでえっさっさ、ほいさっさ！　んでおまけにウィル叔父貴までお越しとは！」と、ちょこちょこ小走りに歩き回っていたものをひたと、彼を心から暖かく迎えるべく立ち止まりながら。「おお、ウィル叔父貴、お前さんを泊めたばっかしに今晩何たる幻を拝ませてもらったことか！　おお、ウィル叔父貴、よくぞお越しを、よくぞ。何とお礼申したものやら！」

ウィル・ファーンが返事に一言とて返せもせぬ間《ま》にどっとばかり、楽隊が部屋の中に雪崩れ込み、後からワンサと近所の連中まで金切り声を上げながら押しかけて来た。「新年、明けましておめでとう、メグ！」「結婚おめでとう！」「いついつまでもお幸せに！」とか何とか似たり寄ったりの寿ぎの端くれを口々に。太鼓叩きがさらば（トロッティの仕事抜きの馴染みだったが）一歩しゃしゃり出ながら宣った。

「やあ、トロッティ・ヴェックよ！　ここいら中きさまの娘が明日祝言を挙げるってんで持ち切りでな。きさまを知ってながらきさまにお目出度うを言わずにいられる奴は一人こっきり、きさまの娘を知ってながら娘にお目出度うを言わずにいられる奴も一人こっきり、それともきさまら二人を知ってながらきさまら二人共に新年が引っ連れて来る幸せをそっくり願わずにいられる奴だって一人こっきり、おるまいて。ってこってわしらは、ほれ、皆してそいつをブースカ呼び入れて、そいつをクルクル踊り入れてやろうってんでお越しになったという訳さ」

と来れば皆は一斉に歓声を上げた。太鼓叩きは、因みに、ぐでんぐでんに酔っ払ってはいた。がそいつはお構いのう。

「そんなに一目も二目も置いてもらっちょるとは」とトロッティは言った。「果報な話もあったもんだ！　みんな何と親身で近所付き合いのいい連中だことよ！　それもこれも可愛い娘のお蔭だ。さすがあいつのな！」

彼らは瞬く間に（メグとリチャードを筆頭に）ダンスの持ち場に就き、太鼓叩きは今にもガンガン、力まかせにして滅多無性に引っぱたきそうになった。とその拍子、表で何が何やら一緒くたになった耳を聾さぬばかりの物音が聞こえ、年の頃五十かそこいらの愛嬌好しのふくよかな上さんがセカセカ、超弩級の石の水差しを抱えた男をお供に、して髄骨と肉切り包丁、並びに振鈴《ベル》をひたと従えたなり——とは言えかの、釣鐘《ベル》ではなく、枠に吊る下がった一つならざる携帯用のそいつらを——駆け込んで来た。

トロッティは言った。「こりゃチキンストーカーの上さんじゃあ！」してまたもやドスンと腰を下ろすや、両膝をぶち上げた。

「連れ添う、ってのにあたしに内緒にしとくんだなんて、メグ！」と気のいい上さんは声を上げた。「冗談じゃありませんよ！　あんたにおめでとうも言わずに大晦日《おおみそか》の晩におちおち寝てられるとでも。到底お手上げだったでしょうね、メグ。たとい腰の立たない寝たきりだったとしても。ってことで、ほら、こうしてちゃあんとやって来ましたとも。だし大《おお》晦日《みそか》ってだけじゃなし、あんたの祝言の前の晩でもあるもんで、メグ、フリップ*を少々こさえて、一緒に持って来たって訳ですよ」

チキンストーカーの上さんのフリップを少々たる概念は上さんの面目を施して余りあった。水差しは火山よろしくモクモク、濛々と、湯気から湯烟から立て、御逸品を抱えた男は今にも気を失わんばかりだったたから。

「タグビィの上さん！」とトロッティは上さんの周りをグルグル、グルグル、有頂天で回っていたものを、言った。

――「いや、チキンストーカーの上さん――いやはや、いやはや！　新年明けましておめでとう。これからも末永くよろしく！　タグビィの上さん」とトロッティはチュッと上さんにキスを賜るや言った。――「いや、チキンストーカーの上さん――こちらウィリアム・ファーンとリリアンですぞ」

奇特な上さんの面《おもて》は、トロッティの少なからず胆を潰したことに、さっと血の気が引いたと思いきやさっと紅みが差した。

「まさか母さんがドーセットシャーで亡くなったリリアン・ファーンじゃ！」と上さんは声を上げた。

リリアンの叔父貴は「ええ」と答え、そそくさと近寄ると、二人は互いにセカセカ二言三言交わし、詰まる所、チキンストーカーの上さんはファーンの両手をギュッと握り締め、トロッティの頬にまたもやチュッと、自ら進んでキスを賜り、少女をひしと、だだっ広い胸に抱き締めた。

「ウィル・ファーン！」とトロッティは右手の手袋を嵌めながら言った。「まさかあちらはお前さんのめっけたがってた馴染みって訳じゃ？」

「まさかもまさかで！」とウィルはトロッティの両肩にそれぞれ手をかけながら返した。「で蓋を開けてみりゃ、とうにめっけたどなたかといい対ありがたい、ってことがあり得るとすりゃ、ありがたい馴染みになって下さろうじゃ」

「おうっ！」とトロッティは言った。「どうかそこの皆さん景気好くやって頂きましょうかの。申し訳ありませんが？」

楽隊と、振鈴《ベル》と、髄骨と肉切り包丁の一緒くたなる調べに合わせ、して組み鐘が相も変わらず表でガランガラン、陽気に鳴り響いている片や、トロッティはメグとリチャードをお次のカップルに仕立てるやいざ、チキンストーカーの上さんと手に手を取って踊り出し、しかも持ち前のちょこちょこ歩きに鑑みる、それ以前にも以降にも存じ上げられたためしのなきステップにて踊りに踊った。

果たしてトロッティは夢を見ていたのか？　それとも彼の喜びと悲しみも、そこなる役者も、ほんの夢に――彼自身も夢に――当該物語の語り手のつい今しがた目覚めたばかりの夢に――すぎぬというのか？　たとい然たろうと、おお、そのありとあらゆる幻影において奴に愛しき聴き手よ、願はくはこれら幻の来《きた》る仮借なき現実を胆に銘じ、貴殿の領域にて――如何なる領域とてかようの目的のために広すぎも、狭すぎもすまいから――くだんの現実を正し、改め、和らぐよう努め賜へ。かくて願はくは新年が貴殿にとりて幸せな年となり、その幸せの貴殿一つにかかっているより多くの人々にとりて幸せな年とならんことを！　かくて各年が旧年より幸せな年とならんことを。して我々の兄弟姉妹の如何に身の上の低き者とて与って然るべき恩恵を拒まれぬよう。我らが大いなる造物主が固より彼らを享受するためにこそ造り賜ふたものにおいて。

RYBINGLE
HERS

THE CRICKET
ON
THE HEARTH
A
FAIRY TALE
OF
HOME

炉端のこおろぎ

――我が家の妖精物語――

ジェフリー卿*へ

当該ささやかな物語を捧ぐ
卿の友人たる
著者の
深甚なる情愛と思慕を込めて

一八四五年十二月

PEERYBINGLE
CARRIER
P D
CHIRP THE FIRST
THE
C D

第一鈴《りん》

やかんが初っ端始めた！　どうか小生にピアリビンググルの上さんが何と言ったかなど言わないでくれ。そんな調子で担がれてたまるか。たといピアリビンググルの上さんはあいつらどっちが先に始めたか言えないと、この世の果てまで記録に留めようと、小生はやかんが初っ端始めたと正面切って言わせて頂く。こっちはそれくらい百も承知だろうでは！　やかんが初っ端、隅の小さな生っ白い面《つら》を下げたオランダ時計で優に五分は下らぬ差をつけて始めた。こおろぎがチロともやらぬとうの先から。

まるでこおろぎがこれきり加勢せぬ間《ま》に時計は早、時を打ち終え、そいつの天辺のピクピク痙攣《ひきつけしょう》性の小さな干し草作りはムーア風宮殿の正面にて大鎌を右へ左へグイグイ振り回しながら絵空事の芝を半エーカーも薙ぎ倒し果してでもいなかったかのように！

ああ、小生は根っから押しの強い方ではない。誰しも御承知の如く。もしもとことん得心が行っていなければ、断じて、ピアリビンググルの上さんの御卓見に異を唱えたりはすまい。たとい天地が引っくり返ろうと。が、これは事実の問題だ。して事実、やかんは初っ端、こおろぎがこの世にちらとでもお目見得する少なくとも五分《こふん》は前に始めた。ではない、などと言ってみろ。さらば小生は十分《じっぷん》と言おう。

では厳密に如何なる次第だったものか、審らかにさせて頂く。小生は、次なる単純極まりなき事由でもなければ、正に開口一番審らかにしにかかる所ではあったろう――即ち、仮に物語を審らかにするとあらば、初っ端の初っ端から始めねばならず、まずもってやかんから始めずして如何様に初っ端の初っ端から始められようぞ？

どうやら、御諒解あれかし、やかんとこおろぎとの間にはある種鍔迫り合い、と言おうか腕競べがあったと思しい。して以下がその謂《いわ》れにして経緯《いきさつ》なり。

ピアリビンググルの上さんは薄ら寒い黄昏へと出て行き、カチカチ、木靴でジメついた石の上を歩き回っては、中庭のここかしこユークリッドの第一定理*のその数あまたに上る大雑把な模様を刻みながら――ピアリビンググルの上さんは天水桶にてなみなみやかんに水を汲んだ。ほどなく、木靴を差し引き（しかも生半ならず。というのも連中、のっぽにしてピアリビンググルの上さんはほんのおチビさんだったから）上さんはやかんを火にかけた。かくてやかんを火にかける上で、束の間、機嫌を損ねた、と言おうか御逸品をどこぞへ置き違《たが》えた。というのも水は身を切るように冷たく、かの、ありとあらゆる類《たぐい》の——木靴の輪っかも含め——代物に染み入るかのようなツルツルの、ぐしょぐしょの、びしゃびしゃの半解け状態にあるだけに——ピアリビンググルの上さんの爪先をむんずと捕らまえたが最後、両の大御脚にまでバシャバシャ跳ね散っていたからだ。して人間誰しも己《おの》が大御脚をいささか（それも理由《わけ》ありで）鼻にかけ、長靴下がらみではわけても小ざっぱりするを宗とするとあらば、こいつは、当座、堪忍なるまい。

のみならず、やかんがまた一刻者にして、癇に障ること夥しかった。いっかな天辺の横桟にすっくり載っかるを潔しとせず、ちんまりとした石炭の塊にすんなり馴染む聞く耳持たず、何が何でもへべれけの酔っ払いよろしく前にのめずりざま、タラリタラリ、この絵に画いたような痴れ者めが、炉床に涎もどきを垂らすと言って聞かなかった。ばかりか、やたら喧嘩腰にして、炉火宛むっつり、シュッシュと舌打ちしてはブスブス跳ねを飛ばした。して詰まる所、蓋が、ピアリビンググルの上さんの指の言いなりになるを平に御容赦願うに、まずもって真っ逆様にでんぐり返った。と思いきや、よりまっとうな名分にこそ相応しかろう手の込んだ強情を張るに、横方潜《よこざま》り——やかんの正しくどん底へと落っこちた。かの名にし負う「ロイヤル・ジョージ号」*の船体といえどもくだんのやかんの蓋がピアリビンググルの上さん宛揮ってみせたその半ばも途轍もなき抗いようを水底《みなそこ》よりお出ましになるに御披露賜ったためしはない——晴れて上さんにまたもや引き揚げて頂かぬ内に。

やかんは、その期に及んでなお、やたら不平タラタラにしてツムジのヒネた面《つら》を下げるに、口惜しかったらかかって来いとばかりグイと把手をもたげ、口をツンと、まるでかくうそぶいてでもいるかのようにピアリビンググルの上さん宛小癪にしてせせら笑わぬばかりにそっくり返らせていた。「どいつが沸いてなんかやるもんか。天地が引っくり返っても な！」

とは言えピアリビンググルの上さんは腹の虫が収まるや、丸ぽちゃの小さな両手の塵をお互い同士叩《はた》き落とし、コロコロ笑い転げながらやかんの前に腰を下ろした。片や、陽気な炎はメラメラ燃え盛っては鳴りを潜め、オランダ時計の天辺の小さな干し草作りにパッと照りつけたりちらちら瞬いたりしていた。挙句、そいつめムーア風宮殿の正面にてひたと釘づけになり、炎を措いて何一つ動いているものはないやに思われた。

干し草作りの、されど、片時たりじっとしているものかは。かっきり、きっかり、一秒につき二度、ピクピク痙攣《ひきつけ》ていた。が時計がいよいよ時を打たんとするに及んでの奴の悶え苦しみようと来ては目にするだに身の毛がよだちそうだった。のみならずカッコウが宮殿の跳ね蓋からひょいと顔を覗かせ、六度《たび》時を作る段ともなれば、そいつはその度、奴をお化けの声よろしく——と言おうか何やら大御脚につかみかかった針金じみた代物よろしく——揺すぶった。

干し草作りの下っ側の錘《おもり》と索《なわ》の直中なる激しい動揺とグルグル渦を巻くような物音のほとぼりがすっかり冷めて漸う、当該怖気を奪い上げた干し草作りはまたもや正気に戻った。奴は、ただし、何ら故無く胆を潰していた訳ではない。というのもこうしたガタガタ喧しき骨皮筋右衛門もどきの時計なるもの、今にその作動においてやたら度胆を抜いて下さる手合いにして小生自身、如何で如何なる輩であれ、が就中オランダ人ともあろうものが、そいつらをでっち上げる酔狂を起こしたものか不思議でならぬからだ。オランダ人は御自身の下半身には広々とした器とふんだんな衣を好んで纏わすというなら、蓋し、こちとらの時計に限って然てもめっぽう痩せぎすにして剥き出しのまま放ったらかさぬだけの智恵が回ってもよさそうなものだ、とは専らの噂である。

この期に及びいざ、御留意あれかし、やかんは本腰を入れて浮かれ騒ぎにかかった。この期に及びいざ、やかんはまろやかにして旋律豊かになった勢い、如何せんゴロゴロ、自慢の喉を震わさずばおれなくなり、ついさっきまではまるで和気藹々とやる踏んぎりがつきかねてでもいるかのように歯止めを利かせていた寸詰まりの鼻嵐を高らかに存分上げ出した。この期に及びいざ、やかんは二度三度こちとらの浮かれ気分を封じ込めようと悪あがきもいい所、躍起になってはいたものの、塞ぎのムシから遠慮からそっくりかなぐり捨てるや、おセンチな小夜啼き鳥《ナイチンゲール》がついぞこれっぽっち思い寄ったためしのなきほど小ぢんまりとして愉快な歌を一気呵成に御披露賜り出した。

おまけに、これきり種も仕掛けもなき歌を！　いやはや、そいつなら貴殿は本さながら——恐らくは、貴殿や小生の名指せる一冊ならざる本より易々——呑み込めていたやもしれぬ。暖かな息をどっと、二、三フィートばかし愉快にして艶《あで》やかに昇った所で、炉隅の辺りにこれぞこちとらの約しき「天国」ででもあるかのように揺蕩っている軽い雲たりて迸り出させたなり、やかんは十八番の歌を然てもしゃにむにしてひたぶる陽気に朗々と歌い上げたものだから、鉄製の御尊体は炉火の上にてブンブン唸ってはゆっさゆさ揺れ、例の蓋にしてからが――つい今しがたまでやたら楯突いていた蓋ですら――明るき手本の効験の然にあらたかなるかな――ある種ジグのステップを踏み出し、カタカタ、ついぞ双子の兄きの使い途を存じ上げたためしのなき聾唖の幼気なシンバルよろしくカタついた。

　当該やかんの歌が戸外の何者かへの――折しも居心地のいい小さな我が家と小ざっぱりとした暖炉目指しズンズン、ズンズン近づいて来ている何者かへの――招待と歓迎の歌たること一目瞭然。ピアリビングルの上さんは、暖炉の前で物思わしげに座っていたが、そんなことなど先刻御承知。夜闇は暗く、とやかんは歌った、落ち葉がずっしり積もっているよ。見上げれば、一面の霧と闇、見下ろせば、一面の泥と粘《ねば》土《つち》。悲しくどんよりとした辺り一面際立っているのは一つこっきり。それだってほんとに際立っているものやら。何せほんの深く怒った紅色のギラつきぽっきりと来ては。そこじゃお日様と風がグルになって雲に焼鏝を捺している。よくもこんなシケた空模様にしやがってと。いっとうただっ広い開けた田野ですら一筋の長く懶い黒の縞。道標《みちしるべ》の上には真っ白な霜、轍《わだち》の上には半解けの雪。氷は、そいつは水じゃない、水は、そいつも気ままじゃない。何一つまっとうだとは言えんだろう。けどあいつはズンズン、ズンズン、ズンズンやって来る！――

　してここにて、もしやお望みとあらば、こおろぎが事実調子好く割って入った！　チロロ、チロロ、チロロと、コーラス代わりにそれはけたたましく――やかんと比ぶればその大きさに（大きさだと！　そいつの姿なんてこれっぽっち見えなかったろうが！）それはてんでちぐはぐなほどデカい声で割って入ったものだから、たといその時その場で弾薬を詰め込みすぎた銃よろしくパンッと弾けていたとて、たとい立ち所に贄と化し、こちとらの小さな御尊体を木端微塵にチロロロ吹っ飛ばしていたとて、これぞわざわざそのため四苦八苦骨折っていた至極当然にして不可避の成れの果てやに思われた。

　やかんの独り舞台には幕が下りた。奴め、相も変わらずひたぶるブンブンやってはいた。がこおろぎが第一ヴァイオリンを引ったくるや、弾きに弾いた。いやはや、何とそいつのチロロ、チロロ鳴きまくったことよ！　甲高く、鋭い、冴え冴えとした声は屋敷中に響き渡り、戸外の闇の中にてはキラリと、星さながら瞬いた。いっとう喧しい折には、何やら曰く言い難くも小刻みにピリピリ震える所からして、どうやらひたぶる力コブを入れた勢い脚をすくわれ、またもやピョンと跳ね起きねばならなかったこと請け合い。がそれでいて、実に息からウマから合っていたのだ、こおろぎとやかんの御両人。歌の折り返し句は依然同じだったが、いよよ、いよよ、いよよ大きな声で、互いに負けじとばかり、ガナり上げた。

器量好しの小さな聴き手は――というのも上さんは、どちらかと言えば俗に言うずんぐりむっくりではあったものの――いや、小生としては大いに結構――器量好しで、おまけに若かったから――ロウソクに火を灯し、ちらと、分《ふん》なる生り物をしこたまどっさり刈り入れている時計の天辺の干し草作りを見やり、窓から外を覗き込んだ。そこにて、とは言え、何せ真っ暗闇とあって、窓ガラスに映った御自身の顔しか拝まして頂けなかった。して私見によらば（して貴殿の卓見とて右に倣ってはいたろうが）たとい遙か彼方まで見はるかそうと、その半ばも愛嬌好しのものにはお目にかかれなかったやもしれぬ。上さんが引き返し、元の椅子に腰を下ろす段になってもなお、こおろぎとやかんは先に音《ね》を上げてなるものかとばかり、カッカと鎬を削っていた。やかんの泣き所は明らかに、御当人、いつギャフンと言わされたか御存じないという点にはあったが。

これぞズブの駆けっ競とどっこいどっこい手に汗握る先陣争い。チロロ、チロロ、チロロ！　こおろぎが一マイル水をあける。ブン、ブン、ブン、ブブーウーン！　やかんは遙か後ろでどデカい独楽よろしく気炎を上げる。チロロ、チロロ、チロロ！　こおろぎは角を曲がる。ブン、ブン、ブン、ブブーウーン！　やかんは奴なり、食い下がり、シャッポを脱ぐなど真っ平御免。チロロ、チロロ、チロロ！　こおろぎはなお輪をかけて活きがいい。ブン、ブン、ブン、ブブーウーン！　やかんはゆっくり、とながらしぶとく後を追う。チロロ、チロロ、チロロ！　こおろぎはいよいよやかんの息の根を止めにかかる。ブン、ブン、ブン、ブブーウーン！　やかんはいや、息の根を止められてなるものか。してとうとう御両人、しっちゃかめっちゃか、てんやわんや、鍔迫り合いを演じた挙句、それは一緒くたのごった混ぜになったものだから、果たしてやかんがチロチロ鳴いて、こおろぎがブンブン唸っているものやら、こおろぎがチロチロ鳴いて、やかんがブンブン唸っているものやら、御両人、仲良くチロチロ鳴いてはブンブン唸っているものやら、ともかくこれきりきっぱり白黒つけようと思えば貴殿やら小生のそいつより遙かに明晰な頭脳を要したろう。がこれだけは疑いの余地がない。即ち、やかんとこおろぎは全く同時に、して御自身、誰よりいっとう御存じのさる渾渚力によりてそれぞれが、どっと、己《おの》が癒しの炉端の歌を窓越しに、して小径の遙か先まで、輝き出づロウソクの光線に託して迸らせたということに。して当該明かりは折しも夜闇を突いてそいつの方へ向かっているとある人物に降り注がれるやキラリと、文字通り瞬く間に、何から何までそっくりバラすに声を上げた。「やあ、お帰り！　そら、お帰り！」

くだんの腹づもりが全うされるや、やかんは、へとへとにくたびれ果てたによって、吹きこぼれ、火から下ろされた。ピアリビングルの上さんはさらば戸口に駆け寄り、そこにては、ガラガラ車輪の音が聞こえるやら、パカパカ馬の蹄の音がするやら、男の人声が聞こえるやら、頭に血の上った犬が猛然と駆け込んでは出て行くやら、赤ん坊が、何とびっくり仰天、ドロンと立ち現われるやらで、ほどなくとんだ後御難《あとごなん》と相成った。

果たしてどこから赤ん坊がやって来たのか、果たして如何様にピアリビングルの上さんはくだんの束の間に赤ん坊を受け取ったのか、小生は与り知らぬ。が生身の赤ん坊が、そら、ピアリビングルの上さんの腕に抱かれ、上さんは赤ん坊のことがハンパじゃなし御自慢のようだった——御自身より遙かにのっぽで、遙かに老けた、いかつい恰幅の男にそっと炉端に連れ行かれし折には。男は、因みに、上さんにキスをしようと思えばうんとこ下まで屈み込まねばならなかった。が上さん、然なる骨を折るだけのことはあったろう。いや、腰痛持ちの、身の丈六フィート六インチだってやってのけていたのではあるまいか。

「あらまあ、ジョン！」とP夫人は声を上げた。「何て吹きっ晒しのぐしょ濡れだったら！」

男は、なるほど、荒天のトバッチリを散々食らっていた。濛々と立ち籠めた霧が、砂糖漬けの雪解けよろしくゴツゴツ、睫にこびりつき、靄と炉火がグルでかかった為せる業、正しく頬髭には幾筋も虹が架かっていた。

「ああ、ほら、ドット」とジョンは喉のグルリからショールを解《ほど》き、手を暖めながらゆっくり返した。「そいつは——そいつはマジ、夏の日和って訳じゃねえ。なら当たり前ってことよ」

「どうかわたしのことドットって呼ばないで頂だいな、ジョン。何だかヤだわ」とピアリビングルの上さんは、実の所めっぽうお気に召していること請け合いげなやり口で口を尖らせながら宣った。

「けどお前、ほかの何だってんだ？」とジョンはにっこり微笑みながら上さんを見下ろし、どデカい手と腕の能う限りそっと上さんの腰を抱き締めながら返した。「点《ドット》を打って」

——ここにてちらと赤子に目をやりながら——「点《ドット》を打って一桁送って*——いや、止した止した、せっかくのそいつにとんだミソつけちゃなんねえ。たあ言ってもイイ線行ってたんだがな。はてさて、これほどイイ線行ってたためしがあったものやら」

　奴はしょっちゅう、御当人の言い種によらば、めっぽう賢しらな何やかやのイイ線まで行っていた、この不様で、ノロマで、正直なジョンは。この然にずっしりしていながらも心の然に軽やかな——表は然に粗いながらも芯の然に濃やかな——外っ面は然に鈍いながらも内っ面の然に敏い——然に血の巡りが悪いながらも然に気のいいジョンは！　おお、母なる「自然」よ、汝《なれ》の子らにこの貧しき運搬人の胸に潜められた心根の真の詩情を授けよ——奴は、因みに、ほんのしがない運搬人だが——さらば我々はたとい連中が散文を話し、散文の生《せい》を生きようと耐えられよう。して汝《なれ》に感謝を捧げん、彼らが共にこの世にあるとは！

　目にするだに微笑ましきかな、ドットが、御自身小柄にして、腕に赤ん坊を、正しくお人形さんみたような赤ん坊を、抱いたなり、ちらと、婀娜っぽいながらも物思わしげに炉火を見やり、華奢な小さな頭《こうべ》を半ばさりげない、半ばわざとらしい、そっくり懐っこげにして愛嬌たっぷりの、妙ちきりんな物腰で運搬人の大きないかつい人影にもたすに且々傾げるの図の。目にするだに微笑ましきかな、運搬人が、例の調子でめっぽうお手柔らかながらもぎごちなげに、不骨な突っ支いを上さんのささやかなお呼びにしっくり来させ、屈強な壮年を上さんの華やぐ若さが寄っかかるにぴったしの杖に仕立ててやろうと躍起になっているの図の。目を留めるだに微笑ましきかな、何と赤ん坊をいつでも頂戴致せるよう後ろで控えているティリー・スローボーイが、当該構図の妙を（ほんの十代の初っ端なれど）格別気取ってでもいるか、あんぐり、目から口からおっ広げ、グイと頭を前に突き出したなり、御逸品を空気よろしく吸い込みながら突っ立っていることか。目に留めるだに劣らず微笑ましきかな、何と運搬人のジョンが、前述の赤ん坊にドットによりてほら、御覧なさいなと差し向けられるや、今にも幼気な御曹司に手を触れかけていたものをはったと、勢いそいつをグシャリと捻り潰しては大変とばかり思い留まり、前屈みになりながら赤ん坊をこれなら大丈夫と、気持ち遠くからある種戸惑いがちな誇りを込め、とは気のいいマスチフがいきなりとある日、気がついてみればカナリアの親父さんになっていたらばさぞややらかしていたに違いなかろう如く打ち眺めていることか。

「坊やステキじゃなくって、ジョン？　スヤスヤ寝てると可愛くなくって?」

「ああ、めっぽうな」とジョンは言った。「すこぶるな。けどこいつはいつだってマジ寝てるんだろ、えっ?」

「あら、ジョンってば！　そんなことなくってよ！」

「おうっ」とジョンは篤と思いを巡らせながら言った。「てっきりこいつの目は四六時中つむってるもんと思ってたが。おいや！」

「まあ、ジョン、何てびっくりだったら！」

「坊主めそんな具合に白目えギョロリと剥くこたなかろう！」と胆を潰した運搬人は素っ頓狂な声を上げた。「えっ?　ほら、見てみな、何て一時《いちどき》に両の目でやたらシバシバやってやがる！　だし口だって見てみろ！　ああ、金魚みたようにパクパク開けてるじゃねえか！」

「あなたそれでもパパって言えて」とドットは手練れの主婦然と、勿体という勿体をつけて宣った。「でもどうしてあなたなんかに赤ちゃん達ってちっぽけな病気にどっさりかかるものか分かって、ジョン！　あなたってば、このおバカさん、病気の名前だってチンプンカンプンなんですもの」ドットはクルリと赤ん坊を左腕の上で引っくり返し、ポンポン、気付け代わりに背《せな》を叩いてやり果すや、コロコロ笑い転げながらピチリと御亭主の耳を抓った。

「ああ」とジョンは外套を脱ぎながら言った。「ズボシもズボシ、ドット。そいつのこたほとんどさっぱりだ。おれに分かってるのはただ今晩はずっと風の奴と派手にやり合ってたってくらいのもんだ。何せ帰る道々ずっと北東からモロ荷馬車の中に突っかかって来やがってたもんで」

「おお、かわいそうに、このおじいさん、そりゃさぞかし！」とピアリビングルの上さんはすかさずめっぽうキビキビ立ち回りながら声を上げた。「さあ！　可愛い坊やを抱いて、ティリー、ボヤボヤしてる場合じゃないわ。あらま、いっそキスで坊やの息の根を止めてしまいそうよ！　さあさ、お行きなさいな、いい子《グッド・ドッグ》だから！　さあさ、ほら、ボクサー！　まずはほんのお茶を淹れさせて頂だいな。それから荷物を忙しないハチさんみたいに手伝って上げる。『どんなに小さな忙しない*』――とか何とか、ほら、ジョン。あなた学校に通ってた時分、『どんなに小さな忙しない』って習ったことあったでしょ、ジョン?」

「そっくりソラで覚えるってほどじゃねえが」とジョンは返した。「いつぞやあめっぽうイイ線行ってた。けど、そいつにとんだミソつけるのが落ちだったろうな」

「はっ、はっ」とドットは声を立てて笑った。彼女はついぞ貴殿の耳にしたためしのないほどほがらかな愛らしい笑い

E. DALZIEL. Sc

声をしていた。「あなたってばほんと、何てニクめない可愛いおじいちゃまのおバカさんだったら、ジョン！」

当該命題にはこれきり異を唱えぬまま、ジョンはカンテラを吊る下げた小僧が——御逸品、この間《ま》もずっと戸口や窓の前をヒラヒラ、狐火よろしくヒラついていたが——然るべく馬の面倒を見てやっているか確かめようと出て行った。四つ脚殿、因みに、たとい小生が寸法をバラしたとてちょっとやそっとでは信じて頂けまいほどでっぷり肥え太り、それはとことん老いぼれているものだから誕生日など太古の霧の中に失せてはいた。ボクサーは、こちとらの気配りたるや御一家皆に振舞われて然るべきであり、どなたにも依怙贔屓なくバラ蒔かれねばならぬと心得ていたによって、しっちゃかめっちゃか、前後の見境もあったものかは、猛然と駆け込んでは駆け出すに、今や、厩の戸口でブラシをかけて頂いている馬のグルリでワンワン、短い吠え声の輪っかを画いていたか思えば、今や、女主人《ミストレス》に荒っぽい突撃をかける風を装っておきながら、おどけていきなりはったとこちとらにブレーキをかけていたかと思えば、今や、やぶから棒にひんやりとした鼻っ面を先方の御尊顔になすりつけることにて、炉端の低い子守り椅子にかけているティリー・スローボーイにキャッとばかり甲高い金切り声を上げさせていたかと思えば、今や、赤ん坊にこれ見よがしなまでに親身になっていたかと思えば、今晩今や、炉床でグルグル、グルグル回りながらグデンと、今晩はこれきりテコでも動く気がないかのように伏せっていたかと思えば、今や、またもやガバと跳ね起きざま、かの、こちとらのボサボサにほぐれた織り端もどきのちんちくりんの尻尾を、まるでつい折しもとある約束を思い出し、そいつを果たすべく、とびきりの速歩《はやあし》にて駆け出してでもいるかのように、身を切るような荒天へと引っ連れていた。

「さあ！　やかん載せの上にはいつでも急須がお待ちかねよ！」とドットは飯事遊びに夢中の少女さながらキビキビ忙しなげに立ち回りながら言った。「で、ほら、冷製の膝肉ハムでしょ、バターでしょ、皮のパリパリのパンの塊や、何やかやでしょ！　でさあ、小さな荷物を入れるのに洗濯籠をどうぞ、ジョン——ってもしもそこにいくつかあるんだったら——でもどこにいるの、ジョン？　どうか可愛い坊やを決して、決して、火格子の下に落っことしたりしないで頂だいな、ティリー！」

ここにて一言断っておけば、スローボーイ嬢は、くだんのクギ差しを小気味好く突っぱねてはいたものの、当該赤ん坊をとんだ御難に巻き込む類稀にして瞠目的天稟に恵まれ、一再ならず坊やの泡沫《うたかた》の命を御自身ならではの格別物静かなやり口で危険に晒して来た。固より、それはガリガリに痩せこけている所へもって上から下まで寸胴とあって、この若き御婦人、服はダラリとかかっているくだんの鋭き木杭たる両肩よりひっきりなしずり落ちそうだった。彼女の身繕いは事ある毎に何やら妙ちきりんな造りのフランネルの衣裳を一部顕現さす点に見るべきものがあった。のみならず背《せな》の辺りでくすみ果てた緑色のコルセット、と言おうか対の鯨鬚《くじらひげ》をちらと垣間見さす点にも。年がら年中ありとあらゆる代物にあんぐり口を開けたなりうっとり見蕩れ、おまけに女主人《ミストレス》の一点の非の打ち所もなき嗜みと赤ん坊の同上をひっきりなし打ち眺めるのにかまけているだけに、スローボーイ嬢はそのちっぽけな誤断において女主人《ミストレス》の頭と心にいずれ劣らぬ面目を施していたと言っても過言ではなかろう。して御逸品方、何せお蔭で赤ん坊の頭をひっきりなし樅の扉や、タンスや、階段の手摺や、ベッドの支柱や、その他色取り取りの異物と接触さす折々の手立てとなっているからには、坊やの頭に然まで面目を施してはいなかろうと、それでいて、ティリー・スローボーイが御自身いつの間にやら然ても手篤い扱いを受け、然ても居心地のいい御一家に収まっているのにひっきりなしびっくり仰天している嘘偽りなき賜物であった。というのもお袋さんのスローボーイも親父さんのスローボーイも仲良く「令名」の御高誼に与っていないばかりか、ティリーは孤児《ファウンドリング》として公共の慈善の手塩にかけられていたからだ。してくだんの一語たるや、ほんの愛児《フォンドリング》とは一つこっきりの母音の長さしか違わねど、意味においては月とスッポンにして、全くの別物の謂ではある。

仮に小さなピアリビングルの上さんが御亭主共々取って返しながら、洗濯籠をグイグイ引っ張り、何一つ手を貸さぬべく(何せ御亭主が独りそいつを提げていたによって)またとないほど四苦八苦、大ボネを折っている様を目の当たりにしていたならば、さぞや貴殿も御亭主につゆ劣らず愉快がってはいたろう。ひょっとして、こおろぎだって面白おかしがっていたやもしれぬ。とまれ、そいつは確かに、今やまたもやひたぶるチロロ、チロロ鳴き出した。

「ややや!」とジョンは持ち前のノロマな物腰で声を上げた。「あいつめ今晩はまたやけにゴキゲンじゃないか」

「できっとわたし達に幸運を連れて来てくれるに決まってる、ジョン! だっていつもそうだったんですもの。炉端にこおろぎがいるほどこの世にツいてることがあって!」

ジョンはちらと上さんの方を見やった。さながら上さんこそ己《おの》が「お頭」こおろぎにして、正しく仰せの通り、との考えがすんでにひらめきかけてでもいたかのように。がどうやら御逸品、お得意のとんだミソ逃れの端くれだったと思しい。何せウンともスンとも宣はらなかったから。

「初めてわたしがあの子の陽気な可愛い調べを聞いたのは、あなたがお家に――ここのわたしの新しいお家に――わたしのこと小さな女主人《ミストレス》ってことで連れて来てくれたあの晩のことよ。もうじき一年になるけれど。って覚えてて、ジョン?」

おお、もちろん。ジョンは覚えていた。だろうじゃないか!

「あの子の鳴き声のそりゃようこそって言ってるみたいだったったら! そりゃ幸先よさそうで、肩叩いてくれてるみたいだったったら。まるでこんな風に言ってるみたいで。あなたはとっても優しくて思いやりがあって、決しておツムの足りない小さなお嫁さんの肩に智恵のどっさり詰まった頭を乗っけようとはしないだろうって。じゃないかって、ほら、わたしあの頃は気が気じゃなかったんですもの」

ジョンはポンと、一方の肩を、それから頭を、物思わしげに叩いてやった。まるでかく言わぬばかりに、いや、いや。誰が天からそんなことしようなんてさ。おれはありがたくそいつらありのまま頂戴したさ。して蓋し、宜なるかな。そいつらめっぽう愛らしかったから。

「あの子はそんな風に言ってるみたいに聞こえた時、ジョン、ほんとのこと教えてくれてたのね。だってあなたはほんとに、あれからってものずっととびきり優しくて、とびきり思いやりがあって、とびきり奥さん思いの旦那さんなんですもの。このお家は幸せづくめで、だからだわ、わたしがこおろぎのこと大好きなのは!」

「ああ、ならこのおれだってな」と運搬人は間の手を入れた。「このおれだってな、ドット」

「わたしは何度ってことなしあの子がそう言うのを聞いてあの子の他愛ない調べのせいで色んなこと考えて、だからだわ、あの子のこと大好きなのは。時には、薄暗くなってから、ちょっと寂しくてしょんぼりしてることもあったわ、ジョン――って赤ちゃんが生まれて、側《そば》についててくれて、お家を賑やかにしてくれる前のことだけど――だし時には、もしも死んじゃったらあなた何て寂しがるだろうって、もしもあなたがわたしに先立たれてしまったって分かったら、わたしだってどんなに寂しいだろうって思うこともあったわ。でもそんな時、こおろぎが炉端でチロロ、チロロ、チロロって鳴くと、何だかもう一つの、そりゃ可愛くて、そりゃわたしにとってとっても大切な小さな声のこと教えてくれてるみたいで、そんなもうじきお越しの声の前ではわたしの気苦労なんて夢みたいにフッと消え失せてたものよ。でいつもハラハラ――一頃はほんとにハラハラ気を揉んでたの、ジョン、わたしってば、ほら、まだほんの子供だったんですもの――わたし達の結婚はやっぱり、わたしがこんなに幼くて、あなたは旦那様っていうより後ろ見みたいなからには、ちぐはぐな結婚だったってことになるかもしれない、あなたはいくら頑張ってもわたしのこと、だったらいいなって思ったり祈ったりするほどには愛せないかもしれないって気を揉んでたの。でも、そんな時、あの子がチロロ、チロロ、チロロって鳴くと、またパッと元気になって、も一度この胸は自信や信頼で一杯になったものよ。わたし今晩もあなたの帰りを待って座りながら、そんなあんなを思い出してたの。だからだわ、わたしがこおろぎのこと大好きなのは！」

「んでこのおれもな！」とジョンは繰り返した。「けど、ドット？　おれがお前のこと愛せるようになりますようって思ったり祈ったりするだと？　何をバカなこと言いやがる！　おれはそんなこたお前をここに、こおろぎの女主人《ミストレス》にしてやろうってんで連れて来るよかとっくの昔にやり果せてたぜ、ドット！」

　彼女は束の間、御亭主の腕に手をかけ、つと、いっそ何かを打ち明けていたろう如く上目遣いに顔を覗き込んだ。がお次の瞬間には籠の前に跪き、ほがらかな声で口を利きながらせっせと包みを選り分けていた。

「今晩はあんまりたくさんないのね、ジョン。でもさっき、何だか荷馬車の後ろにもいくつか積んであったみたい。だしお蔭で骨の折れる分、上がりだっていいはずよ。ってことで文句は言いっこなしね？　おまけに、きっと帰る道々届けて来たんでしょ？」

「おお、ああ」とジョンは返した。「んりゃしこたまな」

「あら、この丸い箱はなあに？　まあ、ジョン、これウェディング・ケーキじゃなくって！」

「女ってな放っといても勝手にそいつをめっけ出すってな」とジョンは感心すること頻りで宣った。「男だったら思いも寄んなかったろうが。けど、おれに言わせりゃ、たとえウェディング・ケーキを茶櫃か、折り畳み寝台か、酢漬けのサケの小樽か、ともかくどんならしくないものに突っ込もうったって、女ってなまず間違いねえすぐっとめっけ出しちまおうな。ああ、焼き菓子職人のとこへ寄って積んで来たのさ」

「で、どれどれ――まあ、これじゃ腕がちぎれてしまいそうよ！」とドットはこれ見よがしに御逸品を持ち上げる真似をしてみせながら声を上げた。「これ、どなたのもの、ジョン？　どこへお届けするの？」

は返した。

「外っ側の宛名を読んでみな」とジョンは言った。

「まあ、ジョン！　何てことでしょ、ジョン！」

「ああ！　どこのどいつが思いも寄ったかよ！」とジョンは返した。

「まさかあなた」とドットは床にへたり込み、御亭主宛かぶりを振り振り続けた。「オモチャ屋さんの『グラフ・アンド・タクルトン』だって言うんじゃないでしょうね！」

ジョンはコクリと頷いた。

ピアリビングルの上さんもコクリコクリ、五十度は下らぬ頷いた。宣な宣なと――ではなく、哀れ、開いた口が塞がらぬとばかり。その間《ま》もずっと唇を小さな力づくにて尖《とんが》らせ（とは言え御逸品、固より尖《とんが》らすようには出来ていなかった。ということだけは小生、請け合おう）、気のいい運搬人の顔を穴の空くほどマジマジ、上の空で覗き込みながら。スローボーイ嬢は、片や、赤ん坊の退屈凌ぎの御愛嬌、折しもやり交わされている会話の端くれを、意味という意味をそっくり追っ立て、名詞という名詞をそっくり複数形に変えたなり蒸し返す絡繰じみた才に長けていたによって、くだんのおチビさんにかく、子守り歌代わりにたずねてはいた。だったら坊やはオモチャ屋さんたちの「グラフス・アンド・タクルトンズ」なんでしょかね、坊やはウェディング・ケーキさんたちを頂きにお菓子屋さんたちんちに立ち寄るんでしょかね、坊やの母さんたちは坊やの父さんたちがケーキさんたちをお家たちに持って帰ったら、ケーキさんたちのことすぐにピンと来てしまうんでしょかね、云々。

「でほんとにもう直そんなことになるですって！」とドットは言った。「ああ、あの子とわたしは一緒に学校に通った仲だっていうのに、ジョン」

御亭主はひょっとして今のその同じ学校に通っていた時分の上さんのことを思い浮かべていたのやもしれぬ、と言おうかすんでに思い浮かべかけていたのやも。彼は物思わしげながらも愉快そうに上さんの方を見やったが、一言も返さなかった。

「だしあちらはあんなにお年で！　あんなにお似合いじゃないっていうのに！――ああ、『グラフ・アンド・タクルトン』は一体あなたよりいくつお年でらっして、ジョン？」

「一体どれくらいどっさり、おれは今晩一度こっきり腰を下ろしてガブガブ、紅茶を呑もうかい、『グラフ・アンド・タクルトン』の親方が四晩がかりで呑み下したためしもないほどな！」とジョンは丸テーブルに椅子を引き寄せ、冷製ハムに食らいつき始めながら、すこぶるつきの上機嫌で返した。「こと食うことにかけちゃ、おれはほんのちびっとしか食わねえ。がそのちびっとにとことん舌鼓を打ってやんのさ、ドット」

当該軽口ですら、食事時の御亭主のお定まりの所感にして、罪なき錯覚の一つではあったものの（何せ運搬人の食い気たるやいつも少々のことでは音《ね》を上げるどころの騒ぎではなく、御当人の言に真っ向から異を唱えていたから）、小さな上さんの面《おもて》ににこりとも笑みを喚び覚まさず、上さんはただ荷物の直中に立ったなりゆっくり片足でケーキの箱を押しのけ、一度こっきり、しかも目は伏せられているというに、いつもは然ても御執心の愛らしい靴の片割れを見ようとはしなかった。とんと上の空にて、そこに、お茶にもジョンにも等しくお構いなしにて（御亭主は上さんの名を呼び、ハッと我に返らせてやろうとゴンゴン、ナイフでテーブルを叩いていたにもかかわらず）、立ち尽くしていた。がとうとう御亭主もたまりかねて腰を上げるやそっと、腕に手をかけた。さらば上さんはしばし御亭主を見やり、そそくさと茶盆の後ろの持ち場に就きながら、あら、何てぼんやりしてたったらと声を立てて笑った。が先刻コロコロ声を立てて笑ったように、ではなく。物腰も調子もガラリと変わっていた。

こおろぎもまた、いつしかひたと鳴き止んでいた。如何でか部屋は先刻ほど愉快ではなかった。てんでそいつらしくなかった。

「だからこれで荷物は全部って訳ね、ジョン？」と上さんは長き沈黙を破ってたずねた。その間《ま》に正直者の運搬人はお気に入りの所感の片割れを――たといほんのちびっとしか食わぬという点は認め得ぬとしても、口にするものにはなるほど舌鼓を打つという――実地に例証してみせてはいた。「だからこれで荷物は全部って訳ね、ジョン？」

「ああ、これでな」とジョンは返した。「い、いや――そう言や――」とナイフ・フォークを置き、長々と息を吐《つ》きながら。「そ、そう言や――コロリとじっつあまのこと忘れてたぜ！」

「じっつあまのこと？」

「ああ、荷馬車に積んでる」とジョンは返した。「さっき見た時はワラの中で眠りこけてなすったが。こっちへ入って来てから、二度ばかし思い出しかけてたんだが、すぐっと頭ん中から消えちまってたのさ。やーい！　おい、そこのおっ！　起きねえか！　後生だからよ！」

ジョンはこれら後半の文言は戸口の外にて口にした。というのもそちらへと、早、ロウソクを手に駆け出していたからだ。

スローボーイ嬢は「じっつあま《オールド・ジェントルマン》」とは何やら胡散臭いでは

ないかと*耳を欹て、こんぐらかった絵空事においてくだんの文言から信心めいた手合いの連想を働かせたが最後、それはアタフタ慌てふためいたものだから、女主人《ミストレス》の裳裾の辺りに難を逃れるべくそそくさと炉端の低い椅子から腰を上げ、戸口を過る上でとある神さびた「他処者」とぶつかるに及び、つい我知らず唯一、手近にある攻撃用具もて先方に突撃、と言おうか頭突きをかけた。当該兵器は、たまたま、赤ん坊だったによって、辺りはやにわに上を下への大騒ぎとなり、御逸品を、ボクサーの叡智がむしろいよよ掻き乱して下さる羽目と相成った。というのもくだんの感心な奴は、固より御主人様より知恵が回るとあって、どうやら先刻来、荷馬車の後ろに括りつけてある二、三本のポプラの若木ごとトンヅラされてはたまらぬと、中でぐっすり眠りこけている御老体を見張っていたと思しく、依然、客《まろうど》にひたと付き従うに実の所ゲートルに散々噛みついていては、ボタン宛不動の攻撃姿勢《デッド・セット》を取っていたからだ。

「じっつあまがあんまし死んだようにぐっすり眠りこけてなさるもんで、じっつあま」とジョンは、漸うてんやわんやのほとぼりが冷めると言った――その間《ま》に御老体は帽子を脱いで身動ぎ一つせぬまま、部屋の真ん中に立っていたが。「いっそお後の六人はどこにお見えで*っておたずねしてえほどだが――ってなほんの軽口で、どうせとんだミソつけんのが落ちだってんでなけりゃ。けどイイ線行ってたんだがよ」と運搬人はクツクツ忍び笑いを洩らしながらつぶやいた。「マジでイイ線行ってたんだがよ！」

他処者は長い白髪と、老人にしてはやけにくっきり輪郭の整った美しい目鼻立ちと、黒々とした明るい食い入るような目をしていたが、にこやかな笑みを浮かべてざっと部屋を見渡し、運搬人の女房に挨拶がてらしかつべらしげに頭を倒した。

他処者の出立ちはめっぽぅ妙ちきりんで風変わりだった――とうに、とうに、時代遅れだった。色は上から下まで褐色で、手にはどデカいこれまた褐色の棍棒、と言おうか杖を握り、ゴンと床に打ちつけるや御逸品、パッと砕ける側《そば》から椅子になった。してその上に、御老体は坦々と落ち着き払って腰を下ろした。

「そら！」と運搬人は上さんの方へ向き直りながら言った。「ドンピシャあんな具合に道端に掛けてなさるとこめっけたのさ！　一里塚といい対真っ直ぐで、ほとんどといい対ツンボのとこ」

「吹きっ晒しで座ってらっしたですって、ジョン！」

「ああ、吹きっ晒しでな」と運搬人は返した。「ちょうど日も暮れようかって頃。『運賃は先払いにて』ってじっつあまだ。んで十八ペンス寄越すと、とっとと乗り込んで、んでそら、あすこにいなさるって訳だ」

「でももちろん、これからどこかへお行きになるんでしよ、ジョン!」

いや、てんで。この方、ただこれから口をお利きになるだけであった。

「申し訳ないが、わたしならば留置きということになっておるもので」と他処者は穏やかに言った。「どうかお構いのう」

と言ったと思いきや、他処者は大きなポケットの一方から眼鏡を、もう一方から本を、取り出し、ゆっくり目を通しにかかった。ボクサーのことなどまるでペットの仔羊ででもあるかのように歯牙にもかけず!

運搬人と女房は戸惑いがちに顔を見合わせた。他処者は頭をもたげ、後者から前者へと目を移しながらたずねた。

「お宅の娘さんと、気のいい馴染みよ?」

「女房で」とジョンは返した。

「姪御と?」と他処者はたずねた。

「女房で」とジョンは腹の底からガナり上げた。

「まさか?」と他処者は宣った。「げに? それにしてもお若いでは!」

他処者は淡々と頁をめくり、またもや本に目を通しにかかった。がものの二行と読み進めていなかったろう内に、またもや御自身に待ったをかけて吹っかけるに。

「赤子は、お宅のと?」

ジョンは途轍もなくどデカくコクリとやってみせた。拡声器伝《づて》「然り」と返したも同然。

「女の子と?」

「おと‐この‐こで!」とジョンは叫《おら》び上げた。

「それにしても、やはりお若いでは、えっ?」

ピアリビングルの上さんがすかさず割って入った。「二か月と三日でございます! ほんの六週間前に予防接種をしたばかりで! たいそう上手く付きましたが! お医者様によると、たいそう器量好しの坊やだそうで! 大方の五か月のお子たちに負けないとか! 素晴らしくよく気がつきますの! お信じにはなれないかもしれませんが、もうアンヨが踏ん張れますの!」

ここにて息も絶え絶えの小さな母親は——というのも愛らしい御尊顔が真っ紅に火照り上がるまで、これら短い条《くだり》を老人の耳に金切り声で吹き込んでいたによって——赤ん坊を論より証拠にして百聞は一見に如かずとばかり、しぶとくも鬼の首でも捕ったように老人の前にて抱き上げた。片やティリー・スローボーイは、「ッケショーン、ッケショーン」なる旋律豊かな――何やら人口に膾炙す「嚏《くさめ》」にうってつけの未だ知られざる歌詞のように聞こえぬでもなき――叫び声もろとも、くだんの知らぬが仏の罪無き御曹司のグルリを雌ウシよろしくピョンピョン跳ね回った。

「おいや！　じっつあまどなたかマジ、引き取りにお越しのようじゃ」とジョンは言った。「戸口にお客だぜ。開けてやんな、ティリー」

ティリーが、しかしながら、戸口まで行かぬとうの先から、扉は外から開けられた。何せどいつであれお好み次第――してその数あまたに上る連中が事実、お好みになった訳だが、というのもありとあらゆる手合いの隣近所の連中が、御当人は口下手なれど、運搬人と陽気な一言二言交わしたがったから――お茶の子さいさい外せよう閂一つこっきりの、種も仕掛けもなき扉だっただけに。かくて扉が開くや、いざ姿を見せたのは小さな、みすぼらしい、物思わしげな、ススけた御尊顔のやっこさんで、どうやらどこぞのおんぼろの箱の袋地の覆いでもって御自身用に大外套をこさえてやっていたと思しい。というのもクルリと、戸を閉《た》て、雨風を締め出すべく向き直るや、くだんの一張羅の背《せな》にはデカデカ、黒々とした大文字になるG&Tの銘、のみならず、GLASSなる肉太の文言までひけらかされていたからだ。

「今晩は、ジョン！」と小柄なやっこさんは言った。「今晩は、奥さん《マ　ム》。今晩は、ティリー。今晩は、名無しのゴンベ殿！　赤ん坊の調子はどうで、奥さん《マ　ム》？　ボクサーもすこぶるつきと、えっ？」

「お蔭様でみんな元気にやっててよ、ケイレブ」とドットは返した。「試しにほんの可愛い坊やをちらとやるだけで、だって分かるでしょ」

「んで、おまけにも一つ試しにほんの奥さんをちらとやるだけで」とケイレブは言った。

小男は、とは言いながらも、上さんの方はちらともやらなかった。やっこさんの目は何やら腰の座らぬ物思わしげなそいつで、御当人が何を口にしようと必ずやどこか別の、てんでお門違いな時と場所に向けられているようだったから。との準えは劣らず声にもぴったり当てはまろうが。

「それとも、も一つ試しにほんのジョンをちらと」とケイレブは言った。「それとも、そいつがらみじゃ、ティリーを。それとも当たりき、ボクサーを」

「今んとか忙しいのかい、ケイレブ？」と運搬人はたずねた。

「ああ、お蔭さんで、ジョン」と小男は、少なくとも「賢者*の石」をウロウロ探し回っている男よろしき、およそ心ここにあらざる風情で返した。「めっぽうな。ここんとこノアの方舟が売れスジでよ。欲を言や御一家に手え加えたいとこだが、今のまんまの値じゃ二進も三進も行きゃしねえ。せめてもちっと、どいつがシェムとハムで、どいつが女房か区別がつきゃな。ハエだって、ほら、ゾウと比べてあんなにどデケえはざなかろうに！　ああ！　はむ！　何かあしに小包みは背負《しょ》い込んでねえか、ジョン？」

　運搬人は早脱いでいた外套のポケットに手を突っ込むと、丹念に苔と紙に包《くる》まれた、小さな植木鉢を取り出した。

「そら！」と彼は、包みを体好く整えてやりながら言った。「葉っぱ一枚キズつけてない。だしツボミで一杯だ！」

　ケイレブのなまくらな目はパッと、植木鉢を受け取り、礼を返す間《ま》にも輝いた。

「いい値はついたが、ケイレブ」と運搬人は言った。「この季節のこった、めっぽういい値はついたが」

「そいつは構やしねえ。いくら値が張ろうと、あしにはロハみてえなもんだ」と小男は返した。「何かほかには、ジョン？」

「ちんまい箱が一つあるぞ」と運搬人は返した。「そらよっと！」

「『ケイレブ・プラマー』」と小男は宛名書きを一文字一文字ゆっくり読み上げながら言った。「『現金在中《ウィズ・キャッシュ》』現金在中《ウィズ・キャッシュ》だと、ジョン？　こいつはまさかあし宛のはざねえ」

「取扱注意《ウィズ・ケア》」と運搬人は肩越し覗き込みながら返した。「どこに現金《キャッシュ》なんざて書いてある？」

「おいや！　なある！」とケイレブは言った。「なら、よしっと。取扱注意《ウィズ・ケア》！　ああ、ああ。そいつはあしんだ。もしか『ゴールデン・サウス・アメリカ号』の可愛い坊主がこの世なら、ほんに、『現金在中《ウィズ・キャッシュ》』だったかもしんねえが、ジョン。おめえさんあいつを息子みたように可愛がってくれてたっけが、えっ？　じゃねえなんざ言わせねえ。あしゃ当たりめえ知っちょるもんで。『ケイレブ・プラマー。取扱注意《ウィズ・ケア》』ああ、ああ、よしっと。そいつはうちの娘が入れてやる人形の目ん玉のへえった箱だ。どうせならこん中にあいつの目ん玉こそへえってりゃよ、ジョン」

「ああ、どうせならな、ってえか叶うことならよ！」と運搬人は声を上げた。

「すまねえな」と小男は言った。「うんとこ親身に口利いてもろうて。考えてもみな、あいつはこれきり人形の奴らが見えねえ――ってのにあいつら朝から晩までマジマジ、マジマジ、遠慮会釈もへったくれもねえあいつを睨め据えてやがるたあ！　ってのがいっとうグサリと来るんだが。お代《ダミッチ》はいくらだ、ジョン?」

「じっつあんに拳固《ダミッチ》食らわせてやろうかい」とジョンは言った。「そんな野暮なこと聞くってなら。ドット！　どうだ、イイ線行ってたろう?」

「やれやれ！　そう言ってくれるたあらしいいこった」と小男は宣った。「さすが親身でよ。はてっと。これでどうやらしめえと」

「おいや、そうかい」と運搬人は言った。「も一度やってみな」

「なら親方に何か来てると、えっ?」とケイレブは一時《いっとき》思案に暮れていたと思うと言った。「なある。ってえかあしゃそもそもそのために来たんじゃ。けどついつらつら、ノアの方舟や何やかや考えてたもんで！　親方はまんだここにゃあ見えてねえと?」

「ああ、まんだな」と運搬人は返した。「どうせ嫁さん口説くのに手一杯なんじゃねえのかい」

「けどじきお越しになろう」とケイレブは言った。「何せ家《うち》へけえんのにずっと道の左っ側にへばりつえとけ、すったら乗っけてやるからっておっしゃってたもんで。どのみち、そろそろお暇しなきゃよ——すまねえが、奥さん《マム》、ほんのちょっとの間《ま》、ボクサーの尻尾お抓らしとくんな、えっ?」

「まあ、ケイレブったら！　何てこと言い出すの！」

「おいや、気になすんねえで、奥さん《マム》」と小男は言った。「あいつめまざお気にゃあ召すめえが。それが、ちょうどワンワン吠えてる犬のちんめえ注文が舞い込んでるんだが、あしゃ六ペンスでなるたけズブのそいつみてえなのおこせえてえのさ。ってだけのこった。どうか気になすんねえで、奥さん《マム》」

恰も好し、ボクサーは、御提案のハッパをかけて頂くまでもなく、ひたぶるワンワン吠え始めた。が、これぞどなたか新たな客《まろうど》がお越しの論より証拠。という訳で、ケイレブは写生はもっといい頃合まで先延ばしにすることとし、丸い箱を肩に担ぐやそそくさと暇を乞うた。とは骨折り損の何とやら、敷居でバッタリ客《まろうど》と鉢合わせになった。

「おう！　ここだったか?　ちと待て。家《うち》まで乗せて帰ってやろう。やあ、御機嫌好う、ジョン・ピアリビングル。おぬしのべっぴんの上さんには、輪をかけて御機嫌好う。日に日に器量好しになっておいでては！　おまけに日に日に、ひょっとして、気立てまで優しゅう！　して日に日に若々しゅう」と話し手は声を潜めて惟みた。「そいつが、いやはや、始末に負えんのだが！」

「親方がゴマをおすりになるなんて、びっくりしてたでしように、タクルトンさん」とドットは如何せんすこぶるつきの上機嫌で、という訳にも行かず言った。「もしももう直お目出度いことがあるっていうのでなければ」

「ならば、もうそっくり仕込んでおると？」

「どうにか、自分にそうだって言い聞かせましたわ」とドットは言った。

「さぞや、やっとの思いで？」

「ええ、ずい分」

オモチャ屋のタクルトンは、広く遍くグラフ・アンド・タクルトンで通っていたが——というのもそいつが商会の名だったから。とは言えグラフはとうの昔に買い取られ、ほんの商いには御芳名と、どなたかいみじくも宣った如く、その辞書的な意味に従えば*御当人の気っ風を残しているきりではあった——オモチャ屋のタクルトンはその天職たるや親御と後見人方のおメガネ違いもいい所の男であった。もしや先達方がまずもって金貸しか、抜け目ない弁護士か、執行吏か、周旋屋に仕立て上げていたなら、彼も若気の至りにタラタラの不平三昧に耽り、ツムジのヒネた取引きにおいて十八番のウラミツラミをそっくり晴らした挙句、とうとう老いの道楽、少しは目先の変わったことでもしてみようかとコロリと、愛嬌好しに宗旨替えしていたやもしれぬ。が、一旦オモチャ作りなる長閑な生業にギュウギュウ押し込められた上からあちこちヒリヒリ擦り剥かれたが最後、終生、子供を贄とす我が家なる「人食い鬼」にして、子供の仮借なき天敵と化した。かくてオモチャという オモチャを端《はし》から虚仮にし、天地が引っくり返っても一つこっきり身銭を切ろうとはしなかったろう。どころか、鬱憤晴らしのお慰み、ブタを市場に駆って行く褐色紙の百姓や、弁護士連中の失われし良心を触れ回る町役人や、長靴下を縢ったりパイを切り分けたりする撥条《ぜんまい》仕掛けの鬼婆や、その他似たり寄ったりの在庫見本の顔に陰険な表情を忍び込ませては喜んでいた。身の毛もよだつような仮面に、二目と見られぬ、毛むくじゃらの、赤目のびっくり箱に、血吸いコウモリの凧に、いっかな横になって下さろうとせず、ひっきりなしビヨンと飛び出してはギョロリと目を剥きざま小童共を居たたまらなくさす悪魔じみた起き上がり小法師といった面々に、彼は正しく目がなかった。連中、唯一の気散じにして安全弁であった。その手の代物をこねくり出す腕にかけてはピカ一だった。何であれ、ミニサイズの夢魔を仄めかすとあらば飛びついた。いつぞやなど大枚叩いてまで（しかもくだんのオモチャに実にしっくり馴染んでいた訳だが)、幻灯用に小鬼透明陽画《ゴブリン・スライド》をでっち上げ、そこにては暗黒の神々がある種、人間のツラを下げたこの世ならざるザリガニとしてデカデカやられていた。大男の似顔絵をいよよおどろおどろしくしてやるに、生半ならざる元手を注ぎ込み、御自身、固より絵筆を執るのはてんでお手上げだったにもかかわらず、絵画き連中に御教示賜るべく、くだんの化け物共の御尊顔に心配御無用、齢《よはい》六から十一までの如何なる若き殿方の胆とてクリスマス中、或いは夏休暇中、潰して差し上げること請け合いの狡っこげなやぶ睨みをもののチョーク一本で突っ込めてはいたろう。

一事が万事。世の御多分に洩れず、ことオモチャがらみの「人食い鬼」が外のことがらみで然ならざることのあろうか。故に、両の大御脚の腓まで届こうかというどデカい緑のケープの内にては、顎までボタンでぴっちり、またとないほど愉快なやっこさんが留め込まれ、御当人、天辺の革がマホガニー色の見るからに情っ張りげなブーツにて突っ立てる限りにおいてとびきり選りすぐりの御仁にして愛嬌好しの相方たること論を俟たぬ。

がそれでいて、オモチャ屋のタクルトンが近々連れ添うことになっているとは。以上全てにもかかわらず、近々連れ添うことになっているとは。しかも若い嫁さんと、器量好しの若い嫁さんと。

彼はいざ、運搬人の厨にて乾涸びた御尊顔を捩《よじ》くり上げ、御尊体をクネリと捻《ひね》くり、帽子をグイと鼻っ柱の上へ押っ被せ、両手をズッポリ、ポケットの底の底まで突っ込み、嫌味ったらしいツムジ曲がりの御当人をごっそり、小さな片目の小さな片隅からキラリとその数如何なるあまたに上ろうとワタリガラスの濃縮エキスよろしく覗かせたなり立ってみれば、さして花婿然とも見えなかった。がくだんの御身分に収まる気満々であった。

「三日後に。お次の木曜に。一年の初っ端の月の晦日《みそか》に。そいつがわしの祝言の日なもので」とタクルトンは言った。

果たして申し上げていたろうか、彼はいつも片目をおっ広げ、もう一方の目をほとんどつむっていると、してほとんどつむっている方の目こそいつも口ほどにモノを言って下さっていると? 確か、言っていなかったはずだ。

「そいつがわしの祝言の日なもので!」とタクルトンは金をジャラつかせながら言った。

「おいや、そいつはおれ達の祝言と一緒じゃあ」と運搬人は素っ頓狂な声を上げた。

「はっ、はっ!」とタクルトンは腹を抱えた。「妙な星の巡り合わせもあったものでは! おぬしらもちょうども一つおまけのそんな夫婦《めおと》とは。ちょうども一つおまけの！」

当該図々しき申し立てを耳にするに及んでのドットの御立腹たるや筆舌に尽くし難し。だったらお次は何ておっしゃるつもり？　あの方のことですもの、ちょうども一つおまけのそんな赤ん坊とまでおっしゃり出すに決まってる。気でも狂れてらっしゃるんだわ、きっと。

「ところで！　一言おぬしに話があっての」とタクルトンは、グイグイ運搬人を肘で小突き、少し離れた所へ引っ立てながらつぶやいた。「祝言には、ほれ、来てくれよう？　わしらは、ほら、同し舟に乗っておるもので」

「同し舟たあどんな具合に？」と運搬人はたずねた。

「ちとちぐはぐしておろう、ほら」とタクルトンはまたもやグイと肘で小突きながら言った。「その前に、わしらと一緒に一晩愉快に過ごそうではないか」

「何でまた？」とジョンは当該押しつけがましき持て成し心に目を丸くせぬでもなくたずねた。

「何でまた？」と相手は返した。「それはまたお招きに与るにはえろう目新しいやり口では。ああ、一緒に浮かれようというので――気がねのうドンチャンやったり、ほれ、何やかやしようというので！」

「てっきり親方はドンチャン浮かれたりゃなさんねえもの
と思ってたが」とジョンは例の調子でざっくばらんに宣った。

「ッチャアー！　おぬしにはどうやらあけっ広げにやる外なさそうじゃ」とタクルトンは言った。「ああ、ならば、実の所、おぬしら二人とも――茶呑み連中の言う、ある種ホンワカ人好きのする見てくれをしておろう――おぬしと上さんとは。もちろんわしらは、ほれ、そこまで目出度うはないが――」

「いや、おれ達ゃ目出度えぜ」とジョンは口をさしはさんだ。「親方いってえ何のことを言ってなするんで？」

「はむ！　ならばわしらはげに目出度うていかんが。目出度いが」とタクルトンは言った。「なるほど目出度うていかんが。お好きなように。そいつがどうした？　じゃからわしが言おうとしておったのは、おぬしらはその手の見てくれをしておるもので、一緒にいてくれたら先行きの嫁さんもかしこまらずに済むやもしらんと思うての。で、おぬしのよう出来た上さんは生憎ことこの一件がらみじゃあんましわしの肩を持ってくれておる風にはないが、それでもやっぱりわしのおメガネにぴったし適わずにはいられまい。何せ上さんの見てくれには妙に小ぢんまりとして居心地好さげな所があって、そいつはいつだって、ほんのケチな場合にだって、モノを言うて下さろうから。さあ、どうじゃ、来てくれるな?」

「おれ達ゃ家《うち》で結婚記念日を(ってなそいつのことで言や)祝おうってことにしてあるんで」とジョンは言った。「もうこの半年ってものお互いそうしようって約束してあるんで。何てったって、ほら、家《うち》が――」

「ばあっ! 家《うち》が何だというのじゃ?」とタクルトンは声を上げた。「ただの四つ壁と天井ではないか! (それにしても何でまたあのこおろぎの息の根を止めてやらん? わしならばやってやるが! いつだってやっておるが。あの鳴き声がうるそうてかなわんもので。) わしの家《うち》にも四つ壁と天井ならばあるぞ。さあ、わしのとこへ来んか!」

「こおろぎの奴らの息の根を止めるだって、えっ!」とジョンは言った。

「ああ、グシャリと踏みつぶしてやろうて」と相手はずっしり踵を床に踏みつけながら返した。「さあ、来てくれるな? 女共がお互いのん気で何一つ不自由のうて、これ以上の暮らしはないと思い込み合えば、そら、わしだけじゃなしおぬしだってゴ利益に与れるというものじゃ。女共のやり口なんぞとうにお見通しでの。一方が何と言おうと、もう一方はいつだってそいつに止めを刺す気でかかっておってな。あいつらそりゃ向こうっ気が強いもんで、おぬしの女房がうちの女房に『わたしこそこの世でいっとう幸せな女で、うちの人こそこの世でいっとう優しい亭主で、わたしあの人にぞっこんなの』と言や、うちの女房だっておぬしんとこのに同しことを、ばかりかもっとどっさり言うてやって、んでてっきりそうなものと思い込もうて」

「なら、親方は嫁さんがじゃないとでもおっしゃろうってんで?」

「じゃない!」とタクルトンは短く鋭い笑い声を立てながら突っ返した。「何じゃないと?」

運搬人の脳裏をちらと「親方にぞっこんじゃあ」と言い添えようかとの思いが過った。が、たまたま、半ば閉じかけの片目がキラリと、御当人を今にも突き出しかねぬほど押っ立ったケープの襟越しにこちら宛瞬くのに出会すや、御逸品それはおよそぞっこんになって頂くような代物の肝心要のツボでだけはなかろうと思い直し、すんでに体好くすげ替えた。

「てっきりそうなもんと思い込んでおいでじゃ?」

「ああ、このクセ者めが。軽口を叩きおって」とタクルトンは言った。

が運搬人が、なるほど血の巡りが芳しからざるだけに相手が何を言わんとしているかそっくりとは解《げ》せまいと、それはしかつべらしげな物腰でこっちを睨め据えるものだから、もう少々噛んで含めて言ってやらねばならなかった。

「わしはふと酔狂を起こして」とタクルトンは左手の指をごっそり突き立て、人差し指をコンコン、「これぞやつがれ、つまりタクルトンなり」とでも言わぬばかりに叩きながら言った。「わしはふと酔狂を起こして、おぬし、若い嫁さんを、それもべっぴんの嫁さんをもらうことにした」ここにて彼は小指をコンコン、これぞ嫁さんなりと、お手柔らかに、どころかよもや尻に敷かれてなるものかとばかり、こっぴどく叩いた。「わしは今のその酔狂をまんまと手懐けてやれようし、げに手懐けておってな。こいつはわしの気紛れじゃ。が——おや、あすこを見てみんか！」

　オモチャ屋はドットが暖炉の前で物思わしげに掛けたなり、髷の顎を片手にもたせ、赤々と燃え盛る炎にじっと目を凝らしている方を指差した。運搬人は上さんを、それから親方を、それから上さんを、それからまたもや親方を見やった。

「嫁さんは、当たり前、ほれ、崇め従うて（『祈禱書』祝婚の儀）おって」とタクルトンは言った。「それだけでわしには、何せ根っからおセンチに出来てはおらんもので、たくさんじゃ。がおぬしに言わせりゃ事はそれだけではないと？」

「おれに言わせりゃ」と運搬人は宣った。「じゃねえなんざほざく奴がいたら、どいつだろうと窓から押っぽり出そうな」

「いやはや、全くもって」と相手はいつになくそそくさと相づちを打ちながら返した。「なるほどの！　当たりきの。もちろん。じゃろうとも、じゃろうとも。んじゃお休み。いい夢を！」

　運搬人は我知らず、戸惑い、不安に駆られ、覚束無くなった。してそいつを、物腰に表さざるを得なかった。

「んじゃお休み、親愛なる馴染みよ！」とタクルトンは何やら御愁傷サマげに言った。「そろそろこの辺りで。実の所、わしらは、ほれ、全くもって似た者同士。明日の晩は無理と？　はむ！　昼間は確か、出かけるんじゃったな。ならばあっちで会おうて。先行きの嫁さんも連れて行くとして。あいつもさぞや喜ぼう。ということでええと？　済まんな。やっ、今のは何じゃ？」

　とは運搬人の上さんの上げた大きな叫び声であった。お蔭で部屋中がワンワン、ガラスの器よろしく鳴り響かんばかりの大きな、鋭い、唐突な叫び声であった。ドットは椅子から腰を上げ、恐怖と驚きの余り釘づけになった者さながら立ち尽くしていた。他処者は体を暖めようと暖炉の方へ近寄り、彼女の椅子からほんの短い一跨ぎの所に立っていた。が微動だにせぬまま。

「ドット！」と運搬人は声を上げた。「メアリ！　可愛い《ダーリ》お前《ン》！　一体どうした？」

彼らは皆、すかさず彼女のグルリを取り囲んだ。ケイレブは、ケーキの箱の上にてウツラウツラ鼻提灯を吊る下げていたものを、宙ぶらりんの心の平静が初っ端生半可に回復した勢いむんずとスローボーイ嬢の御髪につかみかかり、やにわに平身低頭、謝ってはいた。

「メアリ！」と運搬人は上さんを両腕に抱きかかえながら声を上げた。「具合でも悪いのか！　一体どうした？　さあ、言わねえか！」

彼女はただ返事代わりにパンッと両手を打ち合わせ、いきなりコロコロ、狂ったように声を立てて笑い出した。と思いきや、御亭主の腕から床へとへたり込むやエプロンで顔を覆い、激しく泣きじゃくった。と思いきやまたもやコロコロ声を立てて笑い、と思いきやまたもや泣きじゃくり、と思いきや何て寒いんでしょと言い、御亭主に炉端まで連れ行かれるがままになり、そこにて先と同様、腰を下ろした。老人は、先と同様、微動だにせぬまま立っていた。

「もう大丈夫、ジョン」と彼女は言った。「すっかり好くなったわ——わたし——」

ジョンだって！　だがジョンは上さんの反対側にいるではないか。一体何故《なにゆえ》、まるでそいつにこそ話しかけてでもいるかのように見知らぬ御老体の方へ顔を向けねばならぬ！　気でも狂れかけているのか？

「ほんの気のせいだわ、愛しいジョン——何だかびっくりして——いきなりパッと何かが目の前に現われて——何だったのかは分からないけど。でもすっかり消えてしまったわ。すっかり消えてしまったわ」

「ならば何より」とタクルトンが口ほどにモノを言って下さる方の目でグルリと部屋を見渡しながらつぶやいた。「じやが、はてさてそいつめどこに失せおったものやら、何だったものやら。はむふ！　ケイレブ、こっちへ来んか！　あの白髪頭の奴は何者じゃ？」

「さあ、親方」とケイレブは声を潜めて返した。「あしも生まれてこの方、一度こっきりお目にかかったためしがねえんで。さぞかしクルミ割り器にゃドンピシャ打ってつけだろうが。とんと目新しい雛形ってこって。チョッキの下の方までグイと螺子の顎お掻っせえてやったら、んりゃすこぶるつきだろうじゃ」

「いや、あれでは醜男《ぶおとこ》ヅラが足りまいて」

「すっとも燧箱としたって」とケイレブはとっくり思案に

暮れながら宣った。「何てえ雛形だぜ！　マッチを入れんのに頭をクルクル回して、明かりをつけんのに真っ逆様にでんぐりげえして、すったら、あすこにああして突っ立ってるまんま何てえ殿方の炉棚にドンピシャ打ってつけの燧箱になろうかい！」

「いや、あれではとんと醜男《ぶおとこ》ヅラが足りまいて」とタクルトンは言った。「あれではからきしネタにならんわ！　さあ！　そこの箱を持って来い！　もうすっかり大丈夫と？」

「おお、すっかり消えてしまいましたわ！　すっかり消えてしまいましたわ！」と小さな上さんは手振りでそそくさと客を追っ立てながら言った。「お休みなさい！」

「んじゃお休み」とタクルトンは言った。「お休み、ジョン・ピアリビングル！　その箱を担ぐのにせいぜい用心するがいい、ケイレブ。もしや落としてみろ、タダではおかん！　まるでピッチみたように真っ暗では。じゃしさっきよりまんだ荒れて来おって、えっ！　んじゃお休み！」

かくて、またもやジロリと狡っこげに部屋を見渡しざま、オモチャ屋は戸口から姿を消した。頭にウェディング・ケーキを乗っけたケイレブをお供に。

運搬人は小さな上さんのことでそれは生半ならず胆を潰し、上さんをなだめすかしたり気づかったりするのにそれは忙しなくかまけていたものだから、今の今まで他処者がそこにいるなどほとんど意識していなかった。が今や御老体はまたもやそこに、夫妻の唯一の客たりて、立っていた。

「そう言やあいつらのお連れじゃないと、ほら」とジョンは言った。「一言、出てってもらうように言わなきゃよ」

「誠に申し訳ないが、馴染みよ」と御老体は彼の方へ近づきながら言った。「してどうやら奥さんの加減がお悪いからにはなおのこと――こいつのせいでどうしても側《そば》にいてもらわねばならぬ付き添いが」と、両の耳に手を触れ、かぶりを振りながら。「まだやって来ん所を見ると、何か手違いがあったに違いない。お宅の居心地の好い荷馬車をそれはありがたい雨避《あまよ》けにしてくれておった時化催いの晩は（どうかこれ以上ひどうならんよう）相変わらず荒れておるようじゃ。どうか憐れと思うて、ここに一晩泊めては頂けまいか？」

「ええ、ええ」とドットが声を上げた。「ええ！　もちろん！」

「おいや！」と運搬人は当該間髪を入れぬ相づちにびっくりして言った。「はむ！　おれだって文句はねえが、それでもひょっとして――」

「シッ！」と上さんは待ったをかけた。「愛しいジョン！」

「ああ、あちらあズブのツンボだぜ」とジョンは物申した。

「そりゃそうかもしれないけど——ええ、お客様、もちろん。ええ！　もちろん！　じゃこれからすぐにベッドを仕度して来るわね、ジョン」

上さんがかくて言行一致でかかるべくいそいそ駆け出して行くに及び、それは尋常ならざるほど気も漫ろにして、見るからに取り乱しているものだから、運搬人は途方に暮れて立ち尽くしたなり、上さんの後ろ姿を目で追うより外なかった。

「だったら坊やの母さんたちは坊やにベッドたちの仕度を整えて下すったんでしょかね！」とスローボーイ嬢が赤ん坊相手に声を上げた。「で坊やの帽子たちがひょいと浮かされてみれば、坊やの髪がいきなり巻き毛で茶色くなったものだから、坊やを、可愛いペットさんたち、炉端たちに座ったなり、びっくりさせちまったんでしょかね！」

人間胸中、戸惑い訝しんでいるとあらば間々、如何でか些細な事に惹かれるものと相場は決まっていよう。かくて運搬人は、ゆっくり行きつ戻りつしながら、気がついてみればくだんの他愛ない文言ですら心の中で幾度も繰り返していた。してそれは幾度も幾度も繰り返していたものだから、とうとうソラで覚え、ティリーが小さなツルピカ頭を御当人効験あらたかなりと（世の乳母の顰みに倣い）思し召すだけしこたまこすり上げた挙句、今一度赤ん坊の帽子を結わえつけ果してなお、説教よろしく何度も何度も唱えている始末であった。

「でそいつを、可愛いペットさんたち、炉端たちに座ったなり、びっくりさせちまった。一体どうしてまたドットの奴、びっくりしちまったものやら！」と運搬人は行きつ戻りつしながら思案に暮れた。

彼は心の中からオモチャ屋の当てこすりを追っ立てた。がそれでいてそいつらのせいで心の中は名状し難き漠たる不安で一杯だった。というのもタクルトンは頭がキレて狡っ辛く、彼自身と来ては我ながらそれは血の巡りの悪い男たること身に染みて感じているとあって、途切れがちな仄めかしですらいつも悩ましかったからだ。なるほど胸中、タクルトンの口にした何一つ、上さんの徒ならぬ振舞いと結びつける気はさらさらなかった。が二つのネタはもろとも思考の脈絡に紛れ込んだが最後、バラバラに引き離すはいっかなお手上げだった。

ベッドの仕度はほどなく整い、客は紅茶一杯を措いて腹の足しをそっくり断ると、早々に引き取った。さらば、ドットは——もうすっかり好くなってよ、と彼女は言った、もうす

っかり好くなってよ——御亭主のために炉隅に大きな椅子を引き寄せ、パイプに煙草をどっさり詰めて手渡すと、炉端の彼の傍らのいつもの小さな床几に腰掛けた。

彼女はいつだって何が何でもくだんの小さな床几に座ろうとした。ひょっとして御逸品、なだめすかし上手な猫撫で声の小さな床几なりとのある種思い込みに凝り固まっていたのではあるまいか。

ここにて憚りながら太鼓判を捺させて頂けば、こと煙草を詰める腕にかけては東西南北、どこを探しても、彼女の右に出る者はまずなかったろう。彼女がかの丸ぽっちゃの小指を火皿に突っ込み、それからゴミが引っかかっていては大変と管《くだ》にぷうーっと息を吹き込み、晴れて吹き込み果すや、事実何やら引っかかっているものと思し召している風を装い、十度は下らぬぷうぷうやり、御逸品を望遠鏡よろしく片目にあてがい、管《くだ》を覗き込みざまクイと、ぶっちぎりの小さな御尊顔をシャクだと言ったら、とびきり思わせぶりにクネらせて見せるの図は正しく、一見の価値あったろう。こと煙草それ自体に関せば、この方、一件を正しく自家薬籠中の物としていた。して運搬人が晴れてパイプをくわえ果すや、紙縒りもて火をつけるそのやり口と来ては——鼻の間際の間際まで持って行きながらも、よもやジュッと焦がしたりするものかは——これぞ至芸で——神業もどきで——あった。

してこおろぎとやかんは、またもや鎬を削り出すや、惚れ惚れシャッポを脱いだ！　明るい炉火は、またもやメラメラ燃え盛るや、惚れ惚れシャッポを脱いだ！　時計の天辺の小さな草刈り屋は、どなたにも目を留めて頂かぬままひたぶる精を出しながらも、惚れ惚れシャッポを脱いだ！　運搬人は、額の皺を伸ばし、顔をほころばす上で、誰よりいっとういそいそ、惚れ惚れシャッポを脱いだ。

して彼が神妙にして物思わしげに古パイプをプカプカ吹かし、オランダ時計がチクタク時を刻み、真っ紅な炎がちらちら瞬き、こおろぎがチロロ、チロロ鳴いていると、彼の「暖炉」と「我が家」のくだんの守り神は（というのもこおろぎは正しくそいつだったから）部屋の中に妖精じみた形《なり》をしてお出ましになるや、運搬人のグルリに「我が家」の幾多の様を喚び起こした。ありとあらゆる齢《よはい》にしてありとあらゆる大きさのドットが部屋一杯に溢れ返った。陽気な子供たりしドットが野原で花を摘みながら彼の前を走り続ける。為做せ振りなドットが彼自身の無骨な似姿の訴えから半ば後込みしたかと思えば半ばそいつに言いなりになる。嫁いだばかりのドットが戸口で降りるなり、家政の鍵束を戸惑いがちに受け取る。母親じみた小さなドットが、絵空事のスローボーイに付き添われたなり、赤ん坊を洗礼に連れて行く。今なお若々しく華やいではいるものの、一家の主婦然たるドットが、鄙びた舞踏会で踊っているドットそっくりの娘達を見守っている。ふっくら太ったドットがバラ色の孫にグルリをワンサと取り囲まれている。皺くちゃのドットが杖に寄っかかり、ヨロけながらもトボトボ歩いている。老いぼれた運搬人もまた、足許に老いぼれた盲のボクサーを寝そべらせたなり、姿を見せる。より新しき荷馬車は（「ピアリビングル兄弟」なる名を日除けにデカデカやったなり）より若き御者達に手綱を取られている。病の床の老運搬人がこの世にまたとないほど優しい手に看病されている。神に召された今は亡き老運搬人の墓は教会墓地にて緑々《あおあお》としている。かくてこおろぎがこうした幻をそっくり見せてくれていると——目は、なるほど、じっと炉火に凝らされてはいたものの、彼にはそいつらがはっきり見て取れたから——運搬人の心は軽く、幸せになり、心底、「我が家」の守り神達に感謝を捧げ、「グラフ・アンド・タクルトン」のことなど、貴殿といい対、お構いなしになった。

されど、同じ妖精じみたこおろぎが彼女の床几の然ても近くに据え、そこに独りきりぽつんと立ち尽くしているあの若々しい形《なり》をした男は何者だ？　何故《なにゆえ》男は炉造りに片腕をもたせたなり然ても彼女の側《そば》にいつまでもグズグズとためらいながらひっきりなし繰り返さねばならぬ？「嫁いでしまったとは！　しかもぼくの下《もと》へではなく！」

おお、ドットよ！　おお、珠に瑕あるドットよ！　汝《な》の夫の幻影のどこを探してもそいつの付け入る隙はない。ならば何故《なにゆえ》その影が夫の暖炉に垂れ籠めねばならぬ？

CHIRP THE SECOND
GLASS

第二鈴《りん》

ケイレブ・プラマーと盲目の娘は二人きり、親子水入らずで住んでいた、とは御伽草子の宣ふ如く――して何であれこの味気ない世にあって宣って下さるとは御伽草子に、読者諸兄も肩を持って下さろうが、幸あれ！――ケイレブ・プラマーと盲目の娘は実の所、ほんの「グラフ・アンド・タクルトン」の出っ張った赤レンガの鼻のニキビにすぎぬ、小さなヒビの入ったクルミの殻もどきの掘っ立て小屋に二人きり、親子水入らずで住んでいた。「グラフ・アンド・タクルトン」の屋敷は表通りのどデカい「カオ」だった。がケイレブ・プラマーの埒ならばものの玄翁一、二本で叩き潰し、バラけた木端を荷車でガラガラ運び去れていたやもしれぬ。

万が一何者か、かようの狼藉の働かれし後、ともかくケイレブ・プラマーの埒に敬意を表《ひよう》すにそいつを懐かしむとすらば、そいつは実の所、くだんの邪魔者、よくぞ取り壊して下さったと快哉を叫ぶことに外ならなかったろう。掘っ立て小屋は「グラフ・アンド・タクルトン」の屋敷に、船の竜骨に対すフジツボよろしく、と言おうか扉に対すマイマイよろしく、と言おうか木の幹に対す小さな一塊《ひとくれ》のドクキノコよろしく、くっついていた。がこれぞ「グラフ・アンド・タクルトン」なる今を盛りの樹幹が元はと言えばニョキニョキ萌え出づりし胚種にして、そのガタピシの屋根の下《もと》、先々代のグラフはささやかながらその昔、とある世代の坊っちゃん嬢ちゃんのためにオモチャを作り、坊っちゃん嬢ちゃんはそいつらで遊び、シッポをつかんだ挙句、ぶっ壊し、とっとと床に就いていた。

小生はケイレブと哀れ、盲目の娘はここに住んでいたと言ったが、本来ならばケイレブはここに住んでいたが、哀れ、盲目の娘はどこか他処に――ケイレブの設いになる、乏しさとみすぼらしさとは縁もゆかりもなき、難儀のついぞ敷居を跨いだためしのなき、魔法の家に――住んでいたと言うべきだったろう。ケイレブはおよそ妖術師などではなかったが、依然我々に残されている唯一の魔術、即ち自分そっちのけの不朽の愛なる魔術においては、外ならぬ「自然の女神」が彼の研鑽の女教師《ミストレス》にして、女神の手ほどきより、全ての驚異は生まれた。

盲目の少女はよもや天井は色褪せ、壁は染みだらけでここかしこ漆喰が剥げ落ち、上の方の裂け目は接ぎが当てられていないせいで日に日に広がり、梁は朽ちかけ、下の方へ撓んでいるとはこれきり知らなかった。盲目の少女はよもや鉄は錆び、木は腐り、紙は剥がれ、苫屋の大きさや、形や、本当の釣り合いは見る間に萎びているとはこれきり知らなかった。盲目の少女はよもや食卓には不様な形《なり》のテルフト焼きや陶器が並び、家の中には悲しみや意気地無しが巣食い、ケイレブの薄い髪の毛は娘の目の見えぬ面《おもて》の前で見る間に白く、どんどん白く、なっているとはこれきり知らなかった。盲目の少女はよもや自分達には血も涙もない、欲の皮の突っ張った、とんとすげない親方がいるとはこれきり知らなかった――詰まる所、タクルトンがタクルトンだとは。して物心ついた時からてっきり親方さん、自分達相手に剽軽玉を飛ばすのに目のない、奇矯なおどけ者にして、実は彼らの人生の「守護天使」でありながら、一言だって感謝の言葉を口にされるのが願い下げなものとばかり思い込んでいた。

して一から十までケイレブの仕業とは――彼女の純な親父さんの仕業とは！　だが彼の炉端にもまたこおろぎが宿り、母無き盲目の娘がめっぽう幼かりし頃、そいつの調べにしょんぼり耳を傾ける内、くだんの精霊が娘の大いなる障害ですらほとんど祝福に変えられ、こうしたささやかな手立てによって娘を幸せにしてやれるやもしれぬとの思いを彼に霊感さながら授けた。というのもこおろぎ族の連中はどいつもこいつも、たとい連中と霊交を持つ者は（大方いつもの伝で）然に与り知るまいと、効験のいと灼然《いやちこ》なる精霊にして、不可視の世界にも、「炉端」と「暖炉」の精霊達が人類に訴えかける「声」として、かくも暗黙の内に信頼して差し支えなかろう、と言おうかかくも必ずやこよなく優しき忠言しか賜らぬ、かほどに優しく真実の声はなかろうから。

ケイレブと娘は一石二鳥で二人の普段の居間の役もこなしているいつもの作業部屋にて仲良く精を出していた。して実に奇しき場所であった、くだんの部屋。ありとあらゆる御身分の人形のための家が、仕上げられているのからいないのから、ごった返して。ほどほどの実入りの人形のための郊外の住まい。より低い身の上の人形のための台所と一続きの貸間。上つ方の人形のための選りすぐりの都心邸宅。これら所帯の中には早、懐の寂しい人形の便宜を図り、見積もりに応じて家具の設えられているものもあれば、お呼びがかかり次第いつ何時であれ、金に糸目をつけず、一つならざる棚に所狭しと犇き合った椅子とテーブルや、ソファーや、寝台や、布張り地等々から調達して進ぜられるものもあった。御当人に住まって頂くためにこそこうした住まいの設計された高位貴顕や一般大衆はここかしこ、真っ直ぐギョロリと天井を睨め据えたなり、籠の中に横たわっていた。が連中の社会における位階を示し、個々の縄張りにおとなしく甘んじて頂く上で（とは経験に照らせば実生活においては嘆かわしいほど至難の業だが）、これら人形の造り手達は、間々ツムジ曲がりにして依怙地な「自然の女神」に手を加えていた。というのも彼らは絹や、更紗や、襤褸の端切れといった任意の目印に甘んずを潔しとせず、念押しがてら、目に清かなる身体的差異をおまけにくっつけていたからだ。かくてやんごとなき人形奥方は一点の非の打ち所もなきほど左右対称の蠟の手脚をしていた。がわずかこの方とその同位の方々のみ。社会階層におけるお次の位は革で、そのまたお次の位は目の粗いリンネルの布地で、こさえられていた。こと下々の輩に関せば、彼らは両の腕と脚に火口箱《ほくち》よりその数だけのマッチをあてがわれ、そら、連中——立ち所にこちとらの縄張りに押し込められたが最後、金輪際這いずり出すは叶はぬ相談。

ケイレブ・プラマーの部屋には人形の外にもまだまだどっさり彼の手細工になる色取り取りの見本があった。例えばノアの方舟。そこにて鳥と獣は全くもって、やたらキチキチだった。なるほどどうにかこうにか天井からギュウと捻じ込み、ガタガタ揺すぶってはいっとう窮屈な片隅に揺すぶり込まれてはいたが。大胆不敵な詩的放佚《ほういつ》の為せる業、これらノアの方舟の大半には扉にノッカーがくっついていた。とは恐らく、昼下がりの訪問客や郵便配達夫を暗に仄めかすとあってんで辻褄の合わぬ無用の長物ではあろうが、それでいて建物の外っ面に揮われしおどけた掉尾《ちょうび》ではあった。かと思えば、車輪がクルクル回るとどんでもなく憂はしい調べを奏でる陰気臭い小さな荷車も仰山あった。かと思えば、その数あまたに上る小さなヴァイオリンや、太鼓や、その他あれやこれやの拷問道具も。星の数ほどの大砲や、楯や、剣や、槍や、銃も。かと思えば、赤テープになるのっぽの邪魔物をひっきりなし攀じ登っては反対側から真っ逆様に攀じ降りて来る、真っ紅な膝丈ブリーチズの小さな起き上がり小法師もいれば、そのためわざわざ御当人の玄関扉に嵌め込まれた水平の木杭の上を気でも狂れたか、飛んでいる、神さびた、とまでは行かずとも人品卑しからざる見てくれの御老体も数知れず。かと思えば、ありとあらゆる手合いの四つ脚も。がわけても、ピンは血気に逸りに逸った純血種の揺り木馬から、キリは鬣《たてがみ》代わりにちんちくりんの肩掛け《ティペット》をくっつけた四本木釘の上なる斑《ぶち》の樽に至るまで、よりどりみどりの馬も。恰ももの把手《ハンドル》一つ回せばありとあらゆる手合いの馬鹿げた真似をする手ぐすね引いて待っている幾ダースも幾ダースもの不気味な人影を数え上げようと思えばおよそ一筋縄では行くまい如く、ケイレブ・プラマーの仕事場に、近かれ遠かれ、その類型のなき如何なる人間の愚行であれ、悪徳であれ、瑕疵であれ、名指すはおよそお易い御用どころではなかったろう。しかも誇張された形《なり》ならず。というのもほんのちっぽけな動機《ドル》さえあれば男も女も如何なるオモチャとて未だかつて請け負うようこさえられたためしのなきほど卦体な所業へと駆り立てられようから。

これらありとあらゆる代物の直中にて、ケイレブと娘はせっせと精を出しながら座っていた。盲目の少女はチクチク、人形の仕立て屋然と針を運び、ケイレブは豪勢な一家の邸宅の五階の表の間《ま》にペンキを塗ったり、艶出しを掃いたりしながら。

ケイレブの面《おもて》の皺に深々と刻まれた心労と、ひたむきにして夢見がちな物腰とは、むしろどこぞの錬金術師か深奥な学究の徒にならばしっくり来ていたろうが、一見、彼の生業やグルリのちっぽけな連中とは妙にちぐはぐしていた。が世の些事も、一旦日々の糧のためにこねくり出された上から追い求められ始めたが最後、めっぽう由々しき事実問題となる。して当該案件はさておくとしても、小生は小生自身、万が一ケイレブが式部長官か、国会議員か、弁護士か、それとも一攫千金の山師だったとて、ほんのわずかなり気紛れでないオモチャを商っていたろうとはこれきり請け合う踏んぎりがつかぬ一方、果たして連中、どっこいどっこい他愛なかったろうか否かは大いなる疑問である。

「だから昨晩《ゆうべ》は父さん、雨の中を真っ新《さら》のステキな大外套で出かけたって訳ね」とケイレブの娘は言った。

「ああ、真っ新《さら》のステキな大外套でな」とケイレブはちらと、前述の袋地合羽が水気を切るに、丹念に吊る下げられている、部屋の中に渡した物干し綱の方へ目をやりながら答えた。

「父さんが新《さら》のを買ってくれたなんて何てゴキゲンだったら、父さん!」

「しかも、そんな仕立て屋からな」とケイレブは言った。「上流最屓もいいとこの。わしにはもったいないほどだが」

盲目の少女はつと仕事の手を止め、コロコロさも嬉しそうに声を立てて笑いながら言った。「もったいないですって、父さん！　一体何が父さんにもったいないってことがあって？」

「けど父さん冗談抜きで」とケイレブは自ら口にすることの効験たるや如何にと、娘の見る間に晴れやかになって行く面《おもて》にじっと目を凝らしながら言った。「こいつを着るのは何

だか照れ臭くってな！　小僧やみんなが背《せな》で『おいや！　粧《めか》し屋のお通りだぜ！』なんて言うのが聞こえると、どっちを向いたらいいかさっぱりだ。だし昨夜《ゆうべ》は乞食がどうしてもあっちへ行ってくれんで、わしがいくらほんのしがない老いぼれじゃと言うても、『いや、閣下！　いやはや、どうかそんな御冗談を！』なんて突っぱねた時には、穴があったら入りたいほどだったさ。げに、あいつを着る筋合いなんてさらさらないような気がしてな」

幸せなるかな、盲目の少女の！　何と有頂天な余り、コロコロ笑い転げたことよ！

「まるで瞼に浮かぶようよ」と娘はひしと両手を組み合わせながら言った。「父さんが側《そば》にいてくれたらちっとも欲しくない目があるのと変わらないくらいはっきり。色は青で――」

「明るい青だぞ」とケイレブは言った。

「ええ、ええ！　明るい青で！」と少女はにこやかな面《おもて》を空《くう》へ向けながら声を上げた。「ぴったり、青い空で思い出せる色ね！　いつだったか父さん、空は真っ青だって教えてくれなかったかしら！　ええ、色は明るい青で――」

「ゆったり体に馴染んで」とケイレブはそれとなく言った。

「ゆったり体に馴染んで！」と盲目の少女は心底嬉しそうに笑いながら声を上げた。「それを着てると、愛しい父さん、目はキラキラ輝いて、顔はニコニコ笑って、足はスタスタ軽やかで、髪は黒々してるものだから――そりゃ若振りで男前だったら！」

「やあ！　やあ！」とケイレブは言った。「この調子じゃ父さん、あっという間にテングになっちまおう！」

「あら、もうテングなんじゃなくって」と盲目の少女は大はしゃぎで御当人の方を指差しながら声を上げた。「こっちはとうにお見通しですからね、父さん！　はっ、はっ、はっ！　すっかりシッポはつかまれててよ、ほら！」

何と彼女の胸中描かれている絵のそこにて娘をじっと見守りながら座っているケイレブと似ても似つかぬことよ！　彼女は父親の軽やかな足取りのことを口にしていた。ことその点にかけては、仰せの通り。幾々年も、彼はついぞくだんの敷居を持ち前のゆっくりとした足取りで跨いだためしはなく、必ずや娘の耳のためにそいつを弾ませた。彼自身の心がとびきりずっしり塞《ふた》がれている折にも、ついぞ娘のそいつを然ても陽気にして揚々とさすこと請け合いの軽やかな足取りを忘れたためしはなかった！

神のみぞ知る！　が小生惟みるに、ケイレブの物腰の漠たる戸惑いは元を正せば盲目の娘が可愛いばっかりに、半ば彼自身とグルリの何もかもがらみで自らの頭をこんぐらからせた賜物ではなかろうか。果たして如何で小男が然に長の年月自らの正体と、御逸品にともかくかかずらう代物という代物のそいつをぶち壊そうと躍起になって来た挙句、途方に暮れ果てる外どうしようがあったというのだろう！

「そら、いっちょ上がりっと」とケイレブは、細工の出来映えや如何にと、もっと依怙贔屓なし白黒をつけてやるべく一、二歩後退りながら言った。「六ペンス分の半ペンスが六ペンスそっくりなのといい対本物そっくりじゃあ。屋敷の正面がそっくり一時《いちどき》に開いちまうのが珠にキズ！　せめて中に階段が一つと、ほら、そっから入ってくズブの扉が部屋っていう部屋についておったら！　けど、そいつがわしの稼業の泣き所、わしはいつだって自分をゴマかしちゃあ、ペテンにかけておるのさ」

「何だかずい分ボソボソおしゃべりするのね。くたびれてるの、父さん？」

「くたびれちょる！」とケイレブはしゃにむに勇み立ってオウム返しに声を上げた。「何で父さんくたびれにゃならん、バーサ？　わしはくたびれたためしなんてないぞ。急にまた何を言い出す？」

論より証拠とばかり、彼はつい我知らず炉棚の上の、腰から上がとあるいつ果てるともなき倦怠のザマを晒している二体の欠伸しいしい伸びをしている半身のオモチャの右に倣いかけていたものを思い留まり、流行り唄の端くれを口遊んだ。そいつは「泡立つ大盃」が何たらかんたらと宣ふ酒盛り唄だった。彼はそいつを後はどうなとばかりの破れかぶれの声を装って歌い、かくていつもより一千層倍みすぼらしく物思わしげな面《つら》を下げることと相成った。

「なぬ！　きさま戯れ歌を歌うておると？」とタクルトンが戸口から頭を突っ込みざま声を上げた。「どんどんやるがええ！　このわしはからきしやれんが」

などとお断り頂くまでもなかったろう。この方、断じて、俗に言う歌い手ヅラだけは下げていなかったから。

「わしはのんきに鼻唄など歌うておれんが」とタクルトンは言った。「きさまはのん気にやれて何より。ついでにのん気に仕事もやれればの。両方いっぺんにする暇《いとま》はまずなかろうが、えっ？」

「ほんのお前に目が見えたら、バーサ、何と親方の父さんにパチパチ目配せしてみせておいでのことか！」とケイレブは声を潜めて言った。「そりゃ与太を飛ばすのがお好きなもんで！　もしや親方のことを知らねば、お前もてっきり本気なものと思うておろうが――ではないかの、ほれ?」

盲目の少女は笑みを浮かべ、コクリと頷いた。

「巷では歌えるのに歌おうとせん鳥は何が何でも歌わしてやらねばならん、と言うな」とタクルトンは唸り上げた。「ならば歌えもせねば歌う筋合いもないクセをしてどうしても歌うと言うて聞かんフクロウはどうじゃ? そやつには何を見繕うてやればええ?」

「何とまた親方のパチパチ目配せしてみせておいでのことか!」とケイレブは娘に耳打ちした。「おお、いやはや!」

「わたし達相手にいつも陽気で浮かれてらっしゃるったら!」とバーサはにっこり微笑みながら声を上げた。

「おうっ、お前そこにおると?」とタクルトンは返した。「この哀れな痴れ者めが!」

彼は実の所、娘をてっきり痴れ者なものと思い込んでいた。して然に思い込んでいたのは、意識的にか否かはいざ知らず、娘が自分のことを気に入っているからこそであった。

「はむ! んでそこにおるというなら――調子はどうじゃ?」とタクルトンは例の調子で不承不承たずねた。

「おお! お蔭様でとっても元気です。だし親方様だって願って下されないほど幸せです。叶うことなら世界中のみんなを幸せにしたいってお思いなほど幸せです!」

「へんっ、この哀れな痴れ者めが!」とタクルトンはブツクサ放いた。「分別のカケラもないとは。ミジンもないとは!」

盲目の少女は親方の手を取り、キスをし、束の間、彼女自身の両手に挟み、そいつを離す前に愛おしそうに頬をすり寄せた。くだんの仕種にはそれは得も言はれず懐っこく、それは心底ありがたそうな所があったものだから、さしものタクルトンもつい情にほだされ、常よりはまだしもお手柔らかな唸り声にて宣った。

「こりゃまた一体何事じゃ?」

「わたし昨夜《ゆうべ》寝る時に枕のすぐ側《そば》に置いて、夢の中で思い出したんです。で夜が明けて輝かしい真っ紅なお日様が――真っ紅なお日様だったわよね、父さん?」

「朝と夕方は真っ紅なな、バーサ」と哀れ、ケイレブはちらと雇用主の方を侘しげに見やりながら言った。

「でお日様が昇って、歩くとぶつかるんじゃないかって恐いくらい明るい光が部屋の中に射し込むと、小さな木をそっちへ向けて、神様に感謝を捧げました。色んなものをこんなにもありがたくして下さってって。で親方様にも感謝を捧げました。色んなものを届けてわたしをこんなにも励まして下さってって!」

「こりゃキ印が野放しになっておるでは！」とタクルトンは息を殺してつぶやいた。「この調子ではあっという間に気狂いガンジガラメ服とキの字手袋の御厄介にならねばなるまいて。見る間にどんどん捗が行っておるでは！」

ケイレブは、両手をゆったり互いに引っかけたなり、娘が然に口を利いている間《ま》にもぽかんと、果たしてタクルトンは何か事実娘の礼に値するだけのことをしたものやら否や蓋し、半信半疑ででもあるかのように（して十中八九、半信半疑）前方を睨め据えていた。してもしや折しも、何をするにせよとことん勝手が利き、乾坤一擲、オモチャ屋を蹴り飛ばすか、その足許に平伏すか、御当人の功罪に応じていずれか選べと命じられていたなら、いずれに軍配を挙げるか、は五分と五分だったろう。がそれでいてケイレブは彼自身の手づから小さなバラの木を然ても丹念に娘のために我が家へ持って帰ったということは、彼自身の口伝《づて》恐らくはお蔭で彼が日々如何ほど、如何ほどどっさり、娘をそれだけ幸せにしてやりたいばっかりに辛抱に辛抱を重ねているか気取られずに済むような罪なき欺瞞を弄しているということは、百も承知であった。

「バーサ！」とタクルトンは当座、いささか親身げな風を装って言った。「こっちへ来んか」

「おお！　真っ直ぐ行けますわ！　こっちこっちと呼んで下さらなくっても！」と彼女は返した。

「一つ秘密をバラしてやろうでは、バーサ？」

「もしもよろしければ！」と彼女は懸命に答えた。何と、暗き面《おもて》の明るいことよ！　何と、一心に耳を傾く頭《こうべ》の目映いばかりの光に彩られていることよ！

「今日は確か小さな何たらかんたらが、甘えん坊めが、ピアリビングルの女房が、いつものようにお前に会いにやって来る――ここで上さんの奇抜なピク－ニクとやらをする日だったな、えっ？」とタクルトンは一件丸ごとにさもイケ好かぬげな苦虫を噛みつぶしたなり、カマをかけた。

「ええ」とバーサは返した。「今日はちょうど」

「やっぱし」とタクルトンは言った。「わしも仲間に入れてもらえんかと思うての」

「今のを聞いて、父さん？」と盲目の少女は陶然と声を上げた。

「ああ、ああ、聞いちょるとも」とケイレブは夢遊病者よろしくじっと目を凝らしたなりつぶやいた。「けどまさか。きっとわしの得意のウソの端くれだろうて」

「わしは、ほれ――わしは、その、ピアリビングルの夫婦をもちっとメイ・フィールディングと懇ろにならしとうての」とタクルトンは言った。「何せ近い内にメイと連れ添うことにしておるもので」

「連れ添うことに!」と盲目の少女はハッと彼から遠退きざま声を上げた。

「あやつめ、ええい、それは性懲りもない痴れ者なもんで」とタクルトンはブツブツつぶやいた。「わしの言うことがからきし呑み込めんかとは思うておったが。ああ、バーサ! 連れ添うことにの! 教会に、司祭に、書記に、教区吏に、ガラス窓の馬車に、鈴《すず》に、披露宴に、花嫁ケーキに、リボンや花束に、髄骨に、肉切り包丁に、ほかにもあれこれちゃちなガラクタじゃ。祝言じゃ、ほれ、祝言じゃ。祝言がどんなものか知らんのか?」

「いえ、知ってます」と盲目の少女は穏やかな調子で答えた。「よく分かります!」

「ほほう?」とタクルトンはつぶやいた。「まさかとは思うたが。はむ! という訳で、わしは仲間に入れてもろうて、メイとお袋さんを連れて来とうての。昼前に、何かちょっとした馳走でも届けようて。冷製のマトンの脚肉か、何かその手のちょっとした気の利いた代物でもの。ということでええか?」

「ええ」と娘は答えた。

彼女はいつしか項垂れ、顔を背けていた。かくて両手を組んだなり、物思わしげに立っていた。

「どうも怪しいもんじゃ」とタクルトンは娘の方を見やりながらつぶやいた。「とうにそいつのことなどコロリと忘れておるようではないか。ケイレブ!」

「おや何か、とでもいっそ言うてみたい所じゃが」とケイレブは惟みた。「へえ、親方!」

「今のを娘が忘れんようによう気をつけておいてやれ」

「あいつに限って忘れたりゃあしません」とケイレブは返した。「そいつはこれぽっきりあいつの苦手の端くれなもんで」

「どいつもこちとらのガチョウだけはハクチョウなもんと思うておっての」とオモチャ屋は肩を竦めてみせながら宣った。「哀れな奴め!」

との捨て台詞を、さもせせら笑わぬばかりに賜るや、老いぼれグラフ・アンド・タクルトンは姿を消した。

バーサはその場にじっと、物思いに耽ったまま、立ち尽くしていた。彼女の伏し目がちな面《おもて》からは陽気さが消え、めっぽう悲しげだった。三、四度、まるで何か思い出、と言おうか喪失を悼んででもいるかのようにかぶりを振った。が憂いに沈んだ想念が言葉に捌け口を見出すことはなかった。

ケイレブが一時《いっとき》、馬具を連中の胴体の肝心要の部位に釘づけにするなる略式手続きによりて一組の馬を荷馬車に繋ぐのにかまけ果して初めて、娘は父親の作業床几に近づき、傍に腰を下ろしながら言った。

「父さん、わたし真っ暗闇だと寂しいわ。どうかわたしの目を――辛抱強くて気のいい目を――頂だいな」

「そらよっと」とケイレブは言った。「いつだってお茶の子さいさい。そいつら一日二十四時間いつ何時だって、バーサ、父さんのものっていうよかお前のもんだ。お前の目はこっからお前のために何してやろうかい、お前《ディア》?」

「部屋をざっと見渡して、父さん」

「よしっと」とケイレブは言った。「お易い御用のコンコンチキってな、バーサ」

「お部屋のこと教えて頂だいな」

「こいつはいつもと大方同しで」とケイレブは言った。「約しい、けどめっぽう居心地がいい。壁にはケバい旗が吊る下がって、皿や鉢には明るい花模様がデカデカやられて、梁か羽目のあるとこの木はテラテラ、テラついて、家中どこからどこまで陽気で小ざっぱりしてるからにゃ、めっぽうゴキゲンだ」

なるほど、バーサの手が忙しなくやれる所はどこであれ、部屋は陽気で小ざっぱりしていた。がケイレブの空想が然にガラリと変えてやっているガタピシのおんぼろ差し掛け小屋の他のどこへ目をやろうと陽気で小ざっぱりした所は微塵もなかった。

「父さんは作業着を着てるせいで、あの立派な外套の時ほどシャレてはいないのね?」とバーサは父親に手をかけながら言った。

「そっくりそこまではな」とケイレブは答えた。「けどめっぽうピンシャンしてるぞ」

「父さん」と盲目の少女は父親の脇へひたと寄り添い、そっと首に腕を回しながら言った。「メイのこと何か教えて頂だいな。メイはとっても器量好し?」

「ああ、げにの」とケイレブは言った。して彼女はげにめっぽう器量好しだった。そいつはケイレブにとってでっち上げの手に訴えずとも済む全くもって数少ない例外の一つであった。

「髪は黒っぽくて」とバーサは物思わしげに言った。「わたしのより黒っぽくて、声は甘くて珠を転がすようよ。っていうのはもちろん知ってるわ。いつもほんの耳にするだけで、わたしまで嬉しくなって来るもの。姿形は――」

「この部屋中に一つこっきりそいつの右に出る人形はいま

いな」とケイレブは言った。「で嬢さんの目がまた！——」

彼ははったと口ごもった。というのもバーサはいよよひしと首にすがりついていたのだが、彼のグルリに回された腕からはギュッと、彼には察して余りあるクギ差しめいた訴えが伝わって来たからだ。

彼はコホンと咳払いをし、カンと玄翁を揮い、それから泡立つ大盃云々と——かようの難儀という難儀における百発百中の頼みの綱たる戯れ唄へと——砦よろしく難を逃れた。

「わたし達のお友達は、父さん、わたし達の恩人は。わたしあの方のことだったら、ほら、いくらお話聞いてもうんざり来たりしないから。——だって、これまで一度だってうんざり来たことあって？」と彼女はそそくさと言った。

「当たりき一度こっきり」とケイレブは答えた。「んでごもっともにも」

「ああ！　何てそりゃごもっともにも！」と盲目の少女は心底熱っぽく声を上げた。よってケイレブは、御当人の動機たるや然に混じりっ気がないとは言え、娘の面《おもて》に出会わすのに耐えきれず、まるで彼女が御両人の中に彼の罪なきペテンを読み取れてでもいたろうかのように目を伏せた。

「だったら、あの方のことも一度教えて頂だいな、愛しい父さん」とバーサは言った。「何度も何度もも一度！　あの方のお顔は情け深くて、親切で、優しいのよね。だしきっと正直でまっとうに決まってる。どんなにちらと御覧になっただけでも、御恩っていう御恩にそっくり荒っぽくて不承不承な化けの皮を被せようとする男らしいお心がひょっこり顔を覗かせるんだったわね」

「ってことで何てあっぱれ至極な顔をしておいでなことか！」とケイレブは例の如く物静かながらヤケのヤン八で言い添えた。

「ってことで何てあっぱれ至極な顔をしておいでなことか！」と盲目の少女は声を上げた。「あの方メイよりお年なんでしょ、父さん」

「あ、ああ」とケイレブは不承不承返した。「ほんのちょっこしメイよりお年だ。けどそいつはどうってこたなかろう」

「おお、父さん、そんなことなくってよ！　年取ってあちこち不自由な旦那様の辛抱強い話し相手になれるものなら、病気がちな旦那様の優しい看護婦さんになって、辛くて悲しい思いをなさってる旦那様の律儀なお友達になれるものなら、旦那様のために身を粉にしてもお務めできるものなら、旦那様を付きっきりで看病して、ベッドの傍に座って、目を覚ましておいでなら話しかけて、眠っておいでなら神様にお祈りを捧げられるものなら、だったら何て奥さんにしか叶はないことかしら！　だったら何て旦那様のことどんなに自分そっちのけで心から愛してるかそっくり身をもって証せることかしら！　きっとメイはそんな何もかもするに決まってる、じゃなくって、愛しい父さん？」

「ああ、もちろんとも」とケイレブは言った。

「わたしメイのこと大好きよ、父さん。心の底から大好きって思えてよ！」と盲目の少女は声を上げた。してそう言いながら、盲目の面《おもて》をケイレブの肩にもたせ、それは激しく泣きじゃくるものだから、彼はそんな涙催いの幸せをもたらしてしまったとは、ほとんど悔悛に駆られぬばかりであった。

片や、ジョン・ピアリビングルの屋敷にては上を下への大騒ぎ。というのも小さなピアリビングルの上さんは、宣なるかな、どこへ出かけるにせよ坊やを連れて行かぬなど考えられもせず、いざ坊やを「船出」させようと思えば並大抵のことではなかったからだ。かと言って、こと重量と寸法の代物として言えば、坊やがさしたるものだからというのではなく、ただ坊やがらみがらみで焼いてやらねばならぬ世話がそれはどっさりあり、しかもそいつら一切合切、ちびりちびり、ごゆるりと焼いてやらねばならぬからというので。例えば坊やをともかくあの手この手でおめかしのさる点まで辿り着かせ、貴殿も当然の如く、てっきりもう一つ二つ仕上げの手を加えれば坊やにも晴れてケリがつき、いざ全世界を向こうに回してこれぞぶっちぎりの赤ちゃんなりと大手を振らせるものと思い込んだその矢先、この方思いもかけずズッポリ、フラノの縁無し帽にてロウソク消しよろしく揉み消されたが最後、アタフタ、ベッドへ連れて行かれ、そこにて大方一時間の長きにわたり二枚の毛布の間にて（言わば）フツフツ煮え滾っていたものである。当該休止状態から、坊やはそれからめっぽうテラついた上から夥しく泣き喚きつつ母上より――はむ？　小生としてはむしろ、もしや漠たる物言いをお許し頂けるものなら、かく言おう――わずかばかり「軽食」の――御相伴に与るべく息を吹き返させられる。と思いきや、またもやスヤスヤ寝息を立て始める。さらばピアリビングルの上さんは、鬼の居ぬ間の何とやら、貴殿が終生どなたにおけようと目にしたためしのなきほどささやかなやり口なれど小粋にめかし込み、同上の短い休戦の合間を縫って、スローボーイ嬢はそれは瞠目的にして創意工夫に富むものだから御自身ともこの地球上の他の如何なる代物とも縁もゆかりもなき、てんで手前勝手に孤独な我が道を行く、萎びた、犬の耳折れもどきの、独立独歩の事実たるさる流儀のスペンサー*にクネリクネリ御尊体を捻じ込む。この時までには、坊やは、またもやパッチリ目を覚ましているによって、ピアリビングルの上さんとスローボーイ嬢の二人がかりで、御尊体にはクリーム色のマントを、頭にはある種南京木綿の堅パイを纏わせ、かくて漸うお三方は揃って表戸まで降りて来る。そこにては老いぼれ馬が早、御当人の堪忍袋の緒の切れかけた自署もて道を削《けつ》り上げることにて「通行料取立門信託《ターンパイク・トラスト》*」よりおよそやつの一日分の道銭の値では追っつかぬほどふんだくり、そこよりボクサーが遙か遠見にて、後ろを振り返りつつ立ったなり、奴にとっとと御命なんかそっちのけでやって来いよと嗾ける様が茫と見て取れていたやもしれぬ。

　こと椅子か、ともかく何であれピアリビングルの上さんを荷馬車に乗っけるに手を貸すその手の代物がらみで、もしや貴殿がそいつごときがお入り用だと思し召しているようなら、ジョンをお見逸れするにも程があろう。彼が上さんをひょいと地べたから担ぎ上げるのが目に留まったか留まらぬか、上さんはそら、瑞々しくもバラ色に頬を染め、かく宣いながら席に着いているでは。「ジョンってば！　何てことするの！　ティリーの前だっていうのに！」

　もしや小生に、如何なる条件においてであれ、若き御婦人の大御脚を俎上に上すことが許されるなら、スローボーイ嬢の御逸品がらみではかく述べさせて頂こう、即ち、御両人、如何でか擦り剥かれずばおかぬ不幸な因縁に祟られ、ものの一、二段昇ったり降りたりするだけで必ずや当該状況をさながらロビンソン・クルーソーが木製カレンダーに日付を刻みつけていた要領で、御両人に切欠き《ノッチ》もて記さずばおかなかった。がこれは或いは嗜みに欠けると思し召されるやもしれぬ。よって一考を要しよう。

「ジョン！　ちゃんと仔牛・ハムパイや何やかやと、瓶詰めビールを積んでくれたんでしょうね？」とドットは言った。「もしもじゃなかったら、どうかすぐにでも一度、引き返して頂だいな」

「こいつはよくも言ってくれるぜ」と運搬人は返した。「いつもよか優に十五分も遅らせといて、も一度引き返せだと」

「ごめんなさい、ジョン」とドットはアタフタ慌てふためきながら言った。「でもわたし、バーサのとこへ行くのに――ほんとに、ジョン、どんなことがあっても――仔牛・ハムパイや何やかやと、瓶詰めビールを提げてかないなんて考えられないんですもの。どう！」

　との寸語は馬宛かけられしもの。御当人はまるきり取り合っては下さらなかったが。

「おう！　どうして頂だいな、ジョン！」とピアリビングルの上さんは言った。「お願いだから！」

「どうするにゃあまんだたっぷり間《ま》はあろうじゃ」とジョンは返した。「おれがうっかり荷を積み損ない出してからでもよ。籠は、ほらよっと、ここだぜ」

「まあ、何て血も涙もない人なの、あなたってば、ジョン、そうならそうと早く言ってよ。だったらあんなにハラハラ気を揉まなくて済んだのに！　わたしちゃんと言ってあったはずよ、どうしたって仔牛・ハムパイや何やかやと、瓶詰めビールを提げずにバーサのとこへは行けやしないって。わたし達が一緒になってからってものずっと二週間に一度、ジョン、わたし達いつもあそこでピクーニクして来なかったかしら。もしも何か手違いでもあったら、これきりツキが逃げてしまうって気がしてよ」

「そいつはまずもって親身なことだったし」と運搬人は言った。「さすがお前だぜ、ドット」

「あらま、ジョンったら」とドットは真っ紅に頬を染めながら返した。「さすがだなんて言わないで頂だいな。おお、何てことでしょ！」

「ところで――」と運搬人は切り出した。「あのじっつあまだが――」

またもや然ても紛うことなく、して立ち所に、戸惑うとは！

「ありゃズブの変わりもんで」と運搬人は真っ直ぐ前方の道を見はるかしながら言った。「今イチ解《げ》せねえとこがある。まさか妙なトバッチリはかかんねえだろうが」

「まさか、これきり。きっと――きっと、そんなことないはずよ」

「ああ」と運搬人は、これはまた何としゃにむに相づちを打つことよと、思わず上さんの顔を覗き込みながら言った。「お前がそんなに大丈夫って思うなら何より。何せそいつは太鼓判もいいとこなもんで。けどじっつあまがしばらく家《うち》に置いといてくれって言い出すたあ妙な話もあったもんじゃ、えっ？　世の中何があるか分かんねえ」

「ほんとに世の中何があるか」と上さんはほとんど聞こえるか聞こえぬか、小さな声で返した。

「けど、あちらは何せ気のいいじっつあまで」とジョンは言った。「宿賃だっていっぱし殿方らしく払って下さりゃ、何おっしゃろうといっぱし殿方のそいつってこって、鵜呑みにしても好さそうだ。おれは今朝のことあちらとうんとこ膝を突き合わせたんだが、そろそろ、ってあちらのおっしゃるにゃ、おれの声にも馴染むにつれて、やっとこよく聞こえるようになったとさ。じっつあまは御自身がらみであれこれバラして、おれもこちとらがらみであれこれバラして、んで何てどっさりじっつぁまのネ掘りハ掘りやって下さるったらさ。おれはあちらに、稼業にゃ、ほら、二つの縄張りがあって、今日《きょう》家《うち》から右手へ行ってまた引っけえして来りゃ、明日《あす》は家《うち》から左手へ行ってまた引っけえして来るって（何せあちらは他処者で、ここいらの場所の名はチンプンカンプンなもんで）教えてやった。するってえとやけにゴキゲンみてえだった。『ああ、ならば今晩はお宅の道から引き返すとしようでは』ってえじっつぁまだ。『てっきり反対の方角からお越しなものと思うておったが。そいつは傑作！　たといも一度、拾って頂こうと、いや心配御無用、もう二度とあんなにぐっすりとは眠りこけまい』あちらはあん時ゃマジぐっすり眠りこけてなすったが！――ドット！　おめえ何考えてやがる？」

「何考えて、ジョン？　わたし――わたし、ちゃんとあなたのお話聞いてたけど」

「おうっ！　ならいいってことよ！」と正直者の運搬人は言った。「てっきり、おめえのツラからして、あんましクダクダやり過ぎたもんで、つい何か別のこと考え出しやがったかと思ったが。もうちっとでとんだイイ線行きかけちまう所だった、危ねえ危ねえ」

ドットが一言も返答賜らなかったので、彼らはガラガラ、一時《いっとき》黙りこくったなり揺られ続けた。とは言え、ジョン・ピアリビングルの荷馬車にてめっぽう長らく黙りこくっておくは至難の業。何せ道中、誰も彼もが何か声をかけるネタを持ち併せていたから。なるほど、そいつはただ「やあ、景気はどうだい？」だけだったやもしれぬし、事実、やたらしょっちゅうほんのそれしきだった。がそれでいて、ひたぶる真心込めて礼を返そうと思えば、一度こっきりコクリと頷いたりニタリと笑ったりするのみならず、かてて加えて長広舌の国会討論といい対健やかな肺腑の動きを要した。時には、徒《かち》の馴染みや、馬の背に跨ったそいつらが、わざわざ四方山話に花を咲かせたいばっかりに、しばらく荷馬車の傍らをゆるゆる歩き、さらばいずれの側《がわ》にても咲かさねばならぬネタが生半ならずどっさりあった。

それから、ボクサーのお蔭で、半ダースからのキリスト教徒が束になってかかっても到底敵はぬほど仰山、運搬人への、してからの、気さくな挨拶が交わされることと相成った！　道中どいつもこいつも奴とは顔見知りだった――わけてもトリやブタは。何せ連中、奴が御尊体をてんで一方に傾げ、両の耳をピンと物見高げに欹て、くだんのドアのノブじみた尻尾を空《くう》で目一杯ひけらかしたなり、近づいて来るのを目にするが早いかすは、もっと近しき御高誼に与る栄誉を待つまでもなくとっととどこぞの裏手の居留地へと尻に帆かけたからだ。奴はどこにもかしこにも用があると見え、曲がり角という曲がり角を回り、井戸という井戸を覗き込み、田舎家という田舎家に駆け込んでは駆け出し、御婦人経営私塾《デーム・スクール》という御婦人経営私塾《デーム・スクール》の真っ直中に突撃をかけ、鳩という鳩をバタバタ慌てふためかせ、猫という猫の尻尾をぷうっと膨れ上がらせ、居酒屋という居酒屋の暖簾を常連客よろしく小走りに潜《くぐ》った。奴がどこへ行こうと、どいつかこいつかが「おいや！　ボクサーじゃないか！」と声を上げるのが聞こえていたやもしれず、さらばすかさずくだんのどいつかが少なくとも二、三人の外のどいつかをお供に、ジョン・ピアリビングルとべっぴんの上さんに、やあ、こんちは、と声をかけるべく繰り出したものである。

　遣い走り馬車のための荷や包みはその数あまたに上り、そいつらを積んだり下ろしたりするのにあちこちで停まらねばならなかった。がこいつは、旅のおよそいっとうイタダけぬ端くれでだけはない。御当人の包みがらみでそれはワクワク胸を膨らませている者もあれば、それは頻りに首を捻っている者もあれば、それはあれこれいつ果てるともなく注文をつける者がある所へもって、ジョンがそれは包みという包みに

他人事どころではなし親身になるものだから、旅は芝居とどっこいどっこい愉快だった。ことほど左様に、とっくり思案に暮れては侃々諤々口角沫を飛ばしてやらねばならず、御逸品の積み具合や置き場所がらみで、運搬人と送り主との間にて散々額の寄せ合われねばならぬ小包もあった。くだんの談合にボクサーは概ね立ち会うに、今やひたぶる一心に耳を傾けるという短い発作に見舞われていたかと思えば、今や一連みの智恵者のグルリをグルグル、グルグル狂ったように駆け回ってはワンワン、ワンワン、声が嗄《しゃが》れるまで吠え立てるという長い発作に見舞われてもいた。こうしたちっぽけな出来事の一から十までにドットは荷馬車の椅子から女性観客《スペクテイトレス》よろしく目を丸くしては打ち興じ、彼女がそこに掛けたなり見守っていると——日除けにて物の見事に額縁の嵌められた一幅のチャーミングな愛らしき肖像画たりて——より若き男衆の直中にては頻りにグイグイ肘が小突かれたり、ちらりほらり目がやられたり、ヒソヒソ耳語が囁かれたり、カリカリ焼きモチが焼かれたりしてはいた。運搬人のジョンの得も言はれず脂下がったことに。何せ上さんがそいつなどてんでお構いなしと——どちらかと言えばむしろ、お気に召すやもしれぬと——知らぬでなし、小さな上さんが然にうっとり来られるとは鼻高々でならなかったからだ。

遠出は、さすが一月の日和とあって、いささか霧が立ち籠め、ひんやり身を切るように冷たかった。が一体どこのどいつがそんなちっぽけなことなど気にしよう？　ドットは、もちろん、これっぽっち。ティリー・スローボーイも、これっぽっち。というのも彼女はともかく馬車に掛けさせて頂くとは人間の愉悦の極致にして、この世の希望という希望の至上の状況なものと見なしていたから。赤ん坊も、神かけて、これっぽっち。というのも如何ほど双方の点におけるその能力たるや底無しとは言え、道中なるくだんの目出度き幼気なピアリビングル二世ほどスクスク暖《あった》まるもぐっすり眠りこけるも如何なる赤子の性《さが》にあろうとお手上げだから。

霧を突いて、無論、さして遠くまでは見はるかせぬ。が何とどっさり目に出来ることか！　もしもほんのわざわざ目を凝らす気になりさえすれば、より濛々たる霧を突いてすら、何としこたま仰ませて頂けるやもしれぬものか、は瞠目的だ。ああ、野原のどこかに仙女の輪《フェアリ・リング》*が浮かんではいないか、生垣の側《そば》や木の傍の蔭に依然、真っ白な霜がグズグズと置いてはいないか、見回しながら座っているだに愉快な気散じ。何と木々がハッと不気味な形《なり》にていきなり霧の中から飛び出したと思いきやまたもやスルリとそいつの中に紛れるものか、は言うに及ばず。生垣はてんでに縺れ合った上から剥き出しのなり、数知れぬ立ち枯れた花輪を風に戦がす。かと言ってこれっぽっちしょげることはなかろう。そいつら打ち眺めるのも御愛嬌。何せお蔭で手持ちの炉端がその分、暖かくなり、先行きの夏がその分、緑々《あおあお》とするにすぎぬから。川は見るからにひんやりしている。が波が立ち、かなりの速さで流れている——とはまんざらでもない。運河はなるほど、ノロくて淀んでいる。そいつは素直に認めよう。構うものか。霜がそこそこ降りたらそれだけとっとと凍てつき、さらばスケートや橇滑りが出来ようというもの。して、ずっしりとしたおんぼろ艀は波止場の近くのどこぞで氷に閉ざされたが最後、暇に飽かせて日がな一日プカプカ、錆ついた鉄の煙突をパイプよろしくくゆらそう。

とある箇所にてはどデカい雑草、と言おうか刈り株の山が燃やされ、彼らは白昼にては然ても真白き炎が霧を突いてメラメラと、ほんのここかしこ赤味を帯びたなり燃え盛るのを見守った。がとうとう、御当人の宣ふに、煙が「鼻にツンと来た」勢い、スローボーイ嬢はゴホゴホ噎せ返り——ほんのちょっとした物の弾みで、その手のことなら何でも御座れだったから——畢竟、赤ん坊の目を覚まし、坊っちゃん二度とは眠って下さろうとしなかった。がボクサーは、およそ四半マイルかそこら魁《さきがけ》、早、街の前哨基地を打っちゃり、ケイレブと娘の住まう通りの角まで来ていた。して一行が玄関先に辿り着かぬとうの先から盲目の少女と仲良く石畳の上にて彼らのお越しを首を長くして待ち受けていた。

ボクサーは、因みに、バーサと心を通わす上で奴なり某か濃やかな区別立てをしていた所を見ると、恐らく彼女が盲目なのを知っていたに違いない。奴は外の連中相手にならばしょっちゅうやるように、バーサの方を見やることにて注意を惹こうとは断じてせず、必ずや彼女に触れた。果たして盲目の人間にせよ犬にせよ、如何なる経験を持ち併せていたものか、小生の与り知る所ではない。ついぞ盲目の主人にお仕えしたためしもなければ、親父さんのボクサーにせよ、お袋さんのボクサーにせよ、御立派な一族のいずれの方《かた》の縁者にせよ、小生の知る限り、盲目に見舞われたためしもない。奴は、ひょっとして、手前勝手に見破っていたのやもしれぬが、如何でか「つか」んでいた。故にバーサをも、スカートもて、「つか」み、赤ん坊を抱いたピアリビングルの上さんと、スローボーイ嬢と、籠が皆して晴れて敷居を跨ぎ果すまで、「つか」み続けていた。

メイ・フィールディングは早、お越しだった。彼女の母親もまた然り——この方、気難しげな御尊顔の小さなグチっぽい木端もどきの老婦人にして、寝台の支柱よろしき腰を後生大事に保っているお蔭でてっきりとびきり人並優れた姿形をしているものと思われ、いつぞやはいい目を見ていた、と言おうかもしやついぞ出来しなかったし、格別持ち上がりそうにもなかった然る一件が事実出来していたならばいい目を見ていたやもしれぬとの漠たる思い込みに凝り固まっていたせいで――とならば要は同じだろうから――蓋し、めっぽう雅やかにして恩着せがましかった。グラフ・アンド・タクルトンもお待ちかねにして、目一杯愛嬌を振り撒き、さながらどデカいピラミッドの天辺なるピチピチに活きのいい若鮭といい対とことんくつろぎ返り、正しく水を得た魚たるの紛うことなき感懐に見舞われていた。

「メイ！　まあ、久しぶり！」とドットは彼女に駆け寄りながら声を上げた。「こんなとこで会えるなんて夢みたい」

彼女の幼馴染みはドットにつゆ劣らずひたぶるにして有頂天だった。してもしや信じて頂けるものなら、御両人がひしと抱き合うの図は蓋し、すこぶる微笑ましき見物《みもの》ではあった。タクルトンは文句なく「お目」が高かった。メイはとびきりのべっぴんさんだった。

時に、とある愛らしき面《おもて》に馴れ親しんでいる際、そいつが何と、また別の愛らしき面《おもて》と並び、引き比べられるや、当座、約しく、色褪せ、ほとんどそれまで貴殿より賜っていた御高評に値せぬかのように見えるものか思い知らされる場合があろう。などということは、ただし、ことドットがらみにせよメイがらみにせよ、心配御無用。というのもメイの面《おもて》はドットの面《おもて》を、ドットの面《おもて》はメイの面《おもて》を、それはさりげなくも好もしく引き立てたものだから、ジョン・ピアリビングルは部屋の中に入って来るなり、こっりゃ実の姉妹でもよかったんじゃあ、とすんでに言いかけたから――というくらいの手しか、せいぜい加えられなかったろうが。

タクルトンは約束通りマトンの脚肉と、語るに奇しきかな、おまけにタルトまで持って来ていた――が我々、外ならぬ花嫁が一枚カむとあらば少々身銭を切るくらい何ともなかろうし、なるほど毎日祝言を挙げる訳でなし――してこれら馳走にかてて加えて仔牛・ハムパイや、ピアリビングルの上さん曰くの「何やかや」があった。種を明かせば、その主たる面々、木の実とオレンジと、ケーキと、その手の雑魚《スモールディア》どもイレブの貢ぎ物によりて脇を固められ果すや（とは因みに、（『リア王』三、四）だった訳だが。くだんの馳走が食卓に並べられ、ケホカホカに茹で上がった大きな木鉢一杯のじゃが芋だった――何せ、他の料理は一切出すこと罷りならぬと、厳命の下《もと》、クギを差されていたから）、タクルトンは未来の義母を貴賓席へとエスコートした。格別な祝祭に際し、くだんの席

になお一層光彩を添えるべく、お高く止まった御母堂は、浅はかな連中にも畏怖の念を喚び起こすこと必定の縁無し帽でめかし込んでいた。のみならず手袋も嵌めていた。が我ら、雅やかたらん、さなくば死を！

ケイレブは娘の隣に座り、ドットと幼馴染みは並んで腰掛け、気のいい運搬人はテーブルの下座の面倒を見てやった。スローボーイ嬢は、当座独りきり、外に何一つ赤ん坊の頭をぶつける代物のなきよう、御自身座っている椅子をさておけばありとあらゆる家具より隔離された。

さながらティリーがグルリの人形やオモチャをジロジロ睨め据えた如く、連中もティリーや一座の面々をジロジロ睨め据えた。わけても玄関扉の（揃いも揃って飛んだり跳ねたりしておいでの）神さびた御老体は一座に興味津々の証拠、時に会話に耳を傾けてでもいるかのようにつと、飛び上がる前に息を止め、それから幾度も幾度も、息を吐く間《ま》もなく、狂ったように突っ込んだものである――その場の手続きの一から十まで、何と正気の沙汰どころではなくゴキゲンなことよとばかり。

なるほど、仮にこれら御老体がタクルトンがまんまと鼻を明かされるのを目の当たりにイイ気味だわいと、悪魔もどきにほくそ笑むにおよそ吝かどころではなかったとすらば、皆さんざやせいせい溜飲を下げていたろう。タクルトンはてんでトントン拍子に行くどころではなく、未来の嫁さんがドットが側《そば》にいてくれるお蔭ではしゃげばはしゃぐほど、固よりわざわざそのため二人を引き合わせたというに、そいつがいよいよ気に食わなかった。何せこの方、絵に画いたような「飼葉桶の犬（『イソップ物語』）」だったから、このタクルトンという男。して皆がカンラカラ腹を抱えても御自身右に倣えぬとあらば、すぐ様、てっきりこちとらをダシに腹を抱えているものと勘繰った。

「ああ、メイ！」とドットは言った。「何て、何て、色んなことがあったったら！　一緒に学校に通ってた楽しかったあの頃のことおしゃべりしてたら、何だかすっかり若返ったみたいよ」

「おや、お宅はいつ何時であれ、さして老けておられんでは、えっ？」とタクルトンが嘴を容れた。

「まあ、どうかあそこの真面目くさったコツコツ屋のうちの人を見てやって下さいましな」とドットは返した。「あの人のお蔭でわたしまで少なくとも二十《にじゅう》は老けてしまってますわ。じゃなくって、ジョン？」

「それを言うなら四十《しじゅう》はな」とジョンは答えた。

「そうおっしゃる親方のお蔭でメイがどれほど老けてしまうことか、ほんとさっぱりですわ」とドットはコロコロ声を立てて笑いながら言った。「きっとあの子ってばお次の誕生日には百歳くらいのオバアさんになってるんじゃありませんかしら」

「はっはっ！」とタクルトンは声を立てて笑った。とは言えくだんの笑い声の、太鼓ほどにも空ろに。して御当人、ドットの首をいっそ一思いにグイと捻ってやれたらさぞやせいせいしていたろうような面《つら》を下げてはいた。

「あらまあ！」とドットは言った。「ほんの思い出してみても頂だいな。何てわたし達、いつも学校で、どんな旦那様のとこへお嫁に行きたいか話してたったら。わたしの旦那様ってばどんなに若くて、どんなに男前で、どんなに陽気で、どんなに元気一杯のはずじゃなかったかしら！　だしメイの旦那様ってば！――ああ、何てことでしょ！　わたし達何てバカな娘だったことかって思えば、笑ったらいいのか泣いたらいいのか分からなくなってしまいそうよ」

メイはどうやらいずれに軍配を挙げれば好いか御存じのようだった。というのもパッと頬に紅みが差し、目に一杯涙が浮かんだから。

「時にはお相手の方御自身だって――正真正銘、生身のお若い方々だって――目をつけられてたものよ」とドットは言った。「人生って分からないものね。わたしまさか、ジョンにだけは目をつけた覚えはなくってよ。あの人のことこれきり思い浮かべたこともなかったんですもの。だしもしもわたしがあなたタクルトンさんのお嫁さんになるに決まってるなんて言ったら、きっとわたしのことピシャピシャぶってたはずよ。じゃなくって、メイ？」

メイはさすがにええ、とは返さなかったが、断じていいえと返しも、いいえと顔に画いてもなかった。

タクルトンはゲラゲラ腹を抱えた——正しく叫《おら》び上げた、然まで大声で腹を抱えたによって。ジョン・ピアリビングルもいつもの気さくな、満ち足りた物腰で腹を抱えた。が彼の笑い声などタクルトンのそれと比ぶればほんの蚊の泣くようなそいつだった。

「にもかかわらず、致し方なかったという訳ですな。二人とも、ほれ、我々にお手上げだったという訳ですな」とタクルトンは言った。「そら、御覧の通り！　そら、御覧の通り！　一体全体お宅らのイカした青二才の花婿方は今頃はどこにお見えで？」

「中には亡くなった方もいれば」とドットは言った。「中には忘れ去られた方もいれば、中には、たとえこうしている今の今わたし達に紛れて立てるとしても、わたし達が同じ人間だなんて信じようとはなさらない——御自身目にしたり耳にしたりしていることが現《うつつ》だなんて、わたし達がまさかその方達のことこんなにコロリと忘れられるなんて、信じようとはなさらない——方だっていらっしゃるでしょう。ええ！　その一言だって信じようとはなさらない！」

「おいや、ドット！」と運搬人が声を上げた。「そら、お前！」

彼女はそれは懸命に熱っぽく口を利いていたものだから、確かに、一言、我に返らせてやる要があった。御亭主の待ったはめっぽうお手柔らかだった。というのもほんの、御当人としては、老いぼれタクルトンを庇うつもりで割って入ったにすぎなかったから。が効果は覿面。というのもドットはひたと口ごもり、それきり黙りこくったからだ。彼女の沈黙にすら、生半ならず取り乱した所があり、そいつに注意おさおさ怠りなきタクルトンは、例の半ば閉じかけの目を彼女宛光らせていただけに、具に目を留め、ばかりか一石二鳥でまんまと胆に銘じた。

メイは、善くも悪しくも一言も口を利かず、ただ目を伏せたきり身動ぎ一つせぬまま座り、目の前で何がやり交わされようと何ら興味を示さなかった。御母堂たるかの奇特な御婦人は今やいよいよ嘴を容れるに、まずもって、娘は所詮、娘にして、過去は所詮、過去なりと、若者は若くて浅はかな限りは恐らく、若くて浅はかに身を処そうと宣い、もう二つ三つ、劣らず健全にして反駁の余地無き手合いの御託を並べ賜ふた。それから、これまで娘のメイがいつも素直な孝行娘でいてくれたことでは心底敬虔に、天に坐す神に感謝せねばならぬと、かと言って、なるほど何もかも已自身の為せる業と信ず謂れの悉くあれど、一件を己《おの》が手柄にしようなどという気はさらになき旨表明なされた。ことタクルトン氏に関せば、御母堂の宣はく、氏が道徳的観点に立てば一点の非の打ち所もなき御仁たること、適格的観点に立てば願ってもなき娘婿《なんぴと》たること、正気の何人たり疑い得まい。（この方ここにて大いなる力コブを入れた。）ことタクルトン氏が然てもほどなく、某かの懇請の後《のち》、縁《えにし》を結ぶことになろう一家に関せば、氏もとうに御存じなものと御母堂の信ずに、なるほど財布においては零落していようと、一家は固より上流の末席を汚しているものと然るべく自負し——もしやさる、敢えて申せば洋藍貿易《インジゴ・トレイド》と必ずしも縁もゆかりもなくもないながらそれ以上は格別言及するを潔しとせぬ状況が異なる具合に出来していたならば、一家は或いは富を手にしていたやもしれぬ。御母堂のさらに畳みかけるに、自分はよもや過ぎたことに触れようなどというつもりはさらになく、娘は一時《いっとき》タクルトン氏の求愛を拒んでいたなどと口にする気は毛頭なく、その他仰山、事実、しかも長々と、口になされたあれやこれやをクダクダしく並べ立てる気はおよそない。して最後に、御自身の観察と経験の一般的賜物とし、かの、世に夢見がちにして愚かしくも愛と呼ばるものの最も乏しき結婚こそが必ずや最も幸福なそれにして、来る《きた》婚礼よりは能う限り大いなる至福が——陶然たる至福ではなく、堅実にして手堅き御逸品が——もたらされよう由蘊蓄を傾け賜ふた。して掉尾《ちょうび》を飾るべく一座に審らかになさるに、明日はわざわざそのためにこそ生き存えて来た日にして、明日が終われば、速やかに骸《むくろ》を包《くる》み上げ、何処であれ雅やかな墓所にて処分して頂くほど願はしきことはなかろう。

以上の御託は全くもって問答無用なるが故——とは今にい い加減お門違いなありとあらゆる御託の目出度き性《さが》たること に——宣なるかな話題の流れを変え、皆の注意を仔牛・ハムパイと、冷製マトンと、じゃが芋と、タルトへと逸らした。よもや瓶詰めビールが蔑されてはなるまいと、ジョン・ピアリビングルは「明日」を、「祝言の日」を、祝し、皆に杯を干すよう音頭を取り、そこでやおら御自身の旅を続けることとした。

というのもここで一言断っておけば、彼はそこにてはただ一息入れ、老いぼれ馬にも秣を食わせてやったまでのことだったから。この先まだ四、五マイル行かねばならず、夕方帰りがけにドットを拾い、我が家への道すがらまたもや一息入れる。というのが、ありとあらゆるピクーニクの折のその日の手筈にして、そいつらが緒に就いてこの方の手筈であった。

その場には二名、未来の花婿花嫁をさておけば、乾杯にさして敬意を表さぬ者がいた。内一人はドットで、彼女は真っ紅に逆上《のぼ》せ、オロオロ取り乱す余り、その折の如何なる些細な出来事にもしっくり馴染めなかった。もう一人はバーサで、少女は皆より先にそそくさと腰を上げ、テーブルを離れた。

「んじゃあばよ！」といかついジョン・ピアリビングルは軍艦ラシャの大外套を引っ被りながら言った。「いつもの時間に戻って来るぜ。んじゃみんなあばよ！」

「あばよ、ジョン」とケイレブは返した。

彼は何やらそう、上の空で言い、同じ心ここにあらざる物腰で手を振っているようだった。というのもバーサを気づかわしげにして訝しげな面持ちで見守ったなり立ち尽くし、くだんの面《おもて》はつゆ表情を変えなかったからだ。

「あばよ、兄き！」と陽気な運搬人は赤ん坊にキスをすべく屈み込みながら言った。御曹司を、ティリー・スローボーイは、今や御自身のナイフ・フォークにせっせとかまけているとあって、スヤスヤ寝息を立てたなり（して奇しくも、カスリ傷一つ負わさぬまま）バーサが設えてくれた小さな寝台《コット》に寝かせていた。「んじゃあばよ！ いつかその内お前が冷たい表《おもて》へ繰り出して、なあチビ、老いぼれたとっつぁんには炉隅でヌクヌク、パイプとリューマチと懇ろにやらしてくれる日が来ようじゃ、えっ？ ドットはどこだ？」

「ここよ、ジョン！」と彼女はハッと我に返りながら言った。

「さあ、さあ！」と運搬人は高らかに両手を打ち合わせながら返した。「パイプはどこだ？」

「あら、パイプのことコロリと忘れてたわ、ジョン」

パイプをコロリと忘れていただと！ そんな妙ちきりんな話を耳にしたためしがあったろうか！ 彼女が！ パイプをコロリと忘れていただと！

「すぐに――すぐに詰めるから。あっという間よ」

とは言え、そいつとてあっという間ではなかった。パイプはいつもの場所に――運搬人の軍艦ラシャの大外套のポケットの中に――彼女自身の手造りの小さな刻み入れ《パウチ》と一緒にあり、そこより上さんはパイプに詰めてやるのはお手のものだった。が手があんまり小刻みに震えるものだからそいつをこんぐらからせ（とは言えもちろん、上さんの手はそれは小さいものだから、易々お出ましにはなったが）、とんでもないヘマをやらかした。パイプに刻みを詰めて火をつける作業も、くだんのささやかな業務における手際の好さに小生は先刻太鼓判を捺したにもかかわらず、仰《のっ》けから仕舞いまでドジの踏みっぱなしだった。その間《ま》もずっと、タクルトンは半ば閉じかけの目でじっとり、さも小意地の悪げに見守ったなり立ち、そいつが彼女の目と出会すと必ずや――と言おうか彼女の目を引っ捕らえると必ずや、というのも御逸品、むしろそいつを引ったくり上げるある種罠であるによって、他の目と出会したためしがあるとはお世辞にも言えなかったから――彼女はお蔭でいよよオロオロ、とんでもなく戸惑うこととなった。

「何て今日の昼下がりってえ昼下がりは、ぶきっちょだったらよ、ドット！」とジョンは言った。「ほんのそれしき、おれだってマジもうちった上手くやってやれようじゃ！」

との気さくな文言もろとも、彼はのっしのっし大股で出て行き、ほどなくボクサーと、老いぼれ馬と、荷馬車と仲良く、活きのいい調べを奏でつつ道を遠ざかるのが聞こえた。片や、夢現のケイレブは相変わらず面《おもて》に同じ表情を浮かべたまま、じっと盲目の娘を見守りながら立ち尽くしていた。

「バーサ！」とケイレブはそっと声をかけた。「一体どうした？　何てお前ものの二、三時間で――今朝からってものガラリと変わっちまったことか。お前が丸一日黙りこくってしょぼくれてるたあ！　何かあったのか？　父さんに言ってみな！」

「おお、父さん、父さん！」と盲目の少女はいきなりワッと泣き出しながら声を上げた。「おお、何て、何て辛いったら！」

ケイレブは片手で涙を拭い、そこで初めて娘に返した。

「けど何てお前ずっと陽気で幸せでやって来たことか考えてもみろ、バーサ！　何て感心な娘で、何てみんなから可愛がられて来たことか」

「だからだわ、胸が締めつけられそうなのは、愛しい父さん！　いつだってそりゃわたしのこと気づかってくれて！いつだってそりゃわたしに優しくって！」

ケイレブは娘が一体何のことを言っているものやら途方に暮れること頻りであった。

「目が見えない――目が見えない、っちゅうのは、バーサ、かわいそうに」と彼はしどろもどろ言った。「んりゃとんだ巡り合わせじゃあるが――」

「わたしそんなことだったら辛いと思ったためしはなくってよ！」と盲目の少女は声を上げた。「そんなことだったら心底、辛いと思ったためしはなくってよ。一度だって！　そりゃ時には父さんの顔が見れたら、っていうかあの方の顔が見れたら――ほんの一度でいいから、愛しい父さん、ほんのちょっとの間《ま》でいいから――どんなにいいかしらって思うこともあるわ。だってそしたら大切にしてるものが」と、両手を胸にあてがいながら。「ここに秘めてるものが、どんなだか分かるでしょうから！　そしたらこの目で確かめて、間違ってるとこ直せるでしょうから！　だし時には（ってずい分小さな時分）夜お祈りをしながら、父さん達の姿がわたしの心から天国へ昇って行っても、本当は父さん達とそっくりじゃないかもしれないって思えば涙のこぼれることだってあったわ。でもそんな気持ちはあっという間に消えたものよ。でフッと消えたら、お蔭で何だか気が楽になって、満ち足りてたくらい」

「だし、いつだってまたな」とケイレブは言った。

「でも、父さん！　おお、気のいい、優しい父さん、もしもわたしがイケないんだったら、どうかわたしのこと辛抱して頂だいな！」と盲目の少女は言った。「だからっていうのじゃないの、あんまり悲しくてどうかなってしまいそうなのは！」

彼女の父親は思わず、潤んだ目からポロポロ涙をこぼさずにはいられなかった。娘は然にひたむきにして痛ましかった。が未だ娘が何を言わんとしているものか解《げ》せなかった。

「どうかあの子をわたしのとこへ連れて来て頂だいな」とバーサは言った。「わたしこんな気持ち、自分一人の胸に閉じ込めて仕舞っておけやしない。さあ、あの子をわたしのとこへ連れて来て頂だいな、父さん！」

娘には父親がためらっているのが分かった。よって言った。「メイを。どうかメイを連れて来て！」

メイは自分の名が口にされるのを耳にすると、そっと少女の方へ近づいて来るなり腕に触れた。盲目の少女はすかさずクルリと向き直り、メイの両手をギュッと握り締めた。

「わたしの顔をよく見て、愛しいメイ、優しいメイ！」とバーサは言った。「あなたの美しい目でわたしの顔を読み取って、でそこにほんとのことが書いてあるか教えて」

「愛しいバーサ、ええ！」

盲目の少女は依然、涙の留め処なく伝う空《くう》ろな、暗き面《おもて》で空を振り仰いだなり、以下なる文言で話しかけた。

「わたしの心の奥底には、あなたのためを思わない願いや思いは一つこっきりなくってよ、明るいメイ！　わたしの心の奥底には、あなたがどんなに何度も何度も、いくら目が見えてどんなに人も羨やむほど器量好しでも盲のバーサのこと、二人共がほんの子供だった時分ですら、っていうかバーサが盲の精一杯、子供だった時分ですら、思いやってくれていたことか、そんな深い思い出よりもっとまざまざとした、ありがたい気持ちで一杯の記憶はなくってよ！　あなたの頭《こうべ》に祝福という祝福が垂れられますよう！　あなたの幸せな前途に光が降り注がれますよう！　今日という今日、愛しいメイ」と彼女はいよいよひしと手を握り締める上でなおメイにすがりついたが。「今日という今日、可愛いあなた《マイ・バード》、あなたがあの方の下《もと》に嫁ぐことになってると知って、この胸が今にも張り裂けそうになっているからにはなおのこと！　父さん、メイ、メアリ！　おお、わたしがこんなだからって、どうか許して頂だいな、あの方がわたしの暗い日々の退屈を紛らすために砕いて下さったお心全てに免じて――きっと三人共がわたしに寄せてくれるはずの信頼に免じて。だってわたしは、神様も御存じよ、あの方にしてもそのお優しさにもっとぴったりのお嫁さんを迎えられますようにとは望めっこないんですもの！」

　然に訴えている間《ま》に、彼女はメイ・フィールディングの両手を離し、彼女の服にひしと、拝み入っているとも愛おしんでいるともつかぬ姿勢ですがりついていた。奇しき思いの丈を迸らす内にも次第に低く低くへたり込みながら、少女は終に幼馴染みの足許にくずおれ、彼女の裳裾に盲目の面《おもて》を埋《うず》めた。

「天に坐す神よ！」と彼女の父親は一撃の下《もと》、真実にぶちのめされ、声を上げた。「わたしはこの子を揺り籠の時分から欺き続けていたというのでしょうか、ただ挙句その胸を張り裂いてやるために？」

　彼ら皆にとってドットが、かの晴れやかな、重宝な、忙しない、小さなドットが――というのも彼女は、如何なる落ち度があろうと、如何に諸兄が、いずれ、彼女のことを嫌いになるやもしれまいと、正しくそんなヤツだったから――彼ら皆にとって、だから、彼女がそこに居合わせてもっけの幸い。さなくば一件に如何様な落ちが着いていたものか、は神のみぞ知る。がドットは、落ち着きを取り戻すが早いか、メイが一言も返せぬ内に、と言おうかケイレブがもう一言とて口に出来ぬ内に、割って入った。

「さあ、さあ、愛しいバーサ！　わたしと一緒にあっちへ行きましょ！　この子に腕を貸して上げて頂だいな、メイ。ええ、そう、そう！　ほら、もう何て落ち着いて来たことか、お言いつけ通りにしてくれるとは何て感心だことか」と陽気な小さな上さんは少女の額にキスをしながら言った。「さあ、いい子だからあっちへ行きましょ、バーサ。さあ！　でお父さんも、ほら、この子と一緒に来て下さるわね、ケイレブ？　もっ-ち-ろん！」

やれ、やれ！　彼女はその手の事共にかけては、あっぱれ至極な小さなドットにして、もしや彼女の感化を物ともせずにいられるとすらば、よほどの一刻者だったに違いない。哀れ、ケイレブと娘のバーサをお互い慰め労り合えるよう――とは二人にしか叶はなかったろうから――引っ立て果すや、彼女はほどなくセカセカ取って返し――世に曰く、如何なるヒナギクにも劣らず潑溂と――小生に言わせば、なお潑溂と――いざ、くだんの帽子と手袋のそっくり返った勿体らしさの小さな権化の見張りに立ち、愛しき御母堂がいらぬシッポをつかまぬよう目を光らせた。

「だから大事な坊やをこっちへ連れて来て頂だいな、ティリー」と彼女は炉端に椅子を引き寄せながら言った。「でこうして坊やを膝に抱いてたら、ほら、フィールディングのお母様が、ティリー、赤ちゃんの扱い方を一から十まで手ほどき下すって、わたしがとんでもなく勘違いしてるあれやこれやのどこがどういけないのか教えて下さるはずよ。ではありませんかしら、お母様？」

名にし負うウェールズの巨人ですら――というのも人口に膾炙した言い種によらば、朝餉時《どき》に不倶戴天の敵によりて弄さる手品もどきのペテンの向こうを張ってこちとらに致命的外科手術を施すほど「魯鈍」だったによって＊――かの大男ですら、老婦人が当該抜け目なき術数にまんまと嵌まったほど易々と御当人のために仕掛けられた罠に掛かりはしなかったろう。ほんのタクルトンがどこぞへ出て行き、かてて加えて二、三人の連中が少し離れた所でものの二分かそこら、御自身を後はどうなと放ったらかしにしたなり、互いにヒソヒソ額を寄せ合っているというだけで、この方ふんぞり返ったが最後、二十四時間の長きにわたり延々と洋藍貿易《インジゴ・トレイド》におけるかの摩訶不思議な異変を嘆き悲しみ続けていたろう。が若き母親の側《がわ》における、御当人の経験への当該つきづきしき敬意はそれは抗い難かったによって、しばし謙遜を銜ってはいたものの、御母堂はいざ、この世にまたとないほど唯々諾々と彼女の蒙を啓きにかかり、逆しまなドットの前にピンと背《せな》を伸ばして座ったが最後、ものの三十分でピアリビングル御曹司を、たといこの方、幼気な大力無双男《サムソン》だったとて（もしや実地に試されていたなら）コテンパンにぶちのめした上から息の根を止めること必定よりなおその数あまたに上る特効の家庭的処方から奥義からを御教示賜った。

話題を変えるべく、ドットは少々針を運び――果たして如何様にか小生は与り知らぬが、裁縫箱丸ごとの中身をポケットに突っ込んでいたから――それから少々赤ん坊をあやし、それからまたもや少々針を運び、それから御母堂がうつらうつら居眠りしておいでの隙にメイと少々ヒソヒソ言葉を交わし、かくて小刻みにセカセカ、とはいつも全くもって彼女らしいやり口たることに、あれやこれやりこなす内、あっという間に昼間は過ぎ去った。それから、辺りは薄暗くなり、そこへもってバーサの家事をそっくりやりこなすが当該ピクーニクなる仕来りのしめやかな端くれだったから、炭を整え、炉を掃き、茶盆を仕度し、カーテンを引き、ロウソクに火を灯した。それからケイレブがバーサのためにこねくり出した粗野な手合いのハープで一、二曲爪弾いた。というのも「自然の女神」は彼女の華奢な小さな耳を、もしやともかく身につける宝石を持っていたならそいつらにうってつけだったろうに劣らず、楽の音《ね》にもうってつけの選りすぐりのそいつにしていたから。この時までにはそろそろお茶をするお定まりの刻限となり、タクルトンがまたもや、食事の御相伴に与り、夕べを過ごすべく戻って来た。

ケイレブとバーサはしばらく前に戻り、ケイレブは昼下がりの仕事宛、腰を下ろしていた。が哀れ、娘のことで気を揉み、疚しさに駆られる余り、およそ本腰で身を入れるどころの騒ぎではなかった。目にするだに忍びなくも、彼は作業床几になまくらに腰を下ろし、娘の方を然ても心悲しげに見やり、必ずや面《おもて》でかくつぶやいていた。「わたしはこの子を揺り籠の時分から欺き続けていたというのか、ただ挙句その胸を張り裂いてやるために！」

日もとっぷりと暮れ、ドットは茶碗や受け皿を洗う外何もすることがなくなると、要するに――というのもどのみち行き着かねばならぬとすれば、徒に引き延ばしても詮なかろうから――遙か彼方の車輪の音という音に運搬人の帰りを待ち侘びる刻限が近づくと、物腰がまたもやガラリと変わり、頬の紅みが引いては差し、てんで腰が座らなくなった。世の、御亭主の帰宅に耳を澄ます感心な嫁さんらしく、ではなく。いや、いや、いや。そいつはまるきり別クチの戸惑いようであった。

車輪の音が聞こえた。馬の蹄の音も。犬の吠え声も。音という音がズンズン近づいて来る。扉をそら、ボクサーがガリガリ、引っ掻く音がする！

「あれは誰の足音？」とバーサがハッと腰を上げざま叫んだ。

「誰の足音？」と運搬人は、身を切るような夜風のせいで褐色の顔を冬の漿果《ベリー》さながら真っ紅に火照り上がらせたなり入口に立ちながら返した。「おいや、おれんじゃ」

「いえ、もう一方の」とバーサは言った。「あなたの後ろの男の方の！」

「バーサにかかっちゃ敵わねえ」と運搬人は声を立てて笑いながら宣った。「さあ、こっちいお越しを、じっつあま。心ぺえいらねえ、遠慮は無用だ！」

彼は大きな声で口を利き、彼が口を利く間《ま》にも耳の遠い御老体が入って来た。

「じっつあま一度もお目にかかったためしのないほどの他処者じゃあるめえ、ケイレブ」と運搬人は言った。「皆してお暇するまでちょっくら休ませてやっとくんな」

「おお、もちろん、ジョン。こんなむさ苦しい所でよけりゃ」

「じっつあま、そこに御座るってのにヒソヒソやるにゃあこの世にまたとないほどのお相手だぜ」とジョンは言った。「おれもけっこう強かな肺腑をしてるつもりだが、んりゃあいつらコキ使って下さるったらよ。じっつあま、そら、掛けな。ここなあみんな馴染みで、ようこそお越しなすってってよ！」

との太鼓判を、御自身肺腑がらみで宣ったことの論より証拠の声音で捺し果すや、ジョンはいつもの調子で言い添えた。「ほんの炉端に椅子を据えて、てんで黙りこくって座ったなり、グルリをのん気に見回さして頂きゃ、後は何にもいらねえとさ。何せウルせえこた言いっこなしなもんで」

バーサは一心に耳を傾けていた。彼女は親父さんが椅子を据え果すやケイレブを傍へ呼び寄せ、声を潜めて、客は一体如何様な人物かたずねた。彼が是々然々と（今や嘘偽りなく。細心なまでに律儀に）人相書きを審らかにすると、バーサは客が入って来て以来初めて姿勢を崩し、溜め息を吐き、どうやらそれきり客への興味は失せたかのようだった。

運搬人は、さすが根っから気のいいヤツらしく、すこぶるつきの上機嫌で、いつもよりなお小さな上さんにぞっこんだった。

「ドットと来りゃ今日の昼下がりのこと、何てぶきっちょだったったらよ！」と彼は上さんが皆から少し離れた所に立っていると、いかつい腕を腰に回しながら言った。「けどどうしてだか、そこがまたニクめないんだが。ほら、あすこを見てみな、ドット！」

彼は老人の方を指差した。上さんは目を伏せた。おまけに、何やら小刻みに体を震わせていたのではあるまいか。

「じっつあまは――はっはっはっ！――じっつあまは、お前にクビったけだぜ！」と運搬人は言った。「ここまで来る道すがらほかの何にもしゃべんねえたあ。ああ、なかなかイカしたじっつあまじゃあ。気に入っちまったぜ、こりゃ！」

「もっと増しな話題がおありだったでしょうに、ジョン」と彼女は気づかわしげにちらと部屋のここかしこに——が、わけてもタクルトンに——目をやりながら言った。

「もっと増しなネタだと！」と浮かれたジョンは声を上げた。「そんなものがあるかよ。さあ、とっとと大外套から、ぶ厚いショールから、重たいマフラーから引っ剥がすんだぜ！　んで炉端でヌクヌク、半時間ほど油あ売るとすっかい！　御機嫌麗しゅう、奥方さん。一つクリベッヂの手合わせでも願えませんかな、奥方さんとおれとで？　おいや、そいつは忝えこって。カードと送り盤《ボード》を頼むぜ、ドット。んでもしか余ってるってなら、ビールも一杯ここへな、チビ女房！」

との籠手は御母堂宛、投げられしもの。さらばこの方、鷹揚にも快く諾い賜ふたものだから、二人はほどなく捩り鉢巻きでかかった。当初、運搬人は時に笑みを浮かべて辺りを見回したり、何かと言えばドットを呼び寄せ、肩越し手を覗いて、何やらややこしい点がらみで御教示賜っていた。がお相手と来ては何様、とんでもなく杓子定規な鬼軍曹であられる所へもって、しょっちゅう御自身筋合いのなきほどどっさり点釘《ペグ》を挿すなる点がらみでは間々甚だしき誤謬に陥るだけに、彼の側《がわ》にてそれは注意おさおさ怠りなく目を光らせておかねばならなかったによって、およそ脇目を振ったり、他処へ耳を傾けたりするどころの騒ぎではなくなった。かくて彼の注意は次第次第にそっくりカードに注がれ、頭の中はそいつのことで一杯になった。がとうとうそっと肩に手がかけられたせいではっと我に返ってみれば、タクルトンがすぐ傍に立っていた。

「邪魔をして済まんが——今すぐ一言、話がある」

「今度はおれが配る番だ」と運搬人は返した。「のっぴきならねえ」

「なるほど、のっぴきならんわ」とタクルトンは言った。「さあ、こっちへ来い！」

タクルトンの蒼ざめた面《おもて》には何やら相手にすかさず腰を上げざま一体何事かと、アタフタたずねささずばおかぬ所があった。

「シッ！　ジョン・ピアリビングル」とタクルトンは言った。「こいつは全くもってとんだことになったな。げに、とんだことに。ではないかと睨んでおったが。仰《のっ》けからクサいとは思うっておったが」

「ったあ何が?」と運搬人は見るからに胆を冷やしてたずねた。

「シッ! もしや一緒に来てくれるようなら、見せてやろう」

運搬人はそれきり一言も口を利かぬまま、彼の後について行った。二人は星の瞬く中庭を過り、小さな脇扉伝《づて》、タクルトン自身の会計事務所へと入って行った。そこにては夜間閉《た》て切られている物置部屋を見はるかすガラス窓があり、会計事務所そのものに明かりは灯っていなかったが、長くせせこましい物置部屋には一つならざるランプが灯り、よって窓は明るかった。

「ちと待て!」とタクルトンは言った。「あの窓から覗いてみる意気地があるか、えっ?」

「だろうじゃねえか?」と運搬人は返した。

「もうちと待て」とタクルトンは言った。「荒っぽい真似をするでない。どうせ詮なかろう。ばかりか危なっかしい。おぬしは腕っぷしがやたら強いもんで、自分でも分からん内に危《あや》めてしまうやもしらん」

運搬人は相手の顔をまともに覗き込み、まるで雷《いかづち》に打たれでもしたかのように一歩、後退った。が、ものの一股ぎで窓辺に近づき、目の当たりにしたのは――

おお、炉端に投ぜられた影よ! おお、律儀なこおろぎよ! おお、不実な妻よ!

彼が目の当たりにしたのは、妻が老人と――最早、老いぼれではなく、すっくと背筋の伸びた雄々しき男たる――奴を彼らの侘しく惨めな家庭へとまんまと忍び込ますに至った白髪頭の鬘を手にしたそいつと、佇んでいるの図であった。彼が目の当たりにしたのは、妻が彼女の耳許で囁くべく頭を倒した男の話に聞き入り、二人して入って来ていた扉の方へ向かって仄暗い木造りの回廊をゆっくり遠ざかりながら、男がひたと腰に腕を回すがままにさせているの図であった。彼が目の当たりにしたのは、二人が立ち止まり、彼女がクルリと向き直り――かくて面《おもて》を、彼の然ても愛おしんでいる面《おもて》を、この目にまざまざと見せつけてくれることに!――手づから、くだんのペテンを男の頭に被せ、被せながらもコロコロ声を立てて、根っから担がれ易き夫の性《さが》を嘲笑っているの図であった!

彼は当初、屈強な右の拳を、獅子とて打ち倒していたろう如く固めた。がまたもやすかさず緩めると、そいつをタクルトンの目の前で大きく広げてみせ(というのもその期に及んでなお、妻のことを憎からず思っていたから)、かくて、二人が立ち去ると、机に突っ伏し、幼子さながらいじけ返った。

　彼は、上さんが帰り支度を済ませて部屋の中に戻った際には、顎まですっぽりマントに包《くる》まり、馬や小荷物の面倒を忙しなく見てやっていた。

「お待ちどお様、ジョン！　お休みなさい、メイ！　お休みなさい、バーサ！」

　果たして彼女は二人にキスが出来るのか？　果たして彼女は別れ際、陽気にしてほがらかに振舞えるのか？　果たして彼女は頰一つ紅らめるでなく二人に敢えて面《おもて》をさらけ出せるのか？　然り。タクルトンは鋭く彼女に目を光らせていたが、彼女はそいつらそっくりやってのけた。

　ティリーは赤ん坊をあやし、眠たげにかく繰り返しながら十度と言わずタクルトンの前を行きつ戻りつしていた。

「だったら坊やが坊やの奥さんたちになると分かって、坊やの胸さんたちは今にも張り裂けそうになっちまったってんでしょかね？　で坊やの父さんたちは坊やを揺り籠の時分からだましてたってんでしょかね、ほんのとうとう坊やの胸さんたちを張り裂いてしまうために！」

「さあ、ティリー、坊やを抱かせて頂だいな！　お休みなさい、タクルトンさん。あらま、ジョンってばどこ？」

「御亭主は馬の鼻面で歩いて帰られるそうじゃ」とタクルトンは、ドットを椅子に掛けさせてやりながら言った。

「愛しいジョン。歩いて帰るですって？　今晩は？」

　上から下まですっぽり包《くる》まった御亭主はそそくさと頷いてみせ、逆しまな他処者と小さな乳母がそれぞれ席に着くや、老いぼれ馬は歩き出した。ボクサーは、知らぬが仏のヤツめ、一足お先に駆け出し、またもや引き返し、荷馬車の周りをグルグル、グルグル駆け回り、相変わらず大得意にして陽気に吠え立てていた。

　タクルトンも同じくメイと母親を家《うち》までエスコートすべく立ち去ると、哀れケイレブは炉端の娘の傍らに腰を下ろし、心底、気に病み、疚しさに駆られながら、依然娘を心悲しげに見守る面《おもて》でかく嘆いていた。「わたしはこの子を揺り籠の時分から欺き続けていたというのか、ただ挙句その胸を張り裂いてやるために！」

　赤ん坊のためにわざわざネジを巻かれていたオモチャはどいつもこいつもとうに巻きがほぐれ、ひたと止まっていた。かすかな明かりと死んだような静けさの直中にあって、どこからどこまで坦々と落ち着き払った人形や、目から鼻からをおっ広げた血の気の多い揺り木馬や、ガタの来た膝や踝の上でくの字に折れたなり玄関先に立っている御老体や、しかめっ面のクルミ割り器や、散歩に繰り出している寄宿学校生よろしく、番《つがい》でノアの方舟に乗り込まんとしている四つ脚共にしてからが、如何なる奇しき星の巡り合わせの下《もと》にせよ、よもやドットが不貞を働くとは、よもやタクルトンがホの字になって頂けるとはと、奇抜な腰を抜かした勢い、金縛りに会ったものと、想像を逞しゅうされていたやもしれぬ。

Chirp the Third

第三鈴《りん》

　運搬人が炉端に腰を下ろすと、ちょうど片隅のオランダ時計が十時を打った。然に思い悩み、悲しみに打ち拉がれているとあって、カッコウまで胆を潰したか、十《とお》の旋律豊かなお告げを能う限りそそくさと切り詰めたと思いきや、またもやひょいとムーア風宮殿にトンボ返りする側《そば》から小さな扉をパタンと、まるで徒らぬ光景を見るに忍びぬとでもいうかのように閉《た》てた。

　たとい小さな干し草作りがこの世にまたとないほど鋒鋭き大鎌で身を固め、一打ち毎にグサリグサリと運搬人の心に突きかかっていたとて、ドットが負わしたほどグサリと、深傷を負わせられはしなかったろう。

　そいつは彼女への愛で然ても一杯の心であった。彼女の幾多の親愛の資質を日々働かすことによって紡がる数知れぬ魅惑的な記憶の糸によりて然てもしかと束ね、繋ぎ合わされた心であった。彼女が然ても優しく然ても濃やかに自らを奉らすに至った心であった。その「真実」において然ても一途にしてひたむきな、正義において然ても強かにして、邪悪において然ても脆いが故に、当初は激情も復讐も抱《いだ》くこと能はず、ただそいつの「偶像」の毀たれし心象を匿う余地しかない心であった。

　が次第次第に運搬人が今やひんやりとして薄暗き炉端に鬱々と座っていると、他のより荒らかな想念が夜闇に吹き渡る怒《いか》った風さながら、胸中、ムラムラと頭をもたげ始めた。他処者は彼の蹂躙されし屋根の下《もと》にいる。ものの三歩で、寝室の扉に行き着き、腕のものの一振りで、そいつなど叩き割れよう。「おぬし、自分でも分からん内に危《あや》めてしまうやもしらん」とタクルトンは言っていたな。もしも極道に互いに素手で組み打つ間《ま》を与えれば、どうしてそいつが危《あや》めたことになろう！　おまけに奴の方が若造だ。

　とは、彼の心の暗澹たる気分には不吉な、折悪しき想念であった。とは、陽気な我が家を或いは孤独な旅人が夜分通りすがるに二の足を踏み、小心者が月の朧な折にはヒビ割れた窓に影法師が踠くのを目にし、時化催いの荒天には狂おしき物音を耳にするやもしれぬ幽霊屋敷へと変えるが落ちの、何やら仇討ちめいた所業へと彼を狩り立てずばおかぬ怒《いか》った想念であった。

なるほど、奴の方が若造だ！　如何にも、如何にも。どいつか、おれのつい《い》ぞ触れたためしのなき心を勝ち取っていた恋人と。どいつか、てっきり女房はおれの傍らでさぞや幸せなものと思い込んでいる時に、女房が心密かに慕い、憧れ、焦がれに焦がれていた、女房の若かりし時分の恋人と。おお、惟みるだに何たる苦悶よ！

ドットは赤ん坊を寝かしつけようと階上《うえ》へ上がっていた。彼が炉端に鬱々と座っていると、彼女は彼の知らぬ間《ま》にひたと寄り添い――己《おの》が大いなる悲惨の拷問台を回す上で、彼は他の一切の物音を聞き損なっていたから――小さな床几を夫の足許に置いた。ということを、彼は妻の手がそっと彼自身の手にかけられるのを感じ、彼女が彼の顔を上目遣いに覗き込むのを目の当たりにして初めて知ったにすぎぬ。

訝しげに？　いや。そいつは彼の仰《のっ》けの印象で、彼は已むなくそいつを正すべく、またもや妻の顔を見下ろさねばならなかった。いや、訝しげにではない。懸命な、物問いたげな眼差しではあるが、訝しげにではない。当初、そいつははっと驚き、真剣だった。がそれから、彼の胸の内を察す奇妙な、狂おしい、由々しき笑みへと変わり、それから、後はただひしと組み合わせたなり額にあてがわれた両手と、俯けられた頭《こうべ》と、ほつれかかった髪を措いて何一つなくなった。たとい「全能の神」の力がくだんの折しも揮うに我が物だったとて、彼は胸中、「慈悲」たるそのより神聖な資質をあり余るほど具えていただけに、妻に対しその重みを羽根一枚分たり加えようとはしなかったろう。が妻が彼のしょっちゅう然ても無垢にしてほがらかな彼女を愛と誇りを込めて眺めて来た小さな床几に蹲るのは見るに忍びず、よって妻が腰を上げ、立ち去る間《ま》にもすすり泣きながら自らの下《もと》を離れると、ほっと、己《おの》が傍らに彼女の然ても長らく愛おしまれし存在よりむしろ空っぽの席があるせいで胸を撫で下ろした。とはそれ自体、何と己の心荒み、何と人生の大いなる絆のバラバラに断ち切られてしまったことか思い起こさすだけに、何にも増して痛烈な苦悶であった。

彼は然に身に染みて感じれば感じるほど、もしや妻が時ならず彼らの幼子を胸に抱いたまま目の前に縡切れて横たわっているのを目の当たりにする方がまだしも耐えられていたろうと思い知れば知るほど、敵に対す憤りはいよよ高く、いよよ激しく燃え上がった。武器はないかと、彼は辺りを見回した。

壁に一挺、銃が掛かっていた。彼はそいつを下ろし、一、二歩、不実な他処者の部屋の方へ近づいた。銃には弾が込めてあるのは知っている。ほんのこの男を野獣さながら撃ち殺せば事足りようとの漠たる考えが彼を捕らえ、胸中、挙句彼を完全に掌中に収めた悍しき魔物に為り変わるまで膨れ上がったが最後、ありとあらゆるより穏やかな想念を締め出し、己《おの》が分かたれざる版図を築き上げた。

との表現は正鵠を射ていまい。自らのより穏やかな想念を悉く締め出した訳ではなく、ただ巧みにそいつらの姿を変えたにすぎぬ。そいつらを己を狩り立つ鞭へと転じ、水を血に、愛を憎しみに、優しさをやみくもな凶暴に変えたにすぎぬ。悲嘆に暮れ、平伏しながらも依然として抗い難き力もて夫の優しさと慈悲に訴える妻の姿がついぞ彼の脳裏を去ることはなかった。がそこにじっと留まったまま彼を戸口へと急き立て、銃を肩に担わせ、指を引鉄にひたとあてがわせ、して叫んだ。「あの男を殺せ！　寝ている隙に！」

彼は銃床で扉に打ちかかるべく銃を逆さにし、早、そいつを空《くう》にかざしていた。胸中、男に後生だから、窓から逃げてくれと叫ばんとす曖昧模糊たる意図の蠢かぬでもなく——

さらば、いきなり、四苦八苦踠いていた炉火がパッと暖炉全体を輝かしき明かりで照らし、炉端のこおろぎがチロロ、チロロ、鳴き始めた！

耳にし得る如何なる音も、如何なる人間の声も、妻の声ですら、彼の心を然に衝き動かし、和ませはしなかったろう。妻が彼にこの同じこおろぎへの愛を語った巧まざる文言が今一度新たに口にされ、あの折の妻の小刻みに震える、ひたむきな物腰がまたもや眼前に立ち現われ、妻の心地好い声が——おお、その何と正直者の炉端で約しき調べを奏でるに打ってつけの声たることよ！——彼のより善なる性《さが》に深く、深く、染み渡り、そいつを生気と行動へと目覚ませた。

彼は戸口からヨロヨロと、恐ろしい夢から覚めた夢遊病者よろしく後退り、銃を脇へ置いた。して両手を顔の前で組み合わせながら、またもや炉端に腰を下ろし、心行くまで涙をこぼした。

炉端のこおろぎは部屋の中へと躍り込むや、妖精じみた形《なり》にて彼の前に佇んだ。

「『わたしは何度ってことなし』」と妖精じみた「声」が、彼の耳にこびりついて離れぬ文言を繰り返しながら言った。「『あの子がそう言うのを聞いて、あの子の他愛ない調べのせいで色んなことどっさり考えて、だからだわ、あの子のこと大好きなのは』」

「ってあいつは言ってたな！」と運搬人は声を上げた。「なるほど！」

「『このお家はずっと幸せづくめで、ジョン。だからだわ、わたしがこおろぎのこと大好きなのは！』」

「ああ、だったとも、神様も御存じだ」と運搬人は返した。「あいつのお蔭で、いつだってな――今の今までは」

「あんなにも艶やかなまでに気立てが優しく、あんなにも家庭的で、愉快で、忙しなくて、ほがらかだとは！」と「声」は言った。

「さもなければあれほどは愛せっこなかったろう」と運搬人は返した。

「声」は彼の文言を正しながら言った。「これほどは」

運搬人は繰り返した。「あれほどは」が、きっぱりとではなく。ためらいがちな舌は彼の制御に抗い、自ら、のみならず彼のために、そいつなりのやり口で口を利こうとした。

妖精じみた人影は霊を喚び起こそうとでもするかのような姿勢で片手をかざしながら言った。

「お前自身の暖炉にかけて――」

「あいつの立ち枯らせた暖炉に」と運搬人は口をさしはさんだ。

「あいつの――何と幾度となく！――祝福を請うては明るくして来た暖炉に」とこおろぎは言った。「あいつがいなければ、ほんの二つ三つの石ころとレンガと錆だらけの桟にすぎぬものを、あいつのお蔭で、これまでずっとお前の我が家の『祭壇』となって来た暖炉に。お前が夜な夜な何やらちっぽけな激情や、利己心や、心労を贄として供し、穏やかな精神や、疑うことを知らぬ性《さが》や、溢れんばかりの心の忠順を捧げて来た暖炉に。だからこそ、この約しき煙突から立ち昇る煙はこの世のありとあらゆるキラびやかな神殿のこよなく豪勢な聖遺物櫃の前にて焚かれるこよなく豪勢な香《こう》よりなお芳《かんば》しき香りと共に上方へと立ち昇って来たのではないか！――お前自身の暖炉にかけて、その静かな聖域において、その優しき感化と連想に取り囲まれたなり、彼女の声を聞け！　わたしの声を聞け！　お前の暖炉と我が家の言語で語る全ての声を聞け！」

「そしてあいつのために訴える全ての？」と運搬人はたずねた。

「お前の暖炉と我が家の言語で語る全てのものは、あいつのために訴えねばならぬ！」とこおろぎは返した。「というのもそいつらは真実を語るから」

して運搬人が両手に頭をもたせ、物思いに耽りながら椅子に座り続けている片や、「精霊」は傍らに立ちながらにして、彼の思考を己《おの》が霊気によりて示唆しては、鏡か絵に映し出す如く眼前に立ち現わせた。そいつは孤独な「精霊」でもなかった。というのも炉石から、煙突から――時計や、パイプや、やかんや、揺り籠から――床や、壁や、天井や、階段から――表の荷馬車や、中の食器戸棚や、家財から――彼女がこれまで馴染んで来た、して不幸な夫の胸中、唯一、彼女自身に纏わる思い出を絡みつかせて来た全ての物や全ての場所から――妖精達が次から次へと繰り出して来たからだ。こおろぎのように彼の傍らに佇むためではなく、キビキビ、忙しなく立ち回るべく。彼女の心象に敬意を表すべく。彼の上着の裾を引っ張り、そいつが立ち現われるや指差すべく。そいつのグルリを取り囲み、そいつを抱き締め、そいつが踏み締めるよう花を撒き散らすべく。その麗しき頭《こうべ》に小さな手づから花輪を冠らそうとすべく。そいつのことが大好きで愛おしくてたまらぬということを、そいつのことを知っていると申し立てられる醜い奴一人、邪な奴一人、非難がましい奴一人、いないということを――そいつの肩を持つ、いたずらっぽい連中自身を措いて一人こっきりいないということを――まざまざと証すべく。

彼の想念は彼女の心象に律儀だった。心象は必ずやそこにあった。

彼女は暖炉の前に座ったなり、せっせと針を運んだり歌を口遊んだりしていた。然てもほがらかで、潑溂として、しっかり者の小さなドットよ！　妖精じみた人影達はいきなりクルリと、一斉に彼の方へ向き直りざま、途轍もなく一心に目を瞠ったなりかくたずねるかのようだった。「これがお前の嘆き悲しんでいる移り気な妻だというのか？」

表で陽気なさんざらめきが――楽の音《ね》や、賑やかな話し声や、笑い声が――聞こえる。若々しい浮かれ騒ぎ屋達がどっと雪崩れ込み、中にはメイ・フィールディングやおよそ二十人からの愛らしき少女も紛れていた。皆の中でもドットは一際麗しく、おまけに誰より若々しかった。連中は彼女に仲間に加わるよう誘いにやって来ていた。とはダンスの輪に。もしや未だかつて小さな足がダンスのステップを踏むためにこさえられたためしがあったとすらば、彼女のそいつらこそ、蓋し、そうだった。がドットはただ声を立てて笑い、かぶりを振り、火にかけた調理道具や、早仕度の整ったテーブルの方へ、いえいえ、お生憎サマとばかり、鼻高々で挑みかかりでもするかのように――なお一層チャーミングに映ることに――手を振ってみせるきりだった。かくて彼女は陽気に連中をお払い箱にするに一人一人、コクリコクリ、連中の行き過ぎざま、パートナー志願の青年に頷いてみせた。とは言え、それはおどけた具合にすげないことこの上もないものだから、もしや連中、彼女にクビったけだったなら――して多かれ少なかれ、まず間違いなく。何せクビったけにならずにはいられなかったろうから――やにわに川に身を投げていたこと請け合いだった。がそれでいて、彼女が根っからすげないとでも？　おお、まさか！　何せほどなく、戸口にとある運搬人が姿を見せると、いやはや、彼女の何とそいつを暖かく迎えることよ！

　またもや一心に目を瞠った妖精達はいきなりクルリと彼の方へ向き直りざま、かくたずねるかのようだった。「これがお前を見捨てた妻だというのか？」

　とある影が鏡に、と言おうか絵に――そいつを何と呼ぼうと構わぬが――落ちた。初っ端彼らの屋根の下《もと》に立ったままの他処者の大いなる影が。してその表《おもて》を覆うや、他の一切合切を掻っ消した。が、はしこい妖精達はまたもや影を拭い去るべく蜂さながらせっせと働き、ドットはまたもやそこにいた。相変わらず明るく、麗しく。

　揺り籠の中の小さな赤ん坊をあやし、そっと歌を歌ってやり、折しもこおろぎの精霊が傍らに立っている物思わしげな人影の中にウリ二つの奴のいる肩に頭をもたせながら。

　夜は――とはつまり現《うつつ》の。妖精の時計によって流れるそいつではなく――今や更けつつあり、運搬人の想念のこの期に及び、月がいきなり輝き、夜空を皓々と照らした。恐らくは何か穏やかで静かな光明が、彼の胸中でもまた、立ち昇っていたに違いない。かくて彼は一連の出来事をより坦々と惟みられた。

　他処者の影は鏡の上に折々――必ずやくっきり、大きく、まざまざと――落ちてはいたものの、ついぞ当初ほど黒々と落ちることはなかった。そいつが姿を見せると必ずや、妖精達は一斉に驚きの叫び声を上げ、影を拭い去るべく小さな手脚をとびきりしゃにむに動かした。してまたもやドットに辿り着き、彼女を今一度、明るく麗しきまま、彼の眼前に立ち現わす度、わけてもハッパめいた物腰で喝采を挙げた。

　妖精達はついぞ、ドットを麗しく明るくならずして眼前に立ち現わすことはなかった。というのも連中は虚偽が絶滅たる一家の守り神にして、然なる者たるからには、そこなるドットが連中にとりて、運搬人の我が家の光輝にして日輪たり続けたとある疲れ知らずの、晴れやかな、愛嬌好しの小さなヤツ以外の何だったというのだろう！

　妖精達は途轍もなくワクワク胸を躍らせた、晴れてドットが、赤ん坊を抱いたなり、一連みの一年《ひととし》食った賢しらな主婦方に紛れて噂話に花を咲かせ、御自身、一年《ひととし》も二年《ふたとし》も食った主婦然たる風を装い、御亭主の腕にぐったり、落ち着き払った、生真面目な、一年《ひととし》食ったやり口で寄っかかり、懸命に――彼女が！　そんな蕾みたよなおチビさんのクセをして――とうに世の中全般の見栄という見栄とは縁を切り、今や母親たることがこれっぽっち目新しくも何ともなき手合いの人間なりと思い込ませようとしているの図をひけらかす段には。がそれでいて、同じ息の下《もと》に、連中は彼女がコロコロ、御亭主がそんなにもぎごちないからというので笑い転げ、御亭主をせいぜい小粋にしてやるべくピンとシャツ・カラーを押っ立てるや、正にくだんの部屋中、御亭主に舞踏の術を御指南賜るべく、澄まし返ったなり陽気に歩き回ってみせるの図もひけらかすとは！

妖精達はクルリと向き直り、途轍もなく一心に彼に目を瞠った、ドットが盲目の少女と一緒にいる様をひけらかす段には。というのも彼女は何処へ行こうと陽気と活気を引っ連れはしたものの、くだんの感化をケイレブ・プラマーの家《うち》へはどっさり溢れんばかりの山積みにして、持ち込んだから。何と盲目の少女が彼女を愛おしみ、信頼を寄せ、ありがたがっていることか——何と彼女が例の心優しき忙しないやり口でバーサの感謝を脇へ打っちゃらかしていることか——何と彼女が訪問の一瞬一瞬を目一杯使ってやるに、小器用にもささやかな術を弄してはくだんの苫屋に何か重宝な手を施し、浮かれ騒いでいる風を装う間《ま》にもその実アクセク身を粉にしていることか——何と彼女がかのお定まりの馳走たる、仔牛・ハムパイや、瓶詰ビールをふんだんに仕度していることか——何と彼女のにこやかな小さな面《おもて》が戸口に到着しては暇を乞うていることか——何と彼女の体全体に、頭の天辺から小ざっぱりとした爪先に至るまで、くだんの所帯の端くれなりとの——そいつ抜きではてんでお手上げの何か肝心要の代物なりとの——意が物の見事に伝えられていることか——以上全てに妖精達は歓喜し、故に彼女を愛した。してまたもや連中は一斉に、訴えかけるように、彼の方を見やり、中には彼女の服にすっくり身を寄せ、彼女を愛撫する者もいる片や、かく問うかのようだった。「これがお前の信頼を裏切った妻だというのか？」

長く物思わしき夜っぴて一度、二度、三度と言わず、妖精達は彼の眼前に彼女が項垂れ、両手をひしと額の上で組み合わせ、髪をほつれかからせたなり、お気に入りの床几に腰かけている様を立ち現わせた。彼が最後に彼女を目にしたままに。して連中は彼女が然なる有り様なのに気づくや彼の方へ向き直りも目を瞠りもせぬまま、ただ彼女の周りにひたと寄り添い、彼女を慰め、キスをし、彼女に労りと優しさを示そうと互いに押し合い圧し合いし、彼のことなどコロリと忘れた。

かくて夜は更け、月は沈み、星は蒼ざめ、ひんやりとした夜が明け、太陽が昇った。運搬人は依然として炉隅に、物思いに耽りながら座っていた。彼はそこに夜通し、両手に頭をもたせたなり、座っていた。夜通し、律儀なこおろぎは炉端でチロロ、チロロ、チロロ鳴いていた。夜通し、彼はそいつの鳴き声に耳を傾けていた。夜通し、我が家の妖精達は彼相手に忙しなくしていた。夜通し、彼女は鏡の中にてにこやかに振舞い、一点の非の打ち所もなかった。わずかとある影がその上に落ちる折をさておけば。

夜がすっかり明け切ると、彼は顔を洗い、着替えを済ませた。いつもの陽気な生業に精を出すのは土台お手上げだった――そいつには意気地が失せていた――が今日はタクルトンの祝言の日で、固より代わりのやっこさんに荷物を配って回るよう頼んであっただけに、なおのことそいつはどうでもよかった。本来ならばドットと一緒に浮かれて教会へ出かけるはずであった。がそんな計画もそっくりおジャンになった。しかも今日は彼ら自身の結婚記念日ではないか。ああ！　そんな一年にそんな幕切れが訪れるなど何と夢にも思っていなかったことか！

運搬人はタクルトンが早々にお越しになろうと目星をつけていた。して案の定。彼自身の玄関先でさして長らく行きつ戻りつせぬ間《ま》に、タクルトンが一頭立てにてガラガラ、道をこちらへやって来るのが目に入った。一頭立てが近づくにつれ、タクルトンが祝言のために格別小粋にめかし込み、馬の頭にも花やリボンをあしらっているのが見て取れた。

馬の方がよっぽどかタクルトンより花婿らしく見えた。何せ後者の半ば閉じかけの目と来てはいつもになお輪をかけて悍しくも口ほどにモノを言って下さっていたから。が運搬人はほとんどお構いなしだった。頭の中は外のことで一杯だった。

「ジョン・ピアリビングル！」とタクルトンはさも御愁傷サマげに言った。「ほれ、今朝の調子はどうじゃ？」

「昨夜《ゆうべ》はさすがに眠れなかったな、タクルトン親方」と運搬人はかぶりを振りながら返した。「何せあれこれ悩みっぱなしだったもんで。けど、もうすっかり片はついたぜ！　三十分かそこいら付き合ってもらえねえか、ちょいと差しで話があるもんで？」

「それもあってこうしてやって来たようなもの」とタクルトンは馬車から下りながら返した。「馬のことは構やせん。もしや秣を一口やってくれれば、手綱をこの杭に引っかけたなり、いい加減おとなしゅう待っておろう」

運搬人が御逸品を廐から持って来て馬の前に置き果すや、二人は屋敷の中へと入って行った。

「確か昼までは」と彼は切り出した。「祝言は挙げねえんだったな?」

「ああ」とタクルトンは返した。「まだまだ間《ま》はある。まだまだ間《ま》はある」

彼らが厨に入ってみると、折しもティリー・スローボーイがガンガン、厨から二、三歩しか離れていない他処者の扉を叩いていた。彼女の真っ紅な目の片割れは(というのもティリーは一晩中、女主人《ミストレス》が泣いているからというので泣いていたから)鍵穴にひたとあてがわれていた。のみならず彼女は力まかせにノックをくれ、胆を冷やしているようでもあった。

「申し訳ございませんが、どなたもウンともスンともおっしゃって下さらないんでございます」とティリーはクルリと向き直りながら言った。「どうかどなたもまさか後生ですから首を吊ったりなさっててらっしゃいませんよう、申し訳ございませんが!」

との博愛主義的願懸けにダメを押すべく、スローボーイ嬢は新たに散々ドアに拳固から足蹴から食らわした。暖簾に腕押しなれど。

「行ってみようかの?」とタクルトンは言った。「何やら妙じゃ」

運搬人は、扉から顔を背けていたが、もしや行きたければと、手を振ってみせた。

よってタクルトンはティリー・スローボーイの助太刀に乗り出し、仲良く足蹴をくれてはガンガン叩いた。してこれまたウンともスンとも返答賜れなかった。がはったと、扉の把手を試してみてはと思い当たり、そいつは難なく開いたので、ひょいと覗き込み、頭を突っ込み、お邪魔し、またもや飛び出して来た。

「ジョン・ピアリビングル」とタクルトンは耳打ちした。「まさか夜の内に何も——何も、物騒なことはなかったんじゃろうが?」

運搬人はすかさず彼の方へ向き直った。

「何せあやつめ影も形もないもので!」とタクルトンは言った。「ばかりか窓は開けっ広げじゃ。何の跡も見えん——なるほどそいつは庭とほとんど同じ高さじゃ——けどひょっとして少々——少々取っ組み合いでもあったやもしらんでは。えっ?」

彼はあわやくだんの口ほどにモノを言って下さる方の目をそっくり閉じてしまわぬばかりであった。それはしげしげ相手の顔を覗き込んだによって。してくだんの目のみならず、御尊顔と、図体に丸ごとグイと一捻り利かせた。まるで運搬人から事の真相を捩《よじ》くり出してでもいたろうかのように。

「心配いらねえ」と運搬人は言った。「昨夜《ゆうべ》奴はおれから荒っぽい言葉一つ、手荒な真似一つ頂だいしねえままあの部屋へ入ってって、それきりどいつもあそこにゃ入っていねえ。奴は勝手に出てったまでのこった。おれはいっそ、もしか起きちまったことをコロリと変えて、あいつはてんで来なかったってことに出来るもんなら、あすこの戸口から出てって、あの世へ行くまで家から家へ物乞いして回りてえくらいだ。けどあいつは現にお越しになって失せちまった。ってことで奴のこた水に流すぜ！」

「おうっ！――はむ、あやつめ、何とまあ易々無罪放免にして頂いたことよの」とタクルトンは椅子に腰を下ろしながら言った。

とのおひゃらかしも運搬人はさらりと聞き流し、やおら腰を下ろすや、一時《いっとき》顔に片手をあてがっていたと思うと、かく仕切り直した。

「親方はおれに昨夜《ゆうべ》」と彼はとうとう言った。「女房が――おれの恋女房が――こっそり――」

「してネンゴロに」とタクルトンはそれとなく口をさしはさんだ。

「あの男の化けの皮を見て見ない振りして、女房と二人きり会う隙を与えてやってるとこを見せなすった。あれほど目にしたくない光景もまざなかったろうな。ってえか親方にだけはあいつを見せて欲しかなかったろうな」

「わしは正直、前々から何やらクサいと睨んでおってな」とタクルトンは言った。「という訳で、ほれ、憎まれるのを承知でやったまでのことじゃ」

「けど親方は現にあいつをおれに見せて」と運搬人は御当人のことなどとんとお構いなしにて続けた。「ばかしかあいつの、おれの女房の、おれの恋女房の」――彼の声も、目も、手も、くだんの文言を繰り返すにつれていよよ確乎として落ち着いて来た。とは明らかに揺るぎなき腹づもりを全うせんがため――「あいつの、こんな分の悪いとこを目になすったからにゃ、やっぱこいつをおれの目でも見て、おれの胸の内を覗き込んで、一件がらみじゃおれがどんな風に思ってるか呑み込んどいてもらうのがまっとうだしスジってもんだろう。何せおれの肚は固まってて」と運搬人はじっと相手を見据えながら言った。「こうとなっちゃテコでも動くめえから」

タクルトンは二言三言ブツブツ、何かかんかの仇は討ってやらねばなるまいとか何とか、漠たる相づちを打った。が相手の物腰に気圧されていた。なるほどそいつは素朴で無骨ではあったものの、どことなくこの男に宿る大らかな徳義を重んず魂以外の何ものももたらし得なかったろう、気高く、あっぱれ至極な所があったから。

「おれは野暮な、荒っぽい男で」と運搬人は続けた。「取り柄らしい取り柄もない。親方も知っての通り、頭のキレる方でもなけりゃ、若造でもねえ。けど、おれのちんめえドットを愛してた。あいつがガキの時分から、親父さんの家《うち》でデカくなるとこずっと見てたもんで。あいつが何てかけがえのねえヤツか知ってたもんで。何年も何年もおれの生き甲斐だったもんで。おれが向こうを張れなくたって、おれほどおれのちんめえドットを愛せっこなかった奴はごまんといたろうじゃ！」

　彼はつと口ごもり、しばし片足でそっと床を踏み締め、それから、仕切り直した。

「おれはしょっちゅう、あいつは過ぎた女房だが、それでも優しい亭主にゃなってやれようと、多分あいつのありがた味だってほかのどいつよか分かってやれようと、思ってた。そんな具合にあいつと連れ添っちゃどうだって、てめえと折り合いつけて、ひょっとしてそいつはまんざら雲をつかむような話でもないんじゃねえかって気がして来た。んでとどの詰まりは、ってことになって、おれ達ゃ現に連れ添った」

「はあっ！」とタクルトンはさも曰くありげにかぶりを振りながら言った。

「おれはてめえの気持ちにゃしっかり探りを入れて、てめえってなどんな男かしこたま仕込んで、どんくれえあいつのこと愛してるか、どんくれえ幸せになれようかってな分かってた」と運搬人は続けた。「けど——今頃になってやっとこそんな気がするんだが——あいつのこたとことん思いやっちゃあいなかった」

「なるほど」とタクルトンは言った。「目の眩んだ、上っ調子な、移り気の、ちやほやされたがり屋の所までは！　そこまで思いやっては！　そっくり眼中になかったと！　はあっ！」

「いらねえ茶々は入れねえに越したこたなかろう」と運搬人は何やら突っけんどんに言った。「おれのことを呑み込むまじゃよ、ってな土台お手上げみてえだが。もしか昨日、よくもヌケヌケと女房に一言だって後ろ指差そうって奴を一発で張り倒してたとすりゃ、今日は奴のツラあこの足で踏み躙ってやる、たてえ兄きだろうとな！」

　オモチャ屋は呆気に取られてじっとり相手を睨め据えた。運搬人はいよよ穏やかな物言いで続けた。

「おれは思いやってたろうか」と運搬人は言った。「おれはあいつを——あんなにおぼこくて、あんなにべっぴんのあいつを――同じ年頃の仲間や、あいつが華を添えてやってる、んでこれまで瞬いたためしのないほど明るい小さな星みたようにキラめいてる色んな場面から連れ去っちまってるって、それも来る日も来る日もおれの味気ない家《うち》に閉じ込めて、退屈なおれに付き合わそうってんで？　おれは思いやってたろうか、おれってな何てあいつの活き活きした気分にぴったし来ねえか、何ておれみたような血の巡りのトロい奴はあいつみたようにそいつのいい奴にとっちゃうんざりに決まってるか？　おれは思いやってたろうか、おれがあいつを愛してるってのは、あいつのこと知ってるどいつもこいつも愛さずにゃいられねえってなら、てんで手柄でも筋合いでもありゃしないって？　いや、一度こっきり。おれはあいつの明るい気立てや陽気な気っ風に付け込んで、あいつと連れ添った。いっそ連れ添わなかったらよ！　ってなおれのためってんじゃなし、あいつのために！」

　オモチャ屋は瞬き一つせぬままじっとり相手を睨め据えた。半ば閉じかけの目ですら今やパッチリ開いた。

「何てありがたいこった！」と運搬人は言った。「あいつと来りゃそりゃ律儀にも陽気にこいつをおれから伏せようとして来たとは！　んで何て惨めなこった、おれと来りゃそりゃ脳ミソが足りねえばっかに、とっくにこいつを見破ってなかったとは！　かわいそうなヤツめ！　かわいそうなドットめ！　このおれは、おれ達のみたような結婚が口にされたらあいつの目に涙が浮かぶのをこの目で見ときながら、そいつのシッポをつかんでやってなかったとは！　隠し事が、何度ってことなしあいつの唇で震えてるのをこの目で見ときながら、昨夜《ゆうべ》の昨夜《ゆうべ》まで思いも寄らなかったとは！　かわいそうなあいつめ！　おれってなあいつがよりによってこのおれを気に入ってくれようなんざ自惚れられてたとは！　現に気に入ってくれてるもんと思い込めてたとは！」

「上さんはまんまとネコを被っておったのじゃ」とタクルトンは言った。「元はと言えばあんましまんまとそいつを被っておるもんで、正直、鼻が利いた訳じゃが」

　してここにて彼はメイ・フィールディングの方が一枚上手たること、歴と申し立てた。何せ先様の、間違っても御当人のことを気に入っている如何なる手合いのネコも被ってはいなかったから。

「あいつは必死で」と哀れ、運搬人は、ついぞ露にしたためしのないほど感極まって言った。「どれほど必死でか、はやっとこ分かり始めたが、律儀でひたむきな女房になろうとして来た。あいつがこれまで何て気立てが優しかったか、何てあれこれ尽くしてくれたか、何て恐いもの知らずのしっかり者だったか、はおれがこの屋根の下《もと》で味わって来た幸せが証を立ててくれようじゃ！　ってな、ここに独りきり暮らすようになってもせめてもの慰めってもんだ」

「ここに独りきり?:」とタクルトンはたずねた。「おうっ！　ならばこいつをともかく取り合ってやるつもりと?:」

「おれはあいつに」と運搬人は返した。「目一杯親身になって、目一杯罪滅ぼしをしてやるつもりだ。おれにだってせめてあいつを不釣り合いな結婚のせいで来る日も来る日も辛い思いをしたり、そいつを隠そうと躍起になったりせずに済むようにはしてやれよう。あいつをなるたけ自由の身にしてやろうじゃ」

「女房に罪滅ぼしをするじゃと！」とタクルトンはどデカい両の耳を手で捩《よじ》っては捻《ひね》くり回しながら素っ頓狂な声を上げた。「こいつらどこぞが狂うておるに違いない。今のはもちろん、わしの空耳と」

運搬人はむんずとオモチャ屋の襟につかみかかるや、御当人を葦《あし》よろしく揺すぶり上げた。

「耳の穴あかっぽじかねえか！」と彼は言った。「んで空耳なんざほざくんじゃない。耳の穴あかっぽじかねえか。ってな聞こえたか?:」

「あ、ああ、嫌というほど聞こえたわい」とタクルトンは答えた。

「マジで本腰みてえに?:」

「めっぽう本腰げにの」

「おれは昨夜《ゆうべ》夜っぴて、炉端に掛けてた」と運搬人は説明した。「あいつがしょっちゅう、あのおぼこい顔でおれのツラを覗き込んだなり傍に掛けて来たちょうど同しとこに。んであいつのこれまでをそっくり、一日《いちんち》一日《いちんち》、辿り直した。目の前にざっと、デカくなってく一齣《ひとこま》一齣《ひとこま》、愛しいあいつ自身を並べて行った。んで神かけて誓ってもいいが、あいつはシロだ、ってなもしかシロクロつけられるお方がいらっしゃるとすりゃ！」

屈強な炉端のこおろぎよ！　律儀な我が家の妖精達よ！

「腹を立てたり疑ってかかったりすんのたあおさらばだ！」と運搬人は言った。「おれはただ悲しいばっかだ。魔でも差したか、おれよりうんとあいつの好みにも年恰好にもしっくり来る、んでひょっとしておれのせいで、あいつは不承不承だったってのに別れたどいつか昔の恋人がひょっこり舞い戻った。魔でも差したか、不意を衝かれて、自分でも何しちまってるか考える間《ま》もねえ内に、あいつはそいつを内緒にしたばっかに男のペテンの片棒担ぐ羽目になった。昨夜《ゆうべ》あいつはおれ達がこっそり見てた逢瀬で男に会った。ってなやっちゃいけないことだった。けどこいつをのけにすりゃ、あいつはシロだ、ってなもしかこの世に真実があるとすれば！」

「と、もしやおぬし自身思うとすれば――」とタクルトンは切り出した。

「ってことで、あいつにゃ好きに行かしてやろうじゃないか！」と運搬人は続けた。「おれにどっさり捧げてくれた幸せな時間っていう時間へのおれからの祝福と、あいつのせいでグサリと来たとすりゃそいつへのおれからの赦しと一緒に。あいつにゃ好きに行かして、おれが心底願ってる心の安らぎを取り戻さしてやろうじゃ！　まさかおれのことを嫌やあすまい。ってえかこれきりあいつの足手纏いじゃなくなって、おれに鋲で打ちつけられた鎖をもっと易々引こずれるってなら、今よりゃまんだ好いてくれるかもな。今日はちょうどおれがあいつの楽しみのことなんてほとんど思いやらずに里から連れて来た日だ。今日っていう今日、あいつを里に帰してやって、これきりあいつに世話を焼かすな止そうじゃないか。親父さんとお袋さんが今日ここへ来ることになってる――皆して一緒に祝おうってんでちょっとした手筈を整えてたもんで――ってこって二人に家《うち》へ連れてけえって頂くとするぜ。あそこなら、ってえかどこだろうと、あいつは心配いるめえ。こっからこれきり後ろ指を差されねえまんま出てって、きっとこの先もそのなりやって行こう。もしかおれがあの世へ行ったら――おれはあいつがまんだ若い内にポックリ行くかもな。何せものの二、三時間で意気地が失せちまってるもんで――あいつもおれが最期の最期まであいつのこと忘れられねえで愛してたって分かってくれようさ！　こいつが、そら、親方が見せなすった奴の落ちだ。ってこって、すっかり片あついた！」

「おお、いいえ、ジョン、片はついてないわ。片がついたなんてまだ言わないで！　まだそっくりとはついてなくってよ。わたしずっとあなたの気高い言葉を立ち聞きしてたの。こんなにも深い感謝の気持ちで衝き動かされたお話を知らない振りしてこっそり立ち去るなんてできなかったんですもの。どうか時計がもう一度時を打つまで、ケリがついたなんて言わないで！」

彼女はタクルトンのすぐ後から厨に入り、ずっとそこに立ち尽くしていたのだった。彼女は一度としてタクルトンの方は見ぬまま、夫に目を凝らしていた。が互いの間に能う限り距離を置いたまま、離れて立っていた。してひたぶる懸命に口を利いていたにもかかわらず、その期に及んでなお一歩たり近寄ろうとはしなかった。とは、これまでの彼女と何と違うことよ！

「どんな職人も今じゃ昔の時をも一度おれのために打ってくれよう時計はこさえられんだろうが」と運搬人はかすかな笑みを浮かべて返した。「お前がそうして欲しいってなら、構やすめえ。どうせもうじき打つんだ。今ここで何を口にしようと大したことじゃない。それよかもっとしんでえ奴がらみでお前の気に入るようにしてやるとするぜ」

「はむ！」とタクルトンがつぶやいた。「では、そろそろこの辺りで。何せお次にも一度時計が打つ頃にゃ教会へ向かっておらねばならんもので。んじゃ御機嫌好う、ジョン・ピアリビングル。おぬしに立ち会うてもらえんとは残念至極。思惑外れもそいつの火種もどっちもどっちの！」

「これで空耳どころじゃなし腑に落ちたと？」と運搬人は客について戸口まで出て行きながら言った。

「おうっ、てんでの！」

「んでまさかおれの言ったこた忘れめえと？」

「ああ、どうしてもバラさにゃならんというなら」とタクルトンは、転ばぬ先の何とやら、まずはそそくさと一頭立てに乗り込みながら言った。「さっきのはあんまし寝耳に水なもんで、まさか忘れそうにもなかろうじゃ」

「ならお互え何より」と運搬人は返した。「んじゃ御機嫌好う。末永くお幸せに！」

「おぬしにも同しことが言うてやれたらの」とタクルトンは言った。「じゃがお手上げのからにゃ、かたじけのう。ここだけの話（とはさっきも言うたように、えっ？）わしはメイがやたら世話を焼いてくれんで、やたらこれ見よがしじゃないからというのでそれだけシケた夫婦《めおと》生活を送りそうにも思えんでの。んじゃ失敬！　お大事に」

運搬人はオモチャ屋が遙か彼方で、すぐ間近なる馬の花やリボンより小さくなるまで後ろ姿を見送りながら立ち尽くし、それから、深々と溜め息を吐くやフラリと、その辺りのニレの木立を心穏やかならざる、打ち拉がれた男然と漫ろ歩きにかかった。時計がいよいよ時を打たんとするまでおよそ帰る気にもなれず。

彼の小さな妻は、独りきり取り残されると、泣きの涙に掻き暮れた。がしょっちゅう涙を拭っては気を鎮めるや、あの人ったら何て優しいの、何て立派なの！　と言い、一、二度など声を立てて笑いすらした。してそれがまたそれは思いきり、鬼の首でも捕ったように、して（依然、その間《ま》もずっと泣きじゃくっているとあって）てんで辻褄が合わぬものだから、ティリーはすっかり怖気を奮い上げた。

「うっ申し訳ございませんが！」とティリーは言った。

「これじゃ坊やがポックリ行って土饅頭にされちまいましょう、ええこれじゃほんとに、申し訳ございませんが」

「坊やを時にはパパに会いにここへ連れて来てやってくれるわね、ティリー」と女主人《ミストレス》は涙を拭いながらたずねた。「もしもわたしがここに住めなくなって、元のお家に戻っても？」

「うっ申し訳ございませんがどうかお止し下さいまし！」とティリーは頭を仰け反らせざまいきなり遠吠えを上げながら――折しもこの方、とんでもなくボクサーそっくりではあったが――声を上げた。「うっ申し訳ございませんがどうかお止し下さいまし！　うっ、一体全体みなさんみなさん相手に何しでかしておしまいになっちまったってんで、ほかのみなさんをはしからそんなに惨めったらしくしておしまいになるなんて！　うーうーうーうっ！」

ヤワな心根のスローボーイは事ここに至りて、長らく抑えていただけにいよよ途轍もなき、それは痛ましき遠吠えを上げたものだから、定めて赤ん坊の目を覚まし、胆を潰させた勢い何かとんでもない羽目に（恐らくは痙攣《ひきつけ》か何ぞに）会わせていたに違いない、もしやその目がケイレブ・プラマーが娘の手を引いて入って来る所に出会してでもいなければ。当該光景を目の当たりにした甲斐あってはったと、礼節の意識を取り戻し、よってしばし、あんぐり口を開けたなり黙々と立ち尽くした。と思いきや、赤ん坊がスヤスヤ寝息を立てているベッドまですっ飛んで行き、床の上で不気味なセント・ウィトゥス流物腰*にてダンスのステップを御披露賜り、同時に顔と頭もて寝具の中を漁り回り、かくてくだんの奇妙奇天烈な陽動作戦に遣る方なき思いの丈の大いなる捌け口を見出したと思しい。

「メアリ！」とバーサは言った。「結婚式に行かないなんて！」

「娘にはわたしから、奥さんはあちらへはお行きにならんだろうと言うてあるもんで」とケイレブは耳許で囁いた。「それくらいは昨夜《ゆうべ》噂を耳にしておりましての。ですが、いやはや」と小さな老いぼれはそっと彼女の両手を握り締めながら言った。「このわたしは連中の言うことなんぞ気にしませんぞ。このわたしは連中の言うことなんぞ鵜呑みにはしませんぞ。こんな老いぼれなんぞものの数ではありませんが、いっそそのなけなしをズタズタに引き裂いて頂いた方がまんだ増しでしょうの、奥さんに差されておる後ろ指をものの一言だって真に受けるくらいなら！」

ケイレブは彼女の腰に両腕を回し、ギュッと抱き締めた。さながら子供がお気に入りの人形の一体を抱き締めていたやもしれぬ要領で。

「バーサは今朝方は家《うち》にじっとしておられませんで」とケイレブは言った。「あいつはどうやら、ほれ、鐘が鳴るのが聞こえはせぬかと気が気でのうて、祝言の日にそんなにもあの方々の側《そば》におったらどうかなってしまうやもしらんと心許のうなったようです。という訳で二人して早々に繰り出し、こちらへやって参りました。わたしはあれからずっと、自分のしでかしたことを考えておりましての」とケイレブはしばし口ごもっていたと思うと言った。「あれからずっと、娘に何と辛い思いをさせてしもうたことか、自分でもどうしたものやら、どっちへ向いたものやら、ほとんど分からんようになるまで、疚しい気持ちに駆られておりましての。んでもしや奥さんが、奥《マ》さん《ム》、その間《ま》もずっと側《そば》についておって下さろうというなら、娘に本当のことをそっくり打ち明けるに越したことはなかろうという気がして参りました。どうか、その間《ま》もずっと側《そば》についておっては頂けませんかの？」彼は頭の天辺から爪先まで小刻みに身を震わせながらたずねた。「お蔭であいつがどうなるかはさっぱりです。わたしのことをどう思うか、この先ともかく哀れな親父を好いてくれるかどうかはさっぱりです。があいつはいつまでも勘違いをしておらんに越したことはなかりましょう。でこのわたしは当たり前、その報いを受けねばなりますまい！」

「メアリ」とバーサは言った。「あなたの手はどこ！　ああ！　ここだわ、ここだわ！」と、そいつをにっこり唇に押し当て、腕に通しながら。「わたし昨夜《ゆうべ》、みんながヒソヒソ何かあなたの蔭口叩いてるのが聞こえたの。でもそんなのウソに決まってる」

運搬人の妻は押し黙ったきりだった。ケイレブが代わりに答えた。

「ああ、ウソに決まっちょるとも」

「やっぱり！」とバーサは誇らしげに声を上げた。「だからわたしみんなにもそう言ったの。一言だっておとなしく聞いてられなかったんですもの！　よりによってあの人の蔭口叩いてまっとうだなんて！」彼女は彼女自身の両手でギュッと手を握り締め、柔らかな頰を自らの面《おもて》に押し当てた。「いえ！　わたしそこまで盲じゃないわ」

彼女の父親は娘の片側に寄り添い、ドットはもう一方の側《がわ》に立ち尽くしたまま、彼女の手を握り締めていた。

「わたしみんなのこと」とバーサは言った。「みんなが思いも寄らないほど知ってるつもりよ。でもあの人のことほどは誰も。父さんのことだって、父さん。わたしにはあの人の半分も真実で本当のものはないの。たとえたった今、目が見えるようになって、で一言も口を利いてもらえなくたって、わたしあの人だけは大勢の人の中から選べるでしょうよ！　おお、わたしの大好きなお姉さん！」

「バーサや！」とケイレブは言った。「父さん気がかりなことがあって、わたしら三人きりの内にお前に言うておきたいんだが。どうかお願いだから聞いてくれんかの！　お前に正直バラさにゃならんことがあるのさ、可愛いお前」

「わたしにバラさなきゃならないこと、父さん？」

「わしは真実からフラリとはぐれて、どうやら道に迷っておったようだ、お前」とケイレブは途方に暮れた面《おもて》に見るも哀れな表情を浮かべて言った。「お前に優しゅうしておるつもりが、真実からはぐれて、実は酷たらしいことをしておったようだ」

彼女は愕然たる面《おもて》を父親の方へ向け、オウム返しに声を上げた。「酷たらしいことを！」

「お父さんは自分をひどく責めすぎてらっしてよ、バーサ」とドットは言った。「ってきっとあなたももうじき言ってくれるに決まってるわ。あなたがきっと最初にそう言って差し上げるに決まってるわ」

「父さんがわたしに酷たらしいですって！」とバーサはまさかとばかり、笑みを浮かべたなり声を上げた。

「その気はさらさらなかった、お前」とケイレブは言った。「が、ずっとそうだった。昨日の昨日まで夢にも思わんかったが。わしの可愛い目の見えん娘よ、どうかこれから言うことを聞いて、父さんを許しておくれ！　お前の生きておる世界は、誰より愛しいお前、ほんとは父さんが言うてやっておるのとはてんでアベコベじゃ。お前がずっと信じておった目は、お前にずっとウソをついていたのさ」

彼女は愕然たる面《おもて》を依然、父親の方へ向けていた。が、おずおずと後込みするや、友達にいよよひしとすがりついた。

「お前の人生の行く手は凸凹で、かわいそうなお前」とケイレブは言った。「父さんはそいつをお前のために均してやるつもりじゃった。んでグルリのあれやこれやをすげ替えて、みんなの気っ風に手を入れて、ありもせんものを仰山こねくり出して来た。それもこれもお前をもっと幸せにしてやりたいばっかりに。何とお前から隠し事をして、お前をペテンにかけて、おお、神様、お許しを！　お前のグルリを色んな絵空事で埋め尽くして来たことか」

「でもまさか、現に生きてるみんなは絵空事なんかじゃないはずよ！」と娘はそそくさと、して真っ蒼になり、いよよ父親から後込みしながら言った。「いくら父さんだってみんなのことは変えられないはずよ」

「いや、それが父さんはそいつまで変えちまってたのさ、バーサ」とケイレブは訴えた。「例えば、お前の知ってるあるお方は、愛しいお前――」

「おお、父さん！　どうしてお前の知ってるなんて言うの？」と娘は厳しく咎め立てるかのような物言いで答えた。「一体何を、誰を、このわたしは知ってるというの！　手を引いてくれる誰一人いないわたしが！　こんなにも惨めなほど目の見えないわたしが」

苦悶の余り、娘はさながら道を手探りしてでもいるかのように両手を突き出し、それから、実に寄る辺なく悲しげな物腰で顔にあてがった。

「今日挙げられる祝言の婿さんは」とケイレブは言った。「血も涙もない、さもしい、阿漕な男じゃ。もういつからとはのう、お前、父さんとお前にそれはこっぴどう当たって来た親方じゃ。見てくればかりか、気っ風まで醜い。年がら年中、冷とうて欲の深い。父さんがお前に見せてやって来たのとはどこからどこまで似ても似つかん、お前。ああ、どこからどこまで」

「おお、どうして」と盲目の少女は、さながら、ほとんど耐え難いまでの苦しみに苛まれて声を上げた。「どうしてこんなことしたの？　どうしてわたしの心をこんなにも一杯にしておきながら、いきなり『死に神』みたいに入って来て、わたしの大切なものを奪い去ってしまったの？　おお、神様、わたしは何と盲なんでしょう！　何と寄る辺なく、独りぼっちなんでしょう！」

彼女の打ち拉がれた父親はガックリ項垂れ、ただ悔悛と悲嘆の内を措いて答える術《すべ》を持たなかった。

バーサがほんの一時《いっとき》然なる口惜しさの激情に駆られていたと思うと、いきなり炉端のこおろぎが、彼女以外の誰の耳にも留まらぬまま、チロロ、チロロ鳴き始めた。陽気に、ではなく、低く、かすかな、悲しげなやり口で。そいつがあんまり憂はしいものだから、彼女は涙をこぼし始め、かの、夜っぴて運搬人の傍に付き添っていた「精霊」が父親を指差しながら彼女の背《せな》に立ち現われるや、涙はポロポロ、留め処なくこぼれ落ちた。

彼女にはほどなくこおろぎの「声」がよりはっきり聞こえ、盲目を突き、「精霊」が父親の周りをヒラつくのを気取った。

「メアリ」と盲目の少女は言った。「わたしの家《うち》がどんなだか教えて頂だいな。ほんとはどんなだかありのまま」

「あなたの家《うち》は約しいお家《うち》よ、バーサ。ほんとにとっても約しくて剥き出しの。もう一冬《ひとふゆ》だって雨風を凌げないかもしれないわ。身を切るような天候からもほんのぞんざいに守られているきり、バーサ」とドットは低く澄んだ声で続けた。「ちょうど袋地の外套のお気の毒なお父さんそっくりに」

盲目の少女は千々に心を乱し、腰を上げると、運搬人の小さな女房を脇へ引っ立てた。

「あの、わたしがそれは大切にしてた贈り物は、ほとんど望む端からやって来て、それはそれはわたしにとって願ってもなかった色んな贈り物は」と少女は小刻みに身を震わせながら言った。「あの子達は一体どこからやって来たの？　贈り主はあなた？」

「いいえ」

「だったら誰？」

ドットには少女が早、お見通しなのが分かり、よって一言も返さなかった。盲目の少女はまたもや両手に顔を埋《うず》めた。が今や全く異なる物腰で。

「愛しいメアリ、もうちょっと。ほんのもうちょっと！　もっとこっちへ来て。で、そっと話をして頂だいな。あなたは決してウソつかないって、分かってるもの。まさか、わたしのこと騙したりはしないはずよ、じゃなくって？」

「ええ、バーサ、まさか！」

「ええ、あなたに限って。わたしのことそりゃかわいそうだって思ってくれてるんですもの、ウソなんてつけっこないはずよ。メアリ、どうか部屋の向こうの、わたし達がたった今いたとこを——父さんの、わたしにそりゃ親身で優しい父さんのいるとこを——見て、で目に見えるまんまを教えて頂だいな」

「わたしには」とドットは少女の気持ちがそっくり呑み込めたから、言った。「お爺さんが椅子に掛けて、頬杖を突いたまましょんぼり背《せな》にもたれてるのが見えるわ。まるでお爺さんのお子さんはどうしたって慰めて上げなきゃならないみたいに、バーサ」

「ええ、ええ。その子はきっとそうしてよ。さあ、続けて」

「お爺さんは気苦労と仕事でやつれておいでよ。痩せて、しょんぼりして、物思わしげで、白髪頭よ。今はがっくり項垂れて、何もかもお手上げっていうみたい。でも、バーサ、わたしはこれまで何度ってことなし、お爺さんが色んなことで一生懸命頑張ってらっしゃるとこ見て来てるの、たった一つの大きな聖なる目的のために。だからこそ、あの方の白髪頭は素晴らしいんじゃなくって。そんなお爺さんに神の御加護のありますよう！」

盲目の少女は彼女から身を振りほどき、やにわに父親の前に跪くと、くだんの白髪頭を胸に抱き寄せた。

「とうとうわたしの視力が戻ったわ。とうとうわたしの視力が！」と少女は声を上げた。「わたしはずっと目が見えなかったけど、これでやっと見えるようになったわ。わたし父さんのことちっとも知らなかったんですもの！ 考えてもみて、わたしはこんなにもわたしのこと思いやってくれてる父さんのことほんとにはちっとも見えないまま死んでたかもしれないなんて！」

ケイレブは感極まり、一言も返せなかった。

「この世のどんな立派な姿形の方だって」と盲目の少女は父親をギュッと抱き締めながら声を上げた。「こんな姿形の父さんほど心から愛して、自分のことそっちのけで大切には思えっこないでしょうよ！ 白髪頭になればなるほど、クタクタになればなるほど、それだけ愛しい父さん！ もう二度とみんなにわたしが盲目だなんて言わせやしない。天に坐す神様に捧げるお祈りや感謝の中でうっかり忘れられてしまう父さんの顔の皺一本、父さんの髪の毛一本、ないでしょうから！」

ケイレブはやっとの思いで口にした。「わしのバーサ！」

「でわたしは目が見えないばっかりに、父さんのこと」と少女はとびきり懐っこそうにポロポロ涙をこぼし、父親を優しく抱き締めながら言った。「何て違った風に思い込んでたったら！ だし、父さん来る日も来る日も傍でいつだってわたしのことそりゃ気づかってくれてるっていうのに、まさかこんなだとは夢にも思わなかったなんて！」

「青い上着の活きのいいイカした父さんは、バーサ」と哀れ、ケイレブは言った。「あいつは行っちまったな！」

「いいえ、何一つ行ってしまってはいなくてよ」と娘は答えた。「愛しい愛しい父さん、いいえ！ 何もかもここに——父さんの中に——あるわ。わたしがこんなにも心から愛してた父さんの、ってのにこれきり本当には愛してなかった、これきり本当には知らなかった父さんの。こんなにもわたしのこと親身に思いやってくれてたからっていうので初めて敬い、愛し始めた恩人の中に。何もかもここの、父さんの中にあるわ。何一つわたしにとって死んでしまったものはなくってよ。わたしにとっていっとうかけがえのないもの全ての魂はここに——ここに、やつれた顔と、白髪頭と一緒にあるわ。わたしもうこれきり、父さん、盲なんかじゃないから！」

ドットはかくてやり交わされている間中、一心に父と娘を見守っていた。が今やつと、ムーア風の牧場《まきば》の小さな干し草作りの方へ目をやってみれば時計がもう二、三分と経たぬ内に時を告げようとしているのが見えたものだから、いきなりハラハラ気を揉み、カッカと頭に血を上らせ始めた。

「父さん」とバーサはためらいがちに言った。「メアリは」

「ああ、お前」とケイレブは返した。「ここにおいでだぞ」

「あの人はちっとも変わってないんでしょ。あの人のことじゃこれっぽっちほんとじゃないことは言ってないわよね？」

「わしゃひょっとして、お前、そいつもやらかしておったやもしらんな」とケイレブは返した。「もしやありのままよりもっとまっとうにしてやれるもんなら。けどもしやともかく手を加えていたとしても、てんでやりそくのうておったに違いない。何一つこれ以上には引き立てられまいから、バーサ」

盲目の少女はくだんの問いをかけた際、もちろん自信がありはしたものの、然に返されて何と誇らしげにして雀躍りせぬばかりに歓んだことか、何と改めてひしとドットを抱き締めたことか、は目にするだに心そそられた。

「でも、まだまだ思いも寄らないほどどっさり変わったことが起こるかもしれなくってよ、あなた」とドットは言った。「ってつまり、もっといい方へ向かう。わたし達の誰かさん達にとっては大きな喜びにつながる。たとえそんな様変わりが起こって、あなたにも何か関わりが出て来るとしても、あんまりびっくりしちゃダメよ。あれはこっちへやって来る車輪の音かしら？　あなたとっても耳がいいわね、バーサ。あれは車輪の音かしら？」

「ええ。ズンズンこっちへやって来てる」

「も、もちろん、あなたとっても耳がいいわね」とドットは胸に片手をあてがい、明らかにそいつがドキドキ高鳴るのを隠すべく、なるたけ早口に話し続けながら言った。「だってしょっちゅうそうだって気づいてるし、昨夜《ゆうべ》もあんまり耳がいいものだからあの見知らぬ足音を聞き分けたほどですもの。とは言っても、どうしてあなたが、ほんとに口にしたのよく覚えてる通り、『あれは誰の足音！』って言ったのか、どうしてほかのどんな足音よりあの足音が気になったのかは今でも分からないけど。でも、たった今も言った通り、世の中には大きな様変わりが——それは大きな様変わりが——あって、わたし達ほとんどどんなことにもびっくりしないよう心の準備をしておくに越したことはないはずよ」

とはどういうことかと、ケイレブは首を捻った。何せ見るからにドットは彼の娘のみならず彼自身に話しかけていたからだ。おまけに彼女は、ケイレブの腰を抜かしそうなほどびっくりしたことに、それはオロオロうろたえ、ハラハラ気を揉んでいるものだから、ほとんど息を吐くのもままならず、気を失っては大変と、椅子にしがみついているではないか。

「ほんとに車輪の音だわ！」と彼女は喘ぎ喘ぎ言った。「ズンズン近づいて来る！　ズンズン！　ほら、ついそこまで！　で、ほら、庭木戸の所で停まるのが聞こえる！　で、ほら、戸口に足音が――同じ足音が、バーサ、じゃなくって！――で、ほら！」――

彼女は抑え難き歓喜の狂おしき叫び声を上げ、ケイレブに駆け寄りざま彼の目に両手をひたとあてがった。かあてがわぬか、若者が部屋に駆け込み、帽子を空《くう》に放り上げるや、彼らの方へ一気に駆け寄って来た。

「無事済んで？」とドットは声を上げた。

「ああ！」

「幸せ一杯に？」

「ああ！」

「今の声に聞き覚えはあって、愛しいケイレブ？　よく似た声を耳にしたことはなくって？」とドットは声を上げた。

「もしやわしの『ゴールデン・サウス・アメリカ号』のせがれが生きちょるとすれば」――とケイレブはワナワナ身を震わせながら言った。

「ええ、ほんとに生きてらっしてよ！」とドットは彼の目から手を離し、御両人をパンッと、うっとり打ち合わせながら金切り声を上げげた。「息子さんを見て上げて！　目の前に健やかに、しっかり立ってらっしゃるとこ！　あなた自身の愛しい息子さんが！　あなた自身のほんとに生きてる、妹思いの兄さんが、バーサ！」

あっぱれ至極なるかな、然に陶然たる小さなヤツの！　あっぱれ至極なるかな、親子三人が互いの腕にひしと抱かれ合うに及び、然にポロポロ涙を流してはコロコロ声を立てて笑うそいつの！　あっぱれ至極なるかな、然に心から、日に焼けた船乗りが褐色の髪を振り乱したなり駆け寄るのを中途で迎え、断じてバラ色の小さな口を脇へ背けるどころか奴に存分キスをさせ、胸にひしと抱き締めるがままにさすそいつの！

してあっぱれ至極なるかな、カッコウもまた――ではなかろうか！――ムーア風宮殿の跳ね蓋から押し込み強盗よろしくパッと飛び出すや、集うた面々宛十二度《たび》、まるで有頂天な余りへべれけになりでもしたかのようにしゃっくりを放《こ》き上げるとあらば！

運搬人は、敷居を跨ぐや、ハッと後退った。のも宜なるかな、気がつけばいきなり然に愉快な仲間に紛れているとあって。

「見てやってくれ、ジョン！」とケイレブは大喜びで言った。「こいつを見てやってくれ！『ゴールデン・サウス・アメリカ号』から舞い戻って来たわし自身のせがれを！ わし自身のせがれを！ おめえさんが船出の仕度を整えて、おめえさん自身の手で送り出してくれた！ いつだってそりゃ親身に気づかってくれておった！」

運搬人は若造の手をギュッと握り締めるべく歩み寄った。がハッと、何やら相手の目鼻立ちが荷馬車の耳の遠い御老体の面影を彷彿とさすに及び、後退りながら言った。

「エドワード！ 君だったのか」

「さあ、あの人に何もかもバラして上げて頂だいな！」とドットは声を上げた。「あの人に何もかもバラして上げて、エドワード。で、わたしにもこれきり手心加えたりしないで、だってこのわたし自身、もう二度とあの人の目の中で自分に手心加えたりしないでしょうから」

「如何にもぼくでした」とエドワードは言った。

「で君は古馴染みの家《うち》に身を窶して、こっそり忍び込めたというのか？」と運搬人は返した。「いつだったか気さくな坊主がいた――おれ達があいつは死んだと聞かされて、ケイレブ、そいつは確かに証を立てられたものと思い込んでから、どれくらい経つだろうか？――あいつならまさかヌケヌケとそんな真似はしなかったろうが」

「いつだったかぼくには心の大らかな馴染みがいました――ぼくにとっては馴染みっていうより親父みたいな」とエドワードは言った。「で、その人だったらまさかぼくであれ外のどいつであれ、言い分を聞きもせずに白黒つけたりはなさらなかったでしょうが。あなたこそその人でした。という訳で、きっとこれからぼくの言い分を聞いて下さいますね」

運搬人はちらと、戸惑いがちにドットの方へ目をやった。ドットは、相変わらず遙か御亭主から遠退いていたが、答えた。「ええ！ それってほんの公平なことじゃなくって。わたしだったら聞かせて頂きますとも」

「まずもって断っておくと、ぼくはほんのガキの時分にここを出てった時」とエドワードは言った。「好きな子がいて、その子もぼくのこと好いてくれてました。彼女はめっぽう幼くて、多分（言ってみれば）自分の本当の気持ちすらはっきりとは分かっていませんでした。でもぼくは自分の気持ちがよく分かっていましたから、彼女にぞっこんでした」

「まさか君が！」と運搬人は声を上げた。「まさか君が！」

「ええ、正直」と相手は返した。「で彼女もぼくにぞっこんでした。あれからってものずっと、きっとそうだったって信じて来ましたし、今ならきっぱりそうだったって言えます」

「おお、何てこったい!」と運搬人は言った。「これじゃますます立つ瀬がないってもんだ」

「ずっと彼女に律儀なまま」とエドワードは言った。「散々辛い目や危なっかしい目に会いながらも、ぼく達の昔の契りのぼくの分だけは果たそうと、希望に胸を膨らませて祖国へ戻っていると、二十マイルほど手前で、彼女はぼくを裏切り、ぼくのことなど忘れ、どいつか別の、もっと金持ちの男の下《もと》に嫁いだらしいと風の便りに聞かされました。ぼくは彼女を責める気はさらさらありませんでしたが、一目会って、これが真実かどうかとことん突き止めたいと思いました。ひょっとして彼女は自分自身の希望や記憶に反し、無理強いされたのかもしれないと淡い期待を抱いて。それこそせめてもの慰めだったでしょうが、それでも、ぼくは、ワラにもすがる思いでそのまま祖国へ帰って来ました。で、一方では誰からも邪魔されずに、またもう一方では彼女の前でぼく自身の睨みを(ってもしもそんなものがあるとすれば)これ見よがしに利かさないまま、この目で思いきり探りを入れて、見極めをつけて、真実を、嘘偽りのない真実を突き止めようと、身を窶して——ってどんな具合にかは御存じでしょう——道で待ちました——ってどこでかも御存じのはずです。あなたはこれっぽっちぼくだとはお気づきになりませんでした。ってのは——ほら、奥さんだって」とドットを指差しながら。「ぼくが炉端でこっそり耳打ちして、お蔭ですんでにぼくのことスッパ抜いてしまいそうになるまで」

「でも奥さんはエドワードが生きてて、ほんとに戻って来たんだって分かったら」とドットは、当該昔語りの間中、矢も楯もたまらなかった如く、今や自らのために口を利きながらすすり泣いた。「で彼の腹づもりをそっくり呑み込んだら、どんなことがあっても秘密をバラしちゃだめだって入れ智恵したの。だって彼の古馴染みのジョン・ピアリビングルはあんまり根っからあけっぴろげで、あんまりどんな手練手管にかけても——一事が万事、ぶきっちょな人のからには——ぶきっちょなものだから」とドットは半ばコロコロ笑い転げ、半ばポロポロ涙をこぼしながら言った。「いくら彼のためだからって到底秘密を守れっこないでしょうからって。で奥さんは——ってわたしのことだけど、ジョン」と小さな上さんはすすり泣いた——「何もかも彼に打ち明けて、どんなに昔の恋人は彼が死んだものと思い込んでたか、どんなにとうとうお母さんに、今のそのおバカさんの、憎めないお婆様に言わせれば玉の輿とかの相手と連れ添うよう説き伏せられたか教えて上げて、で奥さんは——ってまたわたしのことだけど、ジョン――二人はまだ（ほんとに、すんでじゃあるけど）祝言は挙げてないんだって、もしもこのまま行ったらあの子は一生を棒に振ることになるだろう、だってあの子には愛の一欠片もないんだからって言って、彼がそれを聞いてほとんど気が狂れそうなほど大喜びすると、そこで初めて奥さんは――ってはたまたわたしのことだけど――だったらいつもしょっちゅうやってたみたいに二人の仲を執り持とうって、ジョン、で昔の恋人にネ掘りハ掘りやって、奥さんが――ってまたぞろわたしのことだけど、ジョン――じゃないかって言ったり思ったりしてることが当たってるかどうか確かめようって言ったの。でやっぱり睨んだ通りだったの、ジョン！　で二人は引き合わされたの、ジョン！　で二人は一時間前に、ジョン、祝言を挙げたの！　で、ほら、花嫁さんでらっしてよ！　で、どうかグラフ・アンド・タクルトンさんは死ぬまでチョンガーでやってお行きになりますよう！　で、わたしはとびきり幸せな小さなお上さんって訳、メイ、お目出度う！」

彼女はともかく抑えの利かぬ小さな上さんであった、とはもしやそいつが曲がりなりにも当を得ているとすらば、してついぞ目下の陶酔におけるほどどこからどこまで抑えの利かなくなったためしはなかった。未だかつて彼女が自らと花嫁に惜しみなく垂れたそいつらほど懐っこく甘美な祝福はまたとなかったろう。

胸中、情動の目眩く逆巻く直中で、正直者の運搬人は呆然と立ち尽くしていた。が今や彼女の方へ駆け寄ると、ドットは待ったをかけるべく片手を突き出し、先と同様、後退った。

「いえ、ジョン、いえ！　何もかも聞いて頂だいな！　これから教えて上げる一言残らず聞くまで、ジョン、どうかわたしのことはこれきり愛さないで。あなたに隠し事をするなんてほんといけないことだったわ、ジョン。ごめんなさい。昨夜《ゆうべ》あなたの傍の小さな床几に腰を下ろすまでそれがいけないことだなんて思いも寄らなかったの。でもあなたはわたしがエドワードと回り廊下を歩いてるとこ見たんだって顔に画いてあるのに気づいて、だったらあなたはどんな風に思ってることか分かったら、それがどんなに軽はずみでどんなに間違ったことか気がついたの。でも、おお、愛しいジョン、どうしてあなた、どうしてあなた、そんな風に思い込んだりしたの！」

小さな上さんよ、彼女の何とまたもや激しく泣きじゃくったことか！　ジョン・ピアリビングルは定めて上さんをひしと抱き締めていたことだろう。が、そうは問屋が。上さんは待ったをかけた。

「どうかまだわたしのこと愛さないで、ジョン！　まだもうしばらく！　わたしがこの祝言がもう直挙げられると思うと辛かったのは、あなた、それはメイとエドワードがそりゃ仲のいい恋人同士だったっていうのを思い出して、あの子の心はタクルトンさんからずっと遙か彼方にあるって分かってたからだわ。今なら、そうだって信じてくれるわね。じゃなくって、ジョン？」

ジョンは然に訴えかけられると、またもや上さんの方へ飛び出しかけた。が上さんはまたもや待ったをかけた。

「いえ、どうかそこにじっとしてて頂だいな、ジョン！　わたしがあなたのこと笑って、って時々やるみたいに、あなたのことぶきっちょだとか、愛しいマヌケのお爺さんだとか何だとかってからかっても、それはただあなたのこと大好きで、ジョン、あなたのやり口がそりゃ楽しくて、たといあなたを明日《あす》王様にして頂くためだろうとこれきり変わって欲しくないからだわ」

「バンゼエーッ！」とケイレブがいつになく腹の底から叫《おら》び上げた。「よくぞ言うて下された！」

「で、わたしが誰かさん達は一年《ひととし》食ってらっして、堅ブツだって言って、ジョン、わたし達ってばテクテク歩きめいたやり方で暮らしてる味もそっけもない夫婦だって風するとしても、それはただわたしってばそりゃ考えの足りないおチビさんなものだから、ジョン、時には赤ちゃんと『ごっこ』して、色んな振りしてみたいだけだからだわ」

彼女は御亭主が近づいて来るのを見て取るが早いか、またもや待ったをかけた。がすんでに手遅れになりそうではあった。

「いえ、どうかまだもうほんの一、二分、わたしのこと愛さないで頂だいな、ジョン！　わたしあなたに一番言いたいことを一番お仕舞いまで取ってたんですもの。わたしの愛しい、優しい、大らかなジョン、こないだの晩、二人してこおろぎのこと話した時、ついここまで出かかってたの、ほんとはわたし最初はあなたのことそっくり今ほど心からは愛してなかったんだって、初めてここのお家に来た時、もしかしてあなたのこと、だったらいいなって思ったり祈ったりしてるほどどこからどこまで愛せるようにはなれないかもしれないってちょっぴり気が気じゃなかったんだって――だってわたし、そりゃとってても幼かったんですもの、ジョン！　でも、愛しいジョン、毎日、時が経つにつれて、わたしあなたのことますます、ますます大好きになって行ったわ。で、もしも今よりもっとあなたのこと大好きになれるものなら、今朝あなたがあんな気高い言葉を口にしてるの聞いたお蔭でもっと大好きになっていたでしょうよ。でもそれはお手上げ。わたしの手持ちの愛はそっくり（ってそりゃどっさりですけど、ジョン）とうの、とうの昔にあなたが頂だいしていたくごもっともな通り、あなたに上げてしまってて、わたしにはもうこれきり残ってないんですもの。さあ、わたしの愛しい旦那様、どうかも一度あなたの胸に抱いて頂だいな！　あなたの胸こそわたしのお家《うち》よ。ジョン。で決して、決してわたしをどこかよそのお家《うち》にやってしまおうだなんて考えないで頂だいな！」

　貴殿は金輪際、たといどいつかぶっちぎりの小さな女がどこその第三者の腕に抱かれている所を拝ませて頂こうと、もしやドットが運搬人の腕の中に飛び込むのを目の当たりにしていたならば感じていたろうほど大いなる喜びはまず味わえまい。これぞ貴殿の生まれてこの方お目にかかったためしのないほど一点の非の打ち所もなき、完璧な、気合《い》いの入りに入《い》ったひたむきさのささやかな一齣であった。

　無論、運搬人は天にも昇らんばかりの喜びに酔い痴れ、無論、ドットも右に倣い、無論、彼らは皆、スローボーイ嬢もコミにて右に倣った。というのもこの方、嬉し涙に掻き暮れ、幼気な預かり物を皆の祝賀の輪に引っくるめたいばっかりに、赤ん坊をグルグル、さながら祝い酒でも回す要領で、次から次へと皆に回していたからだ。

　が今や、またもや玄関先にガラガラ、車輪の音が響き、誰かがグラフ・アンド・タクルトンが引っ返して来ている旨、大声で報じた。か報じぬか、くだんの奇特な御仁がカッカと頭に血を上らせた上からアタフタ度を失ったなり姿を見せた。

「ああ、一体全体こいつは何事じゃ、ジョン・ピアリビングル！」とタクルトンは言った。「何か手違いがあったらしい。わしはタクルトン夫人と教会で落ち合う約束をしておった。というに神かけて、道で夫人がこっちへ来るのとすれ違うとは。おうっ！　やっぱりここか！　申し訳ござらぬが、おぬし、して生憎どなたかは存ざぬが、もしやこちらのお若い御婦人をお譲り頂けるようなら、あちらには今朝方また格別な約束がおありでの」

「ですが生憎、お譲りする訳には参りません」とエドワードは返した。「めっそうもない」

「とはどういう了見じゃ、このならず者めが？」とタクルトンは言った。

「とはどういう了見かと言えば、業を煮やしておいでなのもごもっとものからには」と相手はにっこり微笑みながら返した。「今朝はどんなに悪態を吐かれようとツンボを決め込もうでは、とはちょうど昨夜《ゆうべ》ありとあらゆるネタにそいつを決め込んでいたみたいに」

　何たる苦虫を、タクルトンの若造宛噛みつぶしたことよ、して何と勢い、ギョッと胆を潰したことよ！

「申し訳ありませんが」とエドワードはメイの左手を、がわけても薬指を突き出してみせながら言った。「こちらのお若い御婦人は教会までお付き合い致す訳には参りません。が今朝はあちらへ一度足を運んでおいでのからには、恐らく御容赦願えようかと」

　タクルトンはしげしげ薬指を覗き込み、チョッキのポケットから指輪の包《くる》まれていると思しき小さな銀紙を取り出した。

「スローボーイ嬢」とタクルトンは言った。「済まんがこれを火に焼べては頂けんか？　ああ、忝う」

「何分、先約があったもので、実に昔ながらの先約があったもので、妻は生憎、御主人との約束を果たすことが叶いませんでした」とエドワードは言った。

「タクルトン様もきっと、わたくしそのお約束のことは正直に打ち明けていたと、何度も何度も、これきり忘れられないと申し上げていたとお認め下さるはずですわ」とメイは頰を染めながら言った。

「おお、もちろん！」とタクルトンは言った。「おお、なるほど。おお、結構。全くもって仰せの通り。で、どうやらエドワード・プラマー夫人であられると、えっ？」

「如何にもさようの名であられます」と花婿は返した。

「ああ、まさかおぬしとは分からんかったじゃろうの、おぬし」とタクルトンは相手の顔を穴の空くほどしげしげ覗き込み、深々と腰を折りながら言った。「では、末永うお幸せに！」

「ありがとうございます」

「ピアリビンググルの上さんよ」とタクルトンはいきなりクルリと、彼女が御亭主と立っている方へ向き直りながら言った。「実に申し訳ないことをした。お宅はわしにさしてありがたい世話を焼いては下さらなんだが、それでも、誓って、実に申し訳ないことをした。お宅はわしの思うておったより出来た上さんじゃ。ジョン・ピアリビンググルよ、実に済まんことをした。と言えば分かってもらえようて、というだけでたくさんじゃ。全くもって仰せの通り、お集まりの皆の衆、んでこれほど目出度いこともあるまいて。では失敬！」

　との捨て台詞もろとも彼は見事一件にケリをつけ、ついでに御自身にも家路へとケリをつけた。ただ戸口にてつと足を止めるや馬の頭から花とリボンを引っ剥がし、くだんの四つ脚殿の肋《あばら》を一度ばかしガツンと、こちとらの手筈に緩んだ螺子が一本あった由胆に銘じてやるべく、蹴り上げてはいた。

もちろん、今やくだんの諸々の椿事をピアリビングル暦《ごよみ》にて永久《とは》に一大祝宴・祝祭日として刻むに相応しきほどドンチャン浮かれ騒ぐが肝心要の責務となった。よってドットは我が家並びに当事者全員に不朽の栄誉をもたらすこと必定たる宴を張るべく捩り鉢巻きでかかり、あれよあれよという間《ま》に臀の肘までどっぷり小麦粉まみれになり、運搬人が近づく度、待ったをかけてはチュッとキスを賜ることにて御亭主の上着を真っ白にして差し上げていた。くだんの気のいい奴は青物をジャブジャブ洗い、蕪《かぶら》の皮を剥き、皿を端《はし》から割り、炉に掛けた冷水で一杯の鉄瓶を引っくり返し、ありとあらゆる手合いのやり口にてせっせと重宝がられて下さり、片や御近所のどこぞより、さながら生み際、と言おうか死に際にアタフタ呼び入れられたそのスジの助っ人御両人はお互いありとあらゆる戸口やありとあらゆる角っこでぶつかり合い、誰も彼もがどこもかしこもでティリー・スローボーイに赤ん坊ごと蹴躓いた。ティリーは未だかつて然に本領を存分発揮したためしはなかった。彼女の神出鬼没ぶりたるや皆の称賛の的にして、二時二十五分には廊下にて躓きの石だったかと思えば、二時半かっきりには厨にて人捕り罠だったかと思えば、二時三十五分には屋根裏にてズブの落とし穴だった。赤ん坊の頭は動・植・鉱物を問わぬ、ありとあらゆる手合いの物質のための言わば試煉にして試金石であった。その日お呼びのかかった何一つとして、何かかんかの頃合に御逸品の御高誼に与らなかったものはない。

それから、いざフィールディング夫人をめっけ出し、くだんの人並優れた貴婦人に憂はしくも深き懺悔を捧げ、御当人を皆と一緒にゴキゲンになり、何卒お目こぼし賜るよう、いざとならば力尽くにて、連れ戻すべく一大「遠征隊」が徒《かち》にて繰り出した。して晴れて「遠征隊」が初っ端御母堂を探し出すやこの方、一切和平交渉に聞く耳持たず、幾々度となく、よもや生きてこの日に相見えようとは！　と耳ダコもので宣い、後はただ「さあ、わたくしを墓所へ連れて行って下さいまし！」という以外何一つ口になさろうとしなかった。がこれぞ、御当人、綷切れておいでどころかむしろピンシャンしておいでのからには土台叶はぬ相談かと思われた。とこうする内、御母堂は由々しき諦観の境地へと陥り、曰く、かの不幸な一連の状況が洋藍貿易《インジゴ・トレイド》において出来した際、早、終生誹謗中傷という誹謗中傷に、傲慢無礼という傲慢無礼に晒されるものとの悪しき虫の報せを受けていたと、して然なる次第と相成ったとはむしろ願ったり叶ったり、どうかわたくしのことはこれきりお構いのう——というのもこのわたくしが一体何だというので？　おお、あんれまあ！　何者でもないでは！——どうかさようの者がこの世にあったなどコロリと忘れ、わたくし抜きで勝手に我が道をお行きになっては云々。当該苦々しくもこよのう取り付く島もなき心持ちより、御母堂は憤懣遣る方なきそれへと移ろい、然なる心持ちにて「一寸の虫にも五分の魂」なる特筆すべき御託を並べ果したと思いきや、いつしかお手柔らかなる口惜しさへと身を委ね、かく宣ふた、もしやせめて真実を打ち明けてくれていたならば、一体如何なるお智恵を授けて差し上げられなかったやもしれまいか！　当該御母堂の気持ちの昂りにおける危急存亡の秋に乗ずや、「遠征隊」はひしと御当人を抱き締めた。さらばこの方、瞬く間に手袋を嵌め、いざ、一点の非の打ち所もなき雅やかさの極致にてジョン・ピアリビングルの屋敷への途上にあられた。傍らに司教冠とほとんどいい対のっぽにして、正しくいい対カッチンコの大礼用帽子の収められた紙包みを侍らせたなり。

　それから、ドットの両親がまた別の小さな一頭立てにてお越しになる頃合となり、されど待てど暮らせどお越しにならず、あれやこれや疑心暗鬼を生じ、散々御両親はまだかと道が見はるかされ、フィールディング夫人は必ずや明後日《あさって》の、してあり得べからざる方角ばかりを見はるかし、その旨御教示賜るや、どうか気の向く方へ目をやらせて頂きたいものなりと返答賜った。とうとう両親は——丸ぽちゃの小さな夫妻は——ゆるゆる、さすがドット一族ならでは、小ぢんまりとして居心地好さげなささやかなやり口にてお越しになり、ドットとお袋さんは、晴れて肩を並べてみれば、目にするだに素晴らしき眺めではあった。然てもお互いウリ二つのからには。

　それから、ドットのお袋さんはメイのお袋さんと旧交を温めねばならず、メイのお袋さんは必ずや御自身の雅やかさに拠って立ち、ドットのお袋さんはついぞ御自身の疲れ知らずの小さな大御足を措いて拠って立つものがなかった。して老ドットは——然にドットの親父さんを呼ぶとは、小生、うっかりそいつが親父さんの本名でないのを失念していた。がどうぞお構いのう——馴れ馴れしくも初対面にてギュッと手を握り締め、どうやら帽子なるものをほんのその嵩だけの糊とモスリンと思し召している節があり、洋藍貿易《インジゴ・トレイド》に然るべく敬意を払うどころか、今となっては致し方なかろうと宣い、かくて、フィールディング夫人の一言で片づけ賜ふに、気さくな手合いの方ではらっしゃいますけど——がさつでは、あなた。

小生は如何ほど大枚積まれようとウェディング・ガウンにて持て成し役を務める——彼女の晴れやかな面《おもて》に祝福あれかし！——ドットを見逃しはしなかったろう。よもや！　してテーブルの下座にて然ても陽気にして然ても真っ紅に火照り上がった、気のいい運搬人も。して褐色の、活きのいい船乗り野郎と、そいつの麗しき嫁さんも。それを言うなら、一座の内誰一人。くだんのディナーを食い損なうは、およそ世の男の食わねばならぬ限り愉快で食べ出のある馳走を食い損なうことだったろうし、連中が「婚礼の日」を祝して干した溢れんばかりの盃を干し損なうは、最たる為損じだったろう。

ディナーが済むと、ケイレブは「泡立つ大盃」がらみの歌を歌った。小生が一、二年は生身のままでいたいと願う生身の人間であるに劣らず確かに、彼はそいつを仕舞いまで歌い切った。

とこうする内、ちょうどケイレブが最後の一節《いっせつ》を締め括ったか括らぬか、全くもって思いも寄らぬ椿事が出来した。

コンと、ドアにノックをくれる音がしたと思うと、男がヨロヨロ、何やらずっしりとした代物を頭に乗っけたなり、失礼を、とか御免蒙っての一言もなきままヨロけ込んだ。してドスンと、かっきりナッツとリンゴのど真ん中の、テーブルの中央に据えるや、宣った。

「タクルトン殿がよろしくと、でもう御自身ケーキに用はないので、多分皆さんで召し上がって頂けるのではと」

との文言もろとも、男はスタスタ立ち去った。

一座の間には、宜なるかな、驚きの声が上がった。フィールディング夫人は、固より石橋を叩いても渡らぬだけに、ケーキにはひょっとして毒が混じっているやもしれぬと言い出し、御当人の知る限り、女学校を丸ごと蒼ざめさせたとあるケーキの逸話を延々と審らかになされた。が総スカンを食い、ケーキはメイによりて、生半ならず粛々として大喜びにて切り分けられた。

小生の惟みるに、誰一人として未だ御逸品にろくすっぽ舌鼓を打っていなかったのではあるまいか。が、またもやコンと、ドアにノックをくれる音が聞こえ、同じ男が小脇にどデカい褐色紙包みを抱えたなり、またもや姿を現わした。

「タクルトン殿がよろしくと、で坊っちゃんのためにオモチャを二つ三つどうぞ。身の毛がよだつような奴らではないのでと」

との言伝をもたらすや、男はまたもや姿を消した。

一座の面々は、たとい御逸品を見繕う暇《いとま》がたっぷりあったとて、自らの驚愕を表《ひょう》す文言を見つけるに大いに手こずってはいたろう。が面々に然なる暇《いとま》はこれきりなかった。という のも遣い走りが背《せな》で戸を閉《た》てたか閉《た》てぬか、またもやコンと ノックの音が聞こえ、タクルトン御自身が入って来たから だ。

「ピアリビングルの上さん！」とオモチャ屋は帽子を手に、言った。「それにしても実に申し訳ないことをした。わしは今朝方よりまんだ申し訳ないと思うておってな。も一度頭を冷やす間《ま》があったもんで。ジョン・ピアリビングル！ わしは根っから気難し屋だが、おぬしのような男に面と向かうと、多少ともお手柔らかにならんではおられんでの。ケイレブ！ こちらの小さな乳母はそうとも知らずに、昨夜《ゆんべ》お蔭でわしがとうとう御尊体を探り当てた途切れた糸口を与えてくれたわ。わしは何と易々お前と娘をわしにつなぎ留められておったやもしれぬと思えば穴があったら入りたいほどじゃし、てっきり娘のことを痴れ者なんぞと思い込むとはわしこそ何という惨めなそいつじゃったことよ！ 馴染み方、さあみんな、わしの家《うち》は今晩はやけに寂しゅうての。炉端にころぎ一匹おるでなし。あいつらそっくり追っ立ててしもうたもんで。どうかわしのことはせえぜえ堪忍して、この幸せな輪に入れてはもらえまいか！」

彼はものの五分ですっかりくつろぎ返った。貴殿もあんな奴にはついぞお目にかかったためしがなかったろう。彼は一体生まれてこの方御自身相手に何をしていたものやら、これまでてんで御自身のドンチャン浮かれ返る大いなる天稟を御存じなかったとは！ と言おうか妖精達は、一体彼相手に何をしていたものやら、かくもコロリと別人のように変えてしまうとは！

「ジョン！ まさかあなたわたしを今晩、里に返したりはしないでしょうけど、ほら？」とドットは囁いた。

とは言え、彼はとんだイイ線行きかけていたでは！

一座を完璧にするに唯一欠けた生身の奴が御座り、そいつは、そら、瞬く間に、ハアハア息を切らして駆けて来た分カラッカラに喉を干上がらせたなりお越しになるや、せせこましい水差しに頭を捻じ込もうと、悪あがきもいい所、躍起になっていた。奴は御主人がいないのにとことん嫌気が差し、代わりのやっこさんに途轍もなき叛旗を翻しつつ旅路の果てまで荷馬車に付き合っていた。厩の辺りでしばし、老いぼれ馬に勝手に引き返すなる謀叛を起こせよと空しくハッパをかけつつ、ブラついていたと思いきや、奴は酒場《タップルーム》に罷り入り、ゴロンと暖炉の前に横になった。がいきなり、代わりのやっこさんこそ天下の如何様師にして、とっとと見限るに如くはなかろうとの思い込みに凝り固まるや、またもやむっくり起

G&T

き上がり、クルリと踵ならざる尻尾を回らせ、我が家へ駆け戻って来た。

　夕べには皆してダンスに興じた。との、くだんの気散じへのしごく漠たる言及をもって、小生は一件を打っちゃる所ではあったろう、もしやそいつは全くもって新奇のダンスにして、とびきり風変わりな旋回《フィギュア》のそれなりと、宣なるかな、得心してでもいなければ。御逸品、妙な具合に、然なる具合に、おっ始められた。エドワードは、くだんの船乗り野郎は――気のいい、あけっぴろげな、勇み肌の奴だったから――皆にオウムだの、鉱山だの、メキシコ人だの、砂金だのがらみであれやこれや色取り取りの冒険譚を聞かせていた、といきなり、何を思ったか、ガバと椅子から腰を上げ、ダンスをしようと言い出した。というのもバーサのハープがそこにあり、バーサはめったにお目にかかれぬほどそいつの手練れだったから。ドットは（いざとならば、猫っ被りの狡っこい小さなヤツめ）もうダンスは「卒業」したわと宣った。小生の下種の何とやらを働かすに、多分、運搬人がプカプカ紫煙をくゆらし、彼女は何より御亭主の傍に掛けているのがお気に入りだったからではあろうが。フィールディング夫人は、然に先鞭をつけられたからには、わたくしもダンスは「卒業」致しましてよと、もちろん、宣ふ外なく、誰も彼もが同上を宣った。ただしメイだけは別で、彼女はその気満々だった。

　故に、メイとエドワードはやんややんやと囃し立てられる直中を二人きりステップを踏むべく腰を上げ、バーサがとびきり活きのいい調べを奏でる。

　はむ！　もしや信じて頂けるものなら、二人が五分と踊らぬとうの先から、やぶから棒に運搬人がパイプを放り出し、ドットの腰に腕を回し、部屋の中へと突撃をかけざま、上さん共々いざ、これぞタップダンスか、物の見事にステップを踏みに踏み出す。タクルトンは、こいつを目にするが早いか、フィールディング夫人の所へすっ飛んで行き、夫人の腰に腕を回すや、右に倣う。老ドットは、こいつを目にするが早いか、ピンシャン腰を上げ、ドットのお袋さんをダンスの真っ最中《さなか》へと掻っさらい、そこにて先陣を切る。ケイレブは、こいつを目にするが早いか、ティリー・スローボーイの両手をむんずと捕らまえ、いきなりしゃにむに飛び出す。スローボーイ嬢は、因みに、外のカップル方の真っ直中にひたぶる突っ込み、先様と如何なるその数あまたに上ろうと衝突を起こすことこそ唯一、貴殿の舞踏術の奥義なりとの思い込みに凝り固まっている風ではある。

　聞けよ！　何とこおろぎのチロロ、チロロ、チロロ、調べに華を添えていることよ、して何とやかんのブンブン、ブンブン、唸っていることよ！

＊　＊　＊

だが、こいつはどうした！　小生が連中のさんざらめきに陽気に耳を傾け、大のお気に入りたる小さな人影をこれきり一目見んものと、ドットの方へ向き直ってみれば、彼女も外の連中もそっくり跡形もなく消え失せ、小生は独りきり取り残されているとは。炉端ではこおろぎが鳴いている。床には壊れた子供のオモチャが転がっている。が外には何一つ名残を留めてはいない。

D MACLISE R.A
JOHN THOMPSON.

THE BATTLE OF LIFE
D. MACLISE R.A
THOMPSON
A LOVE STORY

人生の戦い

——ある愛の物語——

当該

クリスマスの書を

スイスにおける
祖国の友人達*に
衷心より捧ぐ

PART THE FIRST
G DALZIEL.

第一部

昔々、いつかはこの際不問に付そう、屈強なイングランドにおいて、どこかはこの際不問に付そう、熾烈な戦いが繰り広げられた。戦いは風に戦ぐ芝草の緑々《あおあお》と生い茂るとある長き夏の一日《ひとひ》に繰り広げられた。「全能の御手」によりて露を受く芳《かんば》しき酒杯《ゴブレット》たるよう造られし幾多の野花は、自らの七宝流しの萼《がく》がくだんの一日《ひとひ》、血をなみなみ注がれるのを気取り、身を縮こめつつ萎《な》え萎《しぼ》んだ。罪無き葉や香草から自らの濃やかな色彩を授けらる幾多の昆虫はくだんの一日《ひとひ》、改めて瀕死の兵士によりて染め直され、その怯え竦んだ道筋を徒ならぬ跡で標した。彩鮮やかな蝶は羽根の先に乗せて血を空《くう》へと運んだ。川は紅く流れた。踏み躙られた大地は泥濘《ぬかるみ》と化し、そこより、人間の足と馬の蹄の跡に溜まった陰鬱な淀みからは、唯一席捲する色彩が依然として日輪宛、苦虫を噛みつぶしてはチラチラ明滅した。

天よ、願はくは我らに知らしめ給ふな、月が、木々によりて際の和らぎ霞んだ遙か彼方の高台の黒々とした稜線の上に姿を見せ、蒼穹の高みに昇り詰めるや、いつぞやは母の胸にて母の目を求めし、或いは幸せに微睡みし、仰向けられた面《おもて》また面《おもて》の散る平原を見下ろした際、くだんの戦場にて目の当たりにせし光景を。天よ、願はくは我らに知らしめ給ふな、くだんの一日《ひとひ》の所業とくだんの一夜《ひとよ》の死と苦しみの光景を吹き渡りし穢《けが》れた風に乗ってその後囁かれた秘め事を！　幾多の孤独な月が戦址《いくさあと》に皓々と照り、幾多の星がその憂はしき不《ね》寝《ず》の番に就き、幾多の風が大地の四方よりその上を吹き渡って漸う、戦の痕跡は拭い去られた。

痕跡は長らくこっそり身を潜め、グズグズとためらってはいたものの、ちっぽけな事において生き存えていたにすぎぬ。というのも自然の女神は、人間の悪しき激情の遙か高みに坐すとあって、ほどなく自らの平穏を取り戻し、罪深き戦場にかつて其が無垢たりし頃に微笑んでいたままに微笑み賜ふたから。ヒバリは遙か頭上にて囀り、ツバメはスイスイかすめ飛んではひょいと潜ってはあちこち飛び交った。飛雲の影は互いに速やかに追いつ追われつしては、芝草や小麦や蕪畑や森を越え、木立に紛れて巣籠もる町の屋根や教会の尖塔を越え、遙か、真っ紅な日没の褪せる、天空と大地の境界線上の明るい彼方へと駆け去った。穀物は蒔かれ、育ち、刈り

T. WILLIAMS. Sc

入れられ、朱に染まっていたせせらぎは水車を回し、百姓は鋤を手に口笛を吹き、落ち穂拾いや干し草作りは黙々と連んでは精を出している様が見受けられ、羊や牡牛は草を食み、小僧は畑で小鳥を追っ払うべく、わーいわーい、シッシと喚き立て、煙は田舎家の煙突からモクモク立ち昇り、安息日の鐘は長閑に響き渡り、老人は生きて死に、野原の小心者の生き物や、藪や庭の素朴な花は、己《おの》が寿命の内に生《お》ふては萎《しお》れた。しかもそれら一切合切は、幾々千もの兵士が大いなる戦において命を落とせし荒らかにして血腥き戦址《いくさあと》にて。

とは言え当初、緑々《あおあお》と生い茂る小麦には、人々の恐々見やる深緑の区画があった。年々そいつらは再び姿を見せ、くだんの肥沃な箇所の下《もと》、山なす人馬が一緒くたに埋《うず》められ、土地を肥やしているとは周知の事実であった。くだんの区画を耕す農夫はそこにウヨウヨと蠢く大きな虫から後込みし、くだんの区画から収穫される穀物の束《たば》は長の年月、戦束《いくさたば》として脇へ取り置かれ、誰一人として収穫の締め括り《ハーヴェスト・ホーム》の最後の荷に戦束《いくさたば》がものの一束紛れているのに出会したためしはなかった。長の年月、鋤き返される畦という畦からは某か戦の名残が掘り起こされた。長の年月、戦址《いくさあと》には傷ついた木々が生え、死闘の繰り広げられた所では、叩き斬られ壊された柵や壁の欠片が散り、踏み躙られた箇所では葉一枚、葉身一本、生えようとはしなかった。長の年月、村の娘の誰一人、くだんの決戦場から萌え出づ花は如何ほど甘美たろうと髪や胸にあしらおうとはせず、幾星霜、閲《けみ》してなお、そこに生い育つ漿果《ベリー》はそいつらを摘む手にやたら濃い染みを残すものと信じられていた。

巡る季節は、しかしながら、夏の雲それ自体に劣らず軽やかに過ぎ去れど、時の経つにつれてこれら旧《いにしへ》の戦の名残ですら拭い去り、近所の連中が脳裏に刻んでいるような伝説めいた痕跡を擦り減らし、挙句そいつら、冬の暖炉のグルリで仄かに思い起こされ、年々薄らいで行く、老女の繰り言へと窄《すぼ》んで行った。野花や漿果《ベリー》が然ても長らく手つかずのまま茎に残っていた所には庭が築かれ、屋敷が建てられ、子供達が芝生の上で戦争ごっこをした。傷ついた木々はとうの昔にクリスマスの丸太と化し、メラメラ、ゴーゴー、燃え尽きた。一際緑々《あおあお》とした区画は最早、その下《もと》に塵たりて眠る者達の記憶ほどにも緑々《あおあお》としてはいない。鋤鏟《すきべら》は今なお時折、何やら錆びた金属の欠片を掘り起こしはするものの、果たしてそいつら如何様の役に狩り出されていたものかは判じ難く、連中を見つけた百姓は首を傾げてはあてでもないこうでもないと言い合った。古ぼけた打ち身だらけの胴鎧《どうよろい》と、兜《かぶと》は然に長らく教会に吊る下がっているものだから、水漆喰の迫持《アーチ》の上にてそいつらの正体を空しく突き止めようと躍起になっている同じヨボヨボの半盲の老いぼれは、赤子の時分にもそいつらに賛嘆の目を瞠っていた。万が一戦場で刃《やいば》に倒れた数知れぬ兵士が束の間、各々自らの時ならぬ死の臥床たる箇所で倒れた形《なり》のまま蘇れるものなら、深傷を負った身の毛もよだつような兵共《つはものども》が一家の扉や窓から幾百重《いくひやくえ》にもなって、中を覗き込み、長閑な我が家の暖炉に立ち現われ、納屋や穀物倉に収められた蓄えに紛れ、ハッと、揺り籠の幼子と乳母の間に割って入り、小川と共に漂っては水車でクルクル回り、果樹園に群がり、牧場《まきば》を埋め尽くし、干し草庭に堆く瀕死の兵士を積んでいたろう。然に、幾々千もの兵士の大いなる戦において命を落とせし戦址《いくさあと》の一変したとあって。

何処であれ、恐らく、およそ百年前、車寄せ《ポーチ》にスイカヅラの絡まる古びた石造りの屋敷にくっついたとある小さな果樹園におけるほどガラリと一変した所もまずあるまい。というのも、そこにては明るい秋の朝《あした》、楽の音《ね》や笑い声が響き渡り、二人の少女が芝草の上で仲良く陽気に踊っているかと思えば、半ダースに垂んとす百姓女が梯子に立ったなり、木からリンゴを摘んでいたものをつと、下方へ目をやり、少女達の愉悦の御相伴に与るべく仕事の手を止めていたからだ。それは愉快な、潑溂とした、自然な光景にして――麗しき一日《ひとひ》の、鄙びた場所にして――二人の少女は実に気ままで苦労知らずなだけに、心底屈託なく陽気に踊っていた。

仮に世に外連などという代物が存さねば、私見としては、して読者諸兄にも賛同して頂けようが、今よりお互い遙かにトントン拍子に行き、今よりお互い限りなく和気藹々と付き合えるのではあるまいか。くだんの少女が如何様に舞うことか、目にするだに心惹かれた。二人には梯子の上のリンゴ摘みの女達を措いて誰一人観客はいなかった。二人は連中までゴキゲンとは何よりだったが、御自身ゴキゲンに浮かれたいばっかりに踊っていた（と言おうか、少なくとも諸兄はてっきり然に思し召していたろう）。して二人が踊らずにはいられぬ如く、諸兄はうっとり来ずにはいられなかった。蓋し、二人の何と踊ったことよ！

歌劇の踊り子のように、ではなく。からきし。マダム何たらのおスミ付きのお弟子方のように、でもなく。これきり。そいつはカドリールの舞いでも、メヌエットの舞いでも、カントリー・ダンスの舞いですらなかった。のみならず古めかしい流儀でも、目新しい流儀でも、フランス風の流儀でも、イギリス風の流儀でもなかった。とは言え、たまさか、気持ちスペイン風の流儀だったやもしれぬ。というのもくだんの流儀、今に風聞によらば、即興の霊感の愉快な風情の元を正

せば、カチカチと小鳥の囀りめいた音を立てる小さなカスタネットにまで遡る自由で愉快なそいつであるによって。二人が果樹園の木々の間で舞い、木立なす幹を遠ざかってはまた引き返し、お互い軽やかにクルクル、クルクル、回り合っていると、その軽やかな動きの感化は陽光の燦々と降り注ぐ光景にては見る間にズンズン、ズンズン、水面《みなも》に広がる波紋さながら広がるかのようだった。二人の流れるような髪とヒラヒラ揺れるスカートは、二人の足許のしなやかな芝草は、朝風にカサコソと葉擦れの音を立てる大枝は——キラめく葉や、柔らかな緑の地べたに落ちた斑《まだら》の影は——景色の上を吹き渡っては遠くの風車を陽気にクルクル回して喜んでいる芳《かんば》しき風は——近くは二人の少女から、果ては空を背に、恰もこの世の最後の代物ででもあるかのようにくっきり浮かび上がっている尾根にて土を耕す百姓と連畜《チーム》に至るまで、間《はざま》なる何もかもが、仲良くステップを踏んでいるやに思われた。

　とうとう、舞っている少女の内妹の方が、ハアハア息を切らし、ほがらかに笑いながら、一息吐くべくベンチに身を投げ出した。さらば姉も間近の木に寄っかかった。楽師は——流離いのハープとヴァイオリンは——まるでこちとらピンシャンしているのを鼻にかけてでもいるかのように派手な大見得切って掉尾《ちょうび》を飾った。が種を明かせば、それは飛ばしに飛ばし、それはダンスと熾烈な鎬を削っていたものだから、もう三十秒と長らくは持ち堪えられていなかったろう。梯子の上のリンゴ摘みの女達は、お見事千万とばかり、くぐもったつぶやきや溜め息を洩らし、そこでいざ、くだんの音と足並み揃え、またもやせっせと蜂よろしく仕事に精を出した。

　恐らくは、いよよ捩り鉢巻きにて、というのも誰あろう、ジェドラー博士御自身たる初老の殿方が——因みに、そこはジェドラー博士の屋敷と果樹園にして、姉妹はジェドラー博士の娘御だったが——アタフタ、一体何事にして、朝食前に己《おの》が地所で調べを奏でるのは一体どこのどいつか確かめるべく飛び出して来たからだ。偉大な哲学者にして、ジェドラー博士の、さして楽の音《ね》贔屓でもない証拠。

「今日に限って音楽とダンスとは！」と博士はひたと立ち止まり、ブツブツ独りごちながら宣った。「てっきり今日という日に恐れをなしているものと思っていたが。この世は所詮、矛盾だらけと。そら、グレイス、そら、メアリアン！」と博士は声に出して言い添えた。「この世は今朝はまたいつもよりもっと気が狂れているというのか？」

「たとえだとしても、お父様、どうか大目に見てやって頂だいな」と次女のメアリアンが、彼にひたと寄り添い、顔を覗き込みながら答えた。「だって今日は誰かさんの誕生日なんですもの」

「誰かさんの誕生日だと、茶目《ブス》！」と博士の返して曰く。「お前はいつだって誰かさんの誕生日だということも知らんのか？　お前はこれまで何と数知れぬ役者共がこの——はっ！　はっ！　はっ！——これが真顔で話せようか——この『人生』という名の言語道断にして馬鹿げた用件に刻一刻、乗り出して来たことか耳にしたためしがないというのか？」

「ええ、お父様！」

「ああ、だろうとも、お前はな。どうせ女のからには——とは、ほとんど」と博士は言った。「ところで」して、相変わらずひたとすり寄せられた愛らしい面《おもて》を覗き込んだ。「今日はお前《おい》の誕生日ではないかね」

「いいえ！　まさか本気じゃないでしょうけど、お父様？」と愛娘は、キスして頂だいなとばかり、真っ紅な唇を窄《すぼ》めてみせながら声を上げた。

「そら！　私からの愛も一緒に受け取っておくれ」と博士は娘の唇に御自身のそいつを重ねながら言った。「で今日という目出度き日が幾々度となく——とは何たるタワケよ！——巡って来ますよう。こんな茶番狂言でよくも言うてくれるが」と博士は独りごちた。「傑作な話もあったものでは！はっ！　はっ！　はっ！」

ジェドラー博士は、前述の如く、偉大な哲学者にして、博士の哲学の真髄にして奥義は、この世を是一つの巨大な、質《たち》の悪い悪戯と——如何なる分別ある男によりても真面目に取り合われるには馬鹿馬鹿しきにすぐる代物と——見なすという点にあった。彼の信条体系は、まずもって、自ら生きている古戦場の根本にして眼目であった。とはほどなく御理解頂けよう通り。

「やれやれ！　だが楽師はどうやって連れて来た？」と博士はたずねた。「どうせ、家畜泥棒ではあろうが！　吟遊楽人《ミンストレル》はどこからやって参った？」

「アルフレッドが寄越してくれたの」と娘のグレイスが、妹の髪に紛れた二つ三つの清楚な花を直してやりながら言った。というのもそいつら、くだんの初々しいべっぴんさんにうっとり来る余り、三十分ほど前に手づからあしらってやっていたものを、ダンスのせいですっかり乱れていたから。

「おうっ！　楽師はアルフレッドが寄越してくれたとの？」と博士は返した。

「ええ。あの人、早目にこっちへやって来てたら、お二人が町から出て来る所に出会したんですって。お二人は徒《かち》で旅をしてて、昨夜《ゆうべ》はあちらに宿をお取りになったんだけど、ちょうど今日はメアリアンの誕生日で、きっとあの子も喜ぶだろうと思って、二人を寄越してくれたの。一筆、鉛筆で走り書きして、もしもわたしもそう思うようなら、二人はあの子にセレナードを歌ってくれるだろうって」

「ああ、ああ」と博士はぞんざいに言った。「あいつはいつだってお前にお伺いを立てておるものな」

「で、わたしも何て気が利いてるって思って」とグレイスはつと言葉を切り、御自身のそいつを仰け反らせたなり、手づから飾ってやっている愛らしき頭《こうべ》をうっとり眺めながら、上機嫌で言った。「メアリアンは大はしゃぎで、ダンスを踊り出したものだから、ついつられて踊ってしまったの。だから二人して息が切れるまでアルフレッドの楽師さん達に合わせて踊って、楽師さん達はアルフレッドが寄越してくれたからっていうのでそれだけますますゴキゲンだって気がしたの。じゃなくって、愛しいメアリアン?」

「おうっ、さあどうだか、グレイス。何て姉さんってばアルフレッドのことであたしをからかうったら」

「あなたの恋人のこと言ってあなたをからかうですって?」と姉は言った。

「だってほんと、あの人のことあんまり引き合いに出してもらいたくないんですもの」と依怙地なべっぴんさんは、手にした一本ならざる花から花びらを毟り、地べたにパラパラ撒き散らしながら言った。「あの人のこと聞かされるとうんざり来そうよ。だしあの人が恋人だってことで言えば――」

「シッ！　どこからどこまであなたにクビったけの、真実の心のこと軽々しく口にしちゃならないわ、メアリアン」と姉は声を上げた。「たとえ冗談半分でも。この世にアルフレッドの心ほど真実の心はなくってよ！」

「ええ――ええ」とメアリアンは眉をつと、ぞんざいな思案に暮れてでもいるげな愛嬌たっぷりの風情で吊り上げてみせながら言った。「きっと。でも、だからってそんなに褒められたものかしら。あたしだったら――あたしだったら、あの人にそんなにまでとびきり律儀になって頂きたくはないし、こっちからお願いした訳でもなくってよ。もしもあの人あたしも――けど、愛しいグレイス、どうして今の今、ともかくあの人のことおしゃべりしなきゃならないの?」

艶やかな姿形の、花も恥じらふ姉妹が互いに腕を絡ませ、木々に紛れてグズグズとためらい、かくて、上っ調子にひたむきさで相対し、がそれでいて愛に優しく愛でもって応えながらおしゃべりしている様は、目にするだに微笑ましかった。して蓋し、妹の目に一杯涙が溜まり、何か懸命にして痛切に感じられているものが、自ら口にしていることの依怙地さを突いて顔を覗かせ、そいつに痛ましいほど抗っている様は、目にするだにめっぽう奇しかった。

　姉妹は、こと年齢に関せば、せいぜい四つと離れてはいなかったろう。がグレイスは、二人を見守る如何なる母もいないかようの場合に間々出来する如く（博士の妻は幽明境を異にしていたから）、妹を優しく労り、妹に一途に尽くす上で実際より大人びて見え、自然の成り行き上、互いの年齢が請け合おうより遙かに妹との張り合い、と言おうか共感と真実の情愛を通してをさておけば、妹の突飛な気紛れへの関与からは悉く懸け離れているかのようだった。母なる特性の大いなるかな、然なるその影と仄かな反射《リフレクション》においてすら、心を清め、気高き性《さが》を天使のより近くまで高めるとあらば！

　博士は、姉妹の後ろ姿を見送り、二人のおしゃべりのあらましを耳にしながら、思索《リフレクション》に耽るといってもただ、何と惚れた腫れたの一から十まで愚にもつかぬことよと、若者というのは束の間にせよ、てっきりくだんの泡沫《うたかた》に何か真剣な所があるものと思い込み、必ずや夢を覚まされる――必ずや！――とは、何と自らになまくらなペテンを働いて喜んでおることよと、陽気に惟みるくらいのものであった。

　とは言え、グレイスの我が家を彩る、我が事はそっちのけの気立てと、然に優しく控え目ながら、それでいて然に少なからず精神のひたむきさと雄々しさを併せ持つ甘美な心延えが、彼には彼女の物静かな家庭的な姿形と、より若くより美しい娘のそれとの対照にそっくり表わされているように思われた。よって彼女のために――娘二人のために――人生が、あるがままの如く、かくもめっぽう馬鹿げた代物であるのが遺憾でならなかった。

　博士はよもや娘達が、或いは娘のいずれかが、何らかのやり口でくだんの絡繰を真剣なそいつに変えるに手を貸しているか否か問おうなど夢想だにしなかった。が彼は固より「哲学者」であった。

　根っから親身で大らかな男でありながら、博士はうっかりかの（錬金術師の探究の対象より遙かにお易い御用で発見される）しごくありきたりの「哲学者の石」*に蹴躓いた。というのも御逸品、今に時折、親身で大らかな男の足を掬ったが最後、金《きん》を浮滓《うきかす》に変え、ありとあらゆる貴重なものを役立たずにするという致命的欠陥を帯びているからだ。

「ブリテン！」と博士は声を上げた。「ブリテン！　おーい！」

　小男が、めっぽう気難しげにして不平タラタラの面《つら》を下げたなり、屋敷の中からヒョコヒョコお出ましになるや、当該お呼びにもって返すにぶっきらぼうに宣った。「やれ、何か！」

「朝餉用のテーブルはどこだ?」と博士はたずねた。

「屋敷の中で」とブリテンは返した。

「昨夜《ゆうべ》言ってあった通り、ここへ仕度してくれんか?」と博士は言った。「先生方がお見えといぅのを知っておろうに? 今朝は馬車が通り過ぎん内に片をつけねばならぬ用があるといぅのを? 今日はまた格別な折だといぅのを?」

「女共がリンゴを摘み果さぬことには、ジェドラー博士、手の打ちようがないでは?」とブリテンは理詰めに押すにつれて声を張り上げながら――かくて仕舞いにはやたら大声になったが――言った。

「はむ、そろそろ済んだかの?」と博士は懐中時計にちらと目をやり、パンパン両手を打ち合わせながら返した。「さあ! 急がんか! クレメンシーはどこだ?」

「はい、ここで、旦那様」と梯子の一本からとある声が――そいつをセカセカ、ぎごちない大御足が駆け下りて来る間《ま》にも――言った。「やっとこ摘み終わりました。さあ、さっさとお行き、あんたたち。あっという間に何もかも仕度致しますんで、旦那様」

と言ったと思いきや、女はひたぶるアクセク駆けずり回り始め、かくて、とんでもなく珍妙なザマをさらすことと相成った。によって如何せん一言、紹介の要があろう。


女は三十がらみで、少なからず丸ぽちゃの陽気な顔をしていた。とは言え御逸品、さも窮屈げな妙ちきりんな表情に捩《よじ》くれ上がっているものだから、滑稽に見えなくもなかった。が歩きっぷりと物腰の尋常ならざる野暮ったさは世界中の如何なる御尊顔にも取って代わっていたろう。たとい女には左脚が二本と、誰か別人の両腕がくっついていると――これら四肢は一本残らず関節が外れ、いざ動かす段にはてんでチグハグな所から始めているかのようだと――表《ひょう》そうとて、現実の就中当たり障りなき概要を述べたにすぎぬ。たとい女はこうした手筈に何ら不自由も不平もなく、連中をてんでこちとらの知ったことではないと見なしていると――両の腕も脚も天から授けられたままにありがたく頂戴し、連中には、その時次第で、勝手に身を処すがままにさせていると――表《ひょう》そうとて、女が如何ほど泰然自若としているかおよそ言い得て妙どころではあるまい。女の出立ちは、御当人の足の赴く所へだけは断じて行きたがらぬ、一刻者の途轍もなき靴に、ブルーの長靴下に、文字通り色取り取りにして、金銭で購い得る限りにおいて最も悍しき模様の捺染《なっせん》更紗のガウンに、白いエプロンの面々であった。女は年がら年中、半袖で通し、年がら年中、何かかんかの弾みで、肘を擦り剥き、御両人にそれはやたら御執心なものだから、ひっきりなしクルクル捻っては、悪あがきもいい所、一目見んものと躍起になっていた。概して、小さな縁無し帽が頭のどこぞにちょんと乗っかっていた。とは言え他の主体にあっては通常くだんの飾り物によりて占めらる箇所にて出会すことはめったになかった。がそれでいて、頭の天辺から爪先まで、几帳面なまでに清潔で、ある種脱臼した小ぎれいさを保っていた。実の所、公衆の目におけるに劣らず女自身の良心において、小ぎれいにして小ぢんまりとしていたいとあっぱれ至極にも気を揉めばこそ、甚だ瞠目的な展開運動の一つを御披露賜った――とは即ち、時に御尊体をむんずと（衣服の端くれにして、俗に張り骨《バスク》と呼ばる）ある種木製把手にて捕らまえるや、自らの洋服と挙句かっきり左右対象に落ち着くまで、言わば組み打つという。

以上が、外っ面の形《なり》と衣《ころも》におけるクレメンシー・ニューカムであり、彼女はどうやら我知らず己《おの》が洗礼名をクリスティアーナより訛らせたものと思われていた（が誰一人真偽のほどを知る者はない。というのもほとんど物心ついた頃から面倒を見ていた、正しく耄碌の珍現象たる、耳の遠いヨボヨボのお袋さんはとうに亡くなり、外に身内は誰一人いなかったから）。して今や、せっせとテーブルの仕度を整えにかかり、合い間合い間に剥き出しの真っ紅な腕を組んで立ったなり、ゴシゴシ、擦り剥けた肘を反対の手でさすっては、坦々と落ち着き払ってテーブルを打ち眺めていた。いきなりはったと、何かお入り用の外のものを思い起こし、ちょこちょこ、御逸品を取りに駆け出すまで。

「今のそのお二人の先生方がお越しでございます、旦那様！」とクレメンシーはおよそ懇ろどころではなき物言いで言った。

「ああ！」と博士は御両人を迎えるべく門の所まで出て行きながら声を上げた。「お早うございます、お早うございます！ ほれ、グレイス！ メアリアン！ スニッチー先生とクラッグズ先生がお見えだぞ。アルフレッドはどこだ？」

「きっともうじき戻って来てよ、お父様」とグレイスが言った。「今朝は出発の仕度でそれはどっさり用があるものだから、夜が明けない内に起きて出かけてったの。お早うございます、先生方」

「御令嬢方！」とスニッチー弁護士は言った。「自身とクラッグズに成り代わって」（相方先生、深々とお辞儀をしたが。）「お早うございます！ 令嬢《ミス》」とメアリアンへ。「御手に口づけを」と言行一致でかかり。「して願はくは今日という目出度き日の」――とは果たして事実、願っていたものか否か。というのも一見した所、わざわざ他人様のためにあれこれどっと熱き思いの丈を迸らす御仁のようには見受けられなかったから。「幾々度となく巡り来《きた》らんことを」

「はっ、はっ、はっ！」と博士は両手をズッポリ、ポケットに突っ込んだなり、物思わしげに声を立てて笑った。「幾々幕となき大いなる茶番でとの！」

「ですが博士もよもや」とスニッチー弁護士はテーブルの脚の一本にそのスジの小さな青カバン*をもたせかけながら言った。「こちらの女優のためにとにもかくにも大いなる茶番とやらを急に打ち切りたいとはお思いになりますまいが」

「よもや」と博士は返した。「めっそうもない！　どうかくだんの女優には腹を抱えられる限りはそいつで腹を抱えるようせいぜい長生きをして、それからフランスの才人の言い種ではないが*『茶番は仕舞いだ。幕を引け』と言ってもらいたいものだ」

「フランスの才人は」とスニッチー弁護士はグイと青カバンを覗き込みながら言った。「間違っていましたし、ジェドラー博士、博士の哲学も、よろしいですかな、小生のしょっちゅう申し上げている通り、どこからどこまで間違っています。この世に何一つ真剣なものがないとは！　では法律は何だとおっしゃるのです?」

「ほんの軽口では」と博士は返した。

「これまで法に訴えられたことは?」とスニッチー弁護士は青カバンからひょいと顔を覗かせながらたずねた。

「一度も」と博士は返した。

「もしも今後法に訴えられるようなことでもあれば」とスニッチー弁護士は言った。「恐らくはかようの考えをお改め頂けましょうが」

クラッグズが、何やらそっくりスニッチーに成り代わられ、別箇の存在も独自の個性もほとんど、と言おうか全く意識していないかのように見受けられたが、ここにて一家言賜った。してこれぞ唯一、彼がスニッチーとかっきり折半にて占有・所有していない考えを内包していた。御卓見において、ただし、世の智恵者の間に相方が紛れていなくもなかった。

「そいつは余りに安易になりすぎておりますな」とクラッグズ弁護士は言った。

「とは法律が?」と博士はたずねた。

「如何にも」とクラッグズ弁護士は言った「何もかも。何もかも、小生には当今、余りに安易になりすぎているように思われます。というのは近年の悪徳かと。仮にこの世が軽口だとすれば（小生、必ずしも然に非ズとは言い切れませんが）、叩くにめっぽう骨の折れる軽口にしてやらねばなりません。能う限り、博士、苛酷な戦いであらねばなりません。というのが神の御心なもので。ところがそいつは余りに安易になりつつあります。我々は人生の門に油を差しています。人生の門は錆びついていなければなりません。そいつらほどなく滑《すべ》らかな音を立てて回り始めましょう。がその一方、そいつらは自らの蝶番の上で軋まねばなりません、博士」

クラッグズ弁護士は然なる自説を披瀝しながら、御自身の蝶番の上にてもろにギシギシと軋み、かくて御卓見にダメから念から押すかのようだった——何せ固より、目がチラチラ、まるで何か御両人からパッと火の粉を打ち出してでもいるかのように明滅する所へもって、燧石よろしく白と灰色に身を包んだ、冷たく、硬く、乾涸びた男であるによって。三自然界は、実の所、当該論客友愛同盟の間に各々、奇抜な成り代わりを有していた。というのもスニッチーは（ほんの然まで艶《つや》やかでないというだけのことで）カササギもしくはワタリガラスそっくりだったし、博士はここかしこ小鳥に突っつかれたとでも言わぬばかりの凹みが散り、後ろには柄《え》で罷り通ろうめっぽうちんちくりんの弁髪を垂らした、冬リンゴそっくりの縞だらけの御尊顔をしていたからだ。

見るからに活きのいい背恰好の、旅仕度をした男前の若者が、一つならざる包みや籠を担いだ赤帽をお供にキビキビとした足取りで、くだんの朝《あした》に実につきづきしき陽気と希望の風情を漂わせて果樹園に入って来ると、くだんの三人組は運命の三姉妹の三弟御よろしく、と言おうかまんまと化けの皮を被った美の三女神よろしく、と言おうか荒野の不気味な三魔女（『マクベス』）よろしく、ひたと身を寄せ合い、若者に会釈した。

「目出度き日の巡りを、アルフ！」と博士は気さくに言った。

「この目出度き日の幾々度となく巡り来《きた》らんことを、ヒースフィールド殿！」とスニッチーは深々と頭を倒しながら言った。

「幾々度となく！」とクラッグズは独りきり、野太い声でつぶやいた。

「こっりゃ、何て錚々たる顔ぶれだったら！」とアルフレッドはひたと立ち止まりながら素っ頓狂な声を上げた。「しかも一人——二人——三人——揃いも揃って、ぼくの前途の大海原におけるてんで吉どころじゃない先触れと来る。今朝方初っ端出会したのがお三方じゃなくてもっけの幸い。縁起が悪いにも程があるって思ってたでしょうから。けど仰《のっ》けに出会したのはグレイスでした——愛らしい、愛嬌好しのグレイスでした——ってことで悔しかったら三人束になってかかって来いってんだ！」

「申し訳ございませんが、アルフレッド様、仰《のっ》けにお会いになったのはこのあたくしめでございます、ほら」とクレメンシー・ニューカムが口をさしはさんだ。「お嬢様は夜が明けない内に、この辺りを散歩なすってたもので、って覚えておいでかと。あたくしは屋敷の中におりましたが」

「そう言やそうだった！　仰《のっ》けに出会したのはクレメンシーだ」とアルフレッドは言った。「ってことでクレメンシーで太刀打ちさせて頂こうじゃありませんか」

「はっ、はっ、はっ――自身とクラッグズに成り代わって」とスニッチーは言った。「どこまでも強気であられますな！」

「いや、見た目ほど頼りない奴でもないでしょう」とアルフレッドはギュッと博士の手を、のみならずスニッチーとクラッグズの手を握り締め、やおら辺りを見回しながら言った。「けど一体どこに――ああ、あすこか！」

ハッと躍り上がりざま――お蔭で当座、ジョナサン・スニッチーとトーマス・クラッグズとの間に現存の契約書が然様に目論んでいるよりなお親密な提携関係を築いて下さるに――若者はそそくさと姉妹が仲良く立っている所へ駆け寄り――小生は、しかしながら、彼のまずもってメアリアンに、次いでグレイスに、挨拶した物腰を、クラッグズ弁護士ならば或いは「余りに安易」と思し召していたやもしれぬと仄めかす以上、特段取り立てて説明するまでもなかろう。

恐らくは話題を変えるべく、ジェドラー博士はセカセカ朝食の方へ向かい、一行は皆、席に着いた。グレイスがその場を取り仕切ったが、聡明にも、妹とアルフレッドに一座の他の面々から邪魔の入らぬような具合に腰を下ろした。スニッチーとクラッグズは青カバンを万が一のことがあってはと、互いの間に据えたなり、両の反対隅に座り、博士はグレイスの向かいのいつもの持ち場に就いた。クレメンシーは女給仕《ウェートレス》とし、テーブルのグルリをピクピク、ヒラヒラ、直流電気にかかりでもしたか、飛び回り、塞ぎ性のブリテンは、別の、より小さな食卓にて牛のもも肉とハムの大肉切り人《グランド・カーバー》の役を務めた。

「肉は？」とブリテンは肉切りナイフとフォークをそれぞれ手にしたなり、スニッチー弁護士に近づき、くだんの問いを先生宛、飛び道具《ミサイル》よろしく吹っかけながら言った。

「是非とも」と弁護士は返した。

「お客様は何か？」とクラッグズに。

「赤身の、よく焼けた所を」とくだんの御仁は返した。

くだんの御命《ごめい》を果たし、博士に相応に装い果すと（どうやら外にはどなたも何ら馳走を御所望でないとは先刻御承知の

ようだったから）、ブリテンは不躾にならぬ限りにおいてひたと「商会」に寄り添ったなり、御両人が如何様に馳走を胃の腑にぶち込むか粛々と目を光らせ、わずか一度こっきり、御尊顔の刺々しい表情を和ませた。とはクラッグズ弁護士が、さして歯の丈夫な方《ほう》でないだけに、半ば息を詰まらせそうになった折のことで、さらば、やたら勇み立って声を上げるに。「おお、てっきりイッカンの終わりかと存じましたが！」

「さて、アルフレッド」と博士は言った。「朝食の済まぬ内に、二言三言仕事の話がある」

「朝食の済まぬ内に」とスニッチーとクラッグズは、目下の所、箸を休める気のさらにないと思しく、言った。

アルフレッドは朝食に舌鼓を打つどころか、今しも、手一杯仕事を抱えている模様だったが、恭しく返した。

「是非とも、博士」

「仮に何であれ」と博士は切り出した。「かようの――」

「茶番において、博士」とアルフレッドは水を向けた。

「かようの茶番において、真面目に取り合ってやらねばならぬものがあるとすれば」と博士は宣った。「それはこうして訣れの間際に、二人同じ誕生日が巡って来たことかもしれぬ。というのも今日という日には我々四人にとって愉快な幾多の連想や、長年にわたる楽しい交わりの思い出が纏わっているのだから。というのは本題ではないが」

「ああ！　いえ、いえ、ジェドラー博士」と若者は言った。「本題ですよ。本題もいい所ですよ。今朝はぼくの心が証を立ててくれる通り。で博士の心だって、ほら、もしもそいつに口を利かせてやって下さろうというなら。ぼくは今日を限りに、博士のお宅から出て行きます。ぼくは今日を限りに、博士の被後見人を卒業します。ぼく達の別れに際し、遙か昔にまで遡る濃やかな関係は二度とそっくりそのまま蘇されることは叶はないでしょうし、いずれぼく達の眼前に萌すであろう他の関係は」と、傍らのメアリアンを見下ろしながら。「今軽々しく口にする訳には行かないような問題で一杯です。さあ、さあ！」と彼は自らの意気と博士に諸共ハッパをかけながら言い添えた。「このどデカい、愚にもつかない掃溜めにも真剣な芥子粒は紛れているはずです、博士。今日という日に免じて、事実そいつは紛れているということにしようではありませんか」

「今日という日に免じて！」と博士は声を上げた。「今のを聞いたか！　はっ、はっ、はっ！　愚にもつかん一年のよりによって今日という日に。ああ、今日こそ、大いなる戦がこの地で戦われた日だ。我々が目下座っている、私が今朝方二人の娘が舞っているのを目にしたこの地で。グルリの木からリンゴがつい今しがた、我々が口にするために摘み取られたばかりのこの地で。その根の大地ではなく、『人間』に根づいている木から——それは数知れぬ命が失われたものだから、私が記憶する限りでも、幾世代も後《のち》になってなお、教会墓地に溢れ返るほどの骨や、骨の塵や、掻っ裂かれた頭蓋骨の欠片が、ここの我々の足許から掘り起こされて来たというなら。がそれでいてあの戦の内百人と、一体何のために、何《なに》故《ゆえ》戦うのか分かっている者のいなかったとは。前後の見境もなく勝利に酔い痴れている者の内百人と、一体何故《なにゆえ》浮かれ返っているのか分かっている者のいなかったとは。内五十人と、勝ったにせよ負けたにせよ、何らかの御利益に与った者のいなかったとは。内五人と、今日《こんにち》に至るまで、原因であれ功罪であれ、意見の一致する者のいないとは。誰一人として、要するに、戦がらみで何一つ明白なことを知っている者のいなかったとは、戦死者を悼む者をさておけば。しかも、真剣だと!」と博士は声を立てて笑いながら言った。「かようの絡繰ごときが!」

「でもこいつはぼくには一から十まで」とアルフレッドは言った。「実に真剣に思われます」

「真剣だと!」と博士は声を上げた。「万が一にもかようの事共を真剣だなどと認めるようなら、君は気が狂れるか、あの世へ行くか、山の頂上に登って世捨て人になる外あるまい」

「ばかりか——ずい分昔のことです」

「ずい分昔のだと!」と博士は返した。「君はあれからというものこの世が何をして来たか知っているのか? そいつが外の何をして来たか知っているのか? この私《わたし》は知らんが!」

「そいつは少々法に訴えては来ましたな」とスニッチーが紅茶をグルグル掻き混ぜながら宣った。

「抜け道は必ずや余りに安易になってはいますが」と相方が言った。

「してかように申してもお許し頂けましょうが、博士」とスニッチー弁護士は続けた。「早、我々が互いに意見を交わす内、私見は幾々度となく開陳させて頂いているからには、この世が法に訴えて来た点には、して総じてその法体系には、事実、紛うことなく真剣な側面が——さよう、全くもって実質的にして、意図と意志を伴う何ものかがあり——」

クレメンシー・ニューカムがここにてテーブルにギクシャクぶつかり、紅茶茶碗を受け皿ごとけたたましくガチャつかせた。

「おやおや！　一体どうした？」と博士は声を上げた。

「あんれ、ツムジのヒネた青カバンと来たら」とクレメンシーは返した。「いつだって誰か彼かを蹴躓かせてくれるもので！」

「意図と意志を伴う何ものかがあり、と小生申しかけておったのですが」とスニッチーは仕切り直した。「自づと敬意を表さずにはいられまいかと。この世が茶番ですと、ジェドラー博士？　法が具わっておりながら？」

博士は声を立てて笑い、ちらとアルフレッドの方を見やった。

「仮に、御免蒙って、戦争は愚にもつかぬということに致しましょう」とスニッチーは言った。「その点は我々、一つ考えですので。例えば。これなる長閑な田園ですが」とフォークで御逸品を指しながら。「いつぞやは兵共《つはものども》に——一人残らず不法侵入者たる——攻め入られ、炎《ほのお》と剣《つるぎ》によりて荒み果てておりました。ひっ、ひっ、ひっ！　何者であれ、自ら好き好んで炎《ほのお》と剣《つるぎ》に我が身を晒そうなどとは！　何と愚かしく、空しく、全くもって馬鹿げていることか。惟みるだに、なるほど、同胞《はらから》をとて嘲笑わずにはいられません！　が、この長閑な田園をあるがままにお受け取り下さい。不動産に付随する法規を、不動産の遺贈・贈与条項を、不動産の抵当と償却を、貸借不動産と自由保有不動産と謄本保有不動産を考えてもみて下さい。ばかりか」とスニッチー弁護士は、ひたぶる力コブを入れる余り、蓋し、舌鼓を打ちながら言った。「不動産権原と権原証拠に係る複雑な法律を。それらに関するありとあらゆる矛盾先例と数知れぬ国会制定法と併せて。この長閑な眺望が惹き起こすやもしれぬ無数の巧妙にして果てしなき大法官庁訴訟を。して何卒、ジェドラー博士、我々を取り巻く機構にも緑々《あおあお》とした場所があるということをお認め下され！　とは定めて」とスニッチー弁護士はちらと、相方弁護士の方を見やりながら言った。「自身とクラッグズに成り代わって口を利いておるものと？」

クラッグズ弁護士が如何にもと相づちを打ち果すや、スニッチー弁護士はかくて熱弁を揮ったお蔭で生半ならず息を吹き返したか、もう少々ビーフと紅茶のお代わりを頂けましょうかなと宣った。

「小生何も人生全般の肩を持とうというのではありません」と彼はシコシコ手を揉み、クックと忍び笑いを洩らしながら言い添えた。「そいつは愚かしさで溢れ返っています。愚かしさよりなお始末に負えぬもので。信用や、信頼や、無私や、何やかやといった衒いで！　ばあっ、ばあっ、ばあっ！　そいつら如何ほどのものか、は先刻御承知。ですが人生を侮ってはなりません。我々には白黒つけねばならぬ勝負があるだけに。実の所、めっぽう真剣な勝負が！　誰も彼もが博士を相手に腕を揮い、ほれ、博士が誰も彼もを相手に腕を揮う。おお！　実に興味津々たる代物では。盤面には抜け目ない手が犇いております。博士は、ジェドラー博士、勝ちをさらって初めて笑わねば——してその時ですらゲラゲラ腹を抱えては——なりません。ひっ、ひっ、ひっ！　その時ですらゲラゲラ腹を抱えては」とスニッチーは頭をグルリと回し、片目でウィンクしてみせながら繰り返した。恰もかく、言い添えていたろう如く。「代わりにこいつならなさっても構いませんが！」

「はむ、アルフレッド！」と博士は声を上げた。「そろそろ君の言い分を聞こうでは？」

「ぼくだったら、生意気なようですが、博士」とアルフレッドは答えた。「博士がぼくだけでなく御自身にも施してやれる最大の恩恵は、多分、時にはこの戦場や似たり寄ったりのそいつらのことを例の、『人生』という名の、日輪が日々見守るより広々とした戦場において忘れようと努めて下さることではないでしょうか」

「実の所、かと言って、博士は御自身の見解に手心を加えては下さらんのでは、アルフレッド殿」とスニッチーは言った。「今のその同じ『人生』の戦いにおいても闘士は実に本腰で実に仮借ないもので。グサリとやったり滅多斬りにしたり、相手の頭を後ろからズドンとぶち抜いたりというのは日常茶飯事。散々敵を踏みつけては、踏み躙ったりと。こいつは全くもって食えん代物かと」

「ぼくには、スニッチー先生」とアルフレッドは言った。「そこでは静かな勝利や苦闘が、大いなる自己犠牲が、気高い英雄的行為が——その表向きの軽々しさや矛盾の多くにおいてすら——これきり年代記や観衆に恵まれないからと言ってそれだけ成し遂げ易い訳ではないそいつらが——日々、人目につかない奥まりや片隅で、小さな所帯で、男や女の心の中で、繰り広げられているように思えてなりません。そのどれ一つを取っても、お蔭でどんなに厳格な男であろうとそんな世界と折り合いをつけ、そんな世界への信頼と希望に満たされずにはいられないような——たといそこに住まう四分の二は戦に訴え、もう四分の一は法に訴えようと。とは我ながら大それた言い種もあったものですが」

姉妹は二人とも一心に耳を傾けていた。

「やれやれ！」と博士は言った。「いくらこれなる馴染みのスニッチーや、気のいい行かず後家の妹のマーサ・ジェドラーが説きつけようと、ここへ来て宗旨替えもなかろう。妹は大昔にあいつに言わせれば家庭的な試煉とやらに会って、あれ以来、ありとあらゆる手合いの連中に親身になって暮らしておるが、それはとことん君と同じ考えに凝り固まっているものだから（ただあいつは、何せ女だけにもっと聞き分けがなくて、もっと片意地なまでのことで）、我々はとんとソリが合わず、めったに顔を合わすこともない。私はこの戦場で生まれた。お蔭で子供の時分から、自づと戦場の真の歴史ばかり考えるようになった。六十年という歳月が頭の上を流れたが、一度としてこのキリスト教世界が、神のみぞ知る、星の数ほどの心優しき母親や、ここにいる私の娘達のようなまずもって感心な娘達も含め、気でも狂れたように戦場を求めておらぬ所にお目にかかったためしがない。同じ矛盾が何もかもにおいてハバを利かしているでは。そんな途轍もない自家撞着を目にすれば、人間笑うか泣くかの二つに一つ。ならば私は笑わせて頂きたいものだ」

　ブリテンは、各々の話し手にその都度、こよなく深遠にして憂はしき注意を払っていたものを、いきなり同上の見解に与さんとのホゾを固めたと思しい。もしや御当人から洩れ出づりし野太く陰気臭いことこの上もなき声音を笑い性の表出と解して差し支えなければ。彼の面《おもて》は、しかしながら、その前も後も、何ら変化を蒙らぬものだから、朝食の一座の内一、二名は謎めいた音がしたせいでギョッと胆を冷やしたかのようにクルリと向き直りはしたものの、誰一人としてくだんの軽犯罪者を御逸品と結びつける者はなかった。

　給仕における相方、クレメンシー・ニューカムをさておけば。というのも彼女はくだんのお気に入りの関節たる肘の片割れでもってやっこさんを小突きながら、一体何がそんなにおかしいのと、声を潜めてケンツクを食らわしたから。

「おぬしではないわ！」とブリテンの返して曰く。

「だったらどなたが？」

「人間という奴が」とブリテンは言った。「あやつらこそ与太では！」

「あんれ、旦那様やらあちらの先生方やらで、この人ったら日に日に頭の中がこんぐらかってるようじゃ！」とクレメンシーは脳ミソへのカツとし、もう一方の肘もてグイと一突きくれながら声を上げた。「自分がどこにいるのか分かってるもんやら？　クビのお達しを頂きたいもんやら？」

「やつがれは何一つ分かりもせねば」とブリテンはどんより眼と微動だにせぬ面相のなり、宣った。「何一つ気にもせねば、何一つ解《げ》しもせねば、何一つ信じもせねば、何一つ頂きたいとも存ざぬわ」

　当該御当人の状況全般の寄る辺なき概括は、なるほど意気阻喪の思い余って大げさに審らかにされていたやもしれぬが、ベンジャミン・ブリテンは——時に、旧《ふる》きイングランドとは明らかに異なるものの謂にて若きイングランド*と言うやもしれぬ要領で、グレイト・ブリテンと区別すべくリトル・ブリテンと呼ばれることもあるが——存外、御当人のあるがままを正確に定義していた。というのも博士の托鉢修道士ベイコンに対するある種下男マイルズの役をこなし*、来る日も来る日も博士によりて色取り取りの人間相手に並べられる、どいつもこいつも正しく彼の存在そのものがせいぜい過誤にして不条理たることを証すが落ちの数知れぬ御託に耳を傾ける内、当該お気の毒な従僕は、ちびりちびり内からも外からも、それは渾沌として相矛盾する示唆の深淵に陥っていたものだから、その井の底なる「真理*」とてその迷妄の深みなるブリテンに比ぶらば坦々たる水面《みなも》に御座るほどだったからだ。彼に唯一明々白々と呑み込めているのはただ、スニッチーとクラッグズによりて概ねくだんの討論に持ち込まれる新たな要素がついぞ御逸品をより明らかにしたためしはなく、必ずや博士にある種分《ぶ》と太鼓判を与えるかのようだということくらいのものであった。故に、彼は「商会」を御当人の心境の近因の一つと見なし、よって御両人を忌み嫌っていた。

「だが今はこいつはさておこう、アルフレッド」と博士は言った。「今日を限りに（君自身の言葉を借りれば）私の被後見人を卒業し、この地元のグラマー・スクールが授け得る、してロンドンでの勉学がそいつに加えられる限りの学識と、この私如き退屈千万な老いぼれ田舎博士がせめて両者に接ぎ木できる限りの実際的知識でなみなみのなり我々の下《もと》を去り、君はいよいよ、世の中へと出て行く。今は亡き父上によって定められた最初の見習い期間が終わった今や、君は意のままに、父上の第二の願いを全うすべく旅立つ。して海の向こうの各地の医学校での三年間に及ぶ研鑽が終わらぬとうの先に、我々のことなど忘れていよう。いやはや、ものの半年で我々のことなど易々忘れよう！」

「もしもぼくが事実——ですが釈迦に説法。今さら何を申し上げることがあるというのです！」とアルフレッドは声を立てて笑いながら言った。

「はてさて、釈迦に説法かどうかはいざ知らず」と博士は返した。「お前なら何と言うね、メアリアン?」

メアリアンは茶碗を弄びながら、何やらかく——実際には口にせねど——つぶやいているようではあった。「どうぞ、忘れられるものなら、御勝手に」グレイスは紅葉の散った面《おもて》を頬に押し当て、にこやかに微笑んだ。

「私は、我ながら、己《おの》が信託を履行する上でさして不当な財産管理人でもなかったはずだが」と博士は続けた。「ともかく今朝、正式に解任、放免、云々されることになっている。よってここに我々の律儀な馴染みスニッチーとクラッグズが、鞄一杯の書類や、勘定書きや、証書を携えてやって来てくれておるという訳だ。晴れて君に信託基金の残余を譲渡し（叶うことなら、もっと片をつけてやるに難儀なそいつならばと願わずにはいられんが、アルフレット、君はいずれ一廉の人物になって、そんなヤツにしてくれようから）、外にもその手のお笑い種に署名、捺印、交付させてやろうというので」

「して法によりて定められている通り然るべく副署させて」とスニッチーは皿を押しやり、書類を取り出しながら――さらば面々を相方がテーブルの上に広げたが――言った。「して自身とクラッグズはこと基金に関す限り、博士、博士と共に連帯管財人であったからには、博士の二名のお付の方々に署名を確認して頂かねばなりません――お宅は字はお読みになれますかな、ニューカム夫人？」

「あたくし独り身でございます、先生」とクレメンシーは言った。

「おうっ！　これは失礼をば。なるほど」とスニッチーはクックと、先方の妙ちきりんな姿形に一渡り目をやりながら忍び笑いを洩らした。「が字はともかく、お読みになれると？」

「少々は」とクレメンシーは答えた。

「朝夕、結婚の礼拝をと、えっ？」と弁護士はおどけて、宣った。

「いえ」とクレメンシーは答えた。「あちらは歯が立ちません。ただ指貫きを読むのが精一杯で」

「指貫きを読むのが！」とスニッチーはオウム返しに声を上げた。「一体何のことをおっしゃっているのでしょうかな、お女中？」

クレメンシーはコクリと頷いた。「でニクヅク卸しと」

「ああ、こちらは気が狂れておいででは！　大法官殿の管轄では！」とスニッチーはグイと彼女を睨め据えながら言った。

――「もしや財産を有しておいでならば」とクラッグズが但書きを添えた。

グレイスがしかしながら、割って入り、実はくだんの御逸品にはそれぞれ金言が刻まれ、かくてさして書を繙く習いにないクレメンシー・ニューカムの携帯蔵書を成している旨御教示賜った。

「おうっ、ということでしたか、グレイス嬢！」とスニッチーは言った。「なるほど、なるほど。はっ、はっ、はっ！　てっきり我らが馴染みは痴れておいでなものと思いましたが。めっぽうらしいもので」と彼はちらと、さも小馬鹿にしたように目をやりながらつぶやいた。「して指貫きには何と刻まれているのでしょうの、ニューカム夫人？」

「あたくし独り身でございます、先生」とクレメンシーは宣った。

「はむ、ニューカム。でよろしかりましょうかな？」と弁護士は言った。「指貫きには何と刻まれているのでしょうの、ニューカム？」

如何にクレメンシーが、当該お尋ねに答える前に、とあるポケットをガバと開《ひら》き、ポッカリ口を開《あ》けた深みを、そこに御座らぬ指貫きはどこかと覗き込んだか——して如何にそれから反対側のポケットをガバと開《ひら》き、価高《あたいたか》き真珠（『マタイ』一三：四六）よろしく、御逸品を遙かどん底に認めでもしたか、間《はざま》なるハンケチや、ロウソクの欠片や、真っ紅なリンゴや、オレンジや、ラッキー・ペニーや、腓返り骨*や、南京錠や、前途洋々たる幼気な大鋏と形容した方がなお穿っていよう鞘入りの鋏や、掌一杯かそこいらの散《ばら》けた数珠玉や、五つは下らぬ木綿の糸玉や、針入れや、飾り棚《キャビネット》蒐集になる髪巻き紙や、ビスケット一枚といった邪魔っ気な面々を——取り出す側《そば》から一つ一つ御丁寧にブリテンに預けていたが——脇へどけたか、はどうかお構いのう。のみならず、如何に当該ポケットの喉元をむんずと捕らまえ、囚人《めしうど》にしてくれんものと（何せこやつめ、やたらブラブラ揺れては最寄りの角に絡みつきたがるによって）ホゾを固める上で、一見、人体解剖学並びに重力の法則とはおよそ相容れぬ姿勢を取ったが最後、坦々と保ちしか、もまた。が、とうとう鬼の首でも捕ったように指貫きを指ごと引っこ抜き、カタカタ、ニクヅク卸しを鳴らした、と言えば事足りよう。これら両の小間物の文献は紛うことなく過度の摩擦による摩耗・摩滅の途上にはあったが。

「それが、ですから、指貫きと、お女中？」とスニッチーは彼女をダシに大いに悦に入りながらたずねた。「して指貫きには何と彫られているのでしょうの？」

「ここには」とクレメンシーは御逸品を塔よろしくごゆるりと読んで回りながら返した。『忘れ、して赦せよ』とございます」

スニッチーとクラッグズはカンラカラ腹を抱えた。「何とも斬新な！」とスニッチーが言った。「何とも安易な！」とクラッグズが言った。「実に人間性の図星を突いておって！」とスニッチーが言った。「実に人生の諸事にぴったり当てはまっておって！」とクラッグズが言った。

「してニクヅク卸しは?」と「商会」の長《おさ》がたずねた。

「ニクヅク卸しには」とクレメンシーは返した。「為《な》せよ――汝《な》の――為《な》されたき――ままに」

「嵌《は》めよ、さなくばまんまと嵌《は》められん、では」とスニッチー弁護士はカマをかけた。

「さあ、それはどうだか」とクレメンシーは朧げにかぶりを振りながら突っ返した。「あたくし何分、法律家ではありませんもので」

「もしやこちらが法律家であられるなら、博士」とスニッチー弁護士はいきなりクルリと、然なくば当該シッペ返しによりて食わぬとも限らぬトバッチリの先手を打とうとでもいうかのように、博士の方へ向き直りざま言った。「ただ今の銘こそ顧客の半分方の黄金律（『マタイ』七：一二）と思し召されようかと。連中ことその点にかけては実に真剣そのものでして――如何に博士の世界は気紛れたろうと――後ほど我々に鉾先を向けてくれます。我々はこの稼業にあっては所詮、ほんの鏡にすぎませんが、アルフレッド殿、概して、いっとうゴキゲンな面《つら》だけは下げていない怒《いか》った喧嘩腰の連中に相談を持ちかけられるからには、たとい我々がイケ好かぬ面《つら》をはね返そうと、我々相手に喧嘩を吹っかけるのは筋違いというものです。とは定めて」とスニッチー弁護士は言った。「自身とクラッグズに成り代わって口を利いておるものと?」

「無論」とクラッグズは相づちを打った。

「という訳で、もしやブリテン殿が少々インクを持って来て下さるようなら」とスニッチー弁護士は書類に立ち返りながら言った。「能う限りとっとと署名、捺印、交付させて頂こうでは。さもなければ、我々どこにおるかも分からぬ間《ま》に馬車が行き過ぎてしまいましょうて」

もしや御当人の見てくれから判じて差し支えなければ、馬車は十中八九、ブリテン氏が御自身どこに御座《おわ》すか分からぬ間《ま》に行き過ぎていたろう。何せこの方、ぼうっと上の空で突っ立ったなり、胸中、博士を弁護士御両人宛天秤にかけ、弁護士御両人を博士宛天秤にかけ、両先生の顧客を双方宛天秤にかけ、指貫きとニクヅク卸しを（彼にとってはげに目からウロコの新機軸であるによって）ともかくどなたのであれ哲学体系としっくり来させようと、骨折り損の何とやら、躍起になり、早い話が、御当人の大いなる由来名殿がこれまで幾多の理論や学派相手にやらかして来たにつゆ劣らずマゴマゴ、マゴついていたからだ。が彼の守護神たるクレメンシーが――ただし、彼の方では彼女がめったなことでは机上の空論にかかずらおうとせぬ所へもって、必ずやまっとうな頃合にまっとうな手を貸すべく間近に控えているとの理由をもって、彼女の叡智を見下げ果ててはいたものの——瞬く間にインクを取り出すや、ついでに両の肘をあてがうことにて御当人を我に返らすなる余分な世話まで焼き、くだんのお手柔らかな目覚まし役人《フラッパー》（『ガリヴァー旅行記』Ⅲ、ii「ラピュータ島」）もて彼の記憶をくだんの常套句の通常より字義的解釈において然に「小突き」賜ふたものだから、この方、ほどなく潑溂として忙しなく立ち回り始めた。

如何にブリテンが、ペンとインクの使用が一大事たる、彼の位階にある連中の御多分に洩れず、自ら認《したた》めた訳ではなき文書に名を署したが最後、何やら曖昧模糊たるやり口でのっぴきならぬ羽目に陥らずば、と言おうか如何でか漠として莫大な額を署名ごと譲り渡さずばおかぬとの思い込みに凝り固まっていたか——如何に証書に不承不承、して博士が無理強いして初めて、近づき、ペンを執る前に（何せ、小さな文字のびっしり詰まったいじけた筆跡は、ややこしい法律用語は言うに及ばず、その嵩だけの中国語に等しいとあって）ひたと足を止めるや連中にねっとり目を凝らし、おまけに下に何やらペテンめいた代物が隠されてはおらぬか確かめるべく御逸品を引っくり返すと言って聞かなかったか——如何に晴れて名を署し果すや身上を利権諸共そっくり手離した男然と鬱々と塞ぎ込んだか、は筆紙に余る。のみならず、如何に己《おの》が署名の収まっている青カバンが以降、彼にとりては謎めいた興味を纏い、いっかな側《そば》を離れられなくなったか、もまた。のみならず、如何にクレメンシー・ニューカムが我ながら何と箔から勿体から頂戴していることよと陶然と腹を抱えた勢い、翼を広げた鷲よろしく両の肘もてテーブル全体に垂れ籠め、某か密教神知学的文字を書きつけるお膳立てに、左腕に頭をもたせ、かくて夥しきインクを要し、その絵空事の写しを同時に舌でなぞったか、もまた。のみならず、如何に一旦インクの味を占めたが最後、世に、飼い馴らされた虎が別クチの液体の味を占めるや汲々となると伝えらる如く、くだんの点においてやたら汲々と喉の乾きを覚え、手当たり次第のものに名を署してはありとあらゆる手合いの場所に御芳名を綴りたがったか、もまた。かいつまめば、博士は彼の信託とそれに伴う全責任からお役御免となり、アルフレッドは御逸品をそっくり我が身に引き受けるや、いざ、人生の旅路に着いた。

「ブリテン！」と博士は言った。「門の所まで一っ走りして、馬車はまだか見てくれ。グズグズしている暇はないぞ、アルフレッド」

「はい、博士、はい」と若者はそそくさと返した。「愛しいグレイス！ ちょっと待ってくれ！ メアリアンを——こんなにも若く美しい、こんなにもチャーミングで皆の憧れの的の、ぼくの心にとっては人生の他の何よりかけがえのない——忘れないでくれ！　ぼくはメアリアンを君に託して行く！」

「あの子はいつだってわたしにとっては聖なる預かり物だったけど、アルフレッド、今では二層倍聖なる預かり物よ。大丈夫、決してあなたの信頼を裏切ったりはしないから」

「もちろん、グレイス。だろうとも。君の顔を目にし、君の声を耳にする一体誰が信じずにいられるだろう！　ああ、グレイス！　もしもぼくに君の落ち着いた心と穏やかな精神が具わっていたなら、今日この地を何と雄々しく去って行けることか！」

「あら、ほんとに？」と彼女は静かな笑みを湛えて答えた。

「が、それでいて、グレイス——姉さん《シスター》、の方がしっくり来るみたいだ」

「だったらどうぞ！」と彼女はすかさず言った。「そう呼んでもらえるなら何より。姉さん《シスター》とだけ呼んで頂だいな」

「が、それでいて、だったら、姉さん《シスター》」とアルフレッドは言った。「メアリアンとぼくは姉さんのまっとうでしっかりした気立てにここで肩持ってもらうに越したことはないんだ。お蔭でぼく達二人共もっと幸せでもっとまっとうになれるだろうから。ってことで、たとえそんな真似が叶うとしても、そいつを、ハッパがてら、連れ去ったりはしないさ！」

「馬車が丘の頂上に！」とブリテンが声を張り上げた。

「グズグズしている暇はないぞ、アルフレッド」と博士は言った。

メアリアンは、地べたに目を伏せたまま、少し離れた所に立っていたが、然なる警告が発せられるや、若き恋人は彼女をそっと、姉の立っている所まで連れて行き、彼女の抱擁に委ねた。

「グレイスにも言ったんだけど、愛しいメアリアン」と彼は言った。「君を姉さんに預けて行くよ。別れ際のぼくからの大切な預かり物ってことで。で晴れてまた戻って来て、君を嫁さんとして迎え、愛しい愛しい君、新婚生活の明るい前途が目の前に開けたら、ぼく達の幸福のせめてものお裾分けに、どうやったらグレイスを幸せにして、どうやったら願い事の先手を打って上げられるか、どうやったらその時までにはぼく達の上にどっさり積んでくれてるはずの恩をいくらかでも返せるか、二人して智恵を絞るとしようじゃないか」

妹は片手を恋人の手の中に突っ込み、もう一方の手を姉の首にあてがっていた。彼女はくだんの姉の、然ても穏やかにして長閑にしてにこやかな目を、愛と、憧れと、悲しみと、訝しみと、ほとんど崇敬の綯い交ぜになった眼差しで覗き込んだ。彼女はくだんの姉の面《おもて》を、さながらどいつか輝かしき天使の面《おもて》ででもあるかのように覗き込んだ。然ても穏やかにして長閑にしてにこやかに、くだんの面《おもて》は妹を、して妹の恋人を見つめ返した。

「でいつの日か姉さんにも」とアルフレッドは言った。「思いの丈をそっくりぶちまけられる、で姉さん自身がぼく達にとってそうだったみたいな奴になってくれる馴染みがお入り用になる時が、きっとやって来る通り、やって来たら——どうしてまだそいつがてんでやって来てないのか不思議なくらいだけど、グレイスは、何せいつだって図星のからには、誰よりいっとう御存じだろう——だから、いつの日かそんな時がやって来たら、メアリアン、ぼく達何て律儀だって分かってもらえることか、ぼく達何て姉さんが、ぼく達の愛しいとびきりの姉さんが、ぼく達の心底願ってる通り、誰かを想い想われてるって分かったらゴキゲンなことか！」

依然、妹は姉の目を覗き込み、彼の方へすら、向き直ろうとはしなかった。して依然、くだんの正直な目は妹自身と彼女の恋人を、然ても穏やかにして長閑にしてにこやかに見つめ返した。

「で何もかもそっくり過ぎ去って、ぼく達が年食って、一緒に（当たり前！）——そりゃ仲良く——暮らして——しょっちゅう昔話に花を咲かす頃には」とアルフレッドは言った——「中でも今時分のことを——どいつより今日って日のことを——お気に入りのネタにしてやって、お互い、別れ際にどんなこと考えたり感じたり、どんな夢や不安で一杯だったかバラし合おうじゃないか。で、どんなになかなかさよならが言えなくて——」

「馬車が森を抜けております！」とブリテンが声を上げた。

「ああ！　すぐ行く——でどんなに、いくらそんな何やかやあったからって、そりゃ幸せにまた顔を合わせたか。三人して今日という日を一年中でいっとう幸せな日にして、三つ一緒くたの誕生日ってことで祝ってやろうじゃないか。ほら、君？」

「ええ！」と姉が懸命に、して晴れやかな笑みを湛えて口をさしはさんだ。「ええ。アルフレッド、さあ、グズグズしないで。時間がないわ。メアリアンにさよならを言ってやって。くれぐれも体に気をつけてね！」

彼は妹を胸に抱き寄せた。彼の抱擁から身を振りほどくと、妹はまたもや姉にすがりつき、彼女の目は、先と同じ綯い交ぜの表情を浮かべたまま、またもやくだんの然ても穏やかにして長閑にしてにこやかな目を求めた。

「いざ、さらば！」と博士は言った。「ともかく真剣な手紙のやり取りにせよ、真剣な愛情にせよ、結婚の契りだとか何だとかにせよ、こんな――はっ、はっ、はっ！――私が何を言いたいかは分かっておろう――口にするのは、ああ、そいつはもちろん、全くのお笑い種だ。私に言えるのはただ、もしも君とメアリアンがこれまで通り愚にもつかん心持ちのままでいるようなら、君をいずれ近い内に婿として迎えるのに異存はないということくらいのものだ」

「橋を渡っております」とブリテンが声を上げた。

「ああ、勝手に来いってさ！」とアルフレッドは博士の手を屈強に握り締めながら言った。「時にはぼくのことも、我が古馴染みにして後見人、せいぜい真剣に思い出してやって下さい！　左様《アデュー》なら、スニッチー先生！　御機嫌好《フェアウェル》う、クラッグズ先生！」

「道をこちらへやって来ております！」とブリテンが声を上げた。

「長年の誼《よしみ》でキスさせておくれ、クレメンシー・ニューカム！　さあ、握手だ、ブリテン！　メアリアン、愛しい愛しい君、さよなら！　グレイス姉さん！　くれぐれもよろしく頼むよ！」

物静かな楚々たる人影と、その静謐において然ても麗しき面《おもて》は、返答代わりに彼の方へ向けられたが、メアリアンの眼差しと姿勢は変わらぬままだった。

馬車は門に横づけになり、荷物がアタフタ担ぎ込まれた。と思いきや、馬車は駆け去っていた。メアリアンは微動だにしなかった。

「ほら、あの人あなたに帽子を振っててよ」とグレイスは言った。「あなたのフィアンセが、あなた。ほら、御覧なさいな！」

妹は頭をもたげ、束の間、そいつを巡らせた。が、またもや向き直り、初めてまともにくだんの穏やかな目と出会すと、いきなりすすり泣きながら姉の首にすがりついた。

「おお、グレイス。姉さんに神様の御加護がありますよう！　でも辛くてどうしても見てられないの、グレイス！　胸が張り裂けそうで」

Part the Second.

第二部

スニッチーとクラッグズは古戦場に小ぢんまりとした小さな事務所を構え、そこにて小ぢんまりとした小さな業務を営み、その数あまたに上る係争当事者のためにその数あまたに上るちっぽけな総力戦を戦っていた。なるほどこれら鍔迫り合いに関し、必ずしも航走戦とは呼べまいと――何せ身も蓋もない話、概ね遅々として進まぬだけに――「商会」がくだんの戦において果たしている役所《やくどころ》たるや然に優々一般範疇の埒内にあるからには御両人、その時次第にして、敵のたまたまお出ましになる都度、今やこの原告にズドンと一発ぶっ放したかと思えば、今やあの被告をバッサリぶった斬ったかと思えば、今や大法官庁管轄下の地所に猛攻をかけたかと思えば、今や不正規軍よろしきケチな債務者の直中にて軽装備の小競り合いを起こしていた。官報*はより大いなる誉れの戦場における同様、彼らの戦場の内某かにおいては肝心要にして実入りの多き眼目であり、御両人が大軍統率の手腕を発揮する大方の「戦闘*」においては後ほど闘士方によりてはそれは夥しき量の濛々たるケムに巻かれたによって互いを見極めるは、と言おうか自ら何を為さんとしているものか曲がりなりにも明瞭に把握するは至難の技だったと述懐されたものである。

　スニッチーとクラッグズ両氏の事務所は好都合極まりなくも、市場《いちば》に、滑《すべ》らかな階段を二段ほど下りた先の扉を開けっ広げにして立っていた。いよいよクビが回らなくなりかけた怒り心頭の農夫がそのなり転がり込めるよう。彼らの特別会議室兼協議広間は二階の古めかしい裏の間《ま》であり、そこなる低く黒々とした天井はややこしい訴訟問題がらみで智恵を絞る上で陰険に苦虫を噛みつぶしてでもいるかのようだった。部屋には背凭れの高い革張りの椅子が数脚設えられ、飾りにどデカいギョロ目の真鍮製の釘が打ちつけられていたが、内二つ三つはここかしこ、外れていた――か或いは恐らく、途方に暮れた顧客のさ迷える親指と人差し指もてほじくり出されていた。額入りの偉大なる判事の版画も吊る下がっていたが、先生の畏れ多き鬘の巻き毛という巻き毛は大の男の頭髪をゾッと逆立てて来た。埃っぽい押入れや、棚や、テーブルは、幾梱《いくこり》分もの書類で溢れ返り、グルリの羽目張りには南京錠の下りた耐火性の金庫が幾列も並び、外っ面にデカデカやられた顧客の名を、疑心暗鬼の客《まろうど》は酷くも見込まれたか、表向きスニッチーとクラッグズの話に耳を傾けながらも御両人の宣ふただの一語も呑み込めぬまま座っている片や、如何せん前へ後ろへなぞっては綴り変え《アナグラム》をこさえずばおれなくなった。

スニッチーとクラッグズはそれぞれ、私生活においても、職業生活におけると同様、御自身の連れ合いがいた。スニッチーとクラッグズはこの世にまたとないほどツーカーの仲で、互いに全幅の信頼を寄せていた。がスニッチー夫人は人生の諸事には稀ならざる天の配剤によりて、クラッグズ氏に名分上、眉にツバしてかかり、クラッグズ夫人はスニッチー氏に名分上、眉にツバしてかかっていた。「あなたのスニッチーズと来たら」と後者の夫人は時に御亭主に、くだんの絵空事の複数形をさながらとんと鼻持ちならぬ長ズボンか、何かその手の単数形を持ち併さぬ代物をせせら笑ってでもいるかのように用いながら、宣ったものである。「一体またあなたがあなたのスニッチーズに何の御用がおありなものやら、このわたくしと致しては、さっぱりでございます。わたくし思うに、あなたはあなたのスニッチーズをあんまりやみくもに信頼してらっしゃるもので、どうかわたくしの心配がぴったり図星を突いてしまいませんよう」片やスニッチー夫人は御亭主にクラッグズをダシに宣ったものである。「もしやあなたどなたかにまんまと担がれておいでだとすれば、あの男に担がれておいででしてよ。もしやこのわたくしが他人様の目に下心を読み取るとすれば、クラッグズの目にこそさようの心を読み取っていましてよ」にもかかわらず、彼ら四人《よったり》は、しかしながら、概ねすこぶる仲が良く、スニッチー夫人とクラッグズ夫人は堅き反「事務所」同盟を結んでいた。いずれ劣らず御逸品を正しく（得体の知れぬだけに）剣呑極まりなき謀《はかりごと》で満ち満ちた「青の間《ま》」にして共通の不倶戴天の敵と見なしていたによって。

当該事務所にて、然れど、スニッチーとクラッグズは各々の蜂の巣のために蜜を作った。ここにて時に、彼らは晴れた夕暮れ時など、古戦場を一眸の下に収める会議室の窓辺にグズグズとためらい、必ずしも互いに和気藹々と付き合い、心安らかに法に訴えられるとは限らぬ人類の愚かしさ宛（とは言えこいつは得てして業務に追われていささか感傷的になっている巡回裁判の折のことだが）首を捻ったものである。ここにて、日と、週と、月と、年が、彼らの頭上を流れ、暦代わりに、革張りの椅子の真鍮製の釘の数はいつしか減り、テーブルの上の書類の嵩はいつしか増えた。ここにて、果樹園における朝餉以来、およそ三年の歳月が流れ、前者はめっき

E.DALZIEL.

り疎《まば》らになり、後者はめっきり膨れ上がり、二人は夜分、共々腰を下ろして額を寄せ合っていた。

二人きり、ではなく、歳の頃三十かそこいらの、身嗜みはだらしなく、頬はいささかこけているものの、恰幅から、身形から、男振りからのなかなかの男を相手に。男は片手を胸許に、もう一方の手を揉みクシャの頭に、突っ込んだなり、来賓用の肘掛け椅子に腰を下ろし、むっつり思案に暮れていた。スニッチーとクラッグズ両氏は間近の机に互いに向かい合って座っていた。耐火性金庫の一つが、南京錠を外した上から開けっ広げのまま、机の上に載せられ、中身の一部はテーブルの上に散蒔かれ、残りは折しもスニッチー弁護士の掌中を通過している所にして、先生そいつを文書毎に、ロウソクにかざし、取り出す側《そば》から一枚一枚目を通してはかぶりを振り、御逸品をクラッグズ弁護士に手渡し、さらば先生もまた一渡り目を通し、かぶりを振り、下に置いた。時に、両氏はひたと手を止め、示し合わせたようにかぶりを振りながら、呆然自失の態なる顧客の方へ目をやったものである。して金庫にデカデカやられた名がマイケル・ウォーデン殿である所からして、これら前提条件より御芳名と金庫とは共に顧客のものにして、マイケル・ウォーデン殿の御事情はおよそ芳《かんば》しからぬ状況にあるとの結論を演繹してまず差し支えなかろう。

「これで全てです」とスニッチー弁護士は最後の書付けを表に返しながら言った。「実の所、万策尽きました。万策尽きました」

「何もかもスッて、使って、叩《はた》いて、反故にして、質に入れて、借りて、売り払われたと、えっ?」と顧客は顔を上げながらたずねた。

「何もかも」とスニッチー弁護士は返した。

「だから、外にもう何一つ打つ手はないと?」

「全く何一つ」

顧客は爪を噛み、またもや鬱々と塞ぎ込んだ。

「で僕はこの身ですらイングランドにいては安全でないと? 先生は飽くまでそうおっしゃるんでしょうか?」

「大英帝国・アイルランド連合王国の何処であれ」とスニッチー弁護士は返した。

「戻って行く父親もなければ、飼ってやるブタもなければ、奴らと分かち合う麦殻もない、ただの哀れな放蕩息子(『ルカ』一五：一一‐三二)でしかないと? えっ?」と顧客は大御脚をブラブラ、もう一方の上で揺らし、じっと食い入るように床に目を凝らしながら続けた。

スニッチー弁護士はコホンと咳《しはぶ》いた。さながら、法的状況の如何なる比喩的例証にであれ、歩調を合わせているなどとは思し召すなかれとばかり。クラッグズ弁護士もコホンと咳《しはぶ》いた。さながら、これぞ一件がらみでの提携関係的見解なりとばかり。

「三十で身上を潰すとは！」と顧客は言った。「はむふっ！」

「まだ潰してはおられません、ウォーデン殿」とスニッチーは返した。「まだそこまでひどくは。なるほど、すんでに潰しかけてはおいでですが、完全に潰してはおられません。

「少々手篤くなんぞクソくらえ」と顧客は毒づいた。「申し訳ないが、嗅煙草を一摘み頂けんかな？　いや、忝い」

泰然自若たる弁護士が御逸品をさも旨そうに、してくだんの手続きにとことん没頭しているげに、鼻にあてがうと、顧客は次第にニタリと口許を綻ばせ、面《おもて》を上げながら言った。

「少々手篤く面倒を見てやればとかおっしゃいましたが、そいつはどれくらいの間でしょう？」

「どれくらいの間、手篤く面倒を見てやればと？」とスニッチーはパラパラ、指から嗅煙草の塵を払い落とし、ゆっくり胸中、ソロバンを弾きながら繰り返した。「貴殿の苦境に陥った資産を、貴殿？　手練れの管理に委ねた場合？　例えば、S＆Cの？　六年から七年でしょうか」

「六年も七年も食うや食わずでやってけですって！」と顧客は苛立たしげに声を立てて笑い、焦れったそうに脚を組み直しながら言った。

「六年も七年も食うや食わずでやって行くのは、ウォーデン殿」とスニッチーは言った。「なるほど実に稀な事例ではありります。その間《かん》御自身姿をお見せになることにて別の身上を築けるやもしれません。が我々はそう考えてはおりません――とは自身とクラッグズに成り代わって口を利かせて頂けば――よってその手をお勧め致す訳には参らぬかと」

「だったらどんな手をお勧め下さるっていうんです？」

「ですから、手篤く面倒を見てやれば」とスニッチーは繰り返した。「数年ほど自身とクラッグズで手篤く面倒を見てやれば、身上は立て直せましょう。ですが我々約定を結び、飽くまで全うし、貴殿にも約定を守って頂こうと思えば、やはり祖国を離れ、海の向こうで暮らして頂かねばなりますまい。こと食うや食わずでやって行く云々に関せば、当初においてすら且々食いつないで行くのに年数百ポンドはお渡し致せようかと――まず間違いなく、ウォーデン殿」

「年数百」と顧客は言った。「しかも僕は年数千使って来たってのに！」

「その点に」とスニッチー弁護士はゆっくり鋳鉄製の金庫に書類を戻しながら突っ返した。「疑いの余地はありません。その――点に――疑いの余地は」彼は物思わしげにくだんの作業を続けながら独りごつともなく繰り返した。

弁護士はどうやら、御自身何者を相手にしているか先刻御承知だったと思しい。とまれ、彼のすげなく抜け目ない、むらっ気な物腰の顧客の鬱々たる気分への効験たるやあらたかにして、かくて顧客はまだしもざっくばらんで遠慮がなくなった。或いはひょっとして顧客も御自身何者を相手にしているか先刻御承知にして、何かこれから明かそうとしている胸づもりを表向きその分実しやかに見せるべく、事実頂戴していたようなハッパをかけさすよう仕向けていたものやもしれぬ。次第に頭をもたげながら、彼はテコでも動かぬげな法律顧問を笑みを浮かべて見つめながら座っていた。がほどなく、いきなりカンラカラ腹を抱え出した。

「とは言っても」と彼は言った。「我が堅ブツ先生――」

スニッチー弁護士は相方を指差した。「自身と――憚りながら――クラッグズ」

「おっと、失敬、クラッグズ先生」と顧客は言った。「とは言っても、我が堅ブツ先生方」と、椅子の中で身を乗り出し、気持ち、声を潜めながら。「お二人はまだ僕がどれほど二進も三進も行かないかまるきり御存じないんです」

スニッチー弁護士はひたと手を止め、ジロリと顧客を睨め据えた。クラッグズ弁護士も右に倣った。

「僕はてんでクビが回らないだけじゃなくて」と顧客は言った。「てんでクビ――」

「まさか、クビったけとおっしゃるのでは！」とスニッチーは声を上げた。

「如何にも、仰せの通り！」と顧客は椅子の中で仰け反り、ズッポリ、ポケットに両手を突っ込んだなり「商会」にざっと目をやりながら言った。「てんでクビったけです」

「でお相手は相続人ではあられぬと、貴殿?」とスニッチーはたずねた。

「ええ、生憎」

「金持ちの令嬢でもないと?」

「僕の存じ上げる限り、金持ちの令嬢でもありません――ただし、美しさと気立ての好さはウナるほどお持ちですが」

「もちろん、独り身であられると?」とスニッチー弁護士はやたら曰くありげにカマをかけた。

「もちろん」

「まさかジェドラー博士の娘御のお一方では?」とスニッチーはやにわに両膝の上で肘を突っ張り、一ヤードは下らぬグイと顔を突き出しながらたずねた。

「如何にも!」と顧客は返した。

「よもや妹御では?」とスニッチーは言った。

「如何にも!」と顧客は返した。

「クラッグズ先生」とスニッチーは、ほっと胸を撫で下ろして言った。「申し訳ないが嗅煙草をもう一摘み頂けんかな? いや、忝い! ならば幸い、一向構うまいかと、ウォーデン殿。あちらは婚約しておいでで、貴殿、既に許婿がお見えでして。とは我が相方も確証してくれましょうが。我々その点はしかと存じております」

「我々その点はしかと存じております」とクラッグズが繰り返した。

「ああ、僕だってだろうじゃありませんか」と顧客は坦々と返した。「だからどうだっていうんです! お二人共世故長けておいでのはずが、女性は移り気だって話を耳になさったためしがないとでも?」

「なるほど行かず後家や寡婦相手にならば」とスニッチー弁護士は言った。「婚約不履行訴訟は少なからず起きています。が判例の大半は――」

「判例ですって!」と顧客は焦れったそうに口をさしはさんだ。「今更判例云々は止して下さい。十把一絡げの先例を掻き集めてた日には先生方のどんな法学書よりずっとぶ厚くなってしまうでしょう。おまけに、僕が六週間もただノホホンと博士の屋敷に御厄介になっていたとでも?」

「どうやら、クラッグズ先生」とスニッチー弁護士は相方に真顔で話しかけながら宣った。「ウォーデン殿の馬の奴らがちょくちょく御主人を巻き込んで来たありとあらゆる御難の就中――してそいつら如何ほどその数あまたに上り、如何ほど高くついたか御当人と先生と小生ほど知っている者は誰一人いまいが――最悪のそいつは、もしや御自身、かようの口の利き方をなさるとすれば、こちらが連中の内一頭によって博士の庭壁の際に肋骨三本と、鎖骨を一本ボキリとやり、神のみぞ知る仰山な打ち身を食らったなり放っぽり出されたということだと判明するやもしれん。我々としてはこちらが博士の御手と屋根の下《もと》で順調に回復しておいでと耳にした折にはさして気にも留めていなかった。がこうとなっては何やら雲行きが怪しいでは。先生。怪しい？ ああ、めっぽう怪しいでは。ジェドラー博士も――我々の顧客だ、クラッグズ先生」

「アルフレッド・ヒースフィールド殿も――ある種顧客で

す、スニッチー先生」とクラッグズは言った。

「マイケル・ウォーデン殿もある種顧客で」とぞんざいな客は言った。「しかも、十年かそこいらバカな真似をして来たからには、およそイタダけないそいつでもない。とは言え、マイケル・ウォーデン殿は今や若気の至りとやらで野生のカラスムギを蒔き果し――そら、そいつらの生り物はそこの金庫の中という訳だ――そろそろ奴も年貢の納め時、少しは分別を利かす気でいる。それが証拠、マイケル・ウォーデン殿は、あわよくば、博士の愛らしき娘御メアリアンと連れ添い、彼女をかっさらう気でいる」

「実の所、クラッグズ先生」とスニッチーは切り出した。

「実の所、スニッチー先生、そしてクラッグズ先生、お二人共」と顧客は彼に待ったをかけながら言った。「先生方は顧客に対する本務を御存じで、無論、僕が已むを得ず打ち明けているほんの色恋沙汰に嘴を容れるのはてんでそいつの端くれなんかじゃないということも重々御存じのはずです。僕は何も令嬢を無理矢理連れ去ろうというのじゃありません。僕だったら何一つ法に触れる所はないはずです。僕はついぞヒースフィールド氏の腹心の友だった覚えもなければ、これきり彼の信頼を裏切ってる訳でもありません。ただ彼の惚れてる所で惚れ、彼が勝ちをさらう気でいる所で、あわよくば、勝ちをさらう気でいるまでのことです」

「そいつは土台叶はぬ相談かと、クラッグズ先生」とスニッチーは見るからに気づかわしげにして面食らった態にて言った。「そいつは土台叶はぬ相談かと、先生。令嬢は何分アルフレッド殿に心底惚れておいでのからには」

「ほう？」と顧客は返した。

「クラッグズ先生、令嬢は何分アルフレッド殿に心底惚れておいでのからには、先生」とスニッチーはしぶとく言い張った。

「僕はおよそ二、三か月ほど前、博士の屋敷に六週間ほど御厄介になりましたが、ただノホホンと時を過ごしていた訳じゃありません。でそいつにはすぐ様、眉にツバしてかかりました」と顧客は宣った。「令嬢は、もしも姉上がその気にさせられるものなら、彼に心底惚れていたでしょう。が僕は姉妹にずっと目を光らせていました。メアリアンは彼の名前もそのネタも避けています。どころかそいつがオクビにも出されるのからすら、見るからに辛そうに、後込みしていまず」

「何故《なにゆえ》さようの筋合いが、クラッグズ先生、ほら？　何故《なにゆえ》さようの筋合いが、先生？」とスニッチーはたずねた。

「さあ、らしい理由はいくらでもありますが、どうしてそんな筋合いがあるのかは僕にも分かりません」と顧客は、何と注意深くも戸惑いがちにスニッチー弁護士の目がキラめいていることよと、何と石橋を叩いて渡らぬばかりに会話を進め、一件がらみでちゃっかりネタを仕込んでおいでのことよと、思わず苦笑を禁じ得ず、言った。「ですが令嬢が後込みなさっているのは事実です。あちらは契りを交わした際には――そいつを契りなどと呼べるものなら。それすら怪しい限りですが――まだめっぽう幼く、ひょっとして後悔してらっしゃるのかもしれません。それともひょっとして――こんなこと言うとニヤけた奴とお思いでしょうが、誓って、僕はとそいつにかけちゃそんなつもりはありません――令嬢も、ちょうど僕が令嬢にぞっこんになったみたいに、僕にぞっこんになられたのかもしれません」

「ひっ、ひっ！　アルフレッド殿は、おまけに先生も覚えていようが、令嬢の幼馴染みでもあるだけに、クラッグズ先生」とスニッチーは泡を食った笑い声もろとも言った。「令嬢のことはほとんど赤子の時分から御存じだ！」

「だからこそ、令嬢は彼のことを思い浮かべるだけでもうんざりで」と顧客は坦々と続けた。「いっそ別の恋人に鞍替えしたいって気になっていないとも限りません。何せそいつはロマンチックな状況の下《もと》にいきなり立ち現われ（っていうか馬のせいで立ち現わせられ）、外のどいつにもさしてトバッチリをかけないまま、自分は能天気で愉快にやってるっていう――田舎娘にとっては――まんざらウケの悪くもない評判を取っているばかりか、若くて男振りがいいとか何とかってことじゃ――こいつもやっぱりニヤけてるように聞こえるかもしれませんが、誓って、ことそいつにかけてはそんな気はさらさらありません――ひょっとして有象無象の輩の中でもアルフレッド殿その人とどっこいどっこいすんなり検閲をパスするかもしれないんですから」

最後の条項には、なるほど、反駁の余地なかった。してスニッチー弁護士は顧客へちらと目をやりながら然に惟みた。客の風情の正にぞんざいさにこそ、どことなく生まれながらにして優美で人の気を逸らさぬ所があった。と来れば整った目鼻立ちと均整の取れた姿形がらみでも、もしや本人さえその気になれば、そいつら遥かに増しになっていたやもしれぬと、一旦血気に逸って本腰でかかれば（とは言え未だかつて本腰でかかったためしはないが）、この男、向うっ気と腹づもりにだけは事欠くまいと思わせた。「危なっかしい手合いの放蕩者」と抜け目ない弁護士は惟みた。「若き御婦人の目の炎からお好み次第、メラメラと燃え上がりそうな」

「さあ、いいですか、スニッチー先生」と顧客は腰を上げ、弁護士をボタンごと引き寄せながら続けた。「でクラッグズ先生も」と、どっちもどっち逃《のが》してなるものかと、相方弁護士もボタンごと引き寄せ、かくて御両人を左右に立たせながら。「僕は先生方に忠言を求めてる訳じゃありません。お二人共、御自身方のようなしかつべらしい人間がいずれの側《がわ》にても土台割って入れないような一件では全当事者からすっかり手を引いているのに越したことはないでしょう。僕はこれから自分がどんな立場にあって、どんなホゾを固めているか、ざっと復習《さら》って、それから一件を、金がらみで僕のために打てる限りの手を打って頂くようお二人の手に委ねるまでです。何せ、もしも博士の麗しき令嬢と駆け落ちしたら（ってその気満々ですし、彼女の明るい感化の下《もと》、別人に為り変わってみせますから）、僕は当座、独りきり高飛びするよりもっと後ろ指を差されること請け合いでしょうから。けどすっかり心を入れ替えて、あっという間にそいつの埋め合わせをしてみせますよ」

「どうやらこいつは耳にしないに如くはなかろうと、クラッグズ先生？」とスニッチーは顧客越しに相方の方を見やりながら言った。

「どうやら」とクラッグズは相づちを打った。――御両人、一心に耳を傾けはしたが。

「はむ！　お二人共耳になさるまでもありません」と顧客は返した。「僕はそれでも、言わせて頂きます。僕は博士の同意を求めるつもりはこれきりありません。土台無理でしょうから。ですが博士に恩を仇で返すような真似をする、っていうか妙なトバッチリをかける気はありません。何せ（御当人のお言葉によれば、そんなちっぽけな事柄に真面目に取り合ってやる要なんててんでないってだけじゃなし）、僕は博士の愛娘の、我が愛しのメアリアンを、僕には彼女が恐れて、て、悲痛な思いで待ち受けてるって分かっている――いえ、事実知っているものから、つまり元の恋人の帰国から、救い出そうとしてるだけですから。もしもこの世に何か真実があるとすれば、彼女が元の恋人の帰国を恐れてるってことこそそいつです。そこまでは、誰一人傷ついてはいません。僕は今の所ここではそりゃ踏んだり蹴ったりの目に会ってるもんで、まるでトビウオ人生を送ってます。闇に紛れてコソコソ、ウロつき回って、僕自身の屋敷から締め出されて、僕自身の地所から追っ立てられています。ですが、今のその屋敷も、今のその地所も、おまけに何エーカーもの土地も、お二人共御存じだし口にもなさっている通り、いずれは僕の下《もと》に戻り、メアリアンは十年後には多分――断じて楽観的でだけはない先生方のお話によってすら――アルフレッド・ヒースフィールドの妻としてより、僕の妻としての方が金持ちになっているはずです。あの男の帰国を、彼女は（くれぐれもお忘れなく）恐れているばかりか、僕はあの男相手にせよ、どんな男相手にせよ、彼女を愛してることにかけてはこれっぽっち引けを取ってはいません。今の所、一体誰が傷ついてるっていうんです？　こいつはどこからどこまで公平な勝負じゃありませんか。僕の権利は、仮に彼女が僕になびいてくれるとしたら、あの男のそいつに一向遜色ありませんし、僕は僕の権利を彼女相手にだけ試してみるつもりです。ここまで申し上げればお二人共これきり知りたいとはお思いにならないでしょうし、僕もこれきり申し上げるつもりはありません。さあ、これで僕の腹づもりも気紛れもお分かりでしょう。いつ僕はこの地を去らねばならないと？」

「一週間後には」とスニッチーは言った。「クラッグズ先生？」

「むしろ、もう少々早目に」とクラッグズは返した。

「一月後には」と顧客は一心に両の面《おもて》を覗き込んでいたと思うと言った。「だったら、一か月後の今日ということにして。今日は木曜日です。吉と出ようと凶と出ようと、一か月後の今日、僕は旅立ちます」

「それでは余りに遅い」とスニッチーは言った。「如何に言っても余りに遅い。が致し方なかろう。或いは三か月と言って来るかもしれぬと思っていたくらいだ」と彼はブツブツ独りごちた。「そろそろお帰りですかな？　では御機嫌好う、貴殿！」

「御機嫌好う！」と顧客は「商会」と握手を交わしながら返した。「どうか御安心を、これからは金を湯水のように使うバカな真似だけはしませんので。以降、我が運命の星はメアリアンなり！」

「足許にお気をつけを、貴殿」とスニッチーは返した。「令嬢はそちらには瞬いておられませんので。では、お休みなさい！」

「お休みなさい！」

かくて弁護士御両人は対《つい》の事務用ロウソクを手に階段の天辺に立ったなり、顧客が下りるのを見守った。して客が立ち去ると、そのなり互いに顔を見合わせた。

「こいつをそっくりどう思う、クラッグズ先生？」とスニッチーは言った。

クラッグズ弁護士はかぶりを振った。

「例の譲渡の執り行なわれた日、確か、我々はあの二人の別れにはどこかしら妙な所があると話し合ったものだ」とスニッチーは言った。

「如何にも」とクラッグズ弁護士は返した。

「恐らく顧客は端《はな》から勘違いしているか」とスニッチー弁護士は耐火性金庫に錠を下ろし、元通り片づけながら続けた。「それとも、たとい勘違いでなかろうと、ちょっとした気紛れや寝返りなどよくある話だ、クラッグズ先生。がそれでいてあの愛らしい面《おもて》は実にひたむきで、あの方の気立てですら」とスニッチー弁護士は（日和は身を切るようだったから）大外套を着込み、手袋を嵌め、ロウソクの片割れの芯を摘《つ》み消しながら言った。「この所日に日にしっかりとして揺るぎなくなっているような気がしていた。ますます姉上の気立てに似て来ているような」

「愚妻もさように申していたかと」とクラッグズは返した。

「実の所、今晩という今晩は」とスニッチー弁護士は、根は気のいい男だったから、宣った。「もしやウォーデン殿が手前勝手な胸算用を弾いていると信じられるものなら、少々身銭を切っても惜しくはなかろう。が、いくら上っ調子で、ムラっ気で、どっちつかずとは言え、世間もそこに住まう連中もいくらかカジっているだけに（それもそのはず、身に染みて存じ上げていることをいい加減高値で仕込んでおいでのからには）強ちそうとも思えん。我々としては、口をさしはさまぬに越したことはなかろう。黙りを決め込む外、クラッグズ先生、打つ手はなさそうだ」

「如何にも」とクラッグズは返した。

「我らが馴染みの博士はその手の代物は天から見くびっておいでだ」とスニッチー弁護士はかぶりを振りながら言った。「願はくは博士の御自身の哲学がお入り用にならぬことを。我らが馴染みのアルフレッドは人生の戦い云々と言う」と彼はまたもやかぶりを振った。「願はくは彼のくだんの戦《いくさ》において早々に打ち倒されぬことを。帽子は被ったかね、クラッグズ先生？　そろそろもう一方のロウソクも消すが」

クラッグズ弁護士が然りと返したので、スニッチー弁護士は言行一致でかかり、二人は手探りで、今や一件に劣らず、と言おうか法律全般に劣らず、闇に包まれた会議室より這い出した。

当該冒険譚はとあるひっそりとした小さな書斎へと移ろい、そこにてはくだんの同じ晩、姉妹と矍鑠たる老博士が陽気な炉端に座っていた。グレイスはせっせと刺繍に勤しみ、メアリアンは目の前の本を音読していた。博士は部屋着と室内履き姿だったが、暖かな炉敷きの上に両の大御足を長々と投げ出したなり、安楽椅子に背《せな》をもたせ、朗読に耳を傾けながら姉妹を見守っていた。

姉妹は見守るだにめっぽう美しかった。未だかつて炉端により打ってつけの二つの面《おもて》が炉端を明るく聖なるものとしたためしはなかった。姉妹の間の相違の幾許かは三年の月日が流れる内に和らぎ、妹の澄んだ額の上にて奉られ、目からちらと顔を覗かせては、声にて小刻みに震えているのは、彼女自身の母なき幼年が姉にあって遙か昔に実らせていたと同じひたむきな性《さが》であった。が彼女は依然として二人の内より愛らしいと同時により嫋やかに映り、依然として姉の胸に頭をもたせ、姉に信頼を寄せ、忠言と力添えを求めて姉の目を覗き込んでいるかのようだった。かの、昔同様、然ても穏やかにして長閑にしてにこやかな、妹思いの目を。

「『して我が家に住まい』」とメアリアンは本の一節を読み上げた。『我が家はかようの思い出によりて極めて愛しきものとなっていたので、彼女は今や自らの心の大いなる試煉がほどなく訪れ、最早逃れる術《すべ》はないものと心得始めた。おお、よしんば他者は遠ざかろうと我らを慰む友たる我が家よ、汝《な》と訣れるは、揺り籠と墓の間《はざま》なる如何なる折にても』」——

「まあ、メアリアン！」とグレイスが言った。

「おや、茶目《プス》！」と父親は声を上げた。「一体どうした？」

彼女は姉が彼女の方へ差し延べた手に手を重ね、読み続けた。かくて待ったをかけられた際にはそいつに抑えを利かせようと努めていたものの、声は依然ためらいがちにして小刻みに震えてはいた。

「『汝《な》と訣れるは、揺り籠と墓の間《はざま》なる如何なる折にても、必ずや悲しみが付き纏う。おお、我が家よ、我らにかくも律儀なれど、かくも間々報いに蔑《なみ》さる我が家よ、汝《な》より遠ざかる者にも慈悲を垂れ、彼らの過てる歩みに剰え咎めがちに取り憑くこと勿れ！　如何なる心優しき眼差しも、記憶に瑞々しき微笑みも汝《な》の蒼ざめた面《おもて》に浮かばすこと勿れ。如何なる情愛や、歓迎や、親切や、寛恕や、誠意の光線も汝《な》の白き頭《こうべ》より輝かすこと勿れ。如何なるかつての濃やかな言葉も、調子も、汝を見捨てし者に対す裁きにおいて立ち昇らすこと勿れ。されど仮借なくも冷厳な眼差しを投げかけ得るとすらば、投げかけよ、悔い改めし者を憐れと思し召し！』」

「愛しいメアリアン、今晩はもう読むのはお止しなさいな」とグレイスは言った——というのも妹はすすり泣いていたからだ。

「ええ、もう読めそうにないわ」と妹は答え、本を閉じた。「一言一言がみんな燃え上がっているみたいなんですもの！」

博士は、これはまた何とおかしなことをと娘の頭を軽く叩いてやりながら腹を抱えた。

「何だと！　たかが物語の本如きで感極まるとは！」とジェドラー博士は言った。「ほんの活字と紙ではないか！　やれやれ、どうだって構やすまい。外の何を真面目に取り合ってやるのと変わらん、活字と紙を真面目に取り合ってやるとは理に適った話ではないか。さあ、涙をお拭き、愛しいお前、涙をお拭き。女主人公《ヒロイン》は多分、とうの昔にまた我が家へ戻って、皆と仲直りしておろう——だし、たといまだだとしても、現《うつつ》の我が家はものの四つ壁にすぎんし、絵空事のそいつはただの反故とインクではないか。おや、どうした？」

「ほんのあたくしめでございます、旦那様」とクレメンシーが、戸口からひょいと頭を突っ込みざま言った。

「でお前がどうしたというのだ？」と博士はたずねた。

「おお、あんれまあ、あたくしめはこれきりどうも致しておりません」とクレメンシーは返した——して蓋し、しっかりシャボンの利いた御尊顔から判ずに、仰せの通り——というのもそこにては相変わらず上機嫌の正しく精髄が輝き、かくて御当人、器量好しとはお世辞にも言えなかったが、めっぽう人好きがしたからだ。肘の擦り剥けは、なるほど、概ねかの、付け黒子《ぼくろ》と呼ばる手合いの容貌の魅力の範疇に属すとは解《かい》されていぬながら、俗世を渡るにくだんのせせこましき行路にて腹のムシを同じ御難の目に会わすよりまだしも両の腕をサクレ立たす方が増しだろうし、クレメンシーの腹のムシはこの世の如何なる佳人の御逸品にも劣らず健やかにして一点の非の打ち所もなかった。

「あたくしめはこれきりどうも致しておりません」とクレメンシーは部屋の中へ罷り入りながら言った。「ですが——ちょっとこちらへおいでを、旦那様」

博士は、目を丸くせぬでもなく、然なる中座の仰せに従った。

「旦那さまは、ほら、お嬢様方の前で『あれ』しちゃならないっておっしゃってたもので」とクレメンシーは言った。

一家における新参者ならばてっきり、御尊体をひしと掻き抱いてでもいるかのように両の肘に漲りし奇妙奇天烈な陶酔、と言おうか恍惚、のみならず、然に宣いし折に御当人の送り賜うた途轍もなき秋波からして、「あれ」とはその最も好意的な解釈においてすら貞淑な接吻なものと思い込んでいたやもしれぬ。実の所、博士御自身も当座、胆を冷やしているかのようだった。がすかさず落ち着きを取り戻した。というのもクレメンシーは、両のポケットをガサゴソ弄っていたと思うと——初っ端はドンピシャの方から取っかかり、フラフラとお門違いな方へ移ろい、それからまたもやドンピシャの方へ戻りつつ——郵便局からの手紙を一通取り出したからだ。

「ブリテンが用でガラガラ通りすがっておりますと」と彼女はクツクツ、手紙を博士に手渡しながら忍び笑いを洩らした。「郵便馬車が入って行くのが見えたもので、待っておりました。隅にA・Hとございます。きっとアルフレッド様が戻っておいでの途中に違いありません。お屋敷で近々祝言が挙げられることでございましょう——今朝方あたくしめの受け皿にもスプーンが二本載っかっておりました。あんれ、よくもまあ何てノロノロお開けになることか！」

以上全てを、クレメンシーは独りごつともなく独りごちながら、中身をとっととバラして頂きたくて居ても立ってもいられぬばっかりに次第にズンズン、ズンズン、爪先立ちになり、エプロンを栓抜きに、口をボトルに仕立て上げていた。が、とうとう宙ぶらりんの極致に達し、というに博士が未だ一心に手紙に読み耽っていると見て取るや、ペタンと、またもや蹠《あしうら》にて着地し、エプロンをヴェールよろしく頭に押っ被せた。黙《もだ》した絶望に駆られた勢い、してこれきり辛抱するはお手上げとばかり。

「そら！　お前達！」と博士は声を上げた。「どうにも致し方なかろう。生まれてこの方ついぞ秘め事を守れたためしがないもので。さしてどっさり、実の所、守るに足る秘め事があるという訳ではないが、所詮かようの——はむ！　それはさておき。アルフレッドが、お前達、もう直帰って来るそうだ」

「もう直！」とメアリアンが声を上げた。

「何だと！　もう物語の本のことなどコロリと忘れおったか！」と博士は娘の頬を抓《つね》りながら言った。「やっぱり。と聞けば、あんな涙なんぞ乾いてしまおうと思っていたさ。ああ。『どうか内緒にしておいて下さい』とあいつは、ほれ、ここに書いている。が誰が内緒になんぞしてやるものか。あいつめ、派手に迎えてやろうでは」

「もう直！」とメアリアンは繰り返した。

「ああ、ひょっとして待ち遠しくてたまらんお前に言わせば『もう直』ではないやもしらん」と博士は返した。「が、それでも直は直だ。はてっと。はてっと。今日は木曜と？　ならばあいつはこっちへは一か月後の今日、戻って来るそうだ」

「一か月後の今日！」とメアリアンはそっと繰り返した。

「わたし達にとっては何て賑やかな、何てお目出度い日になることかしら」とグレイスが、妹にお祝いのキスをしながらほがらかに言った。「待ちに待った日が、愛しい愛しいあなた、とうとうやって来るのね」

妹は返答代わりに笑みを浮かべた。憂はしい、ながらも姉思いの濃やかな笑みを。して姉の顔を覗き込み、当該帰国の幸ひを思い描く姉の声の静かな調べに耳を傾ける内に、彼女自身の面《おもて》は希望と愉悦で火照り上がった。

して外の何物かでも。他の表情全てを突いていよよ、いよよ輝きを増す、曰く言い難き何物かでも。それは歓喜でも、凱歌でも、誇らかな熱狂でもなかった。そいつらならば然まで穏やかに露にはされまい。愛と感謝がその端くれではあったが、愛と感謝だけではなかった。如何なるさもしき想念からも迸り出てはいなかった。というのもさもしき想念なるもの、固よりパッと額を輝かせ、唇の上にて揺蕩い、挙句共感に満ちた肢体の小刻みに震えるほど精神を揺らめく光さながら衝き動かしはすまいから。

ジェドラー博士は、御自身の哲学体系にもかかわらず――御逸品にこの方、実践においてはひっきりなし齟齬を来したり異を唱えたりしていた訳だが、かようの真似ならば今により名立たる哲学者も間々やらかしていよう――かつての被後見人にして弟子の帰国にさながらこれぞ真面目に取り合ってやるべき慶事ででもあるかのように津々と興味を掻き立てられずばおかなかった。よってまたもやどっかと安楽椅子に腰を下ろすや、室内履きの大御足を今一度、炉敷きの上に長々と投げ出し、何度も何度も手紙を読み返しては、それどころでなし何度も何度もそいつがらみで花を咲かせた。

「ああ！ つい昨日のことのようでは」と博士は炉火にじっと目を凝らしながら言った。「お前とあいつが、グレイス、いつもあいつの休みの時には、まるでアンヨの出来る人形同士みたように手を繋ぎ、チョコチョコ、腕と腕を絡ませてそこいら中歩き回っていたのも。ほれ、覚えていよう？」

「ええ、もちろん」と娘はほがらかに声を立てて笑い、せっせと針を運びながら答えた。

「いやはや、一か月後の今日とは！」と博士は篤と惟みた。「今のそいつこそほんの一年前とも思えんが。で、その時私の小さなメアリアンはどこにいたんだね！」

「いつだって姉さんの側《そば》にくっついていたわ」とメアリアンは愉快そうに返した。「どんなに小さくても。いくら姉さん自身おチビさんだからったって、あたしは姉さんがいなけりゃお話にならなかったもの」

「如何にも、茶目《ブス》、如何にも」と博士は返した。「姉さんはいっぱし一人前の女だったものな、グレイスは、で賢い奥さんで、忙しなくて物静かでほがらかなヤツだったものな。

あの当時でさえ私達の気紛れを大目に見て、私達の願いの先を見越して、いつだって自分のそいつらはサラリと忘れて。私の知る限り、お前は、ほれ、あの時分ですら、私の愛しいグレイス、我を通そうとしたり意地を張ったりしたためしはなかった、たった一つこっきりのネタをさておけば」

「わたしまさかあれからっていうもの、目も当てられないほどひどい娘になってはいないでしょうけど」とグレイスは相変わらずせっせと針を運びながら声を立てて笑った。「でも、今のたった一つこっきりのネタってなあに、お父様?」

「もちろん、アルフレッドに決まってるじゃないか」と博士は言った。「何一つお気には召さなかったものな、もしもアルフレッドの奥さんと呼ばれなければ。という訳で私達はお前をアルフレッドの奥さんと呼んで、お前は、確か(今となっては妙な話もあったものだが)、公爵夫人と呼ばれるよりゴキゲンだったはずだ。たといそいつにならしてやれたとしても」

「まあ、ほんとに?」とグレイスは穏やかに言った。

「おや、覚えておらんのかね?」と博士はたずねた。

「何となく覚えてるような気はするけど」と彼女は返した。「あんまりはっきりとは。だってそりゃずいぶん昔のことなんですもの」して相変わらずせっせと刺繍に精を出しながら、博士のお気に入りの懐かしの歌の折り返し句を口遊んだ。

「アルフレッドはもう直ほんとの奥さんをもらって」と彼女はいきなり口遊むのを止《や》めて言った。「そうしたらわたし達みんなにとってほんとに幸せな時がやって来るわね。わたしの三年間のお務めはほとんど終わったようなものよ、メアリアン。それはそれはお易い御用だったけれど。わたしアルフレッドに、あなたを返して上げながらこう言おうかしら、あなたはずっとアルフレッドのこと心から愛してて、わたしの出る幕なんてちっともなかったって。って言ってもよくって、あなた?」

「あの人にはこう言って頂だいな、愛しいグレイス」とメアリアンは返した。「こんなに大らかに、気高く、ひたむきに果たされたお務めはないはずだって。三年間というものあたしは姉さんのこと日に日に、ますます心から愛して来てたって。で、おお! 今では何てほんとに心から愛してることか!」

「いいえ」と陽気な姉は妹の抱擁に応えながら言った。「そんなこと自分の口からは言えないわ。わたしのお手柄はアルフレッドの想像に任せるとしましょう。きっとそれって、ずい分気前がいいでしょうけど、愛しいメアリアン。あなた自身の想像と一緒で」

然に返すや、彼女は妹が然ても熱っぽく口を利き出した際に束の間脇へやっていた刺繍を、して同時に博士のお気に入りの懐かしの歌も、仕切り直した。博士は相変わらず、室内履きの大御足を炉敷きの上に長々と投げ出したなり、ゆったり安楽椅子に背《せな》を預けながら、調べに耳を傾け、アルフレッドの手紙で膝の上にて拍子を取り、二人の愛娘を打ち眺めては、取るに足らぬこの世の幾多の取るに足らぬ代物の内、これら取るに足らぬ奴らはげにすこぶる人好きがするではないかと惟みていた。

クレメンシー・ニューカムは、片や、己《おの》が使命を果たし、特ダネをそっくり仕込み果すまで部屋の中にグズグズとためらっていた。が漸う助っ人ブリテン氏が夕飯後に舌鼓を打っている厨へと降りて行った。因みにこの方、壁から棚からにて所狭しと並べられたそれはその数あまたに上るピッカピカの甕蓋や、ゴシゴシ擦り磨かれたソースパンや、テラテラに艶出しされた正餐用食器一式や、目映いばかりの薬缶《やかん》や、その他家政婦殿の忠実忠実しき習いの証にグルリを取り囲まれているとあって、正しく鏡の間《ま》のど真ん中に鎮座しているようではあった。多数派は、なるほど、御当人のさしてゴマすりめいた肖像を投げ返してもいなければ、およそその照り返しにおいて満場一致どころでもない証拠、とある事実がらみで、その数だけの手合いの男の思案のやり口《リフレクション》に劣らず色取り取りなる十人十色の反射のやり口《リフレクション》に応じ、あるものは御当人をやたら馬ヅラに、ある者はやたら豚ヅラに、はたまたある者はそこそこ男前に、またぞろある者はとんでもなく醜男に仕立て上げていた。とは言え連中、彼らの真っ直中にてとことんくつろぎ返ったなり、口にパイプをくわえ、肘先にビールの水差しを据えた御仁がコクリコクリ、いざクレメンシーが同じテーブルの持ち場に就くや、恩着せがましげに頷いてみせているの図をひけらかす点においては見解を等しゅうしていた。

「はむ、クレミー」とブリテンは言った。「ということで調子はどうだ、で特ダネは何だった?」

クレメンシーは相方に御逸品をそっくりバラし、ブリテンはそいつをめっぽう鷹揚に受け留め賜ふた。頭の天辺から爪先に至るまで、ベンジャミンには鷹揚な様変わりが来《きた》していた。遙かにほてっ腹に、遙かに紅ら顔に、ありとあらゆる点において遙かに陽気に、遙かに愉快になっていた。御尊顔など恰もそれまではキッチリ瘤に結わえ上げられていたものを、今や縒りが解《ほぐ》れ、ツルリと滑《すべ》らかに均されでもしたかと見紛うばかりであった。

「どうやら、スニッチーとクラッグズにもう一仕事お呼びがかかりそうでは」と彼は徐に紫煙をくゆらせながら宣った。「と来ればひょっとして、お前さんとわしにもまた立ち会いのお呼びが、クレミー！」

「あんれまあ！」と彼の女性相方はお気に入りの関節をお気に入りの具合にクイと捻り上げざま返した。「いっそあたくしめだったら、ブリテン！」

「何がお前さんだったらと？」

「祝言を挙げるのが」とクレメンシーは言った。

ベンジャミンは口からパイプを引っこ抜き、カンラカラ腹を抱えた。「なある！　お前さんげに、ドンピシャそいつには打ってつけの代物だわい！」と彼は言った。「お気の毒に の、クレム！」クレメンシーは、彼女は彼女でカンラカラ、負けじとばかり腹を抱え、然に思い浮かべただけでもどっこいどっこい面白がっているようだった。「ええ」と彼女はコクリとやった。「ほんにあたくしめってばドンピシャ打ってつけの代物でございましょ？」

「お前さんに限って、ほら、まさか連れ添ったりはせんだろうが」とブリテン氏はまたもやプカプカ、パイプを吹かしながら言った。

「けど、あたくしがそんな真似しようとはお思いにならないんで？」とクレメンシーは真顔も真顔もいい所、たずねた。

ブリテン氏はかぶりを振った。「ああ、これきりの！」

「あんれ、考えてもみて下さんしょ！」とクレメンシーは言った。「はむ！――でもあんたは、ブリテン、そろそろ近い内にその気なんじゃ、えっ？」

とは然に途轍もなきネタがらみで、然にやぶから棒に吹っかけられたとあって、しばしの思案を要した。一時《いっとき》モクモク紫煙をくゆらし、御逸品を今や頭をこちら側へ、今やあちら側へ、傾げたなり――まるでこれぞ影も形もあるお尋ねにして、色取り取りの角度からざっと復習《さら》ってでもいるかのように――打ち眺めていたと思うと、ブリテン氏はかく返答賜った。さあて、しかとは分からんが――あ、ああ――とうとう年貢の納め時が来るやもしらんな。

「その方、どなたであれ、末永くお幸せに！」とクレメンシーは声を上げた。

「おお、そいつなら」とベンジャミンは言った。「まず太鼓判だろうて」

「けどその方、さぞやってほどそっくりとは愉快にやってけなかったでしょうし、さぞやってほどそっくりとは愛嬌好しの御亭主とは連れ添ってらっしゃらなかったでしょうよ」

とクレメンシーはガバと、テーブルの半分方《がた》に覆い被さり、何やら思い出の糸を手繰ってでもいるかのようにじっとロウソクに目を凝らしながら言った。「もしか——って、ほんと、たまたまだったからには、その気だったからってんじゃなし——もしか、このあたくしめがいなけりゃ、えっ、ブリテン?」

「もっちろん」とブリテン氏は、この時までには、男がたかが口を利くため如きでは御逸品をほんのちびとしか開けること能はず、椅子に微動だにせぬままゆったり掛けているとあって、話し相手の方へほんの目こっきりを、それもめっぽうその気もなさげにしてしかつべらしげに、向けるくらいしか叶はぬ相談のかのパイプの極め付きの堪能状態にあったが、返して曰く。「おお！　お前さんには、ほれ、心底感謝しておるとも、クレム」

「あんれ、そんな風に思っただけでも何てワクワクだったら！」とクレメンシーは言った。

同時に、視力のみならず思考もロウソクの獣脂に当てつけ、かくてはったと、御逸品の香膏《バルサム》としての治癒的効験を思い起こすに及び、彼女はくだんの特効薬をしこたま左肘に擦り込んだ。

「やつがれはこれでも若い時分にはあれやこれやの手合いの仰山な探りを入れたもんだ」とブリテンは聖然《ひじり》と蘊蓄を傾け賜ふた。「何せいつだって根っから穿鑿好きだったもので。ばかりか、物事全般の『理』と物事全般の『非』がらみでも仰山な本を読み漁って来た。世の中渡り始めた時分にはやつがれ自身、文学畑でメシを食らておったからには」

「けどほんに！」とクレメンシーはうっとりかんと声を上げた。

「いっかにも」とブリテン氏は返した。「大方二年というもの、どいつか一冊クスねようものならいつでも飛び出せるよう、本屋台の蔭に身を潜めておった。それからコルセットとマンチュア*の仕立て屋に軽荷赤帽として働いたが、何をするかと言えば、たんだ油布張りの籠で擬い物ばかし提げ回っておった——お蔭でツムジはヒネるわ、グルリの連中という連中に端《はし》から眉にツバしてかかり出すわしたことに。それからこのお屋敷で耳ダコもので侃々諤々やられるのを聞かされて、お蔭でツムジはますますヒネ上がって、とうとう行き着いたという訳さ。今のヒネたそやつをおとなしゅうなだめすかして、この先のんき気にやって行くにはニクヅク卸しの手本に倣うに越したことはなかろうとの」

クレメンシーは今にもクチバシを容れかけた。が彼は先手を打つに、待ったをかけた。

「プラス」と彼はしかつべらしげに言い添えた。「指貫きの」

「為《な》せよ、汝《な》の、ほら、とか何とかかんとか、えっ！」とクレメンシーは、当該公言にほくそ笑むこと頻りにしてヌクヌク、気持ち好さげに腕を組み、両の肘をさすってやりながら宣った。「何てぴったしツボを押さえてるったら？」

「はてさて」とブリテン氏は言った。「そいつがゴ大層な哲学として罷り通るかどうかは分からん。と言おうか、怪しいもんだわい。が、それでもえろう長モテするし、爪の垢でも煎じて呑めば下手に啀み合わんで済もうというもの。本家本元のそやつならばそうは問屋が卸して下さるまいが」

「いつぞやはあんただってどんな具合にやってたことか、ほら！」とクレメンシーは言った。

「ああ！」とブリテン氏は言った。「だが何より妙ちきりんなのは、クレミー、やつがれがいい年食ってコロリと、お前さんのお蔭で持ち直したということだろうて。そいつがいっとう摩訶不思議な所よの。よりによってお前さんのお蔭で！ああ、お前さんオツムに何かいいひらめきのカケラも持ち併せてはおるまいに」

クレメンシーは、気を悪くするどころか、御逸品を振り振り、声を立てて笑い、御尊体をギュッと抱き締めながら言った。「ええ、あちらはきっとそのカケラだって」

「だろうとも、だろうとも」とブリテン氏は言った。

「おうっ！　ズボシもズボシ」とクレメンシーは言った。「よくも持ち併せてるなんて誰が申しましょう。いえ、ケッコー毛だらけ」

ベンジャミンは唇からパイプを外し、ポロポロ、涙が頬を伝うまで腹を抱えた。「お前さん、何ていうテンネンだことか、クレミー！」と彼は、我ながら何とまた傑作な与太を飛ばすことよと、かぶりを振り、涙を拭いながら言った。クレメンシーはこれきり御逸品に異を唱えるどころか、仲良く右に倣い、劣らず心からカンラカラ腹を抱えた。

「お前さんのことはどうしたって好きにならずにゃおられんわい」とブリテン氏は言った。「そりゃお前さんなりズブのお人好しなもので。さあ、握手だ、クレム。この先何が起ころうと、いつだってお前さんのことは目にかけて、肩を持ってやろうて」

「ほんに？」とクレメンシーは返した。「あんれ！　そりゃまたありがたいこって」

「いかにも、いかにも」とブリテン氏はひょいと、灰を叩《はた》き出しておくれよとばかり、パイプを彼女に渡しながら言った。「いつだって力になってやろうて。ん、何だ！　妙な音がするが！」

「妙な音！」とクレメンシーはオウム返しに声を上げた。

「外で足音が。どいつか壁から飛び降りたげな」とブリテンは言った。「上階《うえ》では皆、床に就いておいでと？」

「ええ、もうとっくに皆さん」と彼女は返した。

「お前さん何も聞こえなんだか？」

「ええ」

彼らは二人して聞き耳を立てたが、何一つ聞こえなかった。

「いいか」とベンジャミンはカンテラを取り下ろしながら言った。「わしはこれからわし自身床に就く前に、そこいらを一渡り見て回るとしよう。それで気が済めばもっけの幸い。こいつに火をつける間《ま》に扉の錠を外してくれんか、クレミー」

クレメンシーはキビキビ仰せに従った。が、仰せに従いながらも宣った。どうせそこいら歩き回ったって骨折り損の何とやら。そっくり気のせいに決まってましょうよ、等々。さらばブリテン氏の返して曰く。「んま、だろうとも」にもかかわらず、火掻き棒に身を固めるや、カンテラの明かりで四方八方、遠くも近くも、照らしながら繰り出した。

「まるで教会墓地みたように静かで」とクレメンシーは彼の後ろ姿を見送りながら言った。「おまけにほとんどいい対、薄気味悪いじゃ！」

ちらと厨の方へ向き直るや、彼女は、軽やかな人影がスルリと視界に入るに及び、胆を潰して声を上げた。「ありゃ何で！」

「シッ！」とメアリアンが取り乱した風情ながら声を潜めて言った。「あなたいつだってわたしのこと可愛がってくれて来たわね？」

「嬢様を可愛がって、嬢様！　だろうじゃありませんか」

「ええ、もちろん。だしあなたのこと信じてもいいわね？　今の所、信じられる人、ほかに誰もいないんですもの」

「ええ」とクレメンシーは心底、返した。

「あそこの外にある方がいて」と戸口を指差しながら。

「どうしても今晩会って、お話ししなけりゃならないの。マイケル・ウォーデン、どうか後生だから、あっちへ行ってて頂だいな！　今はまだ！」

クレメンシーはびっくりするやら慌てふためくやらで、ギョッと身を竦めた。というのも、話し手の目の方角を追えば、仄暗い人影が戸口に立っているのが見て取れたからだ。

「そんなとこにいたらあっという間に見つかってしまってよ」とメアリアンは言った。「今はまだ！　なるたけ、どこか人目につかない所で待ってて。すぐに行くから」

彼は彼女に手を振る側《そば》から姿を消した。

「どうかまだしばらく寝ないで頂だいな。わたしのためにここで待ってて!」とメアリアンはそそくさと言った。「この一時間っていうものずっとあなたと口利きたいって思ってたの。おお、どうかわたしのこと裏切らないで!」

相手のうろたえた片手を懸命につかみ、自らの両手で胸許に押し当てると――との仕種は、その狂おしき懇願においで、文言になる如何ほど能弁な訴えよりなおモノを言って下さったが――メアリアンはゆらゆらと御帰館遊ばすカンテラ明かりがパッと部屋に射し込むか込まぬか、姿を消した。

「どこからどこまで死んだように静まり返っておるわ。あすこには人っ子一人見当たらなんだ。やっぱし空耳か」とブリテン氏は扉に錠を下ろした上から閂を鎖しながら言った。「あんまし絵空事を思い描くのに長けておるのも困りもんだわい。ややっ! こりゃまた一体どうした?」

クレメンシーは、びっくり仰天した上からハラハラ気を揉んだ名残を如何とも隠し果せず、椅子にへたり込んでいた。すっかり血の気を失い、頭の天辺から爪先までワナワナ身を震わせながら。

「どうしたですって!」と彼女は気づかわしげに手と肘をさすり、相方の方へだけは目をやらぬまま繰り返した。「ほんに結構な言い種もあったもんじゃ、ブリテン、ほんに結構な! よくもよくも物音だのカンテラだの、何やかやで人の胆を生きた空もないほどつぶしておいて。どうしたですって! おお、どうもこうもしておりますとも!」

「もしやカンテラごときで生きた空もなく胆をつぶしたとすれば、クレミー」とブリテン氏は坦々とそいつを吹き消し、またもや釘に引っかけながら言った。「今のそのお化けなんぞあっという間にお払い箱にしてくれようて。だがお前さんいつもならば真鍮みたように太っ腹ではないか」と彼はつと、彼女の方をしげしげやるべく手を止めながら言った。「ばかしか物音とカンテラの後でだって。一体オツムに何を背負《しょ》い込みおった? まさかいいひらめきのカケラでもなかろうに、えっ?」

とは言えクレメンシーがやたらいつもの流儀でお休みなさいと言い、見るからに御自身すぐ様床に就こうとでもするかのようにセカセカ立ち回り始めたので、リトル・ブリテンはブツクサ、女心と秋の空、とか何とかいい加減目からウロコのグチを鳴らしていたと思うと、お返しに彼女にお休みと言い、ロウソクを引っつかむや、眠たげにゆるりと、閨へ引き取った。

辺りがシンと静まり返るや、メアリアンが戻って来た。

「扉を開けて」と彼女は言った。「わたしがあの人と外で口を利いている間《あいだ》、わたしのすぐ側《そば》に立ってて頂だいな」

彼女の物腰はおずおずとためらいがちではあったものの、それでいてクレメンシーにはおよそ抗い難いような断固として決然たる意図が漲っていた。彼女はそっと扉の閂を外したが、鍵を回す前に、そいつを開ければ出て行くのを待ち受けているうら若き娘の方へクルリと向き直った。

面《おもて》は背けられも伏せられもせず、その若さと美しさの誇りにあって、彼女をまともに見据えた。麗しき娘の幸せな我が家と誇らかな愛と、くだんの我が家の荒廃にしてその最もかけがえのなき宝の破滅やもしれぬものとの間に割って入る障壁の何と脆きことよとの素朴な意識がそれは鋭くクレメンシーの優しい心を打ち、それは悲しみと憐れみとで溢れんばかりに満たしたものだから、彼女は思わずワッと泣きの涙に掻き暮れざま、メアリアンの首にすがりついた。

「あたくしめの存じていることはほんのスズメの涙ぽっきりでございます、嬢様」とクレメンシーは声を上げた。「ほんにスズメの涙ぽっきりで。けどこんな真似をなすっちゃならないってことは存じております。御自分が何をしておいでかよくお考えを！」

「このことだったら何度も何度も考えて来たわ」とメアリアンは優しく言った。

「でしたら、も一度」とクレメンシーは拝み入った。「明日まで」メアリアンはかぶりを振った。

「アルフレッド様のために」とクレメンシーは約しくも懸命に言った。「いつぞやはあんなに心から愛してらっしたあの方のために！」

彼女はその刹那、両手に顔を埋《うず》め、さながら胸が張り裂けんばかりに繰り返した。「いつぞやは！」

「あたくしめを行かせて下さいまし」とクレメンシーは彼女をなだめすかしながら言った。「あちらには嬢様のお気持ちを申し上げますんで。今晩はどうか上り段を過らないで下さいまし。きっと後で取り返しのつかないことになってしまいましょう。おお、ウォーデン様がここへ担ぎ込まれたのは不幸な日でございました！　お優しい父上様のことをお考え下さいまし、嬢様——お姉様のことを」

「もちろん考えて来たわ」とメアリアンはすかさず頭をもたげながら言った。「あなたにはわたしのしてることが分かってないのよ。わたしどうしてもあの人と口利かなきゃならないの。そんな風に言ってくれるとは、この世のどこ探したって見つからないほど親身で律儀なお友達よ。でもどうしたってこうしなきゃならないの。一緒に来てくれて、クレメンシー」とメアリアンは彼女の気さくな面《おもて》に口づけをした。「それともわたし、独りきり行きましょうか？」

悲しみと訝しみに苛まれつつも、クレメンシーは鍵を回し、扉を開けた。敷居の向こうに広がる黒々として如何わしき夜闇の直中へと、メアリアンは彼女の手にしがみついたなり、そそくさと出て行った。

暗い夜闇に紛れて、彼は彼女に寄り添い、二人は一心に、長らく話し合い、クレメンシーの手に然てもひしとしがみついている手は、今や小刻みに震え、今や死んだように冷え、今やそいつがつい我知らず力コブを入れている文言のひたむきな思い余ってギュッとクレメンシーの手を握り締めた。彼らが引き返す段には、彼は戸口までついて来た。して、そこにてしばし立ち止まり、もう一方の手を堅く握り締め、唇に押し当てた。と思いきや、スルリと音もなく姿を消した。

扉には再び閂が鎖され、錠が下ろされ、今一度、彼女は父親の屋根の下《もと》に佇んだ。然にうら若いながらも、自らそこにもたらした秘密によって打ち拉がれるでなく、いつぞやと同じあの、曰く言い難き表情を面《おもて》に浮かべ、涙越しにキラめかせたなり。

またもや彼女は約しき馴染みにひたぶる、ひたぶる、感謝を捧げ、自ら口にした如く、全幅の信頼を寄せた。無事、閨に引き取ると跪き、秘め事に胸塞《ふた》がれてなお、祈りを捧げ果した！

祈りより、然ても長閑にして穏やかに腰を上げ、安らかに微睡む妹思いの姉の上に屈み込みながら、その面《おもて》を眺め、悲しげながら、微笑み、額に口づけをする間《ま》にも、何とくだんのグレイスの絶えず、自分にとりては母たりしか、何と自分は幼子として姉を愛していることか、つぶやき果した！

眠りに就くべく横になると、言いなりな腕を自らの首に絡め――まるでそいつは、眠りにあってすら、自づと労しげにして優しくそこにしがみつくかのようだったが――薄らと開いた唇の上にて姉に神の加護を乞い果した！

彼女自身、安らかな眠りに落ち果した。とある夢をさておけば。そこにては無垢なる痛ましき声で、わたしすっかり独りぼっちよ、みんなわたしのことを忘れてしまったんですものと泣き叫んでいたから。

一月《ひとつき》は、如何ほどノロノロ歩もうとて、ほどなく過ぎよう。くだんの晩と帰国の間に経過するが定めの一月《ひとつき》は足速にして、霞さながら消え失せた。

いよいよその日がやって来た。突風の吹き荒ぶ冬の一日《ひとひ》で、古屋敷まで時に、陣風を受けてワナワナ身を震わせてでもいるかのようにガタついた。我が家を二層倍我が家めかすに打ってつけの日であった。炉端に新たな愉悦をもたらすに打ってつけの。暖炉のグルリに寄り集まった顔また顔により紅々とした火照りを降り注ぎ、それぞれの炉端の仲間をして戸外で哮り狂う森羅万象相手により親密にして和気藹々たる同盟へと引き寄さすに打ってつけの。締め出された夜闇や、カーテンを引いた部屋と陽気な面《おもて》や、楽の音《ね》と、さんざらめきと、ダンスと、明かりと、愉快な持て成しのためのお膳立てをいっとうピッタシ整えて下さる手合いの荒らかな冬の一《ひと》日《ひ》であった。

といった一から十までの手筈を博士はアルフレッドの帰国を歓迎すべく万端整えて待っていた。彼らは彼が夜までは帰れないということは知っていた。よってあいつが近づくにつれて、と博士は言った、皆して夜風をリンリン鳴り響かせてやろうではないか。あいつの古馴染みには一人残らずワンサと取り囲ませてやらねば。馴染みのあるお気に入りの顔一つ欠けてはなるまい。よもや！　そいつらどいつもこいつもここに揃えてやらねば！

という訳で客が招かれ、楽師が予約され、馳走が並べられ、床板が疲れ知らずの大御足のために用意され、ありとあらゆる手篤い類《たぐい》の惜しみなき仕度が整えられた。折しもクリスマスの時節にして、彼の目は祖国のセイヨウヒイラギとその屈強な緑にてんで御無沙汰とあって、舞踏室には御逸品が隅から隅まで花輪代わりに吊る下げられ、赤い漿果《ベリー》は葉っぱの間からひょっこり顔を覗かせては彼宛ちらりほらり英国風歓迎の秋波を送った。

それは彼ら皆にとって忙しない一《ひと》日《ひ》であったが、誰にとってもグレイスにとってほど忙しない一《ひと》日《ひ》ではなかった。というのも彼女は至る所で音もなく取り仕切り、仕度という仕度のほがらかな精神だったからだ。その日、幾度となく（その日に先立つ瞬く間の一か月の内に幾度となくやられたに劣らず）、クレメンシーは気づかわしげに、してほとんど恐る恐る、メアリアンの方へ目をやった。その度彼女が常より心なしか、蒼ざめているような気はしたが、面《おもて》には甘美な落ち着きが漂い、かくてそいつはいよよ愛らしく映った。

日が暮れ、彼女が艶《あで》やかに身繕いを整え、頭にグレイスが誇らかに絡めてくれていた花輪をあしらう段ともなれば――その造花は、グレイスが選ぶ際に覚えていた如く、アルフレッドのお気に入りだったが――かつてのあの、物思わしげにしてほとんど憂はしげな、がそれでいて然ても霊的で、気高く、潑溂とした表情がまたもや額なる玉座に、百層倍も研ぎ澄まされて、着いた。

「この美しい頭《こうべ》にわたしが次に飾るのは、きっと婚礼の花輪でしょうね」とグレイスは言った。「さもなければわたしはてんで的外れな八卦見さんだわ、あなた」

妹はにこやかに微笑み、姉をひしと抱き締めた。

「ちょっと待って、グレイス。どうかまだ行かないで。もうほんとに、これですっかり大丈夫かしら?」

彼女の気がかりは実は、そいつではなかった。頭の中にあるのは姉の面《おもて》にして、彼女の目は優しくそいつに凝らされていた。

「わたしの腕では」とグレイスは言った。「もうこれ以上飾れっこないし、愛しいあなた、あなたの美しさだって、もうこれ以上は叶いっこないはずよ。こんなにきれいに見えたこと、今まで一度もなかったわ」

「こんなに幸せだったことも」と妹は返した。

「ああ、でももっと大きな幸せがお待ちかねじゃなくって。今のこのお家に負けないくらい陽気で明るい、そんなまたもう一つのお家に」とグレイスは言った。「アルフレッドと初々しいお嫁さんはもう直住むことになっているんですもの」

彼女はまたもやにこやかに微笑んだ。「そのお家は、グレイス、姉さんの空想の中ではとびきり幸せなお家ね。って姉さんの目を見れば分かるわ。きっと幸せなお家になるに決まってる、愛しい姉さん。だったら何てステキなんでしょう」

「やれやれ」と博士がセカセカ入って来ながら声を上げた。「これで、そら、いよいよアルフレッドを迎えるお膳立てはそっくり整っておると、えっ？　あいつは夜も更けるまで――真夜中の一時間かそこら前まで――ここには戻れまい。という訳で、ドンチャン浮かれ騒ぐ間《ま》はまだまだたっぷりあろう。まさかあいつが戻って来る時分になっても私らギクシャク、しゃちこばっておるなどということはあるまい。ほれ、ここにどんどん薪を焼べんか、ブリテン！　炉火にはつられてそいつがパチリと瞬くまでセイヨウヒイラギに赤々照りつけさしてやろうではないか。こいつは所詮タワごと尽くめの世の中だ、茶目。真の恋人同士だの何だの――どいつもこいつもタワごとの。だが我々も外の連中の右に倣ってタワけた真似をして、我らが真の恋人とやらを盲滅法暖かく迎えてやろうではないか。誓って！」と老博士は娘達を誇らしげに打ち眺めながら言った。「今晩という今晩は、数あるお笑い種の就中、めっぽう器量好しの二人の姉妹の父親でないとも限るまい」

「その内の一人がこれまでして来た、それともこれからするかもしれない――するかもしれない、愛しい愛しいお父様――どんなことのせいで辛い思いや悲しい思いをしなくてはならなくても、どうかその娘を許してやって頂だいな」とメアリアンは言った。「その娘の胸が一杯の今こそ、許してやって頂だいな。さあ、その娘を許すと言って。許すだろうと言って。その娘はいつだってお父様の愛を分かち合い――」その後《あと》は口にされなかった。というのも彼女の面《おもて》は博士の肩に埋《うつ》められていたから。

「チェッ、チェッ、チェッ」と博士は優しく言った。「許すだと！　この私に何を許すことがあるというのだね？　いやはや、もしも我々の真の恋人方が戻って来るというので我々がこんなにも心を乱さねばならんとしたら、皆して奴らをツマ弾きの目に会わせてやらねば。速達をやって、道中いきなり待ったをかけて、我々が顔を会わす心の準備がそこそこ整うまでノロノロ、日に一、二マイルで近づくようクギを差してやらねば。さあ、キスしておくれ、茶目《ブス》。許すだと！　ああ、何とまたバカなことを言い出すものやら、お前と来ては。もしや、これきりの代わり、日に五十度となく私の胆をイライラ、カリカリ煎っていたとて、何もかも許していたろうさ、そんなお願いだけは許さんが。もう一度キスしておくれ、茶目《ブス》。そら！　前を見ても後ろを見ても――お互い貸し借りなしだ。ほれ、ここにどんどん薪を焼べんか！　こんな底冷えのする十二月の晩に皆を凍え死にさす気か！　さあ、明るく、暖かく、陽気にやろうではないか、さもなければそれこそおぬしらのどいつか許さんぞ！」

かくて何と愉快に老博士の事を運んだことよ！　炉にはどんどん薪が焼べられ、明かりは煌々と灯され、客は続々お越しになり、賑やかなさんざらめきが聞こえ始め、早、陽気な興奮の心地好い雰囲気が屋敷の隅々にまで漲っていた。

客は次から次へと引きも切らず到着し、明るい目はメアリアン宛、キラキラ、キラめき、にこやかな唇は彼女に彼の帰国を寿ぎ、賢しらな御母堂方は扇でパタパタ御自身を煽ぎながら、お嬢様、あんまりお若くて移り気なものだから、家庭の静かな日課にそぐわない、ってことはないでしょうけれどと宣い、そそっかしい親父さん方は彼女の美しさをちやほや口を極めて褒めそやす余り面目丸つぶれと相成り、娘御方は彼女を嫉み、子息方は彼を嫉み、その数あまたに上る恋人同士はちゃっかりその折の御利益に与り、誰も彼もが興味津々にして、カッカと頭に血を上らせ、ワクワク胸を躍らせた。

クラッグズ夫妻は腕に腕を絡ませてお越しになったが、スニッチー夫人は独りきりお越しになった。「おや、先生は如何なされました？」と博士はたずねた。

スニッチー夫人のターバンの直中なる極楽鳥の羽根がピリピリ、夫人がかく宣う段には、さながら極楽鳥がまたもや息を吹き返しでもしたかのように小刻みに震えた。きっとクラッグズ先生が御存じのはずですわ。わたくしは一言も聞き及んではおりませんが。

「あのイケ好かない事務所と来たら」とクラッグズ夫人が言った。

「いっそ灰になってしまえばよろしいのに」とスニッチー夫人が言った。

「先生は――先生は――ちょっとした仕事の要件があるもので、いささか遅れようかと」とクラッグズ弁護士は辺りをキョロキョロ気づかわしげに見回しながら言った。

「おうっ！　仕事の要件ですって。どうかお止し下さいまな！」とスニッチー夫人は言った。

「わたくし共仕事というのが何のことだかしかと存じてますもの」とクラッグズ夫人は言った。

されど御両人、そいつが果たして何のことだかしかとは御存じなかったのではあるまいか、スニッチー夫人の極楽鳥が然ても由々しく震え、クラッグズ夫人のイヤリングの垂れ飾りという垂れ飾りが小さな鈴《りん》よろしく揺れた所を見ると。

「それにしてもあなたはよくもこちらへお見えになれましたこと、あなた」とクラッグズ夫人が言った。

「クラッグズ先生はきっと運がよろしくってらっしゃるんですわ！」とスニッチー夫人が言った。

「あの事務所のことで二人共それはそれは頭の中が一杯だなんて」とクラッグズ夫人が言った。

「事務所を構えてらっしゃる方はそもそも連れ添う筋合いなんてこれっぽっちないはずでしてよ」とスニッチー夫人が言った。

それから、スニッチー夫人は胸中つぶやいた。今のわたくしの目はクラッグズの腹の底まで見透かして、あの方だって御存じのはずよ。してクラッグズ夫人は御亭主に宣った。「あなたのスニッチーズ」は蔭であなたのこと誑かしてて、その内まんまとハメられてたって気づいてもどうせ後の祭りでしょうよ。

とは言え、クラッグズ弁護士はこの手のケンツクはさして意に介さぬまま、辺りをキョロキョロ気づかわしげに見回し、やがてグレイスの姿に目が留まると、すかさず挨拶がてら近づいた。

「今晩は、令嬢《マーム》」とクラッグズは言った。「今宵はまた一段とお美しゅうあられますな。お宅の――メアリ――妹御の、メアリアン嬢は、あちらは――」

「おお、お蔭様で元気にしていますわ、クラッグズ先生」

「如何にも——小生——妹御はここにお見えで?」とクラッグズはたずねた。

「ここに! あすこにいるのがお見えになりませんの? ほら、これから踊る所なのが?」とグレイスは言った。

クラッグズ弁護士は、どれどれとばかり眼鏡をかけ、しばらく御逸品越しに彼女を眺め、コホンと咳《しはぶ》き、得心が行ったかのようにまたもやケースに、してポケットに、収めた。

今や楽隊が高らかに火蓋を切り、ダンスが始まった。赤々と燃え盛る炉火は、ハンパじゃなし、馴染みの誼で仲良くステップを踏んででもいるかのようにパチパチ爆《は》ぜてはキラキラ輝き、メラメラ燃え盛ってはシュンと鳴りを潜めた。時に、諸共楽の音《ね》を奏でてやろうとでもいうかのようにゴーゴー燃え盛ることもあれば、時に、パッと、まるで古めかしい部屋の目玉ででもあるかのようにキラめくこともあれば、時に、おまけにパチリと、賢しらな長老よろしく、片隅で喋々喃々囁き合っている初々しい恋人同士宛、ウィンクすることもあれば、時に、セイヨウヒイラギの大枝と戯れ、気紛れに葉っぱに照りつけては、まるでそいつらまたもや冷たい冬の夜気に晒され、風に吹かれてヒラヒラ、ヒラついてでもいるかのように見せることもあれば、時に、愛嬌好しのムラッ気の歯止めが利かなくなった勢い羽目という羽目を外し、さらば大きな音を立てざま、部屋の内なる、チラチラと瞬きめいた大御足の直中へと罪なき小さな火の粉をパラパラ振り撒き、有頂天な余り、気でも狂れたか、大きな古めかしい煙突を跳ねては駆け昇ることもあった。

お次のダンスもほとんど終わりに近づいた頃、スニッチー弁護士がそっと、傍でダンスを見守っている相方の腕に手をかけた。

クラッグズ弁護士はギョッと身を竦めた。まるで親友殿、お化けででもあるかのように。

「だから、とうとう立ち去ったと?」と彼はたずねた。

「シッ! 事務所でかれこれ」とスニッチーは言った。「三時間は下らん膝を突き合わせた挙句な。端《はし》から目を通して。我々があの男のために整えた手筈をそっくり復習《さら》い直して、全くもって実に気難しい限りだった。で——はむ!」

ダンスは終わり、然に口を利いていると、メアリアンが彼のすぐ前を通り過ぎた。彼女は彼にも、相方にも目を留めず、遠くにいる姉の方を肩越しに見やりながら、ゆっくり人込みに紛れ、視界から消えた。

「そら! 何もかも無事で順調に行っている」とクラッグズ弁護士は言った。「あの男はまさか例のネタは蒸し返さなかったんだろうが?」

「一言も」

「で本当に立ち去ったのか? 今頃は無事、遙か彼方と?」

「約束通り、例の貝殻もどきの持ち船で潮と共に河を下り、そのなりこの真っ暗な夜に——風に乗って——海へ出て行っているはずだ!——破れかぶれもいい所。外のどこを探してもかほどに人気《ひとけ》ない道もあるまいが。というのはまんざら捨てたものでもなかろう。潮は、あの男の話では、真夜中の一時間ほど前に——とはおよそ今時分に——差すそうだ。やれやれ、これで一件落着と」スニッチー弁護士は火照り上がった、気づかわしげな額の汗を拭った。

「だったらどう思う」とクラッグズ弁護士は言った。「あちらが——」

「シッ!」と用心深い相方は真っ直ぐ前方を見据えたなり返した。「何が言いたいかは分かっている。名前は口にするな。内密の話をしているように見えてもマズい。何と考えたものやらさっぱりだ。が正直な所、こうとなってはどうでもよかろう。ともかく大きな肩の荷が下りた。あの男がただ自惚れていただけだろう。或いは令嬢の方でも少々思わせ振りな所があったのやもしらん。どうやらそちら向きネもハもない訳でもなさそうだ。アルフレッドはまだか?」

「まだだ」とクラッグズ弁護士は言った。「みんな今か今かと首を長くして待っているんだが」

「結構」スニッチー弁護士はまたもや額の汗を拭った。「ともかく大きな肩の荷が下りた。我々が手を組んで以来、かほどに気を揉んだためしもないが。さあ、これでいよいよ本腰を入れて浮かれ騒ぐとするか、クラッグズ弁護士」

クラッグズ夫人とスニッチー夫人が、彼が当該腹づもりを口にするかせぬか、御亭主方の所へやって来た。極楽鳥はやたらピリピリ小刻みに震え、小さな鈴《りん》はチリンチリンほとんど耳に留まらんばかりに鳴っていた。

「皆さんそのお話で持ち切りでしたのよ、あなた」とスニッチー夫人が言った。「事務所はさぞや得心しておいででしょうが」

「何でさぞや得心しているだって、お前?」とスニッチー弁護士はたずねた。

「身を守る術《すべ》のない女を平気で嘲笑と風評に晒して」と夫人は返した。「如何にも事務所のやりそうなことではありますけれど、ええ、如何にも」

「実の所、わたくし自身」とクラッグズ夫人が追い撃ちをかけた。「それはいつからとはなし事務所を一家団欒と相容れないありとあらゆるものと結びつけて来たものですから、事務所がわたくしの心の平穏の公然の敵と分かって却ってよかったかもしれません。そのことそのものにはともかく嘘偽りのない所がありますもの」

「おや、お前」とクラッグズ弁護士は説きつけた。「お前におスミ付きを賜ったとは光栄至極だが、このわたしは一度として事務所がお前の心の平穏の敵だなどと公然と認めた覚えはないがね」

「ええ、さいざます」とクラッグズ夫人は小さな鈴《りん》もて正しく絵に画いたような鐘楽を響かせながら言った。「まさか、あなたともあろう方が。もしやそこまで包み隠しがなくてらっしたら、事務所にはまるで役立たずでしょうもの」

「わたしが今晩どうしても手が離せなかったことで言えば、お前」とスニッチー弁護士は妻君に腕を貸しながら言った。「損な役回りだったのは、もちろん、わたしの方さ。だが、クラッグズ弁護士も御存じの通り――」

スニッチー夫人は当該照会にめっぽうすげなく待ったをかけるに、御亭主を遠くの方までグイグイ引っ立てながら宣った。どうかあの男を御覧下さいましな。後生ですからあの男を！

「とはどの男を、お前？」とスニッチー弁護士はたずねた。

「あなたの選りすぐりのお連れを。わたくしはあなたにとってはおよそ連れ合いどころではありませんけれど、あなた」

「いや、いや、お前こそ連れ合いだとも、お前」と彼は口をさしはさんだ。

「いえ、いえ、とんでもない」とスニッチー夫人は粛々たる笑みを湛えて言った。「わたくし身の程を弁えておりますもの。どうかあなたの選りすぐりのお連れを御覧下さいましな、あなた。あなたの照会先を。あなたの内緒話のお相手を。あなたの心底信頼しておいでの男を。要するに、あなたの伴侶を？」

自身を常日頃からクラッグズと結びつける習い性となっているだけに、スニッチー弁護士は我知らずくだんの方角へ目をやった。

「もしも今晩という今晩、あなたがあの男の目をまともに覗き込んで」とスニッチー夫人は言った。「それでも御自身誑かされて、まんまと付け込まれて、あの男の手練手管のいいカモにされて、これきり説明のつかない、いくらわたくしなんぞが言って聞かせてもこれっぽっち詮ない何か摩訶不思議な魔力に見込まれてあの男の意の前に平身低頭平伏しておいでだとお分かりにならないようなら、わたくしに申せるのはただ——何とまあお気の毒に！　というだけでございます」

正しく同じその刹那、クラッグズ夫人は反対主題がらみで巫《かんなぎ》めいていた。よくもあなた、と夫人の宣はく、あちらのほんとの立場を気取れないほどあなたのスニッチーズに目をつむってらっしゃれますこと？　あなたあなたのスニッチーズがこの部屋に入って来るのを御覧になっておきながら、あの男には留保と、狡猾と、背信が潜んでいるってはっきり見て取れないとでもおっしゃるおつもり？　このわたくしに面と向かって、あの男が額の汗を拭ってあんなにもこっそり辺りの様子を窺ってた際の正にあの仕種からして、あなたの大切なスニッチーズの良心には（ってもしもあの方に良心がおありなら）ずっしり、何か光に耐えられないようなものが伸しかかっているのは火を見るより明らかじゃないとでもおっしゃるおつもり？　一体あなたのスニッチーズ以外のどなたかこんなお目出度い祝いの宴に押し込み強盗みたようにやっておいでになれまして？——というのは、因みに先生、めっぽう穏やかに戸口より入ってお越しになったからには、ほとんど真相をありのまま例証したことにはならなかったろう。それでもあなたまだこの昼の日中に（折しも真夜中近かったが）あなたのスニッチーズは何がどうあろうとも、ありとあらゆる事実や、理性や、経験に反してまで、身の証を立てられなければならないって言い張るおつもり？

スニッチーもクラッグズもかくて滔々と差していた潮の流れを大っぴらに塞き止めようとするどころか、仲良くその猛威が鳴りを潜めるまで自若としてそっと流されるがままになっていた。当該凪は、およそ一斉にカントリー・ダンスを舞おうかという頃合に出来し、さらばスニッチー弁護士はクラッグズ夫人にパートナーとしての名乗りを上げ、クラッグズ弁護士はスニッチー夫人に慇懃に我が身を呈した。して、「あら、どうしてどなたか外《ほか》の方にお申し込みになりませんの？」だの「もしもお断りしたら、きっと、お喜びでしょうに」だの「まあ、事務所の外《そと》でもお踊りになれるなんて（ただしこいつは今やおどけて）」等々といったちっぽけなはぐらかしはあったものの、令室はそれぞれ忝くも諾い賜い、己《おの》が持ち場に就いた。

四人《よったり》にあって、実の所、ディナーや夕食の席で然なる手続きを踏み、似たり寄ったりの物腰で二人一組に別れるのはお定まりの習いであった。というのも彼らはとびきりの馴染みにしてとことん気の置けぬ間柄にあったから。ひょっとして、二枚舌のクラッグズと腹黒いスニッチーとは、妻君御両人にとって、さながら執行吏の縄張りをひっきりなし右往左往するドウとロウ*が夫君御両人にとってと同様、公認の絵空事だったのではあるまいか。それともひょっとして、御婦人方はそっくり業務のツンボ桟敷にうっちゃられるくらいならいっそ業務におけるこれら二様の株をでっち上げた上から我が身に引き受けた方がまだ増しと思し召したのやもしれぬ。が、とまれ、妻君は各々その天職における御亭主といい対、しかつべらしげにしてひたぶる、己《おの》が天職において精を出し、己自身のあっぱれ至極な内助の功なくして「商会」がトントン拍子にして誉れ高き存在を保つは土台叶はぬ相談と見なしていたことだけは確かだ。

　然るに今や、極楽鳥は中央をヒラヒラ突っ切る様が見受けられ、小さな鈴《りん》はプセット*にてピョンピョン跳ねてはちりんちりん鳴り始め、博士のバラ色の御尊顔はやたらテラテラ艶掛けされた表情豊かな木製独楽《ペグ・トップ》よろしくクルクル、クルクル弧を描き、息も絶え絶えのクラッグズは早、果たしてカントリー・ダンスなるもの人生の他の代物同様「余りに安易」になりすぎていようか否か首を捻り出し、スニッチー弁護士は、持ち前のすばしっこい交差《カット》と飛び跳《ケイパー》ねもて、自身とクラッグズ、のみならずもう五、六人に成り代わって、ステップを踏みに踏んだ。

　ばかりか今や、炉火はダンスの喚び起こす活きのいい風に煽られて、新たにカツを入れられ、メラメラ、高々と燃え上がった。そいつは部屋の「守り神」にして、どこにもかしこにもいた。人々の目の中でキラめき、少女の雪白の首の宝石にて輝き、こっそり耳打ちしてでもいるかのように耳許で瞬き、パッと腰のグルリで光を放ち、チラチラと床の上にてチラつき、かくて御逸品を彼女達の大御足のためにバラ色に染め、その火照りが明るき面《おもて》をなお際立たすよう天井の上にて紅葉を散らし、クラッグズ夫人の小さな鐘楼を隅々まで照り輝かせた。

　ばかりか今や、炉火を煽る活きのいい風は音楽が速度を上げ、ダンスが新たな気合いを入れて続くにつれていよよお手柔らかでなくなり、かくて立ったそよ風は葉を漿果《ベリー》ごと壁の上にてしょっちゅう木の上にてやっていた如く踊らせ、カサコソと、まるで影も形もなき一連みの妖精が正真正銘、生身の浮かれ騒ぎ屋方の足跡を辿りながら、連中の後からクルクル旋回してでもいるかのように部屋の中にて葉摺れの音を立てた。ばかりか今や、博士の御尊顔の如何なる造作とて御当人がクルクル、クルクル弧を描くに及びてんで見分けがつかなくなり、今や、一ダースに垂んとす極楽鳥がパタパタと気紛れに舞い、今や、一千もの小さな鈴《りん》がチリンチリン鳴り響き、今や、一群れの天翔る裳裾が小さな嵐によりて四方八方翻された。と思いきや、楽隊は音《ね》を上げ、ダンスは終わった。

博士はカッカと火照り上がり、ハアハア息を切らしてはいたものの、お蔭でいよよアルフレッドはまだかとジリジリ焦れったがるが落ちだった。

「何か見えておらぬか、ブリテン？　何か聞こえておらぬか？」

「暗すぎて遠くまで見はるかせません、旦那様。屋敷の中が賑やかすぎて何一つ聞こえません」

「ならば結構！　それだけあいつを陽気に迎えてやれるというもの。今何時だ？」

「ちょうど十二時でございます、旦那様。もうそろそろお帰りかと、旦那様」

「火を掻き熾せ。丸太をもう一本放り込め」と博士は言った。「あいつにこっちへ来る道すがら――気のいいヤツよ！――歓迎の炎が夜闇へ赤々と迸り出ている所を拝ましてやろうではないか！」

奴には見えたとも――然り！　一頭立てから、古教会の角を曲がりしな、くだんの光が目に留まった。そいつがどの部屋から輝いているかピンと来た。明かりと自分との間の古い木立の冬めいた大枝が見て取れた。くだんの古木の一本が夏時にはメアリアンの寝室の窓辺でカサコソと旋律的な葉擢れの音を立てるのを知っていた。

涙が目に浮かんだ。心臓がそれは激しく鼓動を打つものだから幸せにほとんど耐えられぬほどだった。何と幾々度となくこの時を思い浮かべ――ありとあらゆる状況の下《もと》、思い描き――ひょっとしてこいつは金輪際来ぬやもしれぬと気を揉み――恋い焦がれ、待ち侘びて来たことか――遙か海の向こうで！

またもや明かりだ！　くっきり、赤々と。もちろん、ようこそお帰り、とっととお戻りよと焚きつけるべく燃え上がらされた。彼は皆の方へ泥《どろ》と泥濘《ぬかるみ》を突いて意気揚々と駆け抜けながら、まるで明かりは連中にして彼らには自分が見え、聞こえてでもいるかのように手招きし、帽子を振り、歓びの声を上げた。

待てよ！　博士のことなら先刻御承知。如何なる手に出たかはお見通しだった。博士に限ってこいつを皆にとっての不意討ちにするはずはなかろう。だがまだ、そいつを食らわしてやれるんじゃないのか、この先は徒《かち》で行けば。もしも果樹園の木戸が開いていたら、そこから入って行けよう。たとい開いていなくとも、勝手知ったるもの、壁は難なく乗り越えられる。だったら、あっという間に連中の直中だ。

F.DALZIEL.Sc

彼は一頭立てから下りると、御者に——そいつさえ千々に心を乱しているとあっておよそお易い御用どころではなかったが——しばらく後方に留まり、それからゆっくり後を追うよう告げると、一目散に駆け続け、木戸を試し、壁を攀じ登り、ヒラリと反対側に飛び下り、ハアハア息を切らしながら、懐かしの果樹園に佇んだ。

木々には真っ白な霜が降り、雲隠れした月の仄かな光を浴びて、より小さな枝に萎びた花輪さながら垂れ下がってい た。枯葉がパリパリ、ポキポキ、彼がそっと足音を忍ばせて屋敷に近づく間《ま》にも足許で砕けた。冬の夜の侘しさが大地にも蒼穹にもどんより垂れ籠めている。が、真っ紅な明かりは一つならざる窓から彼の方へ陽気に迸り、そこにては人影が行き交い、人声のくぐもりやつぶやきが耳に心地好く留まった。

彼女の声に聞き耳を立て、そっと忍び寄る間《ま》にもそいつを外の声と聞き分けようと努め、半ばそいつが事実聞こえたものと思い込みつつ、玄関扉に辿り着いたか着かぬか、扉がいきなり中から開き、とある人影が飛び出しざま彼の人影と鉢合わせになった。と思いきや、半ば殺した叫び声もろとも、やにわに後退った。

「クレメンシー」と彼は言った。「ぼくが分からないのかい？」

「どうかお入りにならないで下さいまし！」と彼女は彼を押し戻しながら答えた。「あっちへ行って下さいまし。何故《なぜ》かはおたずねにならずに。どうかお入りにならないで下さいまし」

「一体どうしたっていうんだ？」と彼は声を上げた。

「あたくしには分かりません。考えるのも——考えるのも、そら恐ろしゅうございます。どうかお戻りを。ほら、お聞き下さいまし！」

屋敷の中がいきなり騒然となり、クレメンシーは両耳を手で塞いだ。が如何なる手とて締め出し得まい狂おしき叫び声が聞こえ、グレイスが——眼差しから物腰から取り乱した——戸口から飛び出して来た。

「グレイス！」彼は彼女を両腕に抱き締めた。「一体どうした！　彼女が死んだとでも！」

グレイスはさながら彼の顔を見定めようとでもするかのように身を振りほどき、そのなり足許にくずおれた。

どっと、屋敷から人だかりが彼らを取り囲んだ。中には紙切れを手にした彼女の父親も紛れていた。

「一体どうしたっていうんだ！」とアルフレッドは髪の毛を両手で掻き毟り、気を失った少女の傍らで片膝を突く間《ま》にも顔から顔へ悶々と目をやりながら声を上げた。「誰一人ぼくの顔を見ようともしないのか？　誰一人ぼくに口を利こうともしないのか？　誰一人ぼくを知らないとでもいうのか？　みんなの中にはぼくに一体何事か教えてくれる奴一人いないというのか？」

彼らの間でつぶやきが洩れた。「彼女が姿を消してしまったんだ」

「姿を消してしまった！」と彼はオウム返しに声を上げた。

「不意にいなくなってしまった、親愛なるアルフレッド！」と博士が、両手で顔を覆ったなり、途切れがちな声で言った。「我が家から、我々の下《もと》から、失せてしまった。それも今晩！　自分は無垢で潔白な選択をしたまでだと――どうか許して欲しいと――いついつまでも忘れないでくれと――書き残して、姿を消してしまった」

「誰と？　どこへ？」

彼はハッと、まるで後を追おうとでもするかのように腰を上げた。が皆が彼を通すべく道を空けると、狂おしく彼らを見渡し、ヨロヨロ戻るや、先の姿勢でへたり込み、グレイスの冷たい手の片方を自らの手に握り締めた。

アタフタ、どいつかあちこち駆けずり回り、辺りは、詮なくも、当惑と騒音と混乱に包まれた。道に散り散りに散る者あらば、馬に跨る者あらば、明かりを手にする者あらば、口々に、どうせ後を追おうにも足跡も手がかりもなかろうと言い合う者もあった。せめて慰めの声をかけようと親身に近づく者あらば、グレイスを屋敷の中に連れて入らねばならぬが、そこにいつまでもいたのではお手上げだろうと諫める者もあった。が彼は一言も耳を貸さねば、身動ぎ一つしなかった。

雪が深々《しんしん》と速やかに降り頻った。彼はしばし空《くう》を見上げ、何と己《おの》が希望と悲惨の上に散蒔かれたくだんの真白き灰のそいつらに打ってつけなことよと惟みた。して見る間に白くなって行く地べたを見回し、何とメアリアンの足跡は刻まれる側《そば》からひっそり、音もなく覆い被され、彼女に纏わるそんな思い出すら拭い去られてしまうことよと惟みた。が寒さも冷えも感じねば、微動だにしなかった。

PART THE THIRD
A
E. DALZIEL

第三部

この世はくだんの帰国の晩以来六歳《むとせ》ほど老けていた。暖かな秋の昼下がりで、篠突くような雨が降り頻っていた。が太陽がいきなり雲間から照りつけ、古戦場はとある緑々《あおあお》とした箇所にてそいつを目の当たりにキラキラ艶やかにして陽気に輝き、そこにてパッと、ようこそとばかり光を投げ返し、さらば輝かしき歓迎は恰も愉快な狼煙に火がつきざま、一千もの衛戍地《えいじゅち》から応えが返りでもしたかの如く、田園一帯に広がった。

何と麗しきかな、日光に燃え立つ光景の、天上の精霊さながら行き過ぎざま万物を晴れやかに照らすかの豊饒な感化の！　森は、それまではくすんだ巨塊たりしものを、その様々な色合いになる黄や、緑や、茶や、赤をひけらかし、その色取り取りの形《なり》なる木々の葉の上では雨滴がキラめき、ポタリと滴る段にはチラチラ瞬く。明るき、燦然たる深緑の牧《まき》場《ば》は一瞬前までは盲目たりしが、今や視力を取り戻しでもしたか、輝かしき天空を見上げる。麦畑や、生垣や、柵や、家屋敷や、群なす屋根や、教会の尖塔や、せせらぎや、水車はどいつもこいつもにこやかに微笑みながら陰気臭い暗闇から躍り出た。鳥は甘美に囀り、花は項垂れた頭《こうべ》をもたげ、爽やかな芳香が息を吹き返した大地より立ち昇る。頭上の蒼穹は広く遍く果てしなく広がり、日輪の斜光は早、グズグズとためらいがちに流れるむっつりとした叢雲にグサリと止めを刺し、虹は――天と地を彩る全色彩の「霊」は――天穹全体にその勝ち誇った栄光を渡した。

かようの折しも、ノラクラ者のための風変わりなベンチがそのだだっ広い幹をグルリと囲っているどデカいニレの木の蔭に小ぢんまりと匿われた、とある小さな路傍の旅籠が、世の持て成しの館の御多分に洩れず、旅人宛、陽気な外っ面を向け、その数あまたに上る無言、ながらも意味シンな、心地好き歓迎の太鼓判もて誘《いざな》っていた。木の上の方にちょんと乗っかった紅ら顔の看板は、その黄金の文字を燦々たる陽光にパチパチ瞬《しばた》かせたなり、緑の葉の間から通りすがりの連中におどけたツラよろしく秋波を送り、山海の珍味を請け合っていた。馬槽《うまおけ》は澄んだ真水でなみなみ溢れんばかりにして、下方の地べたにはパラパラと芳しき秣《かんば》のクズが散っているとあって、通りすがりの馬は一頭残らずピンと、耳を欹てた。階下の部屋の真っ紅なカーテンと、階上の小さな寝室の染み一つない真っ白な垂れ布は風の戦ぐ度、手招きしている。さあさ、お入りよ！　明るい緑の鎧戸の上にはビールとエールや、生《き》のワインや、すこぶるつきの寝台に纏わる黄金の銘と、天辺が泡ぶくの褐色の水差しの蠱惑的な絵が吊る下がっていた。窓敷居の上にはズラリと、明るい赤色の植木鉢の花盛りの植木が並び、屋敷の真っ白な正面を背に活きのいい見てくれを呈し、入口の薄暗がりにはボトルや蓋付き大ジョッキの表面から斜《はす》かいに射す光の縞が走っていた。

戸口の上り段には、のみならず、ドンピシャ打ってつけの恰幅の亭主が姿を見せた。というのも、背の低い御仁ではあったものの、でっぷりとしたほてっ腹で、両のポケットにズッポリ手を突っ込んだ上から、大御脚をさも地下の酒倉なる一件がらみではいと心安らかにして、旅籠のやり繰り全般にのん気な――法螺と化すにはあまりに穏やかにして廉直な――信頼を寄せている旨匂わすに且々大きく広げたなり立っていたからだ。先刻来の雨のせいで何もかもからポタリポタリ滴っているあり余るほどの湿気は亭主を殊の外引き立たせた。御当人の傍の何一つとして喉の干上がったヤツはいない。小ぢんまりとして手入れの行き届いた庭の手摺り越しにこちらを覗き込んでいる頭でっかちのダリアは、背負《しょ》い込めるだけ目一杯――恐らくは気持ち、それ以上――鯨飲し、或いは御酩酊だったやもしれぬ。がノバラや、バラや、ニオイアラセイトウや、窓辺の植木や、ニレの古木の葉は、御当人方にとりて健やかならざるほどには羽目を外さず、ただとびきりの気っ風をさらけ出すに一役買っていたにすぎぬほどほどの付き合い上手の晴れやかな状態にあった。パラパラと、グルリの地べたに露めいた雫を振り撒いているとあって、連中、キラびやかな無垢の愉悦に満ち満ちているかのようで、そいつはどこであれキラめく所で効験あらたかなることに、斑《むら》のない雨とてほとんど届かぬ打っちゃらかされた片隅を柔らげ、さりとて何一つ傷つけるでなかった。

当該村の旅籠は、店を構えると同時に風変わりな看板を吊る下げ、その名も「ニクヅク卸し亭」と言った。して木の上の方の、くだんの耳馴れた言葉（『ヘンリー五世』IV、3）の下の、同じケバケバしい厚板には、似たり寄ったりの黄金の文字にて、「ベンジャミン・ブリテン経営」と銘打たれていた。

改めてちらと目をやり、御尊顔をいよよ篤と眺むれば、戸口にデンと陣取っているのは誰あろうベンジャミン・ブリテンその人たることお見逸れすべくもなかった――時が経つにつれ、宜なるかな、されど好い方へ、変わっている。蓋し、めっぽう懐の温《ぬく》げな亭主たる。

「Bの上さんは」とブリテン氏は道の遙か向こうまで見はるかしながら言った。「やけに遅いな。そろそろお茶時だが」

ブリテン夫人は一向お帰りになりそうになかったので、彼はゆるりと道の方へ出て行き、屋敷を見上げた——御自身、大いに得心したことに。「これぞ絵に画いたような旅籠では」とベンジャミンは独りごちた。「もしも自分でやっておらねば、一晩宿を取る所だわい」

それから、彼はフラリと庭柵の方へ向かい、ダリアを眺めた。さらば連中、寄る辺なくも懶げに項垂れたなり、彼の方を柵越し見やった。頭《こうべ》は、重たい雫がポタリポタリ落ちる側《そば》からまたもやひょいともたげられたが。

「お前ら面倒を見てやらねばの」とベンジャミンはつぶやいた。「手控え。あいつにそう言うてやるのを忘れぬよう。それにしても、何をグズグズしておるものやら！」

ブリテン氏の伴侶は然に生半ならず氏の伴侶だったと思しく、御亭主自身の己《おの》が半身《はんみ》は上さん抜きでは糸の切れた凧よろしく、とんと寄る辺なかった。

「さして用もなかったはずだが」とベンは言った。「市場《いちば》の後で二つ三つちっぽけな仕事の要件はあったやもしらんが、たいしたことはなかった。おうっ！　とうとうお帰りだわい！」

幌付き二輪が、小僧に手綱を取られてガラガラ、道をこちらへお越しになった。その中にてぐしょ濡れのどデカい雨傘を乾かしついでに背《せな》で広げたなり、椅子に腰掛けているのは太り肉《じし》の如何にもお上さん然たる女で、女はその他籠だの包みだのがグルリにワンサと積まれている一方、片膝に乗っけたとある籠の上にて剥き出しの腕を組み、グラグラ、馬車の動きにつられて右へ左へ揺すぶられてみれば、御尊顔の明るい気さくな質《たち》と物腰の満ち足りたぎごちなさにはどこかしら、遙か彼方にあってなお、昔日を彷彿とさす所があった。ズンズン御当人の近づくにつれ、当該過ぎ去りし日々の面影はおよそ鳴りを潜めるどころか、晴れて幌付き二輪が「ニクヅク卸し亭」の玄関先で停まり、一足の靴が、そいつから降りざまスルリと、すばしっこくブリテン氏の大きく広げられた腕をすり抜け、ズッシリ歩道に踏み下りる段ともなれば、くだんの靴はよもやクレメンシー・ニューカム以外の何人《なんぴと》の身上とも思われなかったろう。

実の所、靴は彼女の身上にして、この方、御逸品でしかと踏ん張ってみれば実に、バラ色の、見るからに気苦労とは縁もゆかりもなさげなヤツであった。なるほど色艶の好い御尊顔には一頃に劣らずどっさりシャボンが利かされてはいたものの、今やカスリ傷一つない肘は、左団扇の御身分において

ポツリポツリ翳すら浮かんでいた。

「遅かったではないか、クレミー！」とブリテン氏は言った。

「あんれ、ほら、ベン、そりゃどっさり用があったったたら！」と彼女は荷や籠が一つ残らず屋敷の中へ無事、担ぎ込まれるのに忙しなげに世話を焼きながら返した。「八《やっ》つ、九《ここの》つ、十《とお》——十一個めはどこ？　おうっ！　あたしの籠で十一個と！　これで大丈夫。馬を廐に入れてやって、ハリー、もしかも一度咳をするようなら、今晩は潰し麩《マッシュ》をあったためてやっとくれ。八《やっ》つ、九《ここの》つ、十《とお》。あんれ、十一個めはどこ行っちまったもんやら？　おうっ、そう、そう、これで大丈夫。子供達はどうしてます、ベン？」

「ピンシャンしておるとも、クレミー、ピンシャンしておるとも」

「ああ、ありがたや、あの器量好し達ってば！」とブリテンの上さんは御自身の丸い御尊顔からボネットを引っ剥がし（というのも御亭主共々この時までには酒場《バー》の中まで来ていたから）、両の掌で髪を撫でつけながら言った。「さあ、やっとこキスして頂だいな、あんた！」

ブリテン氏はすかさず仰せに従った。

「これでどうやら」とブリテンの上さんはせっせとポケットに精を出し、夥しき量の薄っぺらな帳簿だの揉みクシャの紙切れだのを——正しく一群れ分もの犬の耳折れを——引っぱり出しながら言った。「何もかも片をつけて来たんじゃありませんかね。勘定はそっくり済ませて——カブラは売り捌いて——ビール造りのとこの〆はざっと目を通して、払って——バコのパイプは注文して——十七ポンドと四は銀行に収めて——うちの小さなクレムの、ヒースフィールド先生のお代は——ってどういうことだかお分かりでしょうけど——ヒースフィールド先生は今度もまたビタ一文お受け取りになろうとはしなくってさ、ベン」

「ああ、やっぱし」とベンは返した。

「ええ。先生のおっしゃるには、いくら子だくさんになろうと、ベン、半ペニーのお代もあんたの借り方につける訳には行かないって。たとい二十人の子だくさんに」

ブリテン氏の面《つら》は何やらしかつべらしげな表情を浮かべ、御当人、じっと壁に目を凝らした。

「ってそりゃ御親切なことじゃ？」とクレメンシーは言った。

「めっぽう」とブリテン氏は返した。「とは言うても、その手の御親切には何がどうあっても甘える訳には行かんが」

「もちろん」とクレメンシーは突っ返した。「これきり、もちろん。それから、ポニーですけど——あの子には八ポンドと二の値がついて、それってまんざらでもないんじゃ、えっ?」

「まんざらどころか」とベンは言った。

「なら何より!」と上さんは声を上げた。「じゃないかとは思ってましたけど。これでどうやらおしまいで、ってことで貴殿の何たらかんたら不一、敬具等々、C・ブリテンから目下の所はこれきり何もございません。はっ、はっ、はっ! さあ! 証書を一枚残らず受け取って、錠を下ろして頂だいな。おうっ! ちょっと待って。そう言えば、壁に貼るのに刷り物のビラがあったんだっけ。刷り立てホヤホヤの。ああ、何ていい匂いだこと!」

「ん、こいつは何だ?」とベンはざっと文書に目をやりながらたずねた。

「さあ」と上さんは返した。「一言も読んでないもんで」

『競売にて売却』と「ニクヅク卸し亭」の亭主は声に出して読み上げた。『予め内々の契約にて処分されぬ場合』

「ってのはいつもの伝で」とクレメンシーは言った。

「ああ、だがこいつはいつもの伝ではなかろう」と御亭主は返した。「ほれ、ここを見てみんか。『邸宅』等々——『家事室』等々、『植込み』等々、『囲い』等々。『スニッチー・アンド・クラッグズ法律事務所』等々、『マイケル・ウォーデン殿の負担無き自由保有不動産の目も綾なる地所一部、今後も国外にて居住予定のため』!」

「今後も国外にて居住予定のため!」とクレメンシーは繰り返した。

「そら」とブリテンは言った。「見てみろ」

「でほんの今日のこと、あちらのお屋敷じゃ、もうじきあの方のもっと幸先好くってはっきりした報せがあるはずだってヒソヒソやられてるの耳にしたっていうのに!」とクレメンシーはしょんぼりかぶりを振り、懐かしの日々の思い出が端なくも懐かしの習いまで喚び起こしでもしたかのように両肘をさすりながら言った。「何て、何て、何てこってしょ! あちらでは、ベン、さぞかし皆さんがっかりなさいましょうよ」

ブリテン氏は深々と溜め息を吐き、かぶりを振り、わしにはどうにもさっぱりだ、とうにサジを投げてしまうたものでと宣った。との繰り言もろとも、せっせとビラを酒場《バー》の窓の内っ側に貼りにかかった。クレメンシーは、しばし黙りこくったなり思いを巡らせていたものを、ハッと我に返り、物思わしげな顰みを解き、子供達の世話を焼くべくアタフタ駆け出した。

「ニクヅク卸し亭」の亭主は山の神に一目も二目も置いてはいたものの、そいつは昔ながらの恩着せがましき手合いのシャッポにして、上さんがらみでは大いに愉快がっていたものだ。よってどいつか第三者から旅籠をそっくり切り盛りし、持ち前の飾りっ気のない生一本の倹約と、上機嫌と、正直と、勤勉で御亭主を羽振りのいい男に仕立て上げて下さっているのは偏に上さんなりと太鼓判を捺されていたなら、腰を抜かしそうなほどびっくり仰天していたろう。人生の如何なる位階にあろうと（周知の如く）、断じて自らの美徳を申し立てようとせぬかの陽気な人となりをそいつ自身の控え目な値踏みのままに受け留めるは――仮にそこまで探りを入れればその生まれながらの価値が、比較の問題とし、我々を赤面ささずばおくまい連中にその外っ面の奇矯や奇癖故に上っ調子な好みを抱くは――今に然にお易い御用とあって！

　ブリテン氏にとりてクレメンシーと連れ添ったとは何と我ながら腰の低い話もあったものよと惟みるはまんざらどころではなかった。上さんは彼にとりては己《おの》が心根の好さと、気っ風の親身さの永遠の証にして、上さんがとびきりの女房たるの事実は徳は自ら報ゆなる昔ながらの金言を地で行っているにすぎなかった。

　彼はビラを封緘紙でぴっちり留め果し、上さんのその日の手続きの証拠物件を戸棚に収めた上から――その間《ま》もひっきりなしクツクツ、上さんの手際の好さをダシに忍び笑いを洩らしながら――しっかと錠を下ろした。か下さぬか、両のブリテン坊っちゃんは折しもベッツィー某の監督の下《もと》馬車納屋にて戯れ、小さなクレムは「絵みたように」スヤスヤ寝息を立てているとの報せを携えて戻って来るなり、上さんは小さなテーブルの上にて御帰還を待ち侘びていたお茶にやおら腰を下ろした。そいつはめっぽう小ぢんまりとした小さな酒場《バー》で、例の調子でズラリとボトルやグラスが並び、しかつべらしげな柱時計がカチコチ、一分違《たが》わず時を刻み（折しも五時を三十分ほど回った所だったが）、何もかもが持ち場にすっくり収まり、何もかもがテラテラ、ピッカピカに磨き上げられていた。

「ほんと、今朝から初めてかしらね、こうして落ち着いて腰据えるの」とブリテンの上さんは今晩はこれきりどっかと腰を据えてしまったかのように長々と溜め息を吐き、とは言えまたもやすかさず、御亭主にお茶を渡し、バタ付きパンを切り分けるべく腰を上げながら言った。「それにしても何てあの貼り紙のお蔭でつい昔のこと思い出しちまうったら！」

「ああ！」とブリテン氏は茶碗の受け皿を牡蠣よろしくこねくり回し、中身も同じ要領で胃の腑にぶち込みながら相づちを打った。

「あの同しマイケル・ウォーデンさんのお蔭で」とクレメンシーは競売のビラ宛、かぶりを振り振り言った。「あたしはお屋敷をクビになっちまったんですがね」

「で、お蔭で亭主がめっかったと」とブリテン氏は言った。

「はむ！　ってことで」とクレメンシーは突っ返した。「あちらにはいくらお礼を申しても足りませんがね」

「人間というのは惰性の生き物で」とブリテン氏は受け皿越しに上さんの方を見やりながら言った。「わしはどういう訳やらお前に慣れっこになって、クレム、ではったと、お前抜きではやって行けそうもないと気がついた。という訳でわしらは早い話が、連れ添うた。はっ！　はっ！　わしらが！一体どこのどいつに思いも寄ったろうか！」

「ほんに、どこのどなたに！」とクレメンシーは声を上げた。「あんたのそりゃ親身なこったら、ベン」

「いや、いや、いや」とブリテン氏は、何を今更とばかり、突っ返した。「いや、さほどでも」

「いえ、ほんとそうですってば、ベン」と上さんは心底、掛け値なく言った。「あたしゃほんとそう思ってますし、いくらありがたがっても追っつかないでしょうよ。ああ！」とまたもや貼り紙の方へ目をやりながら。「嬢様が消えておしまいになったって、それも手の届かない所へ、って分かった時、ああ、愛しい嬢様が、あたしゃどうしても自分の存じてることを申し上げずにはいられなかったんですよ――皆さんのためばかしか嬢様のために――じゃありませんでしたかね、ほら？」

「お前はともかく、申し上げたわい」と御亭主は宣った。

「でジェドラー博士は」とクレメンシーは茶碗を置き、物思わしげに貼り紙を見やりながら続けた。「あんまり悲しくてあんまり腹をお立てになった勢い、あたしを我が家も同しお屋敷から追い出してしまわれたんですよ！　ですが生まれてこの方、そんな目に会ったからって旦那様にグチ一つこぼしも、ウラミ一つ持ちもしなかったってほどありがたかったこともありませんね。だって旦那様は後になってそのことじゃ心底お悔やみになったもんで。それが証拠、何としょっちゅうこの部屋に座っては、何度も何度も済まなかったっておっしゃって見えたことか！――こないだだって、ってのはつい昨日のこと、あんたが留守の間《ま》にも。で何としょっちゅうこの部屋に座っては、あたし相手に何時間も何時間も、あれこれ、さも面白おかしそうに四方山話に花を咲かせて見えたことか――とは言ってもほんの今は昔のあの頃のために、で嬢様があたしのこと気に入って下すってたって御存じなばっかりに、ベン！」

「ああ、けどどうやってまたお前はそいつにハナが利きおったものやら、クレム？」と御亭主はよりによって御自身の穿鑿好きな脳ミソにとてほんの朧げながらしか仄浮かばなかったとある真実を上さんが紛うことなく見て取っているとはと目を丸くせぬでもなく、たずねた。

「さあ、一体どうやってでしょうかね」とクレメンシーは
ふうふう、舌を焼いてはと紅茶を吹きながら言った。「あんれ、あたしゃ褒美に一〇〇ポンドやろうって言われったってお手上げでしょうよ」

御亭主は当該形而上学的主題がらみでなおもクダクダしくやっていたやもしれぬ。もしや上さんがちらと、御当人の背後なる喪装の殿方の形《なり》をした花も実もある事実に目を留めてでもいなければ。殿方は、手綱を取っていたものか、マントとブーツの出立ちで、酒場《バー》の戸口に立っていた。どうやら夫婦の会話に一心に耳を傾け、そいつに待ったをかけたくて矢も楯もたまらぬげにだけは見えなかった。

クレメンシーは然なる光景を目の当たりに、そそくさと腰を上げた。ブリテン氏も腰を上げ、客に一礼した。「よろしければ階上《うえ》にお上がり頂けましょうかな、お客様？　あちらにはたいそう気の利いた部屋がございます、お客様」

「せっかくだが」と見知らぬ殿方は一心にブリテン氏の上さんに目を凝らしながら言った。「こっちに入らせてはもらえないだろうか？」

「おお、もちろん、お客様さえよろしければ、お客様」とクレメンシーは客を請じ入れながら返した。「何をお召し上がりになりましょう、お客様？」

貼り紙が目に留まったと思しく、客はそいつを読んでいた。

「すこぶるつきの物件かと、お客様」とブリテン氏が宣った。

客は一言も返答賜わらぬまま、一通り目を通し果すやクルリと向き直りざま、クレメンシーに先と同様さも興味深げに目を凝らした。「今、何か」と客は相変わらず彼女に目を凝らしたなり言った――

「何をお召し上がりになりましょうかと、お客様」とクレメンシーはお返しにこっそり客の方に目をやりながら答えた。

「もしもエールを一杯汲んで」と客は窓辺のテーブルへ向かいながら言った。「ここで、お宅らの食事に一切邪魔をせぬまま、飲ませてもらえるようなら、ありがたい限りだが」

客はそれきり問答無用とばかり、然に口を利く間《ま》にも腰を下ろし、窓外の景色を眺めた。人生の盛りを迎えた、ゆったりとした風情の恰幅のいい男で、浅黒く日に焼けた顔には褐色の髪が少なからずほつれかかり、口髭を蓄えていた。ビールが目の前に据えられると、グラスになみなみ注ぎ、旅籠の繁盛を祝して気さくに杯を干し、またもやタンブラーを下に置きながら言い添えた。

「まだ店を構えて間がないと?」

「さほどでも、お客様」とブリテン氏は返した。

「始めて五、六年になりましょうか」とクレメンシーがめっぽうはっきり口を利きながら言った。

「確かさっき入って来た時に、ジェドラー博士の名を口にしていたようだが」と見知らぬ殿方はたずねた。「あそこの貼り紙でつい博士のことを思い出した。というのも例の話をたまたま、風の便りに、わたし自身のさる身内から聞きカジっているもので。——博士はまだお元気と?」

「ええ、お元気でらっしゃいます、お客様」とクレメンシーは言った。

「ずい分変わられたろうが?」

「いつからでございましょう、お客様?」とクレメンシーは何やら力コブを入れ、曰くありげに返した。

「娘御が——姿を消されてから」

「ええ! 博士様はあれからというものたいそうお変わりになりました」とクレメンシーは言った。「めっきり白いものが増え、お歳を召し、昔の面影はまるきりありません。が今は多分、お幸せでらっしゃいます。あれからというもの妹さんと仲直りなさり、今ではそれはしょっちゅう会いに行っておいでございます。お蔭で見る間に持ち直されました。初めの時分はそれはそれは悲しみに打ち拉がれ、あちこち歩き回っては世の中を託っておいでの所を目にするだけでこちらの胸まで張り裂けそうでございました。が一、二年ほど経つと、目に見えて回復なさり、それからは行方知れずのお嬢様のことをお話しになり、お褒めになり始め、お嬢様ばかりか、ああ、この世のことまで! お気の毒に、目に一杯涙を溜めて、何とお嬢様の美しく気立ての優しかったことか、時の経つのも忘れてお話しになったものでございます。あの頃にはもうお嬢様を許しておいででした。というのはおおよそグレイス様が嫁がれたと同じ時分のことでございます。って、ブリテン、覚えておいででしょ?」

ブリテン氏は、ああ。よおく覚えておるとも。

「だったら姉上は今では事実嫁いでおいでと?」と見知らぬ殿方は返した。してしばし間《ま》を置いてからたずねた。「どなたの下《もと》に？」

クレメンシーは、然に吹っかけられてドギマギうろたえる余り、すんでに茶盆を引っくり返しそうになった。

「お客様は耳にしてらっしゃらないのでしょうか？」と彼女はたずねた。

「是非ともそこの所を聞かせてもらいたいものだ」と客はまたもやグラスになみなみ注ぎ、唇にあてがいながら返した。

「ああ！　細かく申せば長い話になりましょう」とクレメンシーは左の掌で頰杖を突き、くだんの肘を右手にもたせながらかぶりを振り、さながら炉火でも見つめる要領で間《はざま》なる歳月越しに思い出の糸を手繰った。「ええ、たいそう長い話になりましょう」

「だが、かいつまんで話せば」と見知らぬ殿方は水を向けた。

「かいつまんでお話し致せば」とクレメンシーは相変わらず物思わしげな物言いにして、一見、客のことなどとんとお構いなしで、と言おうかどなたか聴き手があるなど上の空で、繰り返した。「何を申し上げることがございましょう？　お二人は一緒にお悲しみになり、一緒にお嬢様のことをまるで亡くなった方みたように思い出されました。お嬢様にそれはお優しく、これっぽっちお責めになろうとはせず、お嬢様のことをお互い、いつもそうでらっしたありのまんま、懐かしがっては、あれこれ申し開きを見つけて差し上げておいででした！　ということは誰でも存じております。このあたくしめは確かに存じております。どなたにも負けないくらい」とクレメンシーは手で涙を拭いながら言い添えた。

「で」と見知らぬ御仁は水を向けた。

「で」とクレメンシーは我知らず客の後を引き取り、姿勢も物腰もつゆ変えぬまま言った。「お二人はとうとう祝言をお挙げになりました。お嬢様の誕生日に――というのは明日、またもや巡って参りますが――たいそうしめやかに、何がなしたいそう慎ましやかに、ですがたいそう幸せに、祝言をお挙げになりました。アルフレッド様は、ある晩、お二人して果樹園を散歩しながらおっしゃいます。『グレイス、ぼく達の祝言はメアリアンの誕生日に挙げないか？』で、そういうことになりました」

「でお二人は一緒に幸せに暮らしておいでと？」と見知らぬ殿方はたずねた。

「ええ」とクレメンシーは返した。「どんなお二人にも叶はないほどお幸せに。この一つ事をさておけば、お二人には何一つお悲しみはありません」

彼女はいきなりハッと、如何なる状況の下《もと》にこうした出来事を思い起こしているものか気づきでもしたかのように頭をもたげ、すかさず見知らぬ殿方の方を見やった。客が面《おもて》を窓の方へ向け、どうやら一心に景色を眺めていると見て取るや、彼女は何やらひたぶる御亭主に合図を送り、貼り紙を指差し、しゃにむにとある文言ないし語句を幾度も幾度も御亭主宛繰り返してでもいるかのように口を動かした。上さんは一切声を出さず、黙《もだ》した身振り手振りは上さんの仕種の大方の御多分に洩れず、めっぽう妙ちきりんな手合いのそれだったから、当該摩訶不思議な振舞いによりてブリテン氏は絶望の際の際まで追いやられた。よってグイとテーブルを、グイと見知らぬ殿方を、グイとスプーンを、グイと上さんを睨め据え――ほとほと胆をつぶした上から途方に暮れ切った面持ちにて上さんの黙り狂言を目で追い――同上の言語にて、危なっかしいのは身上なりや、危なっかしいのは我なりや、お前なりやとたずね――上さんの合図にもって応えるにこよなき苦難と困惑を表《ひょう》す他の合図を返し――上さんの唇の動きを真似――ほとんど声に出さぬばかりにして「水割りの牛乳《ミルク・アンド・ウォーター》」か「一月前の解雇予告《マンスリー・ウォーニング》」か「ねずみとくるみ《マイス・アンド・ウォルナッツ》」かと当てずっぽうを言い――さりとて一歩たり上さんの言わんとしていることに近づくは天からお手上げだった。

クレメンシーはとうとう、これでは二進も三進も行くまいとサジを投げ、椅子をちびりちびり、見知らぬ殿方の方へ気持ち近寄せながら、表向き目を伏せたなり、とは言え時折鋭く他処者に目をやりながら腰を下ろしていた。相手が何かまだ吹っかけるやもしれぬと待ち受けて。彼女はさして長らく待つまでもなかった。というのも客はほどなくたずねたからだ。

「で姿を消した令嬢の後日談は？　皆さんそれに関しては御存じだろうが？」

クレメンシーはかぶりを振った。「何でも博士様は」と彼女は言った。「御自身口になさっている以上に御存じらしいということでございます。グレイス嬢様は妹さんから何通か手紙を受け取り、嬢様も返事をお出しになって来ましたが、手紙には自分は元気で幸せに暮らしていると、お姉様がアルフレッド様と結婚なすって何よりだったと書いてあったそうでございます。が妹さんがどこでどんな具合に暮らしておいでかは全くの謎に包まれたきり、今の今まで何一つ手がかりがつかめておりません、で――」

彼女はここにてためらいがちに口ごもった。

「で――」と他処者は繰り返した。

「その謎を解き明かせるのは、きっと、後もうお一方しからっしゃいません」とクレメンシーはトットと早く息を吐《つ》きながら言った。

「とは何者と？」と見知らぬ殿方はたずねた。

「マイケル・ウォーデン様で！」とクレメンシーはほとんど金切り声を上げんばかりに答えた。かくて一石二鳥で、御亭主にはとっくに何を呑み込んで頂きたかったろうか伝え、マイケル・ウォーデンには早、正体が見破られているものと観念して頂くことに。

「お客様はあたくしめを覚えておいでのはず、お客様？」とクレメンシーは千々に心を乱す余りワナワナ身を震わせながら言った。「ほら、たった今、そう、お顔に画いてあったでは！　あたくしめを覚えておいでのはず、あの、庭の晩の。お嬢様と一緒におりました！」

「ああ。そうだったとも」と客は言った。

「ええ、お客様」とクレメンシーは返した。「ええ、もちろん。こちらは、申し訳ありませんが、主人でございます。ベン、愛しいベン、どうかグレイス嬢様の所まで——アルフレッド様の所まで——どこかへ——一っ走りして来て頂だいな、ベン！　すぐっとここへどなたか呼びに！」

「待て！」とマイケル・ウォーデンは音もなく扉とブリテンの間に割って入りながら言った。「一体どうするつもりだ？」

「皆様にお宅様はここだとお報せ致すんでございます、お客様」とクレメンシーは生きた空もなく取り乱した勢いパンッと両手を打ち合わせながら答えた。「皆様に嬢様のことをお宅様御自身の口から聞けるかもしれないとお報せ致すんでございます。嬢様はそっくりとは行方知れずになられた訳ではないと、またも一度我が家へお戻りになり、一目あの愛らしいお顔を父上と妹思いのお姉様に——嬢様の昔の召使いにすら、このあたくしにすら」と、両手で胸に打ちかかりながら。「お見せ下さるかもしれないと。さあ、一っ走りして来て、ベン、一っ走りして来て頂だいな！」依然として彼女は御亭主を戸口の方へ急き立て、依然としてウォーデン氏は扉の前に、片手を腹立たしげに、ではなく憂はしげに、突き出したなり立っていた。

「それともひょっとして」とクレメンシーは御亭主の脇をすり抜け、思い余ってウォーデン氏のマントにつかみかかりながら言った。「ひょっとして、嬢様は今ここにお見えなんじゃ。ひょっとして、すぐ側《そば》にお見えなんじゃ。きっと、お宅様の御様子からしてそうに違いありません。どうかお客様、嬢様に会わせて下さいまし。あたくしめは嬢様がほんの小さなお子の時分からお仕え致しておりました。嬢様が大きくなって、このグルリ四方の誇りとなられるのを目にして参りました。アルフレッド様の許嫁でらっした時の嬢様を存じておりました。お宅様が連れ去ろうとなすった時に嬢様に待ったをかけようと致しました。嬢様がその魂であられた時分、嬢様の懐かしの我が家が如何様だったか、そして嬢様が姿を消して行方知れずになられた時に、それがどれほどガラリと変わってしまったか、存じております。どうか一言、嬢様に口を利かして下さいまし！」

彼は驚きの入り雑じらぬでもない憐れみを込めて、彼女を見つめた。が諾う素振りはちらとも見せなかった。

「嬢様はまさか御存じないんでございます」とクレメンシーは畳みかけた。「皆様、何と心から、嬢様のことをお許しになっているか、何と嬢様のことを愛してらっしゃるか、何と嬢様にもう一度お目にかかれたらお喜びになることか。嬢様はお家に帰るのを恐がっておいでなのかもしれません。あれでもあたくしにお会いになったら、踏んぎりがつくかもしれません。ほんの正直にお教え下さいまし、ウォーデン様、嬢様はお宅様と御一緒なんで？」

「いや」と彼はかぶりを振りながら答えた。

との返答と、客の物腰と、喪装と、然ても人知れず舞い戻って来た事実と、今後も国外で暮らすとの意図の表明とが、全てを物語っていた。メアリアンは亡くなったのだ。

彼は彼女に否とは返さなかった。ああ、彼女は亡くなったのだ！　クレメンシーはへたり込み、テーブルに突っ伏し、声を上げて泣いた。

と思いきや、白髪まじりの御老体がセカセカ駆け込んで来た。御老体はすっかり息を切らし、それはゼエゼエ肩で大きく息を吐《つ》いているものだから、御当人の声は誰あろうスニッチー弁護士のそれとはほとんど分からぬほどだった。

「いやはや、ウォーデン殿！」と弁護士は顧客を脇へ引っ立てながら言った。「一体どういう風の吹き回し《ブロウン》で——」彼は御自身然ても息も絶え絶え《ブロウン》なものだからそれきり先を続けられなかった。が、しばし間《ま》を置くと、弱々しく言い添えた。「こんな所にお見えと？」

「生憎、不吉な風の吹き回しで」と相手は答えた。「もしも先生がつい今しがたどんなことが持ち上がっていたか耳になされていたなら——何と僕は出来もしないことをやってのけてくれと拝み入られたり泣きつかれたりしたことか——何とその気もないのに戸惑いや災いの種を蒔いてしまうことか！」

「それはさぞや。が一体またどうしてよりによってここへお見えになりました、親愛なる貴殿？」とスニッチーは突っ返した。

「よりによってここへ！　一体どうしてこの僕に誰が旅籠をやってるなんて分かったっていうんです？　僕は一先ず先生の所へ召使いを遣っておいてから、ここへフラリと立ち寄ったまでのことです。何せ旅籠は僕には目新しかったし、こうした懐かしい光景の中の見馴れないものにも見覚えのあるものにも当たり前興味をそそられ、おまけに町からも外れていたもので。まずもって、あそこへ姿を見せる前に先生と連絡を取り、あちらでは僕に何とおっしゃりそうか探りを入れようとしました。どうやら先生の物腰からして、はっきり教えて頂けそうですが。もしも先生方がクソ忌々しい石橋を叩いて渡って下さっていなければ、僕はとっくの昔に何もかも仕込めていたはずです」

「我々がクソ忌々しい石橋をですと！」と弁護士は返した。「自身とクラッグズに成り代わって申せば――今は亡き」ここにてスニッチー弁護士はちらと帽子の喪章に目をやりながらかぶりを振った。「どうしてまっとうに我々をお責めになれましょう、ウォーデン殿？　我々の間では諒解済みだったでは、一件は二度と蒸し返されてはならないと、一件は我々のようなしかつべらしい素面の男が（小生あの折、貴殿の言葉をそっくり手控えに取っていたもので）口をさしはさめるようなネタではないと。そこへもって我々のクソ忌々しい石橋をですと！　クラッグズ弁護士が、貴殿、心底信じて氏の貴き墓にて永久《とは》の眠りに就いた時――」

「僕はこっちへ舞い戻るまでは、それがいつであれ、沈黙を守ろうと厳粛な誓いを立て」とウォーデン氏は口をさしはさんだ。「今日まで誓いを守って来たつもりです」

「はむ、貴殿、くどいようですが」とスニッチー弁護士は返した。「我々も飽くまで沈黙を守らねばなりませんでした。我々は我々自身に対す本務において、蠟ほどにも口の堅い様々な（貴殿もそのお一人ですが）顧客に対す本務において、沈黙を守らねばなりませんでした。かように微妙な話題に関し貴殿にあれこれお尋ねするのは我々の領分ではありませんでした。小生は小生なり疑いは抱いていました。が、半年足らず前に漸う真実を知り、貴殿があの方を失われたものと得心するに至りました」

「誰からお聞きになりました？」と顧客はたずねた。

「ジェドラー博士御自身から、貴殿。博士は終に御自身の口からくだんの秘密を打ち明けて下さいました。博士は、して博士お独り、幾年にもわたり、真実を余す所なく御存じでした」

「で先生も今ではそいつを御存じと？」と顧客はたずね

た。

「如何にも、存じております、貴殿！」とスニッチーは返した。「ばかりか真実が明日の夕刻、晴れて姉上に打ち明けられようということも、故あって、存じています。あちらでは既に姉上にその旨約束しておいでです。それまでは、恐らく拙宅にてお付き合い頂けようかと。御自身のお宅では不意討ちを食らわすことになりましょうから。が、万が一正体が見破られでもして——とは申せずい分変わっておいでなもので、かく申す小生自身、お見逸れしていたやもしれませんが、ウォーデン殿——ここで巻き込まれたような難儀にこれきり出会さずとも済むよう、ここでディナーを済ませ、日が暮れてから歩いて行った方が好さそうです。ここはなかなかの料理を出してくれます、ウォーデン殿。因みに、御自身の地所ではありますが。自身と（今は亡き）クラッグズも、ここで時に厚切り肉《チョップ》を食べ、実に手篤く持て成してもらったものです。クラッグズ弁護士は、貴殿」とスニッチーはしばしギュッと目を閉じ、またもや開けながら言った。「可惜速やかに人生の名簿から抹消されてしまいました」

「先生のことでお悔やみを申さず済みませんでした」とマイケル・ウォーデンは額を手で拭いながら返した。「ですが今の所まるで夢を見ている男のようなもので。頭の中が真っ白になりそうです。クラッグズ先生——ああ——全くもって、クラッグズ先生が亡くなったとは寂しい限りです」とは言いながらも彼はちらとクレメンシーの方を見やり、上さんを慰めているベンを気の毒がっているようだった。

「クラッグズ弁護士は、貴殿」とスニッチーは宣った。「誠に遺憾ながら、人生が御自身の理論が見極めたほど乗り切って行くに安易とは思し召さなかったようですな。さもなければ今頃は幽明境を異にしていなかったでしょうに。小生にとっては実に大きな痛手です。先生は小生の右腕、右脚、右耳、右目でした、クラッグズ弁護士は。小生、先生がいなければ片端も同然です。先生は業務の株をクラッグズ夫人、並びに夫人の遺言執行人や、遺産管財人や、譲受人に遺贈なされました。先生の名は今の今まで『商会』に残っていまず。時に小生は、子供っぽいやり口で、先生はまだ存命のような振りをしようとすることもあります。ほら、御覧の通り、自身とクラッグズに成り代わって口を利いておるほどで——今は亡き、貴殿——今は亡き」と心優しき弁護士はハンカチを振り振り言った。

マイケル・ウォーデンは、相変わらずじっとクレメンシーに目を凝らしていたが、先生が口ごもるやクルリとスニッチー弁護士の方へ向き直り、耳許で囁いた。

「ああ、お気の毒に！」とスニッチーはかぶりを振りながら言った。「如何にも。あちらはいつもメアリアンにめっぽう律儀だったもので。いつもあの方のことをめっぽう気に入っておられたもので。器量好しのメアリアンを。お気の毒なメアリアンを！　どうか元気をお出し下され、女将《おかみ》——お宅はげに今では、ほれ、連れ添うておられるのですから、クレメンシー」

　クレメンシーはただ溜め息を吐き、かぶりを振るきりだった。

「やれ、やれ！　ともかく明日まで待とうでは」と弁護士は優しく言った。

「明日になっても亡くなった方はこの世に戻ってお見えにはなれません、先生」とクレメンシーはすすり泣きながら言った。

「如何にも。そいつは叶はぬ相談かと。さもなければ今は亡きクラッグズ弁護士とて息を吹き返そうものを」と弁護士は返した。「ですが何か心の慰めとなるような状況は出来するやも、何らかの慰めはもたらされるやも、しれません。ともかく明日まで待とうでは！」

　よってクレメンシーは、差し出された手を握り締めながら、ええ、さように致しましょうと返した。ブリテンは上さんがしょぼくれているのを目の当たりに（これぞ正しく商いがゲンナリ項垂れているようなものだったから）夥しく打ち萎れ、如何にも仰せの通りと相づちを打った。スニッチー弁護士とマイケル・ウォーデンは二階へ上がり、そこにてほどなく一心に額を寄せ合い始めたが、当該密談、それは慎重にやり交わされたものだから、厨にて銀食器や皿がガチャついたり、フライパンがジュウジュウ言ったり、ソースパンがブクブク泡《あぶく》を散らしたり、焼き串回し《スモーク・ジャック》が低く一本調子にクルクル、ワルツを舞ったり——御逸品、何かと言えば目がクラクラ眩んだ勢い何やらド頭に致命的なトバッチリを食らいでもしたかのようにカチカチ鳴ってはいたが——その他あれこれ客のためのディナーの仕度が整えられている音を突いては、そのくぐもったつぶやき一つ聞こえなかった。

　翌日は明るく長閑な日で、何処であれ秋の色合いが博士の屋敷の静かな果樹園からほど麗しく眺められる場所はなかった。彼女が姿を消して以来、くだんの地べたよりは幾多の冬の晩の雪が溶け去り、そこにては幾多の夏時の萎びた葉がカサコソと葉摺れの音を立てて来た。スイカヅラの絡まる車寄せ《ポーチ》はまたもや瑞々しく変わり、木々は芝生の上に移ろう影を惜しみなく投じ、景色は相も変わらず長閑で穏やかだった。

が彼女はどこだ！

そこではない。そこでは。彼女は恰もくだんの我が家が初っ端、彼女抜きで奇しく映っていたよりなお、今や己《おの》が懐かしの我が家において奇しき眺めであったろう。が、とある御婦人が懐かしき場所に腰を下ろし、その心から彼女のついぞ消え失せたためしのなく、その真の記憶において彼女はつゆ変わらぬまま、若々しく生き存え、明るい前途という前途で、希望という希望で晴れやかに輝き、その情愛において——今や、御婦人の傍らでは小さな愛娘が戯れているとあって、母親のそれであったが——彼女には如何なる好敵手も後継者もなく、その優しき唇の上で彼女の名は折しも震えていた。

行方知れずの少女の霊がくだんの眼《まなこ》より顔を覗かせていた。夫妻の結婚記念日にして夫とメアリアンの誕生日に、果樹園で夫と共に腰を下ろしている彼女の姉の、グレイスの、くだんの眼《まなこ》より。

夫は一廉の人物にも、金持ちにもなっていなかった。若かりし頃の光景や馴染みを忘れてはいなかった。博士のいつぞやの預言のどれ一つとて全うしてはいなかった。が労を惜しまず、辛抱強く、人知れず、貧しき者の家を訪う上で、病床に付き添う上で、日々、優しさと善意こそはこの世の脇道に花を咲かせ、断じて貧困なる重き足の下に踏み躙られることなく、その行跡に、しなやかに萌え出で、その道を艶やかに彩るということを思い知らされる上で、彼は年々歳々、昔ながらの信念の真《まこと》をなお揺るぎなく学び、証していた。彼の人生の物腰は、静かで鄙びてはいたものの、彼に人は何としばしば今なお古《いにしへ》に劣らず天使をそれとも分かず持て成して（『ヘブル人への手紙』一三・二）いることか、何と最もつきづきしからざる形《なり》ですら——表向きは卑しく醜く、粗末な衣しか纏っていぬ者ですら——悲嘆や、困窮や、苦痛の臥床の傍にては燦然たる光輝に包まれ、後光射す「救いの御遣《みつか》い（『マルコ』一・一三）」へと変えられることか、教えていた。

彼は今は昔の古戦場において、恐らくは、より野心的な矢《や》来《らい》において汲々と戦っていたよりなお有為な日々を送り、妻と、愛しきグレイスと、幸せに暮らしていた。

してメアリアンは。彼は彼女のことを忘れてしまったのか？

「時はあれからというもの、愛しいグレイス」と彼は言った。「飛ぶように過ぎ去った」彼らはあの晩のことを話していた。「がそれでいて遠い、遠い、昔のことのようだ。ぼく達は時の流れを自らの内の変化や出来事で計るものらしい。歳月ではなく」

「けれどそれでいて、わたし達にはメアリアンが一緒に暮らしていた時から指折り数える歳月だってあるわ」とグレイスは返した。「今晩を入れて六度《ろくたび》、愛しいあなた、わたし達はあの子の誕生日が巡り来る度ここに腰を下ろし、こんなにもひたすら待ち侘び、というのにこんなにも長らく先延ばしになっている、あの目出度き日の巡りを一緒に話し合って来たのではないかしら。ああ、それはいつになったら巡り来るの？　一体いつになったら？」

夫は妻の目に涙が滲む間《ま》にも妻を一心に見守り、気持ちなお近寄りながら言った。

「だがメアリアンは君に、あの、君に宛ててテーブルに残していた、で君のそれは何度も読み返しているお別れの手紙の中で、何年も経たなければそういうことにはならないだろうと言っていたはずだ。ではなかったかい？」

彼女は胸許から手紙を取り出し、口づけをしながら言った。「ええ」

「それまではずっと、自分はどんなに幸せに暮らそうと、君達が再び顔を合わせ、何もかも打ち明けられる日を楽しみにして待っていようと、だからどうか君にも希望と信頼を忘れず、同じようにして欲しいと。確か手紙にはそう綴ってあるはずだが、愛しい君？」

「ええ、アルフレッド」

「ばかりか、彼女があれからというもの書き送って来た外のどの手紙にも？」

「最後の手紙以外は——数か月前の——その中であの子はあなたのことに触れ、今ではあなたには分かっていることがあり、それをわたしは今晩聞かされることになっていると言っていたわ」

彼は折しも見る間に傾きつつある夕陽の方を見やり、約束の刻限は日没だ、と言った。

「アルフレッド！」とグレイスは夫の肩に懸命に手をかけながら言った。「この手紙には——この、あなたがわたしのそれは幾度となく読み返してると言っている古い手紙には——あなたに秘密にして来たことが書かれているの。でも今晩は、愛しいあなた、今のその日没が近づいていて、わたし達の人生の何もかもが、立ち去りかけている一日と共にそれは和やかに、ひっそりくぐもっているみたいに思えるものだから、どうしても打ち明けずにはいられないわ」

「というのは何だろうね、君？」

「メアリアンは姿を消す際、ここに、こんな風に書いていたの、あなたはその昔自分のことを聖なる預かり物としてわたしに委ねて行ったけれど、今度は自分があなたを、アルフレッド、そんな預かり物としてわたしの手に委ねて行くって。でどうかお願いだから、自分のこと愛していて、あなたのこと愛しているなら、きっとあなたが新たな心の傷が癒えたらわたしに寄せるはずの（って分かってるって、あの子は言っていたけれど）想いを拒まずに、しっかり励ましてその想いに報いて上げて頂だいなって」

「――でぼくをもう一度誇り高く幸せな男にしてやってくれと、グレイス。彼女はそう綴っていたというんだね？」

「あの子としては、このわたし自身あなたの愛に包まれて幸せで誇らかに暮らして欲しいって」というのが、夫にひしと抱き締められるに及んでの妻の返答であった。

「ぼくの話を聞いてくれ、愛しい君！」と彼は言った。――「いや、このままでぼくの話を！」――して、然に口を利きながらも、妻がもたげていた頭をまたもやそっと、自分の肩にもたせた。「ぼくには分かる、どうして今の今まで手紙のこの条《くだり》を耳にしたためしがなかったか。どうしてあの当時、この条《くだり》のどんな名残も君の言葉にせよ眼差しにせよ、ちらとも姿を現わさなかったか。どうしてグレイスが、いくらぼくにとってそれは律儀な馴染みだからと言って、妻として勝ち取るにはお易い御用どころではなかったか。でそいつを知っているからこそ、最愛の妻よ！　こうしてぼくの腕に抱き締めている心がどれほどかけがえがないか分かり、こんなにも立派な御褒美を頂いたことでは神に感謝を捧げずにいられないのさ！」

彼女は夫にひしと抱き締められる間《ま》にも涙をこぼした。が悲しみ故ではなく。しばし口ごもっていたと思うと、夫は彼らの足許にしゃがんだなり、花の小籠で戯れている娘を見下ろし、ほら、お日様がどんなに金色でどんなに真っ紅か見てごらんと言った。

「アルフレッド」とグレイスはくだんの文言を耳に、そそくさと頭《こうべ》をもたげながら言った。「夕陽が沈みかけているわ。まさか、夕陽が沈んでしまわない内にわたしが何を知らされることになっているか忘れてはいないでしょうけれど」

「君はメアリアンの物語の真実を知らされることになっている、愛しい君」と彼は答えた。

「真実を全て」と彼女は拝み入らんばかりに言った。「これきり、何一つ包み隠しなく。というのがお約束だったたわね。じゃなくって？」

「ああ、約束だったとも」と夫は答えた。

「夕陽がメアリアンの誕生日に沈まない内に。で、あれが見えて、アルフレッド？　見る間に沈んでいるわ」

夫は妻の腰に腕を回し、じっと彼女の目を覗き込みながら返した。

「こんなにも長らく伏せられて来たその真実をぼくは明らかにする立場にはない、愛しいグレイス。それは外の人物の口から告げられることになっている」

「外の人物の口から！」と彼女はかすかに繰り返した。

「ああ。ぼくは知っている、君の心がどんなに一途か。君がどんなに勇敢か。どんなに君にとっては一言の準備で事足りるか。確かに君の言う通り、そろそろ時間だ。いよいよ、その時が来た。さあ、言っておくれ、これで試煉に——驚きに——衝撃に——耐えるだけの心構えは出来たと。だったら遣いの者は門の所で待っている」

「どんな遣いの者が？」と彼女はたずねた。「その方はどんな報せをもたらすというの？」

「ぼくはそれきりしか」と夫は相変わらず妻の目をじっと覗き込みながら、答えた。「言ってはならないことになっている。という所まではいいかな？」

「さあ、自分でもよく分からないけれど」と妻は言った。

その確乎たる眼差しにもかかわらず、夫の面《おもて》にそれは徒ならぬ情動の色が浮かんでいるものだから、彼女は如何せん怯え竦み、またもや小刻みに身を震わせながら、自らの面《おもて》を夫の肩に埋《うず》め、どうか待って——ほんのちょっとでも——と言った。

「勇気をお出し、愛しい君！　君に遣いの者を迎える覚悟が出来たら、その人物は門の所でお待ちかねだ。夕陽は、ほら、メアリアンの誕生日に沈みかけている。勇気をお出し、勇気を、グレイス！」

彼女は頭をもたげ、夫の顔を覗き込みながら、もう大丈夫と言った。彼女が腰を上げ、夫が立ち去るのを見守った際、彼女の面《おもて》は我が家における仕舞いの日々のメアリアンのそれにそれはそっくりなものだから、目にするだに奇しかった。夫は娘の手を引いていた。彼女は娘を呼び戻し——行方知れずの少女の名に因む——ひしと胸に抱き寄せた。小さな少女はまたもや腕を解かれると、すかさず父親の後を追い、グレイスは独りきり取り残された。

彼女は自分でも一体何を怯え、何を望んでいるものか分からなかった。がそこに、身動ぎ一つせぬまま立ち尽くし、夫と娘の消えた車寄《ポーチ》せを見つめていた。

ああ！　あれは何だ、その蔭から姿を見せ、入口に立っているあれは！　あの、白い衣をカサコソと夕風に戦がせ、頭を彼女の父親の胸にもたせ、そのなり父親の慈愛に満ちた心にひしと押し当てたなり、佇んでいる人影は！　おお、神よ！　老人の腕からいきなり飛び出し、狂おしき叫び声を上げ、両手を振りながら、果てなき慈しみを込めて我が身を彼女に委ねるや、彼女の抱擁の内にくずおれたそいつは幻か！

「おお、メアリアン、メアリアン！　おお、わたしの妹！　おお、わたしの心の愛しい宝物！　おお、こんな風にまた会えるなんてあんまり幸せで天にも昇りそうよ！」

そいつは夢でも、希望と恐怖によって喚び起こされた亡霊でもなく、メアリアンだった、可憐なメアリアンだった！　然に美しく、然に幸せに包まれ、然に心労や試煉に煩わされず、然にその愛らしさにおいて研ぎ澄まされているとあって、沈み行く夕陽に彼女の仰向けられた面《おもて》の明るく照り映える段には、彼女は或いは何か癒しの使命の下《もと》、この地上に舞い下りた精霊だったやもれしれぬ。

姉にひしとすがりつき——姉は腰掛けにへたり込むや、妹の上に屈み込んでいたから——涙ながらに微笑み、姉に両腕を絡ませ、片時たり姉の面《おもて》から目を逸らさぬまま、すぐ目の前に跪き——沈みゆく日輪の栄光を額に受け、黄昏の柔らかな静謐に姉共々包まれたなり——メアリアンはとうとう沈黙を破った。してその声の何と穏やかにして、低く、澄み、心地好く、その折に実にしっくり来たことよ。

「ここがわたしの大切なお家だった時、グレイス、ってこの先ずっとそうなってくれるでしょうけど——」

「待って、可愛いあなた！　ちょっとだけ！　おお、メアリアン、あなたが口を利くのをまた聞けるなんて！」

グレイスは当初、然ても愛おしき声を聞くに忍びなかった。

「ここがわたしの大切なお家だった時、グレイス、ってこの先ずっとそうなってくれるでしょうけど、わたしはあの人を心から愛していたわ。身も心も捧げて。わたしそれはそれは若かったけれど、あの人のためなら死んでも構わなかった。密かな胸の中でほんの片時たりあの人の愛を軽んじたためしはなくってよ。あの人の愛は何よりずっと大切だったんですもの。もうずい分昔の、遠い過去のことで、何もかもそっくり変わってしまったけれど、それでもわたし、姉さんがそんなにも人を心から愛せるっていうのに、いつだったかわたしはあの人のこと本当には愛してなかったと思ってるって考えただけでも耐えられないの。わたしあの人のこと、グレイス、あの人がちょうどこの同じ日に、ちょうどこの同じ場所を後にした時ほど心から愛したためしはなくってよ。わたしあの人のこと、愛しい姉さん、このわたしがここを後にしたあの晩に愛していたほど愛したためしはなくってよ」

姉はただ妹の上に屈み込みながら、妹の顔を覗き込み、妹をひしと抱き締めるきりだった。

「でもあの人は知らず知らずの内に」とメアリアンは優しい笑みを浮かべて言った。「別の心を勝ち取っていたの。わたし自身、自分にはあの人のためにいつでも擲てる心があると気がつかない内に。その心は――姉さんの心は、愛しい姉さん！――ほかの優しさ全てにおいて、それはわたしにそっくり捧げられているものだから、それは自分のことそっちのけで、それは気高いものだから、自らの愛を奪い去り、その秘密をわたし以外の全ての目から隠していたの――ああ！一体ほかのどんな目がそんな優しさと感謝の気持ちで敏くなっていたというのでしょう！――そして喜んで自らをわたしのために犠牲にしてくれていたの。でもわたしには分かっていたわ、その心の深みがいくらかでも。わたしには分かっていたわ、その心がどんなに苦しんでいたか、あの人にとってどれほど大切でかけがえがないか、あの人だって、たとえどんなにわたしのこと愛そうと、どれほどその値打ちを知っているか。わたし自身その心にどれほどの恩義を蒙っているか。わたしは来る日も来る日もその偉大なお手本を目の前に据えていたわ。そして気がついたの、姉さんがわたしのためにしてくれたことを、わたしだって、グレイス、その気になりさえすれば、姉さんのために出来ないはずないって。わたし一度だって、どうかそんな力をお与え下さいますようにって涙ながらにお祈りせずに、この頭《こうべ》を枕に横たえたためしはなくってよ。わたし一度だって、旅立ちの日のアルフレッドの言葉を思い出し、何とあの人がそれに比べればこんな戦場なんて物の数じゃない、葛藤する心の中では日々大きな勝利が勝ち取られているって言ったのは本当だったか（姉さんを知ってるからにはそれくらいわたしにも分かったから）思い浮かべずに、この頭《こうべ》を枕に横たえたためしはなくってよ。あの人の言っていたそんな大いなる戦いにおいて何と日々刻々大いなる苦しみがほがらかに耐え忍ばれ、それでいて誰にも知られたり気に留められたりせずにいるに違いないことかますます、ますます、思い浮かべるにつれ、何だかわたしの試煉も軽く、容易くなって行くような気がしたものよ。そして、こうしている今の今も、愛しい愛しい姉さん、わたくし達の心を御存じで、わたしの心の中には苦々しさや悲しみの一欠片もないと――混じりっ気のない幸せしかないと――御存じの『彼《か》の方』が、決してアルフレッドの妻にはなるまいと心を決めさせて下さったの。もしもわたしの選んだ道がそんな幸せな結果をもたらすとすれば、あの人にはわたしの兄に、姉さんの夫に、なってもらおうと。でもわたしは決して（とは言っても、グレイス、わたしその時ですらあの人のこと、心の底の底から、愛していたのよ！）あの人の妻にはなるまいと！」

「おお、メアリアン！　おお、メアリアン！」

「わたし一生懸命あの人にそっけない振りしようとしたけれど」妹は姉の面《おもて》を自らの面《おもて》にひたと擦り寄せた。「そんなに簡単じゃなかったし、姉さんはいつだって心からあの人の肩持ってたわ。わたしいっそ姉さんにほんとのわたしの気持ち打ち明けようとしたけれど、姉さんはこれきり聞こうとも分かろうともしなかった。その内、あの人の戻って来る日がどんどん近づいて来て、だったら、またお互い毎日顔を合わせ始めない内に何かしなけりゃならないって気がしたの。わたしには分かっていたもの、その時はどんなに大きな苦しみに耐えなければならなくても、きっとお蔭でわたし達の誰一人いつまでも辛い思いを引きずらなくて済むに決まってるって。もしもここで姿を消せば、事実こうして訪れた、そしてわたし達二人共をそれは幸せにしてくれた結末が訪れるはずだって、グレイス！　わたしは優しいマーサ叔母さんに手紙を書いて、叔母さんの家《うち》に住まわせて欲しいってお願いしたの。その時は何もかも打ち明けた訳じゃなかったけど、わたしのほんとの気持ちをいくらか話して、そしたら叔母さん気持ちよく約束してくれたわ。わたしが今のその手筈と、わたし自身や、わたしの姉さんやお家への愛との間で気持ちの整理をつけようとしていた頃、ウォーデンさんが事故でここへ担ぎ込まれて、しばらく家《うち》で過ごすことになったの」

「わたしはここ数年というもの、時にはひょっとしてそんなことになったのかもしれないって気が気じゃなくなることもあったわ」と姉は声を上げ、面《おもて》からは死んだように血の気が引いた。「あなたはあの人のことちっとも愛してない――っていうのにわたしのために自らを犠牲にして、結婚したんじゃないかって！」

「あの人は当時」とメアリアンは姉をいよよひしと抱き寄せながら言った。「こっそり、いつまでってことなし、姿を晦ます寸前だったの。ここを出て行った後でわたしに手紙を寄越して、自分はどんな身の上で、この先どんなことになりそうかありのまま書いて、わたしと一緒になってくれないかって言って来たの。何だかわたしがアルフレッドが戻って来るからというので沈んでるようだったからって。きっとあの人はわたしの心は今のその契りにはお構いなしになってしまってるって、それとも一頃は彼のこと愛していたけれど、もう今じゃ愛してなんかいないって、それともわたしがそっけない風しようとしてた時に、てっきりそんな風を隠そうとしてるって思ったのかもしれないわ――何とも言えないけれど。でもわたしはともかく姉さんにわたしはアルフレッドにとってはそっくり失せてしまったものと――彼には一縷の望みもないと――死んだも同然と――思って欲しかったの。って分かってもらえるかしら、愛しい姉さん?」

姉は妹の顔を一心に覗き込んだ。が、怪訝げだった。

「わたしはウォーデンさんに会って、あの人の徳義を重んずる心に信頼を寄せ、わたしの秘密を、あの、あの人とわたしが姿を消した晩に打ち明けたの。あの人は秘密を守ってくれたわ。って分かってもらえるかしら、愛しい姉さん?」

グレイスは戸惑いがちに妹を見やった。が、ほとんど耳に入ってはいないようだった。

「さあ、愛しい姉さん!」とメアリアンは言った。「どうかちょっとだけでも気を確かに持って頂だいな。わたしの話を聞いて頂だいな。そんなに怪訝そうにわたしを見ないで。世には、愛しい愛しい姉さん、叶はぬ恋を誓って絶ったり、何か心に愛しい想いに抗って、そんな気持ちに打ち勝とうとする人々が絶望的な孤独に引き籠もり、自分達自身や世俗的な愛や希望に対して永久《とは》に世間を閉ざす国があるわ。女性がそんな道を選ぶ時、彼女達はあの、姉さんとわたしにとってそれは大切な名を名乗り、お互いのことを『姉妹《シスター》』と呼ぶわね。でも中には、グレイス、戸外の広々とした世界で、その自由な空の下《もと》で、人々のごった返す賑やかな場所で、忙しない生活の直中で、そんな世界に少しでも力を貸して世の中を明るくしようと努めながら――同じ教えを学ぶ姉妹《シスター》も、その心の今なお若く瑞々しい、全ての幸福や幸福の手立てに開かれた、そして戦いはとうの昔に終わり、勝利はとうの昔に勝ち取られたと言える姉妹《シスター》も、いるはずよ。でわたしがそんな人間の一人なの! ってこれで分かってもらえたかしら?」

相変わらず姉は一心に妹に目を凝らしたきり、一言も返さなかった。

「おおグレイス、愛しいグレイス」とメアリアンはいよよ優しく、いよよ懐っこく、然ても長らく自ら流謫の身となりしかの胸にすがりつきながら言った。「もしも姉さんが幸せな妻にして母になっていなければ――もしもここに小さなメアリアンっていう名の少女がいなければ――もしもわたしの心優しき兄であるアルフレッドが、姉さん自身の妻思いの夫になっていなければ――わたしは今晩一体どこからこんな言い知れぬ歓びを感じられたことかしら! でも、ここを立ち去ったままに、わたしはこうして戻って来たわ。わたしの心は他のどんな愛も知らないし、わたしの手は心から離れた所ではついぞ授けられたためしはないわ。わたしは今なお姉さんの、結婚も婚約もした覚えのない、生娘の妹よ。姉さん自身の、その情愛において姉さんの独りきり、誰一人連れ合いのないまま存在している、姉さんのこと大好きな、昔のままのメアリアンよ、グレイス！」

　姉は今や漸う妹の意を汲んだ。姉の面《おもて》は和み、すすり泣きが堰を切ったように迸り、妹の首にすがりつくと、涙に掻き暮れ、妹をまたもや幼子さながら、あやした。

　姉妹がまだしも落ち着きを取り戻してみれば、博士と妹の心優しきマーサ叔母がすぐ側《そば》に、アルフレッドと共に立っていた。

「今日はあたしにとってはうんざりするような日ですよ」と心優しきマーサ叔母は姪を諸共抱き締める間《ま》にも、涙ながらに笑みを浮かべて言った。「だってあなた達みんなを幸せにして上げるばっかりにこのあたしには可愛い話し相手がいなくなってしまうんですから。一体皆してあたしのメアリアンのお返しに何をプレゼントしてくれるっていうんです？」

「宗旨替えした兄を」と博士は言った。

「なるほど、それは捨てたものでもありませんね」とマーサ叔母は突っ返した。「こんな茶番じみた――」

「いや、どうか止してくれ」と博士は内心忸怩たるもののなきにしもあらず、言った。

「はむ、止しておきますとも」とマーサ叔母は返した。「でもやっぱりあたしは損な役回りなんじゃありませんかね。仲良く一つ屋根の下に六年も暮らして来た後で、あたしのメアリアンがいてくれなきゃあたしは一体どうなることやら」

「ここでどうやら、私らと一緒に暮らさにゃならんのではないかね」と博士は返した。「今更お互いケンカもすまいし、マーサ」

「それとも身を固めなければ、叔母上」とアルフレッドが言った。

「正直言うと」と老婦人の返して曰く。「一か八かマイケル・ウォーデンに色目を使うのも悪くはないかもしれないって気がしてるんですよ。だって何でもあちらは長らく姿を晦ましていたせいで、どこからどこまでずっとまっとうになってお戻りだっていうじゃありませんか。でもこのあたしってばあの子がほんの子供の時分から知ってて、その時ですらさしてうら若い娘じゃなかったってなら、まずウンと言ってはくれそうにありませんけど。ってことでメアリアンが嫁いだら、あの子のとこに住まわしてもらって、それまでは（って多分、そんなに先のことでもないでしょうから）独りきり暮らすことにしますよ。っていうのを兄さんはどう思われます、兄さん？」

「いっそ、こいつはひっくるめれば馬鹿げた世の中で、これきり真面目に取り合ってやる筋合いなんぞないと言ってやる所だが」と哀れ、老博士は宣った。

「もしもお望みならば宣誓供述書二十通にかけて誓いをお立てになっても構やしませんが、アンソニー兄さん」と妹は言った。「まさかどなたもそんな目をなすってながら兄さんの言葉を鵜呑みにはして下さらないでしょうよ」

「こいつは暖かい心で一杯の世の中で」と博士はひしと末娘を抱き締め、そのなりグレイスを抱くべく身を屈めながら――というのも姉妹を引き離すなど到底叶はなかったから――言った。「どんなに愚にもつかんことだらけだろうと――このわたし自身のそれ一つ取っても易々地球全体を水浸しにしてしまいかねぬほどだが――それでも真面目に取り合ってやるだけのことはある世の中だ。こいつは日輪が『戦場』の悲惨と邪悪のせめてもの埋め合わせたる数知れぬ無血の戦に相見えずして断じて昇ることなき世界だ。こいつは我々が何と悪しざまに謗っていることか、神よ、許し給え、よくよく心せねばならぬ世の中だ。というのもこれぞ聖なる神秘の満ち溢れた世の中で、その『造物主』しか御自身の如何に取るに足らぬ似姿の表《おもて》の下にとて何が潜んでいるか御存じないのだから!」


読者諸兄は恐らく、長らく、たとい小生の拙きペンが諸兄の眼前にまざまざとこの、長らく袂を分かちしも今や再び堅き絆で結ばれた一家の恍惚を切り開いて見せたとて、ペンのことをその分お気に召すどころではあるまい。故に、哀れ、博士が如何にメアリアンの行方が杳として知れなくなった際に如何ほど悲しみに打ち拉がれたか、慎ましやかに記憶の糸を手繰ったか逐一審らかにするのは止そう。或いは、博士が如何に深く錨を下ろした何らかの愛のありとあらゆる人間が神から授けられた分け前たるこの世は何と真面目に取り合ってやるだけのことがあるか思い知るに至ったかもまた。或いは、如何にくだんの大いなる馬鹿げた勘定書きのほんのちっぽけな一項が欠けただけで博士が地べたに打ち据えられたことかもまた。或いは、如何に博士の悲嘆に憐れを催し、彼の妹がとうの昔に、真実を少しずつ打ち明け、博士の自ら流謫の身となりし娘の胸の内を証し、かくてくだんの娘の側《そば》へ連れ行くに至ったかもまた。

或いは、如何にアルフレッド・ヒースフィールドも、正しく本年が明けて初めて真実を告げられ、メアリアンは兄としての彼に会い、自らの誕生日の夕暮れ時にグレイスには晴れて彼女自身の口から真実を告げようと約束したかもまた。

「申し訳ありませんが、博士」とスニッチー弁護士がひょいと果樹園の中を覗き込みながら言った。「お邪魔致してもよろしいでしょうか?」

許しを待つまでもなく、弁護士は真っ直ぐメアリアンの方へ向かい、正しく雀躍りせぬばかりに手に接吻した。

「未だクラッグズ弁護士が存命ならば、親愛なるメアリアン嬢」とスニッチー弁護士は言った。「先生もこの度の慶事にさぞや大いなる関心を寄せていたでしょうに。先生にもひょっとして、アルフレッド殿、我々の人生は恐らく安易すぎはせぬと、総じてそいつは我々がともかく均してやれるものなら如何なるささいな骨折りをも受け入れようと分かってもらえていたやもしれません。がクラッグズ弁護士は理に服すにおよそ吝かな男ではありませんでした、貴殿。クラッグズ弁護士は必ずや理に服しておりました。もしや先生が理に服すとあらば、今や小生は――ですがこいつは、我ながら意気地のないことを。おい、お前」――夫君が然に声をかけると、スニッチー夫人が扉の蔭より姿を見せた。「遠慮はいらん、皆さんとは今日や昨日の付き合いではなかろう」

スニッチー夫人は面々に祝意を表し果すと、御亭主を脇へ引っ立てた。

「ちょっとお待ち下さいましな、あなた」とくだんの御婦人は言った。「亡くなった方の亡骸を掘り起こすなどめっそうもございませんが」

「ああ、お前」

「クラッグズ先生は――」

「ああ、お前、先生は亡くなったさ」とスニッチーは言った。

「ですがあなた」と妻君は畳みかけた。「あの舞踏会の夕べのことを覚えておいでですか? わたくしただ、さようにおたずね致しているまでのことでございます。もしも覚えておいでなら、であなたの記憶がすっかりとは失せてらっしゃらないようなら、あなた、でまだそっくり耄碌なすってる訳ではないというなら、どうかこの折とあの折を結びつけ――何とわたくしが両の膝を突いてまでお願い致したことか思い出し――」

「両の膝を突いてまでだと、お前?」とスニッチー弁護士は言った。

「ええ、さいざます」とスニッチー夫人は自信たっぷりに宣った。「であなただって御存じのはず――どうかあの男に気をつけて下さいましと――あの男の目を御覧になって下さいましと――それからこのわたくしに面と向かっておっしゃって頂けませんこと、果たしてわたくしの申し上げた通りだったかどうか、あの折あの男は秘密を握っていた、というように口が裂けてもバラそうとはしなかったかどうか」

「なあ、お前」と御亭主は夫人の耳許で囁いた。「いいかね。お前はこれまでわたしの目に何か怪しげな所があると思ったためしはあるのかね？」

「いいえ」とスニッチー夫人はすげなく突っ返した。「どうか自惚れないで下さいまし」

「というのも、お前、あの晩」と彼は妻君の袖をグイと引っぱりながら続けた。「我々はたまたま二人共秘密をかぎつけ、そいつを口が裂けてもバラそうとはしなかったし、二人共それでもやはり仕事柄そいつをかぎつけていたのさ。という訳で、バラすバラさん云々は言わずにおくに越したことはなかろう、お前、でこいつをいいクスリにして、次はお前の目こそもっと賢くて情深くなるよう心がけてはどうだ。メアリアン嬢、実は小生、令嬢のさる馴染みを連れて来ておりまして。さあ、ここへ！　女将《おかみ》！」

哀れクレメンシーが、目にひたとエプロンをあてがったなり、御亭主に付き添われてゆっくり入ってきた。因みに後者は、もしや上さんがこのままとことん悲しみに打ち拉がれでもした日には「ニクヅク卸し亭」もイッカンの終わりたろうとの虫の報せでしょぼくれ返ってはいた。

「さて、女将《おかみ》」と弁護士はメアリアンが彼女の方へ駆け寄ろうとするのに待ったをかけ、二人の間に割って入りながら言った。「一体如何なされました？」

「一体如何！」と哀れ、クレメンシーは声を上げた。——してびっくりするやら、腹立ち紛れに食ってかかりそうになるやら、そこへもって御亭主が途轍もなき叫《おら》び声を上げるせいで剰え取り乱すやらで、目を上げてみれば、然てもまざまざと瞼に焼きついたくだんの愛らしき面《おもて》が眼前にあるのを目の当たりに、思わず目を瞠り、しゃくり上げ、声を立てて笑い、噎び泣き、金切り声を上げ、腕を回しざまひしと彼女を抱き締め、腕を離し、スニッチー弁護士にすがりつきざまひしと（スニッチー夫人のいとお冠になられたことに）抱き締め、博士にすがりつきざまひしと抱き締め、御亭主にすがりつきざまひしと抱き締め、もって掉尾《ちょうび》を飾るに御自身をひしと抱き締め、エプロンを頭に押っ被せ、御逸品の蔭にて存分ヒステリーの発作に見舞われた。

とある見知らぬ殿方がスニッチー弁護士の後から果樹園に入り、皆の誰からも目を留められぬまま、少し離れた、門の傍にじっと立っていた。というのも彼らには払おうにもほとんど余分な注意が残っていない上、そいつは専らクレメンシーの恍惚に奪われていたからだ。殿方は、むしろ願ったり叶ったり、ただ独りきり、伏し目がちに立ち尽くし、何がなし

(派手やかな見てくれの殿方だったにもかかわらず)打ち萎れた風情が漂い、そいつは皆が幸せに浸っているだけになお人目を惹いた。

マーサ叔母の悟き目を措いて如何なる目も、しかしながら、殿方にはまるで気づかなかった。が殿方に気づくが早いか、叔母は殿方と言葉を交わしていた。ほどなく、メアリアンがグレイスと彼女の名を受けし少女と共に立っている所まで行くと、叔母は何やらヒソヒソ、メアリアンの耳許で囁き、さらばメアリアンはハッと息を呑み、見るからに驚いているようだった。がほどなく気を取り直すと、おずおず、マーサ叔母と共に見知らぬ殿方に近づき、彼女もまた一心に殿方と言葉を交わし始めた。

「ブリテン殿」と弁護士は、然なる事態と相成っている片や、ポケットに手を突っ込み、法文書めいた書付けを取り出しながら言った。「お目出度うございます。貴殿は今や目下御自身によりて官許旅館、と言おうか旅籠として営み、維持され、広く遍く『ニクヅク卸し亭』なる看板にて呼ばれている、と言おうか知られている、くだんの自由保有不動産の完全にして単独の所有主となられました。貴殿の奥方は我が顧客マイケル・ウォーデン殿のせいで、とある屋敷を失われましたが今や別の屋敷を手に入れられました。小生、晴れがましくも近い将来、朝方にでも、貴殿に州投票をお願い致しに*伺わせて頂きとう」

「もしや看板を変えたら、投票に何か差し障りはありましょうかの、先生?」とブリテンはたずねた。

「いえ、全く」と弁護士は返した。

「でしたら」とブリテン氏は譲渡証書を返しながら言った。「申し訳ござらぬが、一言『と指貫き』を突っ込んで頂ければありがたい限りですがの。ならば女房の似顔絵の代わりに談話室《パーラー》に両の座右の銘《モットー》をデカデカやらせましょうて」

「でせいぜいわたしには」と彼らの背後でとある声が言った。してそいつは見知らぬ殿方の――マイケル・ウォーデンの――声だった。「でせいぜいわたしには、今のその金言を胆に銘じさせて頂こうでは。ヒースフィールド殿、してジェドラー博士、わたしはお二人を深く傷つけていたかもしれません。そうせずに済んだのはわたし自身の徳の為せる業ではありませんが。わたしは六歳分賢くなったとも、まっとうになったとも申すつもりはありません。がともかく、その期間にわたる自責には苛まれて来ました。よもやお目こぼし賜れようなど思ってもいません。わたしはこの屋敷の手篤い持て成しにつけ込みました。が自らの落ち度によって、ついぞ忘れたためしのなき羞恥と共に、がそれでいて強ちネコに小判

でもなく、と願いたいものですが、とある方から」と、ちらとメアリアンの方を見やりながら。「教わる所が多かったように思います。その方には御自身の気高さと我が身の至らなさを思い知った際、心から慎ましやかに許しを乞いましたが。数日でわたしはこの地を永遠に後にします。実に申し訳ありませんでした。為《な》せよ、汝の為《な》されたきままに！　忘れ、して赦せよ！」

時の翁は——翁より小生、当該物語の後半のネタを仕込み、のみならず、およそ三十五年に垂んとす個人的知遇を受けている訳だが——小生に御当人の大鎌にゆったり寄っかかったなりかく垂れ込み賜ふた。曰く、マイケル・ウォーデンは二度と再び立ち去りも、屋敷を売り払いもせず、そいつを新たに皆に開け放ち、持て成し心なる黄金の方便を堅く守り、くだんの田園地帯の誇りにして誉れたる妻を娶り、妻はその名もメアリアンと言った。が時の翁が間々事実を混同するとは小生も身に染みて存じているだけに、翁の典拠に如何ほど重きを置いて然るべきかしかとは解《げ》しかねる。

The Haunted Man

and The Ghost's Bargain

憑かれた男
と
幽霊の取り引き

クリスマスの時節のためのとある幻想

第一章　授けられた贈り物

誰しもそう言った。

小生としては誰しも口にすることが真実に違いないなどと申し立てる気はさらにない。誰しも得てして、的を得るに劣らず的を外しがちなものだ。通常の経験上、誰しも然に得てして的を外し、しかも大方の場合、如何ほど的を外しているか気づくのに然にうんざりするほど時間を要するものだから、権威も誤謬を免れぬとは周知の事実。誰しも時には的を得ているやもしれぬ。「がそいつはてんで仕来りなんかじゃねえ」とはジャイルズ・スクロギンズの亡霊の、俗謡において宣ふ如く*。

「亡霊」なる由々しき文言ではったと思い出した。

誰しもあいつは憑かれた男のようだと言った。誰しも、に対す小生の目下の言い分は、連中、そこまでは的を得ている、というくらいのものだ。如何にも、あいつは憑かれた男のようだった。

一体、あいつのげっそり瘠《こ》けた頬や、ギラギラとギラつく窪んだ目を、筋骨逞しく、均整の取れてはいるものの、曰く言い難くも陰気臭い、黒尽くめの姿形を、顔のグルリに縺れた海草よろしく——恰も終生、人類なる海神《わたつみ》の怒濤や荒波に揉まれる孤独な標識ででもあったかの如く——ほつれかかった白髪まじりの頭を目の当たりにした誰が、あいつは憑かれた男のようだと言わなかったやも知れまいか?

一体、過ぎ去りし時空に立ち返っている、と言おうか胸中の何か古い谺に耳を傾けている心ここにあらざる風情の漂う、必ずや遠慮がちにしてついぞ浮かれたためしのなき、習い性となりし寡黙の影の垂れ籠める、無口で、物思わしげで、陰気な物腰に目を留めた誰が、そいつは憑かれた男の物腰だと言わなかったやもしれまいか?

一体、生まれながらにして朗として旋律的ながら、自ら抗い歯止めをかけようとしているかのような、ゆっくりと口を利く、深く、沈みがちな声を耳にした誰が、そいつは憑かれた男の声だと言わなかったやもしれまいか?

一体、一部書斎にして一部実験室たる、内の間《ま》にいるあいつを目の当たりにした誰が——というのも男は広く遍く世に知られている如く、博学の化学者にして、その唇と手に日々、数知れぬ野心的な耳と目の纏いつく教師だったから——

一体、そこにて、とある冬の晩、独りきり薬や器具や本に取り囲まれて座っている所を目の当たりにした誰が――壁の上なるどデカいゴキブリたる笠付きランプの影が、グルリの風変わりな代物にちらちらと炉火が当たるせいでそこに立ち現われる有象無象の化け物じみた影法師に紛れて微動だにせぬまま蹲り、これら物の怪共の中には（液体の入ったガラスの容器の反射だったが）、自分達を分解し、成分を火と蒸気に還元する男の力を重々心得ている物さながら心密かに戦慄いているものもあるとあって――一体、その折、仕事にケリがつき、錆だらけの火格子と赤々と燃え盛る炎の前の椅子に腰を下ろし、薄い唇をさながら口を利いてでもいるかのように動かしながらもあの世の者よろしく押し黙っている、そんな男を目の当たりにした誰が、あいつは、して部屋もまた、憑かれているかのようだと言わなかったろうか？

一体、誰が、めっぽうお易い御用の空想の為せる業、男の周囲の何もかもがこの憑かれた気味を帯び、男は憑かれた地所に暮らしているものと思い込まなかったやもしれまいか？

男の住まいの然に孤独にして地下納骨所めいているとあって――そいつは、いつぞやは開けた場所に建てられた豪勢な建物たりしが、今や忘れ去られた建築家共の廃れた気紛れたる、学究者のための神さびた財団設立学校の古びた、人目につかぬ端くれで、煤煙と歳月と風雨でススけ、ブクブクと肥え太る一方のどデカいシティーに四方八方からギュウと押し込められ、石ころやレンガで古井戸よろしく息の根を止められ、方庭を囲う小さな建物と来ては、ずっしりとした組み煙突の上にいつの間にやら建てられた通りや家屋敷によってこさえられた正しく落とし穴の中に横たわり、古木と来ては、御当人、めっぽういじけて、日和もめっぽう陰気臭い折には忝くもそんな下の方まで垂れ籠め賜ふ御近所の煙に蔑され、芝地と来ては、ベト病にやられた大地相手に組み打ち、四苦八苦、いっぱし芝生のザマを晒そう、と言おうかともかく歩み寄りの気配なり勝ち取ろうと躍起になり、黙《もだ》した石畳と来ては、めったなことでは足に踏み締めて頂けぬどころか、目にとてたまさかひょいと、こいつめ一体何の奥まりやと訝しみながら、はぐれ者の顔が上方の世界より見下ろしでもせぬ限り、留めて頂けず、小さなレンガで封じ込まれた片隅の日時計と来ては、百年もの長きにわたり如何なる日輪とて迷い込んだためしのなく、日輪殿に打っちゃらかされているせめてもの埋め合わせに、雪が他処のどこにも積もらぬというに幾週間も居座り、不吉な東風が他のありとあらゆる場所にてはヒューとも言わぬというに巨大な唸り独楽よろしくクルクル回っていたものだ。

男の住まいの、その核にして芯なる——屋内なる——炉端なる——然に老いぼれてむっつり苦虫を噛みつぶし、天井の垂木と来てはボロボロに虫に食われ、頑丈な床板と来てはどデカいオークの炉造りの方へ傾いでいるだけに、然にガタピシでありながら然に強かとあって。街の雑踏に然にひたと囲い込まれた上から取り巻かれ、がそれでいて流儀と時代と習慣においては然に懸け離れているとあって。然にひっそり静まり返っている、がそれでいて遙かな声が上げられるか戸が閉《た》てられようものなら、然にワンワン谺の轟き渡るとあって——そいつら、因みに、その数あまたに上る低い廊下やがらんどうの部屋に封じ込められるを潔しとせず、ゴロゴロ、ブツブツ、挙句ノルマン様式の拱門《アーチ》が地べたに半ば埋《うづ》もれている、とうに忘れ去られた聖堂地下室《クリプト》の重たい大気の中で揉み消されるまで不平を鳴らしてはいる。

読者諸兄は死んだような冬時の黄昏に、己《おの》が住まいなる男の姿を目にするに如くはなかったろう。

例えば、朧な太陽が沈むにつれて風のヒューヒュー、身を切るように、甲高く吹き荒ぶような。例えば、且々暗いせいで、物影が漠として大きい——ながらも完全に失せてはいないような。例えば、炉端に寄り集まった者達がそろそろ石炭の中に突拍子もない顔や人影を、山や崖っ縁を、伏勢《ふせぜい》や軍隊を、目にし始めるような。例えば、道行く人々が荒天を背に、頭を屈《ここ》めたなり駆け去るような。例えば、そいつと真っ向から出会さねばならぬ連中が怒《いか》った街角で足を止め、ヒラヒラとさ迷う雪片《ゆきひら》が——それは惜しみがちに降り、それは瞬く間に風に吹き飛ばされるものだから、凍てついた地べたに名残一つ留めぬものの——連中の睫にひんやり降り積もるような。例えば、個人の館の窓という窓がぴっちり、ヌクヌク、閉《た》て切られるような。例えば、火の灯されたガス灯がいきなりパッと、さなくば見る間に黒ずみつつある忙しない通りから静かな通りからに立ち現われ始めるような。例えば、はぐれ者の歩行者が後者伝《づて》ブルブル身を震わせながらひょいと厨の赤々と燃え盛る炎を見下ろし、クンと、幾々マイル分ものディナーの芳香をごっそり吸い込むことにて剰え餓《かつ》えた食い気をいよよ餓《かつ》えさせてやるような。

例えば、陸路の旅人が体の芯まで冷えきり、陰気臭い景色を突風にカサコソ煽られワナワナ身を震わせながら、うんざり眺めやるような。沖の船乗りが凍てついた帆桁一杯に広がり、怒濤逆巻く大海原の上にて木の葉よろしく揉まれては揺すぶられるような。例えば、岩礁や岬の灯台がポツンと独り寂しく不寝《ねず》の番をしているかのように見え、行き暮れたカモメがそいつらのずっしりとしたカンテラに真っ向からぶち当

C. STANFIELD R.A. del.
THOS. WILLIAMS. Sc.

たってハラハラと舞い落つような。炉明かりの下《もと》、御伽草子を繙く幼気な読者が、四つ裂きにされたカシム・ババが盗賊の洞穴に宙吊りにされている（『アリババと四十人の盗賊』）の図を思い浮かべたり、いつもピョンと、商人《あきんど》アブダの寝室の箱から飛び出していたおっかない小さな松葉杖のお婆さん（『魔神物語』第一話「オロマーンの魔除け」）がひょっとして近い内に夜分、長く、冷たく、仄暗いベッドへの道すがらドロンと、階段に立ち現われるやもしれぬと小さな胸をビクビク痛めるような。

例えば、鄙びた場所では、日光の最後の明滅が並木道のどん詰まりから消え失せ、頭上に弓形《ゆみなり》に枝を差し交わす木々がむっつり黒々と聳やぐような。例えば、公園や森では、湿気たのっぽの歯朶《しだ》やぐしょ濡れの苔《こけ》や深々と敷き詰めた落ち葉や、木の幹が、真っ暗闇の帳《とばり》の中で視界から失せるような。例えば、霧が堀や、沼や、川から濛々と立ち籠めるような。例えば、古めかしい邸宅や田舎家の窓辺の明かりがさも陽気そうに映るような。例えば、水車が止まり、車大工と鍛冶屋が作業場を閉《た》て切り、道銭取立て門が締まり、鋤と馬鍬が畑に独りぼっち置き去りにされ、百姓と組み馬《チーム》が家路に着き、教会の鐘が正午より野太い音を響かせ、教会墓地の回り木戸がその夜はこれきりギギと軋み開くまいような。

例えば、黄昏がここかしこ、日がな一日囚人《めしうど》よろしく閉じ込められていた影を解き放ち、かくてそいつら、群がり集まった有象無象の魑魅魍魎さながらびっしりグルリを取り囲むような。例えば、そいつらが部屋の隅にむっつり佇み、半開きの扉の蔭からグイと苦虫を嚙みつぶしているような。例えば、そいつらが人気《ひとけ》ない続きの間《ま》をそっくり独り占めするような。例えば、そいつらが人の住まう部屋の床や、壁や、天井にて、炉火の低く揺らめく間《ま》は躍り跳ねるも、メラメラと燃え盛れば引き潮よろしく尻尾を巻くような。例えば、そいつらが世帯道具の形《なり》を奇抜に嘲笑るに、乳母を人食い鬼に、揺り木馬を怪物に、半ば怯え半ば面白がっている半信半疑の幼子をそいつ自身にとって見知らぬ者に――正しく炉床の火挟みをすら、見るからにクンクンお国生まれの男共の血の臭いを嗅ぎつけ、こちとらのパンをこさえるべく人々の骨をバリバリ碾きたがっている、両の腕をグイと腰の所で突っ張ったなり大股広げた巨人（『ジャックと豆の木』）に――仕立て上げるような。

例えば、これら影法師がより年老いた連中の心に他の想念を喚び起こし、彼らに相異なる像を暴いてみせるような。例えば、そいつらがこっそり、過去からの、墓所からの、或いは存在していたやもしれぬがついぞ存在したためしのなき事共が必ずやウロウロ、ウロつき回っている深き、深き淵からの、人影や顔の似姿たりて、その奥まりより這い出すような。

例えば、男が、前述の如く、炉火にじっと目を凝らしながら座っているような。例えば、炉火が燃え盛ったり鳴りを潜めたりする度、影法師が失せては立ち現われるような。例えば、男が肉体の目にてはこれきり歯牙にもかけていないものの、炉火を一心に、連中が立ち現われようと失せようと、見つめているような。諸兄はかようの折にこそ男を目にするに如くはなかったろう。

例えば、くだんの影法師と共に蠢き始め、黄昏の召集に応じて隠処よりお出ましになっていた物音が、男のグルリをそっくり、いよよシンと静まり返らすやに思われるような。例えば、風が煙突の中でゴロゴロ唸り、屋敷の中で時にブツブツ小言でつぶやくかと思えば時にゴーゴー吠え哮っているような。例えば、戸外の古木がそれはガタガタ揺すぶられては好き放題嬲られるものだから、とあるグチっぽい老いぼれミヤマガラスなど、これじゃ眠られんわいとばかり、時折異を唱えるにどこぞの高みで「カー！」と、弱々しい、寝ぼけ眼の声を上げるような。例えば、折々窓がガタついたり、角櫓の天辺の錆びついた風見鶏がキーキー、不平を鳴らしたり、その下の時計がまたもや四半時間経過した旨告げたり、炉火がガラガラ崩れる側《そば》からのめずり込むような。

――例えば、コンと、要するに、男が然に腰を掛けていると扉にノックをくれる音がしたせいでハッと我に返るような。

「誰だ？」と男は言った。「入り給え！」

確かに、如何なる人影も男の椅子の背にもたれては、如何なる顔もそいつ越しに覗き込んでは、いなかった。断じて、男がギョッと身を竦めざま頭をもたげ、然に返した際、如何なる足もスルリと床に触れてはいなかった。がそれでいて部屋の中にはその表《おもて》に彼自身の姿が自らの影を束の間投じていたろう如何なる鏡もなかった。して何かが黒々と過ぎ去り、失せていたとは！

「誠に申し訳ありません、先生」と色艶のいい忙しなげな男が、御尊体と手にした木盆を諸共《もろとも》通すべく片足で扉を開けっ広げにし、御両人が仲良く入り果すや、バタンとけたたましく閉じてはと、またもやちびりちびり、そっと丹念に離してやりながら、言った。「今晩はずい分遅くなってしまいました。が家内がそれはしょっちゅう脚を掬われますもので――」

「風のせいで？　如何にも！　そう言えば先ほどから風が出ているな」

「――風のせいで、先生――ともかく家《うち》に無事戻ってくれただけでありがたいと思わねば。おお、いやはや、さようで。さようで。風のせいで、レドロー先生。風のせいで」

男はこの時までには、ディナーのための木盆を置き、せっせとランプに火を灯したり、テーブルにクロスを広げたりしていた。当該手筈を中途でアタフタ打ち切るや、火を掻き熾して炭を焼べ、それからまたもや仕切り直した。が、男がランプに火を灯し、炎がパチパチ、その手の下《もと》に燃え上がった勢い、それはガラリと部屋の様子が変わったものだから、ほんの男の色艶のいい紅ら顔と忙しない物腰がお越しになっただけで愉快な変化が来《きた》したかのようだった。

「家内はもちろんいつ何時であれ、先生、四大《しだい》のせいで体の釣り合いを失ってしまいます。根っからそいつの上手《うわて》に出るようには出来ておらんもので」

「ほう」とレドロー氏はぶっきらぼうながら、気さくに返した。

「さようで、先生。家内は『地』のせいで体の釣り合いを失うやもしれません。とは先達ての日曜のように。あの時は泥んこでそこいら中泥濘《ぬかる》っておる所へもって、新婚ホヤホヤの義理の妹の所へお茶に呼ばれ、ちょっとした己惚れのないでなし、徒《かち》とは言え泥ハネ一つないままお邪魔するつもりではおりましたが。家内は『気』のせいで体の釣り合いを失うやもしれません。とはいつぞや馴染みに説き伏せられてペッカム＊の縁日でブランコに物は試しで乗った折のように。あの時はそいつめ、たちまち家内の胃の腑に蒸気船みたように利いてくれましたが。家内は『火』のせいで体の釣り合いを失うやもしれません。とはお袋さんの家《うち》で消防車がデタラメに警報を鳴らした折のように。あの時はナイト・キャップのまま二マイルは下らん駆けったそうですが。家内は『水』のせいで体の釣り合いを失うやもしれません。とはバタシーでやられたように。あの時はオールもろくすっぽ操れん齢《よはい》十二の甥っ子のチャーリー＊・スウィッジャー二世に橋脚にぶち当てられましたが。こいつらが、ですが、四大《しだい》で。家内はあいつの気っ風に存分モノを言わそうと思えばどうしたって四大《しだい》の埒外に連れ出してやらねばなりません」

男が返答を待ってつと言葉を切ったので、返答は先と同じ物言いになる「ほう」であった。

「さようで、先生。おお、いやはや、さようで！」とスウィッジャーは相変わらずせっせと仕度を整え、整える端から照合して行きながら言った。「げにそこでして、先生。げに手前自身いつもさように申しておりまして、先生。それにしても我々スウィッジャーの何と仰山なことか！――コショウ。ああ、まずもって親父です、先生、一線は退《の》きましたがこの学寮の管理人兼守衛をしておりました。お蔭様で八十七になる。あれこそズブのスウィッジャーでは！——スプーン」

「なるほど、ウィリアム」というのが、相手がまたもや言葉を切るに及んでの辛抱強くも上の空の返答であった。

「さようで、先生」とスウィッジャー氏は言った。「げに手前自身いつもさように申しておりまして、先生。親父は言うなれば屋台骨かと！——パン。それからお次は親父の跡取り息子の不肖手前と——塩——家内が参ります。二人共もちろん、スウィッジャーですが。それからまたぞろ手前の兄弟がそっくりと、あいつらの家族が参ります。男も女も、男子《おのこ》も女子《おなご》も、どいつもこいつもスウィッジャーの。ああ、従兄《いと》姉《こ》やら、伯父やら、伯母やら、この親等の、あの親等の、ほかの親等の、何やかやの親等の、連れ合いの、お産の、身内やらで、スウィッジャー家は——タンブラー——皆して手と手をつなげばグルリとお国を一巡りしましょうて！」

ここにて、自ら話しかけている物思わしげな男から何ら返答賜らぬと見て取るや、ウィリアム氏は男にいよよ近づき、ハッと我に返らすべく、うっかりデキャンターをテーブルにぶち当てた風を装った。してまんまと思うツボに嵌まるが早いか、すかさず相づちを打たねばとばかり畳みかけた。

「さようで、先生！　げに手前自身ぴったしさように申しておりまして、先生。家内と手前とはしょっちゅうさように申して参りました。『それでなくともスウィッジャー姓が星の数ほどおるというなら』と手前共でございます。『今さらわたしらが精を出さなんだとて』——バター。実の所、先生、親父だけでも——薬味入れ《キャスター》——面倒を見ようと思えば子供が仰山おるほど手がかかります。手前共が子宝に恵まれんでむしろもっけの幸い。ただ家内はどことなく物静かになってもおりますが。ではそろそろトリとマッシュ・ポテトを持って参ってもよろしいと、先生？　家内は手前が番小屋を出る際には十分もすれば盛りつけられようと申しておりました」

「ああ、いつでも頼む」と相手は夢から覚めでもしたかのように、ゆっくり行きつ戻りつしながら言った。

「家内はまた例の調子でしゃかりきになっておりまして、先生！」と管理人は皿を一枚、炉端に立ったなり暖め、御逸品を陽気に顔の前にかざしながら言った。レドロー氏は行きつ戻りつしていた足をひたと止め、興味深げな表情を浮かべた。

「げに手前自身いつもさように申しておりまして、先生。

家内は何が何でも捩り鉢巻きでかかりおります！　家内の胸には母親らしい気持ちがあって、そいつはどうしてもハケグチを求めねばならんのでしょうて」

「とは如何様に？」

「ああ、先生、国のあちこちから、この古めかしい学舎で先生の御講義を受けようと集まって来る若き殿方皆にとってのある種お袋代わりであるだけでは飽き足らず――それにしても何とまた、このひんやり芯から冷えきるような日和に白磁のあっという間に温《ぬく》もってくれることか！」ここにて管理人はクルリと皿を返し、指を冷やした。

「で？」とレドロー氏はたずねた。

「げに手前自身ぴったしさように申しておりまして、先生」とウィリアム氏は待ってましたとばかりコクリと、愉快そうに相づちを打ちがてら肩越しに口を利きながら返した。「げにかっきしそこでして、先生！　うちの学生さんの中で、家内をかようの観点から見ておらんげな方は一人もいません。来る日も来る日も、課業の初っ端から仕舞いまで、皆さん次から次へと番小屋に頭を突っ込んでは何かかんか家内に声をかけたり吹っかけたりするネタをお持ちでございます。『スウィッジ』と、何でも皆さん大方、仲間同士、家内のことを呼んでおいでだそうで。が、げに手前自身さように申しておりまして、先生。後生大事にしてもろうて、からきしお構いなしより、お宅の名前からうんとこ程遠《ほどとゆ》うても、もしや心底気に入っておる証拠なら、よっぽどか増しというものでは！　名前とはそもそも何のためにあるので？　あやつとこやつを区別するためでは。もしや家内が実の名よりもっとまっとうなもので――とはつまり気立てや人となりで――見分けをつけられるというなら、家内の名はどうかお構いのう。たといそいつがげにほんまはスウィッジャーであろうと。学生さんには家内のことを好きにスウィッジとでも、ウィッジとでも、ブリッジとでも呼んで頂こうでは――いやはや！　ロンドン・ブリッジとでも、ブラックフライアーズとでも、チェルシーとでも、パトニーとでも、ウォータールーとでも、ハマースミス吊り橋とでも――もしやお気に召すなら！」

かくて矢でも鉄砲でも持って来いとばかりに啖呵が切られ、弁士と皿がもろともテーブルに近寄ったか近寄らぬか――御逸品を因みに、前者はとことん熱の回った証拠、アッチッチと半ばテーブルに載せ、半ば落っことしていたが――男のお褒めに与っていた御当人が別の皿とカンテラを手に姿を見せ、後から長い白髪頭の神さびた老人が付いて来た。

ウィリアム夫人は御亭主同様飾りっ気のない、見るからに純真そのものの女で、その滑《すべ》らかな頰には御亭主の仕事着のチョッキの陽気な紅みそっくりのそいつがめっぽう人好きのする具合に差していた。が御亭主の薄茶色の髪が頭中にツンツン押っ立ち、何であれセカセカ快くこなす勢い余って目まで吊り上げているやに見える一方、ウィリアム夫人の暗褐色の髪は丹念に梳きつけられ、想像し得る限りとびきり几帳面にして物静かなやり口で、小ぢんまりとして小粋な縁無し帽の下にすっくり収められていた。御亭主の正しくズボンにしてからが踝の辺りで、まるでグルリをキョロキョロ見回さずして安らうは土台鉄灰色の叶はぬ相談ででもあるかのようにグイと吊り上がっている一方、ウィリアム夫人の小ざっぱりとした花模様のスカートは――御当人の愛らしい面《おもて》さながら赤と白の――正しく戸外では然てもビュービュー吹き荒んでいる風ですらその襞の一つとて乱すこと能はぬかのように整然と落ち着き払っていた。御亭主の上着が何がなし襟と胸の辺りにはだけてずり落ち気味な風情が漂う一方、ウィリアム夫人の小さなボディスはそれは坦々として小ざっぱりしているものだから、そいつの中には、もしやお呼びとあらば、如何に荒っぽい連中相手にせよ、この方の身を守って進ぜる魔除けが潜んでいるかと見紛うばかりであった。一体どこのどいつが然に長閑な胸を悲しみで膨れ上がらせたり、怯えで高鳴らせたり、恥じらいで戸惑わせたりしたいと願い得たろう！　一体どこのどいつにその休息と平穏がどうか掻き乱さないでと訴えなかったろう、幼子のあどけなき微睡みさながら！

「もちろん時間かっきりと、ミリー」と御亭主は妻君から盆を受け取ってやりながら言った。「さもなければお前ではなかろう。ほれ、家内でして、先生！――あちらは今晩はまたやけに寂しそうで」と盆を受け取る間《ま》にもこっそり上さんに耳打ちしながら。「ひっくるめれば、もっと化け物じみておいでだ」

これきりセカセカした風を見せるでも物音一つ立てるでも、御当人の気配すら見せるでもなく――然に穏やかにして物静かとあって――ミリーは手にした一枚ならざる皿をテーブルの上に並べた――御亭主は散々ガチャガチャ音を立てたりあちこち駆けずり回ったりした挙句、ほんの舟形ソース入れの肉汁しか掌中に収めること能はず、御逸品を今やいつでも供さんばかりにして立ってはいたが。

「老人が腕に抱えているあれは何だね？」とレドロー氏は孤独な食事の席に着きながらたずねた。

「セイヨウヒイラギでございます、先生」とミリーの静かな声が返した。

「げに手前自身さように申しておりまして、先生」とウィリアム氏が舟形ソース入れごと割って入った。「ヒイラギの赤い実は一年の今時分にそれは打ってつけなもので！――ブラウン・グレイヴィー！」

「クリスマスがまた巡り来れば、一年がまた過ぎ去る！」と化学者は憂はしき溜め息もろともつぶやいた。「挙句苦しめられるが落ちながら、ひたすらひたすら〆を出そうとかかずらっている、延々たる記憶にまた数字が加わる。いずれ死に神がごっそり一緒くたにして拭い去ってはくれようが。だから、フィリップ！」といきなり言葉を切り、両手にどっさり輝かしき荷を抱えたなり、少し離れた所に立っている老人に話しかける間《ま》にも声を張り上げながら。因みにそこより、物静かなウィリアム夫人は小枝を受け取り、音もなく体好く鋏を入れる側《そば》から、部屋にあしらい、片や老いぼれた義父はくだんの儀式を興味津々見守っていた。

「御機嫌麗しゅう、先生」と老人は返した。「もっととうにお声をかけていたものを、先生、先生の習いを知らぬでなし、レドロー先生――我ながらまんざらどころでのう――話しかけて頂くまで待っておりました。クリスマスお目出度うございます、先生、で良いお年を。末永く。このやつがれ自身それは仰山なそいつら頂戴して参ったからには――はっはっ！――憚りながらさように祈らせて頂いてもよろしかろうかと。これでかれこれ八十七になりますもので！」

「で、その数だけの陽気で幸せな新年を迎えて来たと？」と相手はたずねた。

「ああ、先生、まことその数だけの」と老人は返した。

「父上の記憶は老いぼれたせいで怪しくなっているのか？　だとしても一向不思議はないが」とレドロー氏は息子の方へ向き直り、声を潜めて口を利きながら言った。

「いえ、これきり、先生」とウィリアム氏は返した。「げに手前自身かっきしさように申しておりまして、先生。親父の記憶ほど確かな記憶にはついぞお目にかかったためしがございません。親父はこの世にまたとないほど物覚えのいい男で。忘れるということの何たるか存じません。ときっかしさように、もしや信じて頂けるものなら、先生、手前自身いっも家内に申しておりまして！」

スウィッジャー氏は、慎ましやかにも、ともかく唯々諾々と応じているげに見えたいばっかりに、当該御託をさも反駁の微塵もなく、そっくり手離しにして但書き抜きの同意の下に口にされてでもいるかのように並べた。

化学者は皿を押しやり、テーブルから腰を上げると、部屋の向こうの、老人が手にしたセイヨウヒイラギの小枝を眺めて立っている所まで歩いて行った。

「だったら、今のそうした幾多の歳月が古くもあれば新しくもあった時分を思い出すというのだな?」と彼は老人の顔を食い入るように覗き込み、ポンと肩に手をかけながらたずねた。「さあ?」

「おお、それはそれは仰山な!」とフィリップは半ば夢想から覚めつつ言った。「これでかれこれ八十七になりますもので!」

「しかも陽気で幸せな?」と化学者は声を潜めてたずねた。「だから、陽気で幸せな?」

「もしやこれくらいか、せいぜいこれくらいの丈だったかと」と老人は膝頭より気持ち上辺りに手を突き出し、記憶の糸を手繰り手繰り詮索屋を見やりながら言った。「やつがれが初っ端そいつら覚えておるのは! ひんやりとした、よう晴れた日のことで、散歩をしていると誰かが――そいつは、ほれ、先生がそこに立っておいでと変わらんまことお袋でした。とは言うても今のそのクリスマスの時節に病気になって死んだもので、お袋のありがたい顔がどんなだったもんやらさっぱりですが――そいつら小鳥の餌じゃと教えてくれましての。可愛いチビ助は――とは、ほれ、やつがれですが――小鳥の目がこうも真っ紅なのは、ひょっとして、冬に食うておるヒイラギの実がこうも真っ紅じゃからやもしらんと合点したものです。ということだけは忘れもしません。これで、かれこれ八十七になりますが!」

「陽気で幸せな!」と相手は憐れみがちな笑みを浮かべ、腰の曲がった人影に黒みがかった目を凝らしながら惟みた。「陽気で幸せな――しかもよく覚えているとは!」

「ああ、ああ、ああ!」と老人は最後の文言を聞きつけて仕切り直した。「よう覚えておりますとも。学生の時分のあいつら、年々歳々。でいつも一緒にお越しになっておった浮かれ騒ぎもそっくり。これでもあの当時はいかつい若造でしての、レドロー先生。で、もしや信じて頂けるものなら、十マイル四方、蹴球で右に出る者はおりませんでした。ん、せがれのウィリアムはどこじゃ? 十マイル四方、ウィリアムや、蹴球でわしの右に出る者はおらなんだ!」

「げにわたし自身いつもそう言ってますとも、父さん!」と息子はすかさず、してたいそう恭しげに返した。「父さんこそズブのスウィッジャーでは。とにもかくにも一族にそいつがおるとすれば!」

「いやはや!」と老人はまたもやセイヨウヒイラギを見やる間《ま》にもかぶりを振り振り言った。「あれのお袋と――せがれのウィリアムは末息子でしての――やつがれとは何年とのうあいつらみんなに、男子《おのこ》や女子《おなご》に、チビや赤子に、囲まれて座ってみれば、こいつらみたようなヒイラギの実だってあいつらの真っ紅な面《つら》の半ばもわたしらのグルリで真っ紅に輝いてはおりませなんだ。あいつらのよけいはあの世で、女房もあの世で、せがれのジョージは（わたしらの長男で、女房は外のどいつより鼻にかけておりましたが）救いようのないほど身を持ち崩しております。がやつがれには、ここを見ておると、あいつらあの時分のまんまピンシャン元気にしておるのが見えます。あいつが、おお、ありがたや、あどけないまんまなのが。これで文句を言うたらバチが当たりましょう、八十七にもなって」

然ても一心に老人に凝らされていた鋭い眼差しは次第に床に伏せられていた。

「あざとい目に会って一頃ほど羽振りが好うのうなって、初っ端ここへ管理人ということでやって来た時」と老人は言った。「――というのは五十年は下らん前のことですが――ん、せがれのウィリアムはどこじゃ？　あれは半世紀は下らん前のことじゃて、ウィリアム！」

「げにわたし自身そう言ってますとも、父さん」と息子は先に劣らずすかさず、して律儀に返した。「げにかっきしそこですとも。ゼロ掛け二はゼロ、五掛け二は十、〆て百と」

「何ともありがたいことに、やつがれ共の設立者のお一方が――それとももっと正確に申せば」と老人は御当人のネタ、及びそいつを仕込んでいる事実こそ光栄至極とばかり、言った。「エリザベス女王の御世に、と申すのもやつがれ共は女王の御時世にならん内に礎を築かれたもので――我々に浄財を施すのに手を貸して下された学者のお一方が、遺言で、あれこれ賜った遺贈の中でも、クリスマスが巡り来る度、壁や窓に飾れるよう、セイヨウヒイラギを買うに困らんだけの金をお遺し下されました。とは何やら我が家じみて気さくな計らいでは。あの時分はまだほんのここには他処者同然で、ちょうどクリスマスの時節にやって来たもので、やつがれ共はその昔、まんだやつがれ共の十人の懐の寂しい殿方が代わりに金《かね》の形で年金を受け取られん時分には、大正餐食堂《ディナー・ホール》として使われておったとこに吊る下がっている、あちらの正しく肖像がやけに気に入りましての。――首のグルリに襞襟《ラフ》を巻いた、尖り顎鬚の、真面目そうな殿方で、下の巻き物《スクロール》には古英語で『主《しゅ》よ！　我が記憶の永久《とこしへ》に瑞々しからんことを（『ハムレット』I、2）！』と書いてあります。先生はもちろん、あちらのことはそっくり御存じかと、レドロー先生？」

「あそこに肖像画が掛かっているのは知っている、フィイリップ」

「ああ、まこと羽目張りの上の、右から二番目の。ですから、何を言いかけておったかというと——あの方のお蔭で、ありがたいことに、やつがれの記憶まで瑞々しゅうして頂いておりまして。と申すのも、ちょうど今やっておるように、年々建物を歩き回り、がらんどうの部屋から部屋にこうした小枝を赤い実ごと緑々《あおあお》と飾ってやると、やつがれのがらんどうの脳ミソまで緑々《あおあお》としたカツを入れて頂けるもので。ある年は別の年を、そいつはまた別の年を、そいつらはまたぞろ外の奴らをワンサと連れて参ります！　とうとう、やつがれにはまるで我らが主《しゅ》の誕生の折はこれまで愛おしんだり、悼んだり、喜んだりして来たどいつもこいつもの誕生の折のように思えて来ましての——して連中、星の数ほどおろうかと、何せこれでかれこれ八十七になりますもので！」

「陽気で幸せな」とレドローは独りごちた。

部屋は奇妙な具合に暗くなり始めた。

「という訳でほれ、先生」と老フィリップは、然にまくし立てる内にも、老いてなお盛んな冬めいた頬はいよよ真っ紅に火照り上がり、青い目は晴れやかに輝いていたが、続けた。「やつがれはこの目下の季節を祝うてやると、祝うてやらねばならんそいつらが仰山ありましての。はてさて、わしのおっとり小ネズミはどこじゃ？　ペチャクチャ無駄口を叩くのは老いぼれにはつきものでの。まんだ飾ってやらねばならん所が半分も残っておろう。もしや仰《のっ》けにわしらが冷えにガチガチ凍てつかされんか、風にビュービュー吹き飛ばされんか、闇にすっぽり呑み込まれてしまわねばの」

おっとり子ネズミとやらは、老人が話し終えぬとうの先から傍に穏やかな面《おもて》を近寄せ、そっと腕を取っていた。

「そろそろ行くとしようか、お前」と老人は言った。「レドロー先生は、さもなければ晩メシが冬みたようにひんやり冷えてしまうまでそいつに腰を据えては下さるまい。どうか老人のタワ言をお許し下され、先生。お休みなさい、でもう一度、クリスマスお——」

「待ってくれ！」とレドロー氏はどうやらその物腰からして、自らの食い気を曲がりなりにも思い出して、というよりむしろ老管理人を安心させようと、またもやテーブルの持ち場に就きながら言った。「もうちょっと付き合ってくれ、フィリップ。ウィリアム、君は何か、奇特な妻君の誉れとなるようなことを言いかけていたはずだ。妻君にとっても御亭主に持ち上げられるのを耳にするのはまんざらでもなかろう。そいつは何だ？」

「ああ、げにそこでして、ほら、先生」とウィリアム・スウィッジャーは少なからずドギマギ上さんの方を見やりながら返した。「家内の目がどうやらこっちを向いておるようですが」

「だが、まさか妻君の目がおっかない訳ではあるまい?」

「ああ、もちろん、先生」とスウィッジャー氏は返した。「げに手前自身さように申しておりまして。あれの目はおっかながられるようには出来ておりません。もしや端《はな》からさように思し召しなら、こうもヤワにはこさえられておりますまい。が叶うことなら――ミリー!――ほれ、あちらのことさ。あっちの棟《むね》の」

ウィリアム氏はテーブルの背《せな》に立ち、その上のあれやこれやをオロオロ、バツが悪げに弄りながらちらりほらり、上さんの方へ説きつけがちに目をやり、こっそりグイと、そら御覧とばかりレドロー氏の方へ頭と親指をもろとも振ってみせた。

「ほれ、あちらのことさ、お前」とウィリアム氏は言った。「あっちの棟《むね》の。お前から話して差し上げておくれ。お前はわたしに比べたらシェイクスピアの芝居みたようなもんだ。あちらの棟《むね》の、ほれ、お前。――学生さんだよ」

「学生?」とレドロー氏は頭をもたげながらオウム返しに声を上げた。

「げにそこでして、先生!」とウィリアム氏は待ってましたとばかり、しゃにむに相づちを打ちながら声を上げた。「もしやあっちの棟《むね》の気の毒な学生さんのことでなければ、どうしてそもそも先生がそいつを家内の口から聞きたいなんぞとお思いになりましょう? さあ、お前――あっちの棟《むね》の」

「まさか家《うち》の人が」とミリーはおよそ急いたり戸惑ったりするどころか、物静かにも気さくに言った。「そのことで何か申し上げていたとは思いも寄りませんでしたわ。さもなければこちらへは伺ってなかったでしょうに。ちゃんと口止めしてましたのよ。実は病気の学生さんがいらっしゃって――どうやら、お金にもたいそう困ってらっしゃるようですが――あんまり具合がお悪いせいで、この休暇中に帰省なさる訳にも行かず、どなたにも知られないまま、あちらのエルサレム棟の、殿方用の簡素な手合いの貸間に住んでおいでですの。というだけのことですわ、先生」

「どうしてその学生のことが一切わたしの耳に入らなかったのだ?」と化学者はそそくさと腰を上げながら言った。「どうして彼はわたしに容態を報せてくれなかったのだ? 具合が悪いだと!――帽子とマントを取ってくれ。お金にも困っているだと!――どの建物だ?――何号室だ?」

「おお、あちらへお行きになってはなりません、先生」とミリーは義父の側《そば》を離れ、落ち着き払った小さな面《おもて》をつゆ取り乱すでなく、手をひしと組み合わせたなり、穏やかに彼に面と向かいながら言った。

「あちらへ行ってはならぬ?」

「おお、決して!」とミリーはかほどに明々白々として自明の叶はぬ相談もなかろうと、かぶりを振りながら返した。「めっそうもない!」

「とはどういうことだ? どうして行ってはならぬ?」

「ああ、ほれ、先生」とウィリアム・スウィッジャーが説きつけがちにしてここだけの話とばかり言った。「げに手前自身さように申しておりまして。誓って、今のそのお若い殿方は同じ男相手には断じて、御自身の容態をこっから先バラしてはおられんかったでしょうの。家内はいつの間にやらシッポをつかんでおりました。がそれとこれとは大違いで。皆さんどなたも家内には秘密を打ち明けられます。皆さんどなたも家内のことは信じておいでです。男でしたら、先生、あちらからはウンともスンとも聞き出せておらんかったでしょう。が女で、先生、しかも家内と来れば——!」

「なるほど、君の言うことには一理あるし、それこそ思いやりというものだろう、ウィリアム」とレドロー氏は彼の肩先の優しく、坦々たる面《おもて》にじっと目を凝らしたなり返した。して唇に人差し指をあてがいながら、そっと彼女の手に財布を滑り込ませた。

「おお、これはこれは、いえ、先生!」とミリーは財布をまたもや押し戻しながら声を上げた。「これではますます困ってしまいます! よもやさようのこと!」

然に手堅く、冷静な主婦だったから、然に当該拒絶の束の間の忙しなさによっても度を失うどころでないものだから、一瞬後には、彼女はセイヨウヒイラギをあしらっていた際にうっかり鋏とエプロンの間からこぼれ落ちていた葉を二、三枚、几帳面に摘《つま》み上げていた。

いざ背《せな》を伸ばしてみれば、レドロー氏が依然として訝しんでいるとも驚いているともつかぬ具合にこちらを見ているとあって、彼女は静かに繰り返した——その間《ま》も、何かまだ外に見過ごしていたやもしれぬ切れ端はないかと辺りに目をやりながら。

「おお、これはこれは、いえ、先生! あちらのおっしゃるにはよりによって先生にだけは知られたくない、と言おうか助けて頂きたくないそうでございます——いくら先生の授業の学生さんだからと言って。わたくし先生とは他言は無用の契りを交わした覚えはございませんが、先生が徳義を重んず方であることは心より信じております」

「学生は何故《なぜ》そんなことを言ったのだ?」

「さあ、それは分かりません、先生」とミリーはしばし思いを巡らせていたと思うと言った。「と申すのもわたくし、御存じの通り、これきり智恵が回りませんし、ただあちらの身の回りのものを小ざっぱりと心地好く片づけて差し上げる上で少しでもお役に立ちたいと存じ、事実さように骨を折らせて頂いたまでのことですので。ですがあの方が独りきりで、お金にも困ってらっしゃるのは存じていますし、その上、何となく皆さんにソッポを向かれてらっしゃるようでもございます。——おお、何と暗いことでしょう!」

部屋はいよよ、いよよ、暗くなっていた。わけても化学者の椅子の背後にはめっぽう黒々とした闇と蔭が垂れ籠めていた。

「その学生について何か外には?」と彼はたずねた。

「あちらはお金の余裕さえ出来れば結婚する契りを交わしておいでで」とミリーは言った。「暮らしを立てるために、どうやら、資格を取ろうと、勉強なさっているようでございます。この目で、もういつからとはなく、あちらが一生懸命、たいそう切り詰めながら、勉強なさっているのを目にして参りました。——おお、何とたいそう暗いことでしょう!」

「おまけにえろう冷えて来たでは」と老人が手を揉みながら言った。「何やらそこいら中ひんやり陰気臭うていけん。せがれのウィリアムはどこじゃ? ほれ、ウィリアム、カンテラの火を大きゅうして、炉を掻き熾さんか」

ミリーの声が、めっぽう密やかに奏でられる静かな楽の音《ね》さながら仕切り直した。

「あちらは昨日の昼下がりのこと、わたくしにおしゃべりなすってから」(とは、独りごつかのように)「途切れがちな夢の中で、どなたか亡くなった方のことを、何か二度とは忘れられない、ひどい裏切りのことを、つぶやいてらっしゃいました。けれどそれが御自身になされたものか、ほかの方になされたものか、は存じません。あの方によってでないことだけは確かですが」

「して早い話が、家内は、ほれ——と申すのも家内は自分の口からは、レドロー先生、ここにこの次のそのまた次の年が明けるまでお邪魔していようと、申しますまいから——」とウィリアム氏は耳打ちすべく彼の脇へ近寄りながら言った。「学生さんにそれは至れり尽くせり世話を焼いて差し上げておりまして! いやはや、それは至れり尽くせり! 我が家のことは何から何までこれまでと一つも変わらんまました——親父は相も変わらずヌクヌク居心地好うしてもらって

――たとい一か八か現ナマで五〇ポンドお賭けになろうと、屋敷にワラしべ一本見つけられんでしょうが――家内は表向き、ついぞ手近におらんかったためしはありません――というに行ったり来たり、行ったり来たり、昇ったり降りたり、昇ったり降りたり、あちらのお袋さん代わりになって差し上げておるとは!」

部屋はいよいよひんやりとして暗くなり、椅子の背後の闇と蔭はいよよ黒々と垂れ籠めた。

「というだけでは飽き足らず、先生、家内は今晩という今晩のこと、家《うち》に戻る途中(ああ、あれからまだ二時間とは経っておりませんが)、幼子というよりむしろ野育ちの幼獣みたような小憎がブルブル、どこぞの戸口の上り段で震えているのを見つけおりまして。して何とまた、そやつの体を乾かして、腹の足しを与えて、挙句手前共の昔ながらの馳走とフランネルの賜物がクリスマスの朝に底を突くまで置いてやろうというので家《うち》に連れて帰って参るでは! たとい小憎め生まれてこの方炉火というものに当たったためしがあるとしても、せいぜいそこまででしょうの。というのも番小屋の古暖炉に座ったなりじっと、まるでそいつのガツガツ餓《かつ》えた目と来ては二度とつむらんみたように手前共の炉火を睨め据えておるもので。少なくとも、あすこに座ったなり」とウィリアム氏は篤と惟みるに及び、御自身に御叱正賜りながら言った。「もしや尻に帆かけておらねば!」

「妻君に幸いあれかし!」と化学者は声に出して言った。「でお宅にも、フィリップ! で君にも、ウィリアム! この件に関してはどうしたものか考えてみねば。或いはこの学生に会いたくなるやもしらんが、今の所はここまでにしておこう。ではお休み!」

「忝う、先生、忝う!」と老人が言った。「おっとり子ネズミと、せがれのウィリアムと、やつがれ自身に成り代わって。ん、せがれのウィリアムはどこじゃ? ウィリアム、お前はカンテラを提げて、あいつら長うて暗い廊下から廊下の先を立って行かんか。ちょうど去年《きょねん》や一昨年《おととし》にやったようにの。はっ、はっ! このやつがれが忘れるとでも――いくら八十七じゃからというて! 『主《しゅ》よ、我が記憶の永久《とこしへ》に瑞々しからんことを!』こいつはえろうありがたい祈りでは、レドロー先生、その昔、まんだやつがれ共の十人の懐の寂しい殿方が代わりに年金を受け取られん時分には、大正餐食堂《ディナー・ホール》として使われておったとこの、羽目張りの上の、右から二番目に吊る下がっておる――首のグルリに襞襟《ラフ》を巻いた、尖り顎鬚の学者先生のあやつは。『主《しゅ》よ、我が記憶の永久《とこしへ》に瑞々しからんことを!』こいつはえろうありがとうて信心深い祈りでは、先生。アーメン！　アーメン！」

　三人《みたり》が部屋から出て行き、重い扉を閉《た》てると——御逸品、如何ほど丹念に手をかけていようと、いざ締まる段には延々たる雷《いかづち》よろしき谺を次から次へと喚び起こしたが——部屋はいよよ暗くなった。

　男が独り椅子にかけたなり物思いに耽り出すに及び、健やかなセイヨウヒイラギは壁の上にて萎び、ハラハラと——枯れ枝たりて——舞い落ちた。

　男の背後の闇と蔭が、くだんの然ても黒々と垂れ籠めつつあった箇所でいよよ深まると、そいつは次第次第に男自身の由々しき似姿を具えた——と言おうかそいつより、何やら如何なる人間の感覚によりても跡づけ得ぬ、曖昧模糊たる過程を経て、くだんの由々しき似姿が立ち現われた。

　ひんやりとして、身の毛もよだつような、その鉛色の顔と手において血の気の失せた、というに男の面立ちと、ギラついた目と、半白の頭を具え、男の出立ちの陰鬱な影を纏い、そいつは、音もなく、微動だにせぬまま、男の恐るべき存在の化身となった。男が暖炉の前で物思いに耽りながら、椅子の肘に腕をもたせているままに、そいつは男の面《おもて》の凄まじき生き写しを、男の面《おもて》が何処を向こうと向け、男の面《おもて》の浮かべる表情を浮かべたなり、男の上にひたと屈み込むようにして、椅子の背にもたれた。

　こいつが、ならば、先刻かすめ去りざま消え失せた何かだというのか。こいつが、憑かれた男の恐るべき道連れだというのか！

　そいつは、しばらく、男が一見、そいつのことなど意に介していないに劣らず、一見、男のことなど意に介していなかった。クリスマスの聖歌隊《ウェイツ》がどこか遠くで楽の音《ね》を奏で、物思いに耽りながらも、男は調べに耳を傾けているかのようだった。そいつも、また然り。

　とうとう男は口を利いた。面《おもて》を動かしも、もたげもせぬまま。

「また来たか！」と男は言った。

「また来たぞ！」と亡霊は答えた。

「わたしにはお前の姿が炉火の中に見える」と憑かれた男は言った。「わたしにはお前の声が楽の音《ね》の中に、風の中に、夜の死んだような黙《しじま》の中に、聞こえる」

亡霊は如何にもと、頷いてみせた。

「どうして、こんな風にわたしに祟りにやって来る?」

「俺はお呼びがかかるままにやって来る」と亡霊は答えた。

「いや。招かれもせぬのに」と化学者は声を上げた。

「たとい招かれまいと」と物の怪は言った。「たくさんだ。俺はここにいる」

それまで炉火は二つの面《おもて》に照りつけていた——仮に椅子の背後の恐るべき目鼻立ちを面《おもて》と呼べるものなら——仰《の》っけ同様いずれもそちらを向き、いずれも相手にはちらともやらぬままの。が今や、憑かれた男はいきなりクルリと向き直り、亡霊をグイと睨め据えた。亡霊は、その動作において劣らずいきなり、椅子の前へ回り、グイと男を睨め据えた。

生身の男と、窶切れた男自身の息を吹き返した似姿とは、或いは然に、一方が他方を、見つめていたやもしれぬ。とは、とある冬の晩、がらんどうの古びた学寮の孤独な人気《ひとけ》ない片隅にて巡らすには蓋し、由々しき思いではなかろうか、わけても風が、天地創造以来、何処より、何処へとも何人《なんぴと》たり与り知らぬ、その神秘の旅路にあって荒らかに吹き去り、星が、幾百万となく、地球の巨塊もほんの芥子粒にして、その神さびた老齢ですら幼年にすぎぬ宇宙の果てよりそいつ越しにキラキラ瞬いているとあらば。

「俺を見ろ!」と物の怪は言った。「俺は己《おの》が青春においで蔑ろにされ、惨めったらしいほど貧しかったあの男だ。奴は骨身を惜しまず学問に励み、なお骨身を惜しまず学問に励み、とうとう知識の埋《うず》もれた鉱脈よりそいつを伐り出し、己《おの》が疲れ切った足が踏み締め登れるよう、そこよりゴツゴツの階段を築いて行ったが」

「わたしこそその男だ」と化学者は返した。

「如何なる母親の無償の愛も」と亡霊は続けた。「如何なる父親の忠言も、この俺に手を差し延べてはくれなかった。見知らぬ男がほんのガキの時分に親父の後釜に座り、俺はおまえの。が今や……

「如何なる母親の無償の愛も」と亡霊は続けた。「如何なる父親の忠言も、この俺に手を差し延べてはくれなかった。見知らぬ男がほんのガキの時分に親父の後釜に座り、俺はお易い御用でお袋の心からツマ弾きにされた。両親はせいぜい例の、気苦労にはとっととケリがつき、義務にもとっとと片のつく——我が子を早々《はやばや》、小鳥がやってのけるように、後はどうなと世の中に放り出し、もしもそいつがトントン拍子に行けば手柄を申し立て、行かねば憐れを申し立てる手合いのそいつだった」

亡霊はしばし言葉を切り、その眼差しと、物言いと、薄ら笑いもて男を焚きつけては責め苛むかのようだった。

「俺は」と亡霊は続けた。「出世へのこの苦闘においてとある馴染みを見つけた男だ。俺は馴染みを手に入れ——勝ち取り——我が身につなぎ留めた! 俺達は肩を並べて、共に勤しんだ。より若き日々に何ら捌け口のなかった、何ら表現を見出さなかった愛と信頼を全て、俺は馴染みに注いだ」

「いや、全てという訳ではない」とレドローは嗄れっぽく言った。

「ああ、全てという訳では」と亡霊は返した。「俺には妹がいた」

憑かれた男は両手に頭をもたせたなり、返した。「ああ、妹が！」亡霊は逆しまな笑みを浮かべて、いよよ椅子に近づき、組んだ両手に顎をもたせ、そのなり椅子の背にもたすと、食い入るような目で――そいつらカッと燃え上がるかのようだったが――男の顔を覗き込みながら続けた。

「俺がともかく味わったような、我が家の仄明かりは妹から迸っていた。あいつの何と初々しく、何と美しく、心優しかったことよ！　俺は妹を初めて主《あるじ》となった貧しい屋根の下《もと》へ連れて行き、お蔭でそいつは豊かになった。妹は俺の人生の暗闇に訪れ、そいつを明るくしてくれた。――そら、あいつが瞼に浮かぶようだ！」

「わたしにはつい今しがた、妹の姿が炉火の中に見えていた。わたしには今しも、妹の声が楽の音《ね》の中に、風の中に、夜の死んだような黙《しじま》の中に、聞こえる」と憑かれた男は返した。

「奴は事実妹を愛していたのか？」と亡霊は男の物思わしげな声を谺さながら返しながら言った。「いつぞやは多分、愛していたはずだ。いや、確かに愛していた。せめて妹の愛があんなにも密かで、あんなにも一途でなければ。妹がもっと移り気な心のもっと上っ面から、奴を愛していたなら！」

「どうかそいつは忘れさせてくれ！」と化学者は腹立たしげに手を振りながら言った。「どうかそいつをわたしの記憶から拭い去らせてくれ！」

物の怪は身動ぎ一つせぬまま、してちらとも瞬かぬ、酷き目を相変わらずじっと男の面《おもて》に凝らしたまま続けた。

「とある夢が、妹のそれのような、俺自身の人生にもそっと忍び寄って来た」

「如何にも」とレドローは言った。

「とある愛が」と亡霊は続けた。「俺のケチな性根の抱ける限り、妹のそれのような愛が、俺自身の胸にも芽生えた。俺はあの時分、余りに貧しかったせいで、想いを懸けた相手をどんな約束や口説き言の糸によっても俺の運命につなぎ留めることは叶はなかった。余りに女を愛していたせいで、つなぎ留めようとすることすら叶はなかった。が、生まれてこの方懸命に身を粉にしたためしのないほど、上へ昇り詰めようと懸命に身を粉にした！　ものの一インチしか昇るまいと、それでも高みには某か近づいた。四苦八苦、一心に昇り続けた！　あの当時、夜更けにアクセクやっている合い間合い間に――妹は（愛らしき道連れよ！）相変わらず消えかけた燃え殻や冷えかけた暖炉を俺と分かち合っていたが――そろそろ辺りも白もうかという頃、何たる先行きの絵を、俺は目の当たりにしたことか！」

「わたしはつい今しがた、そいつらを炉火の中に目の当たりにした」と男はつぶやいた。「あいつら楽の音《ね》の中に、風の中に、夜の死んだような黙《しじま》の中に、巡り来る歳月の中に、舞い戻って来るが」

「——いずれ、俺の辛苦の霊感だった女と共に過ごす俺自身の一家団欒の絵を。妹が、俺の親友と五分五分の立場で結ばれる絵を——というのも奴にはそこそこ遺産があり、俺達にはからきしなかったから。俺達の長閑な老齢と、円熟した幸福の絵を。それは遙か彼方まで溯るせいで、俺達や子供達を輝かしい花輪へとつなぎ留める黄金の絆の絵を」と亡霊は言った。

「どいつもこいつも」と憑かれた男は言った。「幻想にすぎなかったが。どうしてそいつらこうもまざまざと覚えているのがわたしの運命《さだめ》なのか！」

「どいつもこいつも幻想にすぎなかったが」と亡霊は坦々たる目でじっと男を睨め据えながら、坦々たる声で繰り返した。「何せ親友は（奴の胸に俺はこの俺自身の胸にぶちまけるのと変わらん何もかもぶちまけていたものを）、俺と俺の希望と苦闘の銀河系の間に割って入るや、女を物にし、俺の脆い宇宙を粉々に打ち砕いてくれたもので。妹は、我が家にあって二層倍愛しく、二層倍ひたむきで、二層倍ほがらかな妹は、晴れて俺の名が知れ渡り、昔ながらの野望がいくらその撥条《ばね》は吹っ飛ぼうとかくて報われるのを見届けると、やがて——」

「やがて、神に召された」と男は口をさしはさんだ。「相変わらず優しく、幸せで、兄を措いて何ら気がかりのないまま、神に召された。いや、黙れ！」

亡霊は黙々と男を見守った。

「覚えているとも！」と憑かれた男はしばし押し黙っていたと思うと言った。「ああ。それはまざまざと覚えているものだから、何年も経ち、何一つとうの昔に葬り去られたガキじみた恋ほどなまくらで絵空事めいたもののない今ですら、そいつのことを思い浮かべる度、弟か息子の恋さながら憐れを催さずにはいられぬ。時に訝しみすらする、一体いつあの女の心は初っ端奴に傾いたのか、どんな具合にわたしになびいていたのか——一頃は、確か、生半ならず。——がそいつはどうだって構わん。幼い時分の不幸や、愛して信じていた手から受けた傷は、何ものも取って代わり得ぬ喪失は、そんな泡沫《うたかた》の懸想より遙かにしぶとく生き存えるものだ」

「かくて」と亡霊は言った。「俺は己の内に『悲しみ』と

『裏切り』を巣食わすに至った。かくて俺は己を贅とするに至った。かくて記憶は俺の呪《のろ》いと化すに至った。もしも己《おの》が悲しみと裏切りを忘れられるなら、いっそそうしようものを!」

「愚弄者め!」と化学者はガバと腰を上げ、今にも憤った手で分身の喉元につかみかからんばかりになって言った。「どうしてわたしはいつも今のその嘲りを耳許で囁かれねばならん?」

「止さんか!」と物の怪は由々しき声で叫んだ。「それとも俺に手をかけ、死ぬがいい!」

男は中途ではったと、そいつの文言に金縛りに会いでもしたかのように思い留まり、物の怪に目を凝らしながら立ち尽くした。そいつは早、スルリと男から遠ざかり、クギ差しめかして腕を高々とかざしていた。してその黒々とした姿形を鬼の首でも捕ったように聳やかす間《ま》にもさっと、この世ならざる目鼻立ちに笑みが過った。

「もしも己《おの》が悲しみと裏切りを忘れられるなら、いっそそうしようものを」と亡霊は繰り返した。「もしも己《おの》が悲しみと裏切りを忘れられるなら、いっそそうしようものを!」

「我が悪霊よ」と憑かれた男は低い、震えがちな声で返した。「わたしの人生はくだんの絶え間ない囁きに暗澹と祟られている」

「そいつは谺だ」と亡霊は言った。

「たといそいつがわたしの想念の谺だとしても――とは今や、事実、そうだと分かっている通り」と憑かれた男は返した。「だからと言ってどうしてわたし独り苦しまねばならん? そいつは決して独り善がりな想念ではなかろう。わたしはほんの我が身可愛さから言っている訳ではない。人間誰しも悲しみに――大方誰しも裏切りに――苛まれ、忘恩や、さもしき嫉妬や、私利は、ありとあらゆる身の上の人生を包囲しているはずだ。一体どこのどいつが己《おの》が悲しみや己《おの》が裏切りを忘れたがらないだろう?」

「なるほど、一体どこのどいつが、それだけ幸せで安らかになりたがらないだろう?」と亡霊は言った。

「我々が折しも祝っているこうした巡る歳月が」とレドローは続けた。「そいつらが一体何を喚び起こすというのだ? そいつらが何らかの悲しみや苦悩を再び喚び起こさぬ胸があるとでも? ついさっきまでここにいた老いぼれの記憶が何だというのだ? ほんの薄絹が如き悲しみと悩みではないか」

「だが凡俗の性《さが》というものは」と亡霊は鏡のような面《おもて》に逆しまな笑みを浮かべて言った。「道理に疎い精神やしごくありきたりの気っ風というものは、こうした事柄がらみでより教養の高い、より思索の深い男のように感じたり理詰めに押したりはしないものだ」

「使嗾屋よ」とレドローは答えた。「お前の落ち窪んだ頬と空ろな声がわたしは言葉では言い尽くせぬほど恐ろしく、お前からはそっと、こうして口を利いている間《ま》にも何かより大きな恐怖の漠たる先触れが忍び寄るようだが、わたしにはまたもやわたし自身の心の谺が聞こえる」

「とは、俺がどれほど手強いか、論より証拠」と亡霊は返した。「俺の持ちかける話を聞け！　お前の味わって来た悲しみや、裏切りや、苦悩を忘れろ！」

「そいつらを忘れろだと！」と男はオウム返しに声を上げた。

「俺にはそいつらの記憶を帳消しにする力がある――ほんのかすかな、入り乱れた痕跡しか留めぬ力が。だったらそいつら、あっという間に消え失せよう」と物の怪は返した。

「そら！　手は打ったと？」

「待て！」と憑かれた男は怯え竦んだ仕種で、高々とかざされた手を引き留めながら声を上げた。「お前の怪しげな如何わしさと来ては、身の毛もよだちそうだ。お前に投ぜられる漠たる怯えは、ほとんど耐えられぬまでの曰く言い難い恐怖へと深まって行く。――わたしはさりとて、懐かしい思い出や、わたしにとって、或いは他者にとって、ありがたい共感は、一切失いたくない。もしもこいつを呑めば、何を失うことになる？　外に何が記憶から失せる？」

「如何なる知識も、如何なる研鑽の賜物も、失せはせぬ。ただ、各々が順繰りに、失われた記憶に依拠し、育まれる、感情や連想の綯い交ぜの鎖をさておけば何一つ。そいつら悉く失せようが」

「そいつらそんなにたくさんあるのか？」と憑かれた男は恐々思いを巡らせながらたずねた。

「そいつら何かと言えば炉火の中に、楽の音《ね》や、風や、夜の死んだような黙《しじま》や、巡る歳月の中に、ひょっこり顔を覗かせては来たな」と亡霊はせせら笑わぬばかりに返した。

「顔を覗かせて来たのはそいつらだけか？」

亡霊は押し黙っていた。

が、一時《いっとき》、黙々と男の目の前に立っていたと思うと、暖炉の方へ向かい、ひたと立ち止まった。

「ホゾを固めろ！」と亡霊は言った。「機を逸さぬ内に！」

「ちょっと待て！　天地神明にかけて」と動顛した男は言った。「わたしはついぞ同胞《はらから》を憎んだ覚えはない――ついぞ周囲の何ものに対しても不機嫌だったり、無関心だったり、冷酷だったりした覚えはない。たとい、ここに独り寂しく生きながら、かつてあった、或いはあったやもしれぬもの全てを余りに重んじ、現にあるものを余りに軽んじて来たにせよ、祟りはこの身に降り懸かりこそすれ、断じて他の何人《なんぴと》にも降り懸かってはいないはずだ。が、仮にわたしの肉体に毒があるというなら、わたしは、解毒剤とその処方箋を有しているからには、そいつらを使わないだろうか？　仮にわたしの精神に毒があるというなら、してこの恐るべき物の怪を介してそいつを葬り去れるというなら、敢えてそいつを葬り去らないだろうか？」

「そら」と幽霊は言った。「手は打ったと？」

「後もう少し！」と男はすかさず答えた。「叶うものならいっそ忘れてしまいたい！　このわたし独り、そう思って来たというのか、そいつは幾々千もの連中の、世代また世代にわたる思いではなかったろうか？　全ての人間の記憶は悲しみと苦悩に満ち満ちている。わたしの記憶は外の奴らの記憶と似たり寄ったり。というに外の誰一人この道を選んだ者はない。ああ、呑んだ。ああ！　わたしは何としても己《おの》が悲しみと、裏切りと、苦悩を忘れよう！」

「そら」と幽霊は言った。「手は打ったな？」

「打った！」

「打った。ならばこいつを連れて行け、これきり俺の手を切る男よ！　俺の授けた贈り物を、お前はどこへ行こうと、またもや授けることになろう。お前自身、自ら明け渡した力を回復せぬまま、以降は自ら近づく全ての者における同様の力を破壊することになろう。お前の叡智は悲しみと、裏切りと、苦悩の記憶は人類皆の運命《さだめ》であり、人類は皆そいつさえなければ、他の記憶においてそれだけ幸せになろうということを突き止めた。全人類の恩恵者となるがよい！　この刻《とき》を境に、かようの記憶から自由の身となり、かようの自由の祝福を自づと連れ回るがよい。お前の行く所必ずや、誰憚ることなく、祝福は広められよう。さあ、行け！　自ら勝ち得た善において、自ら施す善において、幸せになるがよい！」

亡霊は、然に口を利く間《ま》にも血の気の失せた片手を何か不敬な霊を喚び起こして、と言おうか呪詛をかけてでもいるかのように男の頭上にかざし、男の目にいつしかそれはひたと目を近づけていたものだから、男には何とそいつらが面《おもて》に浮かんだ凄まじき笑みに荷担していないどころかほんの微動だにせぬ、不変の、確たる恐怖にすぎぬか見て取れたが、今や男の前から溶け去った。

男が怯えと訝しみに見舞われ、その場に釘づけになって立ち尽くし、いよよ、いよよかすかに遠ざかる憂はしき谺の中で「自ら近づく全ての者における同様の力を破壊せよ！」との文言が繰り返されるのを耳にしているかのような幻覚に囚われていると、甲高い叫び声が耳に留まった。声は扉の向こうの廊下からではなく、古びた建物の別の箇所から響き、暗がりで道に迷った者の叫び声のように聞こえた。

彼はさながら我と我が身を確かめようとでもいうかのように両の手脚を戸惑いがちに見やり、そこで初めて返事代わりに、大声で、狂おしく、叫び声を上げた。というのも彼自身もまた道に迷っているかのような奇しさと怖気に見舞われていたからだ。

叫び声は応答し、しかも近づいていたので、彼はランプを手に取ると、いつも講義をする——自らの部屋に隣接した——階段教室に出入りしつけている、壁の重たいカーテンを引き上げた。固より、若さと活気と、彼が入ると瞬く間に魅せられたように関心を催す、聳やかな大講堂一杯の顔また顔と連想されるとあって、そいつはくだんの生気がそっくり殺がれている折には全くもって薄気味悪い場所で、グイと「死に神」よろしく彼を睨め据えた。

「おい！」と彼は叫んだ。「おい！　こっちだ！　明かりの方へ来い！」片手でカーテンを持ち上げ、もう一方の手でランプをかざし、その場一帯に漲っている闇を見透かそうとしていると、何かがさっと、ノラ猫さながら、脇を縫って部屋の中へ駆け込み、片隅にしゃがみ込んだ。

「こいつは何だ？」と彼はやにわに言った。

たといそいつをまともに見ていたとて——とはほどなくこちとらの片隅で蹲っているのを見守りながら立つに及んでやった如く——彼は「こいつは何だ？」とたずねていたやもしれぬ。

大きさと形《なり》においてはほとんど幼子のそれながら、その餓《かつ》えた、破れかぶれの小さな引っつかみようにおいては性ワルの老人のそれたる手によりてごっそり引っつかまれた襤褸の束。およそ六年の歳月によりて滑《すべ》らかに丸味を帯びながら、生涯の辛酸によりて捩《よじ》くり撚《ひね》り上げられた面《つら》。明るいながら、からきし若さに見限られた目。子供っぽい繊細さにおいては美しい——ながら、上にこびりついた血と泥においては醜い——裸足。蛮人の卵、怪物のひよっこ、ついぞ子供だったためしのなき子供、いずれ男の見てくれを具えるべく生き存えるやもしれぬが、内にてはほんの獣たりて生き、死ぬであろう生き物。

とうに、獣よろしくイジめ抜かれては狩り立てられる習い性となり、小僧は睨みつけられる側《そば》からへたり込み、グイと睨み返すや、てっきり殴りかかられるものと思い込んだか、

片腕を楯よろしく突き立てた。

「もしかぶったら」と小僧は言った。「ガブリとやってやる！」

いつぞや、しかもものの数分前ならば、かようの光景を目の当たりに、化学者の胸は締めつけられていたろう。彼は今やそいつを冷ややかに見守った。が、何かを——何かは分からなかったが——思い出そうと重苦しい骨を折りながら、小僧にそこで何をしているのか、どこからやって来たのかとたずねた。

「おばさんはどこさ？」と小僧は返した。「おばさんをめっけたいのさ」

「とは誰のことだ？」

「おばさんさ。オイラをここへ連れて来て、大きな暖炉のそばに掛けさせてくれた。あんまし長いこと帰らないもんで、探しに行ったら、迷子になっちまったんだ。おっさんなんかに用はないぜ。お呼びなのはおばさんさ」

小僧がそれはいきなり、飛んで逃げようと跳ね上がったものだから、裸足の鈍い音がカーテンの側《そば》で聞こえるか聞こえぬか、レドローは且々小僧の襤褸を引っつかんだ。

「やい！　離しやがれ！」と小僧はジタバタ足掻き、歯をギリギリ食いしばりながらブツクサ言った。「オイラおっさんには何にも悪いことしてないぜ。とっととおばさんのとこへ帰らせとくれ！」

「道はそっちじゃない。もっと近い奴がある」とレドローは相変わらず何か、本来ならば当該物の怪じみた代物に纏わって然るべき連想を思い出そうと空しくも躍起になる上で小僧を引き留めながら言った。「名前は何という？」

「そんなもんないやい」

「どこに住んでいる？」

「住んでる！　って何のこっさ？」

小僧は束の間、相手を見ようと目から髪を払いのけ、それから、脚のグルリで身を捩《よじ》くらせ、ジタバタ組み打ちながら、またもやいきなり食ってかかった。「とっとと離しとくれよな？　オイラおばさんをめっけたいんだ」

化学者は小僧を戸口まで引っ立てた。「こっちだ」と彼は相変わらず戸惑いがちに、とは言え冷淡な余り嫌悪と忌避がムラムラと頭をもたげるのを如何とも抑え難く、小僧を見やりながら言った。「おばさんの所まで連れて行ってやろう」

小僧の鋭い目が、キョロキョロ部屋中をさ迷っていたと思いきや、晩飯の食いくさしの載っているテーブルの上に留まった。

「何かあいつをおくれ！」と小僧は物欲しげに言った。

「おばさんに食い物をもらったんじゃないのか?」

「どうせ明日になったらまた腹ペコになるだろ? オイラ毎日腹ペコじゃないとでも?」

晴れて自由の身にして頂くや、小僧はどこぞの小さな猛獣よろしくテーブルに飛びかかり、パンと肉と、おまけにこちとらの襤褸まで一緒くたに胸に掻き寄せながら言った。

「そら! さあ、おばさんとこへ連れてっとくれ!」

化学者は、ここへ来て小僧に触れるのがどうにも疎ましくなり、後からついて来るよう険しく手招きすると、今にも戸口から外へ出かけた。がワナワナ身を震わせながらひたと立ち止まった。

「俺の授けた贈り物を、お前はどこへ行こうと、またもや授けることになろう!」

亡霊の声が風に乗って吹き渡り、風は彼にひんやり吹きつけた。

「今晩はあそこへは行くまい」と彼はかすかにつぶやいた。「今晩はどこへも行くまい。おい、小僧! この長い迫持造りの廊下を真っ直ぐ抜けて、大きな黒々とした扉の先の中庭まで行ったら――そこの窓辺に炉火が映っているのが見えよう」

「ってなおばさんの?」と小僧はたずねた。

彼は頷き、さらば裸足は早、駆け去っていた。彼はランプを手に引き返し、そそくさと扉に錠を鎖し、椅子に腰を下ろすと、己自身に怯え竦んでいる者さながら顔を覆った。

というのも今や、蓋し、独りきりだったから。独りきり、独りきり、だったから。

第二章　撒き散らされた贈り物

小さな男が、小さな新聞の切れ端を一面ベタベタ貼りつけた小さな衝立で小さな店から仕切られた小さな茶の間に掛けていた。小さな男のグルリには読者諸兄の名指されたきほとんど如何なる数であれ小さな子供がいた――と言おうか、少なくとも然に見えた。連中のくだんの猫の額ほどの行動領域においてこと人数がらみで奏す功の然に喧しいとあって。

　これらチビ助共の内二名は早、何らかの強かな絡繰によりて片隅の寝台に押し込められ、そこにて御両人、もしやパッチリ目を覚ました上から、寝台よりゴソゴソ這いずり出ては入るなる体質的性癖さえ御座らねば、無垢の眠りにおいて生半ならずスヤスヤ休ろうていたやもしれぬ。当該覚醒世界に対す略奪性の奇襲の直接の引き鉄となりしは折しも幼《いとけな》き齢《よはい》の他の二名のチビ助によりてとある片隅にて建設中の牡蠣殻になる壁にして、くだんの要塞に寝台の二名は（かの、大方の若きブリテン人の幼少時の歴史研鑽を今に包囲す忌まわしきピクト族とスコット族＊よろしく）執拗な襲撃を仕掛け、そこで初めて御当人方の縄張りへと引き下がっていた。

　くだんの侵入、並びに被侵入者のシッペ返しに伴う騒動にかてて加えて――というのも連中、猛追撃を掛けるに、匪賊《ひぞく》が難を逃れている夜具に突進していたから――また別の小さなチビ助が、また別の小さな寝台の中にて、一家の混乱の坩堝に貧者の一燈（『マルコ』一二：四三）を献ずに、水面《みなも》に御自身のブーツを投じて＊、とは換言すらば、御逸品、のみならず飛び道具《ミサイル》の観点より眺むればいささか堅きに過ぎよう物質で出来てはいるものの、それそのものは何ら罪無き小さな代物を一つならず、安眠妨害者宛お見舞いしていた――連中、こちらはこちらでその手の世辞に熨斗をつけて返すにおよそ吝かどころではなかったが。

　ばかりか、別の小さなチビ助が――そこではいっとう大きいながらも小さな――てんで一方に傾いだなり、時にお目出度な一家の内にて罷り通る絵空事にて御当人、安らかに寝かしつけていることになっているどデカい赤ん坊の重みで膝をガクガク戦慄かせながら、あちこちヨロヨロ、ヨロけ回っていた。が、おお！　当該赤ん坊の目が折しもほんのチビ助の知らぬが仏の肩越しに本腰を入れてマジマジ瞠り始めつつある凝視と不寝《ねず》の番の版図の何と果てなきことよ！

そいつは正しくモレク*跣の赤子にして、その飽くことを知らぬ祭壇にこの格別な幼気な兄貴の全生涯は日々の贄たりて捧げられていた。その個性たるや如何なる一処《ひとところ》においても断じて続けて五分とおとなしくしていようとせず、寝て欲しい時に限って断じて寝つこうとせぬことにあったと言えるやもしれぬ。「テタビィんとこの赤ちゃん」は界隈では郵便配達夫か酒場の給仕といい対名が知れていた。そいつは小さなジョニー・テタビィの腕に抱かれたなり、戸口の上り段から戸口の上り段をヨタヨタ、ヨタつき、軽業師や猿回しを追っかけるその数あまたに上る小童共の殿《しんがり》にてずっしり、グズグズ後を追い、てんで一方に傾いだなり、手に汗握るありとあらゆる出し物の一歩、後の祭りにて駆けつけたものである――月曜の朝から土曜の晩に至るまで。子供達がワンサと戯れている何処であれ、小さなモレクは、そら、ジョニーをアクセク、クタクタに、コキ使った。ジョニーがじっとしていたい何処であれ、小さなモレクはむずかり、てんでじっとしていようとはしなかった。ジョニーが外へ出たいいつ何時であれ、モレクはぐっすり眠りこけ、側《そば》についていてやらねばならなかった。ジョニーが家《うち》にいたいいつ何時であれ、モレクはパッチリ目を覚まし、外へ連れ出してやらねばならなかった。がそれでいてジョニーはこれぞ英国広しといえども並ぶ者のない、一点の非の打ち所もなき赤子たること信じて疑わず、グチ一つこぼすでなく物事全般をそいつの裾飾りの背《せな》から、もしくはぐんにゃり縁《へり》の垂れたボネット越しに、ほんのちらりほらり垣間見てもって善しとし、モレクを抱えたなりあちこちヨロヨロ、ちょうど誰に宛てられているでもなく、よって金輪際どこへも配達されること能ふまい、めっぽう大きな包みを抱えためっぽう小さな赤帽よろしく、ヨロつき回っていたものだ。

小さな茶の間に掛けたなり、当該騒乱の真っ直中にて悪あがきもいい所、長閑に新聞に読み耽ろうと躍起になっている小さな男が、一家の長《おさ》にして、小さな店の正面の上に掲げられた銘にて「A・テタビィ新聞販売商会」なる名称及び肩書きにて喧伝さる会社の主《ぬし》であった。実の所、厳密に言えば、彼はくだんの呼称に符合する唯一の人物であった。何せ「商会」は全くもって根も葉もなければ影も形もなき、ほんの詩的抽象にすぎなかったからだ。

テタビィ商会はエルサレム棟の角の店だった。ウィンドーには主として時代遅れの絵新聞や、連載物の海賊版と追剥版より成る文芸がこれ見よがしにひけらかされ、おまけに散歩用ステッキとビー玉も商いの在庫の末席を汚していた。店は一頃は、軽目の糖菓製造業にも手を広げていた。がどうやらくだんの典雅な贅沢品はエルサレム棟にてはとんとお呼びでなかったと思しい。というのも当該職種に関わる何一つウィンドーには名残を留めていなかったからだ。ただしゲンナリ一塊になった鉄砲玉の吊る下がったある種ちんちくりんのガラス製カンテラだけは別で、御逸品、夏時にはダラリと溶け、冬時にはカッチンコに固まり、挙句そいつらを取り出すは、と言おうかおまけにカンテラを食わずしてそいつらを食うは、未来永劫叶はぬ相談と相成っていた。テタビィ商会はこれまで色んなものに手を染めて来た。いつぞやはオモチャ業に弱々しくもいじけた突撃をかけたことがあった。というのも、別のカンテラの中には小さな小さなロウ人形の山がギュウと押し込められ、どいつもこいつも別の奴の頭に足を載っけ、底に捥げた腕から脚からを澱《おり》よろしく沈めたなり、お互いしっちゃかめっちゃか、真っ逆様にくっつき合っていたからだ。商会は婦人帽方面に乗り出したこともあり、それが証拠、ウィンドーの片隅には二つ三つ乾涸びた針金のボネット型がしぶとく居残っていた。商会はふと、タバコ業に食い扶持が身を潜めているやもしれぬと思い当たり、大英帝国の三大領土各々の土着民が今しもくだんの香草をプカプカくゆらせているの図を押っ立て、そこなる詩情溢る銘にては一つ名分の下《もと》三人して腰を下ろして軽口《ジョウクト》を叩き、一人はタバコを噛み、一人はタバコを嗅ぎ、一人はタバコを吹かしている《スモウクト》旨宣ふていた。が棚からボタ餅は、これきり落ちて来なかった——仰山なハエをさておけば。その昔、商会は擬いの宝石に泡沫《うたかた》の信を寄せたこともあった。というのもとあるガラス窓には紙袋一杯の安印形に、また別の紙袋一杯の鉛筆入れに、九ペンスの正札のついた、得体の知れぬ腹づもりの胡散臭げな黒い護符が吊る下がっていたからだ。が、今の今に至るまで、エルサレム棟はその内どれ一つにも身銭を切ったためしはなかった。詰まる所、テタビィ商会はあの手この手でエルサレム棟より食い扶持を稼ごうとそれは振り鉢巻きでかかり、というに一から十までそれは物の見事にポシャったものだから、稼業のいっとう旨い汁は可惜紛うことなく商会が吸っていた。商会は、固より霞よろしき絵空事であるだけに、飢えと乾きといった俗っぽい厄介物に煩わされるでも、貧民税や賦課税を取り立てられるでも、食わしてやらねばならぬ幼気な一家がこれきりいるでもなかったから。

　テタビィ自身は、しかしながら、上述の如く小さな茶の間にて、見て見ぬ振りをするには、と言おうか平穏な新聞通読と相容れさすには、余りに喧しきやり口にて幼気な御一家の存在を胆に銘じさせられているとあって、とうとう新聞を傍へ置き、途方に暮れる余りクルクル、優柔不断の伝書バトよろしく、茶の間を一再ならず旋回していたと思いきや、サッと脇をかすめ去った寝間着姿の一つ二つの小さな空飛ぶ人影に空しく突っかかり、そこでいざ、一家の唯一罪無き端くれ殿にいきなり鉾先を向け、小さなモレクの乳母の横っ面を張り飛ばした。

「このイタヅラ小僧めが！」とテタビィ氏は言った。「お前のかわいそうなおやじが朝の五時からずっとこの辛い冬の一日中クッタクタに働いたりヤキモキ気を揉んだりした後だってのにそいつのことなどとんとお構いなしで、こちとらの性ワルの悪ふざけでもっておやじの休らいをシナびさせ、おやじの刷り立てホヤホヤの特ダネをスエさせねば気が済まんというのか？　兄《あん》ちゃんのドルファスが霧と寒さの中で濡れネズミのなりアクセク身を粉にしてるってのに、お前は贅沢三昧にノラクラ、その――赤子から、お好み次第の何から何までがあって頂いたなり」とテタビィ氏はこれぞ数ある祝福の就中大いなる掉尾《ちょうび》としてダメを押したが。「油を売るだけではまだ足らんで、我が家を荒れ野に、おやじとお袋を瘋癲にせねば気が済まんというのか？　ほれ、ジョニー？　さあ？」との質問を吹っかける度、テタビィ氏はまたもや息子の横っ面を張り飛ばす振りをした。が思い直しては手を引っ込めた。

「おお、父ちゃん！」とジョニーはベソをかいた。「おいら、マジで、たんだサリーをうんとこあやして、寝かしつけようとしてただけじゃないか。おお、父ちゃん！」

「小さな母ちゃんがとっとと帰ってくれたら！」とテタビィ氏は憐れと疚しさにもろとも駆られてつぶやいた。「せめて小さな母ちゃんがとっとと帰ってくれたら！　わしにはこいつらどうにも手に負えんわい。お蔭でクラクラ目が回って、どうかなってしまいそうだ。おお、ジョニー！　お前の大好きな母ちゃんがそんなめんこい妹を」――とはモレクの謂にて――「見繕ってくれておるだけではまだ足らんというのか？　お前らそれまではオナゴのオの字も見えんまま七人兄弟で、母ちゃんお前らみんなにめんこい妹が出来るように、現に掻い潜った奴を掻い潜っただけではまだ足らんというのか、父ちゃんの目がクラクラ回るほど羽目を外さにゃならんとは？」

いよいよ、御自身のヤワな心持ちと踏んだり蹴ったりの息子の同上にクスリが効くにつれてお手柔らかになり、テタビィ氏は締め括りにギュッと息子を抱き締めるや、やにわに真犯人の一匹を取っ捕まえるべく身を振りほどいた。してすこぶるつきの弾みをつけた甲斐あって、短いながらも猛然と駆け出し、寝台を這いずり上がったり下りたり、ごった返した椅子の間を出たり入ったり、一方ならず苛酷な断郊競争《クロスカントリー》もどきの試煉を掻い潜った挙句、晴れて幼気な坊っちゃんをお縄にし果すや、相応にこっぴどい灸もろとも、とっととベッドへ追っ立てた。当該見せしめはブーツの君に強かにして一見催眠性の効験あらたかなる証拠、チビ助は、ものの一瞬前まではパッチリ目を覚まし、またとないほど元気潑溂としていたものを、コロリと深き眠りに落ちた。のみならず若き建築家御両人にも効果覿面たることに、お二人さん、隣の納戸の内なる寝台へ電光石火の早業にして物音一つ立てぬまま尻に帆かけた。途中要撃の目に会いし奴の相方もまた似たり寄ったりの石橋を叩いて渡るに、こっそり塒に這いずり込んだによって、テタビィ氏はやれやれと一息吐いてみれば、思いもかけずポツンと、波風一つ立たぬ長閑な光景に取り残されていた。

「小さな母ちゃん御自身だって」とテタビィ氏は火照り上がった額の汗を拭いながら言った。「これほど見事にはやってのけられんかったろう！　せめて小さな母ちゃんにこいつに片をつけるお鉢が回ってさえおれば、ああ、せめてせめて！」

テタビイ氏は衝立の上に何か折しもチビ助共の胆に銘ずに打ってつけの条《くだり》はないものかとキョロキョロ見回し、かくて以下の如く読み上げた。

「『明々白々たる事実たることに、秀でた男は皆秀でた母親に恵まれ、後年、母親を最高の友として崇めて来たに違いない』そら、お前ら自身のとびきりの母ちゃんのことを思い浮かべて、お前ら」とテタビィ氏は言った。「母ちゃんのまんだ目の黒い内にせいぜいありがた味を知っとくこった！」

彼は炉端の椅子にどっかと腰を下ろし、足を組んだなり、やおら本腰を入れて新聞に目を通しにかかった。

「どいつだろうと、どいつだって構やせんが、よくもヌケヌケとベッドからも一度這いずり出してみろ」とテタビィはめっぽうお手柔らかな物腰にて表明されし、ごく一般的お触れとして宣った。「驚愕こそはかの映えある同業紙の運命《さだめ》たらん！」──との表現をテタビィ氏は衝立より選りすぐっていた訳だが。「ジョニーや、ほれ、お前のたった一人きりの妹のサリーの面倒をせいぜい見てやるこった。何せそいつはお前の『幼気な額にて瞬いたためしのなきほど燦然たる宝石』なんだからよ」

ジョニーは小さな床几に腰を下ろし、我が事はそっちのけにてグシャリとモレクの重量の下《もと》、拉《ひさ》げていた。

「ああ、その赤ん坊のお前にとって何てえ授り物だったらよ、ジョニー！」と父親は言った。「んで何てえありがたがらなきゃなんねえこっか！　『一般には知られていないが』、ジョニー」と今やまたもや衝立に当たりながら。「『正確な算定によりて確認されている事実たることに、齢二歳に達さぬ嬰児の死亡率は以下の如く極めて高い、即ち――』」

「おお、止しとくれ、父ちゃん、どうか！」とジョニーは声を上げた。「そんなのたまったもんじゃない、サリーのこと考えたら」

テタビィ氏が止すと、ジョニーは預かり物のありがた味をいよいよひしと胆に銘じつつ、涙を拭い、せっせと妹をあやしにかかった。

「兄《あん》ちゃんのドルファスは」と父親は火を掻き熾しながら言った。「今晩はやけに遅いな、ジョニー、だしガチガチの氷の塊みたようになって戻って来ようて。それにしてもお前の大切な母ちゃんのどうしちまったらよ?」

「れ、母ちゃんだ、でドルファスも、父ちゃん！」とジョニーは声を上げた。「じゃねえかい」

「ああ、ほんによ！」と父親は耳を欹てながら返した。「すっとも、ありゃ小さな母ちゃんの足音だぜ」

テタビィ氏が如何なる帰納の過程を経て、御自身の上さんは小さな母ちゃんなりとの結論を導くに至りしものか、は御自身のみぞ知る秘密であった。御両人、正しく蚤の夫婦を地で行っていたから。御当人だけで鑑みたとて、上さんはいかつく恰幅がいい点に見るべきものがあった。が御亭主との関連で鑑みれば、上さんの寸法はどデカかった。はたまた、揃いも揃ってほんのちんちくりんの七人の息子の大きさと引き比べたとて御逸品、いよよ物々しからざる比率を帯びるどころの騒ぎではなかった。ことサリーの場合において、しかしながら、テタビィの上さんはとうとう面目躍如たるものがあった。とは、くだんの無理強い屋の偶像の丈から重さからを一日二十四時間ひっきりなし計っている人身御供ジョニーほど存じ上げている者のなき如く。

テタビィの上さんは市場に買い出しに出かけ、手籠を提げていたが、ボネットとショールを後ろへ押しやり、クッタクタのなり腰を下ろすと、ジョニーに、キスをすべく、彼の愛らしき預かり物を直ちに御自身の所まで連れて来るよう言いつけた。ジョニーがそそくさと仰せに従い、床几に戻り、またもやグシャリと御自身を拉《ひさ》がせ果したか果さぬか、今度はアドルファス・テタビィ坊っちゃんが、この時までには一見果てしもなきかのような虹色の長襟巻きより御尊体《トルソー》を解き放ち果していたによって、同上の心尽くしを申し立てた。ジョニーがまたもや仰せに従い、またもや床几に戻り、またもやグシャリと御自身を拉《ひさ》がせ果したか果さぬか、テタビィ氏が、何を思ったか、己《おの》が父親たるの側《がわ》にて同上の要望を提起した。当該二度あることは三度あるの注文に応ずや、贅御殿はすっかりアゴを出し、挙句床几に戻り、またもやグシャリと御自身を拉《ひさ》がせ、御親族宛ゼエゼエ喘ぐ息にとて見限られかねぬほどだった。

「何しようったって、ジョニー」とテタビィの上さんはかぶりを振り振り宣った。「妹の面倒をしっかり見てやるんだよ。さもなきゃ二度と母ちゃんの顔をまともに見るんじゃないからね」

「兄《あん》ちゃんの顔も」とアドルファスが言った。

「父ちゃんの顔も、ジョニー」とテタビィ氏が追い撃ちをかけた。

ジョニーは、当該条件付き勘当に大いに面食らい、モレクの目を、果たして御両人無事や否やとばかり覗き込み、ポンポン、手練れた物腰で妹の（いっとう上っ面なる）背《せな》を叩き、片足で揺すってやった。

「おめえ濡れてよう、なあ、ドルファス?」と親父さんはたずねた。「こっちへ来て、父ちゃんの椅子に掛けて乾かしな」

「いや、父ちゃん、あんがと」とアドルファスは両手で御尊体を撫でつけながら言った。「ぐしょ濡れってんでもなさそうだ、多分。おいらのツラそんなにテラついてっかい、父ちゃん?」

「はむ、マジでツヤべらがけしたみたようだわな、おめえ」とテタビィ氏は返した。

「こいつは空模様のせいさ、父ちゃん」とアドルファスは両の頬をゴシゴシ、ジャケットの擦り切れた袖でこすり上げながら言った。「雨やら、霙やら、風やら、雪やら、霧やらで、おいらのツラは時にゃパッと麻疹《はしか》にかかっちまうのさ。んでテラつくってことよ——おうっ、けど、だろうじゃないか!」

アドルファス坊っちゃんも親父さん商会よりまだしも羽振りの好い商会にとある鉄道駅にて新聞を売り歩くよう雇われているとあって、新聞稼業でメシを食っていた。してくだんの鉄道駅にてみすぼらしき化けの皮を被ったキューピッドよろしき坊っちゃんの丸ぽちゃの小さな図体と甲高い小さな声は（坊っちゃん未だ齢十《とお》をさして越えてはいなかったから）シュッシュッ、ポッポと駆け込んでは駆け出して行く機関車の嗄れっぽい喘ぎ声といい対、お馴染みだった。坊っちゃんの幼《いとけな》さは、或いは人生早々、生業に身を入れる上で罪無き捌け口を求めていささか戸惑っていたやもしれぬ、もしやもっけの幸い、稼業を一向疎かにせずして、退屈凌ぎの御愛嬌、長き一日《ひとひ》を愉快な諸々の段階に分ける手立てをめっけ出してでもいなければ。当該創意工夫は、幾多の偉大なる発見の御多分に洩れず、その単純明快さに見るべきものがあり、専ら「ペイパー」なる一語の仰《のっ》けの母音にすげ替えることに尽きた。一日の様々な折々文法的順序に則り他の母音にすげ替えることに尽きた。かくて、冬時の夜明け前、坊っちゃんはちんちくりんの油布帽子とケープと、どデカい長襟巻きに身を包み、あちこち行きつ戻りつしては、ずっしり重たい冷気を劈くに「モー‐ニング・ペイ‐パー！」なる金切り声を上げ、そいつはおよそ正午の一時間前には「モー‐ニング・ペッ‐パー！」に変わり、およそ午後二時には「モー‐ニング・ピッ‐パー！」に変わり、二、三時間もすると、「モー‐ニング・ポッ‐パー！」に変わり、かくて日輪が西へ傾く《ディクライン》につれ「イーヴ‐ニング・パッ‐パー！」へと語形変化《ディクライン》して行った――当該若き殿方の精神をこよのう安らげ慰むことに。

坊っちゃんの御母堂たる、テタビィの上さんは前述の如くボネットとショールを後ろに押しやったなり腰を下ろし、物思わしげに結婚指輪をクルクル、クルクル、指の上にて回していたが、今や腰を上げ、道行きを脱ぐと、夕飯用にクロスを広げ始めた。

「ああ、何てこってしょ、何てこってしょ、何てこってしょ！」と上さんは言った。「どうせ世の中こんな成り行きだってばさ！」

「おや、どうせ世の中どんな成り行きだって？」と御亭主はクルリと向き直りざまたずねた。

「おう、何でもありゃしませんよ！」と上さんは言った。

御亭主は眉を吊り上げ、新聞を改めて畳み直すと、上へ、下へ、斜《はす》へ、目を走らせた。が気も漫ろにして、一行たり読んではいなかった。

上さんは、片や、クロスを広げてはいたものの、一家の夕飯を仕度しているというよりむしろテーブルをこっぴどく懲らしめてでもいるかのようで、ナイフ・フォークもてガチャガチャ、しこたま打ち据えたかと思えば、ピシャピシャ皿で張り飛ばしたかと思えば、ガツンと塩壷のゲンコを食らわしたかと思えば、パンの塊もてドスンと、情容赦もへったくれもなくどやしつけていた。

「ああ、何てこってしょ、何てこってしょ、何てこってしょ！」と上さんは言った。「どうせ世の中こんな成り行きだってばさ！」

「だから、めんこい母ちゃん」と御亭主はまたもやクルリと向き直りざま返した。「そいつはもう聞いたさ。どうせ世の中どんな成り行きだって？」

Leech

「おう、何でもありゃしませんよ！」と上さんは言った。

「サファイア！」と御亭主はたしなめがちに言った。「だからそいつももう聞いたさ」

「はむ、もしもお望みならも一度言って差し上げましょうか」と上さんは突っ返した。「おう、何でもありゃしませんよ――そら！　もしもお望みならも一度、おう、何でもありゃしませんよ――そら！　もしもお望みならも一度、おう、何でもありゃしませんよ――さあ、そら！」

テタビィ氏は最愛の伴侶の方へ目を向けるや、御逸品をヤンワリとながら丸くせぬでもなく、たずねた。

「小さな母ちゃん、何でムカッ腹立ててんのさ？」

「さあ、あたしの知ったこっちゃありませんよ」と上さんは突っ返した。「どうかあたしに聞かないで下さいな。いったいどこのどなたがおっしゃったんです、あたしがムカッ腹立ててるなんて？　あたしゃ言ってませんからね」

テタビィ氏はこいつはお先真っ暗と、新聞を読むのにサジを投げ、背《せな》で両手を組み、肩を怒らせたなり、ゆっくり部屋を過りながら――その足取りと来ては思案投げ首の態と実にしっくり来たが――上の二人の御曹司に話しかけた。

「晩メシはあっという間に仕度ができっからな、ドルファス」とテタビィ氏は言った。「母ちゃんはこの雨の中を買い出しにわざわざ飯屋まで行ってくれたんだ。何てありがたいこっかい。お前にももうじき晩メシ食わしてやっからな、ジョニー。お前がめんこい妹の面倒をそんなによく見てやってるたあ、坊主、母ちゃんも大助かりだとよ」

上さんは、ウンともスンとも宣はらぬまま、とは言えテーブル相手の八つ当たりのほとぼりはコロリと冷め、ほてっ腹の手籠より、紙に包《くる》んだ見るからに食い出のあるぶ厚い熱々のエンドウ・プディングと、受け皿で蓋をした深鉢を取り出した。して受け皿を引っ剥がしてみれば、それはプンと鼻をくすぐるいい匂いが辺り一面立ち籠めたものだから、二台の寝台なる三対の目玉は大きく見開き、宴にマジマジ凝らされた。テタビィ氏は当該無言の着席の誘《いざな》いにも頓着せぬまま、ゆっくり繰り返しながら突っ立っていた。「ああ、ああ、晩メシはあっという間に仕度ができっからな、ドルファス――母ちゃんはこの雨の中を買い出しにわざわざ飯屋まで行ってくれたんだ。何てありがたいこっかい」――がとうとうお上さんが、御亭主の背《せな》であれこれ悔い改めの萌しを見せていたものを、首にすがりつきざまワッと泣き出した。

「おお、ドルファス！」と上さんは言った。「あたしゃよくも突っけんどんに当たったっちまったったら！」

かくて目出度く縒りが戻るや、アドルファス二世とジョニーはそれは生半ならず感極まったものだから、御両人、示し合せたように憂はしき叫《おら》び声を上げ、さらば効果覿面、ベッドの中のドングリ眼はすかさずピシャリとつむり、折しもこっそり、食ったり呑んだり部門では一体何が持ち上がっているものやら覗きに隣の納戸より抜き足差し足忍び込んでいた残る二名のテタビィ共までアタフタ尻に帆かけた。

「あたしゃほんとに、ドルファス」と上さんはすすり泣いた。「家《うち》へ帰る道々、お腹の中かもしんない子といい対思ってもみなかったってのに――」

テタビィ氏はくだんの言葉の彩がお気に召さなかったと見え、宣った。「うちの赤ちゃんといい対って言っとくれ、お前」

「――うちの赤ちゃんといい対思ってもみなかったってのに」と上さんは言った。――「おや、ジョニー、母ちゃんの方見るんじゃなくて、妹の方見ておやり。さもなきゃ膝から落っこちてポックリ行って、そしたらお前はあんまし疚しくてなんなくて胸が張り裂けちまって、それでイイ気味だってのさ。――ええ、あたしゃ可愛いあの子ほどにも、まさか家《うち》へ帰った途端ツムジを曲げるなんて思ってもみなかったってのに、どういう訳やら、ドルファス――」と上さんははったと口ごもり、またもや結婚指輪をクルクル、クルクル、指の上で回した。

「そりゃそうとも！」と御亭主は言った。「だろうじゃないか！ 小さな母ちゃんはちょいと腹のムシの居所が悪くなっちまったってことよ。辛いご時世に、辛い日和に、辛い仕事と来りゃ、時にはグチの一つもこぼしたくなろうさ。いやはや、そうとも！ 無理もなかろう！ ドルフや、坊主」とテタビィ氏はフォークでグルグル深鉢を掻き回しながら続けた。「そら、母ちゃんは飯屋でエンドウ・プディングばかしか、カリカリの上皮がどっさりこびりついてるゴキゲンな豚の炙り脚の膝肉を丸ごと買って来てくれたたあよ。風味付けの肉汁とマスタードなんて底無しだ。さあ、皿をこっちへ寄越せ、坊主、んでグツグツ茹《う》だってる内に取っかかんな」

アドルファス坊っちゃんは待ってましたとばかり、目をウルウル食い気で潤ませたなり、こちとらの分け前を頂戴し、御自身の格別な床几に引き下がるやいざ、晩メシにガツガツ食らいつきにかかった。ジョニーも、お忘れなきよう、肉汁がどっと流れた勢い、赤ちゃんの上にポタポタ滴っては大変と、パンの上にて糧食を頂いた。して同上の謂れにて、プディングを第一線の現役中でない限り、ポケットの中に仕舞うようクギを差されてもいた。

趾骨《しこつ》にはもっと豚肉がこびりついていてもよかったろうも

のを――くだんの趾骨《しこつ》を飯屋の肉切り係はなるほど、前の客の連中のために切り分ける上で失念してはいなかったから――風味付けにだけは事欠かず、これぞ今に豚肉を夢見がちに仄めかし、味覚を心地好く欺いてくれる彩なり。エンドウ・プディングもまた、肉汁とマスタードごと、小夜啼き鳥《ナイチンゲール》の観点における東洋のバラ（トーマス・ムア『ララ・ルーク』第一話「コーラサーンのヴェールの預言者」）よろしく、たとい完璧に豚肉にはあらずとも、その間近に住んでいた。という訳で、引っくるめれば、中振りの豚の香りは漂っていた。と来ればベッドの中のチビ助共のじっとしておれようか、連中、スヤスヤ微睡んでいる風を装ってはいたものの、両親の目を盗んでこっそり這いずり出し、兄貴方に何卒兄弟愛の美食家っぽいお裾分けをと無言の内にもせっついた。兄貴方は、固より血も涙もない訳ではなかったから、お返しに食いくさしを恵み賜い、かくて寝間着姿のすばしっこい散兵の一団が晩メシの間中、茶の間をあちこち駆けずり回ることと相成り、お蔭で業を煮やしに煮やしたテタビィ氏は一再ならず突撃をかけずばおれなくなり、くだんの急襲を前に、これらゲリラ兵はしっちゃかめっちゃか、四方八方へと退散した。

上さんはおよそ夕飯に舌鼓を打つどころの騒ぎではなかった。胸中、何やら気がかりがあったと思しい証拠、今、訳もないのに声を立てて笑ったかと思えば、お次は訳もないのに声を上げて泣き、とうとうそれはてんで支離滅裂なやり口にてもろとも声を立てて笑っては泣き出したものだから、御亭主は如何せん途方に暮れた。

「おいおい、小さな母ちゃんよ」とテタビィ氏は言った。「もしか世の中そんな成り行きだってなら、どうやらそいつの成り行きってなてんでお門違いな成り行きで、お前の喉を詰まらせちまおうさ」

「どうかお水を一口下さいな」と上さんは我と我が身と組み打ちながら言った。「で今んとか話しかけたり気に留めたりしないで。おうっ、どうか後生ですから！」

テタビィ氏は水を処方し果すや、いきなりクルリと、哀れ、（身につまされ屋の）ジョニーに鉾先を向けるや、何でまた一目顔を見せて母ちゃんの息を吹き返してやんのに赤ん坊ごと前へ出て来る代わり、そんなとこでノラクラ油を売っちゃあガツガツ馳走に食らいついているのかとどやしつけた。ジョニーは赤ん坊にずっしり伸しかかられたなり、すかさず近寄った。がお袋さんが、折しも御自身の心持ちへのくだんの業腹な訴えには耐えられぬとばかり片手を突き出したによって、背けばこよのう愛しき親戚縁者より未来永劫憎まれようとのクギ差しの下《もと》、一インチたり近づくを差し止められ、よってまたもや床几に引き下がり、先と同様、グシャリと御自身を拉《ひさ》がせた。

ところする内、上さんはどうやら好くなったようですよと宣い、声を立てて笑い出した。

「おいおい、小さな母ちゃん」と御亭主は怪訝げに言った。「ほんに好くなったのかい？　それとも、サファイア、別クチの奴でおっ始めようってんじゃあるまいな？」

「いえ、ドルファス、いえ」と上さんは返した。「もうすっかり大丈夫ですよ」と言ったと思うと、髪を撫でつけ、両目に掌をあてがいながら、またもや声を立てて笑った。

「ほんのちょっとの間《ま》だってそんな風に思うだなんて、あたしってば何て性ワルのおバカさんだったんでしょ！」と上さんは言った。「もっとこっちへ来て、ドルファス、どういうことだか、気休めに説明させて下さいな。何もかも打ち明けさせて下さいな」

テタビィ氏がいよよ椅子を近づけると、上さんはまたもや声を立てて笑い、御亭主をギュッと抱き締め、涙を拭った。

「ほら、ドルファス」と上さんは言った。「あたしは独り身の時分、それこそ引く手あまたで、一頃なんて一度に四人から言い寄られて、内二人は軍神《マーズ》の息子じゃなかったでしょうかね」

「わたしらみんなお袋《マーズ》らの息子だろうて、お前」とテタビィ氏は返した。「親父《パーズ》らとグルんなった」

「ってことじゃなくて」と上さんは返した。「あたしの言ってんのは兵隊さん――軍曹さん――ってことですよ」

「おうっ！」と御亭主は言った。

「はむ、ドルファス、あたしゃ未練がましいったら、そんなことも夢にも思ってやしないし、ほんととびきり優しい亭主と連れ添ってて、うちの人のこと大好きな証拠、この世のどんな――」

「この世のどんな小さな母ちゃんにも負けないくらい、何だってしてみせられるけど」とテタビィ氏は言った。「よくぞおっしゃって下さいました。よっくぞおっしゃって下さいました」

たといテタビィ氏は、身の丈が十フィートあったとて、上さんの妖精じみた形《なり》にかくも濃やかな思いやりは表明し得なかったろうし、たといテタビィ夫人は、身の丈が二フィートだったとて、然に思いやられてかくもごもっともとは得心し得なかったろう。

「ってのに、ほら、ドルファス」と上さんは言った。「今は外でもないクリスマスの時節で、遊山に出かけられる連中はみんなどこかへ出かけて、懐のあったかい連中はみんな気前好く叩きたがるってなら、あたしはどういう訳やら、つい今しがた通りに立ってると、ちょっこし腹のムシの居所が悪くなっちまったんですよ。そこいら中身銭を切って頂くのにそりゃ色んなものがどっさりひけらかされてて――食べるのにそりゃおいしそうなものや、見蕩れるのにそりゃきれいなものや、手に入れるのにそりゃゴキゲンなものがある――ってのにあたしってばほんのありきたりのものにたかが六ペンス叩くのにそりゃうんとこ、うんとこ、ソロバン弾かなきゃならないなんて、で手籠ってばそりゃおっきくて、まだまだいくらでも入る、ってのに手持ちの金ってばそりゃスズメの涙ぽっきりで、そりゃいくらももたないなんて――あんたこんな女房にゃ愛想が尽きたって、えっ、ドルファス?」

「い、いや、さほどでも」とテタビィ氏は言った。「今んとかまだな」

「はむ！　こうとなったら何もかも白状しますけど」と上さんは疚しさに駆られること頻りで、続けた。「そしたらきっと愛想を尽かすでしょうよ。あたしはそんなあんなをトボトボ、冷たい雨の中を歩いて、グルリじゃやっぱりうんとこパチパチ、ソロバン弾いてる顔やおっきな手籠があちこちトボトボ歩いてるの目にしながらあんましこの身に染みてつらつらやってる内、いつの間にやらひょっとしてもっとノホホンと暮らせて幸せだったんじゃないかって気がし始めたんですよ、もしか――そもそも――」結婚指輪がまたもやクルクル回り、上さんは俯けたかぶりを背ける間《ま》にも振った。

「ああ、そりゃそうともよ」と御亭主は静かに言った。「もしか、そもそも連れ添ったりしてなけりゃ、それとももしか外のどいつかと連れ添ってたら？」

「ええ」と上さんはすすり泣いた。「ってほんとにあたしは思っちまったんですよ。さあ、これで女房にゃ愛想も小想も尽き果てたって、ドルファス？」

「ああ、いや」と御亭主は言った。「そうでもなさそうだぞ、今んとかまだな」

上さんはチュッと、ありがたそうに御亭主にキスをすると、先を続けた。

「となったらあんたにはこれきり愛想を尽かされずに済むのかもしれませんね、ドルファス、ほんとはまだいっとうイタダけないとこはバラしてないみたいですけど。それにしてもいったいどんな魔が差しちまったものやら。具合が悪かったのか、気でも狂れてたのか、どうしちまってたものかさっぱりですけど、ともかくあたし達をお互い同士結びつけてる、っていうかあたしにこのあたしの身の上と折り合いをつけさせてくれてるみたいな何一つ思い出せなくなっちまったんですよ。あんたと一緒に味わって来た喜びや愉しみはそっくり——そんなものってな何だかそりゃお粗末でちっぽけなものだから、憎たらしくなって来ちまいましてね。いっそこの足で踏んづけられてたかもしれませんね。で、ほかには何一つ思い浮かべられなかったんですよ、ただあたし達は貧乏してて、家《うち》にはどっさり食べさせてやらなきゃならない口がお待ちかねだってのにすりゃ」

「やれやれ、お前」と御亭主はハッパがてらかぶりを振り振り言った。「そいつは何のかの言ったってズボシじゃないかね。わたしら現に貧乏してて、家《うち》には現にどっさり食わしてやらなきゃならない口がお待ちかねなんだから」

「ああ！　けど、ドルフ、ドルフ！」と上さんは御亭主の首にすがりつきながら声を上げた。「あたしの気のいい、優しい、辛抱強いあんた、家《うち》に戻ってほんのちょっこし経ったら——何てコロリと変わったたったら！　おお、ドルフ、愛しいあんた、ほんと何てコロリと変わったたったら！　まるでどっと、いきなり思い出が押し寄せて来るみたいで、お蔭であたしの依怙地な心はヤワになって、今にも張り裂けそうなほど一杯になっちまったんですよ。連れ添ってからってもの二人して身を粉にして暮らしを立てて来た辛い思い出や、二人して味わって来た気苦労やひもじい思いがそっくり——一緒にお互いの傍で、それとも子供達の傍で、過ごした病気の折々や、不寝《ねず》の番の時間がそっくり——話しかけて来て、そんなこんなのお蔭であたし達は一つになれてるんじゃないかって、あたしはこうしてるありのまんまの、あんたの女房で子供達のお袋にしかならなかったかもしれない、っていうかなれなかったろう、っていうかならなかったろうって言ってるみたいでしてね。そしたら、いっそあんなにも酷たらしく踏んづけられそうだった安っぽい愉しみがあんまり大切に思えて——おお、あんまりかけがえがなくて、愛しくなって！——来たものだから、何てひどいことしちまったんだろうって思えば穴があったら入りたいほどだったんですよ。で、さっきも言ったし、もう百度だって言わせて頂きますとも、どうしてあんなひどい真似できたものやら、ドルファス、どうしてあんな血も涙もない真似しちまったものやら！」

気のいい上さんは御自身の正直な優しさと疚しさで胸が一杯になった勢い、心底さめざめと涙をこぼしていた。と思いきや金切り声を上げざまギョッと腰を上げ、御亭主の背《せな》へ逃げ込んだ。上さんの叫び声があんまり怖気を奮い上げているものだから、子供達までギョッと、眠っていたのから、寝台から、跳ね起き、お袋さんのグルリにしがみついた。上さんの眼差しはおよそ上さんの声とちぐはぐするどころではなかった。いつの間にやら部屋の中へ入って来ていた黒マントの蒼ざめた男を指差すに及び。

「あの男を見て下さいな！　あそこを見て下さいな！　あの男はここに何の用があるってんです？」

「おやおや、お前」と御亭主は返した。「もしかお前さえ離してくれたら、わたしからお尋ねしてみようじゃないか。一体どうした？　何てガタガタ震えてやがる！」

「あたしゃつい今しがた表にいた時、あの男を通りで見かけたんですよ。あの男はあたしをじっと見て、あたしの側《そば》に立ってたんですよ。おお、何ておっかないったら」

「おっかない！　どうして？」

「さあ、どうしてだか——あたしは——待って下さいな！　あんた！」というのも御亭主は見知らぬ男の方へ近寄りかけていたから。

上さんは片手を額に、もう片方の手を胸に押し当てていた。頭の天辺から爪先まで曰く言い難くもワナワナ戦慄き、目はキョロキョロ、忙しなくさ迷った。さながら何かを失いでもしたかのように。

「どっか具合でも悪いのか、お前？」

「またあたしから失せかけてるものは何だってんでしょ？」と上さんは声を潜めてつぶやいた。「どんどん失せかけてるものはほんと何だってんでしょ？」

と思いきや、上さんはいきなり返した。「具合でも悪い？　いえね、てんでピンシャンしてますとも」してぼんやり床を見据えたなり立ち尽くした。

御亭主は、仰《のっ》けは上さんの怯えの御相伴にからきし与らぬ訳にも行かなかった所へもって、今や上さんに然に妙な手に出られるとあらば、およそ心安らかにして頂くべくもなかったが、黒マントの蒼ざめた客《まろうど》に話しかけた。男は身動ぎ一つせぬまま立ったきり、床に目を伏せていたから。

「一体わたくし共に」と彼はたずねた。「何の御用でしょう？」

「どうやら誰にも気づかれずに入って来たせいで」と客《まろうど》は返した。「びっくりさせてしまったようだが、君達は話をしていて、聞こえなかったのやもしれん」

「うちの小さな女房の話では——お客様もお聞きじゃあったでしょうが」とテタビィ氏は返した。「あれがお客様のせいで胆をつぶしたのは今晩これが初めてではないそうで」

「それは申し訳ないことをした。確か、通りでほんの一時《いっとき》目を留めていたかとは思うが。驚かす気はさらさらなかった」

客が然に口を利く上で目を上げると、上さんも目を上げ

た。上さんが客に何たる恐れをなしていることか、何たる恐れをなして――とは言え何としげしげ、食い入るように――客がそいつを見守っていることか、は奇しき眺めであった。

「わたしは」と客は言った。「名をレドローと言って、すぐ側《そば》の古い学寮からやって来た。あそこの学生の若き殿方が確か、お宅に下宿しているはずだが？」

「デナム殿のことでしょうか？」とテタビィはたずねた。

「ああ」

そいつはしごくさりげない仕種で、ほとんど目に留まらぬほどかすかだった。が小男は、またもや口を利く前に片手で額をさすり、すかさず部屋中をキョロキョロ、まるでそいつの雰囲気に何か変化が来したのを気取ってでもいるかのように見回した。化学者はやにわに、上さんの方へ向けていた怯えの眼差しを御亭主の方へ移し、思わず後退り、顔からはいよよ血の気が引いた。

「学生さんの部屋は」とテタビィは言った。「階上《うえ》でございます、お客様。もっと勝手のいい入口がありますが、せっかくこちらから入ってお見えになったからには、もしやこの小さな階段をお昇り頂けば」と茶の間から直接通じている階段を指差しながら。「わざわざ冷たい表へお出になることもなかりましょう。もしやあちらにお会いになりたいのでしたら、このままお昇り下さいますよう」

「ああ、是非とも会いたいものだ」と化学者は言った。

「明かりを貸してもらえるか？」

客の荒んだ眼差しの何と注意深く、その眼差しに蔭を落としている不信の念の何と曰く言い難いことか、テタビィ氏は戸惑うこと頻りのようだった。彼は口ごもり、じっと、お返しに客に目を凝らし、一分かそこいら金縛りに会った、と言おうか見込まれた男よろしく立ち尽くした。

とうとう彼は言った。「もしもついて来て頂けるようなら、お客様、足許をお照らし致しますが」

「いや」と化学者は返した。「付き添われるのも名を告げられるのも結構。学生はまさかわたしが来るとは思っていない。むしろ独りで行かせてもらおう。差し支えなければ、明かりを貸してくれ。道は自分で探す」

すかさず当該腹づもりを口にし、ロウソクを新聞販売屋から受け取る上で、化学者は相手の胸に触れた。してやにわに、さながらうっかり傷を負わせでもしたかのように手を引くや（というのも一体自らの如何なる箇所に新たな力が宿り、そいつは如何様に伝わり、如何にその受け取り方は人それぞれ異なるものか分からなかったから）、クルリと向き直りざま階段を昇った。

が天辺まで来ると、彼はつと足を止め、部屋を見下ろした。妻君は同じ場所に立ち尽くしたなり、結婚指輪をクルクル、クルクル、指の上で回していた。亭主はガックリ胸許まで項垂れたなりむっつり、鬱々と塞ぎ込んでいた。子供達は、相変わらず母親のグルリにしがみついたなり、おずおず客の後ろ姿に目を凝らしていたが、相手がこちらを見下ろしていると見て取るや、ひたと互いに寄り添った。

「そら！」と父親は荒っぽく言った。「こいつはもうたくさんだ。とっとと寝ないか！」

「家《うち》はいい加減勝手が悪くて手狭なんだよ」と母親は畳みかけた。「あんた達がいなくってもさ。さあ、とっととお休み！」

チビ助は一人残らず、恐々、スゴスゴ尻尾を巻いた。小さなジョニーと赤ん坊だけはグズグズ、最後まで後れを取ってはいたが。母親はちらと、さも見下したかのようにむさ苦しい部屋を見回し、一家の食いくさしを放り出すや、食卓を片づけようとしていたとば口で手を止め、ガックリへたり込みざまぼんやり、しょんぼり物思いに沈んだ。父親はやおら炉隅に向かうと、苛立たしげにガリガリ小さな炉火を掻き寄せながら、まるで独り占めにしてやろうとでもいうかのようにそいつの上に屈み込んだ。彼らは一言も交わさなかった。

化学者はいよよ蒼ざめていたが、こっそり、盗人《ぬすびと》よろしく階段を昇った。下方の様変わりを振り返り、昇り続けるのも引き返すのもいずれ劣らず恐れながら。

「わたしは一体何をしでかしたというのだ！」と彼は戸惑いがちに言った。「これから何をしようとしているのだ！」

「人類の恩恵者になろうと」と、とある声が返すのが聞こえたような気がした。

彼はクルリと向き直ったが、そこには何一つなかった。して今や廊下が小さな茶の間を視界から締め出すに及び、目を眼前の、自ら向かう方へ凝らしたなり歩き続けた。

「ほんの昨夜《ゆうべ》からではないか」と彼は鬱々とつぶやいた。「わたしが独りきり閉じ籠もっていたのは。というに何もかもが奇しく映る。わたしはわたし自身にとって奇しい。わたしはここに、まるで夢の中のように、いる。一体わたしはこの場所にせよ、記憶に蘇らせ得る如何なる場所にせよ、何の関わりがあるというのだ？　わたしの心は盲《めしい》になりそうだ！」

目の前に扉があり、よって彼はノックをくれた。内なる声によって中へ入るよう告げられ、仰せに従った。

「やあ、ぼくの親切な看護婦さんかい」と声は言った。

「でも聞くまでもないか。ほかにこんな所までやって来てくれる人間はいないものな」
声は懶い調子ながら陽気に口を利き、化学者の注意を炉造りの前へ引き寄せられた寝椅子に、背《せな》を戸口に向けたなり横たわっている若者に惹いた。いじけたみすぼらしい炉では――病人の頬さながらキチキチに摘み上げた上からこっぽり落ち窪み、そいつに温《ぬく》めてやるはほとんど叶はぬ相談の炉床の中央にレンガで押し込められていたが――炉火がゆらゆら燃え、若者の面《おもて》はそちらへ向いていた。吹きっさらしの屋敷の天辺に然ても間近いとあって、炉火は見る間に、忙しない音を立てながら潰え、真っ紅な燃え殻が次から次へと落ちていた。

「あいつらここでパッと散るとチリンチリン音がする」と学生は笑みを浮かべて言った。「ってことで、巷の連中に言わせば、棺桶じゃなくて財布だ。ぼくはまだいつの日か、神様の思し召しあらば、元気で金持ちになれるだろう。そしたら多分ミリーって名の娘を猫っ可愛がりすることになる、この世で誰より親身な気立てと優しい心根の思い出に」

学生はてっきり彼女が握ってくれるものと思ってでもいるかのように、片手を突き上げた。が弱っていたので、依然、もう一方の手に面《おもて》をもたせたなり横たわったきり、向き直ろうとはしなかった。

化学者は部屋をざっと見渡した――そこにて連中のみならず、今や禁じられて脇へ片づけられた火の気のない読書用ランプが目下の病気に先立つ、して恐らくは引き鉄たる、精魂傾けた長き夜な夜なを物語っている、片隅のテーブルの上に山と積まれた学生の本や書類を――壁にダラリと手持ち無沙汰に吊る下がっている外出着といったような、学生のかつての健康と自由の徴《しるし》を――他の然まで孤独ならざる光景のくだんの思い出や、炉造りの上の小さな細密画や、我が家の絵を――かの、恐らくは何らかの手合いの対抗意識、のみならず個人的愛着の証たる、外ならぬ傍観者、彼自身の額入りの版画を。いつぞや、と言おうかつい昨日《きのう》ならば、こうした代物のどれ一つとて、目の前の生身の人影との如何に仄かな関心の連想においてであれ、レドローの胸を打たぬものはなかったろう。が今やそいつら、ほんの物体にすぎなかった。或いは、たといそうした関連のキラめきがパッと萌したとて、今や鈍い訝しみを込めて辺りを見回しながら立っている彼を戸惑わせこそすれ、何ら光明を与えはしなかった。

学生は、然ても長らく触れられぬままの痩せ細った手を引っ込めると、寝椅子の上でむっくり起き上がり、クルリと向き直った。

「レドロー先生！」と彼は声を上げ、ギョッと身を竦めた。

レドローは腕を突き出した。

「側《そば》へ寄るな。わたしはここに掛けさせてもらう。そのままじっとしてい給え！」

彼は戸口の間際の椅子に腰を下ろし、ちらと、若者が片手で寝椅子に寄っかかったなり立っている方を見やると、床に目を伏せたまま口を利いた。

「たまたま、如何様にたまたまか、はさておき、わたしの講義に出ている学生の一人が病気で、独りきり臥せっていると耳にした。学生に関してはただ、この通りに住んでいるという外、何も教えてもらえなかった。この通りの最初の家で尋ねた所、君がここにいたという訳だ」

「確かにぼくは病気でしたが」と学生は慎ましくもためらいがちに、のみならずある種畏怖の念を込めて返した。「ずい分好くなりました。熱病に――多分、脳の――やられたせいで、床に就いていましたが、ずい分好くなりました。ただし、いくら病気でも、独りきりだったとは言えません。さもなければずっと側《そば》についてくれている甲斐甲斐しい救いの手に恩知らずな真似をすることになるでしょう」

「とは管理人の女房のことか」とレドローは言った。

「ええ」と学生は、さながら彼女に無言の内にも臣従の礼を致してでもいるかのように頭を下げた。

化学者は、その内には冷やかで単調な無関心が漲り、かくて生身の彼自身というよりむしろ、昨日《さくじつ》、この学生の容態が口にされるやハッとディナーから身を上げた男の墓なる大理石の像かと見紛うばかりであったが、またもやちらと、寝椅子に片手で寄っかかっている学生に目をやり、それから床を、空《くう》を、恰も盲目の精神を導く光明を求めてでもいるかのように見やった。

「つい今しがた、階下《した》で口にされた際」と彼は言った。「君の名前には心当たりがあったし、どうやら顔にも覚えがあるようだ。個人的にはお互いほとんど言葉を交わしたためしはないはずだが？」

「ええ、ほとんど」

「君は外のどの学生よりわたしを遠慮がちに避けているようだが？」

学生はコクリと頷いた。

「で、どうしてだね？」と化学者はいささかなり関心の表情を浮かべるでなく、ただむっつり、依怙地な手合いの好奇心を催して、たずねた。「それはまたどうしてだね？　一体どういう訳で君はわけてもわたしから、外の皆が散り散りに帰省しているこの時節に、ここに独りきり留まり、しかも病気だということを伏せようとして来たのだね？　是非とも何《な》故《ぜ》か聞かせてもらいたいものだ」

若者は、いよよ取り乱した風情で相手の言葉に耳を傾けていたが、伏せた目を彼の面《おもて》へ上げ、ギュッと両手を握り締めながら、いきなり懸命に、して小刻みに唇を震わせながら、声を上げた。

「レドロー先生！　先生はぼくのことを見破っておいでです。ぼくの秘密を御存じです！」

「君の秘密を？」と化学者は険しく返した。「このわたしが知っているだと？」

「ええ、お蔭でそれは幾多の心から慕われてらっしゃる関心と共感とはそれは似ても似つかない物腰からして、ガラリと変わってしまった声からして、口になさる何もかもや眼差しに見え隠れするぎごちなさからして」と学生は返した。「先生がぼくのことを御存じなのは間違いありません。今ですらそいつを隠そうとなさっていることそのものが、ぼくにとっては先生の生まれながらのお優しさと、にもかかわらずぼく達二人の間にある垣根の（おお、神様も御存じだ、ぼくには無用の）証にすぎません」

虚ろにして侮蔑的な笑いしか、彼は返さなかった。

「ですが、レドロー先生」と学生は言った。「根っから公平な方として、根っからまっとうな方として、どうか考えてもみて下さい、ぼくにはどれほど、名前と素姓をさておけば、先生がどんな裏切りを受け、どんな悲しみを耐え忍ばれて来ようと、まるきり身に覚えがないということを」

「悲しみだと！」とレドローは声を立てて笑いながら言った。「裏切りだと！　そいつらがこのわたしにとって何だというのだ？」

「後生ですから」と学生は身を竦めながらも一心に言った。「ほんのぼくと二言三言交わしたからと言ってそんなにガラリとお変わりにならないで下さい、先生！　どうかまた元通り、ぼくのことなんて気に留めずに放ったらかしてやって下さい。先生の指導を受けているその他大勢に紛れた、元の人目につかない、懸け離れた持ち場に就かせて下さい。ほんの今名乗っている姓でだけ御存じになって、ロングフォードっていう――」

「ロングフォード！」と相手は声を上げた。

彼は両手で頭を抱え込み、しばし知的で物思わしげな面《おもて》を若者の方へ向けた。が光はそいつから、束の間の日光さながら、消え失せ、面《おもて》には先と同様、蔭が垂れ籠めた。

「っていうのは母の今の姓です、先生」と若者はためらいがちに言った。「母が、ひょっとして、もっと晴れがましい姓を名乗っていたかもしれない時に頂戴した名です。レドロー先生」と口ごもりながら。「ぼくは今のその話を当たり前、知ってるんじゃないでしょうか。はっきりこの耳で聞いた訳じゃない所は当てずっぽうを働かせていますが、それでも真実からそれほど懸け離れてはいないはずです。ぼくは蓋を開けてみればお似合い、っていうか幸せじゃなかった結婚の授かり物です。小さな時分から、先生のお名前が尊敬や敬意を込めて――ほとんど畏怖の念に近いものを込めて――口にされるのを耳にして来ました。人並優れた精進を、人並優れた不屈と優しさを、普通の人間ならへこたれてしまう障壁を物ともせずに上へ上へと昇り詰めた、人並優れた不撓の精神を、耳にして来たせいで、ぼくの空想は、母からささやかな手ほどきを受けてからというものずっと先生のお名前に光彩を降り注いで来ました。とうとう、ぼく自身貧しい学生として、一体先生を措いて外のどなたから教えを乞えたというのでしょう?」

レドローは心一つ動かされも、顔色一つ変えもせぬまま、若者を眉を顰めたなり見据えていた。が言葉にせよ仕種にせよ、何ら応じなかった。

「ぼくはどれほど強い印象を受け、深い感銘を覚えて来たことか」と相手は続けた。「口では言えませんし、言おうとしても所詮無駄でしょう、あの、ぼく達学生の間で（わけてもいっとう慎ましやかな連中の間で）レドロー先生の大らかな名前と結びつけられている感謝や信頼を勝ち取るとある力において、過去のありがたき痕跡を見出して。ぼく達の年齢と立場はそれは懸け離れているものですから、先生、ぼくはそれはいつも遠くから先生のお姿を拝まして頂いているものですから、我ながら、いくらほんのちょっとであれ、今のその話題に触れるとは何て身の程知らずな奴なんだって気がします。でも外ならぬ――外ならぬ、ぼくの母にいつぞや一方ならず関心を寄せて下さっていた、と言っても差し支えないでしょうが――方にとって、そっくり過ぎ去ってしまった今や、どんな言葉に尽くせぬ思慕の念を込めてぼくが、ぼくなり人知れず、その方を崇めて来たことか、一体どんなに辛い思いをしながら不承不承、その方の励まし一言で天にも昇るようだったろう時に敢えてそんな励ましから遠退いて来たことか、がそれでいてどんなにその方を存じ上げこそすれ、その方からは知られぬまま、飽くまで自分の道を進み続けて然るべきと感じて来たことか、お聞きになるのもまんざら悪くはないかもしれません。レドロー先生」と学生は力無く言った。「ぼくは申し上げたかったことの半分も上手く言えませんでした。何せまだ本調子とは程遠いもので。ですが、ぼく自身のこの心ならざるペテンに至らない点があれば何であれ、お許し下さい。それ以外は、どうかそっくり忘れてやって下さい！」

　レドローは依然眉を顰めたまま相手を見据え、他の如何なる表情も面《おもて》に浮かべていなかった。がやがて学生が然に口を利きながら自分の方へ、さながら手に触れようとでもいうかのように近寄るに及び、後退りざま声を上げた。

「それ以上近寄るんじゃない！」

　若者は教師の何と懸命に後退ることか、何と刺刺しく突っぱねることか、気圧されたように足を止め、物思わしげに手で額をさすった。

「過去は過去だ」と化学者は言った。「そいつはケダモノよろしく死に絶える。一体どこのどいつだ、わたしの人生における過去の痕跡だなどとほざくのは？　そいつは戯言か嘘を並べ立てているにすぎぬ！　このわたしが君の熱に浮かされた夢に何の関わりがあるというのだ？　もしも金がいるなら、そら、やろう。そのために来たのであって、用はそれだけだ。外にこんな所までわざわざ足を運ぶ筋合いなどなかろう」と彼はまたもや両手で頭を抱え込みながらつぶやいた。

「外に何一つ、筋合いは、というに――」

　彼はテーブルの上に財布を放っていた。彼がかくてぼんやり、己相手に思案に暮れ出すに及び、学生は財布を拾い上げ、差し出した。

「どうか仕舞って下さい、先生」と学生は腹立たしげではないながら、誇らかに言った。「叶うことなら先生には財布と一緒に、御自身のお言葉と申し出の記憶をぼくから受け取って頂きたいものです」

「ほう？」と彼は狂おしげに目をギラつかせたなり突っ返した。「ほう？」

「ええ、叶うことなら！」

化学者は初めて、若者の側《そば》へ寄り、財布を受け取り、彼を腕ごと回し、まともに顔を覗き込んだ。

「病気には悲しみと苦悩がつきものだな？」と彼は笑い声を立てざまたずねた。

学生は訝しげに答えた。「はい」

「そいつの不眠と、心配と、どっちつかずと、一連の心身共の悲惨全てには？」と化学者は狂おしくもこの世ならざるほど意気揚々とたずねた。「そいつらそっくり忘れるに越したことはなかろうが？」

　学生は一言も返さぬまま、またもや戸惑いがちに手で額をさすった。レドローは依然として学生の袖をつかんでいた。するとミリーの声が外で聞こえた。

「これでもうすっかり見えてよ」と彼女は言った。「ありがとう、ドルフ。さあ、もう泣かないで、いい子だから。お父さんもお母さんも明日にはきっとまた元通り優しくなって、お家もきっとまた元通り楽しくなるから。あちらには、ほら、学生さんと一緒に殿方もお見えだわ!」

レドローは聞き耳を立てる間《ま》にも若者の腕を離した。

「わたしは最初の瞬間から」と彼はブツブツ独りごちた。「あの女に会うのが恐かった。あの女には作用を及ぼすのが憚られる、何かひたむきな善性が宿っている。或いはあの女の胸の中で最も優しくまっとうなものの息の根をこの手で止めてしまうやもしれぬ」

彼女は扉をノックしていた。

「そいつなんぞ愚にもつかん先触れとして打っちゃるべきか、それともやはりあの女は避けるべきか?」と彼は不安げにキョロキョロ辺りを見回しながらつぶやいた。

彼女はまたもや扉をノックしていた。

「よりによってこんな所まで足を運ぶ連中の内」と彼は相手の方へクルリと向き直りながら、嗄れっぽくも怯えた声で言った。「かほどに避けたい相手もまたいまい。どこかへ匿ってくれ!」

学生は屋根裏部屋の屋根が床へ向けて傾き始めている辺りで小さな奥の間《ま》に通ず、壁の中のガタピシの扉を開けた。レドローはすかさず潜り込み、潜り込んだ後から戸を閉《た》てた。

学生はそこで初めて寝椅子にまたもや横たわり、彼女に入るよう声をかけた。

「あら、エドマンドさん」とミリーは辺りを見回しながら言った。「皆さんのお話ではここに殿方がお見えだっていうことだったけど」

「ここにはぼくしかいませんよ」

「でも、どなたかいらっしたんでしょ?」

「ええ、ええ、どなたかいらっしゃいましたとも」

彼女は小さな手籠をテーブルの上に乗せ、差し延べられた手を取ろうとでもいうかのように、寝椅子の背《せな》に回った——がそいつはそこにはなかった。彼女なり物静かなやり口でいささかびっくりせぬでもなく、若者の顔を覗き込もうと屈み込み、そっと若者の額に触れた。

「これでほんとにすっかり大丈夫なのかしら? 昼間ほどひんやりしてないみたいだけれど」

「チェッ!」と学生は気難しげに言った。「ほんのちょっとしたことでぼくはおかしくなっちまうんですよ」

なお気持ち目を丸くしながらも、面《おもて》に何ら諫めがちな表情は浮かべぬまま、彼女はテーブルの反対側へ引き下がり、手籠から小さな針仕事の包みを取り出した。が思い直したか、またもや包みを下へ置き、部屋をあちこち音もなく歩き回りながら、手当たり次第のものをぴったり持ち場に、とびきり小ざっぱりとしてきちんと据え直した。寝椅子の上の一つならざるクッションに至るまで。そいつらに彼女はそれはそっとしか手を触れぬものだから、若者は炉火に目を凝らしたなり横たわっている片や、ほとんど気づいてもいないようではあったが。これら全てに片がつき、炉を掃き清め果すと、彼女は慎ましやかな小さなボネットを被ったまま、針仕事に腰を下ろし、すぐ様そいつに物静かながら忙しなく精を出しにかかった。

「これは窓に掛ける新《さら》のモスリンのカーテンなの、エドマンドさん」とミリーはおしゃべりする間《ま》にもチクチク針を運びながら言った。「とってもお安い割にとっても清潔でステキに映って、おまけに目だってずい分楽になってよ。うちのウィリアムの言うには、今のとこ、せっかくこんなに順調に回復してらっしゃるんだからお部屋はあんまり明るすぎない方がいいだろう、さもなきゃまぶしすぎてクラクラ目眩いがするかもしれないからって」

若者はウンともスンとも返さなかったが、姿勢の変え方にはどことなくそれは苛立たしげで焦れったそうな所があるも

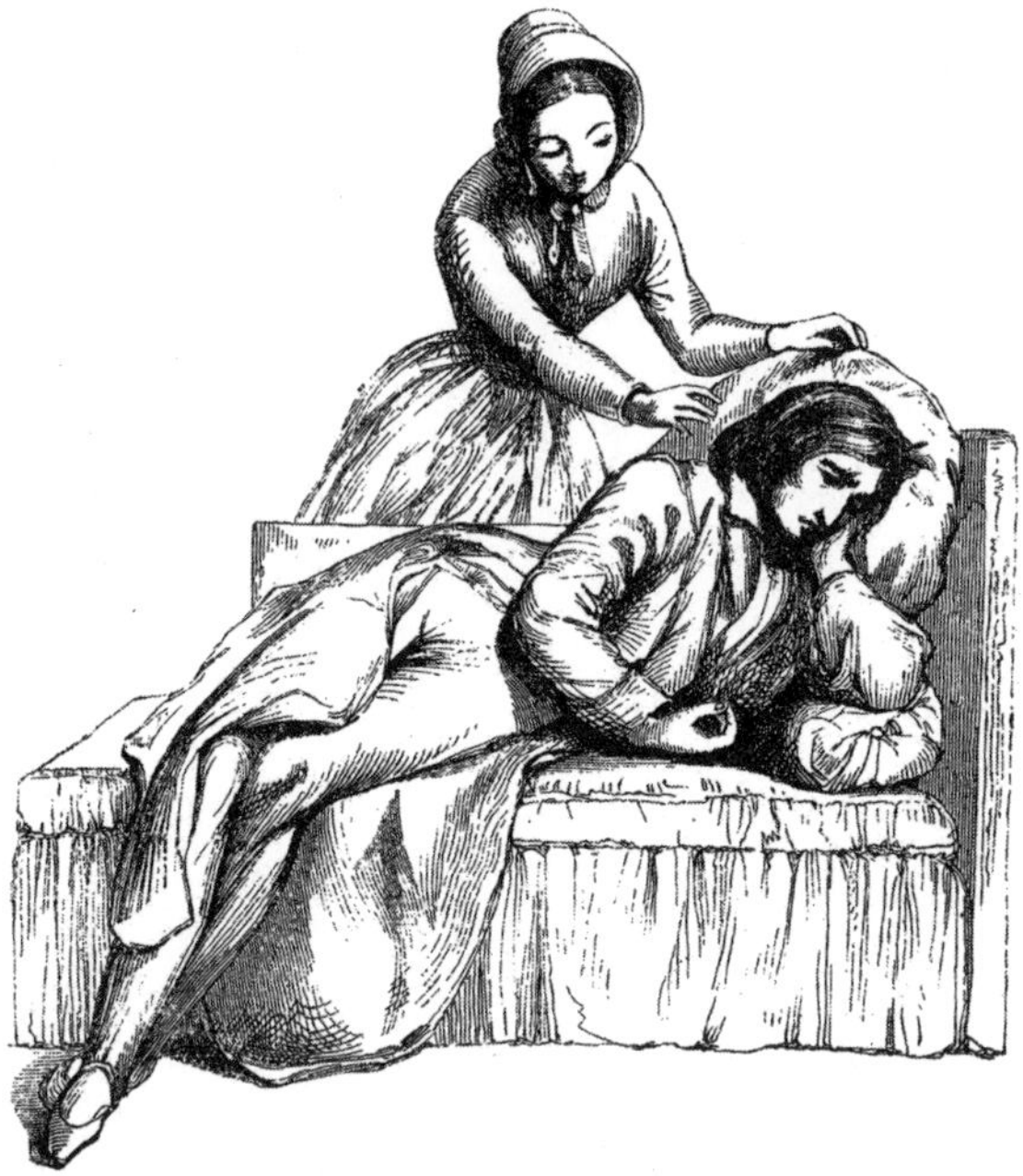

のだから、彼女のはしこい指はひたと止まり、彼女は気づかわしげに若者の方を見やった。

「枕の具合が悪いのね、きっと」とミリーは縫い物を傍らに置き、腰を上げながら言った。「すぐに直しましょうね」

「いいえ、大丈夫ですよ」と若者は答えた。「どうか放っといて下さい。奥さんはあれこれ世話を焼きすぎってもんだ」

若者が然に返すべく頭をもたげ、それは恩知らずな眼差しを向けたものだから、ミリーは彼がまたもやぐったり身を横たえ果すや、おずおずためらいがちに立ち尽くした。とは言え、不平がちな眼差し一つ若者の方へ向けるでなく、椅子と針仕事にもろとも戻るや、ほどなく先に劣らずせっせと根を詰めにかかった。

「わたしずっと考えてたんだけれど、エドマンドさん、あなたこそこの所しょっちゅう、わたしがこうして傍に座ってると、考えてらっしたはずね、逆境は善き教師っていう格言の何と当たってることかって。こんな風に病気になった後では健康のありがたみがこれまで以上に分かるでしょうし、これから何年も経って、一年のこの季節がやって来る度、ここに独りきり、病気だっていうのが分かっていっとう愛しい方々に心配かけちゃならないからっていうので臥せってらっした日々のことを思い出したら、エドマンドさんの家庭は二層倍愛しくて二層倍幸せになること請け合いね。さあ、それってたいそうまっとうで、ほんとのことじゃないかしら？」

彼女はそれは一心に針を運び、それは折しも口にしていることをひたむきに語りかけ、引っくるめればそれは落ち着き払って物静かなものだから、彼が返答代わりに如何なる眼差しを向けるやもしれぬかなど惟みだにしなかった。よって若者の矢のように鋭い恩知らずな眼差しは敢えなく的を外し、彼女にこれきり傷を負わさなかった。

「ああ！」とミリーは自らの忙しない指を目で追いながら俯く間《ま》にも、愛らしき頭《こうべ》を物思わしげに一方に傾げたなり、言った。「わたしですら――このわたしと来ては、エドマンドさん、ちっとも学がなくて、どうやってまともに智恵を働かせたらいいかさえ分からないんですもの、あなたとは似ても似つかないけれど――それでも物事をそんな風に見られるんだって、あなたが病気で臥せってからというもの、ずい分感心してるの。あなたが階下《した》の貧しい御一家が何て親身で、あれこれ心を砕いて下さってることかそれはありがたがってる所を目にする度、あなたはそんな経験ですら健康を失ったことの埋め合わせだと思ってらっしゃるような気がして来たし、まるで本に書いてあるみたいにお顔にありありと、何か悩みや悲しみがなければ決してわたし達、グルリを取り巻いてるいいことの半分も気づかないだろうってこと、読み取って来たわ」

若者がむっくり寝椅子から起き上がったせいで彼女は思わず口ごもった。さなくばもっと先を続ける所ではあったろう。

「それは買い被りってもんですよ、奥さん」と彼はさも見下したように返した。「階下《した》の連中にはいずれ、どんなおまけの世話を焼いて下さったにせよ、お代だけはちゃんと払いますから。だし連中、それくらい当てにしていないとでも？ ぼくは奥さんにだってずい分お世話になって来ました」

彼女の指はひたと止まり、彼女は若者の方を見た。

「ぼくはいくら奥さんが事を大げさに取り立てようったって、それだけお世話になってるって気にはなれませんから」と彼は言った。「ぼくはぼくなり、親身になって頂いてるってのは分かりますし、だから言ってるじゃありませんか、ずい分お世話になって来たって。それ以上何をお望みだっていうんです？」

彼女の縫い物は、依然、若者がさも堪忍ならぬげな風情で部屋を行きつ戻りつしては時折立ち止まるのを目で追う間《ま》にも、ハラリと膝に落ちた。

「だから、くどいようですが、奥さんにはほんとお世話になって来ました。だったらどうしてあれやこれや恩を着せて、せっかく奥さんのことありがたがってる気持ちに水差さなきゃならないんです？ 悩みや、悲しみや、辛い思いや、難儀な目ですって！ それじゃまるでこのぼくってのはここで地獄の責め苦を味わって来たみたいじゃありませんか！」

「あなたまさか、エドマンドさん」と彼女は腰を上げ、若者の側《そば》へ寄りながらたずねた。「わたしがこのお宅の貧しい方々のことを、ともかくわたし自身との関連で引き合いに出したとでも思ってらっしゃるの？ このわたしとの？」と、素朴で無垢な驚きの笑みを浮かべて胸に手をあてがいながら。

「おうっ！ ぼくはそいつのことじゃ何にも思ってらっしゃいませんよ、気のいい奥さん」と彼は突っ返した。「ぼくはただここんとこ体調を崩してて、そいつを奥さんがお節介なばっかりに――いいですか！ お節介なばっかりに――やたら大げさに取り立ててるだけじゃありませんか。でそいつにはもうケリがついたんですから、そいつをダシにいつまでもクダクダやるのは止そうじゃありませんか」

若者は冷ややかに本を手に取り、テーブルの前に腰を下ろした。

彼女は若者をしばらく見守っていたが、やがて笑みはすっかり消え失せ、それから手籠の置いてある所へ戻ると、優しく言った。

「エドマンドさん、独りきりそっとしておいて欲しいのかしら?」

「なるほど、奥さんをここへ引き留める謂れはこれきりありませんね」と彼は返した。

「ただ——」とミリーは口ごもり、縫い物を見せながら言った。

「おうっ! カーテンね」と彼は見下したように声を立てて笑いながら答えた。「そんな奴のために付き合って頂くまでもありません」

彼女はまたもや小さな包みを丸め、手籠に仕舞った。それから若者の前に、彼も思わず目をやらずばおれぬほど辛抱強くも訴えかけるように立ちながら、言った。

「もしも何か困ったことがあれば、いつでも喜んで戻って来ますわ。あなたがほんとに困ってらっした時、わたしはほんとに心から喜んでこちらへ伺ってました。だからちっとも褒められたことではありません。きっと気をつかってらっしゃるんでしょ、そろそろ具合が好くなってるものだから、わたしがうっとうしくなるかもしれないって。でも、決してそんな真似はしていなかったでしょう。あなたが具合が悪くてベッドを離れられないっていうのでなければ、もうこちらへは伺っていなかったでしょう。わたしのこと何にもありがたがって頂くまでもありませんわ。でも、ちょうど貴婦人を相手になさるのと——あなたの愛してらっしゃるお嬢様その方を相手になさるのと——変わらないくらい公平に接して下さるのがまっとうでしょうし、もしもわたしがあなたの病室を少しでも心地好くして差し上げようと折ったささやかな骨を浅ましくも大げさにひけらかそうとしていると勘繰っておいでだとすれば、わたしに対す以上に御自身に不当な仕打ちをなさっていますわ。だからこそ残念でならないんですの。だからこそたいそう残念でならないんですの」

仮に彼女が物静かであるに劣らず気持ちを昂らせていたなら、穏やかであるに劣らず憤っていたなら、面差しにおいて優しいに劣らず怒《いか》っていたなら、声音において低く澄んでいるに劣らず荒らかだったなら、いざ立ち去るや、部屋の中に孤独な学生を見舞ったそいつに比べれば何ら姿を消した気配を残していなかったやもしれぬ。

若者は侘しげに彼女がいた場所を眺めていた。するとレドローが隠処からスルリと這い出し、戸口へ向かった。

「再び病に見舞われたら」と彼は猛々しく若者の方へ向き直りざま言った。「——願はくはほどなく!——ここで息絶えるが好い！　ここで朽ち果てるが好い！」

「先生は一体何をなさったというのです？」と若者は彼のマントに手をかけながら返した。「ぼくの中にどんな変化をもたらされたのです？　ぼくにどんな呪いをかけられたのです？　ぼくにぼく自身を返して下さい！」

「わたしにわたし自身を返してくれ！」とレドローは狂人さながら声を上げた。「わたしは祟られている！　わたしは祟りをもたらす！　わたし自身の心のみならず、全人類の心を穢《けが》す毒で一杯だ。関心や、同情や、共感を感じていた所で、わたしは石と化しつつある。わたしの立ち枯れた足跡《あしあと》には利己と忘恩が芽生える。わたしはただ自ら然たらしめている惨めな連中よりそれは遙かに卑しくないがために、連中の変化《へんげ》のその刹那、連中を忌み嫌えるにすぎぬ」

　彼は然に口走る間《ま》にも――若者は依然マントにしがみついていたが――若者を振りほどき、殴りかかり、それから、風の吹き荒び、雪の舞い落ち、ちぎれ雲の飛び去り、月の仄かに照る夜気へと狂おしく駆け出した。してそこにて、風に乗って吹き荒び、雪と共に舞い落ち、雲と共に流れ去り、月光に照らし出されて、茫と、暗闇の中に浮かび上がっているのは、亡霊の文言であった。「俺の授けた贈り物を、お前はどこへ行こうと、またもや授けることになろう！」


　何処へ向かっているものか、彼は、人込みを避ける限り、知りも気にかけもしなかった。自らの内に感じている変化は忙しない通りを荒れ野に、自らを荒れ野に、周囲の有象無象を、その多種多様な忍耐と暮らしぶりにおいて、果てなき砂漠に変え、そいつを風が煽る側《そば》から得体の知れぬ砂山へと堆く盛り上げては、荒れ果てた渾沌へと仕立て上げた。亡霊が「ほどなく死に絶えよう」と告げていた胸中のかの痕跡は、未だ、独りきりでいたいと願うまでに自らの何たるか、他者を何たらしめているか思い知らされていぬほど遙か、その死への途上にはなかった。

　こいつのせいでふと思い当たった――いきなり、道を縫いながらも、部屋に駆け込んでいた小僧のことが脳裏を過った。して、亡霊が姿を消して以来言葉を交わした連中の内、あの小僧一人、何ら変化を来した様子を示していないのを思い起こした。

　如何にくだんの野育ちの代物が物の怪じみ、疎ましかろうと、彼は小僧を見つけ出し、こいつが事実そうなものか突き止めようとホゾを固めた。のみならず同時に念頭に浮かんだまた別の腹づもりの下《もと》、小僧を見つけ出そうと。

　よって、目下どこにいるかいささか手を焼かぬでもなく見極めながら、彼は古びた学寮へと、してくだんの、正面玄関

があり、そこだけ石畳が学生の足に踏み締められて擦り減っている辺りへと、引き返した。

管理人の屋敷は鉄門のすぐ内側にあり、方庭を囲む主立った建物の端くれを成していた。外側には小さな回廊があり、くだんの人目につかぬ場所から連中の普段の部屋の窓を覗き込めば誰が中にいるか一目瞭然なのは先刻御承知。鉄門は締まっていたが、勝手知ったるもの、横桟の間に手首を突っ込むことにて閂を外すと、彼はそっと滑り込み、またもや閂を鎖し、こっそり、薄い雪殻を踏みしだきながら窓辺へと近づいた。

昨夜、自ら少年を差し向けた炉火は、ガラス越しに赤々と燃え、地べたにそこだけ煌々と映っていた。こいつを、我知らず避け、グルリを回って、彼は窓から中を覗き込んだ。当初、てっきりそこには誰もいないものと、燃え盛る炎は天井の古い梁と黒々とした壁だけに照りつけているものと、思った。がなおしげしげ覗き込んでみれば、お目当ての相手がクルリと暖炉の前の床で体を丸めたなり眠りこけているのが目に入った。よってすかさず戸口へ向かい、扉を開け、中に入った。

小僧はそれは焼けるように熱い熱を受けて横たわっているものだから、化学者が揺すぶり起こそうと身を屈《ここ》めると、お蔭で頭が焦げそうなほどだった。手を触れられるが早いか、小僧は未だ夢現ではあったものの、尻に帆かける本能の為せる業、襤褸をごっそり抱え込み、部屋の向こうの片隅まで転げ込んでいるとも駆け込んでいるともつかぬ具合にすっ飛び、そこにて床の上に蹲りざま、守勢を取るべく片足を突き出した。

「起きろ！」と化学者は言った。「まさかわたしを忘れた訳ではあるまい？」

「放っといとくんな！」と小僧は返した。「ここはおばさんちで――おっさんのじゃないだろ」

化学者が坦々と見据えたせいで、小僧はいささかおとなしくなった、と言おうかともかく立ち上がり、まともにこちとらを見て頂くほどには言いなりになるに如くはなかろうと心得た。

「誰がそいつらきれいに洗って、打ち身やらヒビ割れだらけの所にそんな包帯を巻いてくれた？」と化学者は見違えるほど打って変わった両足を指差しながらたずねた。

「おばさんさ」

「で顔をもっときれいにしてくれたのもおばさんか？」

「ああ、そうさ」

レドローは小僧の目を彼自身の方へ向けさすべくこれら質問を吹っかけ、手を触れるだに身の毛がよだちそうではあったものの、同じ腹づもりの下《もと》、今や小僧の顎を引っつかみ、ボサボサの髪を後ろへ払いのけた。小僧はお次は相手が如何なる手に出るか分からぬだけに、どうやら我が身が可愛いばっかりに、相手の目を鋭く睨み返した。かくてレドローには如何なる変化も小僧に来さぬのが見て取れた。

「みんなはどこだ？」と彼はたずねた。

「おばさんはどっかへ行っちまった」

「それは知っている。白髪頭の老人と息子はどこだ？」

「ってなおばさんのだんなのこっかい？」と小僧はたずねた。

「ああ。あの二人はどこだ？」

「外さ。どっかで何かあって、アタフタ引っ立てられて、オイラにゃここでじっとしてろってさ」

「わたしと一緒に来るんだ」と化学者は言った。「ならば金をやろう」

「どけえ？　んでいくらくれんのさ？」

「お前が生まれてこの方見たこともないほどどっさりシリング銭をやって、それからあっという間に連れ戻してやる。そもそもどこから来たか帰り道くらい知っていよう？」

「離しとくんな」と小僧はいきなり彼の手から身を振りほ

どきながら返した。「オイラおっさんをあすこへは連れてかないぜ。放っといとくんな。さもなきゃ炭をぶつけてやる！」

小僧は暖炉の前にしゃがみ込み、今にも野蛮な小さな手づから、真っ赤に火照り上がった炭を引っつかもうとした。

化学者が接触を持つ連中に自らの呪われた感化の影響がこっそり忍び寄るのを目にする上で感じていたものは、当該物の怪の卵がそいつを物ともせぬのを目の当たりに覚えたひんやりとした漠たる怯えに比ぶれば物の数ではなかった。鋭い小意地の悪げな面《おもて》を彼の面《おもて》に向け、幼子同然の手を用意万端横桟に掛けた、子供の形《なり》はしながらも微動だにせぬ得体の知れぬ代物を見守るだに、彼の血は凍てついた。

「よく聞け、小僧！」と彼は言った。「お前の気の向くまどこへなり連れて行け、人々がめっぽう惨めにしているか、めっぽう逆しまな真似をしている所へ連れて行く限りは。わたしは連中を困らせるのではなく、助けてやりたいまでだ。さっきから言っているように、金をやって、ちゃんとここへ連れ戻してやる。さあ、立て！　さっさと来んか！」

彼は戸口へセカセカ、彼女が戻っては来ぬかと、向かった。

「オイラをひとりきり歩かしてくれっかい、引っつかんだり手をかけたりせずに？」と小僧はゆっくり、凄みを利かせていた手を引っ込め、そろりそろり腰を上げながら言った。

「ああ、分かった！」

「前だろうと、後ろだろうと、好きに行かしてくれっと？」

「ああ、そうしよう！」

「ならのっけに金をおくれ、そしたら行ってやる」

化学者はシリング銭を数枚、小僧の突き出された手に一枚、乗せてやった。そいつらを数えるのは小僧の智恵には余ったが、小僧はその都度「一つ」と言っては、与えられる側《そば》から硬貨を、施し主を、ガツガツ餓《かつ》えたように見やった。小僧は散銭を手から、口をさておけば仕舞う所がどこにもなかった。よってそいつらを御逸品へ放り込んだ。

レドローはそこで手帳の頁に鉛筆で少年は自分と一緒の旨認《したた》め、紙切れをテーブルの上に置くと、小僧について来るよう合図した。例の調子でごっそり襤褸を抱え込むと、小僧は仰せに従い、剥き出しの頭と裸足のまま、冬の夜闇へと這いずり出した。

先刻入って来た、して然てもハラハラ気づかわしく避けている彼女に出会す恐れのある鉄門から立ち去るよりまだしもと、化学者は小僧がそもそも道に迷ったくだんの廊下の幾本かを抜け、建物のかの、彼自身住まう箇所伝《づて》、鍵を持っているとある小さな扉へと先に立って行った。二人して通りに出ると、ここがどこか分かるかと案内手《あないて》にたずねるべく——さらばそいつはやにわに後退ったが——足を止めた。

蛮人じみた代物はここかしこ目をやり、とうとうコクリと頷きながら、自ら進みたい方角を指差した。レドローが直ちにそちらへ向かうと、小僧は気持ち胡散臭げならず、後からついて来た。道々、散銭をペッと、口から手の中へ、またもや口の中へと戻し、こっそり、ズタズタの一張羅でピッカピカにこすり上げながら。

途中、三度、二人は肩を並べた。三度とも、肩を並べるや、足を止めた。三度とも、化学者は小僧の顔をちらと見下ろし、否応なくとある想念が脳裏を過るに及び、身震いした。

仰《のっ》けに足を止めたのは古めかしい教会墓地を過っている折のことで、レドローは果たしてそいつらを如何様に優しい、心和むような、或いは慰めとなるような想念と結びつけたものか途方に暮れる余り、墓の直中で立ち尽くした。

お次に足を止めたのは月がいきなり顔を覗かせた勢い、夜空を見上げた折のことで、そこにて輝かしき月が彼の依然、人間の叡智が授けた名前と来歴によって知っている満天の星に囲まれているのを目の当たりにした。がそこにて彼は明るい星月夜に見上げる上で常に目にしていた外の何一つ目にしなければ、常に感じていた何一つ感じもしなかった。

三度目に足を止めたのは心悲しい調べに耳を傾けようとした折のことで、楽器と彼自身の耳という乾涸びた絡繰によって自らに明らかにされる調子しか聞き取れず、そいつは彼の内なる如何なる神秘にも訴えかけねば、過去の、或いは未来の、囁き一つ有さず、昨年のせせらぎの音や、昨年の風の荒び音《ね》ほどにも力無なかった。

これら三度の三度とも、彼は目の当たりにして総毛立ったことに、互いの厖大な知的隔たりと、ありとあらゆる物理的点における相違にもかかわらず、小僧の顔の表情は彼自身の顔の表情に外ならなかった。

彼らはしばらく歩き続けた——今やそれは込み入った場所から場所を縫っているものだから、彼はしょっちゅう、てっきり案内手《あないて》を見失ったものと思い込んでは肩越しに振り返り、振り返ってみれば、大方自分の反対側の蔭の中にいたかと思えば、今やそれはひっそり静まり返った脇道を抜けているものだから、小僧の短く、素早い、裸足の足音が後ろからついて来るのが数えられるほどだった——が二人はとうとう朽ちかけた荒屋が犇めき合っている辺りへと差し掛かり、さらば小僧は彼にそっと手をかけ、立ち止まった。

「あん中さ！」と小僧はとある屋敷を指差しながら言っ

た。窓辺にはあちこち明かりが灯り、入口には「旅人宿」なる銘の塗ったくられた仄暗いカンテラが吊る下がっていた。

レドローは辺りを見回した。くだんの荒屋から、そいつらが柵にも、排水にも、照明にも見限られ、淀んだ溝《どぶ》に取っ囲まれたなり立っている、と言うよりむしろそっくりとは崩れ落ちずに済んでいる、せせこましい荒れ地へと――荒れ地から、そいつの囲われている、して次第次第に連中の方へと、挙句どん詰まりから一軒目はほんの犬一匹用の犬小屋にして、どん詰まりに至ってはどこぞからふんだくられたレンガの小さな山にすぎなくなるまで縮こまっている何やら御近所の陸橋、と言おうか橋の端くれたる、傾いだ一並びの拱門《アーチ》へと――拱門《アーチ》からすぐ脇の小僧へと。小僧は寒さの余り身を縮こめたなりブルブル震え、ピョンピョン片足でびっこを引いている一方、もう片方の足を、せめて暖《あった》めてやろうと脚のグルリに巻きつけ、がそれでいてこれらどいつもこいつもをグイと、面《おもて》にそれはまざまざと例の恐ろしく似通った表情を浮かべて睨め据えているものだから、レドローは思わずギョッと後退らずばおれなかった。

「あん中さ!」と小僧はまたもや屋敷を指差しながら言った。「オイラここで待っとくぜ」

「入れてもらえるだろうか?」とレドローはたずねた。

「医者だって言いな」と小僧はコクリと頷きざま答えた。「ここは病人だらけなもんで」

屋敷の入口への道すがら振り返ってみれば、レドローには小僧が塵の上でズルズル御尊体を引こずり、ネズミよろしくスルリと、いっとう小さな拱門《アーチ》の物蔭に這いずり込むのが見て取れた。彼は小僧に何ら憐れは催さなかったが、小僧が恐ろしかった。してそいつが窖から自分の方を覗き見るや、難を逃れるかのようにそそくさと屋敷に向かった。

「悲しみと、裏切りと、悩みは」と化学者は何かもっと明瞭な記憶の糸を苦心惨憺、手繰り寄せながらつぶやいた。「少なくともこの屋敷には暗澹と取り憑いていよう。そいつらの忘却をここへもたらす者に、災いが及ぼせるはずはない!」

かくて独りごちながら、彼は言いなりな扉を押し開け、中へ入った。

階段には女が一人、眠りこけているとも行き暮れているともつかぬ具合にへたり込み、ガックリ、両の手と膝に頭を俯けていた。女を踏んづけずして階段を昇るのはお易い御用でない所へもって、女は彼がすぐ側《そば》まで来ているのにもとんとお構いなしなものだから、彼は足を止め、女の肩に手をかけた。ハッと見上げるに及び、女は実にうら若き面《おもて》を露にした

——或いは凄まじき冬が酷くも春の息の根を止めるやもしれぬ如く、華やぎや洋々たる前途のそっくり拭い去られた面《おもて》を。

彼自身のためにはほとんど、と言おうか何ら気づかっている風も見せぬまま、娘は道を開けようと、壁の方へ躙り寄った。

「きさま何者だ？」とレドローは壊れた階段の手摺に手をかけて足を止めながらたずねた。

「あたいが何者だって、あんた思うかい？」と娘はまたも面《おもて》を露にしながら答えた。

彼は然に最近造られながらも、然にほどなく穢《けが》されし毀たれた「神の社《やしろ》（『コリント第二』三：一六－七）」へ目をやり、さらば憐憫ならぬ何かが——というのもかようの悲惨に対す真の憐憫が沸き起こる泉は胸中、干上がっていたから——とは言えこの所、魂の暗夜にいよよ黒々と垂れ籠めようと踠きながらも未だそっくりとは垂れ籠めるに至っていない如何なる感情にも増して当座、憐憫にまだしも近い何かが、彼の次なる文言をかすかにせよ和ませた。

「わたしは能うことなら、安らぎをもたらすためにここへやって来た」と彼は言った。「何か酷い仕打ちのことでも考えているのか？」

娘は彼に苦ムシを噛みつぶして見せ、それから声を立てて笑い、一頻り笑っていたかと思うと、またもやガックリ項垂れ、髪を掻き毟る間《ま》にもいつしかワナワナ小刻みに身を震わせながら長々と溜め息を洩らした。

「何か酷い仕打ちのことでも考えているのか？」と彼は今一度たずねた。

「あたいのこれまでのこと考えてんのさ」と娘は束の間ちらと彼の方へ目をやりながら返した。

彼は娘が幾多の者の端くれなものと、娘が足許でガックリ項垂れているのを目の当たりに、幾千もの女の雛型が項垂れているのを目の当たりにしているものと、見て取った。

「両親は何をしている？」と彼はたずねた。

「あたいにゃいつだったかそこそこまっとうな家《うち》があった。おとうはずっとあっちの田舎で庭師をしてた」

「もう亡くなったのか？」

「あたいにとっちゃね。そんなあんなはそっくり、あたいにとっちゃ死んじまった。あんたはいっぱしだんなで、そんなこた御存じないだろうけどさ！」娘はまたもや目をもたげ、彼を嘲笑った。

「おい！」とレドローは険しく言った。「こんな風に、そんな何もかもが死んでしまう前に、何一つ酷い仕打ちを受けた覚えはないというのか？　どんなに抗ってみた所で付き纏って離れぬそんな思い出は何一つないというのか？　お蔭でしょっちゅう惨めったらしくてならないそんな思い出は何一つ？」

娘の見てくれにはいつぞやは女性らしかりしものがほとんど名残を留めていぬせいで、今や、娘がワッと泣き出すと、彼は愕然と立ち尽くした。がなお愕然とし、大いに度を失ったことに、当該酷き仕打ちの記憶を喚び覚ますに及び、娘の今は昔の人間らしさと、凍てついた嫋やかさの仰《のっ》けの面影が顔を覗かすかのようだった。

彼は気持ち後退り、そうする上で、娘の両腕が黒ずみ、顔には切り傷を、胸には打ち身を負っているのに気づいた。

「どんな酷たらしい手がお前をそんなに痛めつけた？」と彼はたずねた。

「あたいのこの手さ。こいつはあたいがやったんだ！」と娘はすかさず答えた。

「まさか」

「いや、あたいだってばさ！　あの男は指一本触れちゃいないよ。こいつはあたいがカッとなってやって、ついでにここまでズッコケたのさ。あいつはそこいらにゃいなかった。あたいに手一つ上げやしなかった！」

当該見えすいた嘘でもって彼に真っ向から立ち向かっている娘の面《おもて》の蒼白のホゾの固さの中に、彼はくだんの惨めな胸に未だ生き存えている善性の最後の倒錯と歪《ひず》みをやたらまざまざと見て取ったものだから、ともかく娘に近づいた悔悛に見舞われた。

「悲しみと、裏切りと、苦悩！」と彼は怯え竦んだ眼差しを背けながらつぶやいた。「娘をそこより堕ちた状態につなぎ留めているものは全て今のそいつらに根差しているというのか！　神の御名において、どうかここを通してくれ！」

娘を再び見るに忍びず、娘に触れるに忍びず、娘が天の慈悲にすがっている最後の糸をズタズタに引きちぎってしまったと惟みるに忍びず、彼はマントを掻き寄すや、スルリと階段をかすめるように昇って行った。

踊り場の、彼の向かいには扉があり、半ば開けっ広げのそいつを締めるべく、彼の昇って行く側《そば》からロウソクを手にした男が中から出て来た。がこの男は彼の姿を目の当たりにするや、アタフタ取り乱した物腰で後退り、いきなり衝動に駆られでもしたかのように彼の名を声高に口にした。

そんな場所でかように正体を見破られて不意を衝かれた勢い、彼はひたと足を止める間《ま》にも、胆をつぶした蒼白い面《つら》を思い出そうと躍起になった。がさして智恵を回す暇《いとま》もなかった。というのも、いよよ度胆を抜かれたことに、フィリップ老人が部屋から出て来るなり、ギュッと手を握り締めたからだ。

「レドロー先生」と老人は言った。「さすが先生では、さすが先生では、レドロー先生！　こいつを聞きつけて、何か手は貸せぬかと、やつがれ共の後をお追いになったと。ああ、もう手遅れでしての、もう手遅れでしての！」

レドローは、途方に暮れた面持ちで、部屋の中へ請じ入れられるがままになった。そこでは男が一人、コロ付き寝台の上に横たわり、ウィリアム・スウィッジャーが寝台の傍に立っていた。

「もう手遅れでしての！」と老人は侘しげに化学者の顔を覗き込みながらつぶやき、涙が留め処なくポロポロ、頬を伝った。

「げにわたし自身そう言ってますとも、父さん」と息子が声を潜めて口をさしはさんだ。「げにかっきしそこですとも。患者がおとなしく微睡んでる間《ま》はなるたけ静かにしておくよりほか打つ手はなかろうでは。ええ、仰せの通りですとも、父さん！」

レドローは寝台の傍で足を止め、筵の上に伸びた人影を見下ろした。人影は人生の盛りにあったろうものを、その上に二度と再び太陽が光を降り注ぎそうにない男のそれであった。四十から五十年にわたる生涯の悪徳が男に然なる烙印を捺しているものだから、男の面《おもて》に留められたそいつらの痕跡に比ぶれば、男を見守っている老人の面《おもて》にずっしりとかけられた「時」の手は遙かに慈悲深く美しき彩を添えていた。

「この男は何者だ？」と化学者はクルリと向き直りざまたずねた。

「せがれのジョージで、レドロー先生」と老人は手を揉みしだきながら返した。「長男のジョージで。こいつをお袋は外のどいつより鼻にかけておりましたが！」

レドローの目は、老人がかくて寝台にもたせた白髪頭から、先刻自分の正体を見破った男の方へフラフラとさ迷った。男は部屋のいっとう離れた隅に、皆から遠退いたまま立っていた。およそ彼自身と同世代と思しく、なるほど然に見るからにお先真っ暗な腐朽にして零落れ果てた男に心当たりはなかったものの、男が彼の方へ背《せな》を向けて立ち、今や戸口から姿を消した背恰好にはどこかしらお蔭で彼こそついオロオロと、気づかわしげに手で額をさすらずばおれなくなる所があった。

「ウィリアム」と彼は暗澹と声を潜めて言った。「あの男は何者だ？」

「ああ、ほら、先生」とウィリアム氏は返した。「げに手前自身さように申しておりまして。一体またどうして大の男がわざわざ好き好んで博奕や何やかやに手を出して、一寸一寸身を持ち崩し、挙句とことん零落れ果てねばなりませんか?」

「ならば男がそいつだというのか?」とレドローはまたもや気づかわしげに手で額をさする間《ま》にもちらと、男の後ろ姿を追いながらたずねた。

「げにかっきしさようでして、先生」とウィリアム・スウィッジャーは返した。「何でも聞く所によれば。どうやら医学を少々カジっておるようで、あすこに御覧の手前の哀れな兄と一緒に」ウィリアム氏は上着の袖で涙を拭った。「ロンドンまで徒《かち》でやって参り、一晩階上《うえ》に宿を取っておる関係で――げに手前自身、ほれ、申しておる通り、ここには時に妙な仲間が連れ立ってやって参りまして――兄の様子を見に顔を覗かせ、兄の達ての願いで手前共を呼びに来てくれました。それにしても何とも痛ましい眺めでは、先生! ですが、げにそこでして。おやじなどお蔭で胸が張り裂けてしまおうでは!」

レドローは然なる文言を耳に、ハッと面《おもて》を上げ、折しも自分がどこに、誰といるものか、我が身に如何様な呪いを引っ提げているものか――度胆を抜かれた勢い忘れかけていたものの――思い起こすに及び、そそくさと気持ち、後退った。果たしてこの刹那にも立ち去るべきか、それとも留まるべきか自問しながら。

どうやらそいつと組み打つが己《おの》が身の上の端くれと思しき、とあるむっつりとしたしぶとさに屈し、彼はここに踏み留まる方へ軍配を挙げた。

「つい昨日《きのう》のことではないか?」と彼は独りごちた。「この老人の記憶などほんの薄絹が如き悲しみと悩みにすぎぬのを見て取ったのは、というに今晩はもうそいつを揺るがすのが憚られるとは? たかがわたし如きの手で追っ払えるような思い出が、この虫の息の男にとって、こいつのために恐れねばならぬほどかけがえがないというのか? いや! ここに踏み留まろう」

との文言にもかかわらず、しかしながら、彼はいよよ小刻みに身を震わせながら恐々、踏み留まり、面《おもて》を彼らから背け、黒マントにすっぽり身を包んだなり、寝台の傍から遠退いて立ち、彼らの交わす言葉に恰も我ながらその場に取り憑いた悪魔ででもあるかのように、耳を傾けた。

「おやじ!」と病人は、昏睡からいささか持ち直してつぶやいた。

「おお、せがれよ！　せがれのジョージよ！」とフィリップ老人は言った。

「おやじはたった今、おれがとうの昔、お袋のお気に入りだったとか言ってたな。今頃になって、とうの昔のことを思い浮かべるってのはおっかないようだぜ！」

「いや、いや、いや！」と老人は返した。「好きに思い浮かべるがええ。おっかないなどと言うものではない。わしにとってはちっともおっかのうはないわ、ジョージ」

「けど辛くてなんねえんじゃないのかい、おやじ」というのも老人の涙がポタポタ、彼の上に落ちていたから。

「ああ、ああ」とフィリップは言った。「まことの。けどお蔭で救われるというものじゃ。あの頃のことを思い出すと、そりゃ悲しゅうて胸が締めつけられるようだが、それでもお蔭で救われるというものじゃ、ジョージ。おお、お前も好きに思い浮かべるがええ、好きに思い浮かべるが。ならば心がまんだまだ和もうて！　ん、せがれのウィリアムはどこじゃ？　ウィリアムや、なあ坊主、お前のお袋はあいつのことを最期の最期までそりゃ心から愛しておった。で今はの際に言うたもんじゃ。『どうかあの子に伝えて頂だいな。あの子のことは許してたって、神様の御加護を乞うていたって、あの子のために祈りを捧げていたって』と、あいつはわしに言い遺しおった。わしはそいつをついぞ忘れたためしはのうての、いくら八十七でも！」

「おやじ！」とベッドの上の男は言った。「おれはもうおしまいだ、ってのは分かってる。マジで棺桶に片足突っ込んでるもんで、頭の中でいっとうつらつらやってることだってろくすっぽしゃべれないほどだ。おれにはこのベッドの向こうに望みはあるのかい？」

「あるとも、あるとも」と老人は返した。「心が和んで、心底悔いておる者には皆、望みがあるとも。そんな奴らには皆、望みがあるとも。おお！」と老人はひしと両手を組み合わせ、天を振り仰ぎながら声を上げた。「つい昨日のこと、この不幸せなせがれがまんだ罪のないガキだった時分のことを思い出せるとは、えろうありがたい気がしたものじゃ。が今は、神様御自身にすらあいつのそんな思い出がおありじゃと思えば、何と慰められることよの！」

レドローは両手で顔を覆い、殺人鬼さながら身を竦めた。

「ああ！」と寝台の上の男は弱々しい呻き声を洩らした。「あれからってもの何て荒んじまったことか、あれからってものおれの人生は何て荒んじまったことか！」

「けどあいつはいつぞやはガキだった」と老人は言った。「外の子供らとよう遊んでおった。夜、床に就いて、あどけない眠りに落ちる前には、いつもあれの死んだお袋の膝頭で祈りを捧げておったものじゃ。わしは何度とのう、あれがそうしておる所を目にしての。お袋が自分の胸にあれの頭をもたせて、キスをするのを目にしての。あいつがうんとこ道を踏み誤って、あいつにかけておったわしらの望みや当てがそっくり粉々に壊れてしもうた時、こいつを思い浮かべるのはお袋にとっても、わしにとっても、えろう辛かった。がそれでもこいつのお蔭であいつは、外の何一つ叶はんかったろうが、わしらの心を相変わらず引き留めておった。おお、この世のどんな父親よりよっぽどかありがたき『父』よ！　おお、御自身の子らの過ちのせいでよっぽどか難儀な目に会うておいでの『父』よ！　この流離人《さすらいびと》をお連れ戻し下され！　今のあいつではのうて、あの頃のあいつのままに、あいつに泣きつかせてやって下され、そりゃしょっちゅうわしらに泣きついておるような気がしておったままに！」

老人がワナワナと、小刻みに震える両手を掲げるに及び、彼がそのため然に拝み入っている息子は、さながら事実、老人が口にしている幼子ででもあるかのように、項垂れた頭《こうべ》をどうか支えて慰めてくれよとばかり、老人にもたせた。

果たしていつ、何人《なんぴと》がレドローがその後に訪れた静寂において身を震わせた如く身を震わせたためしがあったろう！

彼にはそいつが彼らに訪れるに違いないと、見る間に訪れつつあると、分かっていた。

「おれは後いくらも持たないし、息はもっと持ちそうにない」と病人は片腕で体を支え、もう一方の腕で空《くう》を手探りしながら言った。「けど、ついさっきまでここにいた男がらみで何か気がかりがあるのは覚えている。おやじ、でウィリアム――いや、待ってくれ！――あそこの暗がりには現に何かいるのか？」

「ああ、ああ、ありゃ現《うつつ》じゃとも」と老いた父親は言った。

「そいつは男か？」

「げにわたし自身そう言ってますとも、ジョージ兄さん」と弟が優しく兄の上に身を屈めながら口をさしはさんだ。「あちらはレドロー先生です」

「てっきりあちらの夢でも見てたもんと思ったが。こっちへ来てもらえないか」

化学者は瀕死の男よりなお血の気の失せたなり、男の前に姿を見せた。して男に手招きされるままに、寝台の上に腰を下ろした。

「こいつは今晩、そりゃズタズタに引き裂かれてるもんで」と病人は己《おの》が身の上の黙《もだ》した、拝み入らんばかりの苦悶のまざまざと浮かんだ眼差しで胸許に手をかけながら言った。

「ってのは老いぼれたおやじのかわいそうな姿を目にするや ら、おれが火種の悩みっていう悩みや、おれの親不孝が引っ連れた悲しみっていう悲しみを思い浮かべるやらで――」

果たして然にいきなりひたと口ごもったのは、男がここにて力尽きたからか、それとも別の変化が来《きた》そうとしているからか？

「――おれはこっから、こんなにどっさり、こんなに取り留めのないことばかしこねくり回してながら、せめてまっとうにやってのけられることを、やってみようじゃ。ここにもう一人男がいたはずだ。奴を見なすったと？」

レドローは如何なる文言にても返せなかった。というのも今や然ても嫌というほど身に覚えのある例の、手で額をさする致命的な仕種を目の当たりに、ここまで出かかっていた声が潰えたから。とは言え、且々頷いた。

「奴は一文無しで、腹ペコで、スカンピンだ。とことん零落れ果てて、お先真っ暗だ。奴の面倒を見てやってくれ！　グズグズせずに！　マジで死ぬ気でいるんだからよ」

そいつは効きつつあった。男の面《おもて》を見れば一目瞭然。面《おもて》は見る間に変わり、強張り、翳りという翳りは深まり、その悲しみをそっくり失いつつあった。

「お宅は覚えてらっしゃらないんで？　奴を御存じないんで？」と男は畳みかけた。

男は束の間、またもや額の上を戸惑いがちにさ迷っていた手で自らの面《おもて》を締め出した。と思いきや、面《おもて》はレドロー宛、捨て鉢な、破落戸めいた、頑な、苦ムシを噛みつぶした。

「ああ、チクショーめが！」と男は辺りを険しく睨め据えながら言った。「きさまここでおれに何しでかしやがった！　おれは破れかぶれに生きて来たんだ、破れかぶれに死んでやろうじゃないか。きさまなんざクソ食らえ！」

かくて寝台にぐったり身を横たえるや、これきりどいつも近寄るな、後はどうなと消えてやるとばかり、頭上に真っ直ぐ両腕を突き上げた。

たといレドローが雷《いかづち》に打たれていたとて、そいつは彼をなお途轍もなき衝撃もろとも寝台の傍よりたじろがせられはしなかったろう。が老人が、息子が彼に口を利いている間《ま》に寝台から離れていたものを、今や引き返すなり、同様にすかさず、して身の毛をよだたせんばかりに、後込みした。

「ん、せがれのウィリアムはどこじゃ？」と老人はそそくさと言った。「ウィリアム、ここには近づかんことじゃ。とっとと家《うち》へ帰ろう」

「家《うち》へですって、父さん！」とウィリアムは返した。「御自身のせがれを身捨てて行こうってんですか?」

「わしのせがれとやらはどこじゃ?」と老人は返した。

「どこ?　ああ、あそこでは!」

「あやつはわしのせがれなんぞではないわ」とフィリップはワナワナ、腹立たしげに身を震わせながら言った。「あんならず者がわしに今さら何を申し立てようというのじゃ。わしの子供はもっと愛嬌が好うて、甲斐甲斐しゅう傅いて、食い物や酒を仕度してくれて、みんな重宝じゃ。のも当たり前ではないか!　これでかれこれ八十七になろうというなら!」

「おやじの何とまたようも老いぼれてくれたことか」とウィリアムは両手をズッポリ、ポケットに突っ込んだなり、父親の方を不平タラタラ見やりながらブツクサ放いた。「はてさて、いつまでもそんなザマを晒して何の甲斐があるものやら。いっそポックリ行ってくれた方がよっぽどかせいせいしように」

「やつがれのせがれですと、レドロー先生!」と老人は言った。「しかもやつがれのせがれですと!　坊主め、このやつがれのせがれがどうのこうの言いおるとは!　ああ、あやつが一体これまでおやじを喜ばそうとどんな骨を折ってくれたというので、一つお聞かせ願いたいものですな」

「それを言うならおやじこそこのわたしを喜ばそうとどんな骨を折ってくれたというので」とウィリアムはむっつり言った。

「はてっと」と老人は言った。「かれこれどれくらい仰山ぶっ通しで、クリスマスと言えば、これきり冷たい夜気の中へ狩り出されもせんまま、わしのあったかい炉端に掛けて、んであすこのあやつみたように薄気味の悪い、惨めったらしい見物《みもの》にかかずらわされもせんと旨い馳走を食うて来たことか?　かれこれ二十年かの、ウィリアム?」

「いや、それよか四十年ってとこじゃあ」と彼はブツブツ返した。「ああ、あすこのおやじを見ていると、先生、で改めて思い直してみれば」と全くもって男にあっては目新しくも苛立たしげにして焦れったそうにレドローに話しかけながら。「おやじと来てはげに、ほんのそんな長の年月、散々飲み食いしてはのうのうと暮らして来たただの暦みたようなものでは」

「わしは——わしは、八十七じゃ」と老人は子供っぽくも弱々しく、取り留めもない戯言をほざきながら言った。「というにこれまでさしてムカッ腹を立てた覚えはない。それがここへ来て、坊主がわしのせがれじゃと言うもんのせいで取っかかろうとでもいうか。あやつがわしのせがれなんぞであるものか。わしはこれまでしこたま愉快な思いをして来た。いつぞやなんぞ——いや、忘れてしもうた——いや、ふっと掻っ消えてしもうた。何かクリケットの試合と、わしの馴染みの思い出じゃったが、どういう訳やらふっと掻っ消えてしもうた。はてっとあいつは誰じゃったかの——えろう気心が知れておったはずじゃが？　じゃしあれからどうなったものやら——ひょっとしてもうあの世かの？　けどよう分からん。どのみち構やせん、これっぱかし構やせん」

眠たげにクツクツ忍び笑いを洩らし、かぶりを振る上で、老人はチョッキのポケットに両手を突っ込んだ。して内一つに（恐らくは昨夜《ゆうべ》放ったらかしにしていた）セイヨウヒイラギの端くれを見つけ、そいつを今や取り出すと、しげしげ眺めた。

「ヒイラギの実との、えっ？」と老人は言った。「ああ！こいつら食えんとは残念。よう覚えておるわ、あんくらいの丈しかないチビ助じゃった時分、一緒に出かけて——はてさて——一体どいつと一緒に出かけたんじゃったかの？——いや、どんな具合じゃったかさっぱり覚えておらんわ。そもそもどいつか格別な奴と一緒に出かけたもんやら、どいつか気に入っておったもんやら、どいつかわしのことを気に入っておったもんやら。ヒイラギの実との、えっ？　ヒイラギの実が紅う熟れる時には馳走があっての。はむ。わしはそいつの分け前を食ろうて、傅いてもろうて、あったこうて居心地好うしてもらわねば。何せ八十七の、哀れな老いぼれのからには。何せ八‐十‐七の。八‐十‐七の！」

何と老人が然に繰り返す間《ま》にも耄《ほう》けた、いじましい物腰でセイヨウヒイラギの葉をクチャつき、滓《かす》をぺっぺと吐き出したことか、何と（然ても一変した）末息子が冷ややかな、すげない目で父親を見守っていたことか、何と長男が飽くまで頑に心を閉ざし、己《おの》が罪過に凝り固まったなり横たわっていたことか——最早レドローの目には留まらなかった。というのも彼は釘づけになりでもしたかのように立ち尽くしていた場所から身を振りほどくや、表へ飛び出していたからだ。

案内手《あないて》は隠処より這いずり出し、彼が拱門《アーチ》に辿り着かぬ内にお待ちかねであった。

「おばさんちへ引っけえすのかい？」と小僧はたずねた。

「ああ、とっとと！」とレドローは答えた。「途中、どこでも止まるんじゃない」

ほんの一時《いっとき》小僧は先に立って行っていた。が二人の引き返しようは歩いているというより尻に帆かけているも同然で、小僧の裸足は化学者の足早の大股について行こう思えば並大抵のことではなかった。脇を過る連中という連中から身を竦め、マントに経帷子さながら包《くる》まり、己《おの》が衣がヒラリと触れようものなら致命的な菌が祟りでもするかのように、そいつをひたと掻き寄せたなり、彼は二人して出て来た扉に辿り着くまで一息も吐かなかった。して自分の鍵で錠を外し、小僧をお供に、中へ入ると、仄暗い廊下を抜けて自らの部屋へと駆け戻った。

　小僧は彼が扉に錠を下ろすのをじっと見守り、相手が向き直るや、テーブルの後ろへ逃げ込んだ。

「さあ！」と小僧は言った。「オイラに触んじゃねえ！　まさかさっきの金をふんだくろうってんでここえ連れてけえったんじゃねえだろな」

　レドローはさらにもう某か金を床に放った。小僧はやにわに、万が一にもそいつを目にしたお蔭で男の気がコロリと変わり、またもやせしめにかかっては大変と、男から隠そうとでもいうかのように、金に御尊体ごと飛びかかった。して相手が両手に顔を埋《うづ》めたままランプの傍に腰を下ろすのを確かめて初めて、こっそり散銭を拾いにかかった。かくて一枚残らず拾い果すや、炉端に這いずり寄り、暖炉の前の大きな椅子に腰を下ろし、胸許から何やら食いくさしを取り出すと、モグモグ頬張っては、炎にじっと目を凝らしたり、時折ちらと、片手にギュッと握り締めたシリング銭に目をやったりし

始めた。

「してこいつが唯一人」とレドローはいよよ悍しげにして恐々小僧を見つめながら独りごちた。「わたしのこの世に残された道連れだというのか」

一体如何ほど長らく然ても恐れをなしている当該物の怪をじっと見守っているのからハッと我に返ったものか——果してものの一時《いっとき》か、夜も更けるまでか——彼には見当もつかなかった。が部屋の静寂は小僧が（先刻来、聞き耳を立てているようではあったが）ハッと腰を上げ、戸口に駆け寄ったせいで破られた。

「ありゃおばさんだ！」と小僧は声を上げた。

化学者は彼女がノックをしたその刹那、小僧に途中で待ったをかけた。

「おばさんのとけえ行かしとくれよな？」と小僧は言った。

「まだだ」と化学者は返した。「ここにじっとしてろ。今は誰もこの部屋を出入りしてはならん。誰だね？」

「わたくしです、先生」とミリーが声を上げた。「どうか、先生、お通し下さい！」

「いや！　断じて！」と彼は言った。

「レドロー先生、レドロー先生、どうか、先生、お願いですから」

「一体何事だね？」と彼は小僧を押さえつけながら言った。

「先生の御覧になった惨めな男は、ますます容態が悪くなって、わたくしがどんな声をかけようと、うわ言を口走るきり目を覚ましてくれません。ウィリアムの父親はあっという間に子供のようになってしまいました。ウィリアム自身も様子がおかしゅうございます。あまりにいきなりのことでびっくりしたのかもしれません。わたくしにはあの人の言うことがよく分かりません。まるで別人のようで。おお、レドロー先生、どうかお智恵を授けて下さいまし、わたくしを助けて下さいまし！」

「いや！　いや！　いや！」と彼は答えた。

「レドロー先生！　どうかお願いでございます！　ジョージは夢現で、先生があちらで御覧になった男のことをつぶやいています。男はこのままでは自ら命を絶つだろうと」

「男は、わたしに近づくくらいなら、いっそそうするに越したことはなかろう！」

「義兄《あに》が取り留めもなく申すには、先生は男のことを御存じで、男はいつぞや、遠い昔、先生の御友人だったと。ここの学生さんの——もしかしたらあの、病気で臥せっておいでの学生さんの——零落れ果てた父親だと。一体どうすればよろしいのでしょう？　どうやって男を追えばよいのでしょう？　どうやって男を救えばよいのでしょう？　レドロー先生、どうか、おお、どうかお智恵を授けて下さいまし！　わたくしを助けて下さいまし！」

この間《ま》も終始、彼は小僧を押さえつけていた。小僧は半ば狂ったように脇をすり抜け、彼女を入れようと躍起になってはいたが。

「亡霊共よ！　不敬な想念の懲罰者共よ！」とレドローは悶々と辺りを睨め据えながら声を上げた。「我を見よ！　己《おの》が精神の暗闇から、自らそこにあると分かっている悔悛の仄明かりに輝きざま、己《おの》が悲惨を露にさせよ！　物質界においては、自ら長らく教えて来た通り、何一つ余分なものはなく、不可思議な機構において如何なる過程であれ原子であれ失われれば必ずや、大いなる宇宙に空白が出来る。今やようやく分かって来た。人間の記憶における善や悪も、幸せや悲しみも、同じことだと。我に情をかけよ！　我を救えよ！」

何一つ返っては来なかった。ただ彼女が「どうか助けて下さいまし、助けて下さいまし、中へお通し下さいまし！」と叫び、片や小僧がジタバタ、彼女の下《もと》へ行こうと踠くのをさておけば。

「己《おの》自身の影よ！　己《おの》がより暗澹たる時間の亡霊よ！」とレドローは狂おしく声を上げた。「どうかここへ戻り、己に夜となく昼となく取り憑いてくれ。だがこの贈り物だけは持ち去ってくれ！　それとも、もしもそいつが依然己《おの》が下《もと》に留められねばならぬというなら、己から其を他者に授ける恐るべき力を奪ってくれ。己の犯してしまったことを帳消しにしてくれ。己を行き暮れたまま放ったらかしてくれ。ただし明るい日中を、自ら祟ってしまった連中に返してやってくれ。この女だけは最初から容赦していたからには、二度と再び表へは出ず、ここで、己の毒にやられぬこの小僧の手を措いて如何なる手にも付き添われぬまま、死ぬ気でいるからには――どうか己《おの》が願いを聞き届けてくれ！」

唯一返って来たのは、依然、小僧が彼女の下《もと》へ行こうと、彼に押さえつけられながらもジタバタ踠いている片や、いよよ懸命に上げられる彼女の叫び声だけだった。「どうか助けて下さいまし！　中にお通し下さいまし。男はいつぞや先生のお友達だったとか、どうやって男の後を追えばよろしいのでしょう、どうやって男を救えばよろしいのでしょう？　みんなすっかり変わってしまいました。外にどなたも助けて下さる方はいらっしゃいません、おお、どうか、どうか、中にお通し下さいまし！」

第三章　翻された贈り物

夜は依然、蒼穹にずっしりのさばっていた。開けた平原上で、丘の頂から、沖合いの孤独な船の甲板から、いずれ黎明へと移ろうことを約束する、低く揺蕩う遙か彼方の筋《すじ》が仄かな水平線に見えてはいた。がそいつの約束は未だ遠く、覚束無く、月は夜の叢雲に忙しなく抗っていた。

レドローの精神に投ぜられた影は次から次へ黒々と速やかに踵を接し、その光明をさながら夜の叢雲が月と大地との間をためらい、後者を闇のヴェールに包んだままにしている如く、曇らせていた。夜の叢雲の投ず影さながら、そいつらが彼から隠蔽しているものと、彼に朧げながら啓示しているものは気紛れにして捕らまえ所がなく、なおも夜の叢雲さながら、たとい澄んだ光が束の間射そうと、それはただそいつらが彼の心の上をかすめ去り、闇を先よりなおいよよ黒々とさすために外ならなかった。

屋外にて、神さびた学寮には深遠で厳粛な静けさが漂い、その控え壁や出っ張りは地べたに謎めいた暗い影を投じ、そいつら、月の小径が多かれ少なかれ包囲されるに応じ、今や滑《すべ》らかな白い雪へと引っ込んだかと思えば、今やそいつからお出ましになるかのようだった。屋内にて、化学者の部屋はランプの明かりが尽きかけているせいでぼんやりと霞み、ノックの音と扉の外なる声が止んでからというもの、辺りはシンと死んだように静まり返り、何一つ聞こえなかった。ただ時折、炉火の白くなった燃え殻の直中から、恰もそいつが末期の息を吐き出してでもいるかのような低い音が聞こえてはいた。暖炉の前の床では小僧が横たわったなりぐっすり眠りこけていた。椅子には化学者が、ちょうど戸口での訴えが止んでこの方そこに座っていたままに、座っていた——石と化した男さながら。

かようの折、彼の耳にした覚えのあるクリスマスの調べが奏でられ始めた。彼は当初、教会墓地で耳を傾けていたままに、耳を傾けた。がほどなく——調べは相変わらず奏でられ、彼の方へ夜風に乗って低く、甘く、憂はしき旋律たりて運ばれていたが——腰を上げ、両手を辺りに突き出しながら立った。恰もどいつか馴染みが近づいて来てはいるものの、たとい彼の侘しき手が触れようとて災いは何らもたらされぬかのように。彼がかくて手を突き出している間《ま》にも、面《おもて》はいよよ和み、訝しげでなくなり、優しい震えが全身を見舞い、終に涙が込み上げ、両手を目の前にあてがうや、ガックリ項垂れた。

悲しみや、裏切りや、苦悩に纏わる彼の記憶は未だ蘇ってはいなかった。彼にはそいつが回復していないのは分かっていた。回復する儚い信念も希望もなかった。が何か内なる黙《もだ》した蠢きのせいでまたもや、遙か彼方の調べの中の秘められたものによって衝き動かされはした。たといただ調べによって自ら喪ったものが如何ほどかけがえがないか心悲しく告げられるためだけにせよ、彼は心から天に感謝した。

最後の和音が耳から失せるにつれ、彼はそのためらいがちな震動に耳を傾けるべく頭をもたげた。小僧の上に、眠りこけている人影が足許に横たわるよう、亡霊がじっと彼に目を凝らし、身動ぎ一つせぬまま、黙々と立っていた。

亡霊はこれまでにつゆ劣らず凄まじくはあったものの、その様相において然まで酷くも仮借なくもなかった――或いは、彼はそいつをワナワナ身を震わせながら見守る間《ま》にも、然に思った、と言おうか願った。亡霊は独りきりではなく、朧な手に別の手を握っていた。

してそいつは誰の手か？　亡霊の傍に佇んでいる人影は真実ミリーのそれか、それとも彼女の影にして似姿か？　物静かな頭《こうべ》は物腰同様、気持ち俯き、目は憐れを催しているかのように、眠りこけている小僧を見下ろしていた。目映いばかりの光彩が彼女の面《おもて》に射していたが、亡霊には触れていなかった。というのもそいつは、彼女の間際に立っているにもかかわらず、相変わらず黒々として朧だったからだ。

「亡霊よ！」と化学者は目を凝らす間《ま》にも新たに戸惑いがちに言った。「わたしはその女に関しては頑だったり横柄だったりした覚えはない。おお、その女をここへ連れて来ないでくれ。どうかそれだけは容赦してくれ！」

「これはただの影だ」と亡霊は言った。「曙光が射したら、俺がこうしてその似姿を目の当たりにさせている現し身を探し出せ」

「というのはわたしの揺るがし難い運命《さだめ》か？」と化学者は声を上げた。

「ああ」と亡霊は返した。

「女の平穏を、女の善性を、毀ち、女をわたし自身のありのままに、この手で外の連中を変えてしまったままに、変えることが！」

「俺はただ『あの女を探し出せ』と言っているまでだ」と亡霊は返した。「それ以上は言っていない」

「おお、どうか教えてくれ」とレドローはくだんの文言に潜んでいるやもしれぬような気のした望みにすがりながら叫んだ。「わたしは自ら犯したことを白紙に戻せるのか?」

「いや」と亡霊は返した。

「わたしはわたし自身にとっての回復を求めているのではない」とレドローは言った。「わたしは自ら捨てたものを、自らの自由意志で捨て、当然の如く失った。が、この手で致命的な贈り物を授けた連中のために——そいつを断じて求めた訳ではない、何ら警告を受けなかったからには避ける術《すべ》もなかった呪いを我知らずかけられた連中のために——わたしは何一つ出来ぬというのか?」

「何一つ」と亡霊は言った。

「たといわたしに叶うまいと、誰か叶う者はいないのか?」

亡霊は彫像さながら立ち尽くし、しばし化学者をじっと見据えていた。と思いきやいきなりクルリと向き直り、傍らの影に目を凝らした。

「ああ! あの女なら叶うと?」とレドローは依然として物の怪に目を凝らしながら声を上げた。

亡霊は今の今まで引き留めていた手を離し、そろそろ立ち退くよう、自らの手を音もなくかざした。その途端、女の人影は、依然同じ姿勢を保ちつつも、立ち去り始めた、と言おうか溶け去り始めた。

「待ってくれ!」とレドローは、言葉に表《ひょう》せぬほど懸命に声を上げた。「しばし! 憐れと思い! つい今しがたあの和音が空《くう》を漂っていた際、自分でも何らかの変化に見舞われたのは分かっている。どうか教えてくれ、わたしはあの女に災いを及ぼす力を失ったのか? 何ら憚ることなくあの女に近づいても好いのか? おお、あの女から何らかの希望の印が得られるものなら!」

亡霊は化学者同様相変わらず影を——彼ではなく——見守るきり、一言も返さなかった。

「せめて、こいつだけは教えてくれ、あの女は以降、ともかくわたしの犯したことを正す力があるという意識を持つことになるのか?」

「いや」と亡霊は答えた。

「あの女は、たとい意識はなかろうと、そんな力を授かっているのか?」

亡霊は答えた。「あの女を探し出せ」かくて女の影はゆっくり消え失せた。

彼らはまたもや相対し、贈り物が授けられた折さながら由々しく、食い入るように、二人の間の亡霊の足許の床に相変わらず横たわっている小僧越しに、互いを見据え合った。

「恐るべき先達よ」と化学者は拝み入らんばかりの姿勢

で、そいつの前に片膝を突きながら言った。「わたしは一旦お前によって見捨てられながらも、こうしてまたもや訪われている（というこ と自体に、してお前のより穏やかな様相に、一縷の望みがあると信じたいものだが）、何ら詮索せぬまま仰せに従おう、わたしが自ら魂の苦悶の内に上げた叫びはおよそ人間の力には贖えぬほどこの手で傷つけてしまった人々のために聞き届けられたものと、以降聞き届けられようと、祈りつつ。だがこの世に唯一――」

「とはここに横たわっている代物のことだな」と亡霊は口をさしはさみ、小僧を指差した。

「如何にも」と化学者は返した。「わたしが何をたずねようとしているかは先刻御承知と。一体何故《なにゆえ》この小僧だけがわたしの毒気にやられぬのか、一体何故《なにゆえ》、何故《なにゆえ》わたしは小僧の想念の中に己自身の想念との恐るべき似通いを見て取って来たのか？」

「こいつは」と亡霊は小僧を指差しながら言った。「お前が明け渡した手合いの記憶にすっかり見限られた、人間の究極の、完璧な例証だ。悲しみや、裏切りや、苦悩に纏わる如何なる心和む記憶もここに付け入る隙はない。何故ならこの惨めな奴は生まれ落ちた時から獣よりなお悪しき状況に打ち捨てられ、こいつ自身の知る限り、その頑な胸にかようの記憶の微塵なり喚び覚ます如何なる対照も、如何なる心暖まる手の触れも、持ち併さぬからだ。この荒んだ生き物の内なる全ては不毛の荒野だ。お前が自ら放棄したものを剥奪された男の内なる全ては同じ不毛の荒野だ。かようの男に禍あれかし！　ここに横たわるこいつのような化け物を幾百となく、幾千となく、数え上げよう国家に十層倍、禍あれかし！」

レドローは自ら耳にした文言から、身の毛をよだたせて、竦み上がった。

「こいつらの内一人とて――わずか一人とて――人類が刈らねばならぬ生り物をひけらかさぬものはない。この小僧の内なる悪の全ての種子より、果てなき破滅の田野が育まれ、そいつは刈り入れ、蓄え、またもや世界中の数知れぬ場所で播かれ、挙句またもや『ノアの洪水』を喚び起こすに足るほどの邪悪が辺り一面蔓延《はびこ》ろう。都市の表通りにおける公然たる、無罪放免の殺人とて、その日々の黙認において、この小僧が如き光景よりまだしも罪深くはなかろう」

亡霊はぐっすり眠りこけている小僧を見下ろしているかのようだった。レドローもまた、新たな情動を覚えつつ、小僧を見下ろした。

「その者が日々、或いは夜毎歩く上で、その傍らをこうした生き物の過る父親の誰一人とて、この領土のありとあらゆる階層の心優しき母親の誰一人とて、幼子の状態より生育した誰一人とて、この大罪の責めをその者なり、負わぬ者はなかろう。この地の表《おもて》に一国とて、そいつが呪いをもたらさぬ国家はなかろう。この地の表《おもて》に一派とて、そいつの否定せぬ宗教はなかろう。この地の表《おもて》に一人とて、そいつが恥じ入らさぬ者はなかろう」

化学者はひしと両手を組み、ワナワナ、恐怖と憐憫で身を震わせながら、眠りこけている小僧から、そいつの上に、指で下方を差したなり立っている亡霊へと目を移した。

「さあ、見るがよい」と物の怪は畳みかけた。「お前の好き好んでなりたがっていたものの完璧な典型を。お前の呪いがここでは無力なのは、この小僧の胸からお前の追い立てられるものは何一つないからだ。小僧の想念がお前の想念と『恐るべき似通い』にあるのは、お前が自ら小僧の逆しまな程度にまで身を貶めているからだ。小僧は人間の無関心の生り物で、お前は人間の不遜の生り物だ。『天』の慈悲深き配剤はいずれの場合においても打ちやられ、非物質界の両極より、お前達二人は引き合わされたにすぎぬ」

化学者は小僧の傍らの床の上に屈み込み、今や自らに感じているのと同じ手合いの憐れみを込めて、ぐっすり眠りこけている小僧に夜具をかけてやり、最早身の毛をよだたせて、と言おうか冷ややかに後込みすることはなかった。

ほどなく、今や、地平線の遙かな筋は明るみ、闇は褪せ、真っ紅な日輪が燦然と昇り、神さびた学寮の組み煙突と切妻は澄んだ大気の中でキラめき、かくてシティーの靄と霧は黄《こん》金《じき》の雲に変わった。風が常日頃ならば然に風らしからぬ一途さでクルクル旋回する、こちとらの日蔭の隅なる正しく日時計にしてからが、夜分その懶い老いぼれた面《つら》に降り積もっていた雪のより細かな粒子を払い除け、グルリでクルクル、クルクル、渦を巻いている小さな真っ白い輪っかをひょいと覗き見ていた。蓋し、朝《あした》が盲《めしい》よろしく手探りしながら、ノルマン様式の拱門《アーチ》が地べたに半ば埋《うづ》もれた、然てもひんやりとして土臭い、忘れ去られた聖堂地下室《クリプト》へと四苦八苦、這いずり下り、壁に絡みついているなまくらな植生の底深く懶い樹液を掻き回し、そこにて蠢く素晴らしき、濃やかな万有の小世界の内なる生命のノロマな本源にカツを入れるに、朧げながらも太陽が昇ったらしいと垂れ込んだ。

テタビィ家の面々も太陽に負けじとばかり早、捩り鉢巻きでかかっている。テタビィ氏は店の鎧戸を一枚また一枚と取り外し、ウィンドーの財宝をごっそりエルサレム棟の然ても連中の秋波にいっかななびいて下さらぬ目宛ひけらかした。アドルファスはとうに出かけた後とあって、モーニング・ペ

TETTERBY & Co. NEWSVENDERS
J. Leech.

ッ‐パーへの中途に差しかかっていた。五人のチビ助共は、その十個のどんぐり眼たるやシャボンと摩擦のせいで眼炎もどきに血走っているが、裏手の厨にて冷水浴の責め苦を味わわされている。無論、取り仕切っているのはお袋さんだが。ジョニーは、モレク姫がたまたま無理強い気分にあらば（とはいつもの伝で）、目にも留まらぬ早業にて身繕いを押しては小突いて掻い潜らされるが、店の前をヨロヨロ、常にも増して難行苦行、預かり物を抱いたなり行きつ戻りつしていた。何せモレクの体重と来ては、梳毛仕立ての編み物より成り、兜《かぶと》もどきの帽子とブルーのゲートルもて一点の非の打ち所もなき鎖鎧《くさりよろい》がでっち上がる、やたら込み入った防寒具によりて剰え膨れ上がっていたからだ。

　この赤ん坊は、無くて七クセたることに、年がら年中、歯が生えかけていた。果たしてそいつらついぞお出ましにならなかったものか、それとも一旦お出ましになっておきながらまたもやどこぞへ失せたものか、は今に審らかでない。が、テタビィの上さんの証言によらば確かに、「牡牛《おうし》と口《くち》亭」の看板にこと歯がらみでは易々見繕ってやるに事欠かぬほどしこたま生やしに生やしてはいた。赤ん坊はいつもブラブラ、腰の辺りに（とは即ち、顎の真下に）うら若き尼さんの数珠にへっちゃら成り代わっていたろうほどデカい骨の輪っかをブラ下げてはいたものの、ありとあらゆる手合いの代物がそいつの歯茎をゴシゴシこすってやるべく徴発された。ナイフの柄《え》に、雨傘の先っちょに、在庫より選りすぐられた散歩用ステッキの頭に、一家全般の、がわけてもジョニーの、指に、ニクヅク卸しに、パンの堅皮に、ドアの把手に、火掻き棒の天辺のひんやりとした抓み《ノブ》、といった面々が、就中、当該赤ん坊のお慰みに手当たり次第に狩り出されるいっとうありきたりの道具に数えられようか。ものの一週間で御当人よりこすり出される電気量たるや、計り知れぬ。がそれでいてテタビィの上さんはいつも口癖のように「歯はいよいよお出ましで、そしたらこの子は一人前におなりだよ」と宣っていた。がそれでいて御逸品はいっかなお出ましにならず、よって赤ちゃんは相変わらず半人前のままであった。

　チビ助共の虫の居所はここ二、三時間の内に目も当てられぬほどガラリと変わっていた。テタビィ夫妻自身ですら御当人方のお子達ほど見る影もなく変わってはいなかった。いつもならば連中、自分そっちのけの、気のいい、素直なチビ助共で、食い物がたまたま（とはめっぽうしょっちゅう）乏しい折にもグチ一つこぼさぬどころか気前好くさえ分かち合い、やたら貧相な肉を目一杯堪能した。が今や、シャボンと水のみならず、未だ前途たる朝メシすら、しっちゃかめっちゃか取り合いっこしていた。チビ助というチビ助の手は外のチビ助どいつもこいつもに向かって上げられ、ジョニーの手ですら——辛抱強い、忍の一字の、献身的なジョニーの手ですら——赤ん坊宛振り上げられるとは！　然り、テタビィの上さんは、ほんのたまさか戸口へ出てみれば、ジョニーが甲《かっ》冑《ちゅう》一領のわけても平手打ちの応《こた》えそうな泣き所を小意地の悪くも選り出し、事実ピシャリと、くだんのありがたき授かり物に平手打ちを食らわしているではないか。

上さんはやにわにむんずと首根っこを捕らまえざま奴を茶《パー》の間《ラー》に引こずり込み、平手打ちのシッペを熨斗ごと返した。

「この血も涙もない、この人デナシのガキってば」と上さんは毒づいた。「よくもあんな真似が出来たもんだ！」

「だったら何であいつの歯は生えて来ないのさ」とジョニーは叛徒よろしきドラ声を上げて突っ返した。「おいらにトバッチリ食わす代わり？　母ちゃん自分だったらどうなのさ？」

「自分だったら、お前！」と上さんは奴から面目丸つぶれの荷を引ったくりながら言った。

「ああ、どんな気がするってのさ」とジョニーは言った。「母ちゃんだったら？　真っ平御免じゃないのかい。もしか母ちゃんおいらだったら、兵隊さんになんだろ。おいらだってなしさ。軍隊にゃ赤ん坊なんててんでいやしないもんな」

テタビィ氏が、いつの間にやら現場にお越しになっていたものを、謀《む》叛《ほん》者《もの》に灸を据える代わり、物思わしげに顎をさすり、むしろ当該軍隊生活なる観点に大いに感じ入っているかのようだった。

「もしかこの子の言う通りなら、あたしだっていっそ軍隊にお世話になりたいもんですよ」と上さんは御亭主の方を見やりながら言った。「だってここじゃ片時だって休まりゃしないもんで。これじゃ婢《はしため》も——ヴァージニアの婢《はしため》も同じじゃ」何やらふと、御一家のタバコ業への骨折り損の何とやらの襲撃との漠たる連想が当該お冠の準えを上さんの脳裏に過らせたと思しく。「年がら年中、休み一日なけりゃ、愉しみ事一つありゃしない！　あんれまあ、どうか神様、どうかこの子をお助けを」と上さんは然まで敬虔な願懸けとはおよそ相容れぬほど苛立たしげに赤子を揺すぶり上げながら言った。「一体全体この子ってばどうしちまったもんやら？」

種明かしを突き止めるはお手上げな所へもって、赤ん坊を揺すぶることにてはさして一件を審らかにすること能はず、上さんは赤ん坊を揺り籠に寝かせ、腕を組むやドスンと腰を下ろし、さも腹立たしげに片足もて揺すぶりにかかった。

「何てぼんやり突っ立ってるってば、あんた」と上さんは御亭主に食ってかかった。「どうして何かしないのさ?」

「そりゃ何にもする気にならんからさ」と御亭主は返した。

「それを言うならあたしだって」と上さんは言った。

「ほんにわしこそ」と御亭主は言った。

ここにてジョニーと五人の弟達の間で陽動作戦が持ち上がった。何せ連中、一家の朝餉のテーブルを仕度する上で、パンの塊を束の間奪取すべく小競り合いをおっ始め、お互い力まかせにゲンコを食らわせ合っているかと思えば、中でもいっとうのチビ助など、早生りの小才を利かせて戦闘部隊の外っ側をヒラついては兄貴方の大御脚をうるさく突っつき回していたからだ。当該大乱闘の真っ直中へとテタビィ夫妻はもろとも、恰もかようの地歩こそ今や唯一夫妻の意気相投ず地歩でもあるかのようにしゃにむに猛攻をかけ、今は昔の仏心の目に清《さや》かなる名残のとんとなきまま、情容赦もへったくれもなく、右へ左へ打って打って打ちまくり、効験のいと灼《いや》然《ちこ》なるや、先の相関的立場に戻った。

「あんたノラクラ油を売ってるくらいならいっそ新聞読んでた方がまだ増しだろうにさ」と上さんは言った。

「新聞にどんな読むネタがある?」と御亭主は不平タラタラ、返した。

「どんな?」と上さんは言った。「警察ザタが!」

「わたしにはどうだって」と御亭主は言った。「連中が何をしようとやられようと、わたしの知ったことかね?」

「んじゃ身投げが」と上さんは水を向けた。

「わたしにはどうだって」と御亭主は返した。

「生まれたとか、死んじまったとか、連れ添ったとか、あいつらあんたにとっちゃ屁のカッパだって?」と上さんはたずねた。

「たとい生まれた云々にゃ今日そっくり片がついちまって、死んだ云々は明日そっくりおっ始まろうったって、どうしてそいつら取り合ってやらねばならん、どうやらそろそろわたしの番だという虫の報せのあるまで」とテタビィはブツクサ放いた。「んで連れ添う云々はと言えば、そいつはもうやらかしっちまってて。そいつらのこた嫌と言うほど御存じだろうじゃ」

御当人の顔と物腰の不服げな表情から判ずに、上さんも御亭主と見解を一にしておいでのようだった。が上さんは、にもかかわらず、専ら鬱憤晴らしのお慰み、御亭主に喧嘩を売りたいばっかりに食ってかかった。

「おうっ、こりゃツジツマの合った亭主もいたもんだ」と上さんは言った。「えっ？　あんた、そこに自分でこさえた、新聞の端くればかしベタベタやられた衝立の蔭に座っちゃぶっ通しで三十分ってことなし子供達に読んで聞かせてるってのにさ！」

「いや、済まんが、いつも読んで聞かせてたもんだと言ってくれんか」と御亭主は返した。「もうこれきりそいつからは足を洗ったもので。わたしは今じゃちっと智恵がついちまってな」

「ばあっ！　あんれ、智恵がついちまったですって！」と上さんは言った。「だったらもっとまっとうにおなりかい？」とのお尋ねは御亭主の胸中、疎ましく響いたと思しい。彼はしょんぼり思案に暮れ、何度も何度も手で額をさすった。

「もっとまっとうに！」とテタビィ氏はつぶやいた。「はてさて、わたしらのどいつかもっとまっとうになってるものやら、だし、それを言うならもっと幸せに。もっとまっとうだって、えっ？」

彼は衝立の方へ向き直り、指でなぞり、漸うとあるお目当ての一節に突き当たった。

「こいつは確か、子供達のお気に入りの一つで」とテタビィは寄る辺なくも間の抜けた物腰で言った。「いつもこいつを聞くたんび、あいつらたといちっぽけな口喧嘩や諍いが持ち上がっておっても、ポロポロ涙をこぼしてすぐに仲直りしたもんだ。森の中のコマドリの物語のお次に。『赤貧の憂はしき事例。昨日小男が一人、赤子を抱き、二から十の様々な齢《よはい》の、皆一様に明らかに飢餓状態にある裸同然の五、六人の子供に囲まれ、畏れ多き治安判事の御前に罷り入るや、以下の如き苦情を訴えた』——はあっ！　何のことやらさっぱりだ」とテタビィは言った。「そいつがわたしらと一体何の関わりがあるものやら」

「うちの人ってば何て老いぼれてみすぼらしいったら」と上さんは御亭主にしげしげ目をやりながら言った。「それにしてもよくも人間あんなにコロリと別人みたよに変われるもんだこと。ああ！　何てこってしょ、何てこってしょ、とんだドジ踏んじまったったら！」

「何がとんだドジだと？」と御亭主は気難しげにたずねた。

上さんはかぶりを振り、文言にては一切返答賜らぬまま、揺り籠を盲滅法揺すぶり上げることにて、赤ん坊のグルリに絵に画いたような時化を巻き起こした。

「もしか連れ添ったのがとんだドジだと言いたいのなら、お前——」と御亭主は言った。

「ええ、そうですとも」と上さんは言った。

「ああ、だったらわたしに言わせりゃ」と御亭主は上さんといい対むっつり、突っけんどんに続けた。「今のその一件には両の側があってだな、このわたしこそとんだドジを踏んじまったもので、いっそそいつをすんなり受け入れて頂いてなけりゃさ」

「ほんとに心底、かけ値なし、あんた、すんなり受け入れて差し上げてなけりゃさ」と上さんは言った。「っていくらあんたでもこのあたしほどホゾはかめっこないでしょうけど」

「はてさて、あいつのどこに惚れちまったものやら」と新聞屋はブツクサ放いた。「げに――マジで、もしかどっかホの字になれるようなとこがあったとしても、そいつは今じゃどこへやら。と、昨夜《ゆうべ》も晩メシが済んでから、炉端でつらつらやっていたのさ。あいつは今じゃでっぷり肥えて、老け込んで、よその大方の女とは比べものになるまい」

「うちの人ってば何てヤボで、風采が上がらなくって、チビで、腰が曲がってて、頭も薄くなりかけてるったら」と上さんはつぶやいた。

「あんなドジを踏んじまった時、わたしはきっと半分気が狂れかけておったに違いない」と御亭主はつぶやいた。

「ありゃ魔が差したってのか何てのか。さもなきゃ自分で自分にツジツマの合わせようがないもの」と上さんはやたら念には念を入れて宣った。

然なる心持ちにて夫妻は朝餉の席に着いた。チビ助共は固よりくだんの食事を座業と見なす習いにはなく、むしろ表通りにこんぐらかった縦列を成して繰り出してはまたもや引き返し、然なる教練につきものたることに戸口の上り坂をピョンピョン昇っては降りることにおけるに劣らず、何かと言えば甲高い叫び声を上げては間の手代わりにバター付きパンをブンブン振り回す点において蛮族の儀式に似ていなくもない舞踏、もしくは速歩《はやあし》として堪能している節があった。目下の折、テーブルにデンと据えられた皆に共通の水割りミルクの水差しを奪い合ってのこれら小童共の間における争奪戦たるや、蓋し、留まる所を知らず昂りし怒《いか》った情念のそれは嘆かわしき事例を呈したによって、御逸品、正しくワッツ博士の思い出への蹂躙に外ならなかった。*テタビィ氏が小童共をごっそり表玄関より追っ立て果して初めて、束の間の平穏がもたらされた。がそれとてジョニーが抜き足差し足舞い戻り、折しもゴホゴホ、行儀の悪いにも程があろうが、汲々として慌てふためいたが故に、腹話術師よろしく、水差しの中にて息を詰まらせているのが発覚したせいでいたく掻き乱されはした。

「この子達のお蔭であたしゃ挙句ポックリ行っちまいそうですよ！」と上さんは罪人《つみびと》をお払い箱にし果すと言った。

「で、いい厄介払いだってんですよ」

「貧乏人ってのは」と御亭主は言った。「子供なんかからきし持つもんじゃない。あいつらがいるからってんでわたしらがゴキゲンになる訳じゃなし」

彼は折しも上さんが突っけんどんに押して寄越していた茶碗を持ち上げ、上さんは上さんで御自身の茶碗を唇にあてがいかけていた。するといきなり、まるで金縛りに会いでもしたかのようにもろとも手を止めた。

「ほら！　母ちゃん！　父ちゃん！」とジョニーが部屋に駆け込みながら声を上げた。「ウィリアムのおばさんが通りをこっちへやって来るよ！」

未だかつて、天地創造以来、幼気な少年が手練れの子守り女よろしく丹念に赤子を揺り籠から抱き上げ、優しくなだめすかしてはあやし、共々ヨロヨロ、陽気に繰り出したためしがあったとすらば、二人して一緒に表へ飛び出せし折のジョニーこそくだんの少年にして、モレクこそくだんの赤子であったろう！

テタビィ氏は茶碗を下に置き、上さんも茶碗を下に置いた。テタビィ氏は額をさすり、上さんも額をさすった。テタビィ氏の御尊顔は綻び、パッと晴れやかになり始め、上さんの御尊顔も綻び、パッと晴れやかになり始めた。

「ああ、神様どうかお許しを」とテタビィ氏は独りごちた。「わたしは何ていぅ逆しまな腹のムシに祟られていたことか？　ここは一体どうしちまってたっていぅんだ？」

「せっかく昨夜《ゆうべ》あんな風に言ったり感じたりした後だってのに、どうしてまたうちの人に突っけんどんに当たっちまったものやら？」と上さんは目頭にエプロンをあてがったなり、すすり泣いた。

「わたしは人デナシなものやら」と御亭主は言った。「それともともかくどこかいいとこがあるものやら？　サファイア！　小さな母ちゃん！」

「愛しいドルファス」と上さんは返した。

「わたしは――わたしは」と御亭主は言った。「我ながら、穴があったら入りたいほどさ、ソフィー」

「おうっ！　あたしの方こそよっぽどか、ドルフ」と上さんは泣きの涙に掻き暮れて声を上げた。

「サファイア」と御亭主は言った。「そんなに泣く奴があるか。わたしは金輪際この自分を許してやるものか。すんでにお前の心を、ほら、張り裂きそうだったたってなら」

「いえ、ドルフ、いえ。あたしこそ！　あたしこそ！」と上さんは声を上げた。

「小さな母ちゃん」と御亭主は言った。「止しとくれ。そんなにあっぱれな真似をされると、疚しくてかなわなくなっちまう。サファイア、愛しいお前。お前には一体わたしがどんなこと考えてたか思いも寄るまい。なるほど、そいつをやたらあからさまに顔に出してはいたさ。けど心の中でどんなこと考えてたか、小さな母ちゃん！」

「おお、愛しいドルフ、止して下さいな！　どうか止して下さいな！」と上さんは声を上げた。

「いや、サファイア」と御亭主は言った。「どうしたってバラさにゃなるまい。何もかも包み隠さず打ち明けん限り、気が咎めてなるまい。小さな母ちゃん――」

「ウィリアムのおばさんがすぐそこまで来てるよ！」とジョニーが戸口で金切り声を上げた。

「小さな母ちゃん、わたしは何でまた」と御亭主は突っ支い代わりに椅子に寄っかかりながら喘ぎ喘ぎ言った。「一体何でまたそもそもお前なんかに惚れちまったもんやらと首を捻っていたのさ――お前のお蔭でグルリにもぐれついてる大切な子供達のことをコロリと忘れて、お前はもっとスラリとしててもいいんじゃないかって気がしていたのさ。わたしは――わたしはこれっぽっち」と御亭主は疚しさに駆られることと頻りで、言った。「お前がわたしの女房ってことで、でわたしや子供達のせいで、どんな気苦労を背負《しょ》い込んで来たか取り合ってやってなかったのさ。もしかもっと別の、わたしなんぞより羽振りが好くてツキに恵まれた男と（なんていう奴ならそこいら中掃いて捨てるほどいたろうが）連れ添ってれば苦労知らずで通せたかもしれないっていうのに。で、お前がわたしのために荷を軽くしてくれていた辛い長の年月の内にちょっぴし老けてしまったからっていうのでケンカを吹っかけていたのさ。なんて信じられるかい、小さな母ちゃん？　わたしは自分でも信じられないほどさ」

上さんは、泣き笑いの旋風《つむじ》にさらわれでもしたか、ギュッと御亭主の顔を両手に挟んだが最後、いっかなお役御免にはして下さらなかった。

「おお、ドルフ！」と上さんは声を上げた。「あんたがそんな風に思ってたなんてそりゃゴキゲンだったら。あんたがそんな風に思ってたなんてそりゃありがたいったら！　だってあたしはあんたのこと何てヤボだったらって思ってたんですもの、ドルフ。であんたってばほんとヤボで、愛しいあんた、どうかこの目に映るどんな代物っていう代物の中でもいっとうヤボでいて頂だいな、いつの日かあんたがあんた自身の気のいい両手であたしの目を閉じてくれるまで。だってあたしはあんたのこと何てチビだったらって思ってたんですもの。であんたってばほんとチビで、あたしはあんたがチビだからっていうのでうんとこ面倒見て、亭主にぞっこんだからっていうのでもっとうんとこ面倒見させて頂こうじゃ。だってあたしはあんたのこと何て腰が曲がりかけてるったらって思ってたんですもの。であんたってばほんと腰が曲がりかけてて、あたしはあんたを寄っかからせて、シャンとしてもらおうってんでありたけの世話を焼かせて頂こうじゃ。だってあたしはあんたのこと何て風采が上がらないったらって思ってたんですもの。けど風采はちゃあんと上がってて、それは我が家の風采ってもんで、それこそこの世でいっとう混じりっ気がなくてまっとうな風采ってもんじゃ。で、どうか神様がも一度我が家を、我が家がらみの何もかもを、祝福して下さいますよう、ドルフ！」

「バンザーイ！　とうとうウィリアムのおばさんのお越しだあーっ！」とジョニーは声を上げた。

　蓋し、仰せの通り。子供達皆と一緒に。してミリーが中に入って来るなり、皆は彼女にキスをし、互いにキスをし、赤ちゃんにキスをし、親父さんとお袋さんにキスをし、それから駆け戻り、ミリーのグルリに群がってはピョンピョン跳ねながら、もろとも意気揚々と練《ね》り入《い》って来た。

テタビィ夫妻もひたぶる暖かく迎える上でこれきり後れを取るものかは。子供達といい対、夫人に惹きつけられるようにして駆け寄り、両手にキスをし、ひたと取り巻き、いくら懸命に、と言おうか熱烈に歓迎しようと追っつかなかった。ミリーは全ての善と、情愛と、優しい思いやりと、愛と、家庭的温もりの精霊さながら、一家の直中に紛れた。

「何ですって！　あなた達まで、みんなこの明るいクリスマスの朝にわたしを見てそんなに喜んでくれるっていうの？」とミリーはゴキゲンに目を丸くした勢い、両手を打ち合わせながら言った。「おお、何てステキなんでしょう！」

　子供達はいよよ叫び声を上げ、どいつもこいつもいよよキスを浴びせ、いよよグルリに群がり、いよよ幸せと、愛と、喜びと、誉れに包まれるとあらば、彼女は如何せん感極まった。

「おお、何とまあ！」とミリーは言った。「あんまり嬉しくて涙がこぼれそうよ。どうしてこんなに暖かく迎えてもらえるの！　こんなに慕ってもらえるなんて一体わたしが何をしたっていうの？」

「誰がお慕いせずにいられましょう？」とテタビィ氏が声を上げた。

「ええ、誰がお慕いせずに？」と上さんが声を上げた。

「ええ、誰がお慕いせずに？」と子供達が陽気に声を揃えて斜した。してまたもやグルリにもぐれついてはピョンピョン飛び跳ね、彼女にしがみつき、バラ色の頰をドレスに押し当て、ドレスにキスをしては愛撫し、そいつに、と言おうか彼女に、いくらキスをしては愛撫しようとまだ足らなかった。

「わたし今朝ほど」とミリーは涙を拭いながら言った。「心を動かされたためしはなくってよ。口が利けるようになったらなるたけさっさとお話しして上げるわね。――レドロー先生が夜が明けるか明けないか、わたしの所へ見えて、まるでこのわたしはわたし自身っていうより愛娘だってみたいにお優しい物腰で、どうかウィリアムの兄のジョージが病床に臥せている所までついて来てくれないかっておっしゃったの。わたし達は一緒に出かけて、道々ずっと先生がそれは親身で、それは和やかで、それは心から信頼と希望を寄せて下さっているみたいなものだから、思わず嬉しくて泣いてしまったの。二人して旅籠に着くと、戸口で女の人に出会って（お気の毒に、打ち身やスリ傷を負ってらっしゃるみたいだったけど）その方、わたしの手にすがりついて、入りしなに神の御加護を乞うて下さったの」

「そりゃ当たりき」とテタビィ氏は言った。上さんも、そりゃ当たりき、と言った。子供達も皆、そりゃ当たりき、と言った。

「ああ、でもそれだけじゃなくて」とミリーは言った。「わたし達が階段を昇って部屋の中へ入って行くと、何時間も何時間も昏睡が続いて、どんなに手を尽くしても目を覚まさなかった病人がいきなりベッドの中で起き上がって、わたしの方へ両腕を突き出しながら言うの、自分は一生を棒に振ってしまうようなものだが、今では過ぎ去った日を懐かしむ上で、心の底から悔いている。というのもそんな日々が、黒々とした濃い霧がすっかり晴れたように目の前にそっくり、まざまざと見えるから。で、どうか哀れな年老いた父に自分を赦し、神の加護を乞うよう伝え、わたしにベッドの傍で祈りを唱えて欲しいって。そこでわたしが祈りを唱えると、レドロー先生も一緒になってそれは懸命に祈りを唱え、ばかりかそれは幾度も幾度もわたしに、そして天に坐す神様に、お礼をおっしゃるものだから、わたしは胸が一杯になって、ただすすり泣いてはポロポロ涙をこぼす外、何も出来なかったでしょう。もしも病人がどうか傍に腰を下ろして欲しいと言ってでもいなければ――もちろんお蔭でまた落ち着きを取り戻せたんだけれど。わたしがそこに座っていると、病人はうとうと微睡むまでわたしの手を握り締め、その時ですら、わたしがこちらへ伺うのに側《そば》を離れようと手を引っ込めると(レドロー先生が是非ともそうするようってそれは熱心におっしゃるものだから)、病人の手はわたしの手はどこかと探し、お蔭でどなたか別の方に代わりに座って、病人にわたしの手を戻す振りをしなければならないほどだったの。おお、何とまあ、何とまあ」とミリーはすすり泣きながら言った。「何から何まで、何とありがたく、何と幸せに感じずにいられないことか、何とほんとにありがたく、幸せに感じていることか!」

彼女が然に口を利いている間《ま》に、レドローがいつしか部屋の中へ入り、つと足を止め、彼女がその中央たる仲間に目をやっていたと思うと、音もなく階段を昇って行っていた。くだんの階段に、彼は今やまたしても姿を見せ、そこに立ち尽くしていた。すると若い学生が彼の脇をすり抜け、セカセカ駆け下りて来た。

「親切な看護婦さん、この世の誰より優しくて、まっとうな奥さん」と学生はミリーの前で片膝を突き、ギュッと手を握り締めながら言った。「どうかあんなひどい、恩知らずな真似をしたけれど、許して下さい!」

「おお何と、おお何と!」とミリーは他愛なく声を上げた。「またもう一人お見えだなんて! おお何と、まだわたしのことを気に入って下さってる方がおいでだなんて。一体どうすればいいんでしょう!」

如何に巧まざる素朴な物腰で彼女が然に声を上げ、目の前に両手をあてがい、正しく幸せな余り、さめざめと涙をこぼしたことか、は微笑ましいのみならず感銘深くすらあった。

「ぼくはどうかしてしまってたんです」と学生は言った。「何のせいだったのかは分かりませんが——ひょっとして熱にうかされていたのかもしれません——ぼくは正気じゃありませんでした。でもこれきり心配御無用です。こうして口を利いてる間《ま》にも、どんどん持ち直してるようです。子供達があなたの名を呼んでいるのが聞こえたら、その声を耳にするだけで、何だかスルスルと帳《とばり》が剥がれるようでした。おお、どうか泣かないで下さい! 愛しいミリー、もしもぼくの心が読めて、せめてそいつがどんなに慕わしくて、どんなにありがたくって律儀に火照り上がっているか御存じになれるものなら、目の前で泣いたりはなさらないでしょう。だってそれは疚しくてならないものですから」

「いえ、いえ」とミリーは言った。「そうじゃないの。ほんとに、そうじゃないの。ただ嬉しいだけ。あなたがそんなちっぽけなことで許して欲しがらなきゃならないと思うなんてびっくりだけれど、それでも何だかとっても幸せなものだから」

「で、また来て頂けますね？　小さなカーテンを仕上げに？」

「いえ」とミリーは涙を拭い、かぶりを振りながら言った。「もうわたしの縫い物なんてお構いなしになるでしょうよ」

「おや、それでぼくを許して下さったことになるんでしょうか？」

　彼女は学生を傍らに招き寄せ、ヒソヒソ耳打ちした。

「お宅から便りが届いているの、エドマンドさん」

「便りが？　どうして？」

「たいそう体調が優れない時にお便りを差し上げなかったせいか、それとも少しずつ好くなりかけた時の筆跡がいつもと変わっていたせいか、もしかしたら病気なんじゃないかってお思いになったみたい――ともかく――でも、どんな報せを聞こうと決して具合が悪くなったりはしないわね、悪い報せでない限り？」

「もちろん」

「だったら、どなたかお越しでらっしゃってよ！」とミリーは言った。

「母ですか？」と学生は我知らず、階段から下りて来ていたレドローの方をちらと見やりながらたずねた。

「シッ！　いえ」とミリーは言った。

「ほかに誰もそんな人はいないはずだが」

「あら、ほんとに」とミリーは言った。「そう思って？」

「まさか――」学生がそれきり一言も口に出来ぬ間《ま》に、彼女はひたと彼の口に手をあてがった。

「ええ、そうなの！」とミリーは言った。「お嬢様は（細密画そっくりでらっしゃるけれど、エドマンドさん、ほんとはもっとおきれいな方ね）、あんまり心配で居ても立ってもいられないものだから、昨夜《ゆうべ》小さなメイドさんを連れてこちらへお越しになったの。で、あなたがいつも学寮から便りを出してらっしゃったというのであちらへ見えて、わたしレドロー先生に今朝方お会いする前にお嬢様にお目にかかったの。あの方もそう言えば、わたしのこと気に入って下さっておいでよ！」とミリーは言った。「おお、何とまあ、またもう一人お見えだなんて！」

「今朝方ですって！　彼女は今どこにいるんです？」

「ああ、お嬢様は今」とミリーは彼の耳許に唇を近寄せながら言った。「番小屋のわたしの小さな茶の間にいらっして、あなたに会うのを待っておいでだわ」

　彼はギュッと彼女の手を握り締め、矢のように飛び出しかけた。が彼女は引き留めた。

「レドロー先生はずい分お変わりで、今朝のこと、記憶が少なからず損なわれているって打ち明けて下さったの。どうか先生のこと思いやって差し上げて頂だいな、エドマンドさん。それはわたし達みんなも同じことだけど」

若者は眼差し一つで、せっかくの御忠言、無駄にはしませんと返し、表へ出しなに化学者の脇を行き過ぎる段には、彼の前で恭しく、して明らかに身につまされた風情で頭を倒した。

レドローは丁重に、して慎ましやかにすら、会釈を返し、若者の立ち去る際には後ろ姿を見送った。彼は何か失ったものを再び喚び覚まそうとでもするかのように、手の上に項垂れてもいた。がそいつは失せたきりだった。

楽の音《ね》の感化と亡霊の再訪以来彼を見舞っていた変化は今なお付き纏い、彼は自分が如何に多くのものを失ったか身に染みて思い知り、自ら陥った状況を憐れむと同時に、まざまざと、周囲の人々の自然な状態と引き比べることが出来た。然なる心持ちにあらばこそ、周囲の人々への関心が蘇り、時にその知力が無感覚や不機嫌が老衰の一覧につけ加えられずして弱められる際に老齢に間々見受けられるそれに似ていなくもない、柔和で、従順な、己《おの》が災禍に纏わる感覚が育まれていた。

彼は自ら犯した罪をミリーを介し、いよよ、いよよ償うほど、ミリーといよよ、いよよ共に過ごすほど、この変化が自らの内で熟すのを意識した。故に、して彼女が彼に喚び起こした（とは言え何ら他の望みのなきまま）思慕故に、全ては彼女次第だと、彼女こそは苦境における自らの縁《よすが》に外なるまいと感じた。

よって、彼女にそろそろ我が家へ、老人と夫の下《もと》へ、戻りましょうかとたずねられ、快く「ああ」と——むしろ願ったり叶ったりだったから——返すや、彼は彼女の腕に腕を通し、傍らを歩いた。さながら己は自然の驚異の開かれた書物たる、聡明にして学識豊かな男にして、彼女の知性は無学なそれででもあるかのように、というよりむしろ彼ら二人の立場は逆転し、彼は何一つ知らず、片や彼女は全てを知ってでもいるかのように。

彼はかくて彼女と共に屋敷を後にする際に子供達が彼女の周りに群がり、彼女に纏いつくのを目にし、子供達の高らかな笑い声や陽気な話し声を耳にし、彼らの明るい顔また顔が自分のグルリに花さながら群がるのを目にし、彼らの両親の満足と情愛が回復されたのを目の当たりにし、再び平穏を取り戻した彼らの約しき屋敷の素朴な大気を吸い込み、自らその上にもたらした、して彼女がいなければ、折しも撒き散らしていたやもしれぬ逆しまな立ち枯れのことを思い浮かべた。さらば恐らく、驚くには値すまい、彼が彼女の傍らを従順に歩き、彼女の優しき胸をいよよ自らのそれに近づけたとて。

彼らが番小屋に戻ってみれば、老人はじっと床に目を凝らしたまま炉端の椅子に掛け、息子は暖炉の反対側に寄っかかったなり、老人の方を見ていた。彼女が戸口に姿を見せるや、二人共ハッと息を呑み、彼女の方へ向き直り、面《おもて》に輝かしき変化が来《きた》した。

「おお、何と、何と、何と、二人共わたしを見てほかのみんなに負けないくらい喜んでくれるなんて！」とミリーは有頂天で両手を打ち合わせ、いきなり足を止めながら声を上げた。「またもう二人お見えだなんて！」

彼女を見て喜ぶだって！　喜ぶなんてものではなかった、そいつは。彼女は、ようこそお帰りとばかり大きく広げられた夫の腕の中に飛び込み、御亭主はこれ幸いと、上さんの頭《こうべ》を肩にもたせたなり、短き冬の終日《ひねもす》、抱き締め続けていたろう。がそうは問屋が卸して下さらなかった。御老体にも嫁さんを抱く腕が御座り、かくてひしと彼女を抱き締めた。

「ああ、わしのおっとり子ネズミは朝からずっとどこへ行っておった？」と老人は言った。「えろう長いこと留守をしておったが。どうやらわしはおっとり子ネズミがおらねばてんでお手上げのようじゃ。わしは――ん、せがれのウィリアムはどこじゃ？――わしは、どうやら夢でも見ておったらしい、ウィリアム」

「げにわたし自身そう言ってますとも、父さん」と息子は返した。「わたしこそ何やらイケ好かない手合いの夢を見ていたようです。気分は如何です、父さん？　どこもおかしかありませんか？」

「すこぶるピンシャンしておるわ、お前」と老人は返した。

全くもって見物《みもの》であった、ウィリアム氏が、如何ほど親父さんのことが気がかりかひけらかそうとて叶はぬ相談とばかり、ギュッと手を握り締め、ポンポン背《せな》を叩き、そっと手で撫で下ろしてやるの図は。

「何とカクシャクとしておいでだことか、父さん！――気分は如何です、父さん？　けど、ほんとにすこぶるつきですって？」とウィリアムはまたもやギュッと手を握り締め、またもやポンポン背《せな》を叩き、またもやそっと手で撫で下ろしてやりながら言った。

「生まれてこの方かほどにハツラツとして活きのえかった

ためしもないわ、お前」

「何とカクシャクとしておいでだことか、父さん！　けど、げにかっきしそこですとも」とウィリアム氏は熱っぽく言った。「こうして改めておやじがどんな苦労を凌いで来たか、長の年月おやじの身に降り懸かった、でその下《もと》に頭にめっきり白いものが増えて、何年も何年もそいつの上に伸しかかって来た偶然や、様変わりや、悲しみや、悩みをそっくり思い浮かべたら、わたしらいくら敬意を表してもまだ足らんような、いくらのん気に長生きしてもらってもまだ足らんような気がするでは。——気分は如何です、父さん？　けど、ほんとにすこぶるつきですって？」

ウィリアム氏は或いは金輪際、当該質問を繰り返しては、またもや親父さんの手をギュッと握り締め、またもやポンポン背《せな》を叩き、またもや手でそっと撫で下ろしてやるのを止さなかったやもしれぬ、もしや御老体が、今の今までお見逸れしていた化学者に気づいてでもいなければ。

「これはこれは失礼をば、レドロー先生」とフィリップは言った。「先生がここにお見えとは存じませんで、先生、さもなければこうも馴れ馴れしゅうはやっておらんかったでしように。クリスマスの朝にここで先生をお見かけすると、レドロー先生、先生御自身がまんだ学生で、それはえっと根を詰めておいでたもんで、クリスマスの時節でもやつがれ共の図書館にひっきりなし通うておられた時分を思い出しますな。はっ！　はっ！　やつがれはそいつを覚えておるほどには老いぼれておって、しかもつい昨日のことのようによお覚えておりますぞ、いくら八十七じゃからというて。女房が亡くなったのは先生がここを出られた後のことでした。先生はうちの亡くなった女房のことは覚えておいでと、レドロー先生？」

化学者は然りと返した。

「如何にも」と老人は言った。「あれは可愛い奴でした。——先生は、確か、ここへとあるクリスマスの朝のこと、若い娘さんと一緒にお見えになったのでは——憚りながら、レドロー先生、あちらはたいそう先生の可愛がっておられた妹御ではなかったかと？」

化学者は老人を見つめ、かぶりを振った。「わたしには妹がいた」と彼は空ろに返した。それきりしか覚えていなかったが。

「とあるクリスマスの朝のこと」と老人は続けた。「先生は娘さんと一緒にここへ見えて——で雪がちらちら舞い始めたもんで、うちの女房は娘さんに中へ入って、その昔、まんだやつがれ共の十人の懐の寂しい殿方が代わりに金《かね》の形で年金を受け取られん時分には我々の大正餐食堂《ディナー・ホール》として使われておったとこでは、クリスマスの日とあらばいつだって燃えておる暖炉の傍に掛けるよう申しました。やつがれも居合わせておって、今でも瞼に浮かぶようですが、愛らしい足を温《ぬく》められるよう娘さんのために火を掻き熾しておると、あちらは例の肖像の下の巻き物《スクロール》を声に出してお読みになりました。『主《しゅ》よ、我が記憶の永久《とこしへ》に瑞々しからんことを！』娘さんと死んだ女房とはそいつがらみでペチャクチャおしゃべりし出して、で今になって思えば妙な話もあったものですが、口を揃えて（二人共まさかそうもとっととあの世へ行きそうもないというに）そいつはえろうええ祈りじゃと、いつの日かもしや若うに神に召されたら、いっとう近しい連中がらみで心底敬虔に捧げたいものじゃと言うておりました。『兄よ』と娘さんですぞ――『夫よ』とうちの女房ですぞ。――『神様どうか、わたくしに纏わるあの人の記憶の永久《とこしへ》に瑞々しからんことを、どうかわたくしのいついつまでも忘れ去られませんよう！』』

　終生こぼしたためしのなきほど痛ましく、苦々しき涙が、レドローの頬を留め処なく伝った。フィリップは昔語りにかまける余り、今の今まで彼にも、してこれきり先を続けぬようとのミリーの心づかいにも、気づいていなかった。

「フィリップ！」とレドローは老人の腕に手をかけながら言った。「わたしは『神慮』の御手が、当然の如く、とは言えずっしりと落ちた、打ち拉がれた男だ。君がせっかく話して聞かせてくれていることも、生憎、わたしにはさっぱりだ。記憶が失せてしまったからには」

「慈悲深き神よ！」と老人は声を上げた。

「わたしは悲しみと、裏切りと、苦悩の記憶を失い」と化学者は言った。「それと共に、人間の記憶したいと望む全てを失った！」

　フィリップ老人が化学者に憐れを催すのを目にすらば、彼自身の大きな椅子を化学者に安らうよう回し、彼の喪いしものを厳かに悼むかのように見下ろすのを目にすらば、老齢にとってかようの思い出が如何ほどかけがえがないか、幾許かなり、偲ばれた。

　小僧が飛び込みざま、ミリーに駆け寄った。

「あっちの部屋に」と小僧は言った。「あの男がいる。オイラあいつにゃ用はないぜ」

「とはどの男のことだね？」とウィリアム氏がたずねた。

「シッ！」とミリーは言った。

　彼女からの合図に従い、彼と年老いた父親はそっと部屋から出て行った。二人が、気づかれぬまま、姿を消すと、レドローは小僧に側《そば》へ寄るよう手招きした。

「オイラおばさんがいっとう好きだ」と小僧はミリーのスカートにしがみつきながら答えた。

「だろうとも」とレドローはかすかな笑みを浮かべて言った。「だが恐れることはない。わたしは以前よりはまだしも優しいはずだ。よりによってお前には、哀れな奴よ！」

小僧は仰《のっ》けは依然として後込みしていたが、少しずつ彼女に急き立てられるがままに近づき始め、とうとう彼の足許に腰を下ろしすらした。レドローは小僧の肩に手をかけ、憐憫と共感を込めて見守る間《ま》にも、もう一方の手をミリーの方へ差し出した。彼女は彼の顔を覗き込めるよう、くだんの側《がわ》で身を屈め、しばし押し黙っていたと思うと、言った。

「レドロー先生、口を利いてもよろしいでしょうか？」

「ああ」と彼はじっと彼女に目を凝らしながら答えた。「君の声と楽の音《ね》はわたしにとっては同じだ」

「お尋ねしてもよろしいでしょうか？」

「何なりと」

「わたくしが昨夜《ゆうべ》先生の扉をノックしながら申し上げたことを覚えておいででしょうか？　いつぞや先生のお友達でらっした、けれど今や自ら命を絶とうとしておいでの方のことで？」

「ああ。覚えている」と彼はいささかためらいがちに言った。

「どういうことだかお分かりになりまして？」

彼は小僧の髪を撫で――その間《ま》も彼女にじっと目を凝らしたなり――かぶりを振った。

「その方を」とミリーは持ち前の澄んだ、柔らかな声で言った。「そいつは、彼を見つめる穏やかな目のせいでいよよ澄み、いよよ柔らかくなるようではあったが。「わたくしあれからほどなくして見つけました。旅籠へ戻り、神様の思し召しで、行方が分かりました。やっとのことで。ほんのもう少しでも遅かったら、取り返しのつかないことになっていたでしょう」

彼は小僧から手を離し、彼女のくだんの手の甲にかけると――そのおずおずとしながらもひたむきな触れは彼に彼女の声と眼差しに劣らず強く訴えかけたが――いよよ一心に彼女を見つめた。

「あちらは事実エドマンドさんの父上でらっしゃいます、わたくし達がつい先ほどお会いした学生さんの。本名はロングフォードとおっしゃいます。――という名を覚えておいででしょうが？」

「ああ、その名は覚えている」

「でその方も?」

「いや、その男は。男は何かわたしに裏切りを働いたことがあるのか?」

「ええ」

「ああ! だったらそいつは無理だ――無理だ」

彼はかぶりを振り、暗黙の内にも彼女の憐憫を乞うかのように、手にした手の上でそっと拍子を取った。

「わたくし昨夜《ゆうべ》はエドマンドさんの所へは参りませんでした」とミリーは言った。――「先生、何もかも覚えておいでのように話を聞いて頂けましまして?」

「ああ、一言一句違《たが》えず」

「何故かと申すと、その時はまだこの方がほんとうにあちらの父上かどうか存じませんでしたし、そんなことをいきなり、しかも病気の後で、聞かされたら、たとい本当だとしても、どんなことになるか知れなかったからでもあります。この方がどなたか分かってからも、わたくしやはり行っていません。けれどそれはまた別の理由からです。あちらはずい分前に奥さんと息子さんとは別れ――御本人のおっしゃるには、息子さんが物心つくかつかぬかで我が家には寄りつかなくなり――何より大切に愛おしんで然るべきだったろうものを打ちやり、見捨てておしまいになりました。その間《ま》もずっと、殿方の身分からどんどん、どんどん身を持ち崩し、とうとう――」彼女はそそくさと腰を上げ、束の間出て行ったと思うと、レドローが昨夜見かけていたならず者に付き添われて引き返して来た。

「君はわたしを知っているのか?」と化学者はたずねた。

「もしもいや、と答えられるものならもっけの幸いで」と相手は返した。「幸いなどというのは長らく使った覚えもない言葉だが」

化学者は男が目の前に零落れ果て、さもいじましげに立っているのを見やり、なお長らく、空しくも手がかりを求めて苦悶しながら見守っていたろう。もしやミリーが傍らの、先ほどまでいた場所に戻り、彼の注意深い眼差しを彼女自身の面《おもて》へ惹いてでもいなければ。

「あちらが何と身を滅ぼし、何と零落れておいでのことか御覧下さいまし!」と彼女は化学者の顔から目を逸らさぬまま、男の方へ腕を突き出しながら囁いた。「もしも先生にあの男に纏わる全てを思い出すことがお出来なら、いつぞやは愛してらっしゃった方が(どうかそれがどれほど昔か、あの方が自ら失われたどんな信頼の下《もと》においてかは気になさらず)こんな風に成り下がってしまわれたと思えば憐れを催さずにいられるでしょうか?」

「いや、恐らく」と彼は答えた。「いや、よもや」

彼の目は戸口の側《そば》に立っている人影の方へフラフラとさ迷った。がすかさず彼女の方へ戻り、かくて彼女を一心に見つめた。さながら彼女の声の調子という調子から、目の輝きという輝きから、何か教えを学び取ろうと努めてでもいるかのように。

「わたくしには学がまるでありませんが、先生にはどっさりおありです」とミリーは言った。「わたくしは考える習いにはありませんが、先生はいつも考えつけてらっしゃいます。けれどどうしてわたくしには、わたくし達に働かれた裏切りを覚えているのはむしろありがたいことのような気がするかお話しさせて頂いてもよろしいでしょうか?」

「ああ」

「それを許すためにではありませんかしら」

「どうか容赦し給え、大いなる『天』よ!」とレドローは空《くう》を振り仰ぎながら言った。「御自身の気高き属性を打ち捨てるとは!」

「そしてもしも」とミリーは言った。「もしも先生の記憶がいつの日か、わたくし共の心から願い、祈っているままに、蘇るとしたら、裏切りと同時に許しをも思い起こせるとは、先生にとってどんなに素晴らしいことでしょう?」

彼は戸口の人影を見やったが、またもや彼女に注意深い目を凝らし、一筋、より澄んだ光明が彼女の明るい面《おもて》から、自らの心の深奥へ射し込むやに思われた。

「あの方は御自身の見捨てられた我が家へ戻る訳には行きません。戻りたいとも思ってらっしゃいません。自らあんなにも酷く蔑ろにした方々に恥辱と苦悩しかもたらせまいと、今となってはその方々に為せる最善の償いは、その方々を避けることでしかないと御存じのからには。ほんのわずかばかりのお金さえ心濃やかに恵んで頂ければ、あの方はどこか遙かな場所へ移り住み、そこで何一つ裏切りを働かぬまま暮らし、自ら働いた裏切りに対し、能う限りの罪滅ぼしをなさるかもしれません。あの方の妻であるお気の毒な御婦人と、息子さんにとって、これはお二人の親友が施して差し上げられる最善にして最も親切な恩恵となりましょう——しかもお二人の決して御存じになる筋合いのない。ばかりか評判においても、精神においても、肉体においてもボロボロに朽ち果てたあの方にとっては救済となるやもしれません」

彼は彼女の頭《こうべ》を両手に挟み、口づけをしながら言った。

「是非ともそうさせて頂こう。君がわたしの代わりに直ぐにでも内々に、そうしてくれ給え。あの男には心から許そうと言ってくれ、仮に幸い、果たして何に対してか分かるものなら」

　彼女が腰を上げ、晴れやかな面《おもて》を零落れ果てた男の方へ向け、かくて自らの仲立ちが首尾好く行った旨暗に伝えると、男は一歩近寄り、目を伏せたまま、レドローに話しかけた。

「君は実に大らかにも」と男は言った。「——昔からそうだったが——目の前の憐れな代物を目の当たりに、自らの昂る復讐心を追い立てようというのか。俺はそいつを俺自身から追い立てるつもりはないが、レドロー。叶うものなら、信じてくれ」

　化学者はミリーに、身振り一つで、自分の方へ近寄るよう乞い、耳を傾けながらも、その中に折しも耳にしていることの手がかりを見つけ出そうとしてでもいるかのように彼女の顔を覗き込んだ。

「俺はこれきり救いようのないならず者に成り下がってしまったからには、ここへ来て懺悔をしようとは思わぬ。これまでの零落れようを嫌というほど記憶に刻みつけているからには、そいつらを君の前に並べ立てようとは思わぬ。が君を裏切る上で初めて一歩、身を貶しめた日からというもの、確実に、ひたすら、逃れる術《すべ》もなく、堕落の一途を辿って来た。ということは、素直に認めよう」

　レドローは彼女を傍らにひたと引き留めたまま話し手の方へ面《おもて》を向け、面《おもて》には悲しみの色が浮かんでいた。のみならず、憂はしき心当たりのようなものも。

「もしも今のその最初の致命的な一歩を踏み出していなければ、俺は全く別の人間になっていたかもしれぬ。俺の人生は全く別の人生になっていたかもしれぬ。だったろう、と言うのではない。今さらもしもあの時、などと言ってみた所で始まらん。君の妹は安らかに眠っているし、たとい俺が君の思い込んでいたものでさえ——この俺自身いつぞやは思い込んでいたものでさえ——あり続けていたとしても、俺と連れ添わないに越したことはなかったろう」

　レドローは、叶うことならくだんの話題を脇へ打っちゃろうとでもいうかのように、すかさず片手を振った。

「俺は」と相手は続けた。「墓から連れ戻された男のような口を利いている。昨夜《ゆうべ》、もしもこのありがたい手がなければ、俺自身の墓をこの手で掘っていたろう」

「おお、何と、あちらもわたしのことを気に入って下さっているとは！」とミリーは息を殺してすすり泣いた。「またもう一人お見えだなんて！」

「俺は昨夜《ゆうべ》ならば、たとえパンを乞うためにせよ、君の前に姿を見せられはしなかったろう。が今日は、今は昔の記憶がつい昨日のことのように喚び覚まされ、どういう訳か、それはまざまざと目の前に立ち現われたものだから、思い切って、こちらの奥さんに勧められるままにやって来た。君の惜しみない施しを受け、心から感謝を捧げ、どうか君に、レドロー、今はの際には今こうして君の行為においてそうであるに劣らず想念においても、俺に慈悲深くあってくれと頼むために」

男はクルリと戸口の方へ向き直ったが、出て行きしなにしばし足を止めた。

「恐らく息子は奴の母親のお蔭で君に親身になってもらえよう。親身になってもらえるだけのことはあろう。仮に俺の命が長らく容赦され、君の助けを無駄にはしなかったと思える日が来なければ、俺は金輪際あいつには会うまい」

表へ出る段になって初めて、彼はレドローの方へ目を上げた。レドローは、男にじっと、一心に目を凝らしていたが、夢現で手を差し延べた。男は引き返し、両手でその手に触れ――蓋し、触れたか触れぬか――ガックリ項垂れながらゆっくり立ち去った。

その後しばらく、ミリーは片や黙々と男を門まで連れて行ったが、化学者は椅子にへたり込み、両手に顔を埋《うず》めていた。夫と義父に付き添われて（二人共彼のことが気がかりでならなかったから）引き返してみれば、彼のかようの姿を目の当たりに、彼女は邪魔をするのが、と言おうか邪魔が入るのが憚られ、小僧に何か暖かい上っ張りを被せてやるべく、椅子の傍らに跪いた。

「げにかっきしそこですとも。げにわたし自身いつも言ってますとも、父さん！」と御亭主はうっとりかんと声を上げた。「家内の胸には母親らしい気持ちがあって、そいつはどうにも、何が何でも、ハケグチをめっけにゃならんのでしょうて！」

「ああ、ああ」と老人は相づちを打った。「お前の仰せの通り。せがれのウィリアムの仰せの通りじゃ！」

「わたしらにわたしら自身の子供がからきしおらんで、ミリー」とウィリアム氏は優しく言った。「何もかも、ほれ、きっと好かったのさ。とは言っても時に、お前に愛おしんで可愛がってやるそいつがおったならばと思うこともあるにはある。わたしらの小さな死んだ子のせいで――お前のそれはどっさり望みをかけていた、というにこの世に生を受ける定めにはなかった――あの子のせいで――お前はどことなく物静かになってはいるが、ミリー」

「わたしはあの子の思い出があるだけでそれはそれは幸せよ、愛しいウィリアム」と彼女は答えた。「わたし、あの子のこと毎日考えているの」

「あんまし考えすぎじゃないかと気を揉んではおったが」

「気を揉んではなんて言わないで頂だいな。わたしにとってあの子は慰めなんですもの。あの子はそれは色んなやり方で話しかけてくれるの。この世に生きる定めになかった汚《けが》れのない子はわたしにとっては天使様のようよ、ウィリアム」

「お前こそ父さんとわたしにとっては天使様のようさ」とウィリアム氏はそっとつぶやいた。「というのは間違いなく」

「わたしがあの子にどんな望みをかけたことか――何て幾度も幾度も心の中でついぞもたせられなかったこの胸の上の小さな笑顔や、ついぞ光に見開かれることのなかった、この目に向けられた愛らしい目を思い浮かべながら座っていたことか――そっくり思い出すと」とミリーは言った。「わたし何だか、罪のない、けれど叶はなかった望みという望みに、それだけ優しくなれるような気がするの。愛らしい赤ちゃんが優しいお母さんの腕に抱かれているのを目にすると、自分の子もあんなだったかもしれない、お蔭でわたしの心も同じくらい誇らかで幸せだったかもしれないと思えば、それだけ赤ちゃんのことが愛おしくなるの」

レドローは頭をもたげ、彼女の方へ目をやった。

「あの子は生涯わたしの側《そば》にいて」と彼女は続けた。「何かお話ししてくれるの。かわいそうな放ったらかしの子供達のために、わたしの小さなあの子はまるで生きてて、わたしのよく知っている、わたしに話しかけるための声があるみたいに訴えかけて来るわ。苦しんだり辱しめを受けたりしている若者のことを耳にすると、もしかしたらあの子もそんな風になっていたかもしれない、で神様がきっと、慈悲深くも、あの子をわたしの下《もと》から連れ去っておしまいになったんだっていう気がするの。ちょうど今のお父様みたいに、お年を召した白髪頭においてさえ。もしかしたらあの子だってあなたやわたしがとうの、とうの昔に死んでしまってからも、ヨボヨボになるまで生き存えて、若い方々の尊敬や愛を必要としていたかもしれないって言っているようよ」

彼女の物静かな声は、彼女が夫の腕を引き寄せ、そこに頭をもたす間《ま》にもいよよ物静かになった。

「子供達がそれはわたしに懐いてくれるものだから、時にはふと――ほんとおバカさんな気紛れだけれど、ウィリアム――あの子達はわたしには分からない何か特別なやり方でわたしの小さなあの子とわたしのことをかわいそうに思って、どうしてあの子達の愛がわたしにとってかけがえがないか呑み込んでるんじゃないかって気がすることもあるの。たとえあれからというものわたしが何だか物静かになったとしても、わたしは数えられないくらい色んなことで、ウィリアム、もっと幸せになっててよ。例えば、中でも、あなた、こんな風に——わたしの小さなあの子が生まれて死んでほんの二、三日しか経っていなくて、わたしもまだ元気がなくて悲しくて、どうしてもちょっとは涙をこぼさずにいられなかった頃、こんな考えがひらめいたの、もしもまっとうな人生を送ろうと懸命に努めれば、天国で明るい天使様に出会って、その子はわたしのこと『お母さん！』って呼んでくれるかもしれないって」

レドローは大きな叫び声もろとも跪いた。

「おお、汝《なれ》よ」と彼は言った。「汚《けが》れなき愛の教えを介し、十字架にかけられしキリストの、して彼《か》の方の名分の下《もと》に命を落とせし全ての善人の、思い出たる思い出を忝くも我に蘇らせ賜うた汝《なれ》よ、どうか我が感謝を受け取り、彼女を祝福し給え！」

と思いきや、彼はひしと彼女を抱き寄せ、ミリーは、これまで以上にすすり泣きながらも声を立てて笑う間《ま》にも叫んだ。「とうとう本当の御自身を取り戻されたわ！　ばかりかこの方までほんとにわたしのことそれはそれは気に入って下さってるとは！　おお何と、何と、何と、またもう一人お見えだなんて！」

と思いきや、学生が、おずおず二の足を踏んでいる愛らしき乙女の手を引きながら入って来た。してレドローは、学生に対して然てもガラリと打って変わっていたものだから、彼と彼のうら若き許嫁の中にかの、さながら生い茂れる木へ向かう如く、己《おの》が孤独な方舟に然に長らく閉じ込められし鳩が安らいと仲間を求めて飛び立つやもしれぬ、彼自身の人生の心和む一齣の穏やかな影を目にするに及び、若者の首にすがりつき、どうか我が子になってくれと訴えた。

と思いきや、クリスマスとは一年のありとあらゆる刻《とき》の就中、我々の周囲の世界の未だ取り返しのつく、ありとあらゆる悲しみや、裏切りや、苦悩の記憶が我々がらみで、我々自身の経験に劣らず、全て善かれと、ひたぶる働いて然るべき刻《とき》だけに、彼は小僧に手を掛け、その昔、自らの御手を子供らに掛け、その預言的叡智の尊厳において彼らを御自身より遠ざけし者共をたしなめられた彼《か》の方（『マタイ』一九：一三 - 一四）の照覧を無言の内にも仰ぎつつ、小僧を守り、教え、救う誓いを立てた。

と思いきや、彼はフィリップに陽気に右手を差し延べ、今日という今日こそ、その昔、十人の懐の寂しき殿方が代わりに金《かね》の形で年金を受け取られぬ時分には彼らの大正餐食堂《ディナー・ホール》として使われていた広間にてクリスマス・ディナーを催そうではないかと、して御曹司の宣ふ所によらば、皆して手と手をつなげばグルリとお国を一巡りしようかというほどその数あまたに上るかのスウィッジャー家の面々の内、然ても短兵急に狩り集められる限り仰山な仲間を招待しようではないかと持ちかけた。

　してそいつは正しく今日という今日にこそ、やってのけられ、それはその数あまたに上るスウィッジャーが、大人も子供も、ワンサと一堂に会したものだから、彼らを大雑把にせよ数え上げようと試みるだに疑り深き手合いの胸中に当該冒険譚の真憑性に対す疑念を喚び覚ますやもしれぬ。故に、下手の考え休むに似たり。されど面々、幾十となく幾ダースとなく、お越しになり——ばかりかそこにては一族をジョージがらみで、善き報せにして善き望みがお待ちかねであった。というのも彼はまたもや父親と弟によりて、してミリーによりて訪われ、またもや独りきり置き去りにされる段には静かな眠りに就いていたとのことだったから。ディナーの席には、おまけにテタビィ家の面々まで、ビーフの御相伴に与るいい頃合に虹色の長襟巻き姿で到着したアドルファス二世コミで、顔を揃えた。ジョニーと赤ん坊はもちろん、遅きに失し、てんで一方に傾いだなり——前者はほとほとアゴを出し、後者は八重歯の仮想状態にて——お越しになった。がそいつはいつもの伝で、これきり気を揉む要はなかろう。

名もなければ生まれも定かならぬ子供が如何に皆とおしゃべりしたものか、共に戯れたものかも分からず、子供時代の様々なやり口に気の荒い野良犬以上に疎きまま、他の子供達が遊んでいるのを見守っている様は目にするだに痛ましかった。異なるやり口ながら、何と本能的に、そこなるいっとう幼気なチビ助達ですら小僧が外の皆とは違うということを気取ったことか、如何に連中、小僧が寂しい思いをせぬよう柔らかな言葉や手の触れで、ささやかなプレゼントもて、おずおず小僧に近づこうとしたことか、目にするだに痛ましかった。が小僧はひたとミリーに寄り添い、彼女のことを気に入り始め——とはまたもう一人お見えだなんて、と彼女の宣った如く！——チビ助達は皆彼女のことが大好きだったから、そいつはゴキゲンと雀躍りし、小僧が彼女の椅子の背《せな》からひょいとこちらを覗いているのを目にするや、小僧がそんなにもひしとそいつにしがみついているというので有頂天になった。

　以上全てを、化学者は学生と彼の未来の花嫁と、フィリップと、その他の面々と共に、目の当たりにした。

　爾来、中には彼はただここにて審らかにされしものを思い描いたにすぎぬと言う者もあれば、彼はそいつをとある冬の黄昏時に炉火の中に読み取ったのだと言う者もあれば、亡霊

Lord
Green
Keep my Memor

は彼自身の陰鬱な想念の具象にして、ミリーは彼のよりまっとうな叡智の化身だと言う者もあった。が小生としては、言わぬが花。

――こいつをさておけば。即ち、彼らが古めかしい大食堂《ホール》に大きな暖炉のそれ以外は（早目にディナーを済ませていたから）何ら明かりを灯さぬまま集うていると、影法師がまたもやこっそり連中の隠処より這い出し、部屋のここかしこで踊っては、子供達に壁の上なる不可思議な形《なり》や面《つら》をひけらかし、そこなる現実にして馴染みのあるものを、次第に荒らかにして謎めいたものに変えて行った。が、大食堂《ホール》にも唯一、レドローや、ミリーと夫や、老人や、学生と彼の未来の花嫁の目がしょっちゅう向けられる、して影法師が霞ませも変えもせぬものがあった。炉明かりのせいでいよよしかつべらしげに、実物そっくりに羽目張りの壁の暗がりからじっと目を凝らしながら、肖像画の中の、顎鬚と襞襟《ラフ》の真面目くさった御尊顔は、彼らがそいつを見上げるがままに、その緑々《あおあお》としたセイヨウヒイラギの花輪の下より彼らを見下ろし、その下《もと》にてさながらとある声が口にしてでもいるかのように澄み、明らかたりしは次なる文言であった。「主《しゅ》よ、我が記憶の永《とこ》久《しえ》に瑞々しからんことを」

訳注

クリスマス・キャロル

第一連

（八）連中、しょっちゅう気前好く…そいつだけはいっかなお手上げだった　"come down"（雨や雪が降る）に「（気前好く）金を叩《はた》く」の意を懸けて。

（一五）善なる聖ダンスタン　武具師・鍛冶屋・錠前屋・楽師等の守護聖人。伝説によればある時、悪魔が仕事に精を出しているダンスタンの気をそそろうと窓から覗き込んだが、ダンスタンは真っ紅に火照り上がった鋏《やっとこ》で悪魔の鼻をつまんで退治したという。

（一八）六頭立て馬車で…若き悪しき国会制定法を突っ切る　その杜撰な笊法《ざるほう》ぶりを揶揄してのアイルランドの民族運動指導者ダニエル・オコネルの言葉。

（〃）扉を欄干に向けたなり　霊柩車の扉は後ろについている。

（一九）古《いにしへ》の預言者の杖　即ち、モーゼの兄にしてユダヤ最初の大司祭アロンの杖。杖はヘビに姿を変えるや、やはりヘビに姿を変えられていたエジプト人の杖を一本残らず呑み込んでしまう（『出エジプト記』七：八‐一二）。

第二連

（三〇）合衆国の有価証券ごとき　一八三〇年代のアメリカ金融危機を揶揄して。

（三五）ヴァレンタインと…野育ちの弟オーソン　十五世紀フランスの伝奇小説に遡るお馴染みのイギリス童話において、双子の兄弟は誕生と共に離れ離れになり、ヴァレンタインは騎士として、クマに連れ去られたオーソンは野人として、育てられる。

（〃）ぐっすり眠りこけてる間《ま》に…どんな筋合いがあったってのさ！　『アラビア夜話』の「ヌーレ・ディンと息子と、シェムセ・ディンと娘」において、娘は皇帝《サルタン》の馬丁である醜いせむし男と結婚させられるが、鬼神の魔法により、ヌーレ・ディンの息子（ベドレディン・ハサン）が結婚式で花婿に為り変わり、片や馬丁は一晩中逆立ちをさせられる。息子はそれから鬼神によって運び去られ、ダマスカスの門に置き去りにされる。

（三八）ウェルシュ・ウィッグ　本来はウェールズ中部の旧州モンゴメリーで作られていた羊毛又は梳毛編みの縁無なし帽。

（〃）慈愛の部位　頭蓋骨骨相学で「慈愛の部位」は前額最頂部。

（四〇）「サー・ロジャー・ド・カヴァリ」　『スペクテイター』誌に登場する十八世紀初頭の典型的な仮想地主階層紳士の名に因む、英国のカントリー・ダンスの一種。

(四四)黄金の偶像　即ち、アロンがシナイ山の麓で造った「黄金の仔牛」(『創世記』三二：一‐三五)。

第三連

(五四)スペイン玉ねぎ　水分が多く、舌触りの柔らかい大形玉ねぎ。

(〃)天井から吊る下がったヤドリギに澄まし顔して目をやっている　ヤドリギ飾りの下でなら若者は少女にキスをしても好いという習慣があったことから。

(〃)ノーフォーク・ビフィン　ノーフォーク(イングランド東部、北海に面す州)特産の暗赤色の調理用リンゴ。

(五五)パン屋の店目指し、こちとらのディナーを引っ提げて　パン屋は日曜とクリスマスにはパンを焼くことを禁じられていたため、代わりに貧乏人のためにディナーを調理した。

(五六)こうした場所を安息日に閉《た》てようとなさっているでは　一八三二年から三七年にかけ、安息日の娯楽・仕事・取引を禁じる日曜日就業禁止法案を提出する試みが下院で再三繰り返されていた事実を踏まえて。

(五七)「ボブ」　ボブはシリングの通称。現在の五ペンスに当たる。

(六五)巨人の墓所　ここで暗に仄めかされているのはコーンウォール。コーンウォールは古くから御伽噺『ジャックと豆の木(巨人退治のジャック)』の舞台とされていた。

第四連

(七七)黒手袋は嵌めんし　当時、会葬者には黒手袋を贈るのが習わしだった。

(八七)さぞやそいつがお入り用だったろうじゃ　"comforter"(長襟巻き《カムファタ》)の他方の意「慰めとなるもの」と懸けて。

第五連

(九三)ラオコーン　ギリシア神話で、アポロン神殿の司祭。トロイア戦争の時、アテナの怒りに触れ、二人の子供と共に二匹の大蛇に絞め殺されたという。

(九五)ジョー・ミラー　ジョン・モトリー『ジョー・ミラーの駄洒落』はドゥルアリー・レーン劇場の剽軽な喜劇役者の名に因むジョーク集(一七三九年初版)。

(九九)ビショップ　赤ポートワインをベースにオレンジ、チョウジ、砂糖を加えて暖めた飲み物。主教《ビショップ》の深紅色の平服《カソック》に色が似ていることに由来する。

(一〇一)「絶対禁酒主義」を守り通した　「精霊」のスピリッツに「酒精」の意を懸けて。

鐘の精

第一点鐘

(一〇八) **とある古教会**　スタンフィールドによる挿絵（一〇六、一五六頁）からして、モデルはフリート・ストリートの聖ダンスタン・イン・ザ・ウェスト教会。

(一一八) **ポロニー**　一種の豚肉ソーセージ。

(〃) **トロッター**　食用の羊・豚などの足。

(〃) **ペティトウ**　食用の豚の足、特に爪先。

(〃) **チタリング**　煮たり揚げたりして調理した豚又はガチョウの小腸。

(〃) **トライプ**　臓腑（特に食用となる牛の第一胃と第二胃）。

(一二五) **ファイラー**　原義は「鑢をかける人」「目立て屋」。暗に「(文書の) 綴じ込み係」の意も懸けてか。

(〃) **キュート市参事会員**　モデルとして揶揄されているのは、自分の前に引き立てられた咎人に彼ら自身の言語で話しかけることを得意とした、剽軽で名立たるミドルセックス州治安判事サー・ピーター・ローリ（一七七八—一八六二）。

(一二八) **ストラットの風俗**　正しくは古物研究家ジョウゼフ・ストラット著『ストラットの風俗。英国民の服装・習慣全書』(新版一八四二年)。

(一三〇) **メトセラ**　九六九年生きたと言われる、ノア時代以前のユダヤの族長（『創世記』五：二七）。転じて「長命者」の代名詞。

第二点鐘

(一三八) **先方の御身分はお誂え向き《ティケット》だった。トウビィのそいつは、どころではなかったが**　赤帽《ポーター》トウビィの "ticket"（おスミ付き《ティケット》）と門番《ポーター》の御身分の「お誂え向き《ティケット》」との語呂合わせ。

(一四一) **わたしはなるほど『貧しき者の友』だとも**　サー・ジョウゼフ・バウリ国会議員のモデルはホイッグ党の前大法官ブルーム卿。卿は表向き博愛主義的名分を支持しながらも、しばしば貧者に対する粗野な無関心を露にし、『パンチ』誌（一八四四年、四月六日付）で「貧しき者の友」と叩かれた。

(一四三) **新たな和声組織**　一八四三年、ジョン・カーウィンは『声楽入門』を著し、主音のドレミファの原理に基づく、譜表や音譜を用いない新たな記譜法の和声組織を解説した。

(一五五) **自らの命のみならず幼子の命にまでも自棄的な手をかけた女**　一八四四年四月十六日、嬰児殺しの廉で審理されたメアリ・ファーリを指す。赤貧に喘ぐメアリは借りた金まで盗まれ、子供と共に身を投げたが自分だけ生き延び、死罪を宣告される。しかしディケンズも含め、大衆から抗議の声が挙がり、七年の流刑に減刑された。

第三点鐘

（一七三）**懐かしのハル王を、いかついハル王を、無骨なハル王を**　六人の妃の内二人を処刑し、他の二人と離婚した通称「無骨なハル王」、ヘンリー八世（一四九一―一五四七）を指す。ディケンズは王に対しては「こよなく耐え難き破落戸、人間性への恥辱、英国史に落ちた一点の血液と獣脂の染み」（『子供のための英国史』第二十八章）として批判的だった。

（一七四）**審判へと向かうダニエル**　聖書外典《アポクリファ》の一書「スザンナ物語」において、ダニエルはスザンナを二人の長老の誣告から救う聡明な青年弁護士。

（一八一）**『汝《な》の向かう所へ…吾の神ならず！』**　全て、ルツがナオミに立てる誓い（『ルツ記』一：一六）の裏返し。

（一八六）**彼《か》の方は自らの足の傍らに彼女を座らせ、髪で足を拭わせ賜ふた**　リリアンが言及しているのは悔い改めた娼婦の守護聖人マグダラのマリア（『ルカ』七：三八）。

第四点鐘

（一九〇）**おまけにクランペットにも。ばかりかサリー・ランにも**　クランペットは鉄板で焼く、丸くて平たい小型パン。通例トーストにしてバターをつけて食べる。サリー・ランは十九世紀初頭、バースでこれを考案し、流行らせた呼売り焼き菓子女に因んで名づけられた、お八つの軽い菓子パン。やはり焼き立てにバターをつけることが多い。

（二〇〇）**今晩火の手が上がるだろう**　当時社会を不安に陥れた干し草山の放火を指す。飢餓状態に追い込まれた農場労働者は意趣返しに積み藁に火をつけ、放火は一八四三年には一〇二件に上った。

（二〇八）**フリップ**　ビール、蒸留酒又はワインなどをベースに香料・砂糖・強く掻き混ぜた卵を加えたカクテル。通例熱くして飲む一種の卵酒。

炉端のこおろぎ

献辞

（二一六）**ジェフリー卿**　フランシス・ジェフリー（一七七三―一八五〇）はスコットランドの評論家・裁判官。『エディンバラ・レヴュー』を創刊し、ロマン派を厳しく批判する一方、ディケンズを熱烈に支持した。ディケンズの三男フランシス・ジェフリー・ディケンズの名親。

第一鈴《りん》

（二二八）**ユークリッドの第一定理**　互いに交差する二つの円に囲まれた正三角形の幾何学模様。

（二二九）**「ロイヤル・ジョージ号」**　一七八二年、イングランド南海岸沖合いの投錨地スピットヘッドで沈没した軍艦。一八四二年まで引き揚げ作業が続いたが、結局失敗に終わった。

(二二五) **点《ドット》を打って一桁送って**　原文は “a dot and carry” 通常はこの後に “one” が続き、「(加算で十になると) 点を打って位を一桁送る」の意になる。が、ここでジョンは “carry” の後に “a baby” と続け、「(ちび助《ドット》のくせして) 赤ん坊を抱いて」とシャレようとした。

(二二六) **『どんなに小さな忙しない』**　アイザック・ワッツ『子供のための讃美歌集』(一七一五) 所収「ナマケとイタヅラに御用心」より。「どんなに小さな忙しない」の後は「ハチさんは輝かしき時を一刻一刻大切にして」と続く。

(二三四) **「じっつあま《オールド・ジェントルマン》」とは何やら胡散臭いではないかと**　「オールド・ジェントルマン」は「悪魔」の異名。

(〃) **お後の六人はどこにお見えで**　「エフェソスの七眠者」の伝説を踏まえて。デキウス帝 (二〇一―五一) の時、エフェソス (世界七不思議の一つアルテミスの神殿の所在地) でキリスト教信仰のために迫害され、洞穴に閉じ込められた七人の青年貴族は一八七年後に目覚めてみると、ローマはキリスト教化されていた。

(二三六) **人口に膾炙す「嚔《くさめ》」**　即ち、お馴染みの童歌「バラの輪っか」。ここで歌われるくしゃみは “atishoo《ハクション》”。本文二行後の「雌ウシ」の形容もこの歌詞から。

(二三七) **「賢者の石」**　昔、錬金術師が求めて得られなかった霊石。鉛などの卑金属を金銀に変える力があると考えられた。

(二三九) **その辞書的な意味に従えば**　“gruff” の原義は「荒っぽい」「突っけんどんな」。

第二鈴《りん》

(二六三) **スペンサー**　体にぴったりした婦人用のウェスト丈ジャケット。

(二六四) **「通行料取立門信託《ターンパイク・トラスト》」**　主として通行料取立門《ターンパイク》で道銭を徴収することで収入を得られる本街道の管理を任されていた団体。

(二六八) **仙女の輪《フェアリ・リング》**　時に芝生の上に現われる暗緑色の環状の模様。夜中に妖精が舞踏した跡と信じられたが、実はシバフタケなど地上生キノコが環状に並んだもの。

(二七九) **名にし負うウェールズの巨人ですら…「魯鈍」だったによって**　『巨人退治のジャック』で巨人はジャックの策に嵌まり、自らの腹を掻っ裂いて死ぬ。「キャロル」第三連注 (六五) 参照。

第三鈴《りん》

(三〇四) **不気味なセント・ウィトゥス流物腰**　ウィトゥスはローマ皇帝ディオクレティアヌス (二四五―三一三) に迫害されたシチリア島の少年殉教者。舞踏病にかかった人が祈った聖人。由来は彼自身、この病気を患っていたからとも伝えられる。

人生の戦い

献辞

(三三〇) **スイスにおける祖国の友人達**　ディケンズは一八四六年の夏から秋にかけてスイスのローザンヌで過ごし、英国人居留地に住む銀行家・元国会議員ウィリアム・ホールディマンドや作家ジェイン・マーセット等と親交を結んだ。

第一部

(三四〇) **「哲学者の石」**　或いは「賢者の石」。「炉端のこおろぎ」第一鈴《りん》注(三三七)参照。

(三四三) **青カバン**　ジュニアバリスター(勅選バリスターの資格を持っていない法廷弁護士)は通常、法服や書類を青い布地のカバンに入れて出廷した。勅選バリスターの場合は赤カバン。

(〃) **フランスの才人の言い種ではないが**　諷刺作家フランソワ・ラブレーは臨終に「幕を引け。笑劇は終わった」と言ったと伝えられる。

(三五三) **若きイングランド**　即ち「イギリス青年党」は、一八四〇年代初期のトーリ党の一派。支配層には博愛を、労働者には服従を、要求し、一八四二―六年穀物法撤廃運動に反対した。

(〃) **博士の托鉢修道士ベイコンに対するある種下男マイルズの役をこなし**　ロバート・グリーンの喜劇『托鉢僧ベイコンと托鉢僧バンゲイの映えある物語』(一五九四)において、マイルズは偉大な魔術師ベイコンに仕える愚かで間抜けな召使い。

(〃) **その井の底なる「真理」**　「真理は井の底なり」即ち「真理を究めることは極めて困難である」の意の俚諺を踏まえて。

(三五四) **ラッキー・ペニーや、腓返り骨**　穴の空いたペニー銭と羊の膝蓋骨《しつがいこつ》は幸運をもたらすと信じられていた。

第二部

(三六一) **官報**　軍隊の任命・昇格の外、破産者も公示された。

(〃) **「戦闘」**　“action”に「戦闘」と「訴訟」の両義を懸けて。

(三八〇) **マンチュア**　一七―八世紀頃流行した緩やかなガウン。通例前が開いたスタイルで、中のドレスが見える。

(三九五) **ドウとロウ**　元、不動産回復訴訟で当事者の実名が不明な場合、原告をジョン・ドウと、被告をリチャード・ロウと、仮想的に呼んだ。

(〃) **プセット**　一組又は数組の者が手を握り合って踊り回るカントリーダンス。

第三部

（四三〇）**貴殿に州投票をお願い致しに**　一四三〇年に可決された法案により、ブリテンのような自由保有不動産権を有す地主は国会議員選の選挙権を与えられた。

憑かれた男

第一章

（四三九）**ジャイルズ・スクロギンズの亡霊の、俗謡において宣ふ如く**　古い俗謡で、ジャイルズは恋人モリーと結婚する前に死ぬが、彼の亡霊が彼女を口説こうとする。モリーが「まあ何ておバカさんなの、わたしまだ死んでないのに」と突っぱねると、亡霊は「ああ、けどそいつはてんで仕来りなんかじゃねえ」と返す。

（四四五）**ペッカムの縁日**　南ロンドンのペッカム・ロードで催されていた縁日。一八二七年、騒音のため廃止。

（〃）**あの時はオールもろくすっぽ操れん…橋脚にぶち当てられましたが**　チェルシーとテムズ河南岸バタシーの間に架かっていた木製のバタシー橋は拱門《アーチ》を潜り抜けるのが難しく、橋脚に衝突する舟の沈没が絶えなかった。

第二章

（四七〇）**ピクト族とスコット族**　前者は三世紀末以降、スコットランド北東部に定住した民族。八四五年、六世紀にアイルランドからイングランド北西部に移住した後者に征服される。スコットランドの名はこの種族名に因む。

（〃）**水面《みなも》に御自身のブーツを投じて**　「水面《みなも》に汝のパンを投ぜよ」（『伝道の書』一一：一）、即ち「陰徳を施せよ」の捩《もじ》り。

（四七一）**モレク**　子供を人身御供にして祭ったセム族の神（『列王記第二』二三：一〇）。転じて「恐ろしい犠牲を強いるもの」の意。ミルトン『失楽園』においてモレクは悪魔の手先の一人。

第三章

（五三八）**蓋し、留まる所を知らず昂りし怒《いか》った情念の…ワッツ博士の思い出への蹂躙に外ならなかった**　アイザック・ワッツ『子供のための讃美歌集』第十七番「兄弟姉妹の愛」の以下の歌詞を踏まえて。

けれど、子供達よ、君達は決して
そんな怒《いか》った情念を昂らせてはいけないよ
君達の小さな手は互いの目を
ほじくり出すようには出来ていないのだから

付録：エヴリマン・ディケンズ版序説抄訳

サリー・レジャー

ディケンズの最初の伝記作家ジョン・フォースターは一八七三年、友人は自らを「クリスマスと同定」し、「如何に荒み果てた場所をも何らかの類《たぐい》の慰めで明るく照らすその特権を彼自身のそれとしていた」と述懐した。著述活動の当初から、ディケンズは上機嫌と連帯感の時節としてのクリスマスに遭遇していた。若年のジャーナリスティックな短編集『ボズの素描集』（一八三六）において、彼は以下のようにクリスマスの愉悦を称えている。

クリスマスの季節！……正にクリスマスという名そのものに魔術が潜んでいるかのようだ。ちゃちな焼きモチや仲違いはそっくり水に流され、そいつら長らく御無沙汰していた胸にも和やかな気分が喚び覚まされる。……（「人物」第二章「クリスマス・ディナー」）

『ピクウィック・ペーパーズ』第二十八章「気さくなクリスマスの章」において、ディケンズは同様にクリスマスを「幸福と享楽の束の間の一時《ひととき》……何と幾多の懐かしき思い出や、何と幾多の眠っている共感を、クリスマスの時節の蓋し、喚び覚ますことか！」と崇めている。

このようなクリスマス的感情は今一度、「クリスマス・キャロル」においてスクルージの甥によって繰り返され、彼はディケンズ同様、クリスマスを「親身で、寛容で、慈悲深く、愉快な時節」（第一連）として尊ぶ。

一八四三年から四八年にかけてディケンズはクリスマスのために五つの作品を執筆し、それらは当初別箇に出版されたが、一八五二年、廉価版として一巻本にまとめられた。これらの中篇は彼が一八五〇年代から六〇年代にかけて『ハウスホールド・ワーズ』と『オール・ザ・イヤー・ラウンド』に掲載したクリスマス物語と共に、ディケンズの名を永遠にクリスマスと結びつけ、一般にディケンズ的クリスマス精神として知られるに至ったもの——陽気な慈愛、道徳的理想主義、キリスト降誕の祝祭における農耕の神的《サトゥルヌス》浮かれ騒ぎ——を具現する。「キャロル」において最も純粋な形で捉えられているディケンズ的クリスマスの理想は作家の生前、大成功を収めた公開朗読によってさらに人口に膾炙した。ディケンズは一八五三年十二月、初めてこの作品をバーミンガムでの朗読のために脚色し、「キャロル」は以降、広範な朗読活動を通じて演目に加えられ、没一八七〇年に行なわれた「お別れ公演」では中央飾り《センター・ピース》の役を果たした。

『クリスマス・ブックス』においてディケンズが人間らしい交わりと炉端の団欒の再生力を力説した状況にはわけても彼がそれらを執筆した一八四〇年代の世相が大きく関わっていた。というのもこの十年は「空腹の四〇年代」、つまりイングランドの風景が貧困と社会的動揺の瑕疵を負った時代として知られていたからだ。各作品は愉快な冬の祝祭を中心に展開してはいるものの、ディケンズが想像的文学世界における貧困と窮乏の軽減、並びに最後のクリスマス・ブックの年に当たる一八四八年の革命においてヨーロッパ大陸で勃発した極めて現実的な階層間抗争の虚構的解決を呈示しているのは明らかだ。「キャロル」、「鐘の精」、「憑かれた男」は就中、ディケンズの広範な読者層の社会的良心を啓発するよう意図されていると思われる。即ち、これらの作品に潜む困窮と社会的分裂はディケンズの読者を博愛的行動へと覚醒さすことによってしか緩和され得まい。ディケンズはこの意図を一八五二年九月廉価版初版の序文で概括的に述べている。「小生の趣旨は時節の上機嫌が正当化してくれようある種気紛れな宮廷仮面劇において、クリスマス教国にあっては断じて時節外れにだけはなるまい情愛濃やかにして寛容な想念を幾許かなり喚び覚ますことにあった」

（中略）

真冬の祝祭の直中における家庭的理想の賛美はディケンズの『ブックス』の混乱した社会的風景に必ずや調和を取り戻す。がそれでいてくだんの混乱は決して小説内に完全に埋没される訳ではなく、家庭的領域内の分裂を執拗に劇化する。逸脱した女性像もまた主要テーマの一つであり、これらは作中のより伝統的な家庭的天使像を浮き彫りにする。「キャロル」においてクラチット家の家庭的安息所は貧困と病気によって外界から脅かされる。……この作品においてのみ堕ちた女性像は著しく欠け、「欠乏」と呼ばれる寓意的少女と、スクルージの住居の外の身を切るように冷たい通りの路頭に迷った母子はヴィクトリア朝中期のロンドンの貧しい女性や子供の窮状に対す意思表示《ジェスチャー》を呈すにすぎない。「鐘の精」はこの問題をかなり克明に追究している。お針子メグ・ヴェックと男前の許婿の職工リチャードとの目前に迫った結婚は、トウビィ・ヴェックの悪夢の中では貧困と失業によって脅かされる。同じ超自然的幻影において読者はメグの預かるお針子仲間のリリアン・ファーンが飢餓のために売春を余儀なくされることを知るが、売春はただ彼女の境遇を悪化さすにすぎず、リリアンはメグの腕の中で息絶える。……生活苦の余り売春婦に身を貶めるお針子像と嬰児殺しの母というより破壊的隠喩は家庭的理想によっては調停され得ぬある種脅迫的女性性の象徴であった。

「炉端のこおろぎ」において、一家の守護天使は事実、性的に不実であると判明するかもしれないという恐怖が詳細に描出されている。この同じ恐怖はディケンズの次のクリスマス・ブック「人生の戦い」で再演され、作中、愛らしいメアリアンは放蕩者マイケル・ウォーデンと駆け落ちしたものと思い込まれる。（注：ダニエル・

マクリースの挿絵ではメアリアンはウォーデンと連れ立っている様が描かれているが、もちろん実際には駆け落ちしていない。）この恐怖は『ブックス』の最後の作品「憑かれた男」で繰り返され、読者は主人公の許嫁が彼の親友と駆け落ちしたことを知らされる。……この作品でもまた、逸脱した女性性——レドローの貧民窟の旅籠における売春婦とのメロドラマティックな遭遇を通して導入される——はミリー・スウィッジャーの天使的女性性と対置され、恐らくは遙かに感銘深いと言えよう。

それ自体と折り合いのつかない社会によって家庭的価値に加えられる脅威を如実に描くと同時に、ディケンズの『ブックス』は一八四〇年代のより具体的な社会的・政治的時事問題を取り上げている。「キャロル」はある意味では功利主義的思想への糾弾であり、スクルージの政治経済学は如何なる点でも人間的幸福をもたらさないことが示される。政治経済学は「鐘の精」でファイラー氏の人物像においても冷笑的に諷刺される。というのも彼はトウビィ・ヴェックが、彼の言うには食料としての生産過程で多くの浪費を伴う「トライプ」を食べるからというので「盗人《ぬすびと》」呼ばわりするからだ（第一点鐘）。マルサスの経済理論もまたこれら最初の二作の『ブックス』において攻撃されている。マルサスの『人口論』（一八〇三）によれば、自ら生計を立てられない成人や彼らの子供は全て削減を要す「過剰人口」の一部と見なされる。「キャロル」においてスクルージは貧民の死亡は「過剰人口」を減らす上で積極的に機能しようとの根拠の下《もと》、彼らへの寄附を拒む。「鐘の精」においてファイラー氏はメグとリチャードが経済的将来や子供を養う資力が定かでないにもかかわらず結婚しようとする軽率さに愕然とする。（中略）

「鐘の精」におけるディケンズの社会批判の中核にあるのは子供の死——絶望に駆られた飢餓状態の母親自身によって共に川に身を投ぜられる子供の死——である。子供や子供時代はディケンズ作品の大半にとって肝要だが、『ブックス』もその例外ではない。「人生の戦い」だけが唯一重要な子供像の欠ける作品であり、これが恐らくはその瑕疵の一つに挙げられよう（もう一点の瑕疵は他の作品には少なからず迫力を与えている半超自然的次元の欠如だ。）「炉端のこおろぎ」において、ドットの物語冒頭からの理想の母親としての役割は、赤ん坊の世話を焼く上でのティリー・スローボーイの喜劇的に危険な奮闘同様、彼女の赤ん坊に作品上重要な位置づけを付与する。しかしながら『ブックス』の最初と最後の作品――「キャロル」と「憑かれた男」――において、子供と子供時代は主題として遙かに中心的な力を有す。小さなティム坊がマルサス的論理を反駁する役を担う一方、「無知」と「欠乏」の寓意的存在――「現在のクリスマスの精霊」の幻想における男児と女児――はディケンズの読者に対し、スクルージに対すと同様、仮に富裕な中産階級が貧困と悲嘆を黙認すれば人類はどうなるか警告を発する。彼らはまた院外救助を放逐し、貧民対策としてかの悪名高き「救貧院」を制度化した、一八三四年の新救貧法に対す論駁を呈示する。（中略）

この種の奇怪な子供達は「鐘の精」においてトウビィ・ヴェックが娘の嬰児殺しの幻影を見る前に鐘楼で呼びかけられるやに思われる妖精達の姿において反復される（「第三点鐘」）。奇怪な子供像は、しかしながら、「憑かれた男」において遙かに精緻に描き出される。……これは家も素姓も、教育もなく、人間的優しさや世話の恩恵に全く浴さぬ、ロンドンの貧民窟の少年である。レドローが魂の暗夜の間《かん》、この少年によってスラム街へ連れて行かれ、ロンドンの通りを縫う内、彼の悪霊はこうした子供達の存在が文明社会にとって何を意味するか、その現実を教える。……作品の結末までに、奇怪な少年はミリーの母親らしい導きの下《もと》、たとい彼自身にはそのような無垢な社交的振舞いは叶はずとも、他の子供達がスウィッジャーの家庭的安息所で戯れるのを見守る喜びを感じられるようになる様が描かれる。

「憑かれた男」における奇怪な子供にとっての未来の可能性として暗示される心理的、情動的、道徳的刷新の過程は『ブックス』の三作品の核を成し、他の二作品においても重要な意味を帯びる。「キャロル」と「憑かれた男」において、この手の過程にはディケンズ描く所の大きな傷害の加えられた子供時代への想像上の回帰が必要であることが示される。現在における癒しの過程の一端としての過去への回帰の必要性は『ブックス』のこれら二作品のテーマとしての記憶の重要性を示す。スクルージは「キャロル」の最初の霊的幻想において学生時代に帰るが、父親によって休暇中もなお学校に置き去りにされる孤独な少年としての彼自身を思い起こす。……「憑かれた男」のレドローは過去における親の情愛の欠如に鬱々と思いを馳せる。……子供時代における養育の欠如は、婚約者の裏切りと相俟って心を苛み、彼は不機嫌で陰鬱な男になる。がレドローもスクルージも、それぞれの作品において苦悩故に道徳的に荒んだり、過去の悲しみを抑圧するのではなく、苦しみの記憶を通して情動的に成長させられる重要性を学ぶ。「憑かれた男」のミリー・スウィッジャーはこの点における典型を呈示する。ミリーはわずか数日で我が子を失うが、それ故心を閉ざすのではなく、試煉によって精神的に強くなり、情動的に成熟する。……苦悩を介しての救済はこれら二作品（わけても「憑かれた男」）における重要なキリスト教的隠喩であり、記憶の過程は各々の場合において核を成す。

「鐘の精」「炉端のこおろぎ」「人生の戦い」において、幼年時代の記憶への回帰はないが、他の二作品におけると同様、悔い改めの過程、或いは「改心」は各作品において重要な役を果たす。「鐘の精」において、トウビィ・ヴェックの悔い改めは社会・政治的教育より成り、彼は鐘の精の悪夢的幻想において、貧者は生まれながらにして「悪人」なのではなく、貧困と窮乏によって悲惨に追いやられているにすぎぬことを示される。……「炉端のこおろぎ」において、ジョン・ピアリビングルの終夜の炉端の瞑想は彼にドットとの一年間に及ぶ結婚生活の幸せ全てを思い起こさせ、かくて彼女を愛おしむ術《すべ》を与える。「人生の戦い」において、ジェドラー博士は末娘の為した犠牲を知ることで冷笑的な世界観を捨て、道徳的人間としての確乎たる成長を遂げる。ディケンズ的「改心」は、故に、『ブックス』全ての中心的テーマであり、概して、少なくとも一部は、超自然的手段を通して遂行される。

『ブックス』の内四作品は半超自然的副題がついている。「クリスマス・キャロル」はクリスマスの怪談なるが故／「鐘の精」：小悪魔《ゴブリン》物語／「炉端のこおろぎ」：我が家の妖精物語／「憑かれた男」と幽霊の取り引き。例外は「人生の戦い」：ある愛の物語であり、この作品は、その欠陥たることに（またディケンズ自身、苦慮した如く）、超自然的媒介が完全に欠如している。『ブックス』の作品における超自然力は、ただし、単なる人民主義的方策ではなく、それ以上に、ディケンズの反物質主義的心的態度《エートス》の指標として機能する。というのもディケンズは物質的社会改善が貧民の困窮の軽減において不可欠である一方、人々は道徳的変容の想像的描出を通してしか社会変革の「必然性」を認識し得ないと確信していたからだ。仮により広範な社会的変革が為されるとしたら、改善される要のあるのは個々人の心と精神であった。して個々人の心と精神のかようの変容は政治経済学や法体系によっては達成され得ず、それどころか、ディケンズによれば、この容易ならぬ離れ業を成し遂げ得るのは想像力の教育を措いてなかった。『ブックス』中の最高傑作において――して「キャロル」がディケンズの著した「最も完璧な作品」であるとは衆目の一致する所であろうが――その力の源たるのは人間的経験の空想的領域への訴えであり、それこそがこれらチャールズ・ディケンズの初期作品が不変の人気と情動的迫真性を有す所以ではなかろうか。

解説：「憑かれた男」における憑依・蘇生の反復

田辺　洋子

「憑かれた男」の主人公レドローは暗く辛い過去の記憶に絶えず苛まれ、その苦悩を払拭しようと葛藤する。彼に取り憑いた亡霊は忌まわしい記憶であると同時に記憶を捨て去りたいという願望の具象とも見なせる。レドローは一旦はその「欲望」に屈し、記憶を明け渡すが、自然の摂理に背いた傲慢な過誤を悟り、不幸な過去の記憶の受容を通し、精神的蘇生を果たす。作品内では意識的にせよ無意識的にせよ、この主人公の精神的分裂・憑依、さらにはその脱却のプロセスが様々な形で「反復」されているように思われる。小論では以下、他の「反復」が如何に人物造型のみならず言語レベルにおいても作品全体を有機的に支えているか明らかにすることで作品の再評価を試みたい。

敏感な読者は作品冒頭で主人公と亡霊との対峙に際会する以前に言語的「憑依」の現象が起こっていることに気づくのではないだろうか。ここで言う「憑依」とは語が語に言わば「取り憑いた」複合語を指す。精神的憑依と言語的憑依の相関関係の仮説の下に各章におけるその頻度を比較することにするが、例えば複合語の中には“half-opened”“story-book”など構造上の違いはあれ、意味合いも用法も一般的なもの、“vault-like”や“worm-eaten”のように含意は不吉であっても用法は平凡なもの、“a-musing”“to-morrow”“re-awaken”のように接頭辞に「取り憑かれて」いる、換言すれば接頭辞との「分裂」を来《きた》している等、連字符《ハイフン》でつながれた語は全て含むことにする。

レドローと亡霊との対峙がその予兆も含め大半を占める第一章二十頁において複合語は六十個（一頁につき三個）認められる［注：以下数値は全て概数］。中でも学寮の管理人ウィリアムの上着の襟や胸許のはだけようを表しての“fly-away and half-off appearance”、さらにはレドローの住む学舎の一部を形容《ひょう》する“smoke-age-and-weather-darkened”などは明らかにディケンズの造語であり、わけても後者は先行の四語が最後の一語“darkened”に「取り憑いた」例として特筆に値する。

レドローが亡霊から授かった「贈り物」を拡散する第二章において、主人公の亡霊による憑依の一時的脱却から予測される通り、語による「憑依」も、三十四頁中五〇個（一頁につき一・五個）と半減し、意味においても不気味なものはほぼ皆無となる。ただし複合語の内約半数が前半三分の一を占める貧しい新聞屋テタビィ家の描写に集中（一頁につき二個）することは注目に価する。何故ならテタビィ家においては後述の如く、レドローの「憑依」が人物造型の上で「反復」され、この頻度は言語的「憑依」との相関性のさらなる裏付けとなるからだ。

レドローの記憶の回復に伴う「憑依」からの完全な脱却を扱う第三章において、複合語は二十四頁中三十五個（一頁につき一・五個）と、頻度は前章とほぼ同じである。ばかりか、この内レドローの亡霊による再憑依とテタビィ家の混乱の再現を扱う前半十頁に複合語の七割強が集中する傾向（一頁につき二・五個）は前章の裏付けをさらに確証し、先に立てた仮説と何ら矛盾しない。翻せば、ミリーの訪問と共にテタヴィ家に再び平穏がもたらされ、レドローやスウィッジャー親子の記憶も蘇る、「憑依」からの蘇生を扱う後半十四頁中で九個という複合語の頻度の作品随一の低さは、語による語の「憑依」の終結を決定づける。

言語的「憑依」の反復は単語レベルに留まらず、この作品は“Who ...”（「一体かくの如き男を目にした誰が、男は憑かれた男のようだと言うまいか」）と、五度に及ぶ疑問詞の繰り返しによって幕を開け、さらにその理由の一つとしての男の住居の描写が二段落（各二十、十一行）にわたって続く。この二段落は前述のグロテスクな複合語が集中するのみならず、いずれも終止符が最後まで打たれることのない、言わば節が節に「憑依」した、わずか一文のみによって構成されている。この節による「憑依」は続いて「同じ男を見るなら以下の如き陰鬱な冬の黄昏時に見る可し」と、関係副詞“When”に導かれる節の連続によって深刻化する。何故なら実に八段落（八十行）に及び三十度余り繰り返される関係副詞節は先行詞“the dead winter time”への「憑依」に外ならないからだ。これほど不気味な内容を持つ度重なる節に「取り憑かれた」先行詞（「黄昏」）はディケンズ作品のみならず英文学史上、他に例を見ないのではあるまいか。いずれにせよ、不吉な複合語の頻出と相俟った関係副詞節による「憑依」は、レドローの亡霊による「憑依」を当然の如く予示する。

以上のような節ないし文のレベルで「反復」される「憑依」は、ただし、最終的には第三章において、複合語の激減において確認した通り、記憶の回復したレドローが天に捧げる感謝の祈りの直後に続く副詞“Then”の反復の形で回復する。というのも四段落それぞれの冒頭を飾る“Then”の一語は「憑依」からの脱却に対する単なる感謝の「帰結」にすぎず、複合語の混在しないことにも象徴される通り、「憑依」を免れた各段落は終に自己を取り戻したレドローの四者——ミリー、学生、少年、老人——への誓いや祝福を内容とすることで、“When”に祟られた「黄昏」を決定的に癒す健全な「クリスマスの朝」を具現するからだ。

以上確認した「憑依」の言語的反復に加え、レドローと記憶ないし亡霊との関係を可視的かつ逆説的に「反復」するのが貧しい新聞屋テタビィ家である。レドローが亡霊との契約を交わした後《のち》、読者が一転、小さな子供達に囲まれた小さな男に遭遇するのは偶然ではない。この男と二男ジョニーこそ、人間と記憶との理想的関係を文字通り体現しているからだ。小さな男にとっての「記憶」に当たるのが自分の「二層倍」はあろうかというほど大きな妻と「数知れぬ」子供達である。物理的には圧倒的な妻と、金も手もかかる子供達は、しかしながら、男にとって不可避の「重荷」ではない。妻は苦楽を共にして来た人生の伴侶であり、子供達はかけがえのない「授かり物」である。小さな男が大きな妻に与えた呼称「小さな上さん」は彼の妻に対する思いやりの「大きさ」の現われに外ならない。人間にとっての記憶もまた、考え方一つで「重荷」にも「宝」にもなる。夫妻の関係がより具体／肉体的に描出されるのがジョニーと赤ん坊においてである。長男アドルファスが新聞売りの卵として世に出ているため、子守りの役は二男ジョニーに回って来る。ところがこの、一家が最後に授かった唯一女の赤ん坊は母親同様、彼らの内で唯一人「大きな」子供であり、子守りのジョニーは四六時中「重荷」に押しつぶされている。赤ん坊はジョニーに数限りない犠牲を強いる点ではセム族の神モレクとも、その不可避性においては「とびきり小さな赤帽の背負《しょ》い込んだ、宛先不明のとびきり大きな荷物」とも見なせる。しかしジョニーがモレクへの「献身」を「犠牲」と感じないのは、彼が妹のことを一家に幸せをもたらす「大英帝国中最も比類無き完璧な赤子」と信じているからである。テタビィにとっての妻も、ジョニーにとっての妹も、彼ら自身の側《がわ》に愛や誇りさえあれば、かけがえのない「宝」と変わる。

人間と記憶の理想的な「不可分」の関係は、しかしながら、レドローの一家との関わりを発端に瓦解する。彼の「贈り物」に祟られたために妻と分かち合った苦楽の記憶を失いつつある小男は現実の「もっとほっそりしていても好かったろう」妻の姿しか見えなくなる。クリスマスの朝に防寒着のせいで常にも増して重たくなった「モレク」を、ジョニーはとうとう鬱憤晴らしに引っぱたく。父と息子が共に「軍隊」に入りたいと願うのは、自ら負った「重荷」を不可避の現実の「重さ」と感じ取るからである。たとえ軍隊に「逃避」しようと、さながらレドローが現実逃避の末にまた別の、一層苛酷な試煉を課されるように、新たな苦痛に苛まれるのは必定であるにもかかわらず。

レドロー自身は一方、自ら陥った状況の「反復」をどのような形で目にすることになるのか。彼が亡霊に記憶を明け渡した直後、その「記憶」との引き換えでもあるかのように獣同然の少年に遭遇するのは、テタビィ家の出現同様、決して偶然ではない。少年こそ、固より失うべき記憶の欠けた現在のレドローの生き写しに外ならないからだ。亡霊に取って代わったこの「分身」はレドローの自ら犯した罪科の具象として新たに彼に取り憑き始める。少年もまたミリーを探し求める「迷子」であることにレドローの分身としての位置づけは明らかだが、未だ少年との近似に気づいていないレドローは彼こそ「迷子」さながら、少年にミリーとは別の意味での「先達」として魂の行きつく先――ロンドン最下層の貧民窟に象徴される――への案内を求める。ここでレドローの目にしたものは彼の期待していたように「悲しみと、裏切りと、苦悩」の記憶を失うことでより幸せになる人々の姿ではなく、悲嘆や不当な仕打ちを身に負うた女や病人や老人がその記憶を失うことで一層不幸になる姿であった。

　レドローはまずもって虐待された売春婦を辛うじて娘本来の無垢な状態につなぎ留めているもの全ては「悲しみと、裏切り（不当な仕打ち）と、苦悩」に根差していることを看取する。逆にその直後、再会した瀕死の長男ジョージとフィリップ老人との間に束の間蘇った幼子と父親の信頼関係はレドローの感化の下《もと》、二男ウィリアムをも巻き込んで瓦解する。ジョージはこれまで同様、家族愛の束縛を逃れた無頼の死を望み、老父は長男を絶縁し、二男は老父を疎ましく思う。それはフィリップ老人がジョージに諭していた通り、純然たる悲しみや苦悩の「記憶」こそが、彼ら親子を生き難い現実につなぎ留める唯一の縁《よすが》だったからだ。

　レドローは心の中に広がる寂寞たる空隙が自ら接触を持つ人々の心の中にまで広がる様を目の当たりにする――即ち、彼自身の似姿の「反復」と「増殖」に包囲される――ことで自然の摂理に逆らう倨傲に気づき始める。実は最も悍しく映っていた最下層階級の少年こそ「非物質界の対極から鉢合わせになった」彼自身と同じ天の配剤の逆転であった。レドローと亡霊との取引きの中に記憶の喪失を「授けられる」のみならず「授ける」項目まで付随していた点はディケンズの立場から言えば一つの策略ではなかったか。レドローは「鏡の密室」から逃れようとして初めて自己の精神的蘇生への道を開かれる。彼が貧民窟から逃げ帰った自室の扉を外から叩き続ける——再び外界との接触を持つよう促す——ミリーのノックの音は、自ら犯した過ちへの贖罪を促す彼自身の良心の脈動と聞こえる。

　レドローはこの時点で再び彼に取り憑いた亡霊に他者における記憶の回復を請うほどには精神的蘇生を遂げていた。亡霊の再訪そのものが彼の魂の救済を暗示するが、レドローが健全な自己を取り戻すためには彼自身の「悲しみと、裏切りと、苦悩」の記憶を受容する要があった。獣同然の少年が人間精神の究極的荒廃への先達だったとすれば、レドローにこの最終的な蘇生をもたらすのは少年の対蹠的存在ミリー・スウィッジャーである。レドローの記憶にとっての三つの災禍の一つ「裏切り」の克服はまずもって青春時代に恋人を奪った親友への赦しの形で完遂される。ここで重要なのはレドローがミリーを介し、かつて自分を裏切った男に更生のための金銭的援助を約束する事実それ自体ではなく、その前提とし、「裏切りはそれを赦すためにこそ記憶に留められる」というミリーの教えを通し、神の最も崇高な特性を忘れようとしていた過誤に気づいていた点である。「赦し」という至高の価値の認識、と同時に自省を喚起されたレドローにとって、眼前の男に纏わる記憶が失せていようといまいと最早問題ではない。

　レドローにとっての「悲しみ」「苦悩」はもちろん「裏切り」と不可分の関係にある。自ら受けた心の傷は恋人を奪った親友に密かに想いを寄せていた妹への憐憫で倍加していたはずだ。がその妹自身は、今や「天使」ミリーのお蔭で記憶の蘇ったフィリップ老人の口から「兄の記憶の中で永久《とこしへ》に瑞々しく生き続ける」ことを願っていたことを知らされる。果たして「悲しみと、裏切りと、苦悩」の記憶を失って、如何に妹が兄の記憶の中で生き存えられるというのだろう。妹に永遠の命を与えるのは兄の十全たる記憶でしかない。この悲しみの「受容」を決定づけるのがミリーから聞かされる彼女自身のそれであった。我が子をわずか数日の内に失ったミリーはその死を嘆き悲しむ代わり、心の中で我が子の「声」を絶えず聞き続ける。子供に永遠の生命を与えているのはミリーの想像力に外ならない。我が子の「声」は時に疎外された貧しい幼子のために、時に苦悩や恥辱に苛まれた青年のために、時に他者から多くの労りを要す老人のために、訴えかける。ミリーは「悲しみ」の想像力の操作により、他者を「我が子」に置き換える、翻せば自らが他者皆の「母」となることに成功している。

レドローはミリーの「悲しみと苦悩」の記憶の究極的な昇華を通して得られた「汚れなき愛の教え」によって「キリストの記憶」である「記憶」を回復するに至る。仮にレドローがミリーの中に認めた記憶の永遠性を通した究極的な博愛を彼自身「反復」出来るとすれば——即ち、記憶の中で妹に永遠の生命を与え得るならば、彼もまた他者皆にとっての偉大な「兄」になれるのではないだろうか。物語の結末でレドローは実は親友と恋人との間に生まれた子供であったと判明する苦学生に対しては「父親」に、名も無き少年に対しては「教導者」になろうと誓いを立てる。この誓いは万人の「兄」としてのレドローの新たな位置づけを確約する。ただし、「憑かれた男」におけるレドローの記憶の受容を介す精神的蘇生は飽くまで亡霊との取引きとして霊的・寓意的にしか処理されていない。だからこそディケンズは十八年後、『クリスマス・ストーリーズ』の「マグビー・ジャンクション」(一八六六)において再度この、裏切った相手の子供の「父」となる究極の赦しを通した自己実現の問題をより現実的な脈絡において取り上げざるを得ないのではないだろうか。

訳者あとがき

貯金が底を突いた。

とは言ってもお金ではなく、ディケンズ翻訳の。お金は、生まれた時から多分（父母には悪いけれど）なかった。「火の車」を子供心に逸早く気取った妹は「わたしがユーカイされて百万円出せと言われてもゼッタイ出さないでよ」といつも母にクギを差していたという。果たして当時の百万円が幼心（恐ろしく手堅い!!）にどれほど大金に映っていたかはいざ知らず、百万円ぽっきりと引き替えに天国へ行ったらどれほど親孝行出来ると思ったのだろう。片やさっぱり経済観念のない姉は幸い「貧しさ」を感じずに育った。お蔭で今に母曰くの「未女《ひつじおんな》は門にも立つな」を地で行っている。

「金はいらん。時間持ちになれ」というのが亡き父昌美の口癖だった。生前ディケンズのテキストを挟んではずい分「抵抗」したわたしもその教えだけは何故か素直に守り、時間欲しさにテレビもラジオも朝刊も（ついでに掃除機も。これは関係ないか）絶った。その「時間持ち」が「時間持ち」故にディケンズ翻訳の「貯金」を時には三作同時に溜め込むとあらば鬼に金棒。リッチなこととこの上もなかった。それがとうとうスッカラカンになった。前訳書『クリスマス・ストーリーズ』をクリスマスに出す悲願（!?）達成の挙句。するとこれがどうなるか。やはり貧しい、とまでは行かずとも寂しいのである。そこで一年の計は元旦にあり、年内二冊刊行の大目標を立て、自らにハッパをかけた。貧乏性の悲しい性《さが》か。が本訳書を一通り訳し終えた頃、行き詰まった。自分の中で「努力」と「無理」の区別がつかなくなった。「時間持ち」のその「時間」をあんまり無理して使うと、逆に時間を切売りする結果になってはいないか。どうやら本当の「貧乏」に——心の貧しい人間に——なっていたようだ。

片や『クリスマス・ブックス』を今年も、二匹目のドジョウの伝で、クリスマスに出したい気持ちは山々あった。がこちらは早々断念した。やはり何があるか分からない。チーズかワインか、それともテルソン銀行（『二都物語』）の行員よろしく、熟成さす訳にも行くまい。クリスマスの書を真夏に世に出す不粋はさておくとしても（ディケンズ、怒るだろうなあ）、未練や迷いは少ないに越したことはない。諦めも一つの「豊かさ」だろうか。

出版に際しては幾多の先達の注釈・翻訳書を参考にさせて頂いた。わけても桝井迪夫先生の「クリスマス・キャロル」（創元社、一九五〇）の徹して精緻な注は、学部生時代に戻った、心の洗われるような清しさで繙くもっけの幸い《ウインド・フォール》に与った。

この度も溪水社社長木村逸司氏に快く出版をお引き受け頂いた。いつも「御無理なさらぬよう」と訳者の性分を見抜いて気づかって下さる。暖かい御指導、御尽力に篤く御礼致すと共に、蔭で力添え賜っている方々に識《しる》して感謝申し上げたい。

二〇一二年盛夏

田辺　洋子

訳者略歴

田辺洋子（たなべ・ようこ）

1955 年　広島に生まれる
1982 年　広島大学大学院文学研究科博士課程後期修了
1999 年　広島大学より博士（文学）号授与
現　在　広島経済大学教授
著　書　『「大いなる遺産」研究』（広島経済大学研究双書第 12 冊，1994 年）
　　　　『ディケンズ後期四作品研究』（こびあん書房，1999 年）
訳　書　『互いの友』上・下（こびあん書房，1996 年）
　　　　『ドンビー父子』上・下（こびあん書房，2000 年）
　　　　『ニコラス・ニクルビー』上・下（こびあん書房，2001 年）
　　　　『ピクウィック・ペーパーズ』上・下（あぽろん社，2002 年）
　　　　『バーナビ・ラッジ』（あぽろん社，2003 年）
　　　　『リトル・ドリット』上・下（あぽろん社，2004 年）
　　　　『マーティン・チャズルウィット』上・下（あぽろん社，2005 年）
　　　　『デイヴィッド・コパフィールド』上・下（あぽろん社，2006 年）
　　　　『荒涼館』上・下（あぽろん社，2007 年）
　　　　『ボズの素描集』（あぽろん社，2008 年）
　　　　『骨董屋』（あぽろん社，2008 年）
　　　　『ハード・タイムズ』（あぽろん社，2009 年）
　　　　『オリヴァー・トゥイスト』（あぽろん社，2009 年）
　　　　『二都物語』（あぽろん社，2010 年）
　　　　『エドウィン・ドゥルードの謎』（溪水社，2010 年）
　　　　『大いなる遺産』（溪水社，2011 年）
　　　　『クリスマス・ストーリーズ』（溪水社，2011 年）
共訳書　『無商旅人』（篠崎書林，1982 年）

（訳書は全てディケンズの作品）

クリスマス・ブックス

二〇一二年九月一日　第一刷発行

著　者　チャールズ・ディケンズ
訳　者　田 辺 洋 子
発行者　木 村 逸 司
印刷所　平 河 工 業 社
発行所　株式会社　溪 水 社
〒730-0041　広島市中区小町一―四

電　話　（〇八二）二四六―七九〇九
ＦＡＸ　（〇八二）二四六―七八七六
メール　info@keisui.co.jp

ISBN978-4-86327-188-3 C3097